जुर्म और सज़ा

जुर्म और सज़ा

फ़्योदोर दोस्तोवस्की

Crime and Punishment का सम्पूर्ण हिन्दी अनुवाद

अनुवादक

शिवदान सिंह चौहान

श्रीमती विजय चौहान

वाणी प्रकाशन

वाणी प्रकाशन

4695, 21-ए, दरियागंज, नयी दिल्ली 110 002

फ़ोन : +91 11 23273167 फ़ैक्स : +91 11 23275710

शाखाएँ

अशोक राजपथ, पटना 800 004, बिहार

कॉफ़ी हाउस कैम्पस, महात्मा गांधी मार्ग, इलाहाबाद 211 001, उत्तर प्रदेश

महात्मा गांधी अन्तरराष्ट्रीय हिन्दी विश्वविद्यालय, वर्धा 442 001, महाराष्ट्र

www.vaniprakashan.com
marketing@vaniprakashan.in
sales@vaniprakashan.in

Jurm Aur Saza
by Fyodor Dostoyevsky
Translated by Shivdan Singh Chauhan & Smt. Vijay Chauhan

ISBN : 978-93-5518-418-4
Novel

प्रथम संस्करण 2023

मूल्य : ₹ 695

आर. टेक ऑफ़सेट प्रिंटर्स, दिल्ली-110 032 में मुद्रित

वाणी प्रकाशन का लोगो मक़बूल फ़िदा हुसेन की कूची से

भूमिका

फ़्योदोर माइखेलोविच दोस्तोवस्की (1821-1881) की महानता के बारे में दो मत नहीं हैं। कुछ आलोचकों का विचार है कि विश्व के उपन्यास-साहित्य की विशाल परम्परा का काल-विभाजन दोस्तोवस्की को प्रमाण मानकर किया जाना चाहिए, अर्थात् 'पूर्व-दोस्तोवस्की उपन्यास' तथा 'दोस्तोवस्की परवर्ती उपन्यास' के रूप में। ये आलोचक दोस्तोवस्की को एक उपन्यासकार के रूप में तॉलस्तॉय और वाल्ज़ाक से भी उपर मानते हैं और विश्व-साहित्य में उसका दरजा होमर और शेक्सपियर के साथ घोषित करते हैं। जो लोग दोस्तोवस्की की कला के समर्थक नहीं हैं या जो उसके अतिक्रियावादी धार्मिक विचारों से क्षुब्ध हैं, वे भी एक यथार्थवादी उपन्यासकार के रूप में उसकी महानता से इनकार नहीं करते। नीत्शे ने कहा था कि दोस्तोवस्की ही एक ऐसा मनोवैज्ञानिक है जिससे उसने कभी कुछ सीखा है। दोस्तोवस्की एक मनोवैज्ञानिक उपन्यासकार है और योरपीय उपन्यास की अधुनातन मनोवैज्ञानिक प्रवृत्तियों—विशेषकर ज्वायस-वर्जीनिया वुल्फ़ आदि द्वारा प्रवर्तित चेतना-प्रवाह का अंकन करने वाली औपन्यासिक धारा—को दोस्तोवस्की से प्रेरणा मिली है, कि वह ही इन प्रवृत्तियों का आदि-स्रोत है, यह धारणा आज भी व्यापक है। लेकिन दोस्तोवस्की स्वयं अपने को मनोवैज्ञानिक नहीं समझता था। उसने एक बार लिखा—"लोग मुझे मनोवैज्ञानिक कहते हैं। यह बात सत्य नहीं है। मैं केवल एक यथार्थवादी हूँ, लेकिन एक उच्च-स्तर का यथार्थवादी। मैं मानव-आत्मा की अन्तरतम गहराइयों का चित्रण करता हूँ।"

दरअसल, दोस्तोवस्की की महानता इसी में है कि वह मानव-आत्मा की अन्तरतम गहराइयों का 'चित्रण' करने में विश्व-साहित्य में अद्वितीय है। उसके पात्र काम नहीं करते—किसी प्रकार का काम करते हुए नहीं दीखते या दिखाये जाते, चाहे अमीर हों या ग़रीब, पूँजीपति, ज़मींदार, मज़दूर, किसान, क्लर्क या विद्यार्थी; लेकिन इन सामाजिक-जीवन की विषमताओं से आक्रान्त और अभिशप्त इन्सानों की आत्मा में

अच्छाई और बुराई, पाप और पुण्य, मानवीय और पाशविक प्रवृत्तियों के बीच जो चिरन्तन द्वन्द्व और संघर्ष चलता है और उससे व्यावहारिक स्तर पर प्रेम और घृणा, आस्था और अनास्था, सनक, जुर्म और पापाचार, दुःख और दर्द के रूप में जो दुर्दमनीय और प्रचण्ड प्रतिक्रियाएँ होती हैं, उनका वर्णन वह ऐसी यथार्थ सच्चाई से करता है कि सारे समाज का ढाँचा उसमें रूपायित हो जाता है। उन्नीसवीं शताब्दी में ज़ारशाही के रूप में, जब एक ओर दास-प्रथा टूट रही थी और पूँजीवाद अपने पंजे फैला रहा था, साधारण लोगों का जीवन कितना अभिशप्त और पीड़ित था, इसका सजीव और यथार्थवादी चित्रण दोस्तोवस्की की रचनाओं में इतनी मार्मिकता से हुआ है कि रूस में समाजवाद की स्थापना से पहले तक वहाँ की जनता उसे अपनी पीड़ा-वेदना और नये जीवन की आकांक्षाओं को अभिव्यक्ति देने वाले महान गद्य-कवि के रूप में पूजती थी। उसकी रचनाओं 'मुर्दों का घर' और 'जुर्म और सज़ा' ने ज़ारशाही की निरंकुशता और सामन्ती समाज के विरुद्ध लोगों के मन में विद्रोह की आग भड़का दी थी। लेकिन अपने यौवन-काल का यह क्रान्तिकारी लेखक, जिसने साइबेरिया में चार साल कारावास में बिताये थे और जिसे मृत्यु-दण्ड दिया गया था, अपने अन्तिम दिनों में सामाजिक क्रान्ति और समाजवाद में आस्था खोकर धार्मिक अन्धविश्वासों में मनुष्य के उद्धार का मार्ग खोजने लगा। शायद इसी कारण, क्रान्ति के प्रारम्भिक दिनों में सोवियत आलोचकों ने दोस्तोवस्की को 'पराजयवादी' और 'प्रतिक्रियावादी' घोषित किया। लेकिन अन्तिम दिनों की इन प्रतिक्रियावादी प्रवृत्तियों के बावजूद वह रूसी-जीवन के यथार्थ-चित्रण से कभी विमुख नहीं हुआ और वह अपने युग की समस्याओं का प्रगतिशील समाधान सोचने में चाहे असमर्थ रहा हो, लेकिन साधारण जनों के दुःख-दर्द के प्रति उसका कलाकार-हृदय अन्त तक उतना ही सहानुभूतिपूर्ण और संवेदनशील बना रहा, जितना यौवन-काल में था। यह मूलभूत सत्य सामयिक उत्तेजनाओं से हमेशा के लिए ढँका नहीं रह सकता था, और मैंने मास्को और लेनिनग्राद में जाकर देखा है कि वहाँ के विद्वान और साधारण पाठक दोस्तोवस्की का नाम अब कितने आदर से लेते हैं और उसकी कृतियों को कितने चाव से पढ़ते हैं।

भारतीय पाठक दोस्तोवस्की के नाम और उसकी कृतियों से उतने ही परिचित हैं, जितने तॉलस्तॉय, चेख़ब, तुर्गनेव या गोर्की की कृतियों से। दरअसल रूस के ये पाँचों महान लेखक हमारे देश में एक समान ही लोकप्रिय हैं। दोस्तोवस्की के एक महान उपन्यास 'महामूर्ख' को हम दो-तीन साल पहले हिन्दी-पाठकों की सेवा में प्रस्तुत कर चुके हैं। आज हम उसके दूसरे महान उपन्यास 'जुर्म और सज़ा' को हिन्दी पाठकों के हाथों में देते हुए गौरव का अनुभव कर रहे हैं। आजकल एक हिन्दी-फ़िल्म चल रही है, 'जब सुबह होगी'। इसके निर्माताओं का दावा है कि यह दोस्तोवस्की के

इसी महान उपन्यास 'जुर्म और सज़ा' पर आधारित है। यह फ़िल्म भारतीय दर्शकों को काफ़ी पसन्द आयी है। लेकिन आपको यह जानकर आश्चर्य होगा (और यह उपन्यास पढ़कर तो यक़ीन भी हो जायेगा) कि इस फ़िल्म की कहानी 'जुर्म और सज़ा' की महान कहानी की एक विकृत पैरोडी-मात्र है। 'जुर्म और सज़ा' में भावना की जो गहराई है, जुर्म के मनोविज्ञान का जो दार्शनिक विवेचन है, मारमेलेदोव और रास्कोलनिकोव परिवारों के अभिशप्त जीवन की जो हृदय-विदारक दारुणता व्यक्त हुई है, उसका शतांश भी क्या फ़िल्म में व्यक्त हो सका है? रास्कोलनिकोव के द्वैत-ग्रस्त चरित्र की वह आध्यात्मिक वेदना, जिसने उसे अनजाने में ही हत्या का अपराध करने के लिए विवश कर दिया था, सीधी-सादी सोनिया के चरित्र की वह पवित्रता, जिसे परिस्थितियों ने वेश्यावृत्ति के लिए मज़बूर कर दिया था, किन्तु जो अन्त में रास्कोलनिकोव के 'पुनरुज्जीवन' में उसकी प्रेरणा बनी; बूढ़े मारमेलेदोव—सोनिया की रुग्ण माँ का पति—के चरित्र की डान क्विग्ज़ोट जैसी विलक्षणता, जो अपनी शराबख़ोरी, हास्यास्पद हरकतों और स्मृतियों को अतिरंजित करके डींग मारते रहने की आदत के बावजूद जैसे मनुष्य की समस्त पीड़ा, व्यथा और आन्तरिक शालीनता का प्रतीक है; और स्वाभिमानी कैटेरीना (सोनिया की माँ), भोली-भाली, उदात्त दुनिया (रास्कोलनिकोव की प्यारी बहन) धूर्त स्वीद्रीआईलोव (दुनिया का मंगेतर) और अन्तर्भेदी दृष्टि-सम्पन्न पोरफेरी (पुलिस इन्सपेक्टर)—यह सब क़द्दावर किरदार, 'फिर सुबह होगी' में कहाँ हैं? चरित्र-चित्रण की वह मांसलता, वह बौद्धिकता, वह आध्यात्मिकता, वह कलात्मक मार्मिकता और गहराई कहाँ है? यानी 'जुर्म और सज़ा' का सारा रक्त-मांस निकालकर केवल कहानी का कंकाल ही 'फिर सुबह होगी' में पेश किया गया है—वह भी काफ़ी भोंडे ढंग से तोड़-मरोड़कर। फिर भी दर्शकों को यह फ़िल्म अच्छी लगी है, तो मूल उपन्यास कितना रोचक होगा? इसका अनुमान आप स्वयं लगा सकते हैं और उसे अब हिन्दी में ही पढ़कर इस बात की तसदीक भी कर सकते हैं।

'जुर्म और सज़ा' में और क्या ख़ूबियाँ हैं, इसका विवेचन हम यहाँ नहीं करेंगे, क्योंकि आप पढ़कर पहले यह तसदीक कर लें। यों, पढ़ने पर और खूबियाँ अपने आप ही नज़र आ जायेंगी, इसमें हमें सन्देह नहीं है।

शिवदान सिंह चौहान
विजय चौहान

पहला भाग

1

जुलाई का आरम्भ था। बेहद गर्मी पड़ रही थी। एक दिन शाम के समय एक युवक 'स' स्थान पर स्थित अपनी कोठरी में से निकलकर हिचकिचाते कदमों से नीचे उतरा और धीमी चाल से 'क' नाम के पुल की ओर चल पड़ा।

युवक ने इस मकान की पाँचवीं मंज़िल पर एक कोठरी किराये पर ले रखी थी, जिस मकान-मालकिन ने उसे यह कोठरी दी थी और जो उसे खाना पकाकर देती थी और उसके अन्य काम भी करती थी, उसे कोठरी की बजाय अलमारी कहना अधिक उपयुक्त होगा। वह निचली मंज़िल में रहती थी। इसलिए उस युवक को बाहर जाते समय हर बार मकान-मालकिन के रसोईघर के सामने से गुज़रना पड़ता था, जिसका दरवाज़ा हमेशा खुला रहता था। वहाँ से गुज़रते समय उस युवक में भय और आशंका की भावना पैदा होती थी, जिससे उसे बड़ी शर्म का अनुभव होता। मकान-मालकिन के कर्ज़ के भार से वह आकंठ डूबा हुआ था और उसके सामने पड़ने से डरता था।

इसलिए नहीं कि वह डरपोक अथवा कमीना था, बल्कि कारण इससे ठीक विपरीत था। पिछले कई दिनों से वह विक्षिप्त-सा हो रहा था। वह अपने विचारों में लीन था और उसे दीन-दुनिया की ख़बर तक न थी। वह दरिद्रता से पीड़ित था, लेकिन अब यह चिन्तामुक्त हो चुका था। उसे मकान-मालकिन की या किसी और की परवाह नहीं रही थी। लेकिन ज़ीने के बीचोंबीच रुककर मकान-मालकिन की अनर्गल, क्षुद्र बकवास सुनने और तक़ाजों और धमकियों के जवाब में कोई बहाना खोजने की ज़लालत से बचने के लिए वह बिल्ली की तरह दबे कदमों से नीचे उतरना कहीं बेहतर समझता था।

आज शाम को सड़क पर पहुँचते ही उसे अपने मन में व्यापे भय का आभास हुआ।

वह सोचने लगा, 'इधर मैं ऐसा काम करने जा रहा हूँ, उधर मुझे छोटी-छोटी बातों से डर लग रहा है। हूँ...लोग ठीक कहते हैं कि इन्सान के हाथ में सब कुछ है

लेकिन वह डरकर सब कुछ गँवा बैठता है। भला लोग सबसे अधिक किस बात से डरते हैं? मेरा ख़्याल है, नया कदम उठाने या किसी नये शब्द के उच्चारण से...लेकिन मैं इस बकवास में ही अपनी सारी शक्ति नष्ट कर रहा हूँ—इसलिए तो मुझसे कुछ करते नहीं बनता। या मैं कुछ कर नहीं पाता, इसीलिए बकवास करता हूँ। इस बीच कोठरी में बन्द रहकर मैंने बहुत सोचा है। हवाई क़िले बनाये हैं, इसीलिए मैं बकवास सीख गया हूँ। मैं उधर भला किसलिए जा रहा हूँ? क्या सचमुच मैं वह काम कर सकता हूँ? नहीं, यह तो मन को बहलाने की एक कल्पना मात्र थी। हो सकता है यह कोरी कल्पना हो।'

सड़क पर बेहद गर्मी थी, उमस भी। सड़क के शोरगुल, ईंट-पत्थरों, धूल और बदबू ने युवक के थके हुए स्नायुओं को और भी थका दिया। पीटर्सबर्ग के उस इलाक़े में शराब के भभकों की बड़ी बदबू रहती है, सड़क पर मटरगश्ती करते हुए शराबियों को देखकर युवक का मन वितृष्णा से भर उठा। उसके सुसंस्कृत चेहरे पर ग्लानि की एक रेखा दौड़ गयी। यहाँ यह बताना अनुचित न होगा कि युवक असाधारण रूप से सुन्दर और सुडौल था। उसकी आँखें और बाल गहरे भूरे रंग के थे, अगले ही क्षण वह किसी गहरी सोच में पड़ गया, या यूँ कहें कि उसका मन शून्यता से भर उठा। वह बिना देखे-समझे आगे बढ़ रहा था। बीच-बीच में वह कुछ बुदबुदाता जाता था। उसे अपनी मानसिक उलझन का आभास था। पिछले दो दिनों से उसने कुछ नहीं खाया था।

उसके कपड़े इतने फटे थे कि फूहड़ से फूहड़ आदमी को भी इन कपड़ों में बाहर निकलने में संकोच होता; लेकिन शहर के इस हिस्से में लुच्चे-लफ़ंगों, दुकानदारों और मज़दूरों की संख्या इतनी अधिक थी कि इस भीड़ में विलक्षण से विलक्षण व्यक्ति भी दर्शकों की दृष्टि बचाकर निकल सकता था। युवक के हृदय में इस समय इतनी कटुता भरी थी कि उसे यौवन के तमाम नखरों के बावजूद भी अपने फटे कपड़ों की रत्ती भर परवाह नहीं थी। फिर भी उसे परिचितों और भूतपूर्व सहपाठियों से इस फटेहाल में मिलना बर्दाश्त नहीं होता। इसी समय एक घोड़ा-गाड़ी उसके पास से निकली और एक शराबी ज़ोर से चिल्लाया, "वाह रे तेरा जर्मन टोपा।" युवक ने फौरन सर पर से अपना हैट उतार लिया, यह हैट सचमुच जर्मन फ़ैशन का था और पुराना होने की वजह से टेढ़ा-मेढ़ा हो गया था। युवक को लज्जा की बजाय आतंक का अनुभव हुआ।

वह बुदबुदाया, "मैं जानता था कि ऐसी ही किसी बेहूदगी से मेरी स्कीम का सत्यानाश हो जायेगा। सचमुच मेरा हैट असाधारण और बेहूदा है...इन चिथड़ों के साथ मुझे कोई किश्तीनुमा टोपी पहननी चाहिए थी, न कि वह भोंडा हैट, जिसे कोई एक मील दूर से भी पहचान ले और मेरी जान आफ़त में आ जाये; ऐसे मौक़ों पर

आदमी को सीधे-सादे कपड़ों में जाना चाहिए....यह छोटी-छोटी बातें बड़ा महत्त्व रखती हैं—इन्हीं की वजह से तो सत्यानाश होता है...।

उसे कहीं दूर नहीं जाना था, वह आँख मूँदकर बता सकता था कि उसके घर से वह जगह कितनी दूर है—पूरे सात सौ तीस कदम। एक बार विक्षिप्ति की अवस्था में उसने इस फ़ासले को नाप डाला था। तब उसे अपने दुःसाहस में विश्वास नहीं था। लेकिन एक महीने बाद आज अपनी समस्त व्यंगभरी बुदबुदाहट और सन्देह के बावजूद उसे इस 'घिनौने' दुःसाहस में आस्था हो गयी थी। उसका ख़्याल था कि वह केवल 'रिहर्सल' के लिए वहाँ जा रहा था। हर कदम पर उसकी उत्तेजना बढ़ती जा रही थी।

उसका दिल डूबने लगा। काँपते हुए कदमों से वह नहर के किनारे पर बने एक विशाल मकान में दाखिल हुआ। इस मकान में बहुत से किरायेदार रहते थे, जिनमें दर्जी, ताले बनाने वाले, रसोइये, जर्मन मज़दूर, ग़रीब क्लर्क सभी तरह के लोग रहते थे, जिनका आना-जाना दोनों आँगनों और फाटकों में बना रहता था। इस मकान की रखवाली के लिए तीन-चार चौकीदार भी रहते थे। संयोगवश इस समय वहाँ कोई चौकीदार न था, इसलिए युवक दाहिने दरवाज़े के ज़ीने में घुस गया। वह हर सीढ़ी से परिचित था, लेकिन अँधेरे में तेज़ से तेज़ आँखें भी उसे नहीं पहचान सकती थीं।

चौथी मंज़िल पर पहुँचकर उसने सोचा, 'मैं अभी से डर के मारे अधमरा हो रहा हूँ—उस वक़्त न जाने मेरा क्या हाल होगा!' एक फ़्लैट में से कुछ कुली फ़र्नीचर बाहर निकाल रहे थे। उसे मालूम था कि वहाँ एक जर्मन सरकारी क्लर्क रहता था जो अब मकान छोड़कर जा रहा था। "अब चौथी मंज़िल पर सिवा उस बुढ़िया के कोई नहीं होगा—चलो अच्छा हुआ!" उसने मन-ही-मन सोचा और बुढ़िया के फ़्लैट की घण्टी का बटन दबाया। भीतर एक भोंड़ी-सी आवाज़ हुई। ऐसे घरों में घंटियों की ऐसी ही आवाज़ आती है। इस आवाज़ को सुनकर युवक को कुछ याद आया... वह घबरा गया। थोड़ी देर में दरवाज़ा ज़रा-सा खुला। दराज़ में से झाँककर बुढ़िया सन्दिग्ध नज़रों से आगन्तुक की ओर देखने लगी। अँधेरे में उसकी दोनों आँखें चमक रही थीं। लेकिन बहुत से लोगों की आवाज़ें सुनकर वह आश्वस्त हो गयी और उसने दरवाज़ा खोल दिया। युवक एक अँधेरे कमरे में दाख़िल हुआ जिसकी दूसरी तरफ रसाई थी। बुढ़िया चुपचाप खड़ी युवक को घूरने लगी। वह साठ बरस की खूसट बुढ़िया थीः तीखी नाक, नाटा कद और कुटिल दृष्टि। उसके रूखे बाल तेल से चुपड़े थे और उसका सर नंगा था। उसकी मुर्गी की टाँग जैसी लम्बी, पतली गर्दन पर फ़लालैन की एक चिन्दी बँधी थी, और गर्मी के बावजूद भी एक फटा दुशाला ओढ़े थी। वह बार-बार खाँस रही थी। युवक के रंग-ढंग में ज़रूर कोई विलक्षणता रही होगी, क्योंकि बुढ़िया सन्दिग्ध नज़रों से उसे घूर रही थी।

युवक ने लड़खड़ाती ज़बान में कहा, "मेरा नाम रास्कोलनिकोव है। मैं पिछले महीने यहाँ आया था।" उसे याद आया कि उसे बुढ़िया से शिष्टतापूर्वक पेश आना चाहिए।

"जी जनाब! मुझे अच्छी तरह याद है कि आप पिछले महीने यहाँ तशरीफ़ लाये थे।" बुढ़िया ने तीखे स्वर में कहा। वह अब भी युवक को घूर रही थी।

"आज भी... मैं उसी काम से आया हूँ," युवक घबराये स्वर में बोला। उसे बुढ़िया के सन्देह पर आश्चर्य हो रहा था। वह सोचने लगा, "शायद उसका मिज़ाज ही ऐसा है। पिछली बार मैंने ध्यान नहीं दिया होगा।"

बुढ़िया कुछ हिचकिचाकर एक ओर खड़ी हो गयी और सामने वाले कमरे की ओर इशारा करते हुए बोली, "जनाब, वहाँ तशरीफ़ ले जायें!"

कमरे की दीवारों पर पीले रंग का काग़ज़ चिपका था। एक फूलदान में जिरेनियम के फूल सजे हुए थे। खिड़कियों पर मलमल के पर्दे लटके थे। सारा कमरा सूर्यास्त की लाली से आलोकित हो रहा था।

"क्या उस समय भी ऐसी ही लाली होगी?" युवक के मन में सहसा विचार उठा। वह कमरे की हर चीज़ को ग़ौर से देखने लगा। लेकिन वहाँ पुराने फ़र्नीचर के सिवा कुछ न था। सोफ़ा, मेज़, शृंगार की गोल मेज़, दीवारों पर दो-तीन सस्ते चित्र—बस। एक कोने में ईसा की मूर्ति के आगे एक मोमबत्ती जल रही थी। सब चीज़ें साफ़-सुथरी थीं। फ़र्श और फ़र्नीचर पर पालिश की चमक थी। धूल का कहीं एक कण भी नहीं दिखायी देता था।

युवक सोच रहा था, "ऐसी खूसट विधवा बुढ़ियों के यहाँ ही इतनी सफ़ाई रहती है।" उसकी नज़र साथ वाले कमरे पर पड़ी, जिसमें बुढ़िया का पलँग और कपड़ों की अल्मारी थी। उस फ़्लैट में दो ही कमरे थे।

इसी समय बुढ़िया उसके सामने आकर खड़ी हो गयी और कठोर स्वर में बोली, "कहो, क्या चाहते हो?"

"मैं गिरवी रखने के लिए कुछ चीज़ें लाया हूँ," कहकर उसने ज़ेब में से पुराने फ़ैशन की एक घड़ी निकाली, जिसकी पीठ पर 'ग्लोब' अंकित था। घड़ी की चेन फौलाद की बनी हुई थी।

"लेकिन अभी तो तुमने पिछला सूद भी नहीं चुकाया। महीना तो परसों ही पूरा हो गया।"

"कुछ दिन की मोहलत दीजिए, मैं दो महीने का सूद एक साथ अदा कर दूँगा।"

"लेकिन यह तो अब मेरी मर्ज़ी पर है कि मैं तुम्हारी चीज़ को रखूँ या बेच डालूँ।"

"आप इस घड़ी के बदले में कितना देंगी?"

"तुम हर बार कूड़ा-कचरा उठा लाते हो। पिछली बार मैंने तुम्हारी अँगूठी पर तुम्हें दो रूबल दिये थे। ऐसी अँगूठी जौहरी के यहाँ से डेढ़ ही रूबल में मिल सकती है।"

"इस घड़ी पर मुझे चार रूबल दे दीजिए। मैं इसे ज़रूर छुड़ा लूँगा। यह मेरे पिता की आख़िरी निशानी है।"

"डेढ़ रूबल* मिलेगा और सूद पेशगी।"

"सिर्फ़ डेढ़ रूबल?"

"जैसी तुम्हारी मर्ज़ी," कहकर बुढ़िया ने युवक को घड़ी लौटा दी। युवक क्रोध से तमतमाता वापस जाने लगा, लेकिन उसे याद आया कि उसके यहाँ आने का एक और भी प्रयोजन है।

"लाइये," वह मुड़कर कठोर स्वर में बोला।

बुढ़िया ने चाबियाँ तलाश करने के लिए अपनी ज़ेब टटोली और वह दूसरे कमरे में चली गयी। युवक अकेला रह गया। उसे दूसरे कमरे में से दराज़ खोलने की आवाज़ सुनाई दी।

"ज़रूर यह सबसे ऊपर वाला दराज़ होगा।" युवक ने सोचा, "अच्छा, तो बुढ़िया दायीं ज़ेब में चाबियाँ रखती है। सभी चाबियाँ एक छल्ले में होंगी... सबसे बड़ी चाबी किस ताले की होगी! दराज़ में तो यह चाबी नहीं लग सकती...तब कोई न कोई बड़ा सन्दूक होगा—यह जानना ज़रूरी है। सिर्फ़ मज़बूत सन्दूकों में ही इतने बड़े ताले लगाये जाते हैं। उफ़, मैं कितनी नीच बातें सोच रहा हूँ।"

इसी समय बुढ़िया लौट आयो और बोली, "जनाब, दस कोपेक। प्रति रूबल सूद देना होगा, इसलिए मैं एक महीने का सूद पेशगी काट रही हूँ। पिछले दो रूबलों पर भी आपको बीस कोपेक सूद देना है। कुल जमा पैंतीस कोपेक हुए। उन्हें काटकर बाक़ी रकम आपको दे रही हूँ। यह लीजिए।"

"क्या सिर्फ़ एक रूबल* पन्द्रह कोपेक**!"

"सिर्फ़ इतना ही।"

युवक ने चुपचाप रकम ले ली, लेकिन वह जाने की बजाय वहीं खड़ा रहा जैसे अभी उसे बुढ़िया से कोई और काम हो। लेकिन वह काम क्या था, वह स्वयं भी नहीं जान पा रहा था।

"एकाध दिन में शायद मैं एक क़ीमती चीज़ लाऊँ, एल्योना इवानोव्ना—चाँदी का एक सिगरेट बॉक्स, जो मेरे एक मित्र के पास है..." कहकर वह रुक गया।

"आगे की आगे देखी जायेगी।"

"अच्छा गुडबाई! क्या आप हमेशा घर में अकेली रहती हैं? आपकी बहन शायद बाहर गयी हुई हैं?" युवक ने अनासक्त भाव से पूछा।

---

* **रूबल**—रूसी सिक्का जिसकी क़ीमत लगभग एक रुपया होती है।

** **कोपेक**—रूबल का सौवाँ हिस्सा, लगभग नये पैसे के बराबर।

"आपको मेरी बहन में क्या दिलचस्पी है?"

"कुछ नहीं, मैंने तो ऐसे ही पूछा था। आप बड़ी शक्की हैं...अच्छा गुडबाई एल्योना इवानोव्ना!"

रास्कोलनिकोव की घबराहट बढ़ती गयी। ज़ीने से उतरते हुए वह दो-तीन बार रुक गया, उसे कोई बात याद आ गयी थी। सड़क पर पहुँचकर वह बुदबुदाया, "हे ईश्वर! कितना घृणित विचार है। भला मैं...मैं...नहीं यह बकवास है। मेरे दिमाग़ में इतनी खौफ़नाक बात कैसे आयीं! मुझे ऐसी गन्दी बातें सूझने लगी हैं। गन्दी, घृणित, पूरे एक महीने से मैं..." लेकिन उसकी ग्लानि इस सीमा तक पहुँच गयी थी कि वह अपनी परेशानी से बचने का कोई रास्ता नहीं पा रहा था। वह पियक्कड़ों की तरह लोगों से टकराता हुआ सड़क की पटरी पर चल रहा था। सहसा उसने अपने आपको एक शराबख़ाने की सीढ़ियों पर खड़ा पाया। दो शराबी एक-दूसरे की बाँहों का सहारा लिए और गाली-गलौज़ करते हुए सीढ़ियाँ चढ़ने लगे। रास्कोलनिकोव भी फौरन भीतर चला गया। इससे पहले वह कभी किसी शराबख़ाने में नहीं गया था। लेकिन इस समय उसका सर चकरा रहा था और उसे तीव्र प्यास लग रही थी। वह ठंडी शराब पीने के लिए व्याकुल हो उठा। वह सोचने लगा कि भूख के कारण ही उसे इतनी कमज़ोरी महसूस हो रही है। वह एक अँधेरे, गन्दे कोने में एक चिपचिपाती मेज़ के सामने बैठ गया। उसने बीयर मँगवाई और एक ही घूँट में पूरा गिलास पी गया। फौरन उसके दिल का बोझ हल्का हो गया और उसके दिमाग़ में छायी हुई धुन्ध छँटने लगी।

"चिन्ता की कोई बात नहीं। मुझे कोई शारीरिक रोग नहीं है। एक गिलास बीयर, डबल रोटी का एक सूखा टुकड़ा...और फौरन दिलो-दिमाग़ ताज़ा हो गया। छिः, यह कितनी मामूली-सी बात है।"

उसके प्रसन्न चेहरे से मालूम होता था कि उसके दिल पर से कोई भारी बोझ उतर गया है। वह अपने आस-पास बैठे लोगों को सद्भावना की दृष्टि से देखने लगा। लेकिन उसे मन-ही-मन आभास हुआ कि यह उसकी आकस्मिक मनःस्थिति भी स्वाभाविक नहीं है।

शराबख़ाने में बहुत थोड़े लोग रह गये थे। शराबियों की वह टोली, जिसमें पाँच-सात मर्द और एक लड़की भी शामिल थी, वहाँ से जा चुकी थी। कमरे में सिर्फ़ दो व्यक्ति रह गये थे, जिनमें से एक मज़दूर मालूम होता था और दूसरा उसका लम्बा, भरकम साथी था, जो नशे में धुत होकर बेंच पर ही लुढ़क गया था। बीच-बीच में वह दोनों बाँहें फैलाकर अपनी उँगलियाँ चटखाता था और किसी अनर्गल गीत की पंक्तियाँ बुदबुदाता जाता था–

"अपनी बीवी को उसने सालभर तक प्यार किया,

प्यार किया, बीवी को साल भर तक प्यार किया।"

और फिर वह उठकर गाने लगा—

"भीड़ भरी सड़क पर जाकर
उसे परिचित एक दिखायी दिया।"

लेकिन किसी ने उसके इस उन्माद की ओर ध्यान नहीं दिया। उसका साथी क्रुद्ध भाव से यह सब हरकतें देख रहा था। कमरे में एक और आदमी भी था जो शक्ल-सूरत से एक रिटायर्ड क्लर्क मालूम होता था। वह बीयर की चुस्कियाँ लेते हुए सबकी ओर देखता जाता था। वह भी किसी कारण से उद्विग्न था।

2

रास्कोलनिकोव को भीड़-भाड़ पसन्द न थी। विशेषकर पिछले कई दिनों से उसने अपने परिचितों से मिलना-जुलना तक बन्द कर दिया था। लेकिन आज अचानक उसे साथियों की ज़रूरत महसूस हुई। उसे न जाने क्या हो गया कि वह लोगों से मिलने के लिए व्याकुल हो उठा था। एक महीने से दरिद्रता और चिन्ताओं में डूबा रहने के बाद आज वह क्षण भर के लिए किसी दूसरी दुनिया में जाना चाहता था, चाहे वह कैसी भी दुनिया क्यों न हो। इसलिए गन्दगी के बावजूद भी उसे शराबख़ाने का वातावरण सुखकर लग रहा था।

शराबख़ाने का मालिक किसी दूसरे कमरे में था, लेकिन बीच-बीच में वह अपने लम्बे, बेढब बूटों से खट-खट करता हुआ बड़े कमरे में भी आ निकलता था। ओवरकोट के नीचे उसने काले साटन की बास्कट पहन रखी थी, जिसमें सैकड़ों चिकनाई के दाग़ थे, और उसका चेहरा भी लोहे के ताले की तरह तेल से पुता मालूम देता था। काउन्टर पर पन्द्रह बरस का एक लड़का खड़ा था। एक और लड़का शराब और ख़ाने की चीज़ें परस रहा था। काउन्टर पर कटे हुए खीरे, सूखी, काली रोटी के टुकड़े और बदबूदार मछली की एक प्लेट रखी थी। सारे वातावरण में शराब की गन्ध छायी थी, जिससे किसी भी व्यक्ति को पाँच मिनट के अन्दर नशा चढ़ सकता था।

कई बार कुछ अजनबी लोगों को देखते ही हमारे मन में उनके प्रति दिलचस्पी पैदा हो जाती है। उस क्लर्कनुमा आदमी को देखते ही रास्कोलनिकोव के मन में कुछ ऐसे विचार उठे जिनको बाद में उसने पूर्व-चेतना की संज्ञा दी। वह बार-बार उसकी ओर घूरने लगा। मालूम होता था कि वह व्यक्ति भी रास्कोलनिकोव से बातचीत करने के लिए उत्सुक है। वह बाक़ी लोगों की ओर इस तरह देख रहा था, जैसे वे सब उसके पुराने परिचित हों, और उससे घटिया दर्ज़े के लोग हो। उस व्यक्ति की उमर पचास से ऊपर थी। सर गंजा और देह गठीली थी। लगातार पीने से उसके चेहरे पर नीली रेखायें खिंच गयी थीं और उसकी आँखें लाल और सूजी हुई थीं।

लेकिन उसकी आँखों में एक विचित्र चमक थी। शायद वह कुशाग्र बुद्धि की निशानी थी। लेकिन उन आँखों में पागलपन की झलक भी थी। वह एक फटा-पुराना काले रंग का कोट पहने था, जिसमें एक के सिवा सभी बटन टूट गये थे, कुलीनता की अन्तिम निशानी के रूप में। बास्कट के भीतर से एक मैली-कुचैली कमीज़ बाहर निकल रही थी। सभी क्लर्कों की तरह उसने भी दाढ़ी-मूँछ मुड़ा रखी थी, लेकिन कई दिन से हज़ामत न करने के कारण उसकी ठुड्डी किसी सख़्त सफ़ेद बालों वाले ब्रुश की तरह दिखायी दे रही थी। उसमें कुछ अफ़सराना अन्दाज़ भी था, लेकिन वह किसी कारण से परेशान नज़र आ रहा था। वह बार-बार अपने बालों में उँगलियाँ फेरता और निराश भाव से अपनी कुहनियाँ मेज़ पर टेक रहा था। आख़िर उसने रास्कोलनिकोव की ओर देखकर ऊँची आवाज़ में कहा :

"श्रीमान्, क्या मैं आपसे बातचीत कर सकता हूँ? हालाँकि आपके हुलिये को देखकर मन में आदर नहीं उपजता, लेकिन मैं अपने अनुभव से बता सकता हूँ कि आप शिक्षित व्यक्ति हैं और शराब पीने के आदी नहीं हैं। मैं पढ़े-लिखों का आदर करता हूँ, विशेषकर सभ्य लोगों का। मैं काउंसलर के पद पर हूँ। मुझे मारमेलेदोव कहते हैं—क्या मैं जान सकता हूँ कि आप क्या काम करते हैं?"

"जी मैं अभी पढ़ रहा हूँ," युवक ने मारमेलेदोव की बेतक़ल्लुफ़ी और लच्छेदार भाषा से चकित होकर उत्तर दिया। अभी एक क्षण पहले वह किसी साथी की तलाश में था, लेकिन एक अपरिचित द्वारा बातचीत का निमन्त्रण पाकर उसका मिज़ाज फिर चिड़चिड़ा हो गया।

"पढ़ रहे हैं, या किसी ज़माने में पढ़ते थे?" मारमेलेदोव ने पूछा, "मेरा भी यही अनुमान था। जनाब, मैं आख़िर तजुर्बेकार आदमी हूँ," उसने आत्म प्रशंसा के लिए अपना माथा थपथपाया "मैं बता सकता हूँ कि आपने किसी अच्छी संस्था में शिक्षा पायी है...लेकिन अगर आप बुरा न मनायें तो..." कहकर उसने अपना गिलास उठाया और युवक के क़रीब आकर बैठ गया। वह नशे में धुत था और अनर्गल प्रलाप कर रहा था। वह रास्कोलनिकोव पर इस तरह झपटा, जैसे वह भी हफ़्तों से किसी से बातचीत करने के लिए तरस रहा हो।

उसने संजीदा ढंग से कहा, "जनाब, ग़रीब होना कोई पाप नहीं है। किसी ने सच ही कहा है। लेकिन शराब पीना भी तो कोई नेक काम नहीं। असली पाप है भीख माँगना। ग़रीबी में इन्सान की आत्मा ऊँची रहती है, लेकिन भीख से आत्मा गिर जाती है। भीख माँगने वाले को झाड़ू मारकर सभ्य समाज से खदेड़ दिया जाता है और उसके अपमान में कोई कसर नहीं रखी जाती। यह स्वाभाविक है। ख़ुद भिखारी भी तो अपने को कितना बेइज़्ज़त समझता है। इसीलिए लोग शराबखानो में जाते हैं। जनाब, पिछले महीने मिस्टर लिब्निजियानिक ने मेरी घरवाली को ख़ूब पीटा।

ख़ैर, वह तो घरवाली जाने। आप समझ गये? में कौतूहलवश आपसे एक सवाल पूछता हूँ। क्या कभी आपने नेवा नदी में एक रात भूसे से लदे बजरे में बैठ कर गुज़ारी है?"

"जी नहीं, मुझे ऐसा मौक़ा कभी नहीं मिला। लेकिन मैं आपका मतलब नहीं समझा।"

"मतलब यह है कि पिछली पाँच रातें मैंने वहीं गुज़ारी हैं..." उसने शराब का गिलास ख़ाली करते हुए जवाब दिया। सचमुच उसके कपड़ों और बालों में अब भी भूसे के तिनके लगे हुए थे। शायद पिछले पाँच दिनों से उसे नहाने और कपड़े बदलने का मौक़ा भी नहीं मिला था। उसके हाथ बेहद गन्दे हो रहे थे। मोटी और लाल उँगलियों पर काले नाख़ून बहुत ही भद्दे मालूम देते थे।

उसकी विलक्षण बातचीत को सुनने के लिए शराबख़ाने के नौकर-चाकर, और यहाँ तक कि मालिक भी नज़दीक आकर बैठ गये। स्पष्ट है कि मारमेलेदोव यहाँ अकसर आता था और प्रतिदिन तरह-तरह के अजनबियों से मिलते रहने के कारण उसे लच्छेदार भाषा बोलने का अभ्यास हो गया था। कुछ पियक्कड़ों में यह एक व्यसन बन जाता है, ख़ासकर उनमें, जिनकी घरेलू ज़िन्दगी में कड़ा नियन्त्रण होता है। इसलिए शराबियों की सोहबत में ऐसे लोग लच्छेदार भाषा द्वारा औरों का आदर पाने का यत्न करते हैं।

शराबख़ाने के मालिक ने उससे कहा, "तुम भी अजब आदमी हो। अपने काम पर क्यों नहीं जाते?"

"हुज़ूर जानना चाहते हैं कि मैं काम पर क्यों नहीं जाता, यही न? लेकिन अपने जीवन की व्यर्थता को देखकर क्या मेरा दिल नहीं फटता? पिछले महीने मिस्टर लिब्निजियानिक ने जब मेरी बीवी को पीटा, तो उस समय मैं नशे में था, लेकिन क्या मुझे इस पर दुःख नहीं हुआ? माफ़ करना, मेरे नौजवान दोस्त, क्या कभी...तुमने किसी से उधार माँगा है?" मारमेलेदोव ने रास्कोलनिकोव को लक्ष्य करके कहा।

"क्यों नहीं, लेकिन में आपका मतलब नहीं समझा।"

"मतलब यह है कि जब आदमी को पहले से ही मालूम हो कि उसकी याचना ठुकरा दी जायेगी और उसे निश्चित रूप से मालूम है कि अमुक सम्भ्रान्त, आदरणीय महोदय किसी सूरत में उधार नहीं देंगे तो उसे कैसा लगेगा? लेकिन मैं आपसे पूछता हूँ कि वह कर्ज़ क्यों दे, जब कि वह जानता है कि मैं उसे यह कर्ज़ अदा नहीं करूँगा?"

"तो क्या वह दया से द्रवित हो जाये? लेकिन मिस्टर लिब्निजियानिक, जो आधुनिक विचारों के व्यक्ति हैं, फर्माते हैं कि साइंस (विज्ञान) दया-माया को नहीं मानती। पर इंग्लैण्ड में, जहाँ अर्थशास्त्र का बोलबाला है, ऐसा नहीं होता।

मैं फिर पूछता हूँ कि वह मुझे कर्ज़ क्यों दे? यह जानते हुए भी कि वह नहीं देगा, मैं उसके पास जाता हूँ..."

"तो क्यों जाते हैं?" रास्कोलनिकोव ने पूछा।

"इसलिए कि जब आदमी का कोई सहारा न हो तो वह क्या करे? उसे कहीं न कहीं तो जाना ही पड़ेगा। कई बार तो इतनी सख़्त ज़रूरत पड़ती है कि बिना जाये गुज़ारा नहीं होता। जब मेरी सगी बेटी पहली बार वेश्या का लाइसेन्स लेकर घर से बाहर निकली तो मुझे भी जाना पड़ा... (मेरी बेटी के पास पीला लाइसेन्स है)... कोई बात नहीं, कोई बात नहीं।"

यह सुनकर सब लोग मुस्करा पड़े, लेकिन वह संजीदा स्वर में बोला, "मैं लोगों को हँडिया-सा सर हिलाते देखकर अब नहीं घबराता। फिर लोगों से क्या छिपायें? छिपी हुई चीज़ को खोलने में क्या बुराई है? मैं इन सब बातों पर खीजता नहीं। विनयपूर्वक इन्हें स्वीकार करता हूँ। यह सब हुआ करे, मेरी बला से! माफ़ करना, मेरे नौजवान दोस्त, क्या तुम...नहीं मैं इसे और ज़्यादा साफ़ ढंग से कहूँगा—क्या मुझे देखकर तुम्हें यह कहने की जुर्रत हो सकती है कि मैं एक घिनौना सूअर नहीं हूँ।"

रास्कोलनिकोव चुप रहा। कमरे में एक क़हक़हा लगा। वक़्ता का स्वर और भी उदात्त हो गया।

"मान लीजिए, में सूअर ही सही। मेरी शक्ल जंगली जानवरों जैसी है—चलिए यह भी मान लिया। लेकिन मेरी पत्नी कैटेरीना इवानोवुना तो एक सम्भ्रान्त महिला है। वह एक अफ़सर की बेटी है और पढ़ी-लिखी भी है। मान लिया, मान लिया कि मैं लम्पट हूँ, लेकिन वह तो एक नेक-दिल औरत है। काश... काश उसे मेरा ध्यान होता। बन्दानबाज़, आप भी जानते हैं कि दुनिया में कोई न कोई जगह तो ऐसी होनी चाहिए, जहाँ आदमी को प्रेम और आदर मिले। लेकिन कैटेरीना इवानोवना सहृदय होते हुए भी मुझ पर अन्याय करती है...मैं जानता हूँ कि जब वह मेरे बाल नोंचती है ...हाँ, मेरे नौजवान दोस्त, मुझे यह बताने में संकोच नहीं कि अकसर मेरे बाल नोंचे जाते हैं। लेकिन वह मुझ पर गुस्सा नहीं करती, सिर्फ़ तरस खाती है।" श्रोताओं की हँसी ने उसे ज़रा भी विचलित नहीं किया। उसने दुगने उत्साह से कहना जारी रखा, "हे भगवान्, अगर वह एक बार, सिर्फ़ एक बार...'नहीं, नहीं, यह एक बकवास है, क्योंकि अनेक बार मेरी इच्छा पूरी हुई है और उसने मेरी कामना भी की है, लेकिन...लेकिन बदक़िस्मती से मेरा स्वभाव जंगली जानवरों जैसा है।"

"किबला आप ठीक फ़रमा रहे हैं।" शराबख़ाने के मालिक ने उबासी लेते हुए कहा। मारमेलेदोव ने ज़ोर से मेज़ पर मुक्का मारा और गरज कर बोला, "मैं बदक़िस्मत हूँ, सुना जनाब! मैंने शराब पीने की ख़ातिर उसके मोजे तक बेच डाले हैं। उसके जूते नहीं—उनकी बारी भी अपने समय पर आ जायेगी—अभी तो सिर्फ़ उसके

मोजे ही बेचे हैं, शराब पीने की ख़ातिर! उसका शाल तो मैं पहले ही बेच आया था—वह उसका अपना था, मेरा दिया हुआ नहीं। और अब हम एक ठंडे कमरे में रहते हैं। इन सर्दियों में उसे शीत लग गया है और वह खाँसने लगी है और उसकी खाँखार में ख़ून भी आने लगा है। हमारे तीन छोटी-छोटी लड़कियाँ हैं और कैटेरीना इवानोव्ना को सुबह से शाम तक काम करना पड़ता है। वह दिन भर बच्चों को नहलाती-धुलाती रहती है, क्योंकि वह बच्चों को साफ़-सुथरा देखने की आदी है। लेकिन उसके फेफड़े कमज़ोर हैं और वह यक्षमा से पीड़ित है और मुझे यह देखकर क्लेश होता है। आप क्या सोचते हैं कि मुझे क्लेश नहीं होता? मैं जितनी ही ज़्यादा शराब पीता हूँ, मेरा क्लेश उतना ही ज़्यादा बढ़ता जाता है।...मैं पीता भी इसी ख़ातिर हूँ कि मेरा दुःख दुगना हो जाय।" और फिर जैसे यातना से तिलमिला कर उसने मेज़ पर अपना सिर रख लिया।

"नौजवान," उसने सिर उठाकर कहना शुरू किया, "तुम्हारे चेहरे को देखकर मुझे लगता है कि तुम्हारे दिमाग़ में कोई भयंकर चिन्ता समाई हुई है। तुम्हें देखते ही मुझे उस चिन्ता का आभास मिल जाता है, और इसीलिए मैंने तुमसे यह सब बातें की हैं। तुम्हें अपने जीवन की कहानी सुनाकर मैं इन सुस्त और निकम्मे श्रोताओं के आगे अपने को हास्यास्पद नहीं बनाना चाहता—सच तो यह है कि ये लोग इस कहानी को पहले भी सुन चुके हैं—बल्कि मैं एक ऐसे व्यक्ति की तलाश में हूँ जो पढ़ा-लिखा और संवेदनशील हो। तो फिर जान लो कि मेरी बीवी ने कुलीन घरानों की लड़कियों के स्कूल में शिक्षा पायी थी, और स्कूल छोड़ते समय उसने गवर्नर और दूसरे विशिष्ट व्यक्तियों के आगे शॉल-नृत्य किया था, जिसके लिए उसे सोने का एक पदक और योग्यता का सर्टिफ़िकेट मिला था। सोने का पदक...हाँ, वह पदक तो ख़ैर बेच दिया गया—बहुत दिन पहले ही, हुँ...लेकिन योग्यता का सर्टिफ़िकेट अभी तक उसके बक्स में सुरक्षित रखा हुआ है और कुछ दिन पहले ही मेरी बीवी ने उसे मकान-मालकिन को दिखाया भी था। हालाँकि मकान-मालकिन से वह हमेशा झगड़ती रहती है, लेकिन वह किसी न किसी से अपने अतीत गौरव और खोये हुए सुख के दिनों का बख़ान करना चाहती थी। इसके लिए मैं उसकी निन्दा नहीं करता, न उसे दोषी ही ठहराता हूँ क्योंकि अतीत की स्मृतियों के अलावा उसके पास बचा ही क्या है? और सब तो धूल और राख है। हाँ, हाँ, तो वह बड़ी ओजस्वी स्त्री है, गर्वीली और दृढ़ संकल्प वाली। फ़र्श को वह अपने हाथों से रगड़-रगड़ कर साफ़ करती है। उसे काली रोटी ही ख़ाने को नसीब होती है, लेकिन वह अपमान बर्दाश्त नहीं करती। इसलिए लिब्निसीजियानिक ने उसका जो अपमान किया है, हमें उसकी उपेक्षा नहीं करनी चाहिए। उसने जब उस बेचारी को पीटा तो उसे इतनी चोट नहीं लगी थी, जितनी उसकी भावनाओं को आघात पहुँचा था, जिससे उसने

चारपाई पकड़ ली। मैंने जब उससे विवाह किया, उस समय वह विधवा थी। उसके तीन बच्चियाँ थीं, एक दूसरे से छोटी। उसने अपने पहले पति से, जो पैदल सेना का अफ़सर था, प्रेम के कारण अपने पिता के घर से भागकर शादी की थी। उसे अपने पति से अगाध प्रेम था, लेकिन उसे ताश और जूआ खेलने की लत पड़ गयी और इससे वह आफ़त में फँसकर अन्त में मर गया। अपने अन्तिम दिनों में वह कैटेरीना इवानोव्ना को पीटने भी लगा था, और हालाँकि बदले में वह भी उसको पीटती थी, जिसका मेरे पास लिखित सबूत मौजूद है, फिर भी उसका स्मरण करते समय उसकी आँखें आँसुओं से तर हो जाती हैं। वह रोज़ मुझे ताने मारती है—मुझे ख़ुशी है कि चलो कम से कम ज़िन्दगी में एक बार तो उसे सुख मिला था। पति के मरने के बाद वह तीन बच्चों के साथ ग़रीबी में दिन काट रही थी। मैंने ऐसा करुण दृश्य कभी नहीं देखा। उसके रिश्तेदारों ने उसकी खोज ख़बर लेना छोड़ दिया था, फिर वह कितनी स्वाभिमानिनी थी...जनाब, उन दिनों मैं भी विधुर था। मेरी पन्द्रह बरस की एक बेटी थी। मैं उसे इस हालत में नहीं देख सकता था, इसलिए मैंने उससे शादी का प्रस्ताव किया। आप स्वयं कल्पना करें कि मुझसे शादी करने में उस जैसी पढ़ी-लिखी महिला को कितनी व्यथा हुई होगी! लेकिन वह लाचार थी। उसे और कोई सहारा नहीं होता तो उसकी क्या हालत होती है? नहीं, आप अभी भी नहीं समझे...एक बरस तक मैंने ईमानदारी से अपना फ़र्ज निभाया और इसे (उसने शराब की ओर इशारा किया) छूआ तक नहीं। मेरे सीने में भी दिल है। लेकिन इस पर भी मैं उसे ख़ुश न कर सका। इस बीच मेरी नौकरी भी छूट गयी—फिर मैंने पीना शुरू कर दिया। इस ऐतिहासिक नगर में आये हमें डेढ़ बरस हो गये हैं। यहाँ आकर मुझे एक नौकरी मिली, जो मेरी अपनी ग़लती से छूट गयी...लोगों को मेरी कमज़ोरी का पता चल गया। आजकल हम एमीलिया फ्योदोरोवना लिपवेशेल के यहाँ आधा कमरा किराये पर लेकर रहते हैं। किराये के लिए और ज़िन्दा रहने के लिए पैसा कहाँ से आता है, यह बताना मुश्किल है। हमारे अलावा वहाँ और किरायेदार भी रहते हैं। चारों तरफ़ गन्दगी फैली रहती है, निरा पागलखाना है...अरे हाँ...इस बीच मेरी लड़की भी जवान हो गयी है। उसे अपनी सौतेली माँ से कितना दुर्व्यवहार मिला है, इसकी चर्चा मैं नहीं करूँगा, क्योंकि कैटेरीना इवानोव्ना सहृदय होते हुए भी चिड़चिड़े स्वभाव की औरत है...लेकिन इस प्रसंग से क्या फ़ायदा। मेरी बेटी सोनिया पढ़ी-लिखी नहीं है। चार बरस पहले मैंने उसे भूगोल और इतिहास पढ़ाने की कोशिश की थी, लेकिन मुझे स्वयं इन विषयों का विशेष ज्ञान नहीं था, फिर हमारे पास किताबें भी नहीं थीं। जो किताबें बच रही थीं...ख़ैर, हमारी तालीम बीच में ही रह गयी। हम ईरान के बादशाह से आगे न बढ़ सके। लेकिन सोनिया ने ढेरों रोमांटिक उपन्यास पढ़े हैं। हाल ही में मिस्टर लिब्नि जियानिक से माँगकर

उसने शरीर-विज्ञान की एक पुस्तक पढ़ी थी। आपने तो पढ़ी होगी। उसने कुछ परिच्छेद हम लोगों को भी पढ़कर सुनाये। बस उसकी तालीम यहीं तक है। अब जनाब, मैं आपसे एक व्यक्तिगत सवाल पूछना चाहूँगा। आपके ख़्याल में क्या कोई शरीफ़ लड़की ईमानदारी से काम करके अपना पेट भर सकती है? जी नहीं! अगर वह असाधारण रूप से गुणवती हो, और चौबीसों घण्टे काम करे, तो भी दिन में वह पन्द्रह फ़ार्दिंग* से अधिक नहीं कमा सकती। क्या आपने इवान इवानिव् क्लौपस्टोक का नाम सुना है? वे कितने बड़े अफ़सर हैं। लेकिन उन्होंने अभी तक सोनिया को आधी दर्जन कमीज़ों की सिलाई नहीं दी, बल्कि उसे यह कहकर दुत्कार दिया कि उसने कमीज़ों के कालर दिये गये नमूनों के मुताबिक़ नहीं बनाये। घर में भूखे बच्चे हैं...कैटेरीना इवानोव्ना के गाल अकसर लाल रहते हैं, जैसा कि इस बीमारी में होता है। वह सोनिया से कहती है, तुम इस घर में रहती हो, खाती पीती हो, लेकिन एक तिनका तक नहीं तोड़ती' ज़रा सोचिये, जब तीन दिन से घर में रोटी का एक टुकड़ा न हो तो सोनिया कहाँ से खायेगी। मैं उस वक़्त नशे में धुत था—मैंने सोनिया की आवाज़ सुनी (उसकी आवाज़ में मिठास है, उसके बाल सुनहरी है जो उसके पीले नाजुक़ चेहरे पर बड़े अच्छे लगते हैं) वह कह रही थी, 'कैटेरीना इवानोव्ना, क्या मुझे सचमुच ऐसा काम करना होगा!' मुहल्ले की बदमाश औरत दारया फ्रांत्सोव्ना ने कई बार मकान-मालिकन की मार्फ़त सोनिया पर डोरे डलवाये थे। कैटेरीना इवानोव्ना ने ताना देकर कहा था, "क्यों नहीं, वैसे ही तुम्हारे शरीर में कौन से हीरे जवाहिरात लगे हैं जो छिन जायेंगे?" लेकिन जनाब, मेरी बीवी को दोष बिलकुल मत दीजिए। वह उस समय आपे में नहीं थी। बीमारी और भूखे बच्चों के रोने ने उसके दिल को जख़्मी कर दिया था...जब बच्चे भूख से रोते हैं, तो वह फौरन उन्हें पीटने लगती है। उसका स्वभाव ही ऐसा है। छः बजे मैंने सोनिया को अपना दुशाला ओढ़कर बाहर जाते देखा। नौ बजे के क़रीब वह लोट आयी और उसने चुपचाप कैटेरीना इवानोव्ना के हाथ में तीन रूबल थमा दिये। इसके बाद वह एक फटा-पुराना कम्बल ओढ़कर, दीवार की ओर मुँह करके लेट गयी। उसका शरीर काँप रहा था...मैं वहीं लेटा रहा.. .फिर, नौजवान दोस्त, मैंने कैटेरीना इवानोव्ना को घुटने टेककर सोनिया के पैर चूमते देखा—इसके बाद दोनों एक-दूसरे से लिपटकर सो गयीं...और मैं नशे में धुत पड़ा रहा।"

मारमेलेदोव की आवाज़ भर्रा गयी थी। उसने शराब पीकर फिर अपना गला तर किया और कुछ रुककर बोला :

"तभी से, दारया फ्रांत्सोव्ना ने कुछ लोगों को सिखा-पढ़ाकर मुहल्ले में तूफ़ान खड़ा कर दिया और मेरी बेटी सोनिया को वेश्या की पीली टिकिट लेनी पड़ी।

* फ़र्दिंग—लगभग एक पैसे के बराबर का सिक्का।

अब वह हमारे साथ नहीं रह सकती क्योंकि हमारी मकान-मालकिन और मिस्टर लिब्निजियानिक ने सोनिया के साथ रहने से इनकार कर दिया (हालाँकि मकान-मालकिन ने कुटनी दारया की बहुत मदद की थी)। मिस्टर लिब्निजियानिक का आत्मसम्मान न जाने कैसे सहसा जागृत हो उठा और उन्होंने साफ़ शब्दों में कह दिया, 'भला मुझ जैसा पढ़ा-लिखा आदमी ऐसी लड़की के साथ एक ही मकान में कैसे रह सकता है।' इस पर केटेरीना इवानोव्ना ने सोनिया का पक्ष लिया और दोनों में झगड़ा हो गया। सोनिया अँधेरा होने पर हमारे पास आती है, अपनी सौतेली माँ को तसल्ली देती है और भरसक हमारी मदद करती है—दर्जी कापरनोमोव के यहाँ वह एक कमरा लेकर रहती है। कापरनोमोव लंगड़ा है। उसके परिवार में सभी लूले-लंगड़े हैं। वे सब एक ही कमरे में रहते हैं। लेकिन सोनिया ने पर्दा डालकर अपना कमरा अलग कर लिया है...हाँ वे लोग बड़े ग़रीब हैं। तो मैं कह रहा था कि अगले दिन सुबह उठकर मैंने चिथड़े पहने, हाथ जोड़कर ईश्वर से प्रार्थना की और हिज़ एक्सीलेन्सी इवान एफनेसीविच के घर के लिए रवाना हो गया। तुम उन्हें जानते हो? नहीं? वे निरे मोम के बने हुए हैं। उस मोमबत्ती के मोम की तरह जो ईसा की मूर्ति के आगे जलती है। उनका दिल बहुत नरम है...मेरी कहानी सुनकर उसकी आँखें गीली हो गयीं। वे बोले, 'मारमेलेदोव, इससे पहले एक बार तुम मेरी आशाओं को मिट्टी में मिला चुके हो। चलो एक बार मैं फिर तुम्हारी ज़िम्मेवारी उठाये लेता हूँ। अब तुम जा सकते हो।' मैंने कृतज्ञ भाव से उनके पैरों तले की मिट्टी चूम ली—कल्पना में ही। वे आधुनिक विचार के राजनीतिज्ञ ठहरे, वे भला सचमुच मुझे ऐसा कैसे करने देते? घर लौटकर जब मैंने ऐलान किया कि मुझे फिर नौकरी पर बहाल कर दिया गया है और अब मैं हर महीने तनख़्वाह घर लाया करूँगा तो घर में वह उछल-कूद मची कि..."

आवेश के कारण मारमेलेदोव का गला फिर भर्रा गया। इसी समय पियक्कड़ों की एक टोली शोरगुल मचाती हुई कमरे में दाख़िल हुई। सात बरस का एक बच्चा भद्दी, बेसुरी आवाज़ में गीत गा रहा था। शराबख़ाने का मालिक और नौकर नये अतिथियों की ख़ातिरदारी में लग गये। किन्तु मारमेलेदोव ने अपनी कहानी पूर्ववत् जारी रखी। इस समय वह बहुत क्षीण दिखायी दे रहा था, लेकिन शराब का एक गिलास पीते ही वह पहले से भी अधिक बातूनी हो गया। उसकी नयी नौकरी ने उसके उत्साह को फिर से गरम कर दिया और उसका चेहरा एक विचित्र आभा से चमकने लगा। रास्कोलनिकोव ने उसकी बातें ध्यान से सुनीं।

"यह पाँच हफ़्ते पहले की घटना है। कैटेरीना इवानोव्ना और सोनिया ने जब यह ख़बर सुनी तो घर मेरे लिए जैसे स्वर्ग बन गया। अब मुझे सोया देखकर दोनों पंजों के बल चलतीं और बच्चों को डाँटतीं 'शि...शि...चुप! सेम्योन जहारोविच अभी

दफ़्तर से लौटे हैं, ख़बरदार जो उनकी नींद ख़राब की!' सुबह ऑफ़िस जाने से पहले मुझे मलाई डली हुई कॉफ़ी मिलती। वे बाज़ार से मेरे लिए शुद्ध मलाई ख़रीद कर लाती थीं...सुना तुमने? पूरे साढ़े ग्यारह रूबल देकर उन्होंने मेरे लिए बढ़िया कपड़े भी बनवा लिए थे। जूते, कलफ़ लगे कॉलर और यहाँ तक कि एक बढ़िया वर्दी भी। पूरे साढ़े ग्यारह रूबल! पहले दिन जब मैं दफ़्तर से लौटा तो देखता हूँ कि घर में एक की बजाय दो सब्ज़ियाँ पकी हैं, शोरबा और मूली वाला गोश्त, जिसे चखे हुए मुझे एक युग बीत गया था। कैटेरीना इवानोव्ना के पास एक भी नयी पोशाक नहीं थी, लेकिन वह इस तरह बनी-ठनी बैठी थी, जैसे कहीं बाहर जा रही हो। बनने-ठनने के लिए उसके पास क्या था? बेचारी ने सिर्फ़ बालों में अच्छी तरह कंघी फेरकर अपनी पुरानी पोशाक में साफ़ कॉलर और कफ लगा लिए थे और इस रूप में वह पहले से कहीं अधिक छोटी और सुन्दर लग रही थी। मेरी बेटी सोनिया ने पैसों से कुछ मदद की थी। उसने कहा था, 'अब मैं आपसे मिलने कभी-कभी ही आया करूँगी। वह भी अँधेरा होने पर, ताकि कोई मुझे देख न ले।' सुना तुमने? रात के खाने के बाद जब मैं बिस्तर में लेटा तो कैटेरीना इवानोव्ना फट से मकान-मालकिन को कॉफ़ी पीने का न्यौता दे आयी, हालाँकि पिछले ही हफ़्ते दोनों में झगड़ा हुआ था। दो घण्टों तक दोनों बैठी फुसफुसाती रहीं—'सेम्योन जहारोविच अब फिर दफ़्तर जाने लगे हैं। हिज़ एक्सीलेन्सी के यहाँ जब वे गये तो हिज़ एक्सीलेन्सी ख़ुद उठा कर बाहर आये और सबके सामने सेम्योन जहारोविच को हाथ पकड़कर अन्दर ले गये।' सुना तुमने, सुना तुमने? हिज़ एक्सीलेन्सी ने कहा, 'सेम्योन जहारोविच, निश्चय ही तुम्हारी पुरानी सेवाओं का स्मरण करके, और तुम्हारी उस मूर्खतापूर्ण कमज़ोरी के बावजूद, मैं तुम्हारे वचन पर विश्वास करता हूँ—तुमने वचन दिया है और इसके अलावा तुम्हारे बिना हमारे काम में काफ़ी हर्ज हुआ है।' सुना तुमने? सुना तुमने? मैं यह सब इसलिए बता रहा हूँ कि यह सब बातें मेरी बीवी ने अपने मन से गढ़ ली थीं, डींग हाँकने के इरादे से। इतना ही नहीं, अब तो वह इन मनगढ़न्त बातों पर विश्वास भी करने लगी है और उनमें आनन्द लेती है। क़सम से यह सच है! और मैं इसके लिए उसे दोष नहीं देता, क़तई दोष नहीं देता...छह दिन पहले जब मैंने अपने वेतन के सारे पैसे उसके हाथ में दिये—तेईस रूबल और चालीस कोपेक—तो उसने मुझे प्यार से अपना गुड्डा कहकर पुकारा। उसने कहा, 'मेरा नन्हा-सा गुड्डा!' और जब हम अकेले में मिले, तो जानते हो? तुम मुझे सुन्दर तो नहीं कहोगे, न मुझे किसी काम का पति ही सोचते होगे?... फिर भी उसने मेरे गाल पर चुटकी लेकर कहा 'मेरा नन्हा-सा गुड्डा।'

मारमेलेदोव सहसा चुप हो गया। उसने मुस्कराने की कोशिश की, लेकिन उसका चेहरा आवेश से काँप रहा था। फिर भी उसने अपने ऊपर काबू पाने की कोशिश की।

शराबख़ाने का वातावरण, वक़्ता का हुलिया, शराब का नशा और मारमेलेदोव का अपनी पत्नी और बच्चों के प्रति प्रेम देखकर रास्कोलनिकोव के मन में एक विचित्र खीज उठी। उसे अपने वहाँ आने पर पश्चाताप हुआ।

"जनाब, शायद सब लोगों की तरह आपको भी यह सब हँसी मज़ाक मालूम हो रहा होगा और आप मेरी घरेलू ज़िन्दगी की क्षुद्र बातों को सुनकर तंग आ गये होंगे, लेकिन मेरे लिए यह हँसी-मज़ाक का विषय नहीं है क्योंकि में इन बातों को महसूस कर सकता हूँ... उस दिन सारी शाम मैंने भविष्य के सपनों में बिता दी। मैं सोच रहा था कि अपनी उजड़ी गिरस्ती को फिर से बसाऊँगा। सब बच्चों के शरीर पर बढ़िया कपड़े होंगे, बीवी की ज़िन्दगी आराम में कटेगी और मेरी बेटी अपने उस नरकमय जीवन से निकलकर हमारे परिवार में फिर लौटे आयेगी...और भी बहुत कुछ...यह सब क्षम्य है। फिर जनाब।" यह कहकर मारमेलेदोव ने ग़ौर से श्रोता की ओर देखा–"फिर उससे अगले ही दिन, यानी आज से ठीक पाँच दिन पहले मैंने चोर की तरह कैटेरीना इवानोव्ना के सन्दूक की चाबी उठाकर सारे पैसे निकाल लिए। सही रकम तो मुझे याद नहीं। अब सब लोग मेरी ओर देखिए...पूरे पाँच दिन हो गये मैं घर से लापता हूँ। चारों तरफ़ मेरी खोज हो रही है और मेरी नौकरी भी छूट गयी। मेरी वर्दी एक शराबख़ाने में पड़ी है। उसके बदले में ये कपड़े ले आया हूँ, जो इस समय पहने हूँ...इस तरह सारा क़िस्सा ख़त्म हुआ।"

मारमेलेदोव ने अपना माथा पीटा और दाँत भींचकर मेज़ के सहारे झुक गया। लेकिन एक मिनट बाद ही उसके चेहरे का भाव बदल गया और उसने बनावटी शेख़ी बघारते हुए हँसकर कहा–

"आज सुबह मैं सोनिया से मिलने गया था। मैंने उससे पैसे माँगे थे...ही, ही, ही!"

"क्या सचमुच, उसने तुम्हें पैसे दे दिये?" नवागन्तुकों में से एक ने ज़ोर का ठहाका मारते हुए पूछा।

"जी, यह अद्धा उसी के पैसों से ख़रीदा गया है," मारमेलेदोव ने सिर्फ़ रास्कोलनिकोव को सम्बोधित करते हुए कहा, "उस बेचारी के पास कुल तीस कोपेक बचे थे। उसने सारे मुझे दे दिये। वह चुपचाप मेरे मुँह की ओर देख रही थी...ज़मीन की ओर नहीं, ऊपर मेरे चेहरे की ओर...यह औरतें मर्दों की नालायक़ी पर दुखी होती हैं, रोती हैं, लेकिन वे उन्हें दोष नहीं देतीं...लेकिन इससे तो मन को और भी ज़्यादा चोट लगती है। तीस कोपेक, जी हाँ, शायद उसे खुद पैसों की ज़रूरत हो। कैसे नहीं होगी? अब उसे बन-सँवर कर रहना पड़ता है और इस ढंग के बनाव-सिंगार में पैसों की ज़रूरत पड़ती है, समझे? उसे कलफ़ लगे पेटीकोट चाहिए, बढ़िया रंगीन जूते ताकि लोग उसके नाजुक़ पाँवों को देखें। अब आप बनाव-सिंगार का मतलब समझ गये? और इधर मैं उसका बाप, उसका सगा बाप, उससे तीस कोपेक छीन लाया,

पीने के लिए, या यों कहिए कि उन्हें मैं कभी का पी चुका। अब बताइये कि मुझ जैसे आदमी पर कौन तरस खायेगा? आपको मेरी हालत पर तरस आ रहा है या नहीं, जल्दी बताइये? ही-ही-ही!"

उसने अपना गिलास फिर भरना चाहा लेकिन शराब की बोतल ख़ाली हो चुकी थी।

"तुम पर कोई तरस क्यों खाये?" शराबख़ाने का मालिक ज़ोर से बोला।

इस पर एक ज़ोर का कहकहा लगा। कुछ लोगों को तो सिर्फ़ मारमेलेदोव की सूरत देखकर ही हँसी आ रही थी।

"तरस? मुझ पर कोई तरस क्यों खाये?" मारमेलेदोव ने बाँहें फैलाकर पूछा, जैसे वह इस सवाल की प्रतीक्षा ही कर रहा था।

"सचमुच मैं तरस के क़ाबिल नहीं हूँ। मुझे तो सूली पर चढ़ा देना चाहिए। मुझे सूली पर बेशक चढ़ा दो, लेकिन ऐ जज, मुझ पर कुछ तरस खाओ। मैं ख़ुद सूली पर चढ़ने के लिए तैयार हूँ, क्योंकि मैं राग-रंग की बजाय ग़म और आँसुओं की तलाश में हूँ। क्या तुम शराब बेचने वाले जानते हो कि तुम्हारी शराब की इस बोतल ने मेरे जीवन में कितनी मिठास भर दी है? दरअसल मैं ग़म की तलाश में था। वह मैंने पा लिया है। लेकिन वह जो सब पर दया करता है, मुझ पर भी दया करेगा। वह सब के दिल का हाल समझता है। वह भी तो आख़िर जज है। आख़िर एक दिन ऐसा भी आयेगा, जब वह पूछेगा, "कहाँ है वह बेटी जिसने अपनी तपेदिक की मरीज़ सौतेली माँ और उसके बच्चों के लिए अपना शरीर बेचा था? कहाँ है वह बेटी, जिसने अपने ग़लीज शराबी बाप पर तरस खाया था? मेरे पास आओ। मैंने तुम्हारे गुनाहों को माफ़ कर दिया है...क्योंकि तुमने जीवन में प्रेम किया है... वह मेरी सोनिया को माफ़ कर देगा, यह मैं जानता हूँ...वह सबको माफ़ कर देगा, अच्छे बुरे, बुद्धिमान, मूर्ख़ सभी को...सबसे अन्त में हमारी पुकार होगी, 'अरे ओ, शराबियों, बेशर्मो! तुम भी चले आओ।' हम बिना किसी शर्म के एक साथ उसके सामने जाकर खड़े हो जायेंगे। वह फिर कहेगा, तुम इन्सान के भेष में सुअर हो' इस पर बुद्धिमान लोग कहेंगे, 'ऐ परवरदिगार! इन लोगों को यहाँ क्यों बुलाया है?' वह जवाब देगा, 'क्योंकि इनमें से हर एक जानता है, कि वह यहाँ बुलाये जाने के क़ाबिल नहीं है, वह अपना हाथ उठाकर हमें आशीर्वाद देगा और हम उसके कदमों में गिर जायेंगे,...रोयेंगे...तभी सबको अपनी ग़लतियाँ मालूम हो जायेंगी...कैटेरीना इवानोव्ना भी समझ जायेगी...हे ईश्वर, वह दिन कब आयेगा।"

मारमेलेदोव थककर बेंच पर लेट गया, वह किसी गहरी सोच में डूबा हुआ था। कुछ देर तक कमरे में चुप्पी छायी रही। लेकिन जल्द ही मज़ाक और फब्तियों की बौछार शुरू हो गयी।

"इस आदमी के विचार देखे।"

"बकवासी।"

"कैसा क्लर्क है यह।"

आदि आदि।

मारमेलेदोव ने अपना हैट उठाकर रास्कोलनिकोव से कहा, "आओ चलें—मुझे कैटेरीना इवानोव्ना से मिलने जाना है।"

रास्कोलनिकोव भी बहुत देर से उठना चाहता था। मारमेलेदेव के कदम लड़खड़ा रहे थे। वह रास्कोलनिकोव का सहारा लेकर कुछ दूर तक चला, लेकिन घर के नज़दीक पहुँचते ही उसकी बदहवासी बढ़ गयी।

"कैटेरीना इवानोवुना मुझे देखते ही मेरे बाल नोचेगी, इस बात का मुझे बिलकुल डर नहीं। उससे क्या होता है—आख़िर बाल ही तो हैं न—मुझे डर लगता है उसकी आँखों से—उसके सुर्ख़ गाल और उसकी साँस—क्या तुमने तपेदिक के मरीज़ों की साँस सुनी है?... मुझे डर लगता है, बच्चों के रोने से...अगर सोनिया ने उनके खाने का प्रबन्ध न किया होगा...पता नहीं क्या होने वाला है...मुझे मार खाने से डर नहीं लगता—मुझे दर्द की बजाय उसमें ख़ुशी मिलती है। सच पूछो तो बिना मार खाये मुझसे रहा भी नहीं जाता...उस बेचारी के दिल का बोझ हल्का हो जाता है...वह रहा मकान...जर्मन बढ़ई कोजेल का मकान...तुम आगे चलो।"

दोनों ज़ीना पार करके चौथी मंज़िल पर पहुँचे। ज़ीने में अँधेरा था, हालाँकि गर्मी के मौसम में पीटर्सबर्ग में इतना अँधेरा नहीं होता। रात के ग्यारह का वक़्त था।

एक छोटी अँधेरी कोठरी में मोमबत्ती टिमटिमा रही थी। कोठरी का सामान अस्त-व्यस्त था। बच्चों के कपड़ों और गन्दे चिथड़ों के ढेर लगे थे। एक कोने में फटी चादर का पर्दा लटक रहा था। शायद उसके पीछे एक चारपाई बिछी थी। कमरे में दो कुर्सियाँ, एक टूटा हुआ सोफ़ा और बिना मेज़पोश की एक पुरानी मेज़ थी, जिस पर मोमबत्ती रखी थी। मालूम होता था कि यह कोठरी सार्वजनिक रास्ते का काम भी देती थी, क्योंकि इस मकान की बनावट अलमारी जैसी थी। सामने की कोठरी का दरवाज़ा आधा खुला था और भीतर से शोरगुल सुनाई दे रहा था। मालूम होता था कुछ लोग चाय पी रहे थे और ताश खेल रहे थे। बीच-बीच में एकाध अश्लील शब्द भी सुनाई दे जाता था।

रास्कोलनिकोव्ने कैटेरीना इवानोव्ना को देखते ही पहचान लिया। वह छरहरे बदन की लम्बी औरत थी। उसके बाल गहरे ब्राउन रंग के थे, और उसके गालों पर एक विचित्र रक्तिम आभा थी। वह अपने दोनों हाथ सीने पर रखकर कोठरी में चहल-कदमी कर रही थी, उसके ओंठ सूख गये थे और उसे साँस लेने में दिक्क़त हो रही थी। मोमबत्ती की रोशनी में उसका रुग्ण चेहरा और भी करुण दिखायी दे रहा था।

उसकी उम्र तीस के क़रीब मालूम होती थी। उसने इन लोगों को कोठरी में घूमते नहीं देखा, क्योंकि वह किसी गहरी सोच में डूबी हुई थी। ज़ीने में से सीलन की बदबू आ रही थी, लेकिन उस तरफ़ का दरवाज़ा कभी बन्द नहीं किया जाता था। भीतर कोठरी में से सिगरेट का धुआँ आ रहा था, जिससे वह बार-बार परेशान होकर खाँस रही थी। छः बरस की एक बच्ची फ़र्श पर बैठी सोफ़े का सहारा लेकर सो गयी थी। कोने में सात बरस का एक लड़का रो रहा था, शायद उसे अभी-अभी मार पड़ी थी। उसके पीछे नौ बरस की एक लड़की फटी बनियान के ऊपर पुराना शाल ओढ़कर खड़ी थी। उसकी पतली सींक जैसी बाँहें अपने भाई की गर्दन में लिपटी थीं, और वह उसे सान्त्वना दे रही थी, साथ ही वह भयभीत आँखों से माँ की ओर देख रही थी। मारमेलेदेव ने कोठरी की दहलीज़ पर घुटनों के बल बैठकर रास्कोलनिकोव को आगे कर दिया। एक अजनबी को देखकर गृहस्वामिनी पहले तो स्तब्ध रह गयी, फिर उसने सोचा शायद वह अगली कोठरी में जाना चाहता होगा। उसने आगे बढ़कर दरवाज़ा बन्द करना चाहा, लेकिन पति को दहलीज़ पर बैठे देखकर वह ज़ोर से चिल्लाई :

"आह! तुम वापिस लौट आये! बदमाश राक्षस!... पैसे कहाँ हैं? अपनी ज़ेब दिखाओ! अरे, तुम्हारे कपड़े कहाँ गये! बोलो! वह पति की ज़ेबों की तलाशी लेने लगी। मारमेलेदोव ने आज्ञाकारी ढंग से दोनों बाँहें ऊपर उठा दीं। लेकिन ज़ेबों में कानी कौड़ी तक न निकली।"

"पैसे कहाँ गये? तुमने फिर शराब में उड़ा डाले होंगे? अभी सन्दूक में बारह रूबल बचे थे न!" वह ज़ोर से चिल्लाई और पति को बालों से घसीटती हुई कोठरी में ले गयी। मारमेलेदोव ने विरोध करने की बजाय पत्नी की सहायता की।

वह ज़मीन पर सर पटककर कहने लगा, "जनाब, इस मार से मुझे दर्द नहीं होता, बल्कि ख़ुशी होती है।" शोरगुल सुनकर सोयी हुई लड़की जाग उठी और ज़ोर-ज़ोर से रोने लगी। कोने में खड़ा हुआ लड़करा चीख़ता हुआ अपनी बहन से चिपक गया। सबसे बड़ी लड़की पत्ते की तरह काँपने लगी।

पत्नी ने दुःखभरे स्वर में कहा, "इसने सारी रकम पी डाली है—कपड़े भी कहीं गिरवी रख दिये हैं। इधर बच्चे भूखे हैं—आग लगे ऐसी ज़िन्दगी में। तुम्हें, तुम्हें शर्म नहीं आती! क्या तुम भी शराबख़ाने से आ रहे हो? तुम दोनों ने मिलकर पी होगी, चले आओ यहाँ से।''

युवक चुपचाप वहाँ से खिसकने लगा। साथ की कोठरी में से लोग झाँकने लगे। कई तो ड्रेसिंग गाउन पहने ही बाहर निकल आये। कुछ के हाथ में सिगरेट, पाइप और ताश के पत्ते थे। जब मारमेलेदोव को पत्नी उसके बाल पकड़कर घसीट रही थी, उस समय मारमेलेदोव की विलक्षण बातें सुनकर उन लोगों का कौतूहल और भी बढ़ गया।

वे पास आकर तमाशा देखने लगे। भीतर से किसी के डाँटने-डटपने की आवाज़ आयी। मकान-मालकिन शायद सौवीं बार इस अभागे परिवार को कोठरी खाली करवाने की धमकी दे रही थी। बाहर जाते वक़्त रास्कोलनिकोव ने ज़ेब में हाथ डालकर ताँबे के कुछ सिक्के निकाले और उन्हें चुपचाप खिड़की पर रख दिया। बाद में ज़ीने पर पहुँच कर उसे बड़ा अफ़सोस हुआ।

मैंने कितनी बड़ी बेवकूफ़ी कर डाली है। उन लोगों को तो सोनिया कमाकर खिला सकती है, मुझे कौन खिलाने वाला है? लेकिन वापिस जाना असम्भव जानकर वह नीचे सड़क पर आ गया। वह सोचने लगा, 'सोनिया को बन-ठनकर रहने की ज़रूरत है...हूँ....किसी न किसी दिन वह दिवालिया हो जायेगी...फिर सिर्फ़ मेरे पैसे उनके पास रह जायेंगे...शाबास सोनिया! लड़की है या सोने की खान! पहले कुछ दिन सब रोये-धोये अब आदी हो गये हैं—इन्सान हर चीज़ का आदी हो जाता है—बदमाश, लफ़ंगा।"

फिर वह किसी गहरी सोच में डूब गया। "हो सकता है—इन्सान, अर्थात् समूची मानव-जाति बदमाश न हो, हो सकता है यह मेरी कल्पना मात्र हो।"

3

रात को उसे अच्छी तरह नींद नहीं आयी। अगले दिन सुबह जब वह सोकर उठा तो उसका मिज़ाज चिड़चिड़ा हो रहा था। उसने नफ़रत भरी दृष्टि अपने डिबियानुमा कमरे की ओर डाली। दीवार से चिपका पीला काग़ज़ धूल से भरा था और कई जगह से उतर आया था। छत इतनी नीची थी कि कोई भी लम्बा व्यक्ति सर टकराने के डर से सीधा नहीं खड़ा हो सकता था। फ़र्नीचर भी कमरे के मुताबिक ही था। दो-तीन टूटी-फूटी कुर्सियाँ और किताबों से भरी एक मेज़। सब चीज़ों पर धूल की मोटी परत जमी थी। एक फूहड़ से सोफ़े ने आधा कमरा घेर रखा था। उसके ऊपर चिथड़े लटक रहे थे, जो किसी ज़माने में छींटदार कपड़े थे। रात को रास्कोलनिकोव इसी पर सोता था, बिना किसी बिस्तर के। वह अपना ओवरकोट ओढ़कर ही सो जाता था। तकिये के नीचे उसके साफ़ और मैले सभी कपड़े रहते थे।

जीवन में इससे अधिक विशृंखलता दूसरी क्या होगी? लेकिन रास्कोलनिकोव की वर्तमान मानसिक स्थिति कुछ ऐसी थी कि उसे यह सब ठीक दिखायी देता था। वह आजकल कछुए की तरह अपने ही खोल में सिमट-सिकुड़कर रहता था, बाहरी दुनिया से उसने सारा सम्पर्क तोड़ लिया था। यहाँ तक कि नौकरानी को देखते ही वह बौखला उठता था। वह पागलपन की उस अवस्था में था, जब व्यक्ति की समूची शक्तियाँ एक बिन्दु पर केन्द्रित हो जाती हैं। पिछले पन्द्रह दिनों से उसकी मकान-मालकिन ने उसे खाना भेजना बन्द कर दिया था, फिर भी उसने कभी इस बारे में कोई बातचीत नहीं की। किरायेदार की इस मनःस्थिति का लाभ उठाकर नौकरानी नस्तास्या ने कमरे को झाड़ना-बुहारना सब बन्द कर दिया था। हफ़्ते में केवल एक बार वह उसके कमरे में आती थी। उस दिन आकर उसने रास्कोलनिकोव को जगाया।

“उठो! अभी तक सो रहे हो! नौ बज चुके हैं। मैं तुम्हारे लिए चाय लायी हूँ। एक प्याला पीओगे? मेरा ख़्याल है, इन दिनों तुम्हें फ़ाकाकशी करनी पड़ती है।”

रास्कोलनिकोव ने आँखें खोलीं। नौकरानी को देखकर वह चौंक गया।

"मकान-मालकिन ने तुम्हें भेजा है?" उसने सोफ़े पर बैठते हुए पूछा।

"वाह! मकान मालकिन क्यों तुम्हें चाय भेजेगी?" नौकरानी ने अपनी टूटी हुई चायदानी आगे बढ़ाते हुए कहा। बासी चाय में उसने पीली शक्कर के दो टुकड़े डाल दिये।

रास्कोलनिकोव ने ज़ेब में से कुछ सिक्के निकालते हुए कहा, "नस्तास्या, मेहरबानी करके मुझे एक डबलरोटी और थोड़ा-सा गोश्त ला दो। कसाई के यहाँ से सस्तेवाला लाना।"

"डबलरोटी तो अभी ला दूँगी, लेकिन गोश्त की बजाय, गोभी का शोरबा क्या अच्छा नहीं रहेगा? कल शोरबा बहुत शानदार बना था। मैंने तुम्हारे लिए थोड़ा-सा, बचाकर रखा था, लेकिन तुम बहुत देर से आये। बड़ा स्वाद बना है।"

नस्तास्या ने शोरबा लाकर मेज़ पर रख दिया और ख़ुद सोफ़े पर बैठकर गप्पें लड़ाने लगी। वह देहातिन थी और बड़ी बातूनी भी।

"मालकिन तुम्हें पुलिस में देने की सोच रही हैं।"

"पुलिस में? किसलिए?"

"तुम उसे न किराया देते हो न कोठरी खाली करते हो।"

रास्कोलनिकोव ने दाँत पीसकर कहा, "राक्षसी बुढ़िया—मैं आज जाकर उससे बात करूँगा। वह बेवक़ूफ़ है।"

"बेवकूफ़ तो मैं भी हूँ। लेकिन तुम तो अक़्लमन्द हो न! फिर इस कोठरी में पड़े क्यों सड़ रहे हो? पहले तुम बच्चों को पढ़ाते थे। आजकल कुछ क्यों नहीं करते?"

"मैं कर रहा हूँ"...रास्कोलनिकोव ने चिढ़कर जवाब दिया।

"क्या कर रहे हो?"

"काम.... ..."

"कैसा काम?"

"मैं कुछ सोच रहा हूँ।" रास्कोलनिकोव के स्वर में संजीदगी थी।

नस्तास्या हँसी से लोटपोट हो गयी।

"अच्छा, तो सोचने से तुम्हें कितनी आमदनी हुई?"

"कोई भी आदनी बिना जूते पहने बच्चों को पढ़ाने नहीं जा सकता। मैं इस काम से तंग आ गया हूँ।"

"अपनी रोज़ी पर इस तरह लात क्यों मारते हो?"

"वे लोग बहुत कम पैसे देते हैं। इतने कम में गुज़ारा कैसे चले?"

"तो तुम एकदम लखपति बनना चाहते हो?"

रास्कोलनिकोव ने विचित्र ढंग से नौकरानी की ओर देखा और दृढ़ स्वर में जवाब दिया :

"हाँ—मैं लखपति होना चाहता हूँ।"

"ना बाबा! तुम्हारी जल्दबाज़ी देखकर मुझे डर लग रहा है। मैं जाकर तुम्हारे लिए डबलरोटी ले आऊँ!"

"जैसी तुम्हारी मर्ज़ी।"

"अरे मैं तुम्हें बताना भूल गयी कि कल तुम्हारा एक ख़त आया था।"

"ख़त! मेरे लिए! कहाँ से आया है?"

"यह तो मुझे नहीं मालूम! कल मैंने डाकिये को अपनी ज़ेब से तीन कोपेक दिये थे। वह तो तुम मुझे लौटा दोगे न!"

"ईश्वर के लिए जल्दी वह ख़त मुझे दो!" रास्कोलनिकोव ने आवेश भरे स्वर में कहा।

एक मिनट बाद ख़त उसके हाथों में था—उसकी माँ का खत, र—प्रान्त से भेजा गया ख़त देखते ही रास्कोलनिकोव का चेहरा पीला पड़ गया। बहुत दिनों से उसके पास कोई ख़त नहीं आया था। किसी अज्ञात आशंका से उसका दिल धड़कने लगा।

"नस्तास्या, यह रहे तुम्हारे तीन कोपेक, मेहरबानी करके यहाँ से चली जाओ।"

उसके हाथ काँप रहे थे। वह नौकरानी के सामने ख़त नहीं खोलना चाहता था। वह एकान्त चाहता था। नस्तास्या के जाते ही उसने ख़त चूम लिया, इसके बाद वह लिफ़ाफ़े की लिखावट देखने लगा—वही छोटे, ढुलमुल अक्षर, उसकी माँ की चिर प्रिय लिखाई, माँ जिसने कभी उसे अक्षर-ज्ञान सिखाया था। एक अज्ञात भय उसके मन में व्याप गया। आख़िर उसने काँपते हुए हाथों से लिफ़ाफ़ा फाड़ा। पत्र वज़न में भारी था—पूरे दो सफ़े।

उसकी माँ ने लिखा था—

"मेरे प्यारे रोद्या, दो महीने पहले मैंने ख़त के ज़रिये तुमसे बातचीत की थी, जिसकी वजह से मैं बहुत चिन्तित रही—मुझे रात को भी नींद नहीं आती। आशा है तुम इस चुप्पी के लिए मुझे दोष नहीं दोगे। तुम जानते हो, मैं तुम्हें कितना चाहती हूँ। तुम ही हमारे एकमात्र सहारे हो। मेरे और दुनिया के सहारे, यह सुनकर कि तुमने पैसे के अभाव में अपनी पढ़ाई छोड़ दी है और तुम्हारा काम भी छूट गया है, मुझे बड़ा दुःख हुआ। एक सौ बीस रूबल सालाना की पेंशन में से तुम्हारी मदद करना मेरे लिए कितना मुश्किल था। चार महीने पहले मैंने शहर के व्यापारी बेसिली इवानोविच वारुशिन से पन्द्रह रूबल उधार लेकर तुम्हें भेजे थे। वह बड़ा दयालु व्यक्ति है और तुम्हारे पिता का दोस्त भी रह चुका है। पिछला कर्ज़ा अब कहीं जाकर चुका है, इसलिए मैं तुम्हें इस बीच कुछ नहीं भेज सकी। लेकिन ईश्वर की कृपा से

अब हमारी हालत सुधरने वाली है, यही ख़बर देने के लिए मैं तुम्हें यह ख़त लिख रही हूँ। प्यारे रोद्या, तुम्हें जानकर ख़ुशी होगी कि तुम्हारी बहन की मुसीबतें कट गयी हैं। मैं तुम्हें बारी-बारी से सारी बातें लिखूँगी, जो अभी तक हमने तुमसे छिपा रखी थीं। दो महीने पहले तुमने पूछा था कि क्या यह सच है कि स्वीद्रीगाईलोव परिवार में दुनिया के साथ दुर्व्यवहार होता है? मैं भला इसका क्या उत्तर देती? अगर मैं तुमसे सच बोलती तो निश्चय ही तुम सब छोड़-छाड़कर यहाँ चले आते, क्योंकि मैं तुम्हारी आदतों और भावनाओं को अच्छी तरह समझती हूँ। तुम अपनी बहन का अपमान कभी नहीं बर्दाश्त कर सकते थे। मैं ख़ुद भी इस बात से दुखी थी, लेकिन मैं क्या कर सकती थी? इसके अलावा तब तक मुझे पूरी सच्चाई का पता भी तो नहीं चला था। सबसे बड़ी दिक़्क़त यह थी कि नियुक्त होने से पहले दुनिया को एक सौ रूबल पेशगी दिये गये थे, इसलिए उसके लिए नौकरी से इस्तीफ़ा देना सम्भव नहीं था। प्यारे रोद्या, तुम्हें याद होगा कि पिछले साल तुम्हें पैसों की सख़्त ज़रूरत थी, इसलिए दुनिया ने उन सौ रूबलों में से साठ रूबल तुम्हें भेज दिये थे। उस समय हमने तुमसे यह कहकर झूठ बोला था कि वे साठ रूबल दुनिया ने बचाकर रखे थे। वह झूठ था, लेकिन ईश्वर की कृपा से हमारे अच्छे दिन आ रहे हैं। पहले तो मिस्टर स्वीद्रीगाईलोव ने दुनिया को बड़ा तंग किया....लेकिन उन बातों की चर्चा से मैं तुम्हारा दिल नहीं दुखाना चाहती। अब वे दिन बीत गये हैं। मिस्टर स्वीद्रीगाईलोव की पत्नी मार्फ़ापैत्रोवूना के दयालु स्वभाव के बावजूद भी दुनिया को बड़ी मुसीबतें सहनी पड़ीं। विशेषकर जब मिस्टर स्वीद्रीगाईलोव अपने पुराने फ़ौजी व्यसनों में डूबकर शराब के नशे में चूर हो जाते थे। लेकिन तुम सोचोगे कि फिर यह चमत्कार कैसे हुआ? प्यारे रोद्या, उन्हें पहली नज़र में ही दुनिया से मुहब्बत हो गयी थी, जिसे छिपाने के लिए ही वे दुनिया को इतना डाँटते फटकारते थे। शायद अपनी उमर और सामाजिक प्रतिष्ठा के कारण वे शर्मिनदा होंगे। अपने कठोर व्यवहार द्वारा वे लोगों से अपनी मुहब्बत छिपाना चाहते थे। लेकिन उनके संयम का बाँध एक दिन टूट गया और उन्होंने साहस करके दुनिया से प्रणय-याचना की। तरह-तरह के वायदे भी किये, यहाँ तक कि यह भी कहा कि वे उसे लेकर अपनी किसी और जायदाद पर या विदेश चले जायेंगे। इससे दुनिया के दिल पर क्या बीती होगी, यह तो तुम समझ ही सकते हो। एकदम नौकरी से इस्तीफ़ा देना उसके लिए असम्भव था, क्योंकि इससे मार्फ़ा पैत्रोवूना को ज़रूर सन्देह हो जाता और उसकी गृहस्थी टूट जाती। ज़रा सोचो तो सही कि इसमें दुनिया की कितनी बदनामी होती? इसके अलावा कई और कारण भी थे, जिससे दुनिया को डेढ़ महीना और वहीं रुकना पड़ा। तुम जानते हो वह कितनी सयानी लड़की है। इतनी मुसीबतें सहने के बाद भी उसका स्वाभिमान ज्यों का त्यों है। उस बेचारी ने तो इस सारे

काण्ड के बारे में मुझे एक शब्द भी नहीं लिखा। एक दिन मार्फ़ा पैत्रोवृना ने अचानक अपने पति को बाग में दुनिया से प्रणय-याचना करते हुए सुन लिया। पति को दोष देने की बजाय उसने सारा दोष दुनिया के सिर मढ़ दिया। दोनों में वहीं तू-तू मैं-मैं हो गयी। मार्फ़ा पैत्रोवृना ने दुनिया को पीटा भी। वह एक घण्टे तक गाली-गलौच करती रही, फिर उसने नौकरों को हुक्म दिया कि वे फौरन दुनिया को एक बैलगाड़ी में बैठाकर मेरे पास भेज दें। बेचारी दुनिया मूसलाधार बारिश से मेरे पास पहुँची। तुम्हीं बताओ, मैं तुम्हारे ख़त का क्या जवाब देती? मैं दुखी थी, इसलिए तुम्हें भी दुखी नहीं करना चाहती थी। इसके सिवा तुम कर भी क्या सकते थे? दुनिया ने मुझे तुम्हें ख़त लिखने ही नहीं दिया। सारे शहर में दुनिया की बदनामी फैल गयी थी। हम माँ-बेटी गिराजाघर भी नहीं जा सकती थी, क्योंकि लोग खुलेआम हमें ताने सुनाते थे। हमारे परिचित हमसे नज़रें चुराने लगे और कुछ दुकानदारों और क्लर्कों ने हमारी बेइज़्ज़ती करने के लिए हमारे घर के दरवाज़ों पर कालिख पोतने का फ़ैसला कर लिया था। बदनामी के भय से हमारे मकान-मालिक ने हमें नोटिस देने की धमकियाँ देनी शुरू कर दीं। इस सबके पीछे माफ़ी पौत्रोवृना का हाथ था। घर-घर जाकर वह दुनिया की बदनामी करने लगी। वह हमारे आस-पड़ोस के सभी लोगों को जानती थी। और तुम जानते हो कि वह कितनी बातूनी औरत है। उसे इस तरह अपने पति की बदनामी नहीं करनी चाहिए थी। धीरे-धीरे यह चर्चा सारे शहर में फैल गयी। मैं तो भय और चिन्ता से बीमार पड़ गयी, लेकिन दुनिया ने बड़ी बहादुरी से लोक-निन्दा का सामना किया। वह मुझे ढाढ़स बधाँती रही। वह सचमुच देवी है। ईश्वर की कृपा से मिस्टर स्वीद्रीगाईलोव के मन में पश्चात्ताप हुआ। शायद दुनिया की दुर्दशा उनसे देखी नहीं गयी, इसलिए उन्होंने दुनिया की निर्दोषिता प्रमाणित करने के लिए माफ़ी पैत्रोवृना को एक पत्र दिखाया। इस पत्र में दुनिया ने उनकी प्रणय-याचना को ठुकराया था और उन्हें याद दिलाया था कि वे अपनी पत्नी से विश्वासघात कर रहे हैं और एक असहाय लड़की पर जुल्म कर रहे हैं। प्यारे रोद्या, सचमुच वह ख़त इतनी सुन्दर और मार्मिक भाषा में लिखा गया था कि आज भी उसे पढ़कर मेरी आँखों में आँसू आ जाते हैं। घर के नौकरों ने भी दुनिया का पक्ष लिया। उन्होंने अपनी आँखों से मिस्टर स्वीद्रीगाईलोव की हर हरकत को देखा था, जैसा कि नौकर करते हैं। मार्फ़ा पैत्रोवृना पहले तो पत्र पढ़कर दंग रह गयी, लेकिन बाद में उसे दुनिया की निर्दोषिता पर विश्वास हो गया। अगले दिन इतवार को वह सीधी बड़े गिरजे में पहुँची और माँ मरियम के आगे घुटने टेककर क्षमा माँगने लगी। इसके बाद वह हमारे घर पर आयी और दुनिया को गले से लगा कर फूट-फूटकर रोने लगी। उसने अपने दुर्व्यवहार के लिए दुनिया से माफ़ी माँगी और वह उसे अपने साथ सब परिचितों के घर ले गयी, जहाँ उसने दुनिया की सच्चरित्रता की प्रशंसा की।

उसने सबको दुनिया का लिखा ख़त दिखाया, यहाँ तक कि उसकी कई नक़लें भी बँटवा दीं—मेरा ख़्याल है, इसकी कोई ज़रूरत नहीं थी। इससे शहर में हंगामा मच गया। कुछ लोग इसलिए मार्फ़ा पैत्रोवूना से नाराज़ थे कि वह सबसे पहले उनके घरों में क्यों नहीं आयी। घर-घर में मार्फ़ा पैत्रोव्ना की सफ़ाई सुनने के लिए लोगों की भीड़ जमा होने लगी। भला इतने तूमार की क्या ज़रूरत थी। लेकिन मार्फ़ा पैत्रोवूना का स्वभाव ही ऐसा है। ख़ैर, जो भी हो सबके आगे दुनिया की निर्दोषिता साबित हो गयी और सब मिस्टर स्वीद्रीगाईलोव पर थूकने लगे। मुझे उस बेचारे पर बड़ा तरस आता है। कई परिवारों ने दुनिया को अपने बच्चों की शिक्षिका नियुक्त करना चाहा, लेकिन दुनिया ने ना कर दी। सारे शहर में दुनिया की इज़्ज़त होने लगी। इसी बीच एक ऐसी घटना हुई जिसने आकर हमारे भाग्य को पलट दिया। प्यारे रोद्या, तुम्हें यह जानकर ख़ुशी होगी कि दुनिया की शादी होने वाली है। हम इस मामले में तुम्हारी स्वीकृति नहीं ले सके, इस वजह से तुम नाराज़ मत होना, क्योंकि हम इतनी देर मामले को उलझाये नहीं रखना चाहते थे। तुम्हारा भावी बहनोई प्योत्र पत्रोविच लूज़िन काउंसलर के पद पर नियुक्त है। वह मार्फ़ा पैत्रोव्ना का रिश्तेदार है—सच पूछो तो मार्फ़ा पैत्रोव्ना की कृपा से ही यह रिश्ता पक्का हो सका। एक दिन उसने हमारे घर आने की इज़ाज़त माँगी। हमने भरसक उसकी ख़ातिर की, उसे काफ़ी पिलाई। अगले ही दिन उसने ख़त लिखकर शादी का प्रस्ताव किया। वह किसी ज़रूरी काम से पीटर्सबर्ग जाने वाला है, इसलिए उसका एक-एक मिनिट क़ीमती है। पहले तो हम दोनों ख़त पढ़कर दंग रह गयीं, फिर हमने इस प्रस्ताव पर संजीदगी से सोचा। वह ऊँचे ओहदे पर है और धनी भी है। पैंतालीस बरस का होने पर भी वह देखने में छोटा मालूम होता है। सिर्फ़ उसमें एक ही कमी है, वह गुमसुम रहता है। पीटर्सबर्ग हो सकता है वह हमारी ग़लतफ़हमी हो। इसलिए प्यारे रोद्या, जब वह पीटर्सबर्ग आकर तुमसे मिले तो तुम उसके बारे में कोई ऐसी वैसी धारणा मत बना लेना, जैसी तुम्हारी आदत है। मुझे विश्वास है कि उससे मिलकर तुम्हें हार्दिक ख़ुशी होगी। हमेशा दूसरे आदमियों को सहानुभूतिपूर्वक समझने की कोशिश करनी चाहिए। उनके बारे में पहले से ही कोई अप्रिय धारणा नहीं बनानी चाहिए, क्योंकि बाद में इससे मन में कटुता पैदा होती है। फिर प्योत्र पैत्रोविच तो बड़ा सम्भ्रान्त और प्रतिष्ठित व्यक्ति है। पहली बार ही उसने हमें बताया कि वह पक्का व्यावहारिक प्रवृत्ति का आदमी है और ज़माने के साथ चलता है। उसे अपनी क्षमताओं पर बड़ा गर्व है—लेकिन यह कोई दोष नहीं। दुनिया का कहना है कि वह बहुत पढ़ा-लिखा नहीं है, लेकिन वह व्यवहार- कुशल है। तुम अपनी बहन के स्वभाव को जानते ही हो, वह कितनी सहृदय और सयानी है, लेकिन अभी अल्हड़ है। दोनों तरफ़ से गहरा प्रेम नहीं दिखायी देता, लेकिन मुझे विश्वास है कि शादी के बाद वे दोनों एक-दूसरे

को सुखी रखने की कोशिश करेंगे—हालाँकि यह रिश्ता बहुत जल्दबाज़ी में हुआ है। इसके अलावा प्योत्र पैत्रोविच व्यावहारिक आदमी है, उसे ज़रूर इस बात का एहसास हो जायेगा कि दुनिया को ख़ुश रखने में ही वह ख़ुश हो सकता है। वैसे तो सुखी से सुखी दम्पती में भी किसी न किसी बात पर मतभेद हो ही जाता है। दुनिया को विश्वास है कि वह नयी परिस्थितियों के अनुकूल अपने को ढाल सकेगी—बशर्ते उसके साथ धोखा न किया गया। पहले पहल तो प्योत्र पैत्रोविच मुझे सनकी मालूम हुआ, लेकिन हो सकता है इसका कारण उसकी ईमानदारी हो। मिसाल के तौर पर दुनिया की स्वीकृति पाने के बाद जब वह दूसरी बार हमारे पर आया तो बातचीत के दौरान में उसने बताया कि दुनिया को देखने से पहले उसने प्रण किया था कि वह किसी ग़रीब और सच्चरित्र लड़की से शादी करेगा क्योंकि पति को कभी भी पत्नी का अहसानमन्द नहीं होना चाहिए। मुझे ठीक से उसके शब्द याद नहीं, लेकिन मेरा ख़्याल है कि उसने यह बात जान-बूझ कर हमें छोटा दिखाने के इरादे से नहीं कही थी, बल्कि अनायास ही उसके मुँह से निकल गयी थी, जिस पर बाद में उसने अफ़सोस भी ज़ाहिर किया। मैंने जब दुनिया से इस बात की चर्चा की तो वह बोली, "बातों से कुछ नहीं होता।" उसका कहना ठीक ही था। दुनिया ने रातभर जागकर शादी के प्रस्ताव पर ग़ौर किया था। वह कमरे में रात भर चहलकदमी करती रही। फिर उसने ईसा की मूर्ति के आगे घुटने टेक कर बहुत देर तक प्रार्थना की। अगले दिन सुबह उसने मुझे अपना निश्चय सुनाया।

"मैं तुमसे अभी प्योत्र पैत्रोविच के पीटर्सबर्ग आने का ज़िक्र कर चुकी हूँ। वहाँ पर वह अपना दफ़्तर खोलना चाहता है। वह पुराना वकील है, हाल ही में उसने एक मशहूर केस जीता है। पीटर्सबर्ग भी वह बड़ी कचहरी में पेश होने जा रहा है। प्यारे रोद्या, मुझे और दुनिया को विश्वास हो गया है कि तुम्हारा भविष्य बड़ा उज्ज्वल है। काश! यह शादी जल्द ही हो जाये। दुनिया भी दिन-रात इसी के सपने देखती है। हमने एक बार प्योत्र पैत्रोविच से तुम्हारा ज़िक्र भी किया था। उसने जवाब दिया कि उसे एक सैक्रेटरी तो हर हालत में रखना ही है, फिर किसी पराये आदमी की बजाय अपने ही रिश्तेदारों को तनख़्वाह क्यों न दी जाये? लेकिन रिश्तेदार क़ाबिल होने चाहिए (भला तुम्हारी क़ाबिलियत में भी किसी को शक हो सकता है?) फिर उसने कहा, हो सकता है तुम्हें पढ़ाई से फ़ुर्सत ही न मिले। लेकिन दुनिया पिछले कई दिनों से तुम्हारे भविष्य की योजनायें बना रही है—वह तुम्हें प्योत्र पैत्रोविच का साझीदार बनाकर छोड़ेगी—तुम क़ानून के विद्यार्थी हो न! मैं भी उसकी राय से सहमत हूँ। ज़रूर उसके सपने किसी दिन पूरे होंगे। प्योत्र पैत्रोविच ने हालाँकि इस बारे में कोई वादा नहीं किया, (तुमसे मिले बग़ैर यह हो भी कैसे सकता है?), लेकिन दुनिया को विश्वास है कि वह शादी के बाद पति से सब कुछ करा लेगी।

ख़ैर, हम प्योत्र पैत्रोविच से तुम्हारे भविष्य के बारे में अधिक चर्चा नहीं करते। वह व्यावहारिक बुद्धि का आदमी है, हो सकता है उसे यह बात बिलकुल पसन्द न आये। हमने अभी तक उसे यह भी नहीं बताया कि हम उससे तुम्हारी पढ़ाई का ख़र्च उठाने की उम्मीद भी रखते हैं। हमें विश्वास है कि वह ख़ुद ही यह प्रस्ताव रखेगा (भला दुनिया की इच्छा को वह कैसे ठुकरा सकेगा?)। मुझे उम्मीद है कि तुम अपनी क़ाबिलियत से उसके विश्वासपात्र बन जाओगे। हम लोगों ने तुम्हारे भविष्य की यही योजना बनायी है। मैं चाहती हूँ, तुम उससे बराबरी के स्तर पर मिलो। जब दुनिया ने बड़े उत्साह से तुम्हारी प्रशंसा की तो उसने जवाब दिया कि बिना किसी को देखे वह किसी के बारे में कोई राय बनाने का आदी नहीं है। इसका अर्थ स्पष्ट है। वह तुमने मिलने के बाद ही अपनी राय क़ायम करेगा। प्यारे रोद्या, मैं सोचती हूँ (शायद यह मेरे बुढापे की सनक हो) कि दुनिया की शादी के बाद मेरा उन लोगों के साथ रहना उचित नहीं होगा, मैं जानती हूँ कि वे मुझे साथ रखने के लिए उत्सुकता अवश्य दिखायेंगे। इसीलिए प्योत्र ने अभी तक यह सवाल नहीं उठाया। लेकिन वे बुलायेंगे तब भी मैं नहीं जाऊँगी। मैंने ज़िन्दगी में अकसर देखा है कि दामादों की अपनी सासों से बिलकुल नहीं पटती। चाहे जो भी हो, मैं किसी के रास्ते का काँटा नहीं बनना चाहती। जब तक मेरी पेंशन और तुम्हारे जैसा लायक़ बेटा है तब तक मुझे किसी का मोहताज होने की ज़रूरत नहीं है। अगर हो सका तो मैं तुम्हारे ही पास आकर रहूँगी। मेरे प्यारे बेटे, मैंने अभी तक तुम्हें सबसे बड़ी ख़ुशख़बरी तो सुनायी ही नहीं। वह यह है कि मैं और दुनिया शायद एक हफ़्ते के भीतर ही पीटर्सबर्ग आयेंगे। तीन साल बाद में तुम्हें देखूँगी। अन्तिम फ़ैसला तो प्योत्र पैत्रोविच के हाथों में ही है। वह अपनी सुविधा के लिए माँ मरियम के व्रत से पहले ही शादी चाहता है। अगर तब तक तैयारी न हो सकी तो व्रत के फौरन बाद ही शादी होगी। ओह! तुम्हें देखकर मेरे कलेजे को कितनी ठण्डक पहुँचेगी? दुनिया तुमसे मिलने के लिए बेचैन हो रही है। एक दिन उसने मज़ाक में कहा कि वह सिर्फ़ पीटर्सबर्ग जाकर तुमसे मिलने की ख़ातिर ही प्योत्र पैत्रोविच से शादी कर लेगी। वह कितनी भोली है! वह आकर तुम से दिल खोलकर बातें करेगी, इसीलिए वह तुम्हें ख़त नहीं लिख रही। उसका प्यार स्वीकार करो। मैं एकाध दिन में तुम्हें कुछ पैसे भेज रही हूँ। यह सुनकर कि प्योत्र पैत्रोविच मेरा दामाद बनने वाला है, लोग मुझे आदर की दृष्टि से देखने लगे हैं, और मेरी साख बहुत ऊँची हो गयी है। मेरा ख़्याल है कि अफ़नेसी इवानोविच मुझे पचहत्तर रुबल तक कर्ज़ दे देंगे, जिनमें से तुम्हें मैं पच्चीस या तीस रूबल भेज सकूँगी। इससे अधिक भेजना मेरे लिए इस समय सम्भव नहीं होगा, क्योंकि हमें रेल के किराए के लिए पैसे चाहिए, हालाँकि प्योत्र पैत्रोविच ने हमारा सामान मुफ़्त ले जाने का आश्वासन दिया है।

पीटर्सबर्ग पहुँचकर भी हमारा कुछ न कुछ तो ख़र्च होगा ही। लेकिन मैंने और दुनिया ने बैठकर ख़र्च का हिसाब लगा लिया है। एक छकड़ेवाला कम किराया लेकर हमें स्टेशन तक छोड़ आयेगा, और हम दोनों थर्ड क्लास का टिकट लेंगी। हो सकता है कि मैं तुम्हें पच्चीस की बजाय, तीस रूबल ही भेज सकूँ। ख़त बहुत लम्बा हो गया है। इसलिए प्यारे रोद्या, मैं तुम्हें हार्दिक आशीर्वाद भेजती हूँ। दुनिया से खफ़ा न होना। वह तुम्हें अपने प्राणों से भी अधिक चाहती है। प्यारे रोद्या, तुम ही हमारे सर्वस्व हो। तुम्हारी ख़ुशी में ही हमारी ख़ुशी है। तुम नियमपूर्वक सर्वशक्तिमान ईश्वर के आगे प्रार्थना करते हो न! मुझे डर है कहीं तुम भी ज़माने की हवा खाकर नास्तिक न बन जाओ। प्यारे बेटे, अपने बचपन के उन दिनों को सदा याद रखना जब तुम्हारे पिता थे और तुम मेरी गोद में बैठकर प्रार्थना सीखा करते थे। वह कितने ख़ुशी के दिन थे। अच्छा, हम जल्द मिलेंगे। मेरे असंख्य प्यार।

आजीवन तुम्हारी,
पुलकेरिया रास्कोलनिकोव

पहले रास्कोलनिकोव का चेहरा आँसुओं से भीग गया था। लेकिन ख़त पढ़ने के बाद उसके ओंठों पर एक कड़वी और क्षोभ भरी मुस्कान छा गयी। वह अपने तारतार मैले तकिये पर सर रखकर बहुत देर तक कुछ सोचता रहा। उसका दिल ज़ोर से धड़क रहा था, और उसके दिमाग़ में हलचल मच गयी थी। उस डिबियानुमा कमरे में उसकी साँस घुटने लगी। उसकी आँखें आकाश के खुले विस्तार को देखने के लिए व्याकुल हो उठीं। वह अपना हैट उठाकर सीढ़ियों से नीचे उतर आया। लगता था कि उसे कोई ज़रूरी काम याद आ गया है। वह वैसीलेव्स्की ऑस्त्रोव की तरफ़ चल दिया। वह अब भी कुछ बड़बड़ाता हुआ अन्धाधुन्ध चल रहा था। लोगों ने समझा, कोई शराबी जा रहा है।

4

माँ के पत्र ने उसे बहुत उद्विग्न कर दिया था, लेकिन सबसे महत्त्वपूर्ण समस्या पर वह अपनी निश्चित राय क़ायम कर चुका था। पत्र पढ़ते समय उसने अपने मन में कहा था, "जब तक मैं ज़िन्दा हूँ तब तक यह शादी नहीं हो सकती, यह पत्थर की लकीर की तरह अमिट बात है।" उसके होंठों पर दुर्भावना से भरी एक विषैली मुस्कान आ गयी और वह बड़बड़ाया, "नहीं, नहीं, माँ और दुनिया तुम दोनों मुझे धोखा नहीं दे सकोगी। मेरी राय लिए बिना ही यह रिश्ता पक्का कर दिया। ख़ूब! तुम्हारा ख़्याल है कि अब इसे कोई नहीं तोड़ सकता। मैं भी देखूँगा! कैसा बहाना बनाया है 'प्योत्र पैत्रोविच इतना काम-काजी है कि उसकी शादी झटपट ही हो जानी चाहिए।' नहीं, दुनियां, मैं सब समझता हूँ। मैं जानता हूँ, तुम रात भर जागकर क्या सोचती रही थीं। माँ मरियम की मूर्ति के आगे तुमने क्या प्रार्थना की होगी। अच्छा, तो तुमने तै कर लिया है कि तुम एक धनी व्यापारी से शादी करोगी, जो अत्यन्त व्यावहारिक बुद्धि का आदमी है और ज़माने की रफ़्तार के साथ चलता है। जो देखने में दयालु प्रकृति का लगता है। क्या कहने हैं 'देखने' के? इसीलिए दुनिया उससे शादी कर रही है, क्या ख़ूब है!

"...लेकिन मैं पूछता हूँ कि माँ ने मुझे 'ज़माने की हवा' का डर क्यों दिखाया? बहनोई साहब का रौब गाँठने के लिए? ये लोग भी कितने चालाक हैं। मैं एक बात और जानना चाहता हूँ। भला एक दिन में वे एक-दूसरे को कितना जान पाये होंगे? दोनों अपने हृदय की भावनाओं को भाषा में कैसे व्यक्त कर पाये होंगे? या दोनों को ही सारी स्थिति मालूम थी इसलिए कुछ कहने-सुनने की ज़रूरत न पड़ी होगी। माँ के पत्र से तो कुछ ऐसा ही मालूम होता है। माँ का कहना है कि उसे भी प्योत्र पैत्रोविच थोड़ा-सा दम्भी मालूम हुआ था। उसने ज़रूर यह बात दुनिया से भी कही होगी, तभी तो दुनिया ने इतना बिगड़कर जवाब दिया। बिगड़ती क्यों न? जब सारी स्थिति साफ़ है, तो इस तरह की पूछताछ से क्या फ़ायदा? भला माँ ने यह क्यों

लिखा है, 'दुनिया से खफ़ा मत होना, वह तुम्हें प्राणों से भी अधिक चाहती है।' अपने बेटे के भविष्य के लिए बेटी की क़ुर्बानी देते हुए माँ की आत्मा को तकलीफ़ तो हुई होगी। 'तुम्हीं हमारे सर्वस्व हो।'—आह माँ। यह सब तुमने क्यों लिखा?

रास्कोलनिकोव के मन की कटुता और भी बढ़ गयी। इस समय अगर प्योत्र पैत्रोविच उनके सामने पड़ जाता तो वह फौरन उसकी हत्या कर डालता।

उसके दिमाग़ में विचारों का बवंडर उठ रहा था। "सब जानते हैं कि किसी आदमी को पहचानने में काफ़ी देर लगती है। लेकिन प्योत्र पैत्रोविच पहली ही मुलाकात में इन लोगों को सज्जनता की मूर्ति दिखायी देने लगा, क्योंकि उसने माँ-बेटी का सामान पीटर्सबर्ग तक मुफ़्त पहुँचाने का वायदा किया था, इसलिए न? बहुत ख़ूब! दूल्हा तो सफ़र करेगा फर्स्ट क्लास में और दुल्हन और दुल्हन की माँ जायेंगी थर्ड क्लास में। मैं भी जानता हूँ, थर्ड क्लास का सफ़र कैसा होता है। माँ बेटी दोनों घर से सस्ते किराये के छकड़े में बैठकर स्टेशन पहुँचेंगी। ख़ैर, इसमें कोई पाप नहीं। आदमी को अपनी हैसियत के मुताबिक़ ही चलना चाहिए। लेकिन बहनोई साहब, आप? दुनिया तो आपकी दुल्हन है न? आपको अच्छी तरह मालूम होगा कि आपकी सास कितनी कम पेंशन में गुज़ारा करती है। लेकिन आप ठहरे पक्के व्यापारी। आप तो बराबर साझे-पत्ती में विश्वास करते हैं न? खाना और सामान मुफ़्त, किराया अपनी ज़ेब से ख़र्चो। माँ-बेटी भी कौन कम सोदेबाज़ है? उसका सामान मुफ़्त में जायेगा। मज़े ही मज़े हैं। लेकिन क्या वे इस बात को अच्छी तरह से समझती हैं, या समझना ही नहीं चाहती? उन्हें तो बस चारों ओर ख़ुशी ही ख़ुशी नज़र आती है। फिर अभी तो शुरुआत है, आगे देखिए क्या होता है। लेकिन मुझे उस आदमी की कंजूसी और कमीनापन इतना नहीं अखरता जितना कि उसका तौर-तरीक़ा। शादी के बाद भी वह यही तरीक़ा अपनायेगा। यह तो भूमिका मात्र है। लेकिन माँ को दरियादिली किसलिए सूझी? पीटर्सबर्ग पहुँचते-पहुँचते उसके पास क्या बच जायेगा? बुढ़िया की सनक...ऊँह, पीटर्सबर्ग आकर वह कैसे गुज़ारा करेगी? इतना तो वह भी समझ गयी है कि शादी के बाद वह दुनिया के साथ नहीं रह सकती। उस नेक आदमी ने बातचीत में इसका संकेत ज़रूर कर दिया होगा। तभी तो बुढ़िया कहती है—'वह मुझे बुलायेंगे, मैं ना कर दूँगी।' फिर उसे आख़िर किसका भरोसा है, अपनी पेंशन का? वह ऊनी शाल बुनकर और कमीज़ों की आस्तीनों पर कढ़ाई करके अपनी आँखें फोड़ रही है लेकिन उससे कितनी आमदनी होती है? साल में सिर्फ़ बीस रूबल। मैं जानता हूँ, वह किसलिए इतने हवाई महल बना रही है। उसे अपने दामाद की सहृदयता पर भरोसा है। हम भी देखेंगे, वह तुम्हें कितना सुख देता है। ऐसे शायर-दिल भोले लोग हमने बहुत देखे हैं। दूसरे की परिस्थितियों को अच्छी तरह जानते हुए भी वे अन्त तक भोले बने रहते हैं। जब तक उनकी आँखों

में उँगली डालकर सच्चाई न दिखायी जाय, तब तक वे देखते ही नहीं। जब देखते हैं तो उनकी कँपकँपी छूट जाती है, और वे सच्चाई को दूर धकेल देते हैं। दूसरा आदमी बेवकूफ़ बनकर उनका मुँह ताकता रहता है। मुझे विश्वास है कि बहनोई साहब ठेकेदारों और व्यापारियों की दावतों में जाते हुए अपने कोट पर तमग़ा भी ज़रूर लगाते होंगे। देख लेना, शादी के रोज़ भी वह तमग़ा उनके कोट पर शोभा देगा। ऐसे आदमी से शैतान समझे।"

"ख़ैर, माँ बेचारी से मुझे कोई गिला नहीं। वह तो है ही ऐसी। लेकिन दुनिया ने ऐसा क्यों किया? प्यारी दुनियां, मुझसे बनने की कोशिश मत करो। तुम बीस बरस की थीं, जब तुम्हें छोड़कर मैं पीटर्सबर्ग आया था। मैं तब भी तुम्हारी नस-नस को पहचानता था। माँ ने लिखा है कि तुम में बहुत सहनशक्ति है। पिछले ढाई साल से मुझे भी तुम्हारी सहनशक्ति पर ताज्जुब हो रहा था। जब तुमने मि. स्वीद्रीगाईलोव के साथ गुज़ारा करना सीख लिया तो दुनिया में किसके साथ गुज़ारा नहीं कर सकतीं? माँ का विचार है कि तुम मिस्टर लूज़िन के साथ भी गुज़ारा कर सकती हो, जिसने पहली मुलाकात में ही तुम्हें बताया कि वह किसी ग़रीब अनाथ लड़की से शादी करना चाहता है, क्योंकि ऐसी लड़कियाँ सुशील होती हैं। माँ का कहना है कि यह बात ग़लती से उसके मुँह से निकल गयी—(मेरा ख़्याल है कि यह बात उसने जान-बूझ कर तुम लोगों का दिमाग़ साफ़ करने के लिए कही थी)। लेकिन दुनिया उसे अच्छी तरह समझती है, वह उसके साथ ज़िन्दगी काटने को तैयार है—वही दुनिया जो सूखी रोटी पर गुज़ारा कर सकती थी, लेकिन दुनिया की सारी दौलत जिसकी आत्मा और नैतिक स्वतन्त्रता को नहीं ख़रीद सकती थी, मिस्टर लूज़िन के पैसे की तो बिसात ही क्या? नहीं-नहीं, दुनिया अब भी नहीं बदली। स्वीद्रीगाईलोव परिवार की बात दूसरी है। मैं जानता हूँ कि छोटे शहर में एक गवर्नेस (आया) की ज़िन्दगी कितनी कठिन होती है। लेकिन मैं यह भी जानता हूँ कि दुनिया क्रीत हब्शी दास की तरह मज़दूरी कर लेगी, लेकिन अपने ऐशो-आराम के लिए किसी ऐसे व्यक्ति से शादी नहीं करेगी, जिसके लिए उसके मन में आदर नहीं है। मिस्टर लूज़िन भले ही ठोस सोने या हीरे के बने होते, लेकिन दुनिया उसकी विवाहित रखैल कभी न बनती। फिर उसने ऐसा क्यों किया? इसका क्या जवाब है? निश्चय ही उसने अपने लिए ऐसा नहीं किया होगा, वह अपनी बूढ़ी माँ और भाई के लिए अपने शरीर का सौदा कर रही है। उनके लिए वह क्या कुछ नहीं बेच सकती! ऐसी परिस्थितियों में है नैतिक-अनैतिक' का सवाल नहीं उठता। स्वतन्त्रता, शान्ति और अन्तरात्मा सब बाज़ार में बिकने आ जाती हैं। इन्सान सोचता है, मेरे सगे-सम्बन्धी सुखी रहें, मेरे प्राण भले ही चले जायें। अपने मन को तसल्ली देने के लिए हम जेविस्ट दर्शन[1] में आस्था रखने लगते हैं और कहते हैं, अच्छे काम की सिद्धि में कुछ भी बुरा नहीं। दुनिया भी यही कर

रही है, यह साफ़ है। वह बेचारी अपने भाई रोदियोन रोमनोविच रास्कोलनिकोव को सुखी बनाने के लिए यह सब कर रही है—उसकी पढ़ाई जारी रखने के लिए, उसे अपने पति का साझीदार बनाने के लिए, और उसके भविष्य की सुरक्षा के लिए। वह सोचती है कि हो सकता है किसी दिन उसका लाड़ला भाई लखपति बन जाये, और दुनिया में उसकी शोहरत फैले। और माँ! माँ के लिए रोद्या, उसका बेटा ही सब कुछ है। ऐसे बेटे के लिए वह अपनी बेटी की क़ुर्बानी क्यों न दे! आह, ये लोग प्रेम में कितने अन्धे हो जाते हैं। दुनिया का बस चले तो वह भी सोनिया बन सकती है, सोनिया मारमेलेदोव! जब तक दुनिया रहेगी तब तक न जाने कितनी सोनिया पैदा होती रहेंगी। पर मैं पूछता हूँ, दुनियां, क्या तुम यह सब सह सकोगी? इस क़ुर्बानी से क्या फ़ायदा होगा? सच पूछो तो इस तरह की शादी में और सोनिया की ज़िन्दगी में कोई विशेष अन्तर नहीं। क्या तुमने कभी अपनी क़ुर्बानी की पैमाइश की है? माँ लिखती है कि तुम मि. लुज़िन से प्रेम नहीं करतीं। इसलिए आदर का भी सवाल नहीं उठता, बल्कि वहाँ तो घृणा, अपमान और क्षुद्रता ही मिलेगी। क्या यही सब पाने के लिए तुम अपनी सहनशीलता का परिचय दोगी? जानती हो कि इसका क्या मतलब है? तुम क्या कभी समझ सकोगी कि तुममें और सोनिया में कोई अन्तर नहीं रहेगा। बल्कि सोनिया की क़ुर्बानी तुमसे ऊँचे दर्जे की क़ुर्बानी है, क्योंकि उसका उद्देश्य है, परिवार को भूखों मरने से बचाना, और तुम्हारा उद्देश्य है भोग-विलास के साधन पा लेना। लेकिन याद रखो दुनियां, तुम्हें इसकी पूरी क़ीमत चुकानी होगी। मान लो तुमसे यह अपमान बर्दाश्त न हुआ, तब क्या करोगी? तुम मार्फ़ा पैत्रोव्ना नहीं हो, इसलिए तुम समाज के सामने रोकर हमदर्दी नहीं पा सकोगी। उस समय तुम्हारी माँ पर क्या बीतेगी? अब भी वह तुम्हारे भविष्य के बारे में आशंकित है। लेकिन जब उसके सामने सारी स्थिति प्रत्यक्ष हो जायेगी, तब वह क्या सोचेगी? और मैं? मुझे तुमने क्या समझ रखा है? दुनिया मुझे तुम्हारी यह क़ुर्बानी मंजूर नहीं है। और माँ तुम भी सुन लो—जब तक मैं ज़िन्दा हूँ, यह सब नहीं होने दूँगा।

सहसा वह सोचते-सोचते ठिठक गया।

"नहीं होने दूँगा? लेकिन मुझे क्या अधिकार है? मैं उन्हें क्या सान्त्वना दे सकता हूँ—यही न कि पढ़ाई ख़त्म करने के बाद नौकरी करूँगा और उनकी सेवा में अपनी ज़िन्दगी लगा दूँगा? लेकिन यह सब रटे-रटाये खोखले शब्द हैं। अगर कुछ करना है तो अभी करना होगा। मगर मैं क्या कर सकता हूँ? मैं तो खुद उनका मोहताज हूँ? वे स्वीद्रीगाईलोव से कर्ज़ लेकर मुझे पढ़ा रही हैं। मैं उन्हें क्या दे सकता हूँ? वे दोनों सुखी जीवन के सपने देख रही हैं। दस साल बाद? तब तक तो माँ शाल बुनते-बुनते और रोते-रोते अन्धी हो जायेगी और दुनिया में दस साल कैसे काटेगी?"

ये प्रश्न रह-रहकर उसे पीड़ित कर रहे थे। लेकिन ये कोई नये प्रश्न नहीं थे।

इस पीड़ा का परिचय उसे बहुत पहले से ही मिल चुका था। लेकिन आज इन यन्त्रणाओं ने एक भयंकर प्रश्न का रूप धारण कर लिया, जिसका जवाब उसे फौरन ही देना था। माँ के पत्र ने उसके मन में प्रलय मचा दी थी। उसके आगे यह स्पष्ट हो गया था कि उन पुराने अनसुलझे प्रश्नों से माथा-पच्ची करना व्यर्थ है। उसे तत्काल कुछ करना चाहिए, नहीं तो...

"नहीं तो जीवन में अपमान और घुटन के सिवा क्या रहेगा? जीवन और प्रेम की मृत्यु हो जायेगी।"

सहसा मारमेलेदोव का यह वाक्य उसके कानों में गूँजने लगा—"जानते हैं जनाब, जब आदमी का कोई सहारा न हो तो आदमी कितना लाचार हो जाता है? कोई न कोई आदमी तो ऐसा होना ही चाहिए, जिसका मुसीबत में इन्सान सहारा ले सके...।"

सहसा वह चौंक उठा। उसके मन में एक दूसरा विचार चक्कर काटने लगा। यह कोई नया विचार नहीं था। पिछले एक महीने से वह इसी विषय में सोच रहा था। लेकिन तब यह एक आकांक्षा मात्र था, हृदय के एक कोने में सहमी, सिमटी एक आकांक्षा। पर आज इस आकांक्षा ने प्रचण्ड रूप धारण कर लिया...उसके सर को जैसे कोई हथौड़े से पीटने लगा था। उसकी आँखों के आगे अँधेरा छा गया।

उसने घबराकर चारों ओर देखा। वह किसी बैठने की जगह की तलाश में था। सौ कदम की दूरी पर बैठने की जगह थी। वह तेज़ी से आगे बढ़ा, लेकिन रास्ते में एक घटना ने उसका ध्यान अपनी ओर खींच लिया। उसने देखा कि उससे बीस कदम आगे एक औरत जा रही है। पहले तो उसने उसकी ओर कोई ध्यान नहीं दिया, क्योंकि वह भुलक्कड़ प्रकृति का था। लेकिन उस औरत में एक ऐसी विचित्र चीज़ थी, जिसने धीरे-धीरे उसका ध्यान अपनी ओर बरबस खींच लिया। वह यह जानने के लिए उत्सुक हो उठा कि आख़िर वह 'विचित्र' चीज़ क्या है। देखने में वह कम उम्र लड़की मालूम होती थी। वह बिना छाते और दस्तानों के हाथ लटकाती हुई चल रही थी। उसके बदन पर हल्के रेशम की पोशाक थी, जिसके बटन ठीक से बन्द नहीं किये गये थे। स्कर्ट कमर के पास से फट गयी थी, गले में रूमाल बँधा हुआ था। वह लड़खड़ाती चाल से जाकर बेंच पर बैठ गयी। थकान से उसकी आँखें मुँदी जा रही थीं। रास्कोलनिकोव ने पास जाकर देखा कि वह लड़की शराब के नशे में बेसुध हो रही थी। कैसा वीभत्स दृश्य था? रास्कोलनिकोव को पहले अपनी आँखों पर विश्वास न हुआ। उसके सामने सुनहरी बालों वाली एक लड़की, जिसकी उम्र मुश्किल से पन्द्रह-सोलह वर्ष की होगी, अपना सूजा चेहरा लेकर बैठी थी। उसकी फूहड़ हरक़तों से साफ़ ज़ाहिर था कि उसे अपने इर्द-गिर्द का कोई ख़्याल नहीं है।

रास्कोलनिकोव ने बैठने की बजाय लड़की के सामने खड़ा रहना ही उचित समझा। दोपहर के दो बजे थे और बेहद गर्मी पड़ रही थी, इसलिए पार्क में भीड़-भाड़ नहीं थी।

रास्कोलनिकोव से पन्द्रह कदम की दूरी पर सड़क की पटरी के पास एक भद्र व्यक्ति खड़ा था। शायद वह भी उस लड़की का पीछा करता हुआ वहाँ पहुँचा था और रास्कोलनिकोव को देखकर ठिठक गया था। वह अधीरता से इस फटेहाल युवक के चले जाने की प्रतीक्षा कर रहा था। रास्कोलनिकोव उसकी इस इच्छा को भाँप गया था। उस व्यक्ति की उम्र तीस के क़रीब होगी। उसका शरीर गठीला था और उसके होंठों पर लाली थी। उसके छैलापन को देखकर रास्कोलनिकोव के तन-मन में आग लग गयी। उसके मन में आया कि एक क्षण में वह उसकी सारी हेकड़ी निकाल दे। उसने आगे बढ़कर कहा, "क्या मैं पूछ सकता हूँ कि आप यहाँ क्या कर रहे हैं?" उसकी मुट्ठियाँ गुस्से से तन गयी थीं।

"तुमसे मतलब?"

"मैं कहता हूँ, फौरन यहाँ से चले जाओ।"

"तुम जैसे कमीने की इतनी हिम्मत?" कहकर उसने अपना बेंत उठाया। रास्कोलनिकोव ने अपने प्रतिद्वन्द्वी के मज़बूत गठीले शरीर का ध्यान किये बग़ैर ही उससे मुक्केबाज़ी शुरू कर दी। लेकिन इसी समय पीछे से किसी ने आकर उसके दोनों हाथ पकड़ लिए। वह आदमी एक पुलिस कान्स्टेबल था।

"महाशय, यह सार्वजनिक पार्क है। भद्र पुरुषों का इस तरह लड़ना शोभा नहीं देता। आख़िर माजरा क्या है?" सहसा कान्स्टेबल की दृष्टि रास्कोलनिकोव के फटे कपड़ों पर पड़ी। उसने पूछा, "क्यों जी, तुम कौन हो?"

रास्कोलनिकोव ने कान्स्टेबल के सफ़ेद दाढ़ी-मूँछों वाले चेहरे को ग़ौर से देखते हुए उत्तर दिया, "अच्छा हुआ, आप आ गये। मैं भी किसी पुलिस मैन को ही बुलाना चाहता था। मैं विद्यार्थी हूँ, रास्कोलनिकोव...इधर आइये, मैं आपको एक चीज़ दिखाऊँ।" पुलिस कान्स्टेबल की बाँह पकड़कर वह उसे सामने वाली बेंच पर ले गया। "देखिये, यह लड़की नशे में धुत है। यह कैसी लड़की है, यह बताने की ज़रूरत नहीं। लेकिन यह पेशेवर वैश्या नहीं मालूम देती। मेरा ख़्याल है, किसी ने इसको शराब पिलाकर धोखा दिया है...पहली बार...आप समझ गये न? ज़रा इसकी तार-तार पोशाक की ओर देखिए। साफ़ ज़ाहिर है कि इसने अपने हाथों से कपड़े नहीं पहने, किसी फूहड़ आदमी ने इसे कपड़े पहनाये हैं। अब ज़रा उधर देखिये। मैं इस शोहदे को नहीं जानता, लेकिन वह इस लड़की को इस हालत में यहाँ बैठा देखकर-किसी नेक इरादे से यहाँ नहीं आया। वह इसे अपने चंगुल में फाँसना चाहता है। यक़ीन कीजिए, मैंने अपनी आँखों से उसे इस लड़की का पीछा करते हुए देखा है। वह मेरे यहाँ से जाने के इन्तज़ार में खड़ा था। आपको देखकर वह ज़रा दूर चला गया है और सिगरेट पीने का बहाना कर रहा है...अब बताइये इस लड़की की रक्षा किस तरह की जाय और कैसे इसको अपने घर पहुँचाया जाय?"

पुलिस कान्स्टेबल पलक झपकते ही सब कुछ समझ गया। वह समझदार और अनुभवी व्यक्ति था। उसने ग़ौर से लड़की के चेहरे का निरीक्षण किया और वह करुणा से द्रवित स्वर में बोला–

"अरे, यह तो निरी बच्ची है। ज़रूर बेचारी को किसी ने धोखा दिया है।" और उसने लड़की से पूछा, "बेटी, तुम्हारा घर कहाँ है?" लड़की ने थकान भरी शून्य आँखों से पुलिस मैन को ओर ताका और चुप रही।

रास्कोलनिकोव ने अपनी ज़ेब टटोलकर बीस कोपेक निकाले और पुलिस मैन से कहा, "एक घोड़ागाड़ी मँगवाकर, इसे इसके घर भिजवा दीजिए। लेकिन इसका पता तो मालूम कर लें।"

पुलिस मैन ने फिर पूछा, "बेटी, मैं तुम्हें घर पहुँचा आऊँगा, बोलो तुम्हारा घर किधर है?"

जाओ मेरा सर मत खाओ, लड़की बड़बड़ायी।

"छिः छिः! बेटी ज़रा सोचो, यह कितने शरम की बात है? तुम्हें कोई इस हालत में देखेगा तो क्या कहेगा?" पुलिस मैन के स्वर में सहानुभूति के साथ क्षोभ भी था।

"इसे समझाना टेड़ी खीर है," पुलिस मैन ने रास्कोलनिकोव को सर से पाँव तक दुबारा देखते हुए कहा। उसे इस फटेहाल युवक की उदारता का रहस्य समझ में नहीं आ रहा था।

"तुम्हें यह लड़की कहाँ मिली?"

"बता तो चुका हूँ कि यह अभी-अभी चौराहे पर से आकर यहाँ बैठी है।"

"आह! दुनिया में कितनी बेहयाई फैल गयी है। अब ईश्वर ही मालिक है। ज़रा सोचो तो, लोग एक अबोध बच्ची को शराब पिला कर इस तरह धोखा देते हैं। बेचारी के कपड़े किस तरह फट गये हैं। हे ईश्वर, दुनिया में इतना पाप? देखने में किसी शरीफ़ लेकिन ग़रीब घर की मालूम होती है..आजकल ऐसे परिवारों की संख्या बढ़ गयी है।" उसने एक बार फिर झुककर लड़की के चेहरे का निरीक्षण किया।

शायद उसके अपने घर में ऐसी ही जवान बहू-बेटियाँ होंगी। "देखने में भले घर की..."

रास्कोलनिकोव ने फिर कहा, "जैसे भी हो, इस बेचारी को इस बदमाश के पंजे से बचाना होगा। वह अभी तक अपनी जगह से हिला नहीं, जंगली जानवर!" रास्कोलनिकोव ने उँगली उठाकर उस फ़ैशनेबल युवक की ओर इशारा किया। युवक का चेहरा क्रोध से तमतमा उठा। लेकिन वह दस कदम दूर जाकर फिर खड़ा हो गया।

कांस्टेबल ने संजीदा स्वर में कहा, "लड़की को बचाना इतना मुश्किल नहीं, लेकिन यह अपने घर का पता बताये तभी न...बेटी सुनो तो।"

लड़की ने आँखें खोलीं। वह बेंच से उठ खड़ी हुई और चौराहे की ओर चल पड़ी।

"बेशर्म, कम्बख़्त! नाहक मुझे परेशान करते हैं।" लड़की के कदम अब भी लड़खड़ा रहे थे। फ़ैशनेबल युवक अब भी दूसरे रास्ते से उसके पीछे-पीछे जा रहा था।

"घबराओ नहीं, मैं लड़की को उस बदमाश के चंगुल में नहीं जाने दूँगा," कहकर कान्स्टेबल भी लड़की के पीछे जाने लगा। बूढ़े ने फिर दोहराया, "दुनिया में पाप कितना बढ़ गया है?"

इसी समय रास्कोलनिकोव के मन में न जाने कौन सा फितूर उठा कि उसने कान्स्टबेल को पीछे से आवाज़ दी।

"सुनो तो।"

कान्स्टेबल ने पीछे मुड़कर देखा।

"उन दोनों को जाने दो। हमें उनसे क्या लेना-देना है? उस शोहदे को मज़ा लूटने दो।"

कान्स्टेबल आँखें फाड़कर रास्कोलनिकोव की ओर देखने लगा और फिर तिरस्कारपूर्ण ढंग से "अच्छा!" कहकर उस लड़की के पीछे चला गया। शायद उसे विश्वास हो गया था कि रास्कोलनिकोव पागल है।

रास्कोलनिकोव अकेला बड़बड़ा रहा था, "बूढ़े ने मुझसे बीस कोपेक ले लिए, शायद वह उस लफ़ंगे से भी बीस कोपेक लेकर लड़की को उसके साथ जाने की इज़ाज़त दे देगा। भला मुझे इस मामले में दख़ल देने की क्या ज़रूरत थी? किसी की मदद करने वाला मैं कौन होता हूँ? वह एक-दूसरे को फाड़कर खा जायें, मेरी बला से। मैंने बूढ़े को बीस कोपेक क्यों दिये? क्या वह मेरे थे?"

उसका मन ग्लानि से भर गया और वह बेंच पर बैठकर अजब-अजब बातें सोचने लगा...। वह अपने आपको भूल जाना चाहता था, और सब कुछ भूलकर नये सिरे से ज़िन्दगी शुरू करना चाहता था।

"बेचारी लड़की, जब उसका नशा उतरेगा तो वह कितना रोयेगी? उसकी माँ को जब पता चलेगा तो वह मार-मारकर उसकी खाल उधेड़ देगी, और शायद घर से बाहर निकाल देगी...। अगर न भी निकाले तो दारमा फांत्सोव्ना जैसी कोई कुटनी यह ख़बर पाकर उसके पास पहुँचेगी और वह लड़की लुक-छिपकर बाहर जाया करेगी। उसके बाद अस्पताल जाने की बारी आयेगी (शरीफ़ घरों की लड़कियों की यही तो मुसीबत है।) दुबारा फिर अस्पताल...शराब और शराबखानों के चक्कर. ..फिर अस्पताल...दो या तीन साल में ही उसकी ज़िन्दगी धूल में मिल जायेगी, अठारह-उन्नीस साल की उम्र तक पहुँचने से पहले ही न जाने कितने लोगों का मैंने ऐसा अन्त होते देखा है। उँह, लेकिन इससे क्या? लोगों का कहना है कि यह सब स्वाभाविक है, ऐसा होना ही चाहिए। हर साल कुछ फ़ीसदी औरतें इसी तरह बरबाद

होती रहें, तभी तो बाक़ी औरतों की पवित्रता बनी रह सकती है। कुछ फ़ीसदी! कितना शानदार शब्द है। देखता हूँ, लोगों का दृष्टिकोण आजकल बहुत वैज्ञानिक हो गया है। एक बार "फ़ीसदी" शब्द कह देने के बाद फिर किसी बात की चिन्ता नहीं रहती। इसी को अगर हम दूसरे शब्दों में कहते तो...शायद हमें घबराहट होती ...अगर दुनिया भी इन्हीं 'कुछ फ़ीसदी' औरतों में आ जाय तो क्या होगा? आख़िर वह न होगी तो कोई और होगी।

अचानक उसे ध्यान आया, "अरे मैं कहाँ जा रहा हूँ? ख़त पढ़ने के बाद मैं किसी विशेष काम से बाहर निकला था... मैं वैसीलेव्स्की ओस्त्रोव की ओर जा रहा था। हाँ, मुझे, ठीक याद आया। लेकिन किस लिए? राज़ुमिहीन के घर जाने का ख़्याल मुझे क्यों आया, ताज्जुब है।"

राज़ुमिहीन यूनीवर्सिटी में उसका सहपाठी था। रास्कोलनिकोव मिलनसार व्यक्ति नहीं था, जिसके परिणामस्वरूप उसके सहपाठियों ने उसमें दिलचस्पी लेनी छोड़ दी थी। उसने विद्यार्थियों के किसी समारोह, मनोरंजन या वार्तालाप में कभी हिस्सा नहीं लिया था। परिश्रमी होने के कारण सब उसका आदर करते थे, लेकिन उससे किसी को स्नेह न था। वह बहुत ग़रीब था और उसमें एक अनोखी उद्दण्डता और स्वाभिमान था। उसके सहपाठियों का ख़्याल था कि वह उन्हें मूर्ख और क्षुद्र समझता है, और अपने आपको अत्यन्त प्रतिभाशाली और सिद्धान्त का पक्का मानता है।

राज़ुमिहीन के साथ न जाने उसकी कैसे पट गयी। बात यह थी कि राज़ुमिहीन बड़ा हँसोड़ और बातूनी युवक था, और उसकी विनोदप्रियता के पीछे उसका स्वाभिमान और गहराई छिपी हुई थी। उसके सभी दोस्त उसे बहुत चाहते थे। वह प्रखर बुद्धि का व्यक्ति था, लेकिन अकसर वह बुद्धुओं जैसी बेसिर-पैर की बातें भी कर बैठता था। उसका हुलिया भी बड़ा विचित्र था। लम्बा कद, काले स्याह बाल और बिना हज़ामत की हुई दाढ़ी। कई बार तो वह इतना ऊधम मचाता कि लोग तंग आ जाते। उसके शरीर में अद्भुत बल था। एक रात जब वह दोस्तों के साथ उत्सव मना रहा था, उसने एक ही मुक्के में एक दैत्याकार पुलिस मैन को धराशायी कर दिया था। शराब पीने में उसका मुक़ाबला कोई नहीं कर सकता था, लेकिन वह शराब छुए बिना भी सारी ज़िन्दगी गुज़ार सकता था। कई बार उसका ऊधम सीमा का अतिक्रमण कर जाता, लेकिन चाहता तो वह शान्तिपूर्वक भी रह सकता था। राज़ुमिहीन में एक शानदार बात यह थी कि वह किसी भी असफलता से निराश नहीं होता था। प्रतिकूल परिस्थितियाँ उसकी आत्मा को कुचल नहीं सकती थीं। वह किसी भी हालत में रहकर भूख और ठंड का मुक़ाबला कर सकता था।

वह ग़रीब था, और छोटे-मोटे काम करके अपना गुज़ारा चलाता था। पैसा कमाने के अनगिनत ढंग उसे आते थे। एक साल उसने सर्दियों के मौसम में एक बार भी बुखारी नहीं जलायी, क्योंकि उसका कहना था कि ठंडे कमरे में बहुत गहरी नींद आती है। रास्कोलनिकोव की तरह उसे भी आर्थिक मजबूरियों के कारण पढ़ाई छोड़ देनी पड़ी थी, लेकिन वह बड़ी मेहनत से काम करके पैसे जमा कर रहा था, ताकि अपनी पढ़ाई फिर से जारी कर सके। पिछले चार महीनों से दोनों दोस्तों की मुलाकात नहीं हुई थी, न ही उसे रास्कोलनिकोव का पता मालूम था। दो महीने पहले एक दिन अचानक सड़क पर दोनों का सामना हो गया, लेकिन रास्कोलनिकोव आँख चुराकर कतरा गया था। राजुमिहीन ने उसे देख लिया, लेकिन वह चुप रहा।

5

रास्कोलनिकोव सोच रहा था, "पिछले कई दिनों से मैं राजुमिहीन के यहाँ जाने की सोच रहा था, ताकि उसकी मदद से एकाध ट्यूशन पा जाऊँ...लेकिन वह अब मेरी क्या मदद कर सकेगा? मान लो उसने मुझे ट्यूशन ले भी दी और मुझे नये जूते ख़रीद भी दिये ताकि मैं भलामानस दीखने लगूँ, तो उससे क्या होगा...ऊँह, मुझे अब ताँबे के सिक्के नहीं चाहिए। राजुमिहीन के यहाँ जाना बड़ी बेवकूफ़ी होगी..."

वह राजुमिहीन के यहाँ क्यों जा रहा है, इस सवाल ने उसे असाधारण रुप से उत्तेजित कर दिया। वह किसी रहस्यमय कारण की तलाश में था।

वह बड़ी देर तक अपना सर खुजाता रहा, सहसा उसके दिमाग़ में एक विलक्षण बात आयी–

"हूँ–मैं राजुमिहीन के यहाँ ज़रूर जाऊँगा, लेकिन अभी नहीं। जब मेरी ज़िन्दगी नये सिरे से शुरू होगी, तब..."

सहसा उसे अपने विचार की निरर्थकता का आभास हुआ।

"तब! लेकिन क्या वह सब होने जा रहा है? क्या यह सम्भव है?" वह बेंच से उठकर तेज़ी से घर की ओर चल पड़ा, लेकिन घर जाने की कल्पना से ही उसका मन ग्लानि से भर उठा। वह घर था या डिबिया। पिछले एक महीने से यह विचार उसके मन में जड़ पकड़ गया था। वह अन्धाधुन्ध चलने लगा।

उसकी स्नायुविक उत्तेजना ने बुखार का रूप धारण कर लिया था, लेकिन अब भी उसका शरीर ठंड से काँप रहा था। उसने ध्यान बँटाने के लिए अपने सामने की हर चीज़ को ग़ौर से देखने की कोशिश की, लेकिन वह फिर गहरी सोच में डूब गया। इसी मानसिक उलझन में वह वैसीलेव्स्की आस्त्रोव में से गुज़र कर छोटी नीवा नदी के पुल पर आ गया। पुल पार की हरियाली को देखकर उसकी थकी आँखों को ठंडक मिली और मन का बोझ कुछ हल्का हुआ। नदी पार के इस इलाक़े में न कोई शराबखाना था, न तंग बदबूदार गलियाँ थीं, न बड़ी-बड़ी इमारतें ही।

लेकिन कुछ देर बाद ही यह नयी अनुभूति भी चिड़चिड़ेपन में बदल गयी। एक बार उसने फूलों और लताओं से घिरे एक बँगले के आगे खड़ा होकर बरामदों और बारजों में बैठी फ़ैशनेबल औरतों और बाग में खेलते हुए बच्चों को देखा। वह बड़ी देर तक फूलों को देखता रहा। उसने शानदार फ़िटनगाड़ियों और घोड़े की सवारी करते हुए आदमियों और औरतों को भी देखा, लेकिन वे उसकी कल्पना में अधिक देर तक न टिक सकीं। उसने एक बार ज़ेब में से निकालकर तीस कोपेक गिने। "बीस कान्स्टेबल को दिये, तीन नौकरानी को। इसका मतलब यह कि कल मारमेलेदोव के घर में मैं पचास कोपेक छोड़ आया था," उसने सोचा और जल्दी ही वह इस हिसाब को भी भूल गया। एक रेस्त्राँ के सामने से गुज़रते हुए उसे ध्यान आया कि वह भूखा है। भीतर जाकर उसने बोदका के एक गिलास के साथ एकाध टिकिया खायी। बोदका ने फौरन उस पर असर किया, यद्यपि उसने एक ही गिलास पी थी। उसकी टाँगों में भारीपन आ गया और उसे नींद आने लगी। वह घर जाना चाहता था, लेकिन पैत्रोव्स्की आस्त्रोव तक पहुँचते-पहुँचते वह थकान से चूर हो गया और घास पर लेटकर सो गया।

ऐसी अस्वस्थ मानसिक दशा में व्यक्ति जो सपने देखता है, वे यथार्थ मालूम होते हैं। कई बार बड़े खौफ़नाक दृश्य दिखायी देते हैं, लेकिन उनमें पूर्ण कलात्मक सामंजस्य होता है, और इतना सूक्ष्म सौन्दर्य होता है कि पुश्किन और तुर्गनेव जैसा कलाकार होने पर भी कोई व्यक्ति जागृत अवस्था में उस सौन्दर्य की कल्पना नहीं कर सकता। ऐसे रुग्ण सपनों की स्मृति देर तक बनी रहती है, और थके हुए स्नायुओं पर और अधिक दबाव डालती है।

रास्कोलनिकोव ने एक भयंकर सपना देखा। उसने देखा कि वह फिर सात बरस का बालक बन गया है और अपने पिता के साथ छुट्टी मनाने गाँव में गया है। दिन बड़ा उदास था, और गाँव का दृश्य उसकी स्मृति में फिर से ताज़ा हो गया था। गाँव का समतल सपाट मैदान जिसमें एक झाड़ी तक न थी, केवल क्षितिज के नज़दीक एक काली रेखा दिखायी देती थी। बाज़ार से थोड़ी दूर एक शराबखाना था, जिसके सामने से गुज़रते वक़्त रास्कोलनिकोव का मन भयभीत और आतंकित हो उठता था। शराबख़ाने के बाहर लोगों की भीड़ लगी रहती थी, और हर वक़्त फूहड़ हँसी और अश्लील गाने गूँजते रहते थे। कई बार मारपीट भी हो जाती थी। शराबियों को देखते ही वह अपने पिता की टाँगों से लिपट जाता था। शराबख़ाने की धूल भरी सड़क बायीं ओर मुड़कर क़ब्रिस्तान की ओर जाती थी। क़ब्रिस्तान के बीचोंबीच पत्थर का बना एक गिर्जा था, जहाँ रास्कोलनिकोव अपनी स्वर्गीय दादी की आत्मा की शान्ति के लिए प्रार्थना करने साल में दो या तीन बार जाया करता था। ऐसे मौक़ों पर उसके माँ-बाप घर से एक तश्तरी में चावल का बना हलुआ एक रूमाल में बाँधकर लाते थे, जिसमें किश-मिश

के दानों से सलोब की शक्ल बनी होती थी। उसे उस प्राचीन गिर्जे, बिना सजावट की मूर्तियों और बूढ़े पादरी से बहुत प्रेम था, जिसका सर काँपता रहता था। उसकी दादी की क़ब्र के पास ही उसके छोटे भाई की नन्ही क़ब्र थी, जो छः महीने का होकर मर गया था। रास्कोलनिकोव को अपने छोटे भाई की याद नहीं थी, लेकिन वह क़ब्रिस्तान में आकर अत्यन्त श्रद्धापूर्वक अपने शरीर पर सलीब का निशान बनाता और अपने भाई की क़ब्र को चूमता। सपने में उसने देखा कि वह अपने पिता की उँगली पकड़े शराबख़ाने के आगे से गुज़र रहा है। सहसा उसका ध्यान शराबख़ाने के सामने एकत्रित लोगों की भीड़ की ओर गया, जिसमें किसान औरतें, मर्द और गाँव के शोहदे भी थे, और जो नशे में धुत होकर बेहूदे ढंग से गा रहे थे। शराबख़ाने के फाटक के आगे एक बड़ी-सी गाड़ी खड़ी थी। ऐसी गाड़ियों में अकसर शराब के पीपे लदे रहते थे। रास्कोलनिकोव को घोड़ों की गर्दन के बाल और पतली टाँगें देखने में बड़ा मज़ा आता था। लगता था कि घोड़ों को भार ढोने में ज़रा भी तकलीफ़ नहीं होती। लेकिन इस गाड़ी में एक मरियल-सी घोड़ी जुती थी, उसने बचपन में ईंधन से लदी कई गाड़ियाँ देखी थीं, जिनके पहिए जब कीचड़ में धँस जाते थे तो उनके गाड़ीवान नीचे उतरकर घोड़ों को बड़ी बेदर्दी से पीटते थे। ऐसे दृश्य देखकर नन्हें रास्कोलनिकोव की आँखों में आँसू भर आते थे और उसकी माँ उसे खिड़की से उठा ले जाती थी। सहसा उसे शोरग़ुल सुनायी दिया और नशे में धुत हट्टे-कट्टे किसानों का एक दल शराबख़ाने से बाहर निकला। वे रंगबिरंगी कमीज़ें पहने हुए थे और उन्होंने लापरवाही से कोट अपने कन्धों पर डाल रखे थे।

"सब लोग गाड़ी में बैठ जाओ। मैं सबको ले चलूँगा।" मोटी गदर्न वाले एक युवक ने कहा। उसका चेहरा गाजर की तरह लाल था।

इस पर भीड़ ने एक कहकहा लगाया।

"इसी मरियल घोड़ी के बूते हम सबको ले जाओगे?"

"अरे मिकोल्का, तुमने ऐसी अड़ियल घोड़ी गाड़ी में क्यों जोती? पागल हो गये हो क्या?"

"दोस्तो, यह घोड़ी कम से कम बीस साल की तो ज़रूर होगी।"

मिकोल्का ने गाड़ी में खड़े होकर घोड़ी की रास पकड़ ली और ज़ोर से चिल्लाया, "घोड़े को मार्वे ले गया है, और यह कम्बख़्त मेरे पल्ले पड़ गयी है। जी में आता है, इसका भुस बना दूँ। मैं कहता हूँ सब लोग बैठ जाओ। मैं इसे सरपट दौड़ाऊँगा। तुम देखना तो सही!" यह कहकर उसने चाबुक उठा ली और घोड़ी को पीटने के लिए तैयार हो गया।

लोग फिर हँस पड़े। "कुछ सुना? सब जने आकर बैठ जाओ यह सरपट भागेगी!"

"क्या कहने है इसकी सरपट चाल के! पिछले दस साल से यह एक बार भी जो सरपट दौड़ी हो।"

"देख लेना, कदम-कदम पर अड़ेगी!"

"दोस्तो, घबराओ नहीं, अपनी-अपनी चाबुक साथ लेते आओ। आओ भी।"

"अच्छी बात है, घोड़ी की शामत आयी दीखती है!"

छै किसान एक साथ गाड़ी में चढ़ गये। लेकिन गाड़ी में अब भी जगह खाली थी, इसलिए उन्होंने सुर्ख़ गालों वाली एक मोटी स्त्री को सहारा देकर ऊपर खींच लिया। वह लाल सूती पोशाक पहने थी, उसकी नुकीली टोपी पर मोती टके थे और वह हँसती हुई अखरोट खा रही थी। सब लोग मारे हँसी के लोट-पोट हो रहे थे। उस मरियल घोड़ी को देखकर भला किसकी हँसी रुकती? दो युवक मिकोल्का की सहायता के लिए चाबुक तैयार कर रहे थे। घोड़ी ने आगे बढ़ने की कोशिश की लेकिन उसकी हिम्मत ने जवाब दे दिया। उस पर सड़ासड़ चाबुक पड़ने लगे। गाड़ी में बैठे लोगों ने एक ठहाका मारा। मिकोल्का ने गुस्से में आकर घोड़ी की दुगुनी पिटाई की। शायद उसे अब भी भरोसा था कि घोड़ी सरपट दौड़ सकती है।

"दोस्तो, मुझे भी गाड़ी में अपने साथ बिठा लो।" भीड़ में से एक तमाशबीन युवक ने मज़ाक किया।

"तुम भी आ जाओ। देखना यह कैसी सरपट भागती है, वरना मैं मारते-मारते इसका दम निकाल दूँगा।"

नन्हा रास्कोलनिकोव ज़ोर से चीख़ पड़ा, "पिता जी, देखो ये लोग क्या कर रहे हैं! बेचारी घोड़ी को बेरहमी से पीट रहे हैं।"

"आओ चलें, ये लोग इस वक़्त नशे में हैं, उनकी ओर मत देखो।," कहकर पिता ने बच्चे का हाथ पकड़ना चाहा, लेकिन वह हाथ छुड़ा कर घोड़ी की ओर भागा। बेचारी घोड़ी पीड़ा से छटपटा रही थी।

मिकोल्का कह रहा था, "आज इसकी मौत आ गयी मालूम होती है। मैं इसे मज़ा चखाऊँगा।"

"अरे शैतान, तुम ईसाई हो या कसाई!" भीड़ में से एक बूढ़े ने डाँटकर कहा।

"देखा! भला कोई मरियल जानवर इतना बोझा ढो सकता है!" दूसरे ने टिप्पणी की।

"क्यों ग़रीब जानवर की जान लेने पर तुले हो?" तीसरे ने कहा।

"चुप रहो! मैं इसका मालिक हूँ, जो चाहूँगा, करूँगा। आओ, तुम भी आकर बैठ जाओ, मैं इसे आज सरपट दौड़ा कर रहूँगा।"

इस पर ज़ोर का कहकहा लगा । चाबुक की मार से उत्तेजित होकर घोड़ी दुलत्ती फेंकने लगी। उस बूढ़ी मरियल घोड़ी की ज़ुर्रत देखकर लोगों को हँसी आ गयी।

भीड़ में से दो छोकरे चाबुक लेकर घोड़ी को पीटने के लिए आगे बढ़े।

"कम्बख़्त की आँखें फोड़ दो!" मिकोल्का चिल्लाया।

"आओ दोस्तो! एक गाना हो जाये!" इस पर सबने मिलकर एक फूहड़ गाना गाया। लाल पोशाक वाली औरत अब भी अखरोट खा रही थी और हँस रही थी।

...घोड़ी की आँखों पर सड़ासड़ चाबुक पड़ते देख नन्हा रास्कोलनिकोव बिलख-बिलख कर रोने लगा। अनजाने में एक चाबुक उसके माथे को भी छू गया, लेकिन वह चीख़ता हुआ उस बूढ़े के पास पहुँचा जो क्षोभ से सारे दृश्य को देख रहा था। एक औरत ने नन्हें रास्कोलनिकोव का हाथ पकड़कर अपने पास खींचना चाहा, लेकिन वह फिर भागकर घोड़ी के पास चला गया। घोड़ी बुरी तरह हाँफ रही थी, फिर भी उसने दुलत्ती मारना न छोड़ा।

मिकोल्का ने गुस्से में दाँत पीसकर कहा, "मैं तुम्हें दुलत्ती मारना सिखाऊँगा!" उसने चाबुक फेंककर गाड़ी में से एक लाठी उठा ली और घोड़ी पर पिल पड़ा।

"अरे, अरे, घोड़ी को मार डाला।" चारों तरफ़ से आवाज़ें सुनाई दीं।

"मैं इसका मालिक हूँ।" मिकोल्का ने गुस्से में जवाब दिया।

"रुक क्यों गये, उसकी हड्डियाँ तोड़ डालो!" भीड़ में से कुछ आवाज़ें आयीं।

मिकोल्का ने पूरे ज़ोर से अभागी घोड़ी की पीठ पर लाठी चलाई पहले तो वह अचेत-सी होकर गिरने लगी, लेकिन अगले क्षण उसने गाड़ी खींचने की कोशिश की। लेकिन बेचारी पर छः चाबुक एक साथ बरस रहे थे। मिकोल्का ने फिर लाठी उठाई। उसे अफ़सोस था कि वह एक ही बार में घोड़ी का काम तमाम क्यों नहीं कर सका।

"बड़ी ढीठ घोड़ी है।", किसी ने आवाज़ कसी।

"फ़िक्र न करो, अभी इसका खात्मा होने वाला है।" एक दर्शक ने दिलासा दिया।

"कुल्हाड़ी क्यों नहीं चलाते।" तीसरे ने राय दी।

"आप ज़रा दूर हट जाइये, मैं आपको तमाशा दिखाऊँगा।" मिकोल्का ने लाठी फेंक दी और गाड़ी के नीचे से लोहे की एक सलाख निकाली। घोड़ी ने भयभीत होकर गाड़ी खींचने की एक बार फिर कोशिश की, लेकिन सलाख की चोट से उसकी कमर दोहरी हो गयी और वह अचेत होकर ज़मीन पर गिर पड़ी।

"ख़त्म कर दो इसे।" बहुत से शराबी चाबुकें और लाठियाँ लेकर मृतप्राय घोड़ी पर टूट पड़े। मिकोल्का लोहे की सलाख से अन्धाधुन्ध वार कर रहा था। घोड़ी ने अपनी गर्दन लम्बी की और एक लम्बी साँस लेकर अपने प्राण त्याग दिये।

किसी ने कहा, "तुमने घोड़ी को मार डाला।"

"फिर वह दौड़ती क्यों नहीं थी?"

"चुप रहो। मालिक मैं हूँ।" मिकोल्का की आँखों में ख़ून उतर आया था। लोहे की सलाख अब भी उसके हाथों में थी, वह इस तरह खड़ा था, जैसे उसकी वहशत अभी भी ख़त्म न हुई हो।

"तुम ईसाई नहीं कसाई हो"—कुछ लोगों ने लानत दी।

नन्हा रास्कोलनिकोव रोता-चीखता मृत घोड़ी के पास पहुँचा और उसके गले में हाथ डालकर उसकी आँखों को और ओंठों को चूमने लगा।...फिर वह क्रोध में आकर अपनी नन्ही मुट्ठियाँ तानकर मिकोल्का पर झपटा। इसी समय उसके पिता ने उसे पकड़ लिया।

"चलो, घर चलें।"

"पिताजी...इन लोगों ने...बेचारी घोड़ी को क्यों मार डाला?" नन्हा रास्कोलनिकोव सिसक-सिसक कर पूछ रहा था।

"ये लोग...नशे में हैं। ...जंगली कहीं के।...चलो, हमें क्या! पिता ने समझाया। रास्कोलनिकोव पिता से लिपट गया। वह चिल्लाना ही चाहता था कि उसकी नींद खुल गयी। वह अब भी हाँफ रहा था। उसके माथे पर पसीने की बूँदें चमक रही थीं। वह घबराकर उठ खड़ा हुआ।"

"शुक्र है, यह केवल सपना था। लेकिन इसका मतलब क्या है? क्या मैं बीमार पड़ने वाला हूँ? कैसा भयानक सपना था!"

वह बहुत थक गया था। उसकी आत्मा में अन्धकार छा रहा था। वह घुटनों में सिर छिपाकर सोचने लगा :

"हे ईश्वर! क्या यह सम्भव है कि मैं एक कुल्हाड़ी से उस बुढ़िया की गर्दन काट सकता हूँ...उसके चिपचिपे गर्म ख़ून पर कदम रखकर क्या मैं काँपते हुए हाथों से ताला खोलूँगा? फिर ख़ून में लथपथ...कुल्हाड़ी समेत कहीं जा छिपूँगा? हे ईश्वर, क्या मैं ऐसा कर सकता हूँ?"

उसका शरीर पत्ते की तरह काँप रहा था।

"लेकिन मैं यह बातें क्यों सोच रहा हूँ? मैं जानता हूँ कि मैं हरिगज़ ऐसा काम नहीं कर सकता, फिर मैंने अपने मन को इतनी यन्त्रणा क्यों दी? कल, कल जब मैं...परीक्षण करने वहाँ गया था, तो मैंने जान लिया था कि यह काम मेरे बस का नहीं है...फिर मैं किस सोच में पड़ गया हूँ। हिचकिचाहट कैसी? कल बुढ़िया के ज़ीने से नीचे उतरते वक़्त मैंने स्वीकार किया था कि यह नीच और घृणित कार्य है...इसकी कल्पना से ही मेरा जी मिचला उठा था।"

"नहीं, मैं ऐसा हरगिज़ नहीं कर सकता। माना कि मेरे तर्क में कोई गड़बड़ी नहीं...वह गणित की तरह साफ़ है...हे ईश्वर! मैं क्या सोच रहा हूँ? मैं ऐसा हरगिज़...हरगिज़ नहीं कर सकूँगा। तो क्या मैं अभी तक सोच रहा हूँ..."

वह उठकर खड़ा हो गया और आँखें फाड़कर अपने चारों ओर देखने लगा। उसका चेहरा पीला पड़ गया था और सारा शरीर थकान से चूर था, लेकिन सहसा उसे लगा कि उसके दिल का बोझ हल्का हो गया है, उसकी आत्मा में अपूर्व शान्ति छा गयी। वह बुदबुदाया, "हे ईश्वर मुझे सन्मार्ग दिखाओ।...मैं इस घृणित विचार का त्याग करता हूँ।"

पुल पार करके वह नदी के किनारे खड़ा हो गया। रक्तिम आकाश में सूर्य अस्त हो रहा था। कमज़ोरी के बावजूद उसे थकान महसूस नहीं हो रही थी। उसे लगा कि जो फोड़ा उसके दिल में पिछले एक महीने से पक रहा था, वह अचानक फूट गया है। अब उसकी आत्मा उस घृणित विचार से मुक्त हो गयी थी।

बाद में जब उसने सारी घटना पर ग़ौर किया तो एक बात ने उसके मन पर बड़ा असर डाला, हालाँकि वह कोई महत्त्वपूर्ण बात नहीं थी। वह कभी नहीं समझ सका कि जब वह इतना थका हुआ था, तो सीधा घर लौटने की बजाय, वह घास मण्डी के रास्ते से क्यों लौटा था, जब कि वहाँ जाने का कोई कारण नहीं था। यह सच है कि वह अन्धाधुन्ध चाल से सड़कें नापता हुआ घर लौट रहा था, लेकिन घास मण्डी में वह उस समय क्यों पहुँचा, जबकि अचानक बुढ़िया से उसकी मुलाकात होनी थी। क्या इसमें भाग्य का इशारा नहीं था? क्या यह सब उसी समय होना था?

नौ बजे के क़रीब जब वह घास मण्डी में से गुज़रा, तो सब दुकानदार दुकानें बन्द करके घर जा रहे थे। सब ठेले वाले और भिखारी शराबखानों के इर्द-गिर्द जमा हो रहे थे। रास्कोलनिकोव को यह स्थान बहुत पसन्द था और वह बड़ी देर तक तंग बदबूदार गलियों में आवारागर्दी करता रहा। इस इलाक़े में किसी का ध्यान उसके फटे चिथड़ेदार कपड़ों की ओर नहीं जाता था। गली के नुक्क़ड़ पर एक बिसाती फीतों, धागों और रूमालों से सजी एक मेज़ को दुकान के भीतर रख रहा था और उसकी पत्नी एक स्त्री से बातें कर रही थी। वह स्त्री लिजावेता इवानोव्ना थी, जिसे सब लोग केवल लिजावेता कहकर पुकारते थे—वह सूदख़ोर बुढ़िया एल्योना इवानोव्ना की बहन थी, जिसके घर कल रास्कोलनिकोव परीक्षण के लिए घड़ी लेकर गया था। वह जिजावेता को थोड़ा-सा जानता था। वह पैंतीस बरस की लम्बी फूहड़, डरपोक और मूर्ख औरत थी, जो सौ फ़ीसदी अपनी बड़ी बहन की मुट्ठी में थी। बड़ी बहन उससे नौकरानी की तरह काम लेती थी, और अकसर उसे पीटती भी थी। इस समय लिजावेता उस बिसाती और उसकी पत्नी के साथ बड़ी आत्मीयता से बातें कर रही थी। उसे देखते ही रास्कोलनिकोव को आश्चर्य हुआ, हालाँकि इसमें आश्चर्य को कोई बात नहीं थी।

बिसाती ज़ोर से कह रहा था, "लिजावेता इवानोव्ना, तुम खुद ही अपना मन पक्का क्यों नहीं करतीं? कल सात बजे के क़रीब यहाँ आ जाना। वे लोग भी यहीं रहेंगे।"

"कल?" लिजावेता फिर असमंजस में डूब गयी।

"मैं क़सम खाकर कहती हूँ, तुम एल्योना इवानोव्ना के सामने भीगी बिल्ली बन जाती हो। तुम कोई दूध पीती बच्ची तो हो नहीं, न ही वह तुम्हारी सगी बहन है। फिर वह तुम पर इतना रौब क्यों गाँठती है?" बिसाती की पत्नी ने पूछा।

पति ने बीच में टोककर कहा, “इस बार तुम एल्योना इवानोव्ना से पूछे बग़ैर ही चली आना। इसमें तुम्हारा ही फ़ायदा है। तुम्हारी बहन को ख़ुद-ब-ख़ुद पता चल जायेगा।”

“तो मैं आऊँ?”

“हाँ, कल ठीक सात बजे। वे लोग भी यहीं रहेंगे। तुम ख़ुद ही फ़ैसला कर लेना।”

“सबकी चाय भी यहीं होगी।” बिसाती की पत्नी ने कहा।

“अच्छा, मैं कल आऊँगी।” लिजावेता ने उत्तर दिया और वह शिथिल कदमों से चलने लगी।

रास्कोलनिकोव सिर्फ़ इतना ही सुन सका था। सहसा उसके रोम-रोम में एक विचित्र सिहरन दौड़ गयी। उसे मालूम हुआ था कि कल सात बजे बुढ़िया की बहन घर से बाहर होगी, और बुढ़िया उस समय घर पर अकेली होगी।

वह घर के क़रीब पहुँच गया था। वह फाँसी की सज़ा पाये अपराधी की तरह घर में दाख़िल हुआ। इस समय उसका दिमाग़ बिलकुल बेकार हो गया था, लेकिन उसे आभास हुआ कि अब उसकी इच्छाशक्ति और विचार स्वतन्त्र नहीं रहे। उसके भाग्य का फ़ैसला हो चुका था।

निश्चय ही बरसों तक प्रतीक्षा करने के बाद भी इतना बढ़िया मौक़ा उसके हाथ में नहीं आ सकता था, जो अनमाँगे, अनायास ही उसके हाथों में आ गया था। कल उसका शिकार अमुक समय घर में अकेला रहेगा, यह मालूम हो जाना क्या कम था? फिर यह जानने में...उसे कोई जोखिम भी तो नहीं उठाना पड़ा था।

6

बाद में रास्कोलनिकोव को मालूम हो गया कि बिसाती और उसकी पत्नी ने लिजावेता को क्यों अपने यहाँ बुलाया था। बात बड़ी साधारण-सी थी। एक ग़रीब परिवार अपने घर के सारे कपड़े-लत्ते बेचना चाहता था। और किसी ख़रीददार की तलाश में था। लिजावेता का यही कारोबार था, वह बहुत कम बोलने वाली और ईमानदार औरत थी, और जैसा हम पहले बता चुके हैं, दब्बू और डरपोक भी थी।

लेकिन पिछले कुछ दिनों से रास्कोलनिकोव बड़ा वहमी हो गया था। उसे लगा, हो न हो इस बात के पीछे कोई रहस्य छिपा है। पिछले जाड़ों में पोकोरेव नाम के एक विद्यार्थी ने बातचीत के दौरान में उसे एल्योना इवानोव्ना का पता बताया था और कहा था कि अगर कभी वह कोई चीज़ गिरवी रखना चाहे तो इस बुढ़िया के पास जा सकता है। बहुत दिनों तक तो रास्कोलनिकोव को गिरवी रखने की ज़रूरत ही नहीं हुई, क्योंकि वह ट्यूशनें करके किसी तरह अपना काम चला रहा था। डेढ़ महीने पहले उसे ज़रूरत पड़ी और वह अपने पिता की चाँदी की घड़ी और सोने की एक अँगूठी लेकर, जो उसकी बहन ने पीटर्सबर्ग आने से पहले उसे भेंट दी थी, बुढ़िया के पास गया तो बुढ़िया की सूरत देखते ही उसके मन में असीम ग्लानि पैदा हुई। बुढ़िया ने उसे दो रूबल दिये, जिन्हें लेकर वह एक शराबख़ाने में गया, और उसने चाय मँगवाई। वह किसी गहरी सोच में डूब गया था, कोई विचित्र विचार उसके दिमाग़ को रह-रहकर परेशान कर रहा था, जैसे अण्डे के भीतर चूज़ा चक्कर काटता है।

उसके सामने की मेज़ पर एक विद्यार्थी और एक अफ़सर बैठे थे। दोनों अभी विलियर्ड की एक बाज़ी ख़त्म करके आये थे और चाय पी रहे थे। सहसा रास्कोलनिकोव ने सुना कि वह विद्यार्थी अफ़सर को एल्योना इवानोव्ना का पता बता रहा था। यह भी विचित्र बात थी। अभी वह उसके घर से लौटा था, और लौटते ही उसे बुढ़िया का नाम सुनाई दिया था। रास्कोलनिकोव के वहमी मन में इस घटना

की बड़ी रहस्यमय प्रतिक्रिया हुई। विद्यार्थी अपने दोस्त को एल्योना इवानोव्ना के बारे में बताने लगा।

"बुढ़िया मालदार है। वह किसी भी समय पाँच हज़ार रूबल तक उधार दे सकती है। पूरी यहूदिन समझो। हमारे बहुत से सहपाठियों ने उसके यहाँ चीज़ें गिरवी रखी हैं। लेकिन वह है बड़ी घाघ।"

इसके बाद उसने बताया कि वह कितनी कठोर ओर शक्की मिज़ाज की औरत है। अगर कर्ज़ चुकाने में एक दिन की भी देरी हो जाये तो चीज़ें ज़ब्त कर लेती है। चीज़ों की क़ीमत की सिर्फ़ एक-चौथाई रकम ही उधार देती है और वसूल करती है पाँच फ़ीसदी—इत्यादि। विद्यार्थी ने यह भी बताया कि बुढ़िया की एक बहन है जिसे वह हर वक़्त डाँटती-डपटती रहती है, हालाँकि बहन का कद कम से कम छः फ़ीट लम्बा है।

"वह तुम्हारे काम की औरत है" विद्यार्थी ने मज़ाक किया।

इसके बाद लिजावेता की चर्चा शुरू हुई। विद्यार्थी ने मज़े ले-लेकर उसकी बातें सुनाईं। अफ़सर ने कहा कि वह भी लिजावेता को घर बुलाकर कपड़ों की मरम्मत करवायेगा। रास्कोलनिकोव ने ध्यान लगाकर सारी बातें सुनीं। उसे मालूम हो गया कि लिजावेता बुढ़िया की सौतेली बहन है, और उसकी उम्र पैंतीस बरस है। वह घर का सारा काम करती है। इसके अलावा लोगों के कपड़े सीती है और सफ़ाई करती है। वह अपनी सारी कमाई बड़ी बहन के हवाले कर देती है। बहन की इज़ाज़त के बग़ैर वह किसी का काम नहीं कर सकती। बुढ़िया ने हाल ही में अपना वसीयतनामा लिखा है, जिसमें उसने लिजावेता के लिए एक कौड़ी भी नहीं छोड़ी। सारी नकदी वह न—प्रान्त के एक मठ को दे जायेगी, ताकि मठ में उसकी आत्मा की शान्ति के लिए सदा प्रार्थनायें होती रहें। लिजावेता को मिलेंगी घर की बस टूटी-फूटी कुर्सियाँ। लिजावेता ने अभी तक शादी नहीं की और हद से ज़्यादा फूहड़ है। उसके लम्बे बेडौल पैरों में फटे हुए जूते रहते हैं लेकिन वैसे वह साफ़-सुथरी है। विद्यार्थी ने बताया कि लिजावेता हमेशा गर्भवती रहती है।

"तुमने कहा कि वह देखने में फूहड़ है?" अफ़सर ने पूछा।

"हाँ, वह साँवली है और देखने में फौजी सिपाही मालूम होती है। लेकिन वह बदसूरत बिलकुल नहीं। उसकी आँखें बड़ी हँसमुख हैं। लोग उसकी आँखों पर मरते हैं। वह बड़ी सीधी और सहनशील औरत है, उसकी मुस्कान बहुत मीठी है।"

"मालूम होता है, तुम उस पर फ़िदा हो।" अफ़सर ने हँसकर कहा।

"नहीं, ऐसी बात नहीं। अगर मुझे मौक़ा लगे तो मैं उस बुढ़िया को क़त्ल कर दूँ और उसकी सारी नकदी लेकर भाग जाऊँ। मेरी आत्मा में इस पाप के लिए रत्ती भर भी खेद नहीं होगा।" दोनों जने हँस पड़े। रास्कोलनिकोव के शरीर में सिहरन-सी उठी।

विद्यार्थी ने अफ़सर से कहा, "मैं तुमसे एक गम्भीर सवाल पूछना चाहता हूँ। पहले मैं मज़ाक कर रहा था। लेकिन एक ओर एक मूर्ख, बेकार, दुष्ट और बीमार बुढ़िया है, जिसके दिमाग़ में सिवा नीचता के और कोई विचार नहीं आता, और जो दुनिया में कुछ ही दिनों की मेहमान है। समझ में आया?"

"समझ गया।" अफ़सर ने विद्यार्थी के उत्तेजित चेहरे को ग़ौर से देखते हुए उत्तर दिया।

"तो सुनो! दूसरी ओर हज़ारों मासूम ज़िन्दगियाँ पैसे के अभाव में तबाह हो जाती हैं। बुढ़िया के पैसे से उन्हें सन्मार्ग पर लाया जा सकता है। न जाने कितने परिवारों को ग़रीबी, पाप और जेलों से बचाया जा सकता है। बुढ़िया को क़त्ल करके उसके पैसे से मानवता की कितनी सेवा की जा सकती है। क्या इतने बड़े पुण्य से एक छोटा-सा अपराध धुल नहीं सकेगा? एक की ज़िन्दगी लेकर हम हज़ारों ज़िन्दगियों को तबाही से बचा सकते हैं। एक मौत के बदले में सौ ज़िन्दगियों को तबाही से बचा सकते हैं। एक मौत के बदले में सौ ज़िन्दगियाँ—सीधा गणित का सवाल है। इसके अलावा संसार में उस मूर्ख, कर्कश बुढ़िया के अस्तित्व की क्या क़ीमत है? उससे अधिक क़ीमती तो एक जूँ है—बुढ़िया लोगों को नुक़सान पहुँचा रही है—औरों की ज़िन्दगी दूभर कर रही है। अभी हाल ही की बात है कि उसने गुस्से में आकर लिजावेता की उँगली काट खायी थी। उँगली कटवाने तक की नौबत पहुँच गयी थी।"

"निश्चय ही बुढ़िया को जीना नहीं चाहिए, लेकिन यह कुदरत के खेल हैं।"

"मेरे भाई, हमें कुदरत की ग़लतियों को सुधारना है, वरना दुनिया में एक भी महान् पुरुष पैदा न होता। लोग कर्तव्य और अन्तरात्मा की बातें बघारते हैं। ठीक है, लेकिन मैं पूछता हूँ, इन शब्दों का क्या अर्थ है? मैं तुमसे एक और सवाल पूछना चाहता हूँ।"

"नहीं, मैं तुमसे एक सवाल पूछूँगा।"

"पूछो।"

"तुमने लम्बा-चौड़ा लेक्चर तो झाड़ दिया, लेकिन मैं पूछता हूँ, क्या तुम अपने हाथों से बुढ़िया को क़त्ल कर सकते हो?"

"नहीं...मैं तो न्याय की बात कर रहा था...इसमें मेरा व्यक्तिगत स्वार्थ क़तई नहीं है।"

"जिस काम को तुम ख़ुद नहीं कर सकते वह उचित कैसे हो सकता है। छोड़ो इस चर्चा को।"

रास्कोलनिकोव इस बातचीत को सुनकर अत्यन्त उत्तेजित हो उठा। ऐसी बहुत-सी बातें उसने पहले भी सुनी थीं, लेकिन ऐसे मौक़े पर जब स्वयं उसके दिमाग़ में भी ठीक यहीं बातें आ रही थी...यह चर्चा क्यों शुरू हुई? इस विचार का बीज तो

वह बुढ़िया के घर से अपने दिमाग़ में लाया था। इस अद्भुत संयोग पर उसे बड़ा आश्चर्य हुआ। शराबख़ाने की वह मामूली बातचीत बाद में जाकर रास्कोलनिकोव के कार्य की प्रेरणा बनी, जैसे वह भाग्य का इशारा हो...

घर लौटकर वह बड़ी देर तक कुछ सोचता रहा, अँधेरा बढ़ चला था। उसके कमरे में मोमबत्ती नहीं थी, न ही उसे रोशनी करने का ख़्याल ही आया। वह इस बीच क्या सोचता रहा, यह उसे ख़ुद भी मालूम नहीं था। उसे अपनी सिहरन का ख़्याल आया और वह निश्चिन्त मन से सोफ़े पर लेट गया और उसे गहरी नींद आ गयी।

उस रात वह बहुत देर तक सोया। उसने कोई सपना नहीं देखा। सुबह दस बजे जब नौकरानी नस्तास्या चाय लेकर उसके कमरे में आयी उस समय भी वह सो रहा था। इस बार नस्तास्या फिर अपनी चायदानी में बासी चाय की पत्तियों को उबाल कर ले आयी थी।

"अरे इस आदमी को जब देखो नींद आयी रहती है।" वह गुस्से से चिल्लाई।

रास्कोलनिकोव ने बड़ी मुश्किल से आँखें खोलीं। दर्द के मारे उसका सर फट रहा था। उसने उठने की कोशिश की लेकिन फिर सोफ़े पर लेट गया।

"लो फिर नींद आ गयी। तुम्हारी तबियत ख़राब है क्या?"

"वह चुप रहा।"

"चाय पीयोगे?"

"अभी नहीं।" उसने दीवार की ओर करवट बदलकर आँखें बन्द कर लीं।

"शायद बीमार है।" कहकर नस्तास्या चली गयी। दो बजे शोरवा लेकर जब वह लौटी तो उसने देखा चाय ज्यों की त्यों पड़ी है और रास्कोलनिकोव अभी सोया पड़ा है। नस्तास्या जल-भुनकर खाक़ हो गयी और उसने रास्कोलनिकोव को ज़ोर से झकझोरा।

"उठो! लाश की तरह क्यों पड़े हो?"

वह उठकर चुपचाप फ़र्श की ओर ताकने लगा।

"मैं पूछती हूँ क्या तुम बीमार हो? जाकर ताज़ी हवा में टहल आओ। खाना खाओगे?"

"अभी नहीं—तुम जा सकती हो।" क्षीण स्वर में उत्तर मिला।

नस्तास्या सहानुभूतिपूर्वक उसकी ओर देखती रही, और वहाँ से चली गयी।

रास्कोलनिकोव ने सामने रखी चाय और शोरबे को देखा, फिर उसने रोटी का एक टुकड़ा उठाया और चम्मच से शोरबा पीने लगा।

बड़ी मुश्किल से उसने तीन-चार चम्मच पीये। उसे क़तई भूख नहीं थी। खाने से उसके सर का दर्द कुछ हल्का हो गया और वह फिर सोफ़े पर लेट गया। लेकिन इस वक़्त उसे नींद नहीं आ रही थी। वह तकिये में सर छिपाकर पड़ा रहा।

उसे विचित्र दिवास्वप्न दिखायी दे रहे थे, उसे लगा कि वह अफ्रीका या मिस्र के किसी नख़लिस्तान में पहुँच गया है। उसका कारवाँ आराम कर रहा है। ऊँट मज़े से बैठे हुए हैं। उसके आस-पास खजूर के पेड़ों का झुण्ड है। उसके साथी खाना खा रहे हैं, लेकिन वह पास के एक चश्मे से पानी पीने चला गया है। पानी कितना ठंडा और साफ़ था! रेत धूप में सोने की तरह चमक रही थी...सहसा घड़ी की टनटन सुनाई दी। उसने चैककर खिड़की से बाहर देखा और फौरन सोफ़ा छोड़कर उठ खड़ा हुआ। पंजों के बल खड़े होकर उसने दरवाज़ा खोला और कान लगाकर सुनने लगा। उसका दिल ज़ोर से धड़कने लगा। लेकिन ज़ीने में कोई आहट नहीं थी–सारा घर जैसे सो रहा था...वह सोच रहा था–वह इतनी देर बेख़बर होकर क्यों सोया? उसने अभी तक कोई तैयारी नहीं की...क्या पता शायद छः बजने वाले हों...उसकी सुस्ती फौरन जल्दबाज़ी में बदल गयी। लेकिन उसे कोई लम्बी-चौड़ी तैयारी नहीं करनी थी। वह अपनी समस्त शक्ति से योजना के हर पहलू के बारे में सोच रहा था। उसका दिल और ज़ोर से धड़कने लगा। सबसे पहले उसे एक फन्दा बनाकर ओवरकोट के साथ सीना था–यह एक मिनट का काम था। उसने तकिये के भीतर हाथ डालकर एक मैली घिसी हुई कमीज़ निकाली और उसे फाड़कर सोलह इंच लम्बी और दो इंच चौड़ी एक पट्टी बनायी। फिर इस पट्टी को दुहरा कर ओवरकोट की बायीं आस्तीन के नीचे-सी लिया। सीते समय उसके हाथ काँप रहे थे, लेकिन सुई-धागा पहले से ही मेज़ पर तैयार पड़ा था, इसलिए फन्दा तैयार करने में देरी नहीं लगी। यह फन्दा कुल्हाड़ी को बाँधने के लिए तैयार किया गया था, क्योंकि हाथ में कुल्हाड़ी लेकर सड़क पर चलना उसके लिए उचित नहीं था। अब वह कुल्हाड़ी को आसानी से अपने ओवरकोट में छिपाकर ले जा सकता था। कोट क्या था, पूरी बोरी थी, अगर वह ज़ेब में हाथ डालकर कुल्हाड़ी के हत्थे को पकड़े रहता, तब भी किसी को शक नहीं हो सकता था। यह योजना उसने पन्द्रह दिन पहले ही सोच ली थी।

ऐसा करने के बाद उसने सोफ़े के नीचे हाथ डालकर लकड़ी का एक टुकड़ा निकाला जो चाँदी के सिगरेट केस के आकार का था। यह टुकड़ा उसे एक वर्कशाप के पिछवाड़े में पड़ा मिला था। उसने लोहे की एक पतरी उसके ऊपर धागे से कसकर बाँध दी थी। फिर उसने एक सफ़ेद काग़ज़ में एक पार्सल बनाया, ताकि जब बुढ़िया गाँठ खोलने लगे उस समय उसे मौक़ा मिल जाये। लोहे का टुकड़ा सिर्फ़ लकड़ी को वज़नदार बनाने के लिए रखा गया था। यह सब चीज़ें उसने पहले से ही सोफ़े के नीचे जमा कर छोड़ी थीं। इसी समय नीचे आँगन में से किसी की आवाज़ सुनाई दी :

"छः तो कभी के बज चुके।"

"कभी के? हे ईश्वर।"

रास्कोलनिकोव ने जल्दी से अपना हैट उठाया और बिल्ली की तरह दबे कदमों से नीचे उतरने लगा। अभी उसे रसोईघर में से कुल्हाड़ी चुरानी थी। उसने बहुत पहले से ही फ़ैसला कर लिया था कि वह उसी कुल्हाड़ी को इस्तेमाल करेगा। उसके पास एक फल काटने का चाक़ू था, लेकिन चाकू की धार इतनी तेज़ न थी। रास्कोलनिकोव के फ़ैसले जितने दृढ़ होते जाते थे, उतनी ही उनके प्रति उसके मन में ग्लानि बढ़ती जाती थी। अपने तमाम फ़ैसलों के बावजूद उसे अपनी योजना की सफलता में विश्वास नहीं था।

निस्सन्देह अगर उसकी योजना पूर्ण रूप से तैयार हो गयी होती तो वह इसे घृणित समझकर फौरन त्याग देता। लेकिन उसके मन में अब भी कई सन्देह बाक़ी थे। कुल्हाड़ी प्राप्त करने में उसे कोई विशेष कठिनाई नहीं हुई, क्योंकि नौकरानी नस्तास्या शाम के वक़्त किसी पड़ोसी के यहाँ या बाज़ार चली जाती थी, और रसोईघर का दरवाज़ा हमेशा खुला रहता था। मालकिन उसे इस बात पर बहुत डाँटती थी। रास्कोलनिकोव ने सोचा था कि वह चुपचाप जाकर कुल्हाड़ी उठा लेगा और एक घण्टे बाद (जब उसकी योजना पूरी हो जायेगी) उसे लाकर वहीं रख देगा। लेकिन मान लो अगर एक घण्टे बाद नस्तास्या रसोईघर में मौजूद हुई, तब क्या होगा? उसे रसोई के बाहर प्रतीक्षा करनी पड़ेगी। मान लो नस्तास्या ने देख लिया कि कुल्हाड़ी अपनी जगह से ग़ायब है, तो सन्देह का क्या एक कारण पैदा नहीं हो जायेगा?

लेकिन वह इस समय इन छोटी-छोटी बातों को छोड़कर असली बात के बारे में सोच रहा था। उसे विश्वास नहीं हो रहा था कि वह यह सब कर सकेगा। वह कल्पना में भी नहीं सोच सकता था कि वह मन की दुविधाओं को त्याग कर वहाँ जा सकेगा...उसका हाल ही का प्रयोग (जब वह बुढ़िया के घर का निरीक्षण करने गया था) प्रयोग मात्र था। यह वैसे ही था, जैसे कोई कहे, 'चलो सोचने की बजाय, वहाँ चलकर देखें।' वहाँ जाकर उसका साहस छिन्न-भिन्न हो गया था और वह अपने को कोसता हुआ वहाँ से लौटा था। लेकिन शायद इस बीच उसकी तर्क-शक्ति चाक़ू की धार की तरह तेज़ हो गयी थी, और उसके मन में योजना के विरुद्ध कोई एतराज़ बाक़ी नहीं बचा था। फिर भी इस समय उसमें आत्मविश्वास नहीं रहा था, और वह अपनी योजना के पक्ष में मन टटोल-टटोल कर तर्क तलाश कर रहा था, जैसे कोई दूसरा व्यक्ति उसे इस अपराध के लिए प्रेरित कर रहा हो।

शुरू-शुरू में—बहुत दिन पहले उसके दिमाग़ में एक सवाल उठा था; अपराधी अपराध के सुराग़ क्यों पीछे छोड़ जाते हैं? वह इस नतीज़े पर पहुँचा था कि अपराध छिपाना असम्भव नहीं है, बशर्ते अपराधी का दिमाग़ ठीक रहे। जहाँ सबसे अधिक समझदारी और सावधानी बरतनी चाहिए, अपराधी वहीं लापरवाही दिखाते हैं, और उनकी इच्छा शक्ति कमज़ोर पड़ जाती है। उसे विश्वास था कि अपराध से कुछ क्षण

पहले ही अपराधी का विवेक लुप्त हो जाता है, और हत्या के बाद भी यह विवेक शून्यता बनी रहती है। वह इसको एक मानसिक रोग समझता था। वह अभी तक यह निश्चय नहीं कर पाया था कि अपराध का कारण वह रोग है या उस अपराध की वजह से ही वह रोग पैदा होता है।

लेकिन उसने सोचा कि उसके विवेक के लुप्त होने का प्रश्न ही नहीं उठता, क्योंकि उसकी योजना 'अपराध' नहीं है। वह कैसे इस नतीजे पर पहुँचा, इसका वर्णन यहाँ बेकार होगा। यहाँ पर इतना ही बताना पर्याप्त होगा कि योजना के व्यावहारिक पहलू और दिक़्क़तें उसके आगे गौण थे। उसके विचार में ज़रूरत थी सिर्फ़ "इच्छा शक्ति और तर्क को प्रबल बनाने की, बाक़ी चीज़ें तो ख़ुद ही ठीक हो जाती हैं..." लेकिन अनजाने में ही उसने कई ऐसे फ़ैसले कर डाले जिनकी सफलता में उसे पहले सन्देह हुआ करता था।

घर से निकलने से पहले ही एक छोटी, अप्रत्याशित घटना ने उसका सन्तुलन बिगाड़ दिया। सीढ़ियों से नीचे उतरकर उसने देखा कि रसोईघर का दरवाज़ा न सिर्फ़ खुला है, बल्कि नस्तास्या रसोईघर में एक टोकरी में से कपड़े निकालकर रस्सी पर लटका रही है। उसने रास्कोलनिकोव को घूर-घूरकर देखा। रास्कोलनिकोव ने अपना मुँह दूसरी ओर फेर लिया। अब उसे कुल्हाड़ी कैसे मिलेगी? उसके इरादे धूल में मिल गये।

फाटक पार करते समय वह सोचने लगा, "भला मैंने यह कैसे सोच लिया था कि नस्तास्या इस समय रसोई में नहीं होगी।"

उसने अपने को अपमानित अनुभव किया...पाशविक क्रोध से उसका हृदय जलने लगा।

वह फाटक से बाहर निकलकर ठिठक गया। सिर्फ़ दिखावे के लिए सड़क पर चहल-कदमी करना उसे अप्रिय मालूम हो रहा था। अपने कमरे में वापिस जाना तो उससे भी अधिक अरुचिकर था। वह चौकीदार की कोठरी के पास खड़ा होकर बड़बड़ाने लगा, "आह! कितना बढ़िया मौक़ा मेरे हाथ से निकल गया।" सहसा वह चौंक पड़ा। चौकीदार की कोठरी में बेंच के नीचे उसने एक चमकदार चीज़ रखी देखी...उसने चारों ओर देखा—कोई वहाँ न था। वह दबे कदमों से कोठरी में घुसा और उसने चौकीदार को आवाज़ दी, 'शायद वह दरवाज़ा खुला छोड़कर भीतर गया है' वह बुदबुदाया, और उसने बेंच के नीचे से कुल्हाड़ी उठा ली और पट्टी में बाँधकर कोट में छिपा ली। उसे किसी ने नहीं देखा था। वह ज़ेब में दोनों हाथ डालकर बाहर निकल आया और गर्व-भरी मुस्कान के साथ सोचने लगा, "जब तर्क काम नहीं देता, तब शैतान मदद करता है।" इस बात से उसकी हिम्मत बढ़ गयी।

वह सड़क पर धीमी चाल से चलने लगा, ताकि किसी के मन में सन्देह न पैदा हो।

वह आने-जाने वालों की नज़रों में नहीं आना चाहता था। सहसा उसे ख़्याल आया, "यह क्या हो गया? परसों मेरी ज़ेब में पैसे थे, फिर मैंने नयी टोपी क्यों नहीं ख़रीदी?" वह मन-ही-मन अपने को कोसने लगा।

उसने सामने की एक दुकान में लगी घड़ी में देखा—सात बजकर दस मिनट हुए हैं। उसने जल्दी-जल्दी किसी दूसरे रास्ते से बुढ़िया के मकान में दाख़िल होने का निश्चय किया।

उसका ख़्याल था कि ऐसे मौक़े पर वह भयभीत हो जायेगा, लेकिन इस वक़्त उसके मन में रत्ती भर भी डर नहीं था। इधर-उधर की छोटी-छोटी बातें उसके दिमाग़ में आ रही थीं। युसुपोव बाग के पास से गुज़रते हुए वह फ़व्वारों और शानदार इमारतों के बारे में सोच रहा था। उसे विश्वास था कि अगर ग्रीष्म उद्यान को बड़ा करके मिहाईलोव्स्की महल से मिला दिया जाये तो नगरवासियों को बड़ा फ़ायदा हो। फिर वह सोचने लगा कि बड़े-बड़े शहरों में न जाने लोगों को हर बागों और फ़व्वारों से दूर गन्दे, बदबूदार मुहल्लों में रहना क्यों अच्छा लगता है? सहसा उसे घास-मण्डी में अपनी आवारागर्दी की याद आ गयी और उसने कहा, "यह सब बकवास है। मुझे इस वक़्त कुछ नहीं सोचना चाहिए।"

बिजली की तरह उसके दिमाग़ में यह विचार कौंध गया, "शायद फाँसी के तख़्ते पर पहुँचने से पहले अपराधी भी हर छोटी-मोटी चीज़ के बारे में इसी तरह सोचते होंगे..." लेकिन उसने फौरन इस विचार को दिमाग़ से बाहर खदेड़ दिया। अब वह बुढ़िया के मकान के क़रीब आ गया था। इसी समय किसी घर में घड़ी की टन-टन सुनाई दी। "क्या इतनी जल्दी साढ़े सात हो गये? नहीं-नहीं, यह घड़ी आगे होगी!"

संयोगवश इमारत के फाटक में इसी समय एक विचित्र भूसे से लदी एक गाड़ी घुसी, जिसके पीछे-पीछे वह भी सहन में चला गया। उसे कुछ लोगों के लड़ने-झगड़ने की आवाज़ें सुनाई दीं, लेकिन उसे कोई आदमी नज़र नहीं आया। सामने के कई कमरों की खिड़कियाँ खुली थीं, लेकिन रास्कोलनिकोव ने सर ऊपर उठाकर देखने का साहस नहीं किया। बुढ़िया के घर का ज़ीना फाटक के दायीं ओर था। वह सीढ़ियों तक पहुँच गया था....

एक लम्बी साँस लेकर उसने एक हाथ से अपने धड़कते हुए दिल को दबाया और दबे कदमों से सीढ़ियाँ चढ़ने लगा। उसका हाथ कोट में छिपी कुल्हाड़ी को टटोल रहा था। सीढ़ियों में उस वक़्त कोई नहीं था। आस-पास के सभी दरवाज़े बन्द थे। पहली मंज़िल के फ़्लैट में कुछ रोगनसाज़ काम कर रहे थे। उनमें से किसी ने उसकी ओर नहीं देखा। वह कुछ देर ठिठककर सोचने लगा, "अगर ये लोग इस वक़्त यहाँ न होते तो अच्छा होता, लेकिन...दो मंज़िल ऊपर के घर में...।"

वह चौथी मंज़िल पर आ गया था। एक ओर का फ़्लैट आजकल खाली था। शायद निचले फ़्लैट में भी कोई किरायेदार नहीं रहता था, क्योंकि किसी के नाम की तख़्ती वहाँ नहीं थी। वे लोग वहाँ से चले गये थे...वह घबरा गया। उसने क्षण भर के लिए सोचा, "क्या मेरा लौट जाना ठीक रहेगा?" लेकिन अगले ही क्षण वह बुढ़िया के दरवाज़े के साथ कान लगाकर सुनने लगा...फिर उसने ज़ीने से कान लगाकर सुना...फिर अपने चारों ओर देखते हुए एक बार फिर हाथों से कुल्हाड़ी को टटोला और मन-ही-मन सोचने लगा, "मुझे इतना उत्तेजित नहीं होना चाहिए। बुढ़िया बड़े शक्की-मिज़ाज की है। मेरे चेहरे की पीली रंगत से...जब तक मेरे दिल की धुक-धुक धीमी नहीं होती मुझे यहीं रुकना चाहिए।"

लेकिन उसके दिल की धुक धुकी कम होने की बजाय, शायद उसे चिढ़ाने की ख़ातिर और भी तेज़ हो गयी। अब उसके लिए धीरज रखना मुश्किल था। उसने ज़ोर से घण्टी का बटन दबाया।

भीतर से किसी ने जवाब न दिया। बार-बार घण्टी बजाते जाना बेकार था। साफ़ ज़ाहिर था कि बुढ़िया घर पर ही थी और अकेली होने की वजह से बाहर नहीं निकलना चाहती थी। रास्कोलनिकोव बुढ़िया के शक्की-मिज़ाज से अच्छी तरह परिचित था...उसने दरवाज़े से कान लगाकर सुना... या तो इस समय उसकी श्रवण-शक्ति तेज़ हो गयी थी (यह निश्चित रूप से कहना कठिन है), या सचमुच ही किसी की स्कर्ट की सरसराहट सुनाई दी थी, और कोई दरवाज़े के पास कान लगाये खड़ा था...रास्कोलनिकोव ने फिर घण्टी का बटन दबाया। बाद में यह क्षण उसकी स्मृति में सदा के लिए ताज़ा बन गया। उसे समझ में नहीं आता था कि उसे इतनी चालाकी कहाँ से आ गयी थी, जबकि उसे अपने शरीर तक की सुध न थी...इसी समय किसी ने दरवाज़े की कुण्डी खोली।

7

दरवाज़ा ज़रा-सा खुला। दराज़ में से दो तीक्ष्ण और सन्दिग्ध आँखें घूरकर उसकी ओर देख रही थीं। रास्कोलनिकोव घबराहट में एक भारी ग़लती करने ही वाला था।

बुढ़िया के एकान्त में भयभीत हो जाने के डर से उसने दरवाज़ा कसकर पकड़ लिया ताकि वह उसे बन्द न कर सके। बुढ़िया ने अभी भी दरवाज़े का हैण्डल कसकर पकड़ रखा था और वह उसका रास्ता रोके खड़ी थी। रास्कोलनिकोव ने दरवाज़ा इतनी ज़ोर से अपनी ओर खींचा कि बुढ़िया चौंककर पीछे हट गयी और आँखें फाड़-फाड़कर उसकी ओर देखने लगी।

"गुड ईवनिंग एल्योना इवानोव्ना! मैं एक चीज़ लाया हूँ...मैं...आओ भीतर चलें..." उसकी आवाज़ उसे धोखा दे रही थी।

फिर वह अपने आप ही कमरे में अन्दर चला गया। बुढ़िया उसके पीछे भागती हुई गयी। "अरे तुम कौन हो, और इस तरह भीतर क्यों घुस आये हो?"

"मैं हूँ...रास्कोलनिकोव। आपने मुझे पहचाना नहीं? अभी परसों मैंने आपसे वायदा किया था कि मैं कोई न कोई चीज़ लेकर आऊँगा।" उसने काग़ज़ में बँधा पैकेट आगे बढ़ाया।

बुढ़िया इस बिना बुलाये आगन्तुक की ओर घूर-घूरकर देखने लगी। उसकी दृष्टि में अविश्वास और सन्देह छिपा था। रास्कोलनिकोव को लगा कि वह उसकी ओर देखकर इस तरह मुस्करा रही है जैसे उसने सब कुछ भाँप लिया हो। भय से उसका सर चकराने लगा। उसे लगा कि वह वहाँ और अधिक नहीं ठहर सकेगा। सहसा वह रोषपूर्वक बोला, "आप तो मुझे इस तरह घूर रही हैं जैसे मुझे कभी देखा ही न हो। अगर आपको इस चीज़ की ज़रूरत हो तो रख लीजिए नहीं तो मैं और कहीं जाऊँ। मुझे जल्दी है।" यह बात अकस्मात् ही उसके मुँह से निकल गयी थी। बुढ़िया यह सुनकर कुछ आश्वस्त हो गयी।

"क्यों जी, इतनी जल्दी क्यों पड़ी है...यह क्या लाये हो?"

"चाँदी का सिगरेट केस, जिसका पिछली बार मैंने आपसे ज़िक्र किया था।"

बुढ़िया ने हाथ आगे बढ़ाया।

"अरे, तुम्हारा चेहरा कितना पीला पड़ गया है?...और तुम्हारे हाथ क्यों काँप रहे हैं? क्या अभी-अभी नहाकर आये हो?"

"मुझे तेज़ बुखार है...चेहरे का रंग पीला क्यों न पड़े...जब खाने को नसीब न होता हो।" शब्द उसके गले में अटक रहे थे। वह अपने को अशक्त महसूस कर रहा था, लेकिन उसके जवाब में सच्चाई मालूम होती थी। बुढ़िया ने पैकेट हाथ में लेते हुए फिर पूछा–

"इसमें क्या है?" वह रास्कोलनिकोव के चेहरे की ओर ग़ौर से देख रही थी।

"चाँदी का सिगरेट केस...इसे खोलकर देखिये।"

"यह चाँदी तो नहीं मालूम होती। अरे, यह कितना कसकर लिपटा हुआ है।"

सुतली खोलने के लिए वह खिड़की के पास गयी, जहाँ बत्ती जल रही थी (गर्मी के बावजूद घर की सब खिड़कियाँ बन्द थीं। बुढ़िया उसकी तरफ़ पीठ करके खड़ी हुई थी। रास्कोलनिकोव ने कोट के बटन खोलकर कुल्हाड़ी को अपने दायें हाथ में सम्भाल लिया। उसके हाथों को सहसा जैसे लकवा मार गया था। उसे डर था, कहीं कुल्हाड़ी उसके हाथों से गिर न पड़े...उसका सिर चकराने लगा)।

"लेकिन तुमने सुतली इतनी कसकर क्यों बाँधी है?" बुढ़िया बड़बड़ाती हुई उसकी ओर आने लगी।

अब रास्कोलनिकोव के पास सोचने के लिए और अधिक समय नहीं था। उसने कुल्हाड़ी को दोनों हाथों से ऊपर उठाकर यन्त्रवत् बुढ़िया के सिर पर दे मारा–ऐसा करने में उसे विशेष ज़ोर नहीं लगाना पड़ा, लेकिन पहले वार के बाद उसकी शक्ति लौट आयी।

सदा की तरह बुढ़िया का सिर आज भी नंगा था। उसके सफ़ेद, तेल से चुपड़े बालों में एक टूटी कंघी लगी थी और चूहे की दुम की तरह उसकी चुटिया गर्दन के पीछे लटक रही थी। बुढ़िया का कद नाटा था, इसलिए वार उसकी खोपड़ी पर लगा। वह चीख़ पड़ी, लेकिन मद्धम आवाज़ में और धम से फ़र्श पर गिर गयी। उसके दोनों हाथ ऊपर उठ गये। एक हाथ में वह अब भी सिगरेट केस को मज़बूती से पकड़े हुए थी। रास्कोलनिकोव ने कुल्हाड़ी के कुन्द सिरे से खोपड़ी पर दो-तीन वार और किये। फ़र्श पर ख़ून की धार बह चली, जैसे कोई गिलास औंधा गया हो। रास्कोलनिकोव ने झुककर बुढ़िया के चेहरे को देखा। वह मर गयी थी। उसकी आँखें बाहर निकली-सी मालूम होती थीं, और माथे और चेहरे पर सिकुड़न आ गयी थी।

रास्कोलनिकोव ने कुल्हाड़ी वहीं फ़र्श पर रख दी और बुढ़िया की ज़ेब टटोलने लगा, दायीं ज़ेब को जिसमें वह अपनी चाबी रखती थी। इस समय रास्कोलनिकोव

के होश-हवास बिलकुल दुरुस्त थे, लेकिन उसके हाथ अब भी काँप रहे थे। बाद में उसे याद आया कि उसने उस समय कितनी सावधानी से काम लिया था...चाबियों का गुच्छा उसे फौरन मिल गया और वह सोने के कमरे की ओर भागा, जहाँ बहुत -सी धार्मिक मूर्तियाँ रखी हुई थीं। दीवार के पास एक बड़ा-सा पलँग था जिस पर रंगबिरंगी रेशमी टाकियों से बनी रजाई बिछी थी। सामने एक दराज़ों वाली अलमारी थी। ज्योंही उसने चाबियों की खनखन सुनी, उसके सारे शरीर में सिहरन दौड़ गयी। उसके मन में आया कि फौरन वहाँ से भाग जाये, लेकिन जो होना था, वह हो चुका था। सहसा उसके मन में एक और खौफ़नाक ख़्याल आया। उसने सोचा हो सकता है, बुढ़िया अभी भी ज़िन्दा हो। वह चाबियों के गुच्छे को अलमारी के साथ लटकता छोड़कर फिर दूसरे कमरे में वापिस आया। उसने कुल्हाड़ी उठाई, लेकिन उसे विश्वास हो गया कि बुढ़िया सचमुच मर चुकी है। उसने नीचे झुककर देखा कि उसकी खोपड़ी कई जगह से फट गयी थी। उसने उँगली से टटोलकर देखना चाहा, लेकिन इसकी ज़रूरत न पड़ी। फ़र्श पर ख़ून की धार बह निकली थी। सहसा उसका ध्यान बुढ़िया के गले में लिपटी एक ज़ंजीर की ओर गया। उसने झटका देकर उसे तोड़ने की कोशिश की लेकिन डोरी मज़बूत थी। इसके अलावा वह ख़ून से गीली हो गयी थी। उसने सामने की तरफ़ से ज़ंजीर को खींचने की कोशिश की, लेकिन ज़ंजीर किसी दूसरी चीज़ में उलझी हुई थी। बेसब्र होकर उसने ज़ंजीर को काटने के लिए कुल्हाड़ी उठाई, लेकिन उसकी हिम्मत न पड़ी। फिर उसने बड़ी मुश्किल से लाश को स्पर्श किये बग़ैर ज़ंजीर को काटा, जिसके परिणामस्वरूप उसका हाथ और कुल्हाड़ी की धार ख़ून में सन गयी। उसका अनुमान सही निकला। ज़ंजीर में एक बटुआ लटक रहा था। ज़ंजीर में दो क्रॉस बने हुए थे, एक लकड़ी का दूसरा ताँबे का। उनके बीचोंबीच चाँदी की एक मूर्ति थी। उसके नीचे चमड़े का एक चिपचिपा बटुआ था। रास्कोलनिकोव ने बटुआ बिना देखे ही ज़ेब में डाल लिया और दोनों क्रॉसों को बुढ़िया की लाश पर पटकर दूसरे कमरे में चला गया। इस बार वह कुल्हाड़ी भी अपने साथ ले गया।

वह जल्दी में था। उसने अलमारी के ताले में बारी-बारी से सब चाबियाँ लगायीं, लेकिन ताला न खुला, फिर भी वह ताला खोलने की कोशिश करता रहा। इसी समय उसे याद आया कि सबसे बड़ी चाबी अलमारी के ताले की नहीं हो सकती, बल्कि किसी बड़े सन्दूक के ताले की होगी, (पिछली बार जब वह यहाँ आया था तो उसने इस बात पर ग़ौर किया था) अलमारी छोड़कर उसने पलँग के नीचे टटोलना शुरू किया, क्योंकि उसे मालूम था कि बूढ़ी औरतें आमतौर पर अपने सन्दूक पलँग के नीचे रखती हैं। उसका अनुमान सही था। पलँग के नीचे लाल चमड़े का एक बड़ा-सा सन्दूक रखा था, जिस पर सफ़ेद कील जड़े थे। बड़ी चाबी ताले में फौरन

लग गयी और उसने सन्दूक खोला। सबसे ऊपर सफ़ेद चद्दर के नीचे लाल ज़री का एक कोट रखा था, जिसका अस्तर खरगोश की खाल का था। उसके नीचे कुछ रेशमी कपड़े और एक दुशाला थी—मालूम होता था कि उस सन्दूक में कपड़ों के सिवा कुछ नहीं है। उसने सबसे पहले अपना ख़ून से सना हाथ लाल कोट से पोंछा, "लाल रंग पर लाल ख़ून का दाग़ नहीं नज़र आयेगा।" फिर उसने आतंकित मन से सोचा, "हे ईश्वर! क्या मैं पागल हो गया हूँ!"

इसी समय कोट की तह में से एक सोने की घड़ी बाहर गिर पड़ी। उसने बाक़ी कपड़ों की तहें भी खोल डालीं। उनमें से सोने के ब्रेसलेट, हार, इयरिंग और पिनें निकलीं। शायद वे सब लोगों के गिरवी रखे गहने थे। उनमें से कुछ डिब्बियों में बन्द थे और कुछ अख़बार के काग़ज़ों में सावधानी से रखे गये थे। उसने जल्दी से गहने अपनी पतलून और ओवरकोट की ज़ेबों में डाल लिए। इससे अधिक चीज़ें ले जाने का उसके पास वक़्त नहीं था।

सहसा उसे किसी के कदमों की आहट सुनाई दी। उसका शरीर सुन्न पड़ गया। उसने सोचा शायद यह उसका भ्रम होगा, लेकिन उसे एक धीमी चीख़ सुनाई दी। वह सन्दूक के पास पंजों के बल साँस रोके बैठा था। वह फौरन उछल खड़ा हुआ, और कुल्हाड़ी लेकर बाहर निकला।

कमरे के बीचोंबीच लिजावेता हाथ में एक बड़ी-सी गठरी लिए अपनी मृत बहन की ओर शून्य-दृष्टि से देख रही थी। उसका रंग सफ़ेद पड़ गया था, और उसमें चीखने तक की शक्ति नहीं बची थी। रास्कोलनिकोव को देखकर वह पत्ते की तरह काँप उठी। उसने अपना हाथ उठाया और कुछ कहने के लिए मुँह खोला लेकिन उसके गले से आवाज़ न निकल सकी। वह भयभीत होकर पीछे हट गयी। रास्कोलनिकोव कुल्हाड़ी लेकर उस पर झपटा। लिजावेता का चेहरा सहमे हुए बच्चे की तरह मासूम दिखायी दे रहा था। वह इतनी सीधी थी कि उसने सिर्फ़ अपना बायाँ हाथ ऊपर उठाकर जैसे उसे वापिस चले जाने का इशारा किया। कुल्हाड़ी के एक वार से उसकी खोपड़ी का ऊपरी हिस्सा अलग हो गया और उसकी मृत देह फ़र्श पर लुढ़क गयी। रास्कोलनिकोव का दिमाग़ चकरा गया। उसने लिजावेता की गठरी उठा ली, फिर उसे फेंककर बाहर भाग गया।

इस दूसरी आकस्मिक हत्या के बाद वह भय से आक्रान्त हो उठा। वह जल्द से जल्द वहाँ से भाग जाना चाहता था। अगर उस वक़्त उसमें ज़रा भी तर्कशक्ति होती, तो उसे फौरन इसके अलावा इन हत्याओं की वीभत्सता का आभास होता, और वह भागकर घर जाने की बजाय, थाने में जाकर आत्मसमर्पण कर देता—भय के कारण नहीं, बल्कि आत्मग्लानि के कारण। उसे अब भी रह-रहकर अपने प्रति ग्लानि अनुभव हो रही थी। अब उसके लिए बुढ़िया के कमरे में वापिस लौटना या सन्दूक को छूना असम्भव था।

लेकिन इसी समय एक विचित्र स्वप्निल शून्यता उसके मन में फैल गयी थी। वह अपने अस्तित्व से बेख़बर हो गया था, और उसका ध्यान छोटी, व्यर्थ की बातों में उलझने लगा था। रसोई में पानी से भरी एक बाल्टी को देखकर वह भीतर चला गया और उसने लहू से सनी कुल्हाड़ी को बाल्टी में डुबो दिया। खिड़की पर एक टूटी तश्तरी में साबुन का एक टुकड़ा रखा था, उससे उसने रगड़कर अपने हाथ साफ़ किये और तीन मिनट तक वह कुल्हाड़ी की हत्थी के दाग़ों को साफ़ करता रहा। फिर उसने रस्सी पर लटकते हुए कपड़ों से कुल्हाड़ी पोंछी और उसे ग़ौर से देखता रहा। ख़ून के सारे धब्बे धुल गये थे, सिर्फ़ हत्थी की लकड़ी अभी भी गीली थी। उसने कुल्हाड़ी अपने ओवरकोट में छिपा ली और अपनी पतलून, कोट और जूतों का निरीक्षण करने लगा। जूतों पर ख़ून के दाग़ देखकर उसने एक कपड़ा गीला किया और उन्हें साफ़ कर दिया, लेकिन उसे डर था कि शायद कोई दाग़ अब भी उसकी आँखों से छिपा न रह गया हो। वह कमरे के बीचोंबीच खड़ा, किसी गहरी सोच में डूब गया। उसके मन में आतंकपूर्ण विचार उठने लगे। उसे लगा कि वह पागल हो गया है, और अपनी आत्मरक्षा करने में सर्वथा असमर्थ है। उसे उस समय कुछ और करना चाहिए था। "हे ईश्वर! मैं क्या कर रहा हूँ–मुझे यहाँ से फौरन भागना चाहिए।" वह बुदबुदाया और बाहर खुली छत की ओर भागा–लेकिन वहाँ पहुँचते ही उसके आश्चर्य का ठिकाना न रहा।

उसने देखा कि सीढ़ियों का दरवाज़ा खुला हुआ था। उसकी कुंडी तक बन्द न थी। शायद बुढ़िया ने सावधानी बरतने के लिए जान-बूझकर दरवाज़ा खुला रखा था। लेकिन बाद में लिजावेता भी तो भीतर आयी थी। हे ईश्वर! उसे यह क्यों नहीं याद रहा। उसने आगे बढ़कर साँकल चढ़ा दी।

"नहीं, मैं फिर ग़लती कर रहा हूँ। मुझे यहाँ से चले जाना चाहिए।"

साँकल खोलकर वह ज़ीने से कान लगाकर खड़ा हो गया।

दूर, शायद फाटक के पास दो आदमियों के लड़ने-झगड़ने की आवाज़ें सुनायी दे रही थी। वह अविचलित खड़ा सुनता रहा। कुछ देर बाद आवाज़ें शान्त हो गयी। वह ज़ीने से नीचे उतरने ही वाला था कि निचली मंज़िल से दरवाज़ा खुलने की आवाज़ आयी, और कोई गुन गुनाता हुआ सीढ़ियों से नीचे उतरने लगा। रास्कोलनिकोव सोचने लगा, "सब लोग कितना शोर मचाते हैं।" उसने दरवाज़े की साँकल चढ़ा दी। जब ज़ीने में सन्नाटा छा गया तो वह साँकल खोलकर ज़ीने में आने को ही था कि उसे फिर किसी के कदमों की आहट सुनायी दी।

आहट अभी बहुत नीचे थी, लेकिन न जाने क्यों उसे सन्देह हो गया कि कोई ऊपर बुढ़िया से मिलने आ रहा है। यह सन्देह कैसे हुआ? क्या कदमों की आहट में ऐसी कोई विशेषता थी? कोई भरकम बूट पहने पहली मंज़िल पार करके दूसरी

मंज़िल तक आ पहुँचा था, कदमों की आवाज़ नज़दीक आ गयी थी। ज़रूर कोई ऊपर आ रहा है। रास्कोलनिकोव पत्थर का बुत बना खड़ा था। उसे लग रहा था जैसे सपने में कोई उसका पीछा कर रहा है, और वह अभी पकड़ा जायेगा। वह अपनी बाँहें तक नहीं हिला सकता था।

आख़िर जब कदमों की आहट नज़दीक आ गयी तो वह चौकन्ना हो गया। उसने जल्दी से साँकल चढ़ाकर उसमें लोहे की कील फँसा दी और कमरे में चला गया। अज्ञात आगन्तुक भी दरवाज़े के क़रीब आ पहुँचा था। रास्कोलनिकोव ने कान लगाकर सुना। आगन्तुक हाँफ रहा था। रास्कोलनिकोव ने सोचा, "ज़रूर कोई मोटा आदमी होगा।" उसने कुल्हाड़ी कसकर पकड़ ली। उसे लगा, वह सपना देख रहा है। आगन्तुक ने ज़ोर से घण्टी बजायी।

रास्कोलनिकोव को कमरे में कोई चीज़ चलती-सी मालूम हुई। कुछ सैकिण्ड वह चुपचाप खड़ा रहा। आगन्तुक ने दुबारा घण्टी बजाई और कोई जवाब न पाकर ज़ोर-ज़ोर से दरवाज़ा खटखटाने लगा। रास्कोलनिकोव ने भयभीत दृष्टि से हिलती हुई साँकल को देखा। उसे लगा कि साँकल फौरन टूटकर गिरने वाली है। उसका सर चकराने लगा। आगन्तुक ज़ोर से बड़बड़ाया :

"न जाने इन लोगों को क्या हो गया है। सो रही हैं या मर गयी हैं। शैतान इनसे समझे, ओ एल्योना इवानोव्ना, अरी ओ जादूगरनी! लिजावेता इवानोव्ना! मेरी परी, दरवाज़ा खोलो। क्या तुम दोनों सो रही हो?"

आगन्तुक ने गुस्से में आकर दर्जन बार घण्टी का बटन दबाया। निश्चय ही वह कोई रोबदार आदमी था।

इसी समय ज़ीने पर किसी और के आने की आहट सुनाई दी। दूसरे आगन्तुक ने प्रफुल्ल स्वर में कहा, "गुड ईवनिंग कौश, सचमुच ये लोग घर नहीं हैं क्या?"

रास्कोलनिकोव ने आवाज़ सुनकर अनुमान लगाया कि नया आगन्तुक तरुण व्यक्ति है।

कौश ने उत्तर दिया, "शैतान जाने इन औरतों को साँप सूँघ गया है या क्या! मैं तो इतनी देर से दरवाज़ा खटखटा रहा हूँ। लेकिन तुम्हें मेरा नाम कैसे मालूम है?"

"वाह! अभी परसों ही तो मैंने तुम्हें तीन बार बिलियर्ड में हराया था।"

"ओह!"

"ये औरतें घर से बाहर कहाँ गयी होंगी? बड़ी विचित्र बात है। मुझे उनसे कुछ काम था।"

"मैं भी काम के सिलसिले में ही आया था।"

"तो फिर क्या करें? मेरा ख़्याल है वापिस लौट चलें। हाय, मैं तो पैसे लेने की उम्मीद से यहाँ आया था।"

"वापिस तो जाना ही पड़ेगा, लेकिन उस चुड़ैल बुढ़िया ने जान-बूझ कर मुझे इस वक़्त क्यों बुलाया था? मैं इतनी दूर से आया हूँ, और वह ख़ुद न जाने कहाँ ग़ायब हो गयी। कई सालों से बुढ़िया घर से बाहर नहीं निकली, आज ही कम्बख़्त को सैर करने का शौक चर्राया था।"

"चलो चलकर चौकीदार से पूछ लें।"

"क्या?"

"यही कि बुढ़िया कहाँ गयी है और किस वक़्त लौटेगी।"

"हूँ...जहन्नुम में जाये बुढ़िया...हम पूछ सकते हैं...लेकिन तुम जानते ही हो कि वह घर से बाहर कभी नहीं निकलती।"

उसने एक बार फिर दरवाज़े को ज़ोर से हिलाया।

"जहन्नुम में जायें ये बुढ़िया, आओ लौट चलें।" सहसा युवक बोला।

"ठहरो, ज़रा दरवाज़े के भीतर झाँककर देखो।"

"क्या बात है?"

"अरे, तुमने देखा नहीं कि भीतर से साँकल चढ़ी हुई है। इसका मतलब है कि एक जनी घर में है। अगर दोनों बाहर होतीं, तो दरवाज़े में ताला लगा होता। तुमने देखा नहीं, साँकल में लोहे की कील फँसी हुई है। ज़रूर दोनों चुड़ैलें भीतर हैं, और जान-बूझ कर दरवाज़ा नहीं खोल रहीं।"

कौश ने गुस्से से दरवाज़ा धकेलते हुए कहा :

"अच्छा! दोनों भीतर बैठी क्या कर रही हैं?"

"ठहरो, दरवाज़े को धकेलो नहीं—मामला कुछ गड़बड़ मालूम होता है—तुम इतनी देर से घण्टी बजा रहे हो और किसी ने दरवाज़ा नहीं खोला। या तो दोनों बेहोश हो गयी हैं या..."

"क्या कहा?"

"आओ चलकर चौकीदार को बुला लायें। वह आवाज़ देकर दोनों को जगा देगा।"

"अच्छा।"

दोनों नीचे उतरने लगे।

"तुम यहीं रुको, मैं नीचे जाकर चौकीदार को बुला लाता हूँ।"

"मैं क्यों ठहरूँ?"

"मैं कहता हूँ तुम ठहरो।"

"अच्छा।"

"जानते हो, मैं क़ानून का विद्यार्थी हूँ। साफ़ ज़ाहिर है कि मामला गड़बड़ है।" कहकर युवक नीचे उतर गया।

कौश ने फिर आहिस्ता से घण्टी का बटन दबाया, और सतर्कता से चारों तरफ़ देखकर दरवाज़ा धकेला। फिर निराश होकर वह छेद में से झाँकने लगा, लेकिन उसे कुछ दिखायी न दिया।

अन्दर रास्कोलनिकोव हाथ में कुल्हाड़ी थामे खड़ा था। उसके सर पर पागलपन सवार हो गया था। उसने फ़ैसला किया था कि अगर कोई भीतर आयेगा, तो वह डटकर मुक़ाबला करेगा। जब बाहर से दरवाज़ा खटखटाया जा रहा था, जब तक उसके मन में कई बार आया कि वह दरवाज़ा खोलकर अपने आपको उनके हवाले कर दे। उसकी इच्छा हुई कि वह उन्हें गालियाँ दे और उनका मज़ाक उड़ाये। लेकिन अब उसके मन में सिर्फ़ एक ही विचार आ रहा था–"जल्दी से भाग चलो।"

उधर कौश अधीर होकर बड़बड़ा रहा था, "न जाने उसने इतनी देर क्यों लगा दी?" वह अपने भरकम बूटों को चरमराता हुआ नीचे उतर गया।

"हे ईश्वर! अब मैं क्या करूँ? मेरा क्या होगा?"

उसने साँकल खोलकर चारों तरफ़ देखा। वहाँ कोई न था। फिर बिना सोचे-बिचारे वह दरवाज़ा खोलकर सीढ़ियों से नीचे उतरने लगा।

अभी वह तीसरी मंज़िल पर ही पहुँचा था कि उसे नीचे से शोरगुल सुनायी दिया। छिपने की कोई जगह नहीं थी। वह क्या करता? वापिस ऊपर जाने के सिवा और कोई चारा न था, इसलिए वह नीचे उतरता गया।

"आ गया! पकड़ो बदमाश को!"

कोई निचले फ़्लैट में से बाहर निकलकर ज़ोर से चिल्लाया।

"मित्का! मित्का! मित्का! अरे कहाँ जाकर मर गया?"

नीचे दालान में कोई चीख़ रहा था। इसी समय बहुत से आदमी बातचीत करते हुए ज़ीने में दाख़िल हुए। उसने युवक की करारी आवाज़ को पहचान कर कहा, "लो यह आ गये!"

रास्कोलनिकोव हताश होकर सोचने लगा, "अगर उन्होंने मुझे रोक लिया तो मैं कहीं का न रहूँगा। अगर उन्होंने मुझे चुपचाप गुज़र जाने दिया, तो भी मैं कहीं बचकर नहीं जा सकूँगा क्योंकि उन्हें मेरी शक्ल याद रहेगी।" वह लोग क़रीब आ गये थे। सहसा उसे मुक्ति का मार्ग दिखायी दिया। दाहिनी ओर ख़ाली फ़्लैट का दरवाज़ा खुला था, जहाँ रंगसाज़ काम कर रहे थे। शायद उसे शरण देने के लिए ही वे दरवाज़ा खुला छोड़ गये थे। दरवाज़े का रोगन अभी गीला था और कमरे में रंग फेरने वाले ब्रुश और ख़ाली डिब्बे पड़े थे। वह फौरन जाकर दरवाज़े के पीछे छिप गया। वे लोग बातें करते हुए ऊपर चले गये। रास्कोलनिकोव दबे पाँव नीचे उतर गया।

सीढ़ियों में कोई न था, यहाँ तक कि चौकीदार भी फाटक से ग़ायब था। वह बाहर निकलकर बायीं ओर की गली में घुस गया।

उसे अच्छी तरह मालूम था कि वे लोग बुढ़िया के फ्लैट का दरवाज़ा खुला देखकर हैरान रह गये होंगे और फिर भीतर जाकर दोनों लाशों को देखेंगे। फौरन ही उन्हें ख़्याल आयेगा कि हत्यारा अभी तक फ़्लैट में छिपा बैठा था और शायद कुछ क्षण पहले ही निकलकर भागा है। और वे यह अनुमान भी कर लेंगे कि हत्यारा उन्हें ऊपर आते देखकर ख़ाली फ़्लैट में छिप गया था। उधर उसे अपनी चाल तेज़ करने का साहस नहीं हो रहा था। "क्या मुझे किसी अनजान गली में जाकर छिप जाना चाहिए, नहीं। क्या मुझे कुल्हाड़ी फेंक देनी चाहिए? घोड़ागाड़ी में बैठकर भाग जाना चाहिए?...सब बेकार है, बेकार।"

गली के मोड़ तक पहुँचते-पहुँचते थकान से वह अधमरा हो गया। अब वह सुरक्षित स्थान में पहुँच गया था, क्योंकि सड़क पर बड़ी भीड़-भाड़ थी और समुद्र में पानी की बूँद की तरह वह अपने को उस जन-सागर में विलीन कर सकता था। लेकिन हाल की घटना ने उसे इतना अशक्त बना दिया था कि उससे हिला-डुला नहीं जा रहा था। उसकी गर्दन पसीने से भीग गयी थी। जब वह नहर के किनारे आकर खड़ा हुआ तो पीछे से किसी ने फ़ब्ती कसी, "क़सम से इसने छककर पी है!"

इस समय वह अपनी सुध-बुध खो चुका था और उसकी हालत प्रतिक्षण बिगड़ती जा रही थी। सहसा उसे याद आया कि नहर के किनारे बहुत थोड़े लोग हैं, इसलिए वह शीघ्र ही सब के आकर्षण का केन्द्र बन जायेगा। थकान से चूर होने पर भी वह नये रास्ते से घर की ओर चल पड़ा।

फाटक के भीतर घुसते समय भी उसके होश-हवास ठिकाने नहीं थे। सीढ़ियाँ चढ़ते समय उसे कुल्हाड़ी का ध्यान आया। लोगों की नज़र बचाकर चौकीदार की कोठरी में कुल्हाड़ी को वापस रख आना आसान काम न था। वह कुल्हाड़ी को किसी और के बरामदे में भी रख सकता है, यह बात उसके दिमाग़ में आयी ही नहीं। संयोगवश चौकीदार की कोठरी का दरवाज़ा तो बन्द था लेकिन उसमें ताला नहीं लगा था। रास्कोलनिकोव ने सीधे जाकर दरवाज़ा खोल दिया। इस बदहवासी में अगर चौकीदार उससे पूछता, "तुम क्या चाहते हो?" तो जवाब में वह कुल्हाड़ी उसके हाथ में पकड़ा देता। लेकिन चौकीदार कोठरी में नहीं था। रास्कोलनिकोव ने कुल्हाड़ी बेंच के नीचे रख दी। लौटते समय उसे कोई नहीं मिला। मकान-मालकिन का दरवाज़ा बन्द था। अपने कमरे में पहुँचकर वह धम से सोफ़े पर लेट गया। उसे नींद नहीं आयी। उसके मन में शून्यता भर गयी थी। अगर इस समय कोई उसके कमरे में आ जाता, तो वह भय से चीख़ उठता। विचारों के भग्न तन्तु उसके मस्तिष्क में चक्कर काट रहे थे, लेकिन वह किसी भी एक विचार को पकड़ नहीं पा रहा था। अपनी तमाम कोशिशों के बावजूद भी उसका मन बेहद उचाट हो रहा था...।

दूसरा भाग

1

बहुत देर तक वह इसी तरह पड़ा रहा। बीच में तन्द्रा टूटने पर उसने देखा कि रात काफ़ी बीत चुकी है, लेकिन वह उसी तरह श्लथ लेटा रहा। पौ फटने पर नीचे गली में से शराबियों का शोरग़ुल सुनकर उसकी तन्द्रा टूट गयी। हर रोज़ वह यह शोरग़ुल सुनता था।

"पियक्कड़ों की यह टोली शराबखानों से आयी है। दो कभी के बज चुके होंगे।" वह चौंककर उठ बैठा। "क्या सचमुच दो बज चुके हैं?"

उसने कुछ याद करने की कोशिश की और एक ही क्षण में शाम की सारी घटना उसकी आँखों के सामने फिर गयी।

उसे लगा कि वह पागल होने वाला है। उसके शरीर में कँपकँपी-सी दौड़ गयी। लेकिन यह कँपकँपी हरारत की वजह से थी। सहसा उसके दाँत भी बजने लगे। उसने दरवाज़े से कान लगाकर सुना। घर में निस्तब्धता छायी थी। चकित दृष्टि से उसने कमरे में नज़र दौड़ाई। उसे विश्वास न आया कि वह दरवाज़े की सिटकनी चढ़ाये बग़ैर किस तरह लेटा रहा, और उसने अपने सर से हैट तक नहीं उतारा।... उसका हैट नीचे फ़र्श पर तकिये के पास गिरा पड़ा था।

"कोई भीतर आकर मुझे देखता तो क्या सोचता? यही न कि मैं नशे में धुत हूँ, लेकिन..." वह भागकर खिड़की के पास गया और सुबह के धुँधलके में अपने कपड़ों का निरीक्षण करने लगा। लेकिन ऐसी सरसरी नज़र से ख़ून के दाग़ कैसे दिखायी देते? इसलिए जाड़े में ठिठुरते हुए भी उसने सब कपड़े उतार दिये और कपड़ों का एक-एक तार देख डाला, एक बार नहीं तीन बार। लेकिन उसकी पतलून के फटे पौंचे के सिवा, जहाँ ख़ून की कुछ बूँदें जम गयी थीं, और कहीं कोई दाग़ न था। उसने चाकू लेकर उस जगह के धागों को निकाल दिया। सहसा उसे याद आया कि बुढ़िया के सन्दूक से बरामद हुए गहने और बटुआ अभी तक उसकी ज़ेब में था। अभी तक उसने इन चीज़ों को क्यों नहीं छिपाया? कपड़े उतारते समय भी उसे यह

ख़्याल क्यों नहीं आया? अब क्या होगा? उसने फौरन ज़ेबों से सब चीज़ें निकालकर मेज़ पर पटक दीं और अपनी ज़ेबों को अच्छी तरह उलट-पलट कर देखने के बाद वह उन्हें उठाकर कमरे के एक कोने में ले गया, जहाँ दीवार की एक उखड़ी ईंट के ऊपर का वॉल-पेपर फट गया था। उसने चीज़ें वहाँ छिपा दीं और सोचने लगा, "लो, अब इन पर किसी की नज़र नहीं पड़ेगी। लेकिन यह जगह कुछ उभरी हुई-सी दीखने लगी है।" सहसा आतंक से उसका रोम-रोम सिहर उठा और वह बुदबुदाया, "हे ईश्वर, मेरी अक़्ल को क्या हो गया है? क्या चीज़ें इस तरह छिपाई जाती हैं?"

उसने पहले कभी नहीं सोचा था कि गहने भी उसके हाथ लगेंगे। इसलिए गहने छिपाने की जगह का उसने इन्तज़ाम नहीं किया था। वह सोचने लगा, "मेरी बुद्धि मेरा साथ नहीं दे रही, मैं क्या करूँ?" वह थककर सोफ़े पर बैठ गया और उसे फिर कँपकँपी छूटने लगी। यन्त्रवत् उसने पास पड़ी कुर्सी पर लटका कोट उठाकर अपने शरीर पर डाल लिया और फिर चेतनाशून्य हो गया। पाँच मिनट बाद ही वह फिर चौंककर खड़ा हो गया और अपने कपड़ों की तलाशी लेने लगा।

"सारा इन्तज़ाम अधूरा पड़ा है। मुझे बीच में ही नींद कैसे आ गयी? अरे हाँ, अभी तो मैंने कोट के नीचे से फन्दा तक नहीं बाहर निकाला। इतनी ज़रूरी बात मुझे कैसे भूल गयी? इतना बड़ा सबूत!"

उसने फन्दे को फौरन चाकू से काट दिया और कतरनों को सिरहाने के नीचे पड़े मैले कपड़ों में छिपा दिया।

"फटे चीथड़ों को देखकर किसी को सन्देह नहीं हो सकता, हर्गिज़ नहीं!" वह कमरे के बीचोंबीच खड़ा सोच रहा था। उसने कमरे में फिर एक बार नज़र दौड़ायी। उसकी सभी मानसिक शक्तियाँ, यहाँ तक कि स्मृति और साधारण विवेक भी, उसे धोखा दे रही हैं, यह देखकर उसे असह्य यन्त्रणा हुई। "क्या मेरा पागलपन अभी से शुरू हो गया? कहीं यह मेरी सज़ा तो नहीं है? शायद यही है।"

उसकी पतलून के पौंचे की कतरनें अभी तक फ़र्श पर बिखरी थीं, जिन पर किसी की दृष्टि पड़ सकती थी। "मुझे क्या हो गया है?" वह भयभीत होकर चिल्लाया। इसी समय एक अनोखा विचार उसके मन में आया। उसे लगा कि शायद उसके कपड़ों पर रक्त के अनगिनत धब्बे लगे हैं जो उसे नज़र नहीं आ रहे, क्योंकि उसकी ज्ञान-शक्ति लुप्त हो गयी है...सहसा उसे याद आया कि बटुए के ऊपर भी ख़ून के दाग़ थे। "तब तो ज़ेब के भीतर भी दाग़ लग गये होंगे, क्योंकि मैंने ख़ून से सना बटुआ ज़ेब में डाल लिया था।" उसने फौरन ज़ेब उलट कर देखी। सचमुच उसकी ज़ेब के भीतर ख़ून के दाग़ चमक रहे थे। अपनी इस विजय पर प्रसन्न होते हुए वह सोचने लगा, "साफ़ ज़ाहिर है कि मेरी अक़्ल अभी तक गुम नहीं हुई, क्योंकि मेरा अनुमान ग़लत नहीं निकला।

सिर्फ़ बुखार के कारण मुझे थोड़ी-सी कमज़ोरी आ गयी है।" उसने पतलून की बायीं ज़ेब का सारा अन्दरस काटकर फेंक दिया। इसी समय सूरज की एक किरण उसके बायीं बूट पर आकर चमकी। उसे लगा कि उसके मोज़ों के ऊपर भी ख़ून के दाग़ हैं। उसने अपने जूते उतार फेंके। मोज़े का ऊपरी हिस्सा सचमुच ख़ून में सना हुआ था। शायद अनजाने में उसका पैर ख़ून की धार के नीचे आ गया था। "लेकिन अब इन सब चीज़ों का क्या किया जाये?"

रक्त में सनी चीज़ों को हाथ में उठाकर वह सोचने लगा, "इन्हें अँगीठी में छिपा दूँ? लेकिन सबसे पहले तो अँगीठी की तलाशी ली जायेगी। जला दूँ? लेकिन किस चीज़ से जलाऊँ? मेरे पास तो दियासलाई तक नहीं है। क्यों न ले जाकर इनको कहीं फेंक आऊँ, इसी समय...।" वह उठकर बाहर जाना चाहता था, लेकिन वह तकिये पर सर रखकर वहीं लुढ़क गया। उसे फिर कँपकँपी आने लगी और उसने कोट ओढ़ लिया।

वह बहुत देर तक, लगातार कई घण्टों तक सोचता रहा कि उसे फौरन उठकर सब चीज़ें कहीं रख आनी चाहिए, लोगों की नज़र से दूर। उसने कई बार सोफ़े से उठने की कोशिश की, लेकिन न उठ सका। इतने में किसी ने ज़ोर से दरवाज़ा खटखटाया और उसकी तन्द्रा टूटी।

"दरवाज़ा खोलो! जीते हो या मर गये हो? अभी तक सोये पड़े हो! देखा, पिछले कई दिनों से यह लड़का कुत्ते की तरह सोया रहता है। है भी तो कुत्ता ही! मैं कहती हूँ दरवाज़ा खोलो! दस कभी के बज चुके हैं।"

"हो सकता है, वह घर पर न हो।" किसी मर्द की आवाज़ सुनाई दी।

"अरे यह तो चौकीदार की आवाज़ है...वह यहाँ किस लिए आया है?"

रास्कोलनिकोव सोफ़े से उठकर खड़ा हो गया। हृदय की तेज़ धड़कन से उसके सीने में टीसें उठने लगीं।

"घर न होता तो भीतर से सिटखनी कैसे बन्द होती?" नस्तास्या ने चौकीदार को उत्तर दिया।

"अच्छा तो अब जनाब कमरा बन्द करके बैठने लगे हैं? इसके पास क्या रखा है जो चोर यहाँ फटकेगा! अबे अहमक, दरवाज़ा खोल!"

"यह लोग किस लिए आये हैं? क्या चाहते हैं? चौकीदार क्यों आया है? मालूम होता है, सारा भेद खुल गया है। दरवाज़ा बन्द रखूँ या खोल दूँ? जो भी हो मैं पूरा मुक़ाबला करूँगा..."

उसने उठकर सिटखनी खोल दी। कमरा इतना छोटा था कि उसे दरवाज़ा खोलने के लिए सोफ़े से उतरने तक की ज़रूरत न पड़ी। बाहर चौकीदार के साथ नस्तास्या खड़ी थी।

नस्तास्या उसे विचित्र ढंग से घूरने लगी। उसने क्रुद्ध दृष्टि से चौकीदार की ओर देखा। चौकीदार ने एक मुहरबन्द लिफ़ाफ़ा उसके हाथ में पकड़ाते हुए कहा, "यह दफ़्तर से आया है।"

"कौन से दफ़्तर से?"

"सम्मन आया है। दफ़्तर तो तुम जानते ही हो।"

"पुलिस के दफ़्तर से...किस लिए?..."

"मुझे क्या मालूम? तुम्हें बुलाया है, सो जाना पड़ेगा।"

चौकीदार ने ग़ौर से उसके चेहरे की ओर देखा और फिर कमरे की ओर नज़र फेंककर जाने लगा।

"यह तो सख़्त बीमार है।" नस्तास्या ने रास्कोलनिकोव को घूरते हुए कहा। "कल से इसे तेज़ बुखार है।"

रास्कोलनिकोव ने लिफ़ाफ़ा अभी तक न खोला था। उसे सोफ़े से उतरते देखकर नस्तास्या दुलार से बोली, "रहने दो मत उठो, तुम्हारी तबियत ठीक नहीं। इतनी जल्दी क्यों करते हो? अरे, तुम्हारे हाथ में क्या है?"

रास्कोलनिकोव ने देखा कि उसके दाएँ हाथ में पतलून का कटा हुआ पौंचा, मोज़ा और ज़ेब की कतरनें थी। जिन्हें वह हाथ में लेकर ही सो गया था।

"ज़रा देखो तो सही, यह लड़का फटे चीथड़ों को इस तरह सीने से लगाकर सोता है, जैसे कोई भारी खज़ाना हो!" नस्तास्या मारे हँसी के लोट-पोट हो गयी।

रास्कोलनिकोव ने फौरन सब चीज़ें अपने ओवरकोट में छिपा लीं और आँखें फाड़-फाड़कर नस्तास्या की ओर देखने लगा। बुद्धि-संगत बात करने की अवस्था में वह इस समय नहीं था, इसलिए उसने घबराकर पूछा, "लेकिन पुलिस...।"

"तुम यहीं बैठो, मैं तुम्हारे लिए बची हुई चाय लाती हूँ।"

"नहीं, मैं जा रहा हूँ, अभी।" वह उठकर खड़ा हो गया।

"इस हालत में क्या तुम सीढ़ियों से नीचे उतर सकोगे?"

"हाँ, उतर सकूँगा।"

"जैसे तुम्हारी मर्ज़ी।" कहकर नस्तास्या चौकीदार के साथ चली गयी।

रास्कोलनिकोव रोशनी में खड़ा होकर चिथड़ों को ग़ौर से देखने लगा।

"दाग़ तो हैं, लेकिन वे नज़र नहीं आते। धूल से उनका रंग हल्का पड़ गया है। सरसरी नज़र से देखने पर किसी को कुछ पता न चलेगा। शुक्र है कि नस्तास्या का ध्यान इस ओर नहीं गया।" फिर काँपते हुए हाथों से उसने लिफ़ाफ़ा खोला और ख़त पढ़ना शुरू किया। पहले तो उसकी समझ में कुछ न आया। बार-बार पढ़ने के बाद उसे मालूम हुआ कि ज़िला सुपरिंटेंडेंट ने उसे सुबह साढ़े नौ बजे अपने दफ़्तर में बुलाया था।

"लेकिन पुलिस का मुझसे क्या वास्ता? मुझे आज ही क्यों बुलाया है? हे भगवान, मुझे इस मुसीबत से बचाओ।" वह घुटनों के बल बैठकर प्रार्थना करना चाहता था, लेकिन उसे अपने आप पर हँसी आ गयी।

उसने जल्दी से कपड़े पहनने शुरू कर दिये। "अगर मुझे बर्बाद होना है तो बर्बादी ही सही। तो फिर मोजे भी क्यों न पहन लूँ। अच्छा है और धूल पड़ने से दाग़ छिप जायेंगे।" लेकिन पैर में मोज़ा चढ़ाते ही उसका मन असीम ग्लानि से भर उठा। उसने मोज़ा उतार कर फेंक दिया। अगले क्षण उसे याद आया कि उसके पास दूसरे मोजे नहीं हैं। उसने फिर वही मोज़े उठाकर पहन लिए। उसे हँसी आ गयी।

"यह सब अपने-अपने दृष्टिकोण की बात है। में यही मोज़े पहनकर जाऊँगा।" लेकिन यह विचार केवल उसके मन की ऊपरी सतह पर ही मँडला रहा था। अगले ही क्षण उसकी हँसी विषाद में बदल गयी।

उसकी टाँगे काँपने लगीं। "मुझे डर लग रहा है। मैं यह सब बर्दाश्त नहीं कर सकूँगा...। उन्होंने जान-बूझ कर मुझ से सब कुछ बकवाने के लिए मुझे वहाँ बुलाया है। मुसीबत तो यह है कि तेज़ बुखार से मेरा सर चकरा रहा है।...मैं कोई न कोई बेवकूफ़ी की बात ज़रूर कर बैठूँगा।"

सीढ़ियों पर पहुँचकर उसे याद आया कि वह बटुआ और ज़ेवर दीवार के छेद में छोड़े जा रहा है। "हो सकता है कि वे मेरी ग़ैर-हाज़िरी में मेरे कमरे की तलाशी लें।" यह सोचकर उसके कदम रुक गये, लेकिन चिन्ता और भय ने उसमें एक विचित्र-सी लापरवाही ला दी थी और वह 'मन का बोझ' हल्का करने के लिए वहाँ से चला गया।

सड़क पर बेहद गर्मी थी। पिछले कई दिनों से मेह की एक बूँद न गिरी थी। सड़क पर चिर-परिचित धूल, ईंट और गारे के ढेर, शराबखानों की गन्ध, शराबियों की टोलियाँ, फेरीवाले और टूटी-फूटी घोड़ा-गाड़ियाँ मौजूद थीं। धूप सीधी आकर आँखों में चुभ रही थी। उसका सर चकराने लगा।

जब वह रात वाली गली के पास से गुज़रा तो उसने सहमी दृष्टि से 'उस' मकान को ओर देखा और आँखें नीची कर लीं।

"अगर मुझसे पूछताछ की गयी तो शायद मैं सब कुछ बक दूँगा।"

पुलिस स्टेशन अभी दो फलाँगि दूर था। हाल ही में पुलिस का दफ़्तर एक बड़ी इमारत की चौथी मंज़िल पर ले जाया गया था। बहुत दिन पहले वह एक बार किसी काम से पुराने थाने में गया था। उसने सामने की इमारत के ज़ीने में एक देहाती को हाथ में किताब लिए में देखकर सोचा, "यह चौकीदार होगा। इसका मतलब है कि दफ़्तर यहीं है।" बिना किसी से पूछताछ किये वह सीढ़ियाँ चढ़ने लगा।

"मैं सीधा भीतर जाकर घुटनों के बल गिर पडूँगा और सब कुछ स्वीकार कर लूँगा...।" चौथी मंज़िल के पास पहुँचकर उसने सोचा।

ज़ीना तंग और गन्दा था। सब किरायेदारों के रसोईघर ज़ीने से सटे हुए थे। दिन भर उनमें से गन्ध और धुआँ उठता रहता था। ज़ीने में लोगों की भीड़ थी। बहुत से मर्द और औरतें आ-जा रहे थे। दफ़्तर का दरवाज़ा खुला था, जिसके आगे देहातियों की क़तार खड़ी थी। कमरों में हाल ही में ताज़ा रौगन किया गया था, जिसकी गन्ध आ रही थी।

कुछ देर इन्तज़ार करने के बाद उसने अगले कमरे में जाने का निश्चय किया। एक विचित्र अधीरता उसे आगे जाने के लिए प्रेरित कर रही थी। अगले कमरे में कुछ क्लर्क बैठे लिख रहे थे। उनके कपड़े भी रास्कोलनिकोव की तरह फटे और मैले थे। किसी ने उसकी ओर ध्यान न दिया। वह एक क्लर्क के पास जाकर खड़ा हो गया।

"कहो, क्या बात है?"

उसने लिफ़ाफ़ा दिखाया।

"तुम विद्यार्थी हो?" क्लर्क ने ख़त पर एक नज़र डालते हुए पूछा।

"हाँ, कुछ दिन पहले मैं विद्यार्थी था।"

क्लर्क ने उसकी ओर बिलकुल ध्यान न दिया। वह सनकी-सा दिखायी देता था।

रास्कोलनिकोव ने सोचा, इस आदमी को मुझमें कोई दिलचस्पी नहीं, इसलिए इससे कोई बात मालूम न हो सकेगी।

"सामने हैडक्लर्क का कमरा है, वहाँ जाओ"– क्लर्क ने कहा।

रास्कोलनिकोव ने जाकर देखा कि वहाँ और कमरों से ज़्यादा भीड़ है और बहुत से भद्र व्यक्ति वहाँ बैठे हुए हैं। उनमें दो महिलायें भी थीं। एक महिला मातमी पोशाक में बैठी कुछ लिख रही थी। दूसरी महिला स्थूल काय और बड़ी फ़ैशनेबल थी। उसके सीने पर तश्तरी जितना बड़ा जड़ाऊ ब्रोच टँका हुआ था। वह कोने में खड़ी किसी का इन्तज़ार कर रही थी। रास्कोलनिकोव ने किसी तरह हैडक्लर्क का ध्यान अपनी ओर आकर्षित कर ही लिया। हैडक्लर्क ने उसे प्रतीक्षा करने के लिए कहा और मातमी पोशाक वाली महिला को फिर कुछ लिखवाने लगा।

रास्कोलनिकोव ने चैन की साँस लेकर सोचा, "लगता है मुझे किसी और बात के लिए बुलाया गया है।"

धीरे-धीरे उसका खोया आत्मविश्वास लौट आया और वह अपने को शान्त और निर्भय रखने की कोशिश करने लगा। "अगर मेरे मुँह से एक भी मूर्खतापूर्ण या व्यर्थ शब्द निकला तो सारा भेद खुल जायेगा, हुँ...यहाँ हवा बिलकुल नहीं, दम घुटा जा रहा है...ऐसी जगह आकर दिमाग़ चकरा जाता है...दिल भी..."

वह अपने अन्दर चलने वाले द्वन्द्व से परिचित था। उसे डर था कि कहीं पुलिस अधिकारियों के सामने वह अपना आत्म-संयम न खो बैठे। वह किसी क्षुद्र और अनर्गल विचार में अपने मन को उलझाये रखना चाहता था, लेकिन वह ऐसा न कर सका। उसे अब भी उम्मीद थी कि हैडक्लर्क उसके चेहरे को ग़ौर से देखकर ज़रूर भाँप जायेगा।

हैडक्लर्क बाईस वर्ष का एक साँवला युवक था, जिसके फ़ैशनेबल कपड़ों से ओछापन टपक रहा था। बालों में सुगन्धित पोमेड लगा था और माँग बीच से कढ़ी थी। उसकी उँगलियों में बहुत-सी अँगूठियाँ थीं और वास्कट की ज़ेब में से सोने की चेन लटक रही थी। उसने कमरे में बैठे एक विदेशी से फ्रेंच में दो शब्द कहे और फ़ैशनेबल महिला को सम्बोधित करके कहा, "लुइज़ी इवानोव्ना, तुम बैठ सकती हो।"

"धन्यवाद," कहकर वह स्त्री अपनी रेशमी पोशाक को सम्भालती हुई कुर्सी पर बैठ गयी। उसके हल्के आसमानी रंग के स्कर्ट ने जिसके किनारों पर लेस लगी हुई थी, फूले हुए गुब्बारे की तरह आधे कमरे को घेर रखा था। महिला के कपड़ों में से तेज़ सेंट की महक आ रही थी, जिसके कारण वह मन-ही-मन लज्जित हो रही थी।

दूसरी महिला ने लिखना बन्द कर दिया और वह उठकर खड़ी हो गयी। इसी समय अकड़ चाल से एक अफ़सर ने कमरे में प्रवेश किया। उसने आते ही अपनी टोपी मेज़ पर फेंक दी और धम से आराम-कुर्सी पर बैठ गया। अफ़सर को देखते ही फ़ैशनेबल महिला आदरपूर्वक खड़ी हो गयी और बार-बार सर झुकाकर नमस्कार करने लगी। लेकिन अफ़सर ने उसकी ओर कोई ध्यान नहीं दिया। वह असिस्टेंट सुपरिंटेंडेंट था। उसकी लाल रंग की घनी मूँछों और लाल चेहरे से अहंकार टपक रहा था। उसने रास्कोलनिकोव की ओर एक क्रोध भरी दृष्टि डाली, क्योंकि फटे कपड़ों के बावजूद भी वह अफ़सर से आँखें मिलाकर देखने का दुस्साहस कर रहा था। अफ़सर को आश्चर्य हुआ कि एक मामूली युवक उसकी कुछ दृष्टि की अवहेलना कैसे कर सका। उसने डाँटकर पूछा, "तुम क्या चाहते हो?"

"मुझे आपने...सम्मन भेजा था।"

"तुम से पैसे वसूल करने के लिए।" हैडक्लर्क ने उसकी ओर एक काग़ज़ फेंकते हुए कहा, "इसे पढ़ो।"

"पैसे? कैसे पैसे?" रास्कोलनिकोव सोचने लगा। "इसका मतलब...मुझे...उस बात के लिए नहीं बुलाया गया?" उसका शरीर ख़ुशी से सिहर उठा। उसे लगा जैसे उसके दिल पर से मनों बोझ हट गया है।

"यह तो बताइए हज़रत कि आपको यहाँ कितने बजे बुलाया गया था? नौ बजे की बजाय आप बारह बजे क्यों तशरीफ़ लाये हैं?" असिस्टेंट सुपरिंटेंडेंट न जाने क्यों रास्कोलनिकोव से और भी ज़्यादा चिढ़ गया था।

"मुझे तो अभी पन्द्रह मिनट पहले आपका नोटिस मिला था। इतने तेज़ बुखार में भी यहाँ चला आया हूँ, यह क्या कम है?" अपनी इस धृष्टता से रास्कोलनिकोव मन-ही-मन बड़ा प्रसन्न हुआ।

"मेहबरानी करके चिल्लाओ मत।"

"मैं चिल्ला नहीं रहा, तहज़ीब से बात कर रहा हूँ। चिल्ला तो आप रहे हैं। मैं विद्यार्थी हूँ किसी की धौंस बर्दाश्त नहीं कर सकता।"

क्रोध से अफ़सर के ओंठ फड़कने लगे। वह उछलकर कुर्सी से खड़ा हो गया।

"चुप रहो! तुम सरकारी दफ़्तर में हो। यहाँ कोई गुस्ताख़ी से पेश नहीं आ सकता। समझे?"

"आप भी तो इस वक़्त सरकारी दफ़्तर में हैं। सिगरेट पीकर और चिल्लाकर हम सब के प्रति गुस्ताख़ी से पेश आ रहे हैं।" यह कहने से रास्कोलनिकोव को एक विचित्र सन्तोष प्राप्त हुआ।

हैडक्लर्क मुस्कराया। अफ़सर की बौखलाहट और भी बढ़ गयी। उसने चिल्लाकर कहा, "मुझसे तुम्हारा कोई सरोकार नहीं। अलैक्जाण्डर ग्रीगरोविच, ज़रा वह काग़ज़ तो इसे दिखाना। तुम्हारे ख़िलाफ़ शिकायत है कि तुम अपना क़र्ज नहीं अदा करते। यही तुम्हारी शराफ़त है?"

लेकिन रास्कोलनिकोव काग़ज़ पढ़ने में तल्लीन था। जब दो-तीन बार पढ़ने के बाद भी उसकी समझ में कुछ न आया तो उसने हैडक्लर्क से पूछा, "यह मामला क्या है?"

"यह आप पर जारी की गयी एक हुण्डी है। या तो आप अभी इसका भुगतान कीजिए, नहीं तो लिखकर दीजिए कि आप किस तारीख़ तक यह सारी रकम अदा कर देंगे। इस बीच आप न शहर छोड़कर जा सकते हैं, न अपना सामान कहीं छिपा सकते हैं या बेच सकते हैं, क्योंकि लेनदार अब आपके ख़िलाफ़ क़ानूनी कार्रवाई कर सकता है।"

"लेकिन मैंने...मैंने तो किसी से क़र्ज़ नहीं लिया।"

"इससे हमें कोई मतलब नहीं। एक सौ पन्द्रह रुबल का यह प्रोनोट आपने जारनित्सिन की विधवा को नौ महीने पहले दिया था और अब मिस्टर चैबारोव के पास है। इसीलिए तुम्हें बुलाया गया है।"

"लेकिन वह तो मेरी मकान-मालकिन है।"

"तो इससे क्या?"

हैडक्लर्क ने मुस्कराकर उसकी तरफ़ देखा। उस मुस्कान में सहानुभूति के साथ विजय की भावना भी थी, क्योंकि एक अनुभवहीन युवक उसकी पकड़ में आ गया था। वह रास्कोलनिकोव से पूछना चाहता था, "कहो, गुस्ताख़ी का मज़ा मिल गया न?"

लेकिन रास्कोलनिकोव को भला एक मामूली प्रोनोट की क्या परवाह थी? वह चुपचाप खड़ा रहा और यन्त्रवत् सब प्रश्नों का उत्तर देता रहा। उसके मन में एक गर्व-मिश्रित सुरक्षा की भावना व्याप रही थी। जिसके आगे उसे तर्क, भविष्य की चिन्ताएँ और सवाल-जवाब सब फीके मालूम दे रहे थे। इसी समय दफ़्तर में एक ऐसी घटना घटी जिससे रास्कोलनिकोव का दिल दहल गया। असिस्टेंट सुपरिंटेंडेंट अपने आहत गर्व की रक्षा के लिए उस फ़ैशनेबल महिला पर पिल पड़ा, जो न जाने कितनी देर से उसके चेहरे की ओर टकटकी लगाये बैठी थी।

"अरी ओ बेहया, छिनाल!" वह ज़ोर से गरजा (मातमी कपड़ों वाली महिला दफ़्तर से जा चुकी थी)। "कल रात तुम्हारे घर में कैसा शोर-गुल मच रहा था? तुमने सारे मोहल्ले का नाम बदनाम कर दिया है। पीना-पिलाना और फिर मारपीट फिर शुरू हो गयी? तुम जाकर ही मानोगी? मैं तुम्हें कम से कम दस बार चेतावनी दे चुका हूँ लेकिन तुम बाज़ नहीं आयीं। इस बार तुम...तुम..."

रास्कोलनिकोव के हाथ से काग़ज़ नीचे गिर पड़ा और वह भौचक्का होकर उस फ़ैशनेबल महिला की ओर देखने लगा, जिसका खुलेआम अपमान किया जा रहा था। लेकिन जल्द ही सारी बात उसकी समझ में आ गयी और उसका कौतूहल बढ़ गया। उसके मन में आया कि वह ज़ोर-ज़ोर से हँसे।

"इल्या पैत्रोविच" हैडक्लर्क कुछ कहने ही वाला था, लेकिन वह आगे न कह सका। वह अपने अनुभव से जानता था कि उसके अफ़सर को जब गुस्सा आता है तो उसे भगवान भी नहीं रोक सकते।

फ़ैशनेबल महिला पहले तो भय से काँपती रही, लेकिन ज्यों-ज्यों अफ़सर की गालियों की रफ़्तार बढ़ती गयी, त्यों-त्यों उसके चेहरे पर चंचल मुस्कान फैलती गयी। वह चुपचाप सारी बातें सुनने के बाद बोली, "कप्तान साहब, मेरे यहाँ किसी क़िस्म का कोई झगड़ा नहीं हुआ।" उसके उच्चारण में जर्मन का लहज़ा था। "मैं सच कहती हूँ, कप्तान साहब! मैं खुद बदनामी से बहुत डरती हूँ। लेकिन हिज़ औनर शराब के नशे में मेरे यहाँ आये। आते ही उन्होंने तीन बोतलें और माँगीं और एक पैर से प्यानो बजाने लगे। उनकी यह अशिष्टता मुझे बहुत बुरी लगी और मैंने उन्हें डाँट दिया। उन्होंने एक बोतल उठायी और सबको पीटना शुरू किया। इस पर मैंने चौकीदार को आवाज़ दी। कार्ल भी आ गया। कार्ल और हेनीरियट की आँखों में चोट लगी। उन्होंने मेरे गाल पर भी पाँच थप्पड़ लगाये। कप्तान साहब, आप ही बताइये, किसी शरीफ़ घर में क्या ऐसी बेहूदगी की जाती है? उन्होंने सड़कवाली खिड़की खोल दी और सूअर की तरह चिल्लाने लगे। छिः छिः कार्ल ने उनका कोट पकड़कर खींचा तो उन्होंने और ज़ोर से चिल्लाना शुरू कर दिया कि कार्ल ने उनका कोट फाड़ दिया है। और इसके बदले में उन्होंने पन्द्रह रुबल हर्ज़ाना माँगे।

मैंने उन्हें पाँच रूबल देकर पिण्ड छुड़ाया। कप्तान साहब, सिर्फ़ उनकी ही वजह से यह शोर-गुल मचा। उन्होंने जाते समय धमकी दी कि वे सारे अख़बारों में हमारी मिट्टी पलीद करके ही दम लेंगे।"

"अच्छा तो यह वह लेखक था?"

"हाँ कप्तान साहब, ऐसे बदमाशों को शरीफ़ घरों में बिलकुल नहीं जाना चाहिए।"

"अच्छा, अच्छा, बस करो। मैं तुम्हें कई बार कह चुका हूँ।"

"इल्या पैत्रोविच!" हैडक्लर्क ने समझाया, अफ़सर ने गुस्से से उसकी ओर देखा, हैडक्लर्क चुप रह गया।

"मैं तुम्हें आख़िरी बार चेतावनी दे रहा हूँ, शरीफ़जादी लुइज़ी इवानोव्ना कान खोलकर सुन लो! अगर फिर तुम्हारे यहाँ कभी शोरगुल हुआ तो सबसे पहले तुम्हें जेल की हवा खानी पड़ेगी। सुना? और यह लेखक भी ख़ूब था, जिसने तुमसे पाँच रूबल ले लिए। क्या साहित्यिक ऐसे होते हैं?"

उसने रास्कोलनिकोव पर एक क्रोधभरी नज़र डालते हुए कहा, "अभी कुछ दिन पहले एक रेस्तराँ में भी ऐसी ही घटना हुई थी। एक लेखक महोदय ने खाना तो खा लिया लेकिन पैसे नहीं चुकाये, और फ़रमाने लगे, 'मुझे तंग किया तो मैं एक लेख लिखकर इस रेस्तराँ की धज्जियाँ उड़ा दूँगा।' पिछले हफ़्ते एक लेखक स्टीमर में सफ़र कर रहा था। उसने एक बड़े प्रतिष्ठित अफ़सर की पत्नी और बेटी से गाली-गलौज शुरू कर दी। अभी हाल ही में एक लेखक को हलवाई की दुकान में से धक्के देकर बाहर निकाला गया। ये लेखक, विद्यार्थी, मुनादीवाले सब इसी तरह के होते हैं...श्रीमती जी, आप यहाँ से तशरीफ़ ले जायें, मैं ख़ुद किसी दिन आपके यहाँ आकर तहक़ीक़ात करूँगा। सुना?"

लुइज़ी इवानोव्ना आदरपूर्वक सब लोगों को अभिवादन करके बाहर चली गयी—लेकिन दरवाज़े में उसकी टक्कर जिला पुलिस के सुपरिंटेंडेंट निकोदिम फ़ोमिच से हो गयी जो सुनहरी मूँछों वाला ख़ूबसूरत आदमी था। लुइज़ी ने फ़र्श तक झुककर सलाम किया और बाहर चली गयी।

निकोदिम फ़ोमिच ने अपने सहकारी से मैत्रीपूर्ण स्वर में कहा, "देखता हूँ, तुम फिर किसी पर बरस रहे हो। सीढ़ियों में मैंने तुम्हारी गर्जना सुनी थी।"

इल्या पैत्रोविच ने शिष्टतापूर्वक उत्तर दिया, "तो फिर क्या हुआ?" वह हाथ में एक फ़ाइल लेकर दूसरी मेज़ पर चला गया और बोला, "ज़रा इधर इस विद्यार्थी की ओर देखिये, शायद यह लेखक भी है। इसने मकान-मालकिन को न किराया दिया है, न यह मकान खाली करता है। इसके ख़िलाफ़ बहुत-सी शिकायतें आ चुकी हैं। इसने अभी मेरे सिगरेट पीने पर भी ऐतराज़ किया था। जनाब की सूरत तो देखिये, कितने ख़ूबसूरत हैं आप!"

"ग़रीब होना कोई जुर्म नहीं है, दोस्त, तुम्हारे मिज़ाज का पारा एकदम चढ़ जाता है। तुम ज़रा-सी बात से चिढ़ जाते हो, फिर तुम्हें आगे-पीछे का ध्यान नहीं रहता।" फिर निकोदिम फ़ोमिच ने रास्कोलनिकोव की ओर देखा और कहा, "इल्या पैत्रोविच गुस्सैल ज़रूर है मगर उसका गुस्सा दूध के उफान की तरह है– फौरन चढ़ता है और फौरन उतर जाता है। लेकिन दिल में मेल नहीं रहता। रेजीमेंट में इसके साथी इसे बारूदी लेफ़्टीनेंट कहकर पुकारते थे..."

"वह रेजीमेंट भी ख़ूब थी!" इल्या पैत्रोविच ने इस मज़ाक से प्रसन्न होकर कहा।

रास्कोलनिकोव इस मौक़े पर कोई ख़ुशी की बात करना चाहता था। उसने निकोदिम फ़ोमिच को सम्बोधित करते हुए कहा, "आप मेरी हालत का अन्दाज़ नहीं लगा सकते...अनजाने में अगर मुझसे कोई बदतमीज़ी हो गयी हो, तो इसके लिए मैं माफ़ी चाहता हूँ। मैं ग़रीबी का मारा हुआ एक विद्यार्थी हूँ–पैसे की तंगी की वजह से मैंने पढ़ाई छोड़ दी है। लेकिन मुझे कुछ ही दिनों में पैसे मिल जायेंगे। ...मेरी माँ ने लिखा है कि वह मुझे पैसे भेजेगी–तभी मैं अपना कर्ज़ चुका दूँगा। मेरी मकान-मालकिन बड़ी दयालु स्त्री है, लेकिन पिछले चार महीनों से उसे किराया नहीं मिला। मेरी ट्यूशनें भी छूट गयी हैं, इसलिए उसने मुझे खाना भेजना भी बन्द कर दिया है...मुझे इस प्रोनोट की बात समझ में नहीं आयी। आप ही बताइये इस हालत में मैं कैसे क़र्ज़ चुका सकता हूँ...?

"इससे हमें कोई सरोकार नहीं।" हैडक्लर्क ने टिप्पणी की।

"माना कि आपको कोई सरोकार नहीं, लेकिन मुझे पूरी बात तो कह लेने दीजिए।" रास्कोलनिकोव ने निकोदिम फ़ोमिच, और विशेषरूप से इल्या पैत्रोविच की ओर देखते हुए कहा, जो जान-बूझ कर व्यस्तता का अभिनय कर रहा था, "मैं पिछले तीन सालों से उसी मकान में रह रहा हूँ...सच पूछिये तो शुरू में मैंने उसकी लड़की से शादी करने का वायदा किया था...सिर्फ़ जुबानी वायदा...मुझे उस लड़की से प्रेम नहीं था...इसे आप जवानी की उमंग कह सकते हैं। मेरे कहने का मतलब यह कि उन दिनों मेरी मकान मालकिन दिल खोलकर मुझे क़र्ज़ देती थी और मैं बड़ी लापरवाही से ख़र्च करता था...उन दिनों मैं...।"

"हमें तुम्हारे निजी मामलों में कोई दिलचस्पी नहीं।" इल्या पैत्रोविच ने विजेता के गर्व से कहा। लेकिन रास्कोलनिकोव ने उसकी बात सुने बग़ैर ही अपना कहना जारी रखा।

"माफ़ कीजिए, अपनी स्थिति को मैं ही जानता हूँ...यह सब कैसे हुआ? मैं आपसे सहमत हूँ कि यह बातें निजी और फ़िजूल हैं। पिछले बरस उस लड़की को टाइफ़स हो गया और वह चल बसी। मैं पहले की तरह मकान में रहता रहा। मकान-मालकिन ने...स्नेहपूर्वक मुझसे कहा कि उसे मुझ पर पूरा विश्वास है,

फिर भी बेहतर होगा अगर मैं उसे एक सौ पन्द्रह रूबल का प्रोनोट लिखकर दे दूँ। उसने मुझे विश्वास दिलाया था कि इसके बाद वह मुझे कभी तंग न करेगी, और न उस प्रोनोट का इस्तेमाल ही करेगी। अब...जब मेरे पास ट्यूशनें नहीं रहीं और मुझे खाना तक नसीब नहीं होता, उसने मेरे विरुद्ध क़ानूनी कार्रवाई की है। आप ही बताइये मैं क्या करूँ?''

इल्या पैत्रोविच ने उसे बीच में टोककर कहा, "इन सब क़िस्सों से हमें कोई मतलब नहीं। तुम्हें लिखकर वायदा करना होगा। तुम्हारे प्रेम-सम्बन्धों और दूसरी करुण कहानियों से हमें क्या सरोकार?"

"बस-बस...तुम बड़े कठोर हृदय हो।" निकोदिम फ़ोमिच ने लज्जित स्वर में कहा।

"लिखो।" हैडक्लर्क ने रास्कोलनिकोव को आदेश दिया।

"क्या लिखूँ?"

"मैं जो बोलूँ वही लिखो।"

रास्कोलनिकोव को लगा कि हैडक्लर्क उसे अत्यन्त क्षुद्र समझकर उसका अपमान कर रहा है। लेकिन अगले ही क्षण उसे अपने मान-अपमान की कोई चिन्ता न रही। उसे दुःख हुआ कि उसने अपनी कहानी उन लोगों को क्यों सुनायी। अगर उस समय कमरे में पुलिस अधिकारियों के बजाय उसके नज़दीकी रिश्तेदार मौजूद होते तब भी वह उनसे अपने मन की बात न कह सकता। उसके मन में एक विचित्र निराशा और अन्यमनस्कता भर गयी थी। इसका कारण इल्या पैत्रोविच का अपमानजनक व्यवहार या अपनी दरिद्रता का वर्णन नहीं था। ओह, अब उसे अपनी दुर्दशा, लोगों के अहंकार, अफ़सरों, औरतों और कर्ज़ों से क्या सरोकार रह गया था! इस समय अगर उसे ज़िन्दा जलाये जाने की सज़ा भी सुनायी जाती तो वह चुपचाप बैठा रहता। न जाने उसे क्या हो रहा था। उसे विश्वास हो गया कि वह पुलिस के अफ़सरों को अपनी भावुकता से प्रभावित नहीं कर सकता। अगर पुलिस अफ़सर न होकर वे उसके सगे भाई-बहन भी होते तो उन्हें समझाना भी उतना ही कठिन होता। ऐसे विचित्र संवेदन उसके मन में कभी नहीं पैदा हुए थे—ऐसे यन्त्रणाजनक संवेदन जो विचार के रूप में नहीं बल्कि तीव्र अनुभूति के रूप में उत्पन्न हुए थे।

हैडक्लर्क ने उससे लिखवाया कि वह अभी कर्ज़ अदा नहीं कर सकता और अमुक तारीख़ तक शायद कर सकेगा। इस बीच वह शहर छोड़कर नहीं जायेगा और न अपनी सम्पति बेचेगा, आदि-आदि।

"लेकिन तुम तो क़लम तक ठीक से हाथ में नहीं पकड़ सकते। क्या तुम्हारी तबियत ज़्यादा ख़राब है?"

"हाँ, मेरा सर चकरा रहा है। और क्या लिखना होगा?"

"बस, अब अपने दस्तख़त कर दो।"

हैडक्लर्क ने उससे काग़ज़ ले लिया और दूसरे काम में व्यस्त हो गया।

रास्कोलनिकोव ने क़लम लौटा दिया, लेकिन दफ़्तर से जाने की बजाय वह मेज़ पर कोहनियाँ टेक कर बैठ गया। उसे लगा जैसे उसकी खोपड़ी में कीलें ठोंकी जा रही हैं। उसके मन में एक विचित्र इच्छा उत्पन्न हुई। उसने चाहा कि निकोदिम फ़ोमिच से जाकर कल की सारी घटना बता दे और उसे अपने कमरे में जाकर सारी चीज़ें दिखा दे। वह सचमुच उठकर निकोदिम फ़ोमिच के पास जाने लगा। वह अपने मन का भार हल्का करना चाहता था। लेकिन निकोदिम फ़ोमिच और इल्या पौत्रोविच की बातचीत सुनकर उसके कदम ठिठक गये।

"देख लेना वे दोनों साफ़ छूट जायेंगे। सारी कहानी असंगतियों से भरी पड़ी है। अगर यह उनकी करतूत होती तो वे चौकीदार को क्यों बुलाते? क्या अपनी जान आफ़त में डालने के लिए? नहीं, इतनी चालाकी आसान नहीं है। इसके अलावा विद्यार्थी पेसृत्र्याकोव को दोनों चौकीदारों ने अपने तीन साथियों के साथ फाटक में घुसते देखा था। उस बेचारे को तो बुढ़िया के फ़्लैट का रास्ता तक मालूम नहीं था। भला ऐसा इरादा होता तो वह चौकीदार से पूछता? रही कौश की बात, तो वह पूरे पौने आठ बजे तक नीचे सुनार की दुकान में था। ज़रा सोचकर देखो..."

"लेकिन माफ़ कीजिए। आप मुझे सिर्फ़ एक बात बताइए। उन दोनों का कहना है कि जब वे दोनों ऊपर पहुँचे, उस समय दरवाज़ा भीतर से बन्द था। फिर तीन मिनट बाद जब वे चपरासी को लेकर लौटे तो दरवाज़ा कैसे खुला हुआ मिला? यह तो साफ़ बात है कि हत्यारा अन्दर छिपा होगा, और अगर कौश बेवकूफ़ी करके नीचे न चला जाता तो हत्यारा ज़रूर पकड़ा जाता। मौक़ा पाकर हत्यारा वहाँ से खिसक गया होगा। कौश बार-बार अपने शरीर पर क्रॉस का चिह्न बनाकर कहता है, 'अच्छा हुआ, ईश्वर ने मेरी जान बचा दी, नहीं तो वह ज़रूर कुल्हाड़ी से मेरा सर काट देता।" वह अपनी जान बचने की ख़ुशी में गिरजे में विशेष प्रार्थना का आयोजन कर रहा है...हा, हा, हा!

"लेकिन किसी ने हत्यारे को नहीं देखा!"

"मुमकिन है, न देखा हो, क्योंकि वह मकान निरी भूल-भुलैया है।" हैडक्लर्क ने राय दी।

"अब तुम्हारी समझ में बात आ गयी?" निकोदिम फ़ोमिच ने पूछा।

"जी नहीं, बात बिलकुल साफ़ नहीं हुई।" इल्या पैत्रोविच अपनी बात पर अड़ा रहा।

रास्कोलनिकोव अपना हैट उठाकर बाहर जाने लगा, लेकिन रास्ते में ही...।

जब उसे होश आया तो उसने देखा कि वह एक कुरसी पर बैठा है और उसके इई-गिर्द कई लोग खड़े हैं। उसे गिलास से पीले रंग की दवाई पिलाई जा रही थी।

निकोदिम फ़ोमिच उसके सामने खड़ा ग़ौर से उसके चेहरे की ओर देख रहा था। रास्कोलनिकोव कुरसी से उठ खड़ा हुआ।

"क्या तुम बीमार हो?" निकोदिम फ़ोमिच ने तेज़ आवाज़ में पूछा।

"लिखते समय भी इसके हाथ बुरी तरह काँप रहे थे।" हैडक्लर्क ने अपना काम शुरू करते हुए कहा।

"क्या तुम बहुत दिनों से बीमार हो?" इल्या पैत्रोविच ने ऊँची आवाज़ में पूछा। रास्कोलनिकोव को होश में आया देखकर वह उससे कुछ दूर हट गया था।

"मैं कल से बीमार हूँ।" रास्कोलनिकोव बुदबुदाया।

"कल तुम घर से बाहर निकले थे?"

"हाँ।"

"इस बीमारी की हालत में भी?"

"हाँ।"

"किस वक़्त?"

"सात बजे के क़रीब।"

"मैं पूछ सकता हूँ कि तुम कहाँ गये थे?"

"सड़क पर टहलने।"

"कैसा सीधा और संक्षिप्त जवाब है।"

रास्कोलनिकोव का चेहरा एकदम सफ़ेद पड़ गया। उसने अपनी बुखार से जलती हुई आँखों से इल्या पैत्रोविच की ओर देखकर कुछ कहा।

"यह बेचारा ठीक से खड़ा नहीं हो सकता, और तुम..." निकोदिम फ़ोमिच ने अपने सहकारी को समझाया।

"इसमें कोई हर्ज़ नहीं?" इल्या पैत्रोविच ने विचित्र ढंग से उत्तर दिया।

निकोदिम फ़ोमिच प्रतिवाद में शायद कुछ और भी कहता, लेकिन हैडक्लर्क के चेहरे का भाव देखकर वह चुप हो गया। कमरे में एक विचित्र चुप्पी छा गयी।

"अच्छी बात है, तुम जा सकते हो। हम तुम्हें और अधिक यहाँ नहीं रोकना चाहते।"

रास्कोलनिकोव उठकर बाहर आ गया। उसने सुना किउसके बाहर निकलते ही निकोदम फ़ोमिच ऊँची आवाज़ में उसके बारे में कोई सवाल पूछ रहा था।

गली में पहुँचते ही उसकी कमज़ोरी काफ़ूर हो गयी।

"तलाशी—अब फौरन मेरे कमरे की तलाशी होगी। उन ज़ालिमों को शक हो गया है।" इस विचार के साथ ही उसके मन पर आतंक छा गया।

2

मान लो, कहीं मेरे पहुँचने से पहले ही अगर वे वहाँ पहुँच गये, तब क्या होगा? रास्कोलनिकोव रास्ते में सोच रहा था।

लेकिन कमरे में पहुँचकर उसने देखा कि सब चीज़ें पूर्ववत् अस्त-व्यस्त पड़ी हैं, यहाँ तक कि नस्तास्या भी कमरे की सफ़ाई करने नहीं आयी थी। लेकिन वह सोचने लगा, उसने सब चीज़ें दीवार के छेद में छिपाने की मूर्खता क्यों की थी?

उसने कोने में जाकर सब चीज़ें निकालीं। कुल जमा आठ अदद थे, दो इयरिंग की डिबियाँ और चार छोटी चमड़े की डिबिया, बाक़ी चीज़ें अख़बार के काग़ज़ में लिपटी थीं, जिन्हें बिना देखे ही उसने कोट की ज़ेबों में डाल लिया और फिर बटुआ उठाकर वह कमरा खुला छोड़कर बाहर चला गया। थकान के बावजूद भी वह तेज़ कदमों से चल रहा था। उसे विश्वास था कि आधे घण्टे के भीतर ही पुलिस उसका पीछा करने पहुँच जायेगी, इसलिए उसे फौरन सारी चीज़ें कहीं छिपा देनी चाहिए, और डिबियों को कहीं फेंक देना चाहिए। लेकिन कहाँ...?

इसका फ़ैसला वह बहुत दिन पहले से ही कर चुका था। "नहर में फेंकने से किसी को पता तक न चलेगा।" यह बात उसने रात को भी सोची थी, लेकिन उन चीज़ों को रफ़ा-दफ़ा करना आसान न था। वह आधे घण्टे तक नहर के किनारे चक्कर काटता रहा, लेकिन चीज़ें फेंकने का साहस उसे न हुआ, क्योंकि किनारे पर किश्तियाँ खड़ी थीं और सीढ़ियों पर कुछ औरतें बैठी कपड़े धो रही थीं। चारों तरफ़ से लोगों की नज़रें उस पर पड़ सकती थीं और उसे नहर में चीज़ें फेंकते देखकर लोगों के मन में सन्देह होना स्वाभाविक था। मान लो अगर डिबिया डूबने की बजाय, सतह पर तैरने लगें, तब क्या होगा? उसे लगा, सब लोग उसकी ओर मुड़-मुड़कर देख रहे हैं, जैसे लोगों को इसके अलावा और कोई काम ही न हो। "हो सकता है यह मेरी कल्पना मात्र हो" उसने मन-ही-मन सोचा।

अन्त में उसे ख़्याल आया कि नेवा नदी के किनारे जाना अधिक उपयुक्त होगा। वहाँ भीड़भाड़ भी कम होती है, और लोगों की नज़रें भी उस पर नहीं पड़ेंगी। उसे इस बात पर गुस्सा आया कि उसने इतना समय व्यर्थ ही सोच-विचार में क्यों नष्ट कर डाला। वह इस समय भुलक्कड़ और उदासीन हो गया था। साथ ही वह यह भी जानता था कि उसे और अधिक समय न खोकर फौरन अपनी योजना पूरी करनी चाहिए।

वह नदी की ओर चल पड़ा, लेकिन रास्ते में वह सोचने लगा, "नदी किनारे इस वक़्त जाने से क्या फ़ायदा? क्यों न नहर के किनारे वापस जाकर किसी झाड़ी के नीचे सब चीज़ें छिपा दूँ और उस जगह पर निशान भी लगा दूँ।" वह कोई स्पष्ट निर्णय करने में असमर्थ था, फिर भी उसे यह योजना बहुत पसन्द आयी। लेकिन उसकी क़िस्मत में लौटकर जाना नहीं लिखा था। नदी के किनारे उसे दो इमारतों के बीच एक ख़ाली जगह दिखायी दी, जहाँ हर तरह की गन्दगी का ढेर लगा हुआ था। कोने में पत्थर का बना हुआ एक टूटा-फूटा ओसारा था, जो शायद किसी वर्कशॉप के पिछवाड़े का हिस्सा था। सारी जगह कोयले की छान से काली हो रही थी। उसने सोचा, इससे अच्छी जगह कहाँ मिलेगी। आस-पास कोई न था। उसने फाटक के पास एक गड्ढा देखा। आमतौर पर गाड़ीवानों और मज़दूरों के बाडों में अकसर ऐसे गड्ढे होते हैं। दीवार के ऊपर खड़िया से लिखा था, "यहाँ पर खड़ा होना सख़्त मना है।" उसने सोचा, "अच्छा है, किसी को मुझ पर शक नहीं होगा। मैं सब ख़ाली डिबिया यहाँ फेंककर जा सकता हूँ।" उसने ज़ेबों में हाथ डालकर एक बार फिर चारों ओर नज़र दौड़ायी। गड्ढे और दीवार के बीच में एक खुरदरा पत्थर रखा था जिसका वज़न मन भर के क़रीब होगा। दीवार के पार गली थी, जिसमें से आने जाने वालों की आवाज़ उसे साफ़ सुनायी दे रही थी। उसने निश्चय किया कि उसे जल्द ही अपना काम करके वहाँ से चल देना चाहिए।

उसने अपनी पूरी ताक़त लगाकर पत्थर को एक ओर सरकाया। पत्थर के नीचे ज़मीन में एक गड्ढ़ा था। उसने फौरन सारी डिबियाँ ज़ेबों से निकालकर उस गड्ढे में भर दीं। सब से ऊपर बटुआ रखकर उसने पत्थर को फिर अपनी जगह पर सरका दिया। अब उसकी चीज़ें बिलकुल सुरक्षित थीं।

इसके बाद वह सड़क पर चला आया। इस समय वह प्रसन्नता से गद्गद हो रहा था। सुबह पुलिस के दफ़्तर में भी शुरू में उसे ऐसी ही प्रसन्नता हुई थी। 'अब किसी के पास क्या सबूत हो सकता है? भला पत्थर के नीचे झाँककर देखने का ख़्याल किसे आयेगा? शायद जब से यह इमारत बनी है, तब से वह पत्थर वहाँ ज्यों का त्यों पड़ा है और न जाने कब तक यों ही पड़ा रहेगा। अगर यह चीज़ें बरामद

हो भी गयीं तो मुझ पर शक किसे होगा? मैंने सारे सबूत नष्ट कर दिये हैं। उसे मन-ही-मन अपनी जीत पर हँसी आ गयी, और वह मुस्कराता हुआ आगे बढ़ने लगा। लेकिन जब वह पार्क के नज़दीक पहुँचा, जहाँ उसने परसों उस अभागी लड़की को देखा था, तो उसकी हँसी रुक गयी और कई तरह के विचार उसके मन में उठने लगे। उसे लगा कि वह कभी उस बेंच के निकट नहीं गुज़र सकेगा, जहाँ वह परसों बैठा था और न उस मूँछों वाले कान्स्टेबल की सूरत देख सकेगा, जिसे उसने बीस कोपेक दिये थे। वह पार्क की ओर एक क्षोभ-भरी दृष्टि डालकर आगे चल पड़ा। इस समय उसे लगा कि उसकी विचारधारा किसी विशेष बिन्दु पर केन्द्रित होती जा रही है। दो महीने बाद आज पहली बार उसे इस बात का अनुभव हुआ कि उसके विचारों का भी कोई केन्द्र हो सकता है!

"भाड़ में जाये यह सब।" उसे गुस्सा आ गया, "जो होना था सो हो चुका, अब मेरी ज़िन्दगी नये सिरे से शुरू हो गयी। हे ईश्वर...मैंने आज कितने झूठ बोले हैं। बेचारे इल्या पैत्रोविच से बिना कारण ही मैं उलझ पड़ा। लेकिन इससे क्या बनता-बिगड़ता है। मुझे उनकी क्या परवाह है, और उन्हें मेरी क्या परवाह हो सकती है? नहीं, यह बात नहीं है। मैं तो कोई और बात सोच रहा था।"

सहसा वह ठिठक गया। एक अत्यन्त सीधा-सादा और अप्रत्याशित प्रश्न उसे परेशान करने लगा।

"अगर मैंने यह सब पागलपन में नहीं, बल्कि जान-बूझकर किया है, अगर सचमुच मेरे सामने कोई निश्चित उद्देश्य था तो फिर मैंने बटुए को खोलकर भी क्यों नहीं देखा? क्या इसीलिए मैंने इतनी मानसिक यन्त्राणायें सही हैं और इतना जघन्य कार्य किया है? अभी कुछ देर पहले तो मैं सारी की सारी चीज़ों को बिना सोचे-समझे नदी में फेंकने के लिए तैयार हो गया था...ऐसा क्यों हुआ?"

लेकिन यह सब तो हुआ ही था और यह सब उसे पहले से ही मालूम था। यह कोई नयी समस्या नहीं थी। परसों रात को निश्चय करते समय भी उसे मालूम था कि यह सब होने वाला था...वह सब कुछ जानता-समझता था, यहाँ तक कि कल सन्दूक में से गहने निकालते समय भी यह बात उसके मन में उठी थी। यह सब सच था।

"शायद मैं बहुत बीमार हूँ, और अत्यधिक चिन्ता ने मेरा मानसिक सन्तुलन गड़बड़ा दिया है। मुझे पता नहीं मैं क्या कर रहा हूँ...परसों से, शायद उससे भी पहले से सिर्फ़ एक ही बात के बारे में सोचता रहा हूँ...जब मैं स्वस्थ हो जाऊँगा तो शायद इन चिन्ताओं से भी मुक्ति मिल जायेगी...लेकिन अगर मेरी हालत न सुधरी तब? हे ईश्वर! इस सारे काँण्ड से मेरे मन में कितनी ग्लानि पैदा हो गयी है। वह लगातार चलता जा रहा था। उसे अपना ध्यान बँटाने के लिए किसी चीज़

की सख़्त ज़रूरत थी, लेकिन किसकी, यह वह स्वयं भी नहीं जानता था। एक विचित्र और तीव्र अनुभूति ने उसे जकड़ लिया था। अपने आस-पास की हर चीज़ को देखकर उसके मन में भयंकर ग्लानि हो रही थी। आने जाने वाले हर आदमी की सूरत और चाल से उसके मन में घृणा उत्पन्न हो जाती थी। अगर इस समय कोई उससे बात करना चाहता तो वह निश्चय ही उसके मुँह पर थूक देता या उसे काट खाता।

वैसीलेव्स्की अस्त्रोव के पुल के पास आकर उसके कदम रुक गये और वह सोचने लगा : "अरे राजुमिहिन भी तो यहीं रहता है...मैं जान-बूझ कर इस ओर आ निकला हूँ या मेरी टाँगें मुझे बरबस इधर खींच लायी हैं? कोई हर्ज़ नहीं। परसों मैंने निश्चय किया था कि मैं आज के रोज़ आकर उसे मिलूँगा। अच्छा हुआ, मैं आ गया। अब मैं और आगे नहीं चल सकता।"

पाँचवी मंज़िल पर पहुँचकर उसने एक दरवाज़ा खटखटाया।

राजुमिहिन उस समय अपनी कोठरी में बैठा कुछ लिख रहा था। उसने उठकर दरवाज़ा खोला। पिछले चार महीनों से दोनों दोस्तों में मुलाकात नहीं हुई थी। राजुमिहिन ने एक फटा-पुराना ड्रेसिंग गाउन पहन रखा था। उसके पैरों में मोजे तक न थे। बिना हज़ामत के उसकी दाढ़ी बढ़ आयी थी।

"अरे तुम!" उसने चकित दृष्टि से रास्कोलनिकोव को सर से पाँव तक देखा। फिर ख़ुशी से सीटी बजायी। "तुम्हारा हुलिया क्या से क्या हो गया है। तुमने मुझसे मिलना-जुलना एकदम छोड़ रखा है, आख़िर क्यों? बैठ जाओ, तुम बहुत थके मालूम होते हो।"

रास्कोलनिकोव टूटे हुए सोफ़े पर बैठ गया। उसके दोस्त ने कहा, "तुम बहुत ज़्यादा बीमार हो।" और वह उसकी नाड़ी देखने लगा। रास्कोलनिकोव ने झटककर अपना हाथ अलग कर लिया।

"घबराने की कोई बात नहीं है। मैं इसीलिए तुम्हारे पास आया हूँ। इन दिनों मेरे पास कोई ट्यूशन नहीं है...मैं चाहता था...लेकिन अब मैं ट्यूशनें नहीं चाहता।"

"अरे तुम्हें तो सरसाम हो गया मालूम होता है।" राजुमिहिन ने घबराकर कहा।

"नहीं, मैं बिलकुल ठीक हूँ।" कहकर रास्कोलनिकोव उठकर खड़ा हो गया। राजुमिहिन के घर की सीढ़ियाँ चढ़ते हुए उसने कल्पना न की थी कि सचमुच उन दोनों की मुलाकात होगी। इस समय वह किसी से भी बातचीत करने की मूड में नहीं था। उसे रह-रहकर अपने ऊपर क्रोध आ रहा था।

"गुडबाई।" वह सहसा उठकर दरवाज़े की ओर चल दिया।

"ठहरो, ठहरो! तुम बड़े सनकी हो।"

"मैं नहीं ठहरना चाहता।" कहकर उसने अपना हाथ छुड़ा लिया।

"तो फिर तुम यहाँ आये किसलिए थे? पागल तो नहीं हो गये?...इसमें तो मेरा अपमान है! मैं तुम्हें इस तरह हर्गिज़ नहीं जाने दूँगा।"

"मैं तुम्हारे पास इसलिए आया था कि तुम्हारे सिवा कोई मेरी मदद नहीं कर सकता...क्योंकि तुम हमदर्द हो। मेरा मतलब है कि समझदार हो। तुम्हारा दिमाग़ तेज़ है...लेकिन अब मैं सोचता हूँ कि मुझे कुछ नहीं चाहिए, सुना तुमने? कुछ नहीं चाहिए...न किसी की मदद और न किसी की हमदर्दी। मैं अकेला ही सब समझ लूँगा...अकेला। बस बस, मेरा हाथ न पकड़ो।"

"अमाँ, एक मिनट रुको तो सही! इस समय तुम बिलकुल पागल दिखायी दे रहे हो। इन दिनों मेरे पास भी कोई ट्यूशन नहीं है, लेकिन मैं इसकी परवाह नहीं करता। मुझे पुस्तक विक्रेता हैरूवीमोफ़ का बड़ा सहारा है। वह आजकल विज्ञान की पुस्तकें छाप रहा है और वे धड़ाधड़ बिक रही हैं। किताबों के शीर्षक भी बड़े आकर्षक हैं। तुम मुझे हमेशा मूर्ख समझते रहे। लेकिन ईश्वर की क़सम, दुनिया में मुझसे बड़े मूर्ख भी हैं। सच पूछो तो इस योजना में मेरा बड़ा हाथ रहा है। यह देखो, दो जर्मन पुस्तकों के शीर्षक। कितने बेहूदा हैं। लेखक ने प्रश्न पूछा है कि क्या स्त्री इन्सान होती है और साबित किया है कि हाँ वह इन्सान होती है। हैरूवीमोफ़ नारी-स्वातन्त्र्य के प्रचार के बहाने इस पुस्तक को छापेगा और मैं इसका अनुवाद करूँगा। हम इसके शीर्षक को और भी लम्बा-चौड़ा करके छापेंगे और क़ीमत रखेंगे सिर्फ़ आधा रूबल। फिर तुम देखना! मुझे इसकी भूमिका का अनुवाद करने के छह रुबल मिल चुके हैं। इस पुस्तक के बाद ह्वेल मछलियों के बारे में एक पुस्तक का अनुवाद छपेगा। उसके बाद रूसो की पुस्तक 'कन्फेशन्स' में से चटपटे परिच्छेद हमने पहले से ही चुन रखे हैं। किसी ने हैरूवीमोफ़ के दिमाग़ में यह बात बैठा दी है कि रूसो दूसरा रैडीशेव था। भला मैं क्यों इस बात का खण्डन करता? भाड़ में जाये प्रकाशक। अच्छा तो यह बताओ तुम 'क्या औरत इन्सान है? की भूमिका के दूसरे भाग का अनुवाद कर दोगे? अगर करना चाहो तो फौरन काग़ज़ क़लम लेकर बैठ जाओ! काग़ज़-कलम प्रकाशक की ओर से मुफ़्त मिलता है और यह लो तीन रूबल। मुझे छै रूबल पेशगी मिले थे, आधा हिस्सा तुम्हारा सही। भूमिका पूरी करने के बाद तुम्हें तीन रूबल और मिलेंगे। यह मत सोचना कि मैं तुम पर मेहरबानी कर रहा हूँ। सच पूछो तो मैं किसी सहयोगी की तलाश में था। मेरी लिखावट बड़ी अशुद्ध है और मेरा जर्मन भाषा का ज्ञान भी पर्याप्त नहीं है। इस समय किसी न किसी तरह गुज़ारा तो करना ही है। शायद कभी अच्छे दिन भी आयेंगे। तो तुम अनुवाद करोगे न?"

रास्कोलनिकोव ने चुपचाप पुस्तक और तीन रूबल ले लिए और वहाँ से चला आया। राजुमिहिन भौचक्का होकर उसकी ओर ताकता रहा लेकिन दूसरी गली के पास पहुँचकर रास्कोलनाकिव फिर लौट आया और उसने जर्मन पुस्तक और तीन रूबल मेज़ पर रख दिये।

राजुमिहिन ने गुस्से में भरकर कहा, "यह क्या नाटक खेल रहे हो? तुम सचमुच पागल हो गये हो क्या और अपने साथ मुझे भी पागल बनाना चाहते हो? तुम यहाँ किस लिए आये थे?"

"मैं अनुवाद...नहीं चाहता।" रास्कोलनिकोव सीढ़ियों से नीचे उतरते हुए बुदबुदाया।

"आख़िर तुम चाहते क्या हो?" राजुमिहिन ने चिल्लाकर पूछा।

रास्कोलनिकोव ने कोई उत्तर दिया। वह नीचे उतरने लगा।

"अरे सुनो तो, तुम रहते कहाँ हो?"

"इसका भी कोई उत्तर न मिला।

"तो आओ जहन्नुम में!"

लेकिन रास्कोलनिकोव गली में आ पहुँचा था। निकोलाईव्स्की पुल से गुज़रते समय एक अप्रिय घटना हुई। एक गाड़ीवान ने उसे दो-तीन बार चिल्लाकर एक ओर हट जाने के लिए कहा, लेकिन रास्कोलनिकोव ने उसकी आवाज़ नहीं सुनी। इस पर गाड़ीवान ने सड़ाक से उसकी पीठ पर एक चाबुक दे मारी। रास्कोलनिकोव क्षुब्ध होकर रेलिंग के पास जा खड़ा हुआ (किसी अज्ञात कारण से वह अभी तक भीड़ के बीचोंबीच चल रहा था) वह क्रोध से दाँत पीसने लगा। उसे देखकर लोग फब्तियाँ कसने लगे। "अब बच्चू की अक़्ल ठिकाने आयी!"

"ज़रूर यह कोई ज़ेबकतरा है!"

"जान-बूझकर गाड़ी के नीचे आना चाहता था, जी! शराबी बनने की कोशिश कर रहा है!"

"कई लोगों ने यह पेशा बना रखा है!"

लेकिन जब वह रेलिंग के पास खड़ा अपनी पीठ सहला रहा था तो उसे लगा कि किसी ने उसकी हथेली पर कुछ सिक्के रख दिये हैं। उसने मुड़कर देखा, एक बुढ़िया और उसकी बेटी, जिसके हाथ में हरे रंग का छाता था, उसके पीछे खड़ी थीं।

"लो यह लो, प्रभु यीशु तुम्हारा भला करेंगे।"

रास्कोलनिकोव ने सिक्के ले लिए और दोनों औरतें आगे निकल गयीं। उसके फटे हुए कपड़ों को देखकर उन्होंने उसे भिखारी समझा था और उसकी पीठ पर चाबुक पड़ते देखकर उन्हें दया आ गयी थी। इसलिए वे उसे बीस कोपेक दे गयी थीं।

रास्कोलनिकोव ज़ोर से मुट्ठी भींचकर नेवा नदी के किनारे आकर खड़ा हो गया और राजमहल की ओर देखने लगा। आकाश में एक भी बादल न था। नदी का पानी भी गहरे नीले रंग का था। धूप में गिरजे की गगनचुम्बी नुकीली मीनार चमक रही थी और निर्मल आकाश में उस पर की गयी पच्चीकारी साफ़ दिखायी दे रही थी। रास्कोलनिकोव की पीठ का दर्द कम हो गया था और वह किसी नये अज्ञात विचार में डूबा हुआ शून्य दृष्टि से नदी के पार देख रहा था। अपने विद्यार्थी जीवन में वह सैकड़ों बार इस स्थान पर आकर खड़ा हुआ था, और उस शानदार दृश्य को देखकर उसके मन में असंख्य रहस्यमयी भावनाएँ उठी थीं। यहाँ पहुँचते ही वह गुमसुम हो जाता था। वह वैभवशाली सौन्दर्य उसे न जाने क्यों निर्जीव मालूम देता था—इस पहेली का वह कभी अर्थ नहीं समझ पाया था। वही पुराने विचार आज भी उसके मन में उठ रहे थे। उसे यह विचित्र मालूम हुआ कि वह कैसे अनजाने में ही अपने चिरपरिचित स्थान पर आकर खड़ा हो गया और कैसे वही विचार फिर उसके दिमाग़ में आने लगे, जो पहले भी आया करते थे...सिर्फ़ कुछ दिन पहले। उसका हृदय कचोट उठा। उसका सारा अतीत, पुराने विचार, समस्याएँ और संवेदन उसकी स्मृति में ताज़े हो गये, सब चीज़ें...। उसे लगा कि वह आकाश में उड़ा जा रहा है और पुरानी तस्वीरें एक-एक करके मिटती जा रही हैं। सहसा उसे अपनी मुट्ठी में बन्द सिक्कों का स्पर्श अनुभव हुआ। उसने सिक्के नदी में फेंक दिए और घर की ओर चल पड़ा। उस क्षण उसे लगा जैसे उसने सारे संसार से अपना नाता तोड़ लिया हो। छह घण्टे आवारागर्दी के बाद शाम को वह कैसे और किस रास्ते से घर पहुँचा, इसका उसे होश नहीं था। घर पहुँचते ही उसने कपड़े उतारे और थके-माँदे घोड़े की तरह सोफ़े पर गिर पड़ा। ओवरकोट ओढ़कर वह स्मृतियों में विलीन हो गया...। अँधेरा होने पर किसी की चीख़ सुनकर उसकी नींद खुल गयी। हे ईश्वर, कैसी भयानक चीख़ थी वह! नीचे से किसी के रोने-चिल्लाने, गाली बकने और मारपीट की आवाज़ें आ रही थीं।

रास्कोलनिकोव ने ऐसी खौफ़नाक आवाज़ें कभी नहीं सुनी थीं। ये आवाज़ें और भी तेज़ होती गयीं। इनमें मकान-मालकिन की आवाज़ भी शामिल थी। वह ऊँचे स्वर में अनाप-शनाप बक रही थी। उसके सारे शब्द तो सुनायी नहीं दे रहे थे, लेकिन यह स्पष्ट था कि कोई ज़ीने में खड़ा होकर उसे पीट रहा था और वह मिन्नत-चिरौरी कर रही थी। एक खौफ़नाक मर्दानी आवाज़ भी सुनायी दे रही थी। सहसा रास्कोलनिकोव पत्ते की तरह काँपने लगा। उसने मर्दानी आवाज़ को पहचान लिया था। वह आवाज़ इल्या पैत्रोविच की थी। इल्या पैत्रोविच उसी घर में आकर मकान-मालकिन को पीट रहा था, और बार-बार बुढ़िया का सर सीढ़ी पर पटक रहा था!

यह कैसे हुआ? दुनिया में कैसा अँधेर मचा है! आस-पास के मकानों के लोग भी वहाँ जमा हो गये थे और उसे दरवाज़े लड़खड़ाने, ज़ीनों में लोगों के आने-जाने और उनकी आवाज़ें सुनायी देने लगीं। "लेकिन यह सब क्या हो रहा है?" वह सोच रहा था। उसे लगा कि यह सचमुच पागल हो गया है। नहीं, यह उसका भ्रम नहीं था। "अगले ही क्षण सब लोग ऊपर आ जायेंगे, निश्चय ही...यह सारा शोरगुल कल...वाली घटना...हे ईश्वर।" वह शायद उठकर दरवाज़े की सिटकनी बन्द कर लेता, लेकिन उसके हाथों में हिलने-डुलने तक की शक्ति नहीं रही थी। फिर ऐसा करना व्यर्थ भी तो होता। आतंक से उसका हृदय बरफ़ की तरह ठंडा हो गया...लेकिन यह सारा शोरग़ुल दस मिनट के बाद धीमा पड़ने लगा। मकान-मालकिन अब भी कराह रही थी। इल्या पैत्रोविच गालियाँ बके जा रहा था...कुछ देर बाद वह भी चुप हो गया। "क्या वह सचमुच यहाँ से चला गया?" हाँ, मकान-मालकिन भी रोती बिलखती हुई चली गयी थी...उसके कमरे का दरवाज़ा बन्द होने की आवाज़ आयी थी। लोग भी ऊँचे स्वर में बहसें करते हुए और कुछ फुसफसाते हुए अपने घरों में लौट रहे थे। शायद सारे ब्लॉक के लोग वहाँ जमा हो गये थे। "लेकिन यह सब कैसे हआ? वह यहाँ क्यों आया था? क्यों? क्यों?"

रास्कोलनिकोव थकान से चूर होकर फिर सोफ़े पर लेट गया। लेकिन वह अपनी आँखें न बन्द कर सका। एक घण्टे तक उसके मन में आतंक छाया रहा। सहसा उसके कमरे में तेज़ रोशनी फैल गयी। नस्तास्या हाथ में मोमबत्ती और शोरबे का प्याला लेकर उसके कमरे में आयी। उसकी ओर ग़ौर से देखते हुए नस्तास्या ने खाने की चीज़ें मेज़ पर रख दीं।

"मैं जानती हूँ कि तुमने कल से कुछ नहीं खाया। आज दिन भर तुम भटकते फिरे हो और अब बुखार से काँप रहे हो।"

"नस्तास्या...वे लोग मकान-मालकिन को किस लिए पीट रहे थे?"

"मकान-मालकिन को कौन पीट रहा था?"

"अभी...आध घण्टे पहले। असिस्टेंट सुपरिंटेंडेंट इल्या पैत्रोविच जीने में खड़ा था... वह मकान-मालकिन को इस तरह क्यों सता रहा था?... वह यहाँ क्यों आया था?"

नस्तास्या चुपचाप उसके चेहरे की ओर ताकती रही। उसे अपनी ओर इस तरह घूरते देखकर रास्कोलनिकोव भयभीत हो उठा।

"नस्तास्या, तुम बोलती क्यों नहीं?" उसने क्षीण स्वर में पूछा।

"इसकी वजह ख़ून है, उसने धीरे से उत्तर दिया। ख़ून? कैसा ख़ून?" रास्कोलनिकोव का चेहरा सफ़ेद पड़ गया और उसने अपना मुँह दूसरी ओर फेर लिया।

नस्तास्या चुपचाप उसकी ओर ताकती रही।

"मकान-मालकिन को तो किसी ने नहीं पीटा।" उसने अन्त में दृढ़ स्वर में कहा।

वह भौचक्का हो गया। उसकी साँस फूलने लगी।

"मैंने खुद सारी बातें सुनी हैं...मैं सोया नहीं था...मैं बैठा था।" सहसा उसका स्वर क्षीण हो गया, "मैं बहुत देर तक सुनता रहा...जब असस्टिंट सुपरिंटेंडेंट आया... आस-पड़ोस के फ़्लैटों के सब लोग ज़ीनों से उतरकर जमा हो गये थे।"

"यहाँ तो कोई नहीं आया। तुम्हारे सर में ख़ून चढ़ गया है जिससे तुम्हारे कान बजते हैं। जब सर मैं ख़ून जम जाता है, तब आदमी इस तरह की कल्पनाएँ करने लगता है। तुम कुछ खाओगे न?"

वह चुप रहा। नस्तास्या उसके पास खड़ी उसको ध्यान से देखती रही।

"मुझे प्यास लगी है...नस्तास्या!"

नस्तास्या नीचे जाकर सफ़ेद मिट्टी की सुराही में पानी ले आयी। रास्कोलनिकोव ने ठंडे पानी का एक घूँट पिया। कुछ पानी उसने अपनी गर्दन पर गिरा लिया और इसके साथ ही विस्मृति के गर्त में खो गया।

3

वह बेहोश नहीं हुआ था, लेकिन तेज़ बुखार के कारण उसे सरसाम हो गया था। बीच-बीच में जब उसे होश आता था तो उसे लगता था जैसे बहुत से लोग उसे घेरे खड़े हैं और उसे कहीं ले जाना चाहते हैं। उसे लगता कि कमरे में बहसें छिड़ी हैं और फिर सब लोग उसे अकेला छोड़कर बग़ल के कमरे में चले गये हैं और वहाँ उसके ख़िलाफ़ षड्यन्त्र रच रहे हैं। उसे धमका रहे हैं और उसका मज़ाक उड़ा रहे हैं। उसने नस्तास्या को अपने सिरहाने बैठा देखा। उसके साथ एक व्यक्ति और भी था, जिसे वह अच्छी तरह जानता था, लेकिन पहचान नहीं पा रहा था। इस बात से क्षुब्ध होकर उसे रोना आ गया। कभी उसे लगता कि वह एक महीने से बीमार है। लेकिन उस बात की उसे कोई याद न थी हालाँकि उसने महसूस किया था कि कोई ज़रूरी बात उसे भूल गयी है जिसे वह याद करना चाहता है। उसने समस्त शक्ति से उस बात को स्मृति में लाने की कोशिश की और वह गुस्से में आकर चीख़ने-चिल्लाने लगा और आतंकित हो उठा। फिर उसने चारपाई से उठकर भागने की भी कोशिश की, लेकिन किसी ने उसे ज़ोर से पकड़ लिया। वह फिर अशक्त होकर विस्मृति के गर्त में खो गया। आख़िर उसे होश आया।

सुबह के दस बजे थे। सुहावने मौसम के दिनों में उसके कमरे में धूप आ जाती थी। इस समय उसने नस्तास्या को एक अपरिचित युवक के साथ अपने सिरहाने खड़ा देखा। युवक की दाढ़ी बढ़ी हुई थी। और वह एक ऊँची-सी वास्कट पहने हुए था। मकान-मालकिन अधखुले दरवाज़े के पीछे से झाँक रही थी। रास्कोलनिकोव उठकर बैठ गया।

"नस्तास्या, यह आदमी कौन है?"

"इसे होश आ गया?"

"हाँ।" अपरिचित युवक ने उत्तर दिया।

उसे होश में आया देखकर, मकान-मालकिन दरवाज़ा बन्द करके चली गयी।

वह शर्मीले स्वभाव की स्त्री थी और वह बातचीत और बहस से बहुत घबराती थी। वह चालीस बरस की हृष्ट-पुष्ट स्त्री थीं। उसकी आँखें काली थी। मुटापे और आलस्य ने उसे हँसमुख बना दिया था। बात करते समय उसका मुँह रह-रहकर शर्म से लाल हो जाता था।

"तुम कौन हो?" रास्कोलनिकोव ने सामने खड़े युवक से पूछा। इसी समय कमरे का दरवाज़ा खुला और राजुमिहिन भीतर दाख़िल हुआ।

"बाप रे! कितनी तंग कोठरी है। मेरा सर छत से टकरा रहा है। इसी को तुम आदमी के रहने की जगह कहते हो? पूरा सूअर का दरबा है। अच्छा हुआ, तुम्हें होश आ गया। मुझे अभी पाशेन्का ने बताया।"

"हाँ, इसे होश तो अभी-अभी आया है।" नस्तास्या ने समर्थन किया।

"जी हाँ" अपरिचित युवक ने मुस्कराकर कहा।

राजुमिहिन ने युवक को अपना परिचय दिया, "मेरा नाम वराजुमिहिन है, लेकिन लोग ग़लती से मुझे राजुमिहिन कहते हैं। मैं विद्यार्थी हूँ और एक शरीफ़ आदमी हूँ। यह मेरा दोस्त है। आप कौन है?"

"मैं व्यापारी शेलोपेव की फर्म में काम करता हूँ और किसी काम से यहाँ आया था।"

"मेहरबानी करके बैठ जाइये। आपने आकर बड़ी कृपा की।" फिर राजुमिहिन ने रास्कोलनिकोव से कहा, "चार दिन से तुमने कुछ खाया-पीया नहीं है। हम लोग चम्मच से तुम्हें चाय पिलाते रहे हैं। ज़ोसीमोव भी दो बार तुम्हें देखने आया था। डॉ. ज़ोसीमोव को जानते हो न? वह कहता था कि घबराने की कोई बात नहीं, कोई चिन्ता तुम्हारे मन में समा गयी थी। इस बीच तुमने ठीक से खाया पीया नहीं, ख़ासकर बियर और मूलियाँ तुम्हें नहीं मिलीं। चिन्ता की कोई बात नहीं। तुम ठीक हो जाओगे। ज़ोसीमोव बड़ा शानदार आदमी है। आजकल उसने बड़ा नाम पा लिया है।" फिर उसने अपरिचित युवक से पूछा, "कहिए, आप किस काम से आये हैं? आपके दफ़्तर से पहले भी एक आदमी आया था।"

"जी हाँ, परसों अलैक्सी सेम्युनोविच आये थे। वे भी हमारे दफ़्तर में काम करते हैं।"

"लेकिन आपको मानना पड़ेगा कि वे आप से कहीं ज़्यादा अक़्लमन्द हैं।"

"जी हाँ, वे मुझसे बड़े भी तो हैं।"

"ठीक है।"

"आपकी माँ के आग्रह पर अफैन्सी इवानोविच वैरुशिन ने हमारे दफ़्तर से आपको कुछ रकम भिजवाई है।" युवक ने रास्कोलनिकोव से कहा। "अगर आपकी तबियत ठीक हो तो आप पैंतीस रूबल मुझसे ले सकते हैं। आप अफैन्सी इवानोविच को जानते हैं न?"

"हाँ, जानता हूँ...वैरुशिन।" रास्कोलनिकोव ने स्वप्निल ढंग से कहा।

"अब तो आपने इसकी सुधरी हुई हालत देख ली। आपकी अक़्लमन्दी की बातें सुनकर बहुत आश्चर्य हुआ है।" राजुमिहिन ने युवक को डाँटा।

"आप ठीक समझे हैं, वैरुशिन ने ही आपकी माँ के अनुरोध को सदा की तरह स्वीकार करते हुए सेम्योन सेम्योनोविच को आदेश भेजा है कि वे आपको पैंतीस रूबल दे दें। उन्होंने और रकम भेजने की आशा भी दिलायी है।"

"और भी भेजेंगे? बहुत ख़ूब, यह बात मुझे पसन्द आयी। लेकिन क्या आपको रोद्या की तबियत अच्छी दिखायी दे रही है?"

"कोई हर्ज़ नहीं। ये अगर इस रसीद पर दस्तख़त कर सकें तो रकम मैं इनके हवाले कर सकता हूँ।"

"बेचारा किसी तरह मरते-गिरते दस्तख़त तो कर ही देगा। रसीद बुक तुम्हारे पास है?"

"जी हाँ, यह रही।"

"लाओ। लो रोद्या, ज़रा उठकर बैठ जाओ। ठहरो, मैं तुम्हें सहारा देकर बैठाता हूँ। मेरे भाई, सिर्फ़ क़लम हाथ में पकड़कर 'रास्कोलनिकोव' लिख दो, क्योंकि इस वक़्त पैंतीस रूबल हमारे लिए शहद से भी ज़्यादा मीठे हैं।"

"मुझे नहीं चाहिए," रास्कोलनिकोव ने क़लम दूर सरका दी।

"नहीं चाहिए...क्या मतलब?"

"मैं दस्तख़त नहीं करूँगा।"

"दस्तख़त किये बग़ैर कैसे चलेगा?"

"मुझे यह रकम...नहीं चाहिए।"

"नहीं चाहिए—यह सब निरी बकवास है। लाइये साहब, मैं इसकी साक्षी देता हूँ। चिन्ता न करें, इसका दिमाग़ हमेशा ख़राब रहता है...आप अक़्लमन्द हैं, लाइये ज़बरदस्ती इसका हाथ पकड़कर दस्तख़त करवा लें।"

"रहने दीजिए, मैं फिर कभी आ जाऊँगा।"

"नहीं, नहीं, हम आपको दुबारा तकलीफ़ क्यों दें? आप कामकाजी आदमी ठहरे... अमाँ रोद्या, टालमटूल मत करो, इन्हें देर हो रही है।" राजुमिहिन ने रास्कोलनिकोव का हाथ पकड़ने की कोशिश की।

"रहने दो, मैं खुद ही कर लूँगा।" रोद्या ने कलम लेकर रसीद पर दस्तख़त कर दिये। युवक ने उसे पैंतीस रूबल दे दिये और चला गया।

"शाबाश! बताओ अब तुम्हें भूख लगी है?"

"हाँ।" रास्कोलनिकोव ने उत्तर दिया।

"क्या कुछ शोरबा रखा है?"

"हाँ, रात का कुछ बचा रखा है।" नस्तास्या ने कहा।

"उसमें आलू और चावल भी हैं न?"

"हाँ, हैं।"

"मैं पहले से ही जानता था। जाओ शोरबा ले आओ और हमारे लिए चाय भी।"

रास्कोलनिकोव चकित और आतंकित भाव से यह सारा दृश्य देख रहा था। "शायद यह सब सच है। देखूँ अब आगे क्या होता है।" उसने सोचा।

नस्तास्या शोरबा लेकर आ गयी और उसने आकर बताया कि चाय तैयार हो रही है। शोरबे के साथ वह दो चम्मच, दो तश्तरियाँ और नमक-मिर्च भी लायी थी। मेज़ पर नया मेज़पोश बिछाकर उसने सब चीज़ें करीने से सज़ा दीं। मुद्दतों बाद मेज़ इस तरह सज़ाया गया था।

"जाओ नस्तास्या जाकर प्रास्कोव्या पाण्लोवना से कह दो कि वे अगर हमें दो बोतलें बियर की भेज दें तो कोई अनर्थ नहीं हो जायेगा। हम दोनों को खाली कर देंगे।"

"सो तो जानती हूँ," कहकर नस्तास्या नीचे चली गयी। रास्कोलनिकोव चकित दृष्टि से उसे देखने लगा। राजुमिहिन ने सोफ़े पर बैठकर रास्कोलनिकोव को सहारा देकर ऊँचा किया और चम्मच में ठंडा करके उसे शोरवा पिलाना शुरू किया। शोरबा अधिक गरम नहीं था। रास्कोलनिकोव गटागट कई चम्मच पी गया। राजुमिहिन ने सहसा रुककर कहा कि अब वह ज़ोसीमोव से पूछकर उसे और शोरबा देगा। इसी समय नस्तास्या बियर की बोतलें लेकर आ गयी।

"चाय पिओगे, दोस्त?"

"हाँ।"

"जाओ नस्तास्या, भागकर चाय ले आओ। बियर की बाद में देखी जायेगी।"

फिर उसने अपनी कुर्सी मेज़ के पास खिसका ली और मरभुखे की तरह शोरबे और गोश्त पर टूट पड़ा।

"जानते हो रोद्या, मैं यहाँ रोज़ इसी तरह डटकर खाना खाता रहा हूँ। तुम्हारी मकान-मालकिन मुझ पर बड़ी मेहरबान है। बिना माँगे ही मुझे खाना भेज देती है। इसमें मुझे कोई ऐतराज़ नहीं। लो, नस्तास्या चाय लेकर आ गयी। बड़ी फ़ुर्तीली लड़की है। प्यारी नस्तास्या, तुम बियर पिओगी?"

"बको मत!"

"ख़ैर, एक प्याली चाय तो पिओगी?"

"चाय पी सकती हूँ।"

"तो लो चाय बनाओ। नहीं, तुम बैठो, मैं बनाता हूँ।"

उसने चाय के दो प्याले बनाये और फिर रास्कोलनिकोव को सहारा देकर चम्मच से इस तरह चाय पिलाने लगा जैसे इससे ही वह स्वस्थ हो जायेगा। रास्कोलनिकोव के शरीर में अब उठकर बैठने की ताक़त आ गयी थी। सम्भवतः वह चल-फिर भी सकता था। लेकिन किसी विलक्षण चालाकी से प्रेरित होकर उसने अपने को अशक्त दिखाना ही उचित समझा। वह सारी स्थिति को अच्छी तरह समझ लेना चाहता था। दस-बारह चम्मच पीने के बाद उसने मचलकर चम्मच दूर फेंक दिया और तकिये पर सर रखकर लेट गया। उसने देखा कि उसके सर के नीचे साफ़ गिलाफ़ चढ़े नरम तकिये लगे थे।

"पाशेन्का से जाकर कहो कि रोद्या की चाय में डालने के लिए थोड़ा-सा रसभरी का मुरब्बा भेजें।" राजुमिहिन फिर खाने पर टूट पड़ा।

"भला तुम्हारे लिए मुरब्बा कहाँ से आयेगा?" नस्तास्या ने तश्तरी में से चाय की चुस्की लेते हुए पूछा।

"मुरब्बा किसी भी दुकान से मिल जायेगा। रोद्या, तुम्हारे बीमार होने के बाद से अब तक कई घटनाएँ हो चुकी हैं। जब तुम उस दिन मुझसे बदतमीज़ी करने के बाद यहाँ भाग आये थे, तब गुस्से में आकर मैंने तुम्हें सज़ा देने का निश्चय कर लिया। मैं तभी से तुम्हारी तलाश में निकल पड़ा। इस मकान का पता मुझे कभी याद नहीं रहा। इतना ज़रूर मालूम था कि पहले तुम हार्लेमोव के घर के पास रहते थे। मैं हार्लेमोव का घर ढूँढ़ता फिरा। बाद में मालूम हुआ कि तुम उसके यहाँ नहीं बुश के यहाँ रहते हो। इन्सान के दिमाग़ में अकसर नाम गड़बड़ा जाते हैं। गुस्से में आग-बबूला होकर जब मैं अगले दिन पुलिस के दफ़्तर गया तो उन्होंने दो मिनट के अन्दर तुम्हारा पता बता दिया। तुम्हारा नाम-पता उनके रजिस्टर में दर्ज है।"

"मेरा नाम?"

"हाँ, तुम्हारा नाम ढूँढ़ने में उन्हें कोई दिक्क़त नहीं हुई जब कि जनरल कोबेलेव का पता खोजने में उन्हें बड़ी देर लगी। ख़ैर, यह तो लम्बी कहानी है, लेकिन यहाँ आते ही मुझे तुम्हारी कैफ़ियत का पता चल गया। मेरे भाई, मैं सब कुछ जान गया हूँ। नस्तास्या से पूछकर देख लो। मैं निकोदिम फ़ोमिच और इल्या पैत्रोविच से भी मिल आया हूँ। चौकीदार, मिस्टर ज़ेमेतोफ़ और हैडक्लर्क अलैक्ज़ान्डर ग्रीग्रोविच से मेरी अच्छी-ख़ासी दोस्ती हो गयी है, और सबसे ज़्यादा तुम्हारी मकान-मालकिन से। नस्तास्या को सब कुछ मालूम है।..."

"यह मकान-मालकिन के मुँह चढ़ गये हैं," नस्तास्या ने रहस्य भरी मुस्कान दबाते हुए कहा।

"नस्तास्या निकीफ़रोव्ना, तुमने अपनी चाय में चीनी क्यों नहीं डाली?"

"आप भी ख़ूब हैं। मेरा नाम निकीफ़रोव्ना नहीं, पैत्रोव्ना है।"

"मैं इस बात को नोट कर लूँगा। ख़ैर दोस्त, सारी बात का सारांश यह है कि मैं तुम्हारे मोहल्ले के वातावरण को एक ही दिन में ठीक कर देता, लेकिन पाशेन्का के सामने मेरी एक न चली। मैं नहीं जानता था कि वह इतनी...रौबीली औरत है। तुम्हारा क्या ख़्याल है?"

रास्कोलनिकोव ने कोई उत्तर नहीं दिया। वह विस्मित भाव से अपने दोस्त के चेहरे की ओर देख रहा था।

"इस घर में जो चाहो मिल जाता है," राजुमिहिन ने अपनी बात जारी रखी।

"तुम बड़े मक्कार हो जी!" नस्तास्या ने हँसकर कहा। इस बातचीत से वह मन-ही-मन पुलकित हो रही थी।

"मेरे दोस्त, तुम्हें मकान-मालकिन से सलूक करना नहीं आता। वैसे तो वह बड़ी विलक्षण स्त्री है, लेकिन उसके चरित्र की चर्चा हम बाद में करेंगे। भला तुमने ऐसी नौबत आने ही क्यों दी, जिससे उसने तुम्हें खाना तक भेजना बन्द कर दिया? और वह प्रोनोट—तुमने उस प्रोनोट पर दस्तख़त क्यों किये जब कि उसकी बेटी नताल्या यगोरोवूना अभी ज़िन्दा थी? तुम पागल तो नहीं हो गये थे? मैं अच्छी तरह जानता हूँ कि ऐसे मामले बड़े नाजुक होते हैं और यह भी जानता हूँ कि मैं बेवकूफ़ हूँ, लेकिन प्रास्कोव्या पाव्लोवूना क्या इतनी मूर्ख है जितनी तुम उसे समझते हो?"

"नहीं।" रास्कोलनिकोव बुदबुदाया। वह अपना ध्यान बँटाये रखने के लिए इस बातचीत को जारी रखना चाहता था।

"वह मूर्ख नहीं है न?" राजुमिहिन प्रसन्नता से उछलकर बोला, "वैसे है वह बड़ी विलक्षण स्त्री। सच पूछो तो मैं भी उसे अच्छी तरह से नहीं समझ पाया...वह चालीस बरस की होगी, लेकिन वह अपने को छत्तीस बरस की बताती है। ख़ैर, ऐसा कहने का उसे अधिकार है। लेकिन मैं क़सम खाकर कह सकता हूँ कि उसमें मुझे सिर्फ़ बौद्धिक और आध्यात्मिक दिलचस्पी है। हम दोनों के बीच एक प्रतीकात्मक बीजगणित का-सा सम्बन्ध पैदा हो गया है। मैं ख़ुद नहीं समझ सका कि यह सब क्या ख़ुराफ़ात है। यह देखकर कि तुम्हारी पढ़ाई के साथ तुम्हारी ट्यूशनें भी बन्द हो गयी हैं और बेटी की मृत्यु के कारण अब तुम उसके दामाद भी नहीं बन सकोगे, वह तुमसे खौफ़ खाने लगी है। उधर तुम भी अपनी माँद में बन्द पड़े रहे और उससे बोलना तक छोड़ बैठे। तभी तो वह तुमसे पिण्ड छुड़ाने की कोशिश करने लगी। वह ख़ुद तुम्हारे प्रोनोट को हाथ से नहीं जाने देना चाहती थी, क्योंकि तुमने वचन दिया था कि तुम्हारी माँ सारी रकम चुका देगी।"

"वह मेरी बेवकूफ़ी थी...मेरी माँ तो ख़ुद दाने-दाने की मोहताज है...मैंने यहाँ रहने की इज़ाज़त पाने के लिए ही यह झूठ बोला था।" रास्कोलनिकोव ने ऊँचे स्वर में उत्तर दिया।

"ख़ैर, यह तो तुम्हारी अक़्लमन्दी थी, लेकिन दुर्भाग्य से यह चैबारोव कहीं से आ टपका। बेचारी पाशेन्का सीधी-सादी औरत है, लेकिन व्यापारी लोग तो सीधे नहीं होते। उसने आते ही पाशेन्का से सवाल किया, 'क्या तुम्हें उम्मीद है कि प्रोनोट की रकम वसूल हो जायेगी?' जवाब मिला, 'उम्मीद तो पूरी है, क्योंकि उसकी माँ को एक सौ पच्चीस रूबल पेंशन मिलती है और वह अपने लाडले रोद्या की ख़ातिर भूखों मरने के लिए भी तैयार हो जायेगी। उसकी एक बहन भी है जो अपने भाई की ख़ातिर गुलामी तक मंजूर कर सकती है।' तुम चौंक क्यों गये? मेरे दोस्त, अब मैं तुम्हारी सारी कारस्तानियों को जान गया हूँ। इसीलिए तुम पाशेन्का को सब कुछ बता देते थे। तुम उसके होने वाले दामाद थे। मैं तुम्हारा दोस्त होने के नाते ही तुमसे यह सब कह रहा हूँ। लेकिन सच्चाई यह है कि ईमानदार और संवेदनशील आदमी हमेशा खुले दिल का होता है, और व्यापारी लोग भीतर ही भीतर से ईमानदार आदमी को खा जाते हैं। बेचारी पाशेन्का चैबारोव की क़र्ज़दार थी। उसने तुम्हारा प्रोनोट उठाकर उसे दे दिया और चैबारोव ने फौरन वह प्रोनोट कचहरी में पेश कर दिया। जब मुझे यह ख़बर मिली तो मेरे जी में आया कि अपना क्रोध शान्त करने के लिए फौरन उस कमीने को गोली से उड़ा दूँ, लेकिन इसी बीच पाशेन्का का मेरे साथ यह आध्यात्मिक सामंजस्य पैदा हो गया। मैंने उसे समझाया कि वह इस क़िस्से को फौरन ख़त्म कर दे। मैंने तुम्हारी ओर से जाकर ज़मानत दी, समझे दोस्त? चैबारोव को बुलाकर हमने उसके सामने दस रूबल फेंक दिये, और प्रोनोट वापस ले लिया। यह लो, मैं यह प्रोनोट तुम्हें भेंट करता हूँ। पाशेन्का को तुम्हारे ऊपर पूरा विश्वास है, लो देखो, मैं इस प्रोनोट को फाड़ रहा हूँ।"

राज़ुमिहिन ने प्रोनोट मेज़ पर रख दिया, लेकिन रास्कोलनिकोव ने बिना कुछ कहे ही अपना मुँह दूसरी ओर फेर लिया। यह बात राज़ुविहीन को बहुत बुरी लगी। उसने थोड़ी देर रुककर कहा, "देखता हूँ कि दुबारा बेवकूफ़ मैं ही बना। मेरा ख़्याल था कि मैं हँसी-मज़ाक से तुम्हारा दिल बहला सकूँगा, लेकिन तुम इससे और भी ज़्यादा चिढ़ गये हो।"

"जब मुझे सरसाम हुआ था, तब क्या तुम मुझे देखने आये थे?" रास्कोलनिकोव ने पूछा।

"हाँ, मुझे और ज़ेमेतोफ़ को देखकर तुम गुस्से से आग बबूला हो गये थे।"

"ज़ेमेतोफ़? हैडक्लर्क? उसे तुम यहाँ क्यों लाये थे?"

"तुम्हें क्या हो गया है?...इसमें बुरा मानने की क्या बात है? मैंने उसके सामने तुम्हारी चर्चा की थी, इसलिए वह तुम्हारा परिचय पाना चाहता था। वह बड़ा शानदार आदमी है, दोस्त! अपने ढंग का एक है। वह मेरा पक्का दोस्त बन गया है। तक़रीबन रोज़ ही हमारी मुलाकात हो जाती है। जानते हो, मैं भी इसी मोहल्ले

में आकर रहने लगा हूँ। उसके साथ मैं एकाध बार लुइज़ी इवानोव्ना के यहाँ भी हो आया हूँ...लुइज़ी इवानोव्ना की याद है न?"

"क्या मैं बुखार में अंट-संट बक रहा था?"

"जहाँ तक मुझे याद है, तुम गुस्से से बेक़ाबू हो रहे थे।"

"मैं क्या कह रहा था?"

"भई वाह! तुम क्या कह रहे थे? लोग भला तेज़ बुखार में क्या कहते हैं? अच्छा दोस्त मैं चला। मुझे बहुत काम है।" उसने उठकर टोपी हाथ में ले ली।

"तुमने बताया नहीं, मैं बुखार में क्या बक रहा था?"

"तुम तो ज़िद करने लगे। भला तुम्हें किस भेद के खुल जाने का डर है; अपने दिमाग़ पर ज़्यादा बोझ मत डालो। तुमने किसी शहजादी की चर्चा नहीं की, तुम तो बक रहे थे शिकारी कुत्तों, चेनों, ईयरिगों और किसी चौकीदार के बारे में। तुमने निकोदिम फ़ोमिच और असिस्टेंट सुपरिंटेंडेंट इल्या पैत्रोविच का नाम भी लिया था। तुम बार-बार चिल्ला रहे थे, 'मेरा मोज़ा मुझे दे दो।' ज़ेमतोज़ ने बड़ी मुश्किल से तुम्हारा मोज़ा तलाश किया और अपने सुवासित, अँगूठियों से सने हाथों से तुम्हारा चिथड़ानुमा मोज़ा तुम्हारे हाथ में पकड़ा दिया। उसके बाद तुम शान्त हो गये और पूरे चौबीस घण्टों तक मोज़ा अपने हाथों में पकड़े रहे। तुम उसे छोड़ते ही न थे। शायद अब भी वह मोज़ा तुम्हारे सिरहाने पड़ा हो। इसके बाद तुमने मिन्नत की, 'मेरी पतलून के पौंचे लाओ।' हमारी समझ में कुछ न आया। लो अब मैं चल दिया। यह रहे पैंतीस रूबल। इनमें से दस मैं रखे लेता हूँ। एक-दो घण्टों के भीतर ही लौटकर तुम्हें इनका हिसाब दे दूँ। बारह बजने वाले हैं। ज़ोसीमोव न जाने क्यों नहीं आया। अच्छा नस्तास्या, मेरे दोस्त का ध्यान रखना। बाक़ी बातें मैं पाशेन्का से कहता जाऊँगा।"

"यह मकान-मालकिन को पाशेन्का कहकर बुलाता है। बड़ा गहरा आदमी है, " नस्तास्या ने कहा और ज़ीने से कान लगाकर सुनने लगी। वह मकान-मालकिन से राजुमिहिन की बातचीत सुनने के लिए आतुर हो रही थी। साफ़ ज़ाहिर था कि वह ख़ुद भी उस पर रीझ गयी थी।

एक क्षण बाद वह भी नीचे चली गयी।

नस्तास्या के जाते ही मरीज़ पागल की तरह बिस्तर से उठ खड़ा हुआ। वह बड़ी देर से एकान्त की प्रतीक्षा कर रहा था, लेकिन वह किसलिए एकान्त चाहता है, यह उसे याद न रहा।

"हे ईश्वर, मुझे सिर्फ़ एक बात बता दो। इन लोगों को मेरा भेद मालूम है या नहीं? हो सकता है कि इन्हें सब कुछ मालूम हों और ये लोग झूठमूठ मुझे तसल्ली देने के लिए यह सारा काण्ड रच रहे हों और मेरे स्वस्थ होते ही सब कुछ....मैं अब

क्या करूँ? अभी कुछ देर पहले मैं जानता था मैं किसलिए उठा हूँ, लेकिन अब मुझे कुछ याद नहीं रहा।"

वह चकित दृष्टि से चारों तरफ़ देखने लगा। फिर उसने दरवाज़े से कान लगाकर कुछ सुनने की कोशिश की। लेकिन वह यह नहीं चाहता था। सहसा उसे कुछ याद आ आया। वह उठकर दीवार के छेद में हाथ डालकर कुछ टटोलने लगा। अँगीठी में उसकी पतलून के पौंचे और ज़ेब की कतरनें पड़ी थीं। ज़ाहिर है कि अभी तक किसी का ध्यान इन चीज़ों की ओर नहीं गया था। उसे याद आया कि अभी राजुमिहिन उसके मोज़ों की चर्चा कर रहा था। मोज़े अब भी सिरहाने के नीचे पड़े थे, लेकिन उन पर इतनी गर्द जमी हुई थी कि ज़ेमतोफ़ को बिलकुल सन्देह नहीं हो सकता था।

"वाह रे ज़ेमेतोफ़।"

"पुलिस का दफ़्तर! मुझे भला वहाँ किसलिए भेजा जा रहा है? और वह नोटिस कहाँ गया? मेरा दिमाग़ फिर गड़बड़ा गया है। वह तो तब की बात थी। लेकिन अब...यह सब बातें मेरी बीमारी में हुईं, लेकिन ज़ेमेतोफ़ यहाँ क्यों आया? राजुमिहिन उसे किस लिए यहाँ लाया था?" उसने सोफ़े पर बैठकर फिर बड़बड़ाना शुरू कर दिया। "आख़िर माज़रा क्या है? क्या अभी भी मुझे सरसाम है? या यह सब सच है? हाँ, यह ज़रूर सच होगा...हाँ अब याद आया। मुझे भाग जाना चाहिए। फ़ौरन भाग जाना चाहिए, हाँ...लेकिन कहाँ? मेरे पास कपड़े और जूते नहीं हैं। उन लोगों ने मेरी चीज़ें न जाने कहाँ छिपा दी हैं। मैं समझ गया। यह रहा मेरा कोट। लगता है वे इसको देखना भूल ही गये। मेज़ पर पच्चीस रूबल रखे हैं। प्रोनोट भी सामने पड़ा है। मैं यहाँ से जाकर कहीं और कोठरी किराये पर ले लूँगा। उन्हें मेरा पता भी नहीं चलेगा। लेकिन पुलिस दफ़्तर...राजुमिहिन किसी न किसी तरह मेरा पता ज़रूर मालूम कर लेगा। मुझे कहीं दूर भाग जाना चाहिए...अमरीका में। फिर ये लोग जो चाहे करते रहें। इस प्रोनोट को भी साथ लेता चलूँ, मेरे काम आयेगा... और कौन-कौन-सी चीज़ें ले जानी चाहिए? वे सोचते हैं कि मैं बीमार हूँ। उन्हें नहीं मालूम कि मैं चल-फिर सकता हूँ, हा, हा, हा! उनकी आँखों से ही मैं भाँप गया था कि उन्हें सब कुछ मालूम हो गया है। बस, सीढ़ियों से नीचे उतरने की देर है। लेकिन अगर उन्होंने नीचे पुलिस-मैन को तैनात कर रखा हो, तब? यह चाय कैसी पड़ी है? साथ में आधी बोतल बियर भी है। एकदम ठंडी।"

उसने बोतल उठाकर मुँह में उँडेल ली। लगता था जैसे उसके कलेजे में भयंकर ज्वाला जल रही हो। बियर पीते ही उसके शरीर में एक सुखद स्पन्दन हुआ। वह रजाई ओढ़कर लेट गया। उसके रुग्ण और असंगत विचार और भी बिखर गये। उसे नींद-सी आने लगी। उसने तकिये पर सर रखकर नरम रेशमी रजाई को और

भी कसकर अपने चारों ओर लपेट लिया। उसके फटे-पुराने ओवरकोट की जगह यह नरम रजाई न जाने कहाँ से आ गयी थी। वह गहरी सुखद नींद में सो गया।

किसी के आने की आहट सुनकर उसने आँखें खोलीं। देखा कि राज़ुमिहिन दहलीज़ पर खड़ा है। उसे भीतर आने में संकोच हो रहा था। रास्कोलनिकोव उठ बैठा और खोयी-खोयी आँखों से उसकी ओर ताकने लगा।

"अरे, तुम्हें नींद नहीं आयी? लो मैं लौट भी आया। नस्तास्या, ज़रा वह बंडल तो लाना। तुम्हें अभी सारा हिसाब समझाता हूँ।"

"कितने बजे हैं?" रास्कोलनिकोव ने बेचैनी से पूछा।

"भाई, तुम जी भरकर सो लिए हो। शाम के छह बजने वाले हैं। पूरे छह घण्टे सोये हो।"

"हे ईश्वर, क्या यह सच है?"

"क्यों नहीं, सोने से तुम्हारी तबियत सुधर जायेगी। उठने की जल्दी भी क्या है? तुम्हें किसी प्रेमिका से मिलने जाना है? इसके लिए अभी तो सारी ज़िन्दगी पड़ी है। मैं पिछले तीन घण्टों से तुम्हारे जगने का इन्तज़ार कर रहा हूँ। इस बीच दो बार ज़ोसीमोव के यहाँ हो आया हूँ। वह घर पर नहीं था। ख़ैर, कोई बात नहीं, वह आ जायेगा, इस बीच मैंने अपना काम भी कर डाला है। आज मैं अपने चाचा को भी ले आया हूँ। वे अब मेरे साथ ही रहेंगे। नस्तास्या, यह बंडल मुझे दे दो। कहो भाई, तुम्हारी तबियत कैसी है?"

"मैं बिलकुल ठीक हूँ। क्या तुम्हें यहाँ आये बहुत देर हुई?"

"मैंने तुम्हें बताया तो कि पिछले तीन घण्टों से मैं तुम्हारे जागने का इन्तज़ार कर रहा हूँ।"

"नहीं, उससे पहले?"

"क्या मतलब?"

"तुम कितने दिनों से यहाँ आते रहे हो?"

"यह बातें तो मैं तुम्हें सुबह ही बता चुका हूँ। तुम भूल गये क्या?"

रास्कोलनिकोव सोच में पड़ गया। सुबह सिर्फ़ एक सपना-मात्र थी। उसे कुछ भी याद न था। उसने प्रश्नसूचक दृष्टि से राज़ुमिहिन की ओर देखा।

"तुम सब कुछ भूल गये हो। पहले मेरा ख़्याल था कि तुम पागल-से हो गये हो। लेकिन सोने से तुम्हारी तबियत सुधर गयी है, एकदम ठीक। आओ काम-काज की बातें करें। ज़रा इधर तो देखो।"

उसने बंडल को खोलना शुरू किया।

"यक़ीन करो, इसमें मेरी ख़ास पसन्द की चीज़ें हैं। हम लोग तुम्हें इन्सान बनाना चाहते हैं। लाओ, सर से शुरूआत करें। तुमने यह टोपी देखी? लाओ तुम्हारे सर पर पहनाकर देखूँ।" उसने बंडल में से एक मामूली, सस्ती-सी टोपी निकाली।

“ज़रा ठहर जाओ।” रास्कोलनिकोव ने चिढ़कर टोपी दूर हटाते हुए कहा।

“अमाँ रोदूया, न मत करो, नहीं तो बाद में पछताओगे। मुझे रात भर नींद नहीं आयेगी, क्योंकि यह टोपी बिना नाप के अन्दाज़ से ही ले आया हूँ। लेकिन भई, यह तो बिलकुल फिट आयी है। अच्छी पोशाक के साथ अच्छी टोपी ज़रूरी है। मेरा दोस्त तॉल्सत्याकोव जब भी कहीं सार्वजनिक सभा में जाता है तो अपनी चिलमची जैसी टोपी उतार लेता है। लोग इसे शिष्टाचार समझते हैं, लेकिन दरअसल उसे सिर पर रखने से शर्म महसूस होती है। नस्तास्या, रोदूया की पुरानी टोपी से इस नयी टोपी का मुक़ाबला करके देखो। बिलकुल लार्ड पामर्स्टन के जैसी टोपी है न यह? और इस नयी टोपी को देखो! भला कितने दाम की होगी!”

रास्कोलनिकोव चुप रहा। नस्तास्या ने उत्तर दिया–

“अधिक से अधिक बीस कोपेक।”

“बीस कोपेक! बेवकूफ़ कहीं की, पूरे अस्सी कोपेक दिये हैं। इसलिए कि यह बिलकुल नयी नहीं है। मैंने दुकानदार से वायदा ले लिया है कि जब यह टोपी फट जायेगी तो वह तुम्हें अगले साल दूसरी टोपी दे देगा। अपनी क़सम! आओ, ज़रा अब इप ब्रीचिज़ की ओर देखो। स्कूल में हम इन्हें युनाइटेड स्टेट्स ऑफ़ अमेरिका कहते थे।” यह कहकर उसने बंडल में से भूरे रंग की हल्की ऊनी पतलून निकाली और कहा “इसमें न कोई दाग़ है, न छेद, ज़रा-सी घिसी हुई ज़रूर है, मगर पहनकर भले आदमी नज़र आओगे। साथ में पहनने के लिए नये फ़ैशन की वास्कट भी है। घिसी होने की वजह से यह बहुत नर्म हो गयी है...रोदूया, मेरा विचार है कि इन्सान को मौसम के साथ-साथ चलना चाहिए। अगर जनवरी के महीने में एस्पेरेगस[1] न खाया, तो ज़िन्दगी का क्या लुत्फ़? इसीलिए मैं तुम्हारे लिए गर्मियों के कपड़े लाया हूँ। सर्दियों तक तो ये वैसे भी चल बसेंगे, तुम्हारी ऐय्याशी के कारण नहीं। बताओ, इन कपड़ों का दाम क्या होगा? जनाब सिर्फ़ दो रूबल पच्चीस कोपेक, और याद रखो, इनके फटते ही तुम्हें और कपड़े मिल जायेंगे। फ़ेदेयेव की दुकान का यही रिवाज़ है। एक बार यहाँ से आप चीज़ें खरीदिये, तो फिर कभी वहाँ जाने की तबियत नहीं होगी। अब ज़रा इन बूटों पर ग़ौर फ़रमायें, यह भी इस्तेमालशुदा हैं, लेकिन कम से कम दो महीने तो निकल ही जायेंगे। आख़िर अंग्रेजी चमड़ा है, कोई मज़ाक नहीं। अंग्रेजी दूतावास के सैक्रेटरी ने अभी पिछले हफ़्ते इन्हें बेचा है, सुनते हैं, उसने यह बूट सिर्फ़ छः दिन पहने हैं–उसे पैसों की सख़्त ज़रूरत पड़ गयी थी। क़ीमत सिर्फ़ डेढ़ रूबल। शानदार सौदा है न!”

“लेकिन शायद ये फिट नहीं होंगे।” नस्तास्या ने टिप्पणी की।

---

1. एस्पेरेगस–एक प्रकार का नर्म कुकुरमुत्ता।

"फिट क्यों नहीं होंगे? इधर देखो!" उसने ज़ेब में से रास्कोलनिकोव का धूल से भरा जूता निकालकर दिखाया। "मैं इस दैत्याकार जूते को साथ लेकर गया था। बाक़ी कपड़ों का इन्तज़ाम तुम्हारी मकान-मालकिन ने किया है। यह रहीं तीन कमीज़ें, कपड़ा घटिया है लेकिन डिजाइन बढ़िया है अच्छा तो अस्सी कोपेक की टोपी, दो रूबल पच्चीस कोपेक का सूट, डेढ़ रूबल बूटों का जोड़ लो–कुल जमा चार रूबल पचपन कोपेक हुए–पाँच रूबल तुम्हारे बाक़ी कपड़ों-लत्तों पर ख़र्च हुए–थोक में ख़रीदे जाने के कारण इतने कम दाम लगे। ये हुए नौ रूबल पचपन कोपेक और यह लो बाक़ी के पैंतालीस कोपेक। लो रोद्र्या, तुम्हारा साजो-सामान तैयार हो गया। रहा तुम्हारा ओवरकोट, सो शार्मर की दुकान से लिया गया है, अभी कुछ दिन और चलेगा। अब हमारे पास पच्चीस रूबल बच गये हैं। उनमें से अगर चाहो तो मोजे वग़ैरह पर कुछ ख़र्च कर लेना। किराये-भाड़े की चिन्ता करने की ज़रूरत नहीं है। पाशेन्का को अब तुम पर भरोसा हो गया है। आओ दोस्त, तुम्हारी कमीज़ बदल दूँ–मैली कमीज़ उतारने से बीमारी भी भाग जायेगी।"

"मुझे इसी तरह रहने दो। मैं कपड़े नहीं बदलना चाहता।" रास्कोलनिकोव ने चिढ़कर कहा।

"अमाँ, दोस्त, आओ तो सही, मैं फिर किसलिए बाज़ार में इतनी देर तक झख मारता रहा। नस्तास्या, शरमाओ नहीं, आकर मेरी मदद करो। शाबाश!" उसने रास्कोसनिकोव की चूँ-चपड़ की परवाह न करते हुए उसके कपड़े बदल दिये। रास्कोलनिकोव तकिये पर सर रखकर चुपचाप लेट गया।

थोड़ी देर बाद उसने दीवार की ओर देखते हुए पूछा, "ये कपड़े तो अभी बहुत दिनों तक चलेंगे। इन्हें ख़रीदने के लिए पैसा तुम्हें कहाँ से मिला है?"

"तुम्हारी माँ ने तुम्हें जो रकम भिजवाई थी, उसी में से। अरे क्या वह भी भूल गये।"

"हाँ मुझे अब याद आया।" रास्कोलनिकोव ने कहा। राजुमिहिन चिढ़कर उसकी ओर देखने लगा।

इसी समय कमरे का दरवाज़ा खुला और एक लम्बा, बलिष्ठ आदमी भीतर दाख़िल हुआ। रास्कोलनिकोव को उसका चेहरा परिचित-सा लगा। राजुमिहिन ने ख़ुशी से उछलकर कहा, "अरे ज़ोसीमोव! तुम आख़िर पहुँच ही गये।"

4

ज़ोसीमोव की आँखों पर चश्मा चढ़ा था और उसकी मोटी उँगलियों में सोने की अँगूठी थी। उसकी आयु सत्ताईस बरस के क़रीब होगी। वह भूरे रंग का ढीला फ़ेशनेबल सूट पहने हुए था। उसकी कमीज़ के कालर सफ़ेद थे और घड़ी की चेन भारी थी। वह व्यवहार में अपने बड़प्पन को छिपाने का यत्न करता था, लेकिन वह हर बात में ज़ाहिर हो जाता था। उसके मित्र और परिचित उससे तंग आ जाते थे, लेकिन उनका कहना था कि वह अपने काम में अत्यन्त कुशल है।

राज़ुमिहिन ने उससे कहा, "भाई, मैं दो बार तुम्हारे घर जा चुका हूँ। मरीज़ को होश आ गयी है।"

ज़ोसीमोव ने सोफ़े पर आराम से बैठकर रास्कोलनिकोव से पूछा, "कहिये अब कैसी तबियत है?"

"तबियत अभी भी सुधरी नहीं है, हमने अभी जब इसके कपड़े बदले तो यह चीख़ने लगा।"

"यह तो स्वाभाविक ही था, तुम्हें इनकी मर्ज़ी के खिलाफ़ कुछ नहीं करना चाहिए। इनकी नब्ज़ तो बिलकुल ठीक है। कहिये सर में क्या अभी भी दर्द है?"

"मैं बिलकुल ठीक हूँ।" रास्कोलनिकोव ने चिढ़कर कहा। वह सबकी ओर घूरकर देख रहा था। अचानक उसने लेटकर मुँह दूसरी ओर फेर लिया। ज़ोसीमोव ने ग़ौर से उसे देखकर कहा :

"इनकी तबियत....बिलकुल ठीक है, कुछ खाने को दिया?"

नस्तास्या ने उत्तर दिया और पूछा कि मरीज़ को ख़ाने के लिए क्या मिलना चाहिए।

"जो चाहे दे सकते हैं, शोरबा, चाय। लेकिन खीरे और गुच्छी मत देना। जहाँ तक हो सके गोश्त भी नहीं...यह सब तो आप भी जानते होंगे। और अधिक दवाई की ज़रूरत नहीं है। मैं कल आकर इन्हें फिर देख जाऊँगा...शायद आज ही। लेकिन चिन्ता की कोई बात नहीं है।"

"कल शाम को मैं रोदूया को यासुपोप गार्डन में सैर कराने ले जाऊँगा। फिर हम शीशमहल देखने भी जायेंगे।"

मैं आपको ऐसा करने की राय नहीं दूँगा, लेकिन शायद...अच्छा देखा जायेगा।

"आह, कैसी मुसीबत है? आज रात मैं अपने मित्रों को दावत दे रहा हूँ। क्या रोदूया उसमें शामिल नहीं हो सकता? वह सोफ़े पर लेटा रहेगा। तुम भी आ रहे हो न? तुमने वायदा किया था, भूलना नहीं।"

"अच्छा आऊँगा, लेकिन शायद देर से। दावत का प्रोग्राम क्या है?"

"कुछ नहीं सिर्फ़ चाय, बोदका और हैरिंग मछलियाँ। एक केक भी होगी। सिर्फ़ अपने दोस्त ही वहाँ होंगे।"

"और कौन-कौन वहाँ होगा?"

"सारे पड़ोसी, लगभग सारे नये दोस्त...सब दोस्त ही होंगे, सिवाय मेरे बूढ़े चचा के। वह कल अपने व्यापार के सिलसिले में पीटर्सबर्ग आये हैं। पाँच साल में हमारी सिर्फ़ एक बार मुलाकात होती है।"

"तुम्हारे चचा क्या काम करते हैं?"

"बेचारे ज़िन्दगी भर ज़िला पोस्ट मास्टर के पद पर सड़ते रहे। अब थोड़ी-सी पेंशन मिलती है। पैंसठ साल की उम्र है। छोड़ो, उनके बारे में और ज़्यादा क्या कहा-सुना जा सकता है। स्थानीय खुफ़िया पुलिस के इन्चार्ज पोरफेरी पैत्रोविच को जानते हो न, वे भी आयेंगे।"

"क्या वे भी तुम्हारे रिश्तेदार हैं?"

"हाँ, दूर के रिश्तेदार हैं। लेकिन तुम नाक-भौं क्यों सिकोड़ रहे हो? मुझे मालूम है कि एक बार तुम दोनों में झगड़ा हो चुका है। क्या उसके कारण दावत में आना छोड़ दोगे?"

"उसकी मुझे रत्तीभर परवाह नहीं है।"

"तब ठीक। इसके अलावा कुछ विद्यार्थी भी रहेंगे। मेरा परिचित एक टीचर, एक क्लर्क, एक गवैया और एक पुलिस अफ़सर। ज़ेमेतोफ़ भी आयेगा।"

"मेहरबानी करके यह तो बताओ कि ज़ेमेतोफ़ से तुम्हारा क्या सरोकार है?" उसने रास्कोलनिकोव को लक्ष्य करके कहा।

"अरे भाई, तुम तो सिद्धान्तों से बँधे हुए हो। हर बात के बीच में सिद्धान्त आकर अड़ जाते हैं...यह कोई बात हुई? आदमी दिलचस्प होना चाहिए, मैं बस इस सिद्धान्त का क़ायल हूँ। ज़ेमेतोफ़ बेहद दिलचस्प आदमी है।"

"लेकिन वह रिश्वत लेता है।"

"लेता है तो फिर क्या हुआ?" राजुमिहिन ने चिढ़कर कहा, "मैंने रिश्वतख़ोरी के लिए तो उसकी प्रशंसा नहीं की। वैसे अपने ढंग का वह अच्छा आदमी है।

और अगर देखा जाय तो दुनिया में नेक आदमी हैं ही कितने? सच पूछो तो मेरी अपनी हैसियत एक उबली हुई प्याज से ज़्यादा नहीं है, शायद तुम्हें मिलाकर भी।"

"यह तो बहुत कम है। दो प्याजों के बराबर तो क़ीमत तुम्हारी अकेले की होगी।"

"और तुम्हारी एक प्याज से ज़्यादा हर्गिज़ नहीं हो सकती। ख़ैर, छोड़ो इस मज़ाक को। ज़ोमेतोफ़ निरा बच्चा है। मैं चाहूँ तो उसके कान खींच सकता हूँ। लेकिन कान खींचकर किसी को सुधारा नहीं जा सकता, ख़ासकर बच्चों को। बच्चों को समझाने में बड़ी सावधानी बरतनी चाहिए। अरे प्रगति के समर्थको, तुम कभी नहीं समझोगे कि दूसरे का अपमान करके तुम अपना कितना भारी नुक़सान कर रहे हो? सच पूछो तो हम दोनों में काफ़ी समानताएँ हैं।"

"कौन सी समानताएँ?"

"बात यह है कि हम एक पेंटर को मुसीबत से उबारना चाहते हैं, हालाँकि अब ख़तरा किसी बात का नहीं रहा। मामला बिलकुल साफ़ है। हम उसकी सहायता भर करना चाहते हैं।"

"पेंटर?"

"क्या मैंने पहले नहीं बताया कि गिरवी रखने वाली बुढ़िया की हत्या में उसे भी फँसा लिया गया था?"

"अरे हाँ, मैंने भी उस हत्या की ख़बर अख़बार में पढ़ी थी। मुझे भी इस केस में थोड़ी-सी दिलचस्पी है।"

"लिजावेता की भी तो हत्या हुई थी।" नस्तास्या ने जो अभी तक दरवाज़े के पास खड़ी सब सुन रही थी, रास्कोलनिकोव की ओर देखते हुए कहा।

"लिजावेता...?" रास्कोलनिकोव धीमे स्वर में बुदबुदाया।

"तुम लिजावेता को नहीं जानते? अरे वही औरत जो पुराने कपड़े बेचती थी। वह अकसर यहाँ आती थी। उसने तुम्हारी क़मीज की मरम्मत भी की थी।" नस्तास्या ने कहा।

रास्कोलनिकोव दीवार की ओर मुँह फेरकर गन्दे, पीले वॉल-पेपर में बने सफ़ेद फूल की पंखुड़ियों को गिनने लगा। उसे लगा जैसे उसकी बाँहें और टाँगें किसी ने काटकर दूर फेंक दी हैं। बिना हिले-डुले वह टकटकी बाँधे फूल की ओर देखता रहा।

"लेकिन पेंटर का क्या बना?" ज़ोसीमोव ने नस्तास्या के बातूनीपन से तंग आकर पूछा। नस्तास्या कटकर चुप रह गयी।

"उस बेचारे पर हत्या का इल्ज़ाम लगाया गया है," राज़ुमिहिन ने उत्तेजित स्वर में कहा।

"उसके खिलाफ़ क्या सबूत मिला है?"

"सबूत? ख़ूब कहा तुमने! सबूत खाक़ मिला है! जिस तरह शक में पुलिस ने कौश और पेस्त्र्याकोव को पकड़ लिया था, उसी तरह इस बेचारे को भी पकड़ लिया है। उफ़् पुलिस की मूर्खता से जी मिचलाने लगता है। ख़ैर, मुझे इस बात से क्या लेना-देना? शायद पेस्त्र्याकोव भी रात को आयेगा...क्यों भाई रोद्या, तुमने भी तो इस हत्या के बारे में सुना होगा? तुम जिस दिन पुलिस के आफ़िस में बेहोश हो गये थे, उस दिन वहाँ इसकी ही चर्चा हो रही थी। यह घटना उससे एक दिन पहले की है।"

ज़ोसीमोव ने विचित्र ढंग से रास्कोलनिकोव की ओर देखा। रास्कोलनिकोव पूर्ववत् स्थिर लेटा रहा।

"अमाँ राज़ुमिहिन, तुम भी हर काम में चौधरी बने फिरते हो। ज़ोसीमोव ने कहा।"

"चौधरी ही सही, लेकिन हम पेंटर को बचा लेंगे।" राज़ुमिहिन ने ज़ोर से मेज़ पर मुक्का मारकर कहा। "मुझे पुलिस के झूठ पर इतना गुस्सा नहीं आता, क्योंकि झूठ तो बड़ी मज़ेदार चीज़ है, और सच्चाई उसी में से निकलती है। मुझे गुस्सा तो इस बात पर है कि पुलिस को अपने झूठ में खुद भी विश्वास है...मैं पोरफेरी की इज़्ज़त करता हूँ...लेकिन अगर दरवाज़ा बन्द था तो फिर वे जब चौकीदार के साथ लौटे तब दरवाज़ा खुल कैसे गया? इस दलील को लेकर पुलिस ने कौश और पेस्त्र्याकोव को क़ातिल ठहरा दिया। इन लोगों के सोचने का यही ढंग है।"

"तुम इतने उत्तेजित क्यों हो रहे हो? पुलिस ने तो उन्हें सिर्फ़ पूछताछ के लिए रोक रखा था। यह तो लाज़िमी था...अरे हाँ, सुनो, कौश से मेरी भी मुलाकात हो चुकी है। यह वही आदमी है न जो बुढ़िया से गिरवी की चीज़ें ख़रीदा करता था?"

"हाँ वही। वह पूरा ठग है। गिरवी रखी हुई चीज़ों को ख़रीदना ही उसका पेशा है। कौश जहन्नुम में जाये, मुझे तो पुलिस की जाँच-पड़ताल के दक़ियानूसी ढंग पर गुस्सा आता है। इस केस से पुलिस एक नया तरीक़ा सीख लेगी। असली अपराधी को पकड़ने के लिए मनोवैज्ञानिक तथ्यों का पता लगाना ज़रूरी है। 'हमारे पास भी तथ्य हैं' पुलिस वाले दावा करते हैं। लेकिन सिर्फ़ तथ्यों के होने से क्या होता है? तथ्यों का आप क्या अर्थ लगाते हैं, सारी बात तो इस पर निर्भर करती है।"

"तुमने क्या सही अर्थ लगाया है?"

"सही या ग़लत तो मैं नहीं कह सकता, लेकिन अगर मैं इस रहस्य को खोलने में कुछ मदद कर सकता हूँ, तो फिर अपनी ज़बान बन्द नहीं कर सकता...लेकिन वे लोग मेरी राय...तुम्हें केस का ब्यौरा मालूम है न?"

"नहीं तुमने मुझे अभी तक पेंटर का क़िस्सा नहीं सुनाया।"

"अरे हाँ, कहानी यूँ है कि हत्या के तीसरे दिन जब पुलिस कौश और पेस्त्र्याकोव को नाहक तंग कर रही थी, तब एक ऐसी घटना हुई जिसकी किसी को आशा न थी। दुश्किन नाम के एक देहाती ने, जिसकी दुकान बुढ़िया के घर के सामने है,

पुलिस के दफ़्तर में आकर कुछ सोने के गहने दिखाये और एक लम्बी चौड़ी कहानी बयान करने लगा। बोला, 'परसों आठ बजे के बाद'—ज़रा तारीख़ और वक़्त पर ग़ौर करना—'निकोलाई नाम के पेंटर ने मुझे गहनों की यह डिब्बी लाकर दी और इनके बदले में दो रूबल माँगे। जब मैंने उससे गहनों के बारे में पूछताछ की तो उसने बताया कि ये गहने उसे गली में पड़े मिले थे। इसके बाद मैंने अधिक पूछताछ नहीं की। मैंने उसे एक रूबल दिया, क्योंकि मैंने सोचा कि अगर मैंने उसे पैसे न दिये तो वह किसी और को गहने दे देगा। बात एक ही होगी। उसे तो शराब पीने के लिए पैसे चाहिए थे। मैंने सोचा कि अगर कोई ऐसी-वैसी बात होगी तो मैं पुलिस में इन गहनों को पेश कर दूँगा।' ख़ैर, मैं इस दुश्किन की नस-नस पहचानता हूँ। वह गिरवी के माल के बदले लोगों को क़र्ज़ देता है और चोरी का माल भी ख़रीदता है। मुझे मालूम है कि पुलिस की नज़रों में नेक बनने के इरादे से उसने एक रूबल के बदले में तीस रूबल के ये ईयरिंग नहीं लिए थे। लेकिन उस मक्कार की बातें सुनो! वह कहता है, 'मैं पेंटर निकोलाई को बचपन से जानता हूँ। हम दोनों एक ही ज़िले के रहने वाले हैं। निकोलाई को शराब पीने का शौक़ है। मुझे यह भी मालूम था कि वह पेंटर दमित्री के साथ सामने की इमारत में काम कर रहा है। उसने मुझसे एक रूबल लेकर शराब के दो गिलास पिये और बाक़ी रेज़गारी लेकर चलता बना। उस समय दमित्री उस के साथ नहीं था। अगले ही दिन मैंने सुना कि किसी ने एल्योना इवानोव्ना और उसकी बहन लिजावेता इवानोव्ना की कुल्हाड़ी से हत्या कर दी है। मैं उन दोनों बहनों को जानता था। इसलिए मुझे उन गहनों पर शक हो गया, क्योंकि दोनों बहनें गहने गिरवी रखकर लोगों को क़र्ज देती थीं। मैंने उनके घर में जाकर पूछा, क्या निकोलाई यहीं है? इस पर दमित्री ने बताया कि निकोलाई सुबह दस बजे वहाँ आया था और उस समय भी नशे में धुत था। दमित्री अकेला ही रोगन करने में लगा था। ये दोनों दूसरी मंज़िल पर काम कर रहे थे। मैं चुपचाप वहाँ से, चला आया। मेरे मन का सन्देह इस बीच और भी पक्का हो गया। अगले दिन आठ बजे निकोलाई बदहवासी की हालत में मेरी दुकान पर आया और आकर बेंच पर बैठ गया। मैंने पूछा, क्या तुम दमित्री से मिले थे? उसने जवाब दिया, नहीं, मैं परसों से इस ओर नहीं आया। मैंने पूछा, कल रात तुम कहाँ सोये? उसने कहा, पेस्की में। मैंने फिर पूछा, तुम्हें वह ईयरिंग कहाँ से मिले? उसने रहस्यमय ढंग से ज़मीन की ओर देखते हुए कहा, सड़क पर मिले थे। मैंने पूछा, जानते हो परसों जिस ज़ीने में तुम काम कर रहे थे, वहाँ कैसी भयंकर घटना घटी है? उसने उत्तर दिया, नहीं मैंने कुछ नहीं सुना। जब मैंने उसे सारी घटना सुनायी तो वह अपना हैट उठाकर चलने के लिए तैयार हो गया। मैंने उसे शराब का लालच देकर रोकना चाहा, लेकिन वह फौरन वहाँ से खिसक गया। यह देखकर मेरा शक़ और भी बढ़ गया, और मैंने सोचा, हो न हो, यह इसी की करतूत है।..."

"मेरा भी यही ख़्याल है।" ज़ोसीमोव ने राय दी।

"ठहरो, पहले मुझे अपनी बात तो ख़त्म कर लेने दो। पुलिस ने निकोलाई को ढूँढ़ने के लिए सारा शहर छान मारा। दुश्किन के घर की तलाशी ली और दमित्री को भी गिरफ़्तार कर लिया। परसों शहर के एक शराबख़ाने में निकोलाई पकड़ा गया। उसने अपने गले का चाँदी का क्रॉस गिरवी रखकर शराब का एक अद्धा लिया था। कुछ मिनट बाद शराबख़ाने की नौकरानी ने दीवार की एक दरार में से झाँककर देखा कि निकोलाई अस्तबल की शहतीर में अपना गुलूबन्द डालकर अपने को फाँसी लगा रहा है। औरत का शोर सुनकर बहुत से लोग जमा हो गये। निकोलाई ने उनसे कहा, 'मुझे...पुलिस अफ़सर के पास ले चलो। मैं सब कुछ साफ़ बता दूँगा।' लोग उसे जाकर थाने में छोड़ आये। पुलिस वालों ने उससे इधर-उधर के सवाल पूछे, मसलन यह कि तुम्हारी उम्र क्या है?...जब तुम दमित्री के साथ काम कर रहे थे, उस वक़्त तुमने किसी को ज़ीने पर आते-जाते तो नहीं देखा?...आदि। निकोलाई ने उत्तर दिया, 'मैंने इस ओर ख़ास ध्यान नहीं दिया।' फिर उससे पूछा गया, 'तुमने कोई शोर नहीं सुना?' जवाब मिला, 'नहीं।' उससे पूछा गया, 'निकोलाई, जानते हो उस दिन अमुक विधवा और उसकी बहन की हत्या की गयी थी?' उत्तर मिला, 'नहीं' मुझे तो परसों अफेन्ज़ी पाव्लोविच से यह ख़बर मालूम हुई।' फिर पूछा गया, 'तुम्हें ये रिंग कहाँ से मिले?' उत्तर मिला, 'सड़क की पटरी पर।' 'तुम अगले दिन काम पर क्यों नहीं गये?' 'मैं शराब पी रहा था।' 'कहाँ शराब पी रहे थे?' '...जगह।' 'तुम दुश्किन के यहाँ से क्यों भागे?' 'क्योंकि मुझे डर लग रहा था।' 'किस बात का डर?' 'यही कि मेरे ऊपर इल्ज़ाम न लगाया जाय।' 'अगर तुम निर्दोष थे तो डर किस बात का था?'...ज़ोसीमोव, तुम्हें यक़ीन नहीं होगा कि सचमुच उससे ऐसे बेहूदे सवाल पूछे गये थे। अब तुम्हीं बताओ, तुम्हारी क्या राय है?"

"जो भी हो निकोलाई के खिलाफ़ काफ़ी सबूत मिले हैं।"

"मैं सबूत की बात नहीं कर रहा, बल्कि पुलिस के पड़ताल के ढंग की बात कर रहा हूँ। उन्होंने उस बेचारे पर इतना दबाव डाला कि उसने तंग आकर कह दिया, 'मुझे ईयरिंग दूसरी मंज़िल के फ़्लैट में पड़े मिले थे।' काम ख़त्म करके जब हम घर लौट रहे थे, तो दमित्री ने हँसी-हँसी में मेरे चेहरे पर रोगन लगा दिया। मैं उसके पीछे-पीछे चिल्लाता हुआ ज़ीने पर आया। ज़ीने में चौकीदार के साथ मेरी टक्कर हो गयी। उसके साथ और भी लोग थे, जिनकी संख्या मुझे याद नहीं। चौकीदार ने मुझे गाली दी। इसके बाद चौकीदार की बीवी ने भी मुझे गालियाँ दीं। बाहर निकलकर मैंने दमित्री के बाल पकड़ लिए और उसे पीटने लगा। दोस्तों में ऐसे मज़ाक होते ही हैं। दमित्री मेरे हाथ छुड़ाकर गली में भाग गया और मैं अकेला फ़्लैट में लौट आया और दमित्री के आने का इन्तज़ार करने लगा। अचानक दरवाज़े के पास मेरा पैर एक डिबिया पर पड़ गया। मैंने खोलकर देखा, उसमें ईयरिंग थे..."

"दरवाज़े के पीछे? क्या कहा? दरवाज़े के पीछे?" रास्कोलनिकोव सहसा उठकर ज़ोर से चिल्लाया।

"हाँ, लेकिन तुम्हें क्या हुआ?" राज़ुमिहिन ने कुर्सी से उठते हुए पूछा।

"कुछ नहीं।" रास्कोलनिकोव ने क्षीण स्वर में उत्तर देकर मुँह दूसरी ओर फेर लिया।

"शायद सपना देखते-देखते यह चौंक गया है।" राज़ुमिहिन ने ज़ोसीमोव की ओर देखकर कहा। ज़ोसीमोव ने सर हिलाकर समर्थन किया।

"आगे क्या हुआ?"

"आगे? वह डिबिया उठाकर दुश्किन के पास आया और उससे झूठमूठ कह दिया कि ईयरिंग उसे सड़क पर पड़े मिले थे। वह इस बयान को बार-बार दुहरा चुका है कि उसने परसों से पहले हत्या की ख़बर नहीं सुनी। पुलिस ने पूछा, 'तुम अभी तक थाने में क्यों नहीं आये?' उसने जवाब दिया, 'मैं डर गया था।' 'तुम गले में फाँसी का फन्दा क्यों डाल रहे थे?' 'डर के मारे।' 'किस चीज़ का डर?' 'यही कि मुझ पर इल्ज़ाम न लगा दिया जाये।'...बस यही सारी कहानी है। तुम्हारा क्या ख़्याल है? पुलिस ने इससे क्या नतीज़ा निकाला होगा?"

"यही कि इससे हत्या के रहस्य पर कुछ प्रकाश ज़रूर पड़ता है। तुमने पेंटर को छुड़वाया नहीं?"

"नहीं, पुलिस को पूरा विश्वास है कि हत्या उसी ने की है।"

"यह समझना हिमाक़त है। तुम बेकार ही इतने उत्तेजित हो रहे हो। लेकिन यह बताओ कि ईयरिंग बुढ़िया के सन्दूक से निकलकर निकोलाई के हाथ में कैसे आ गये? इस बात में कोई न कोई रहस्य ज़रूर है।"

"कैसे आ गये? तुम डॉक्टर हो, तुम्हारा काम मानव-स्वभाव का अध्ययन करना है। तुम पूरी कहानी सुनकर भी निकोलाई के चरित्र को नहीं समझ पाये! तुम्हें अभी तक विश्वास नहीं हुआ कि उसने पुलिस के आगे केवल सच बोला है? ईयरिंगों के बारे में उसने जो बताया है, वह सच है। डिबिया उसे दरवाज़े के पीछे पड़ी मिली थी।"

"बिलकुल सच? लेकिन क्या उसने यह नहीं माना कि पहले उसने झूठ बोला था?"

"ज़रा ध्यान से मेरी बात सुनो। कौश, पेस्त्र्याकोव, चौकीदार, उसकी बीवी और क्रयूकोव जो उस समय अपनी एक महिला मित्र के साथ घोड़ागाड़ी में से निकलकर आया था, सभी का कहना है कि उन्होंने अपनी आँखों से निकोलाई और दमित्री को 'बच्चों की तरह' लड़ते-झगड़ते और एक-दूसरे के बाल नोंचते देखा है। उन्होंने निकोलाई को दमित्री के पीछे गली में भागते हुए भी देखा था। अब दूसरी बात ध्यान से सुनो, दोनों लाशें गर्म थीं–इसका मतलब यह कि हत्या कुछ देर पहले ही की गयी थी। अब मैं तुमसे एक सवाल पूछता हूँ कि अगर निकोलाई ने हत्या की

होती तो क्या वह बच्चों की तरह ऊधम मचाता हुआ दमित्री के पीछे भागता? क्या वह लोगों का ध्यान इस तरह अपनी ओर खींचता? एक दर्जन आदमियों ने उसे दमित्री का पीछा करते देखा था।"

"हां, है तो यह असम्भव-सी बात....लेकिन..."

"लेकिन-वेकिन कुछ नहीं। अगर पुलिस निकोलाई के हाथों में ईयरिंग देखकर सन्देह कर सकती है, तो हमें निकोलाई के बयान पर भी विश्वास करना चाहिए, क्योंकि उसके बताये हुए तथ्य उसे निर्दोष प्रमाणित करते हैं। लेकिन मौजूदा क़ानून को जानते हुए क्या तुम सोच सकते हो कि अदालत इस मनोवैज्ञानिक तथ्य को स्वीकार कर लेगी? नहीं, बिलकुल नहीं, क्योंकि पुलिस ने ईयरिंग की डिबिया बरामद की है और अभियुक्त को गले में फन्दा डालते देखा था। 'अगर वह हत्यारा न होता तो ऐसा हर्गिज़ न करता' पुलिस की यही दलील होगी, जिस की कल्पना करके मुझे गुस्सा आ रहा है, समझे!"

"यह तो मैं देख ही रहा हूँ, लेकिन ठहरो, एक सवाल पूछना तो मैं भूल ही गया। वे ईयरिंग बुढ़िया के घर से ही चुराये गये थे, यह कैसे साबित हो सकता है?"

"यह तो कभी का साबित हो चुका है।" राजुमिहिन ने चिढ़कर जवाब दिया, "कौश ने ईयरिंगों को पहचान लिया था और जिसके ईयरिंग थे उसका नाम भी सही-सही बता दिया था।"

"अच्छा दूसरा सवाल यह है कि जब कौश और पेस्त्र्याकोव सीढ़ियों पर चढ़ रहे थे, तो क्या किसी ने निकोलाई को देखा था?"

"नहीं—किसी ने नहीं देखा, यही तो सारी आफ़त है—यहाँ तक कि कौश और पेस्त्र्याकोव ने भी उसे नहीं देखा। उनका कहना है कि उन्होंने फ़्लैट का दरवाज़ा तो खुला देखा था, लेकिन भीतर पेंटर काम कर रहे थे या नहीं, इस ओर उन्होंने कोई ध्यान नहीं दिया।"

"हूँ—तो निकोलाई के पक्ष में केवल एक ही सबूत है, वह यह कि वह और दमित्री आपस में झगड़ रहे थे। माना...लेकिन...इस केस में तुम्हारी क्या राय है?"

"मेरी क्या राय है? वही जो होनी चाहिए। मामला साफ़ है—ईयरिंगों की डिबिया से स्पष्ट है कि हत्यारा उन्हें दरवाज़े के पीछे छोड़ आया था। जब कौश और पेस्त्र्याकोव ऊपर पहुँचे, तो हत्यारा उस समय फ़्लैट के भीतर था। कौश मूर्खतावश वहाँ से चला आया और हत्यारे को बाहर निकलने का मौक़ा मिल गया। वह नीचे वाले फ़्लैट में आकर छिप गया था, और जब सब लोग ऊपर चले गये तो वह नीचे आ गया। शायद किसी ने उसकी तरफ़ ध्यान नहीं दिया होगा, क्योंकि बहुत से लोग उस इमारत में आते-जाते रहते हैं। जब वह दरवाज़े के पीछे छिपकर खड़ा था, उस समय ग़लती से ईयरिंग की डिबिया उसके हाथों से गिर गयी होगी...क्योंकि तब

वह किसी और सोच में डूबा था...साफ़ ज़ाहिर है कि हत्यारा दरवाज़े के पीछे खड़ा हुआ था...मेरी तो यही राय है।"

"भई मान गये, तुम बहुत तेज़ आदमी हो—लेकिन यह सब नामुमकिन है।"

"क्यों?"

"इसलिए कि यह स्थिति बिलकुल नाटकीय है।"

"आह!" राजुमिहिन कुछ कहने जा रहा था कि इसी समय दरवाज़ा खुला और एक अपरिचित व्यक्ति कमरे में दाख़िल हुआ।

5

यह व्यक्ति देखने में रौबीला और सतर्क मालूम होता था। उसने भीतर आने से पहले सन्दिग्ध दृष्टि से चारों तरफ़ देखा। लगता था, ऐसी जगह आकर वह अपने को अपमानित अनुभव कर रहा था। उसने नाक-भौं सिकोड़कर रास्कोलनिकोव के बिखरे बालों और मैले चेहरे की ओर देखा, जो टूटे हुए सोफ़े पर लेटा शून्य आँखों से उसकी ओर ताक रहा था। फिर आगन्तुक की दृष्टि राजुमिहिन के अस्तव्यस्त बालों और दाढ़ी-मूँछों वाले चेहरे की तरफ़ गयी। राजुमिहिन बिना कुर्सी से उठे ही आगन्तुक की ओर देखता रहा। कुछ समय तक कमरे में आतंकपूर्ण चुप्पी छायीं रही। आगन्तुक ने यह समझकर कि शायद उसका रौब-दाब बेकार गया है, शिष्ट किन्तु अहंकार भरे स्वर में ज़ोसीमोव से पूछा।

"क्या रोदूयोन रोमेनोविच रास्कोलनिकोव यहीं रहते हैं?"

ज़ोसीमोव के कुछ कहने से पहले ही राजुमिहिन ने उत्तर दिया :

"जी हाँ—सामने सोफ़े पर लेटे हैं—कहिये क्या काम है?"

"क्या काम है?" सुनकर आगन्तुक के पैरों तले से ज़मीन खिसक गयी। उसने ज़ोसीमोव की ओर प्रश्नसूचक दृष्टि से देखा।

"यही रास्कोलनिकोव हैं।" ज़ोसीमोव ने बताया और मुँह खोलकर उबासी लेने लगा। फिर ज़ेब में से सोने की घड़ी निकालकर उसने समय देखा।

रास्कोलनिकोव आगन्तुक की तरफ़ घूरकर देख रहा था। उसके चेहरे पर विचित्र पीलापन छा गया था, लगता था जैसे वह ऑप्रेशन करवाकर बाहर निकला है, या उसे कोई भारी यन्त्रणा सहनी पड़ी है। ज़ोसीमोव के मुँह से अपना नाम सुनकर वह फौरन चौंककर उठ बैठा और क्षीण स्वर में बोला :

"मैं ही रास्कोलनिकोव हूँ। कहिये क्या काम है?"

आगन्तुक ने रौबीले स्वर में उत्तर दिया, "...मेरा नाम प्योत्र पैत्रोविच लूज़िन है। मेरा ख़्याल है कि आप मेरे नाम से अपरिचित नहीं हैं।"

रास्कोलनिकोव चुपचाप आगन्तुक के चेहरे की ओर देखने लगा। उसने कुछ और ही सोचा था।

"क्या यह सम्भव है कि आपको अभी तक मेरे बारे में कोई ख़बर न मिली हो?" आगन्तुक ने खीझकर पूछा।

रास्कोलनिकोव तकिये पर सर रखकर लेट गया और छत की ओर ताकने लगा। लूज़िन का चेहरा क्रोध से लाल हो गया। ज़ोसीमोव और राजुमिहिन अप्रतिभ से हो गये। आगन्तुक ने खिसियाये से स्वर में कहा–

"मेरा ख़्याल था कि पन्द्रह दिन पहले का लिखा गया ख़त आपको...।"

राजुमिहिन ने बीच में टोककर कहा :

"आप भीतर तशरीफ़ क्यों नहीं लाते? नस्तास्या, रास्ता छोड़ दो। आइये..."

राजुमिहिन ने कुर्सी आगे खिसका दी। आगन्तुक को शिष्टतावश कुर्सी पर बैठना ही पड़ा। उसने राजुमिहिन की ओर सन्देह भरी नज़र डाली।

"घबराइये नहीं। रोद्या पिछले पाँच दिनों से तेज़ बुखार में पड़ा है। लेकिन अब इसकी हालत सुधर रही है। ये सज्जन डॉक्टर हैं, मैं रोद्या का सहपाठी हूँ–और इसकी तीमारदारी करने आया हूँ। आप बेतकल्लुफ़ होकर बातें कीजिए।"

"धन्यवाद, लेकिन मेरी बातचीत से मरीज़ की हालत बिगड़ेगी तो नहीं?"

"नहीं-नहीं–हो सकता है, आपकी बातों से उसका मन बहल जाये।" ज़ोसीमोव ने उबासी लेते हुए कहा।

राजुमिहिन ने आत्मीयता जतलाते हुए कहा, "आज सुबह से तो रोद्या होश में है।" यह जानकर कि राजुमिहिन सिर्फ़ विद्यार्थी है, प्योत्र पैत्रोविच का मिज़ाज कुछ नर्म पड़ गया और उसने अपनी बात शुरू की।

"आपकी माँ..."

"हूँ..." राजुमिहिन ने गला साफ़ किया और कहा, "आगे चलिये।"

"आपकी माँ ने कुछ दिन पहले शायद आपको एक पत्र लिखा था। पीटर्सबर्ग आने के बाद मैं जान-बूझकर आपसे इतने दिन तक नहीं मिला–लेकिन मुझे यह जानकर हैरानी हुई कि..."

"मैं जानता हूँ। आप ही दुनिया के भावी पति हैं? बस इतना जानना ही काफ़ी है।"

कहने की ज़रूरत नहीं कि आगन्तुक के मन पर चोट लगी थी, लेकिन वह चुप रहा।

उधर रास्कोलनिकोव उत्सुक दृष्टि से लूज़िन के हुलिये की ओर देख रहा था। निश्चय ही लूज़िन के चेहरे या पहनावे में कोई ऐसी चीज़ थी जो रह-रहकर उसके 'भावी पति' होने का सबूत दे रही थी। ज़ाहिर था कि राजधानी में आकर लूज़िन ने

बढ़िया कपड़े सिलवाये थे—ख़ैर यह तो क्षम्य था, क्योंकि लूज़िन दुनिया का 'भावी पति' जो ठहरा। सारी पोशाक से नयेपन की गन्ध आ रही थी, यहाँ तक कि हैट भी बिलकुल नया था। लूज़िन ने हैट को सम्भाल कर घुटनों पर रख छोड़ा था। चमड़े के दस्ताने भी यही दास्तान कह रहे थे कि उन्हें पहनने की ख़ातिर नहीं बल्कि लोगों को दिखाने की ख़ातिर ही लाया गया है। लूज़िन के कपड़ों के रंग हल्के और युवकोचित थे। वह हल्के बादामी रंग की जैकेट, और हल्के रंग की रेशमी पतलून पहने था। कमीज़ बढ़िया केमरिक की थी। पैंतालीस बरस का होने पर भी लूज़िन बड़ा आकर्षक और सजीला मालूम दे रहा था। उसकी काली मूँछें भली लग रही थीं, और उसके बालों को नाई की दुकान में घुँघराला बनाया गया था, फिर भी उसमें ओछापन नहीं था। लेकिन लूज़िन के दोष कपड़ों-लत्तों में नहीं बल्कि कहीं और छिपे हुए थे। कुछ देर तक लूज़िन को घूरने के बाद रास्कोलनिकोव फिर लेटकर छत की ओर देखने लगा।

लेकिन लूज़िन ने भी सहृदय बनने का निश्चय कर लिया था। उसने मौन भंग करते हुए कहा :

"तुम्हारी हालत देखकर मुझे अफ़सोस है, अगर तुम्हारी बीमारी की ख़बर मुझे पहले मिलती तो मैं ज़रूर तुम्हें देखने आता। लेकिन व्यापारियों को कितना काम रहता है, यह तुम जानते ही हो। मैं एक ज़रूरी केस के सिलसिले में यहाँ आया हूँ। तुम्हारी माँ और बहन भी आती ही होंगी।"

रास्कोलनिकोव कुछ कहना चाहता था लेकिन लूज़िन ने बीच में टोककर कहा :

"मैंने उनके ठहरने के लिए एक फ़्लैट का इन्तज़ाम कर दिया है।"

"कहां?" रास्कोलनिकोव ने क्षीण स्वर में पूछा।

"बेकालेव के घर में। पास ही में है।"

राजुमिहिन ने बताया, "मैं जानता हूँ। यूशिन नाम के व्यापारी ने दो मंज़िला मकान किराये पर चढ़ा रखा है। मैं वहाँ एक बार हो आया हूँ।"

"हाँ, वही मकान..."

"बड़ी गन्दी और बदबूदार जगह है। बदनाम लोगों का अड्डा है। एक बार मैं वहाँ किसी काम से गया था। वैसे कोठरियाँ वहाँ सस्ती हैं..."

लूज़िन ने उत्तर दिया, "मैं पीटर्सबर्ग में नया-नया आया हूँ, मुझे यह सारा वृत्तान्त मालूम नहीं। लेकिन फ़्लैट में दो साफ़-सुथरे कमरे हैं...वैसे मैंने अपने रहने के लिए नया फ़्लैट किराये पर ले लिया है। उसमें रोगन हो रहा है। मैं ख़ुद इन दिनों मैडम लिपवेशल के फ़्लैट में टिका हूँ। मेरा दोस्त आँद्री सेम्योनोविच लेब्ज़ियालीकोव वहीं रहता है। उसी ने मुझे बेकालेव के फ़्लैट के बारे में बताया था।"

"लेब्जियालीकोव?" रास्कोलनिकोव ने पूछा।

"हाँ, आन्द्री सेम्योनोविच लेब्ज़ियालीकोव जो सरकारी दफ़्तर में क्लर्क है। तुम उसे जानते हो?"

"हां...नहीं।" रास्कोलनिकोव ने उत्तर दिया।

"मैं कभी उसका गार्जियन था...वह बड़ा प्रगतिशील नौजवान है। मुझे नौजवानों से मिलने-जुलने का बड़ा शौक़ है। उनसे बहुत कुछ सीखा जा सकता है।" लूज़िन ने समर्थन और प्रशंसा पाने की दृष्टि से सबकी ओर देखा।

राजुमिहिन ने पूछा, "मैं आपका मतलब नहीं समझा।"

"मैं दस बरस के बाद पीटर्सबर्ग आया हूँ। वैसे तो सब नये विचार, सुधार और रीति-रिवाज़ हमारे प्रान्त में पहुँच गये हैं लेकिन पीटर्सबर्ग आकर आँखें खुल जाती हैं। मेरा विश्वास है कि नयी पीढ़ी को देखकर ही आप भविष्य का अन्दाज़ा लगा सकते हैं। सच पूछिये तो मुझे बड़ी ख़ुशी हो रही है..."

"किस बात पर?"

"आपका सवाल बहुत बड़ा है। लेकिन आजकल के नौजवानों के विचार बहुत साफ़ और सुलझे हुए हैं—विशेषकर उनकी आलोचनाएँ व्यावहारिक..."

"यह सही है।" ज़ोसीमोव ने टिप्पणी की।

राजुमिहिन ने खीझकर कहा, "यह सब बकवास है। व्यावहारिकता नाम की चीज़ कहीं दिखायी नहीं देती पिछली दो सदियों से हमारे देश में व्यावहारिकता का नाम-निशान नहीं मिलता। विचार ज़रूर उमड़ते रहे हैं। भलाई की भावना ज़रूर है लेकिन वह भी बचकानी सी। लोगों में ईमानदारी है लेकिन असंख्य लुटेरे भी हैं। जहाँ तक व्यावहारिकता का प्रश्न है, हमारे देश में व्यावहारिकता बिलकुल नहीं।"

"मैं आपसे सहमत होने के लिए तैयार नहीं। लोग ग़लतियाँ ज़रूर करते हैं, लेकिन हमें सहृदय होना चाहिए। ये ग़लतियाँ अत्यधिक उत्साह और बाह्य परिस्थितियों से पैदा होती हैं। थोड़े समय में थोड़े सुधार ही हो सकते हैं। अगर आप मेरी व्यक्तिगत राय जानना चाहें तो मैं ज़रूर यह कहूँगा कि देश में बहुत तरक़्क़ी हो चुकी है। पुराने स्वप्नशील रोमाँन्टिक लेखकों की जगह नये विचारशील लेखकों की पुस्तकें लोकप्रिय हो रही हैं। हमारे साहित्य में प्रौढ़ता आ रही है। पुराने अन्धविश्वास और पूर्वाग्रह मज़ाक का विषय बन गये हैं...हम अतीत की ज़ंजीरे तोड़कर आगे बढ़ रहे हैं—यह काफ़ी बड़ी उपलब्धि है..."

"यह जान-बूझकर विद्वत्ता का प्रदर्शन करना चाहता है," रास्कोलनिकोव ने कहा।

"क्या कहा?" लूज़िन ने रास्कोलनिकोव का वाक्य पूरी तरह नहीं सुना था।

"आप सही फ़रमा रहे हैं।" ज़ोसीमोव ने बीच-बचाव किया।

लूज़िन ने विजेता भाव से राजुमिहिन की ओर देखा और ज़ोसीमोव से कहा, "मैं ठीक कह रहा हूँ न! आपको मानना पड़ेगा कि देश में वैज्ञानिक और आर्थिक प्रगति हो रही है..."

"यह पिटा-पिटाया वाक्य है।"

"जी नहीं। मिसाल के लिए अगर कोई मुझसे कहे, 'अपने पड़ोसी से प्रेम करो' तो उससे क्या होगा? अगर मैं अपना आधा कोट फाड़ कर पड़ोसी को दे दूँ तो हम दोनों का आधा शरीर ही ढँक पायेगा। एक कहावत है, 'जो बहुत से खरगोशों को पकड़ना चाहता है, वह एक भी खरगोश नहीं पकड़ सकता'। विज्ञान कहता है, सबसे पहले अपने आपसे प्रेम करो, क्योंकि संसार स्वार्थ पर अवलम्बित है। हर व्यक्ति अपनी भलाई स्वयं करे तो सबकी भलाई अपने आप हो जायेगी। अर्थशास्त्र कहता है कि व्यक्ति की सुरक्षा ही समाज की सुरक्षा है। इसलिए अपने लिए धन पैदा करके शायद मैं अपने पड़ोसी को भी समृद्ध बनाने में सहायता दे रहा हूँ। इसका कारण मेरी सहृदयता नहीं बल्कि हमारे युग की विचारधारा है। कितनी सीधी-सादी बात है, लेकिन अपने आदर्शवाद और भावुकता के कारण हम इस विचारधारा को नहीं समझ पाते। वैसे देखा जाये, तो इस विचार को समझने में ज़्यादा अक़्ल ख़र्च नहीं होती।"

"माफ़ कीजिए, मैं ख़ुद बहुत कम अक़्ल रखता हूँ।" राजुमिहिन ने बीच में टोककर कहा। "अच्छा हो अगर हम बहस यहीं पर बन्द कर दें, क्योंकि पिछले तीन बरसों से मैं यही पिटी-पिटाई बातें कहता और सुनता आ रहा हूँ। मैं जानता हूँ आप अपनी विद्वत्ता का प्रदर्शन करने के लिए उतावले हो रहे हैं—लेकिन यह कोई बुरी बात नहीं। मैंने सिर्फ़ यह जानने के लिए कि आप कैसे आदमी हैं, यह बहस शुरू की थी। आजकल बहुत से बेहया लोग प्रगतिशीलता के हामी बन गये हैं—और उन्होंने हर विचार को अपने संकीर्ण स्वार्थ के लिए संकुचित कर लिया है। बस बहस ख़त्म कीजिए।"

"माफ़ कीजिए, क्या आप कहना चाहते हैं कि मैं भी..." लूज़िन ने आहत, किन्तु शालीन स्वर में पूछा।

"जनाब! मैं ऐसी बात कैसे कह सकता हूँ।..." राजुमिहिन यह कहकर फिर ज़ोसीमोव से बातचीत करने लगा।

लूज़िन ने जल्द वहाँ से चला जाना उचित समझा। उसने रास्कोलनिकोव से कहा :

"मुझे विश्वास है कि भविष्य में हमारा परिचय और अधिक गहरा हो जायेगा...आप जल्दी से स्वस्थ हो जायें..."

रास्कोलनिकोव मुँह फेरकर लेटा रहा। लूज़िन कुर्सी से उठ खड़ा हुआ। उधर ज़ोसीमोव कह रहा था—"बुढ़िया के कर्ज़दारों में से ही किसी ने उसकी हत्या की होगी।"

"इसमें कोई शक नहीं। पोरफेरी उन सब लोगों से पूछताछ कर रहा है, जिन्होंने बुढ़िया के पास चीज़ें गिरवी रखी थीं।" राजुमिहिन ने उत्तर दिया।

"पूछताछ कर रहा है?" रास्कोलनिकोव ने ऊँची आवाज़ में पूछा।

"हाँ—क्यों क्या बात है?"

"कुछ नहीं।"

"उन लोगों का पता कैसे चला?'' ज़ोसीमोव ने पूछा।

"कौश ने कुछ लोगों के पते बताये हैं। कुछ लोग खुद वहाँ पहुँचे थे।"

"यह किसी बदमाश का काम मालूम होता है। ज़रा हत्यारे की हिम्मत देखो।"

राज़ुमिहिन ने उत्तर दिया, "यही ग़लतफ़हमी सब लोगों को है। मैं कहता हूँ—जिसने यह हत्या की है वह व्यक्ति अनुभवी और चालाक बिलकुल नहीं है। शायद यह उसका पहला अपराध है। संयोगवश वह बच निकला। संयोग क्या कुछ नहीं कर सकता? उसने शायद सब रुकावटों पर ग़ौर नहीं दिया था। उस मूर्ख ने बुढ़िया के सन्दूक में सिर्फ़ दस या बीस रूबल के गहने निकालकर ज़ेबों में भर लिए। जबकि पुलिस ने दराज़ में से नकद पन्द्रह सौ रूबल बरामद किये हैं। हत्यारे को चोरी करने की तमीज़ नहीं थी। मैं फिर कहूँगा कि यह उसका पहला अपराध है। न जाने उसे भागने का मौक़ा कैसे मिल गया, वरना..."

"आप कहीं सूदख़ोर बुढ़िया की हत्या की चर्चा तो नहीं कर रहे?" लूज़िन ने ज़ोसीमोव से पूछा। जाने से पहले वह अपनी बौद्धिकता का पूरा प्रदर्शन करके अपने अहंकार को तुष्ट करना चाहता था।

"हाँ, क्या आपने इसके बारे में सुना है?"

"हाँ—बुढ़िया का मकान हमारे पड़ोस में ही है।"

"आपको घटना का ब्यौरा मालूम है?"

"मैं अधिक तो नहीं जानता, लेकिन मुझे अपराध की समस्या में काफ़ी दिलचस्पी है। पिछले पाँच बरसों से निम्न वर्ग के लोगों में तो अपराधियों की संख्या बढ़ी ही है। लेकिन ताज्जुब तो यह है कि उच्च वर्ग में भी चोरों और लुटेरों की संख्या बढ़ रही है। कभी सुनने में आता है किसी विद्यार्थी ने किसी गाड़ी पर डाका मारा, कभी सुनते हैं कि सम्भ्रान्त परिवार के लोगों ने जाली नोट बनाये। पिछले दिनों मास्को में एक ऐसा गिरोह पकड़ा गया है जो जाली लॉटरी के टिकट छापता था। इस गिरोह का मुखिया इतिहास का एक अध्यापक था। इसके बाद हमारे देश के दूतावास के एक अधिकारी की हत्या की गयी। निश्चय ही इस बुढ़िया की हत्या भी किसी पढ़े-लिखे व्यक्ति ने ही की होगी, क्योंकि ग़रीब देहाती सोने के गहने गिरवी नहीं रखते। फिरते समाज के सभ्य वर्ग का इतना नैतिक पतन क्यों हो गया है?"

"देश में बहुत से आर्थिक परिवर्तन हुए हैं।" ज़ोसीमोव ने उत्तर दिया।

"इसका कारण हम कैसे बता सकते हैं? इसका कारण शायद लोगों को व्यावहारिकता है।" राज़ुमिहिन ने ताना दिया।

"क्या मतलब?"

"आपके इतिहास के अध्यापक ने जाली नोट बनाने का क्या कारण बताया था? यही न कि 'सब लोग किसी न किसी तरह धनी बन रहे हैं, इसलिए मैं भी धन जमा करना चाहता हूँ' मुझे उस अध्यापक के सही शब्द तो याद नहीं, लेकिन उसके कहने का सारांश यही था कि वह जल्द से जल्द बिना मेहनत किये, धनी बनना चाहता है। हम आराम से रहने के आदी हो गये हैं। हम चाहते हैं, हमारा खाना भी कोई दूसरा आदमी चबाये। इसके बाद देश में परिवर्तन[1] हुआ और हर आदमी की असलियत प्रकट हो गयी।"

"लेकिन नैतिकता...सिद्धान्त..."

"आपको नैतिकता से क्या। आपके सिद्धान्त भी तो यही कहते हैं?"

"मेरे सिद्धान्त?"

"जी आप अभी-अभी व्यावहारिकता का समर्थन कर रहे थे। व्यावहारिकता तो कहती है कि पैसा पाने के लिए लोगों की हत्या करने में कोई हर्ज़ नहीं..."

"क्या मैंने यह कहा था..." लूज़िन चिल्लाया।"

"नहीं, नहीं, आपका यह मतलब हरगिज़ नहीं था।" ज़ोसीमोव ने बीच-बचाव किया।

रास्कोलनिकोव का चेहरा सफ़ेद पड़ गया था। उसका ऊपर वाला ओंठ फड़क रहा था, और उसे साँस लेने में दिक्क़त हो रही थी।

लूज़िन कह रहा था, "हर चीज़ की कोई हद भी होती है। किसी के विचारों का अर्थ यह लगा लिया जाये कि वह हत्या का समर्थन करता है, तब तो आप लोग..."

"क्या यह सच है कि आपने अपनी सगाई के एक घण्टे बाद ही अपनी मंगेतर से कहा था कि आपकी इच्छा एक अनाथ लड़की से शादी करने की थी, ताकि वह हमेशा आपके अहसानों तले दबी रहे और आपका स्वामित्व बना रहे?" ...रास्कोलनिकोव ने जान-बूझ कर लूज़िन का अपमान करते हुए पूछा।

लूज़िन का चेहरा गुस्से और घबराहट से सुर्ख़ हो गया। उसने उत्तर दिया, "ईश्वर की क़सम! मेरे शब्दों को इस तरह तोड़ा-मरोड़ा गया है? माफ़ करना, मेरे बारे में जो रिपोर्ट तुम्हें पहुँची है वह सरासर झूठ है। मैं...मुझे शक है...कि तुम्हारी माँ इतनी गुणवती स्त्री होते हुए भी बातों को बढ़ा-चढ़ाकर कहने की आदी है...लेकिन मैं सपने में भी नहीं सोच सकता था कि वह मेरी बात को इस तरह तोड़े-मरोड़ेगी...सचमुच।"

"मैं आपको बता देना चाहता हूँ...मैं..." रास्कोलनिकोव ने तैश में आकर कहा।

"क्या बताना चाहते हो?" लूज़िन ने चुनौती दी। कुछ देर तक सन्नाटा छाया रहा।

---

1. परिवर्तन का अर्थ यहाँ 1861 में दास-मुक्ति की घोषणा है।

"मैं बता देना चाहता हूँ कि अगर आपने मेरी माँ के बारे में एक भी शब्द मुँह से निकाला...तो मैं आपको सीढ़ियों से नीचे फेंक दूँगा।"

"अरे तुम्हें क्या हो गया है?" राजुमिहिन चिल्लाया।

लूज़िन का चेहरा पीला पड़ गया। उसने अपने ओंठ चबाते हुए कहा, "अच्छा तो यह मामला है? मैं तुम्हें देखते ही समझ गया था कि तुम्हें मुझसे चिढ़ है। तुम्हारे रंग-ढंग देखने के लिए ही मैं यहाँ रुका था। तुम बीमार हो और मेरे रिश्तेदार भी हो, इसलिए मैं तुम्हें माफ़ कर सकता हूँ...लेकिन इसके बाद कभी भी..."

"मैं बीमार नहीं हूँ।" रास्कोलनिकोव ने ज़ोर से कहा।

"तब तो और भी बुरी बात है।"

"जहन्नुम में जाओ।"

लेकिन लूज़िन बिना कुछ कहे चला गया। राजुमिहिन उठकर खड़ा हो गया। ज़ोसीमोव ने कुछ देर पहले उसे इशारे से समझाया था कि मरीज़ को तंग करना ठीक नहीं। लूज़िन किसी से विदा लिए बग़ैर ही अपना हैट उठाकर चला गया था।

"यह तुमने क्या किया?" राजुमिहिन ने रास्कोलनिकोव से पूछा।

"मुझे अकेला छोड़ दो—सब लोग चले जाओ। तुम मुझे हमेशा इसी तरह सताते रहोगे? मुझे अब किसी का डर नहीं। चले जाओ यहाँ से। मुझे एकान्त चाहिए।"

"आओ चलें।" ज़ोसीमोव ने राजुमिहिन से कहा।

"लेकिन इसे इस हालत में कैसे छोड़ दिया जाये?"

"आओ भी, कहकर ज़ोसीमोव बाहर चला गया। राजुमिहिन उसके पीछे-पीछे भागा।"

ज़ीने में आकर ज़ोसीमोव ने कहा, "अगर हम उसे चिढ़ायेंगे तो उसकी तबियत फिर बिगड़ जायेगी।"

"उसे आख़िर हो क्या गया है?"

"अगर उसके मन को कोई सुखद धक्का पहुँचे तो उसकी हालत सुधर सकती है। बीच में तो वह ठीक हो गया था...लगता है उसके मन पर कोई भारी बोझ है, मुझे डर है..."

"शायद मिस्टर लूज़िन के आने से उसकी तबियत बिगड़ गयी है। दोनों की बातचीत से लगता है कि लूज़िन की शादी रोद्या की बहन से होने वाली है और बीमारी से पहले उसे कोई ख़त मिला था..."

"इस कम्बख़्त लूज़िन ने आकर मरीज़ की हालत बिगाड़ दी। तुमने ग़ौर किया कि उसे किसी बात में दिलचस्पी नहीं, लेकिन हत्या का ज़िक्र आते ही वह उत्तेजित हो उठता है।"

राजुमिहिन ने समर्थन किया, “हाँ, हाँ, मैंने भी देखा है। जिस दिन बीमारी की हालत में वह पुलिस के दफ़्तर गया था, वहाँ भी हत्या की चर्चा हो रही थी। यह बेचारा बेहोश हो गया था।”

“आज शाम को मुझे उस दिन का क़िस्सा ब्यौरे से बताना, मैं भी तुम्हें एक बात बताऊँगा। यह बड़ा दिलचस्प मरीज़ है। आधे घण्टे बाद फिर आकर उसे देखूँगा।...सूजन नहीं रहेगी।”

“धन्यवाद। में नीचे पाशेन्का के पास बैठूँगा और नस्तास्या को भेजकर उसकी हालत का पता करवाता रहूँगा...”

रास्कोलनिकोव बेचैनी से नस्तास्या के जाने का इन्तज़ार कर रहा था, लेकिन नस्तास्या वहीं बैठी रही।

“चाय पीओगे?”

“नहीं, मुझे नींद आ रही है। चली जाओ।”

रास्कोलनिकोव ने मुँह दीवार की ओर फेर लिया। नस्तास्या बाहर चली आयी।

6

नस्तास्या के बाहर जाते ही रास्कोलनिकोव ने उठकर दरवाज़े की कुण्डी चढ़ा ली, और राजुमिहीन के लाये हुए कपड़ों को गठरी से निकाल कर पहनने लगा। इस समय उसका मन बिलकुल स्वस्थ था। पिछले दिनों की विक्षिप्ति और भय गायब हो गये थे। उसके मन में एक विचित्र शान्ति छा गयी थी।

उसके सधे हुए हाथों से किसी दृढ़ निश्चय की झलक मिल रही थी। "आज, आज ही।" वह रह रह कर बुड़बुड़ा रहा था। वह जानता था कि वह अभी कमज़ोर है लेकिन तीव्र मानसिक तल्लीनता से उसमें आत्मविश्वास पैदा हो गया था। उसे विश्वास था कि सड़क पर चलते समय उसके कदम नहीं लड़खड़ायेंगे। कपड़े पनने के बाद उसने मेज़ पर पड़े पच्चीस रूबल और कुछ सिक्के उठाकर अपनी ज़ेब में डाल लिए। फिर कुण्डी खोलकर वह नीचे उतर आया। रसोईघर में नस्तास्या खड़ी मालकिन का समावार* सुलगा रही थी। उसने रास्कोलनिकोव को बाहर निकलते नहीं देखा।

आठ बजे थे, सूर्य अस्त हो रहा था। गर्मी के मारे दम घुटा जा रहा था, लेकिन रास्कोलनिकोव ने धूल भरी हवा में लम्बी साँस ली। उसका सर चकरा रहा था। उसके कुम्हलाये हुए चेहरे और बुखार से जलती हुई आँखों से पाशविक शक्ति का आभास मिल रहा था। वह बिना सोचे-समझे आगे चलता जा रहा था। उसने निश्चय कर लिया था कि जो भी हो, इस मामले को आज ही ख़त्म हो जाना चाहिए। जब तक वह मामला हल नहीं होगा, तब तक वह घर नहीं लौटेगा। लेकिन मामला क्या था, यह वह ख़ुद भी नहीं जानता था, न ही इस बारे में अधिक सोचना चाहता था। सोचने से उसे यन्त्रणा होती थी। वह सिर्फ़ इतना ही जानता था कि आज मामला तय हो जाना चाहिए।

---

* पानी गरम करने की एक विशेष प्रकार की केतली जिसका रूप में प्रचलन है। काश्मीर मे समावार हर घर में मिलता है।

पुरानी आदत के अनुसार वह टहलता हुआ घासमण्डी की तरफ़ चला गया। एक बिसाती की दुकान के आगे काले वालों वाला एक युवक आर्गन की धुन पर एक भावुक गीत गा रहा था। साथ में पन्द्रह बरस की एक लड़की थी, जो सर पर स्ट्राहैट लगाये थी। उसके बदन पर फटे-पुराने कपड़े थे। बाज़ारों में गाते गाते उसकी आवाज़ भारी हो गयी थी, और वह ऊँचे स्वर में गीत गा रही थी। रास्कोलनिकोव भी श्रोताओं में जाकर खड़ा हो गया और उसने पाँच कोपेक लड़की को दिये। लड़की गीत को अधूरा छोड़कर अपने साथी से बोली "आओ चले।" दोनों जने अगली दुकान पर जाकर खड़े हो गये।

"आपको बाज़ारू गाने अच्छे लगते हैं? रास्कोलनिकोव ने अपने पास खड़े एक अधेड़ अजनबी से पूछा। अजनबी ने कोई उत्तर नहीं दिया।

रास्कोलनिकोव फिर बोला "गाने के साथ अगर आर्गन हो तो मुझे अच्छा लगता है, विशेषकर पतझड़ की सीली शामों में, जब आने जाने वालों के चेहरे पीले ज़र्द दिखायी दे रहे हों, या बर्फ़बारी हो रही हो, और सड़कों की बत्तियों की झिलमिलाहट... मेरा मतलब समझ गये न?"

"क्षमा कीजिए...मैं नहीं जानता" कहकर अजनबी सड़क के उस पार चला गया।

रास्कोलनिकोव घासमण्डी के कोने पर पहुँचा जहाँ उसने एक दुकानदार को लिज़ावेता से बातें करते हुए देखा था। उसने लाल कमीज़ वाले एक युवक से पूछा,

"इस कोने में क्या कोई ऐसी दुकान है, जिसमें दुकानदार की पत्नी भी बैठती है?"

"यहाँ बहुत-सी ऐसी दुकानें हैं" युवक ने उद्धत दृष्टि से रास्कोलनिकोव को देखते हुए उत्तर दिया।

"उस दुकानदार का नाम क्या है?"

"वही जो उसके माँ-बाप ने रखा होगा।"

"तुम कौन से प्रान्त के रहने वाले हो?"

युवक ने रास्कोलनिकोव को घूरते हुए उत्तर दिया, "जनाब, प्रान्त नहीं मुहल्ला पूछिये। जनाब मुझे क्षमा करें..."

"सामने शराब की दुकान है?"

"जी बिलियर्डरूम और भोजनालय भी है। आपको वहाँ बहुत-सी शाहजादियाँ भी मिलेंगी...ला-ला।"

रास्कोलनिकोव चौराहा पार करके आगे बढ़ा। एक कोने में देहातियों की भीड़ खड़ी थी। वह जाकर भीड़ में घुस गया। वह किसी से बातचीत करने के लिए व्याकुल हो रहा था, लेकिन किसी ने उसकी ओर ध्यान न दिया। वह खड़ा होकर कुछ सोचने लगा और फिर व—स्थान की तरफ़ चल पड़ा।

बाज़ार से सेदोवी स्ट्रीट की तरफ़ वह अकसर आया करता था जब भी उसका मन उदास या चिन्ताग्रस्त होता, वह न जाने क्यों इस ओर आ निकलता था।

इस समय वह कुछ नहीं सोच रहा था, इस इलाक़े में ढाबे और शराबखानों की क़तारें थीं। औरतें नंगे सिर इधर-उधर घूम रही थीं, और शराबखानों के आगे खड़ी होकर बातें कर रही थीं। एक मकान में से संगीत के स्वर और हँसी के कहकहे सुनाई दे रहे थे। कुछ औरतें फुटपाथ पर बैठी थीं और कुछ मकानों की सीढ़ियों पर। नशे में धुत एक सिपाही गालियाँ बकता हुआ औरतों के पास से होकर निकला। उसके कदम लड़खड़ा रहे थे। पास ही में दो भिखारी आपस में झगड़ रहे थे और नशे में धुत एक आदमी सड़क के बीचोंबीच लेटा था। रास्कोलनिकोव औरतों के झुण्ड के पास जाकर खड़ा हो गया। उनमें से कुछ अधेड़ थीं और कुछ युवतियाँ मालूम होती थीं। सबने सूती कपड़े पहन रखे थे। उनकी आँखों में सुरमा लगा था।

सामने के शराबख़ाने में कोई नाच रहा था। रास्कोलनिकोव का ध्यान बरबस उधर खिंचा जा रहा था। वह कुछ देर तक चुपचाप उदास खड़ा गाना सुनता रहा और दरवाज़े के भीतर झाँकता रहा।

कोई बारीक आवाज़ में गा रहा था,

"ऐ मेरे मदमस्त सिपाही
मुझे अकारण मत पीटो"

रास्कोलनिकोव गीत की अगली पंक्तियाँ भी सुनना चाहता था। उसे लगा जैसे उस गीत में ही सब कुछ छिपा हुआ है। वह सोचने लगा, "क्या मैं भी भीतर जाकर कुछ नशा करूँ?"

"आप भीतर तशरीफ़ नहीं लायेंगे?" एक युवती ने उससे पूछा। उसकी आवाज़ मीठी थी और देखने में भी वह बुरी नहीं थी।

रास्कोलनिकोव युवती के पास आकर बोला, "तुम सुन्दर हो।"

युवती अपनी प्रशंसा सुनकर मुस्कराई और बोली, "आप ख़ुद भी तो सुन्दर हैं।"

"लेकिन देखो तो कितना दुबला है? क्यों जी तुम किसी हस्पताल से आ रहे हो?" पास बैठी एक औरत ने मोटी आवाज़ में पूछा।

"ये सब किसी जनरल की बेटियाँ मालूम होती हैं, लेकिन इनकी नाकें कितनी चपटी हैं। सब ख़ुशमिज़ाज नज़र आती हैं।" नशे में धुत एक देहाती ने फ़बती कसी।

"जाओ अपना रास्ता नापो।"

"चला जाऊँगा प्यारी।"

देहाती एक-दूसरे शराबख़ाने में घुस गया। रास्कोलनिकोव भी आगे चल दिया।

"जनाब ज़रा सुनिये तो।" पीछे से युवती ने आवाज़ दी।

"क्या बात है?"

युवती हिचकिचाई, "आप जैसे नेक आदमी के साथ मैं कभी भी एक घण्टा गुज़ारने को तैयार हूँ, लेकिन इस वक़्त मुझे शर्म आ रही है। मुझे शराब पीने के लिए छह कोपेक दोगे? दे दो—बड़े अच्छे आदमी हो।"

रास्कोलनिकोव ने पन्द्रह कोपेक निकालकर दे दिये।

"आह! आप कितने नेक दिल हैं।"

"तुम्हारा नाम क्या है?"

"आप अगली बार जब आयें तो दूक्लीदा के पास आइयेगा।"

"बस, बस बेहयाई की भी हद होती है। मैं तो ऐसी बात कहने में ही शर्म से मर जाऊँ।" एक औरत ने हाथ मटकाते हुए कहा। वह तीस बरस की, चेचक के दाग़ वाली एक फूहड़ स्त्री थी। उसके शरीर पर खरोंचों के निशान थे और उसका ऊपरवाला ओंठ सूजा हुआ था। उसकी टिप्पणी सुनकर रास्कोलनिकोव सोचने लगा, "मैंने कहीं पढ़ा था कि कोई आदमी मृत्यु से एक घण्टा पहले सोच रहा था, कि अगर उसे किसी नोकीली चट्टान पर खड़ा कर दिया जाये, और उसके चारों ओर अँधेरा, तूफ़ान और गरजता हुआ समुद्र हो, तब भी वह मरने की बजाय, हज़ार बरस तक उसी चट्टान पर खड़ा रहना पसन्द करेगा। किसी भी क़ीमत पर अगर ज़िन्दगी मिले ...हे ईश्वर इस विचार में कितनी सच्चाई है! इन्सान पापी है!...जो दूसरों को पापी कहता है, वह खुद भी पापी है।"

वह दूसरी गली में चला गया, "वाह रे शीशमहल! राजुमिहीन भी अभी शीशमहल रेस्तराँ की बात कर रहा था। लेकिन मैं किसलिए यहाँ आया था? ...अरे हाँ अख़बार... ज़ोसीमोव कह रहा था कि उसने अख़बारों में यह ख़बर पढ़ी है।" सामने के एक साफ़-सुथरे रेस्तराँ में, जहाँ लोग चाय और शैम्पेन पी रहे थे, रास्कोलनिकोव ने दरयाफ़्त किया "आपके पास अख़बार होंगे?" उसे लगा कि शायद ज़ेमेतोफ़ भी वहीं बैठा है। "बैठा भी होगा तो क्या है?" उसने सोचा।

वेटर ने पूछा, "आप बोदका पीयेंगे।"

"मेरे लिए चाय लाओ और पिछले पाँच दिनों के अख़बार भी लाओ—तुम्हें इनाम दूँगा।"

"लीजिए आज का अख़बार। बोदका नहीं चाहिए?"

पुराने अख़बार भी आ गये, रास्कोलनिकोव पढ़ने लगा।

इसमें तो रोज़मर्रा की ख़बरें हैं, 'सीढ़ियों पर दुर्घटना, शराब से एक दुकानदार का पेट फट गया, पेस्की में आग लगी—पीटर्सबर्ग क्वार्टर में आग—एक और आग की ख़बर...मिल गयी। वह हत्या की ख़बर की तलाश कर रहा था। उसके हाथ अधीरता से काँप रहे थे। सहसा उसने देखा, कोई उसके पास आकर बैठ गया था। रास्कोलनिकोव ने देखा कि वह ज़ेमेतोफ़ था—हाथों में क़ीमती अँगूठियाँ, बालों में

पोमेड, और चुस्त वास्कट, लेकिन उसका कोट और कमीज़ गन्दे थे। शैम्पेन पीने से उसके चेहरे पर खुमारी आ गयी थी, वैसे वह ख़ुशमिज़ाज नज़र आ रहा था।

"अरे तुम यहाँ कैसे? राजुमिहीन ने कल ही मुझे बताया था कि तुम बेहोशी की हालत में हो, जानते हो, मैं तुम्हारा हाल पूछने लगा था?"

"हाँ, मैंने सुना था...आपने ही तो मेरा मोज़ा तलाश किया था...राजुमिहीन आपका बड़ा प्रशंसक है। उसका कहना है कि आप उसके साथ लुईजा इवानोव्ना के यहाँ गये थे। आपने आतिशबाज़ लेफ़्टिनेंट को आँख मारी थी, लेकिन वह कुछ न समझ सका। ठीक है न?"

"कितना अहमक आदमी है।"

"कौन लेफ़्टिनेंट?"

"नहीं तुम्हारा दोस्त राजुमिहीन।"

"मिस्टर ज़ेमेतोफ़, आपके मज़े ही मज़े हैं। सब जगह मुफ़्त जा सकते हैं। कहिये आज कौन आपको शराब में डुबो रहा है?"

"हमने ज़्यादा तो नहीं पी। डुबोने का क्या मतलब?"

रास्कोलनिकोव ने हँसकर ज़ेमेतोफ़ के कन्धों को थपथपा कर कहा, "रिश्वत की जगह शराब, और क्या? आपके तो मज़े ही मज़े हैं। ऐश करो यार, मैं तो मज़ाक कर रहा हूँ, जिस तरह तुम्हारा पेंटर दमित्री से मज़ाक कर रहा था...।"

"तुम्हें यह बात कैसे मालूम है?"

"शायद मैं तुमसे ज़्यादा जानता हूँ।"

"तुम भी अजब आदमी हो...शायद तुम्हारी तबियत अभी भी ख़राब है। तुम्हें घर से बाहर नहीं निकलना चाहिए था।"

"क्या सचमुच मैं अजब आदमी हूँ।"

"हाँ, तुम अख़बार पढ़ रहे हो क्या?"

"हाँ।"

"शहर में बहुत-सी जगह आगें लगी हैं।"

"मैं आगों के बारे में नहीं पढ़ रहा। यार, सच सच कहो कि तुम जानना चाहते हो कि मैं क्या पढ़ रहा हूँ।"

"बिलकुल नहीं। लेकिन क्या मैं एक सवाल पूछ सकता हूँ—तुम हर वक़्त...?"

"तुम पढ़े लिखे सभ्य आदमी हो न?"

"ज़िमनेसियम में मैं छठी जमात में था।" ज़ेमेतोफ़ ने शालीन स्वर में कहा।

"छठी जमात में? वाह री मेरी चिड़िया! तुम्हारी अँगूठियों और टेढ़ी माँग से तो लगता है कि तुम मालदार आदमी हो। वाह रे बाँके छोकरे!" रास्कोनिकोव विचित्र ढंग से हँसने लगा। ज़ेमेतोफ़ हैरान होकर पीछे हट गया।

"तुम कितने अजब आदमी हो? मेरा ख़्याल है कि तुम अभी तक सरसाम में बक रहे हो।"

"मैं बक रहा हूँ, वाह री मेरी चिड़िया! क्या कहा, मैं अजब आदमी हूँ?"

"हाँ।"

"बताऊँ कि मैं अख़बार में कौनसी ख़बर पढ़ रहा था। देखो, मैंने ढेरों अख़बार में गँवाये हैं। अब तो तुम्हें शक हुआ न?"

"क्या पढ़ रहे थे?"

"क्यों तुम्हारे कान क्यों खड़े हो गये?"

"मेरे कान किस लिए खड़े होंगे?"

"यह मैं बाद में बताऊँगा, लेकिन इस समय, मैं एलान करता हूँ...नहीं मैं स्वीकार करता हूँ...यह भी ठीक नहीं है...मैं साक्षी देकर कहता हूँ कि मैं जान-बूझ कर यहाँ सूदख़ोर बुढ़िया की हत्या की ख़बर पढ़ने आया था।" रास्कोलनिकोव ने अपना चेहरा ज़ेमेतोफ़ के चेहरे से सटाते हुए कहा। ज़ेमेतोफ़ ने कोई जवाब न दिया, एक मिनिट के लिए ख़मोशी छायी रही। दोनों एक-दूसरे को ग़ौर से देखते रहे।

आख़िर ज़ेमेतोफ़ ने अधीर स्वर में कहा, "तुम कौन-सी ख़बर पढ़ रहे हो, इससे मुझे क्या सरोकार हो सकता है?"

"उसी बुढ़िया की हत्या की ख़बर, जिसकी चर्चा तुम उस दिन पुलिस दफ़्तर में कर रहे थे, जब मैं बेहोश हो गया था।...अब कुछ समझ में आया?"

"समझ में आने का क्या मतलब?" ज़ेमेतोफ़ ने आशंकित स्वर में पूछा।

रास्कोलनिकोव के चेहरे का तनाव ढीला पड़ गया और वह पहले की तरह हँसने लगा। उसे याद आया, जब वह कुल्हाड़ी लिए फ़्लैट के भीतर खड़ा था, तो बाहर से दरवाज़ा खटखटाने की आवाज़ें सुनकर उसके जी में आया था, कि वह ऊँची आवाज़ में गालियाँ बके—मुँह चिढ़ाये और हँसे...हँसता जाये।

"तुम पागल हो गये हो या..." ज़ेमेतोफ़ आगे कुछ कहना चाहता था लेकिन वह स्वयं अपने मन में उठने वाले विचार पर सन्न रह गया था।

"रुक क्यों गये? आगे कहो न?"

"कुछ नहीं।" ज़ेमेतोफ़ ने क्रूद्ध स्वर में उत्तर दिया।

दोनों चुप रहे। हँसी के दौरे के बाद रास्कोलनिकोव सहसा गम्भीर और उदास हो गया। उसने मेज़ पर कुहनियाँ टेककर अपना सर झुका लिया। उसे ज़ेमेतोफ़ की उपस्थिति का आभास तक न रहा। कुछ देर तक चुप्पी छायी रही।

"तुम्हारी चाय ठंडी हो रही है। पीते क्यों नहीं?" ज़ेमेतोफ़ ने पूछा।

"चाय? अरे हाँ" रास्कोलनिकोव ने रोटी का एक टुकड़ा तोड़ा और चाय पीने लगा। सहसा ज़ेमेतोफ़ की शक्ल देखकर उसे कुछ याद आ गया और उसने अपने आपको सँभाल लिया। उसके चेहरे पर वही व्यंग्यभरी मुस्कान आ गयी।

"आजकल अपराधों की संख्या बढ़ती जा रही है।" ज़ेमेतोफ़ बोला, "मैंने अभी कुछ दिन हुए 'मास्को न्यूज़' में पढ़ा था कि जाली नोट छापने वाला एक गिरोह पकड़ा गया है।

"लेकिन यह ख़बर तो मैंने एक महीने पहले पढ़ी थी। तुम ऐसे लोगों को अपराधी समझते हो?"

"निश्चय ही वे अपराधी हैं।"

"वे लोग सीधे सादे बच्चे हैं, अपराधी नहीं। ज़रा सोचो, ज़रा-सी बात के लिए पचास आदमियों के संगठन की क्या ज़रूरत थी? अपने ऊपर विश्वास करने की बजाय उन्होंने अजनबियों पर विश्वास करके उन्हें जाली नोट भुनाने भेज दिया। मान लो वे मूर्ख सफल हो जाते और हरेक लखपति बन जाता, फिर क्या होता? ज़िन्दगी भर सब एक-दूसरे के मुहताज रहते। क्योंकि उनमें से किसी को नोट भुनाना नहीं आता था। जिस आदमी को भुनाने को भेजा, चार हज़ार रूबल गिनने के बाद ही उसके हाथ काँपने लगे, क्योंकि वह जल्द वहाँ से चम्पत होना चाहता था। लोगों को सन्देह होना स्वाभाविक ही था। एक आदमी की मूर्खता से सारी योजना धूल में मिल गयी। क्या यह सब सम्भव है?"

"क्या हाथ काँपना? हाँ यह बिलकुल सम्भव है। कई बार अपराधी ख़ुद अपना अपराध बर्दाश्त नहीं कर सकता?"

"इतनी मामूली-सी बात भी?"

"क्या तुम बर्दाश्त कर सकते? मैं तो सिर्फ़ सौ रूबलों की ख़ातिर इतना जोख़िम हरगिज़ मोल न लेता—फिर जाली नोट लेकर बैंक में जाना ख़तरे का काम है। तुम ऐसा कर सकते थे?"

रास्कोलनिकोव के मन में फिर मुँह चिढ़ाने की इच्छा हुई। उसके शरीर में सिहरन दौड़ गयी। उसने उत्तर दिया, "मैं नोट भुनाने में इतनी जल्दबाज़ी न करता, बल्कि हर नोट को गिनकर लेता, और एक नोट को रोशनी के पास ले जाकर कहता, "यह नोट जाली तो नहीं? मेरे रिश्तेदार को इसी तरह धोखा खाना पड़ा था।" इसके बाद मैं एक मनगढ़न्त कहानी सुनाता और तीसरी गड्डी गिनते हुए कहता, "माफ़ कीजिए दूसरी गड्डी मिलने में मुझसे भूल हो गयी है।" सारे नोट गिनने के बाद में फिर कुछ नोटों को रोशनी में ले जाकर देखता और क्लर्क से कहता, "मेहरबानी करके इन नोटों को बदल दीजिए।" क्लर्क मुझसे तंग आ जाता और ज़रूर मुझसे पिण्ड छुड़ाने की कोशिश करता। एक बार बाहर जाकर मैं फिर लौट आता और नोटों के बारे में तसल्ली करता।"

"छिः छिः कैसी बातें करते हो?" ज़ेमेतोफ़ ने हँसते हुए कहा, "कहना आसान है लेकिन करने में कहीं न कहीं गड़बड़ हो जाती है। अनुभवी से अनुभवी और साहसी

आदमी भी धोखा खा जाते हैं, हम जैसों की तो बिसात ही क्या! इस बुढ़िया की हत्या की ही मिसाल लो। हत्यारा ज़रूर दुःसाहसी होगा, जिसने दिनदहाड़े ऐसा काम किया—लेकिन उसके हाथ भी काँप गये थे। वह बुढ़िया की क़ीमती चीज़ें नहीं ले जा सका—उसे वहाँ अधिक देर रुकना बर्दाश्त ही नहीं हुआ होगा..."

रास्कोलनिकोव ने आहत स्वर में पूछा, "तो फिर तुम हत्यारे को पकड़ते क्यों नहीं?"

"पुलिस उसे पकड़ लेगी।"

"तुम्हारा ख़्याल है कि तुम उसे पकड़ सकोगे? तुम्हें तो अगर कोई ग़रीब आदमी फ़िज़ूलख़र्ची करता हुआ मिले तो तुम उसी को गिरफ़्तार कर लोगे। पुलिस को तो कोई बच्चा भी गुमराह कर सकता है।"

"अपराधी भी तो यही करते हैं। हत्या करने के बाद वे शराबख़ाने में शराब पीते हैं और पकड़े जाते हैं। सब तुम्हारी तरह चालाक नहीं होते। हत्यारे की जगह अगर तुम होते तो क्या ऐसा नहीं करते?"

रास्कोलनिकोव के माथे पर त्योरियाँ पड़ गयीं। उसने खीझ कर उत्तर दिया, "मालूम होता है तुम्हें इस मामले में बड़ी दिलचस्पी है और तुम जानना चाहते हो कि उन परिस्थितियों में मैं क्या करता?"

"हाँ मैं जानना चाहता हूँ।" ज़ेमेतोफ़ के स्वर में संजीदगी थी।

"सच?"

"हाँ सच।"

"अच्छा तो सुनो।" रास्कोलनिकोव ने फिर अपना चेहरा ज़ेमेतोफ़ के चेहरे के क़रीब लाते हुए फुसफुसाकर कहा। ज़ेमेतोफ़ काँप उठा। "मैं सारी नकदी और गहनों को ले जाकर किसी एकान्त निर्जन स्थान में, किसी इमारत के पिछवाड़े ले जाकर किसी पत्थर के नीचे गड्ढे में छिपा देता और दो तीन बरस तक गहनों को छूता तक नहीं—पुलिस तलाशी भी लेती तो मेरी बला से!"

"तुम निरे पागल हो।" कहकर ज़ेमेतोफ़ पीछे हट गया। रास्कोलनिकोव की आँखों में विचित्र चमक आ गयी थी, उसका चेहरा पीला पड़ गया था, और उसका ऊपर वाला ओंठ काँप रहा था। वह झुककर ज़ेमेतोफ़ के कान में कुछ फुसफुसाने लगा, लेकिन उसके गले में से आवाज़ न निकली। उसे अपने ऊपर संयम न रहा था—आख़िर उसने कह ही दिया,

"मान लो अगर मैंने ही बुढ़िया और लिजावेता की हत्या की हो?"

ज़ेमेतोफ़ आँखें फाड़कर उसकी ओर देखने लगा। उसने पूछा "लेकिन यह कैसे सम्भव हो सकता है?"

रास्कोलनिकोव ने क्रुद्ध स्वर में कहा, "यह क्यों नहीं कहते कि तुमने मेरी बात पर विश्वास कर लिया है?"

"बिलकुल नहीं—अब तो मुझे बिलकुल विश्वास नहीं रहा।"

"मैंने चिड़िया को पकड़ लिया! इसका मतलब तुम्हें पहले विश्वास था, जो अब नहीं रहा?"

"नहीं। क्या तुम इसीलिए मुझे डरा रहे थे?" ज़ेमेतोफ़ ने पूछा।

"तो तुम्हें विश्वास नहीं हुआ? जब मैं दफ़्तर से बाहर निकला था, तो मेरे पीछे तुम लोगों में क्या बातें हो रही थीं? मेरी बेहोशी के बाद मुझसे सवाल क्यों पूछे गये थे?" फिर उसने वेटर को बुलाकर पूछा, "कितना बिल हुआ?"

"तीस कोपेक।"

"यह लो और बीस कोपेक—जाकर बोदका पी लेना! इसके बाद ज़ेमेतोफ़ को लक्ष्य करते हुए रास्कोलनिकोव ने कहा, "देखा मैं कितना मालदार हो गया हूँ। लाल और हरे नोट, पूरे पच्चीस रूबल हैं! ये कहाँ से मिले? तुम जानते हो, मेरे पास कुछ दिन पहले एक कोपेक तक न था। फिर मेरे पास नये कपड़े कहाँ से आये? तुमने मेरी मकान मालकिन से भी पूछताछ की थी। निश्चय ही...फिर मिलेंगे?"

रास्कोलनिकोव के सर पर विचित्र पागलपन सवार हो गया था, जो सुखद होते हुए भी गहरी वेदना से भरा था। उसके चेहरे पर ऐंठन-सी आ गयी थी, और वह बेहद थक गया था। ज़रा-सी बात पर उसे आवेश आ जाता था, आवेश दूर होते ही वह अपने को अशक्त महसूस करता था।

ज़ेमेतोफ़ किसी गहरी सोच में बैठा था। रास्कोलनिकोव की बातों ने उसके मन में उथल-पुथल मचा दी थी। अन्त में वह इस नतीज़े पर पहुँचा कि इल्या पैत्रोविच मूर्ख है।

रास्कोलनिकोव बाहर जाने के लिए रेस्तराँ का दरवाज़ा खोल ही रहा था कि वह राजुमिहीन से टकरा गया। क्षण भर के लिए दोनों एक-दूसरे को देखते रहे। राजुमिहीन की आँखें क्रोध से अंगारे की तरह दहकने लगीं। वह ज़ोर से चिल्लाया, "अच्छा तो तुम यहाँ थे? मैं तुम्हें सोफ़े के नीचे तलाश करता फिर रहा था। तुम्हारी वजह से मैंने नस्ताया की मरम्मत की होती। रोद्या, आख़िर माजरा क्या है? सच-सच बताओ! बोलो!"

"माज़रा यह है कि मैं तुम सब लोगों से तंग आ गया हूँ और एकान्त चाहता हूँ।" रास्कोलिनिकोव ने उत्तर दिया।

"एकान्त, जबकि तुमसे चला-फिरा भी नहीं जाता? तुम्हारा चेहरा सफ़ेद पड़ गया है और साँस फूल रही है...अहमक! तुम क्या कर रहे थे? साफ़ बताओ!"

"मुझे जाने दो।" रास्कोलनिकोव ने बाहर निकलने की कोशिश की। इस पर राजुमिहीन ने कसकर से कन्धों से पकड़ लिया।

"तुम्हें जाने दूँ? तुम्हारी इतनी मज़ाल! जानते हो मैं क्या करने वाला हूँ। तुम्हें गठरी में बाँध कर घर ले जाऊँगा और ताले में बन्द कर दूँगा।

"सुनो राजुमिहीन, तुम देख नहीं सकते कि मुझे तुम्हारी परोपकारिता की ज़रा भी ज़रूरत नहीं है। तुम ज़बरदस्ती क्यों मेरे सर पर अहसानों का बोझ लादना चाहते हो? तुमने मेरी बीमारी में क्यों दख़ल दिया? शायद मरने में मुझे सुख मिलता। क्या मैंने तभी नहीं कह दिया था कि तुम लोगों की उपस्थिति से मेरे मन को यन्त्रणा पहुँचती है? शायद तुम जान-बूझ कर लोगों को सताना चाहते हो! मैं सच कहता हूँ कि तुम्हार वजह से मेरी तबियत ठीक नहीं हो पा रही, क्योंकि तुम्हें देखकर मैं चिढ़ जाता हूँ। तुमने देखा कि ज़ोसीमोव मुझे देखते ही वापिस चला गया, तुम भी ईश्वर के लिए मुझे अकेला छोड़ दो। तुम्हें मुझ पर ज़बरदस्ती करने का क्या अधिकार है? देखते नहीं कि अब मैं होश में हूँ। मैं तुम्हें कैसे समझाऊँ, कि मुझे तुम्हारी हमदर्दी से कितनी पीड़ा पहुँचती है! हो सकता है कि मैं कृतघ्न और नीच हूँ लेकिन मुझे—मुझे—ईश्वर के लिए, मुझे..."

वह आगे भी कुछ कहना चाहता था, लेकिन उसकी साँस फूल गयी। लूज़िन को देखकर भी उसका यही हाल हुआ था।

राजुमिहीन कुछ देर तक खड़ा रहा, फिर उसने अपने हाथ खींच लिए और कहा, "जाओ जहन्नुम में!" रास्कोलनिकोव के जाते-जाते गरजकर कहा, "ठहरो!" मैं तुम्हें बता देना चाहता हूँ कि तुम लोग निरे अहमक और बकवासी हो। ज़रा-सी तकलीफ़ हो जाये तो उसे इस तरह सहने लगते हो जैसे मुर्गी अंडों को सेती है। तुम्हारे विचार भी तो तुम्हारे अपने नहीं औरों से चुराये हुए हैं। तुम्हारे दिमाग़ में मछली का तेल भरा है और धमनियों में ख़ून की जगह पानी बहता है। मुझे तुममें से किसी पर भी विश्वास नहीं। तुम लोग ज़रा-सी बात पर मनुष्यता को तिलांजलि दे बैठते हो।" रास्कोलनिकोव को हिलते-डुलते देखकर राजुमिहीन ने फिर डाँटा, "कान खोल कर सुन लो। तुम जानते हो कि आज राज को मैं एक पार्टी दे रहा हूँ—शायद मेहमान अब तक आ भी गये होंगे—मैं अपने चचा को वहाँ छोड़कर तुम्हें तलाश करने निकला हूँ। अगर तुम अहमक न होते—तुममें ज़रा-सी भी मौलिकता होती तो तुम सड़कों पर जूते चटख़ाने की बजाय, मेरी पार्टी में शरीक़ होते। मैं जानता हूँ तुममें प्रतिभा है, लेकिन हो तुम अब्बल दर्ज़े के मूर्ख। ख़ैर तुम बाहर निकल ही आए हो तो चलो मेरे यहाँ...मैं तुम्हें बैठने के लिए आरामकुर्सी दूँगा—एक प्याला चाय...रौनक़ देखना... चाहो तो सोफ़े पर लेटे रहना...ज़ोसीमोव भी आ रहा है। चलोगे न?"

"नहीं!"

"वाहियात! मामलों में तुम्हारी तबियत आने को हुई तब? इन्सान की तबियत का क्या भरोसा? ...हज़ारों बार मैं अपने दोस्तों से रूठ चुका हूँ—फिर जाकर उन्हें मना लेता हूँ। आदमी में लिहाज़ भी कुछ होती है। अच्छा याद रखना पोचिन्कोव के मकान में...तीसरी मंज़िल पर..."

"देखता हूँ, राजुमिहीन कि तुम किसी न किसी दिन अपनी नेकदिली के लिए मार खाओगे!"

"मुझे कौन मारेगा? कोई ऐसी बात सोचे तो सही, मैं उसकी नाक मरोड़ दूँगा। अच्छा याद रखना, सैंतालीस नम्बर का फ़्लैट।"

"राजुमिहीन मैं वहाँ नहीं आऊँगा।" कहकर रास्कोलनिकोव चल दिया।

"आओगे कैसे नहीं! अगर नहीं आये तो हमारी दोस्ती ख़त्म समझो! सुनो, क्या ज़ेमेतोफ़ यहीं है?"

"हाँ।"

"तुम उससे मिले थे?"

"हाँ।"

"उससे बातें हुई थीं?"

"हाँ।"

"किस बारे में? जाओ जहन्नुम में मैं सारा क़िस्सा नहीं सुनाना चाहता। अच्छा पोचिन्कोव का मकान...याद रखना!"

रास्कोलनिकोव सेदोवी स्ट्रीट की ओर मुड़ गया। राजुमिहीन खड़ा उसकी ओर देखता रहा, फिर सीढ़ी पर खड़ा होकर कहने लगा, "भाड़ में जाये। बातें तो होश हवाश में कर रहा था...लेकिन मैं भी कितना मूर्ख हूँ! क्या पागल सही बातें नहीं करते। ज़ोसीमोव को भी शायद यही डर था" राजुमिहीन ने अपना माथा ठोंक लिया, "मान लो अगर...मैंने उसे अकेला क्यों जाने दिया। वह नदी में डूब मरे तब? आह मुझसे भारी ग़लती हो गयी! वह रास्कोलनिकोव के पीछे-पीछे भागा, लेकिन रास्कोलनिकोव का कहीं नाम निशान न था। उसे कोसता हुआ वह रेस्तराँ में लौटकर ज़ेमेतोफ़ के पास गया।

रास्कोलनिकोव क—पुल की रेलिंग पर दोनों कुहनियाँ टिकाकर खड़ा हो गया और दूर क्षितिज की ओर देखने लगा। राजुमिहीन से विदा लेने के बाद उसके शरीर में कमज़ोरी आ गयी थी, और वह बड़ी मुश्किल से पुल तक पहुँचा था। वह किसी जगह आराम से बैठना या लेटना चाहता था। रेलिंग पर झुककर उसने सूर्यास्त की अन्तिम लालिमा और संध्या के झुपपुटे में मकानों की क़तारों और नहर के पानी की तरफ़ देखा। अँधेरा बढ़ रहा था। उसका ध्यान बरबस पानी की ओर आकर्षित हो रहा था। सहसा उसकी आँखों के आगे लाल चक्र दिखायी देने लगे, और पुल पर

आने-जाने वाले लोग, घोड़ागाड़ियाँ उसे चकराती हुई नज़र आयीं। वह बेहोश होकर गिरने वाला ही था कि अचानक उसकी नज़र एक कुरूप चीज़ पर पड़ी। उसने देखा कि उसके पास एक लम्बी, औरत खड़ी थी—औरत के सर पर रूमाल बँधा था, उसका चेहरा पीला और निस्तेज़ था—आँखें गालों में धँसी हुई थीं। वह टकटकी लगाकर रास्कोलनिकोव की ओर देख रही थी—अगले ही क्षण उस औरत ने रेलिंग पर चढ़ कर नहर में छलाँग लगा दी। पानी ने उसे निगल लिया, लेकिन थोड़ी देर बाद वह पानी की सतह पर बहती नज़र आयी, उसकी स्कर्ट गुब्बारे की तरह फूल गयी थी।

"कोई औरत डूब रही है! कोई औरत डूब रही है!" दर्जनों आवाज़ें आयीं। नहर के किनारों पर दर्शकों की भीड़ लग गयी। पुल पर भी बहुत से लोग आ गये।

"हे ईश्वर दया करो! यह तो हमारी एफ़्रोसीन्या है! नेकबख़्तो बचाओ! उसे बाहर निकालो।" एक बुढ़िया करुण स्वर में चीख़ने लगी।

"नाव लाओ, नाव लाओ!" भीड़ में से कोई चिल्लाया, लेकिन नाव लाने की कोई ज़रूरत नहीं थी। एक पुलिस-मैन ने घाट पर आकर अपना कोट और बूट उतार दिये और वह नहर में कूद पड़ा। एक हाथ से उसने औरत के कपड़ों को पकड़ा और दूसरे हाथ से एक डंडे को जो उसका एक साथी पकड़े हुए था। औरत को डूबने से बचा लिया गया। जल्द ही उसे होश आ गयी और वह बैठकर छींकने और खाँसने लगी। फिर अपनी गीली पोशाक को निचोड़ने लगी।

"यह शराब के नशे में बावली हो रही है। अभी कुछ दिन पहले इसने अपने गले में फाँसी लगाने की कोशिश की थी। मैंने अपनी छोटी लड़की को इसकी देखभाल के लिए बैठाया था, यह फिर भाग आयी। यह मेरी पड़ोसिन है—सज्जनों यह सामने दूसरा मकान है न!—" बुढ़िया ने बताया।

भीड़ तितर-बितर हो गयी। पुलिस अभी भी उस औरत को घेरे थी। किसी ने थाने का ज़िक्र किया। रास्कोलनिकोव उदासीन आँखों से सारा दृश्य देखता रहा। उसे ग्लानि-सी हो रही थी। वह अपने से बुड़बुड़ाया, पानी...छिः छिः, इन्तज़ार करने से क्या फ़ायदा होगा? क्यों न पुलिस दफ़्तर में जाकर...? ज़ेमेतोफ़ दफ़्तर में क्यों नहीं होगा? पुलिस दफ़्तर दस बजे तक खुला रहता है..." उसने अपनी चारों तरफ़ देखा।

"अच्छा यही सही।" उसने दृढ़तापूर्वक कहा और वह पुलिस दफ़्तर की ओर चल पड़ा। उसके हृदय और मस्तिष्क में शून्य सा भर गया था। उसकी उदासी, और आवेश भी ग़ायब हो चुके थे। इनके बदले में उदासीनता छा गयी थी।

नहर के किनारे चलते हुए उसने सोचा। "छुटकारे का यह भी एक रास्ता है। मैं इस परेशानी को ख़त्म करना चाहता हूँ...लेकिन क्या परेशानी सचमुच ख़त्म हो जायेगी? क्या मैं सब कुछ बता सकूँगा?...अहा, मैं कितना थक गया हूँ! कहीं बैठने या लेटने की जगह मिल जाती! मुझे अपनी मूर्खता पर शर्म आती है।

लेकिन अब मुझे उसकी भी परवाह नहीं। इन्सान के दिमाग़ में कितनी वाहियात बातें आती हैं!"

पुलिस दफ़्तर पहुँचने के लिए बायीं तरफ़ दूसरे चौरास्ते पर मुड़ना पड़ता था। लेकिन रास्कोलनिकोव उधर जाने की बजाय किसी दूसरी गली में घुस गया और निष्प्रयोजन ही वहाँ चक्कर काटता रहा। सहसा उसे लगा कि कोई उसके कानों में फुसफुसाकर कुछ कह रहा है। उसने आँखें ऊपर उठायीं तो देखा कि वह बुढ़िया के मकान के फाटक के आगे खड़ा है, उस शाम के बाद वह आज पहली बार इधर आया था। एक अज्ञात शक्ति उसे भीतर जाने के लिए प्रेरित कर रही थी। वह सहन पार करके ज़ीने पर चढ़ने लगा। ज़ीने में अँधेरा था। वह हर मंज़िल के बाद रुककर कौतूहलभरी नज़रों से अपने आस-पास देख रहा था। पहली मंज़िल की खिड़की का चौखटा अपनी जगह से हटा दिया गया था। "उस दिन तो ऐसा नहीं था।" वह सोचने लगा। दूसरी मंज़िल के फ़्लैट का दरवाज़ा बन्द था और उस पर ताज़ा रोगन किया गया था। "यह किराये के लिए ख़ाली है।" रास्कोलनिकोव ने मन-ही-मन कहा और तीसरी मंज़िल पार करके चौथी मंज़िल पर पहुँचा। बुढ़िया के फ़्लैट का दरवाज़ा खुला देखकर वह स्तब्ध रह गया। भीतर से बहुत से लोगों की आवाज़ें आ रही थीं।

उसे भीतर जाने में हिचकिचाहट महसूस हुई लेकिन अगले ही क्षण वह भीतर चला गया। इस फ़्लैट में भी रोगन किया जा रहा था। वहाँ बहुत से मज़दूर जमा थे। रास्कोलनिकोव को आशा थी कि घर की सभी चीज़ें यथास्थान मौजूद होंगी, यहाँ तक कि दोनों लाशें भी फ़र्श पर दिखायी देंगी। लेकिन घर को खाली देखकर उसे अजब सा लगा। वह जाकर खिड़की के पास बैठ गया, जहाँ दो युवक मज़दूर दीवार पर नया फूलदार काग़ज़ चिपका रहे थे। न लाने क्यों रास्कोलनिकोव यह देखकर चिढ़-सा गया। उसे नये काग़ज़ बिलकुल पसन्द नहीं आये। मज़दूरों के जाने का वक़्त हो चुका था और वे जल्दी से काग़ज़ों के पुलिन्दों को समेट रहे थे। उन्हें रास्कोलनिकोव की उपस्थिति का आभास तक न था। रास्कोलनिकोव बगलों में बाँहें डालकर दोनों की बातचीत सुनने लगा।

"आज सुबह वह बन-ठनकर मेरे पास आयीं। मैंने पूछा 'इतनी सजधज किसलिए?' वह बोली, 'वैसीलिच, तुम्हें ख़ुश करने के लिए मैं कुछ भी कर सकती हूँ। वह साक्षात फ़ैशन बुक में छपी तस्वीर दिखायी दे रही थी।"

"फ़ैशन बुक क्या चीज़ होती है?" दूसरे ने पूछा। स्पष्ट था कि वह अपने साथी की राय की बहुत कद्र करता था।

"फ़ैशन-बुक में रंगीन तस्वीरें रहती हैं। हर शनिवार की डाक में ये किताबें दर्ज़ियों के पास आती हैं। इनमें बताया जाता है कि मर्दों और औरतों को किस तरह

की पोशाक पहननी चाहिए। तस्वीरों में मर्द अकसर समूर के कोट पहनते हैं और औरतें झालर वाली पोशाकें। तुम नहीं जानते, ये तस्वीरें कितनी मज़ेदार होती हैं।"

"पीटर्सबर्ग में सिवा माँ-बाप के क्या नहीं मिल सकता है।"

रास्कोलनिकोव उठकर दूसरे कमरे में चला गया, जहाँ बुढ़िया का भारी सन्दूक और अलमारी रखी रहती थी। खाली कमरा बहुत छोटा मालूम हो रहा था। दीवारों पर अभी तक पुराना काग़ज़ चिपका हुआ था। कोने में मूर्तियाँ रखी रहती थीं। सहसा मज़दूरों में से एक की नज़र रास्कोलनिकोव पर गयी। उसने पूछा,

"क्या चाहते हो?"

जवाब देने की बजाय रास्कोलनिकोव ज़ीने में जाकर घण्टी बजाने लगा—वही घण्टी—वही आवाज़! उसने दो-तीन बार घण्टी बजाई। पुराना भय फिर लौट आया और वह हर बार घण्टी बजाकर काँपने लगा—इसमें उसे एक विचित्र सन्तोष मिल रहा था।

"तुम कौन हो? क्या चाहते हो?" एक मज़दूर ने बाहर निकलकर पूछा। रास्कोलनिकोव भीतर आकर बोला, "मैं एक फ़्लैट किराये पर लेना चाहता हूँ। मैं ज़रा कमरों को भीतर से देख रहा हूँ।"

"कमरों को देखने का यह कोई वक़्त नहीं। तुम्हें चौकीदार को साथ लेकर ऊपर आना चाहिए था।"

"देखता हूँ कि फ़र्श धुल चुके हैं, क्या इन पर भी पालिश की जायेगी? ख़ून के दाग़ कहाँ गये?"

"कैसा ख़ून?"

"जानते नहीं, बुढ़िया और उसकी बहन की यहीं हत्या की गयी थी। उस दिन तो यहाँ ख़ून के छप्पड़ जमा थे।"

"तुम कौन हो?" मज़दूर ने घबराकर पूछा।

"जानना चाहते हो मैं कौन हूँ? आओ मेरे साथ पुलिस स्टेशन। तुम्हें मालूम हो जायेगा।"

दोनों मज़दूर विस्मित दृष्टि से उसका मुँह ताकने लगे। एक ने कहा, "हमें देर हो रही है। आओ एल्योश्का चलें।"

"अच्छी बात है, आओ चलें?" कहकर रास्कोलनिकोव सीढ़ियों से उतरने लगा। फाटक के पास जाकर उसने आवाज़ दी "अरे चौकीदार!"

फाटक के पास बहुत से लोग खड़े थे जिनमें एक औरत भी थी। रास्कोलनिकोव उनके पास जाकर खड़ा हो गया।

"क्या काम है?" एक चौकीदार ने पूछा।

"तुम पुलिस दफ़्तर में हो आये हो?"

"हाँ, मैं सीधा वहीं से लौट रहा हूँ। कहो, क्या काम है?"

"पुलिस दफ़्तर खुला हुआ है?"

"ज़रूर खुला होगा।"

"असिस्टेंट सुपरिंटेंडेंट वहीं थे?"

"कुछ देर के लिए आए थे। लेकिन तुम क्या चाहते हो?"

रास्कोलनिकोव ने कोई उत्तर नहीं दिया। वह किसी गहरी सोच में पड़ा था।

एक मज़दूर ने आगे बढ़कर बताया, "यह आदमी अभी ऊपर वाला फ़्लैट देखने गया था।"

"कौन सा फ़्लैट?"

"जहाँ हम लोग काम कर रहे हैं। इसने कहा 'इस फ़्लैट में दो हत्याएँ हुई हैं। तुम लोगों ने ख़ून के दाग़ क्या धो दिये? मैं इस फ़्लैट को किराये पर लेना चाहता हूँ।' इसके बाद इसने कई बार ज़ोर से घण्टी बजाई, फिर कहने लगा, "चलो मेरे साथ पुलिस थाने, वहाँ सब कुछ बता दूँगा।" यह हमारा पीछा छोड़ता ही नहीं था।"

चौकीदार ने विस्मित दृष्टि से रास्कोलनिकोव की ओर देखा और रोबीली आवाज़ में पूछा, "तुम कौन हो?"

"मैं हूँ रोदियोन रोमनोविच रास्कोलनिकोव, भूतपूर्व विद्यार्थी। पास ही में चौदह नम्बर के फ़्लैट में रहता हूँ। मकान का चौकीदार मुझे जानता है।" रास्कोलनिकोव ने अलसाये स्वप्निल ढंग से कहा। वह ग़ौर से अँधेरी सड़क की ओर देख रहा था।

"तुम ऊपर वाले फ़्लैट में किस लिए गये थे?"

"देखने के लिए।"

"वहाँ देखने की क्या चीज़ है?"

"इसे सीधा पुलिस थाने में ले जाओ।" एक लम्बे कोट वाले व्यक्ति ने कहा।

रास्कोलनिकोव ने अलसाये स्वर में कहा, "आइये चलें।"

"हाँ इसे पुलिस के हवाले कर दो। यह ऊपर वाले फ़्लैट में क्या करने गया था?"

"यह नशे में तो नहीं मालूम होता। ईश्वर जाने, माजरा क्या है।" मज़दूर बड़बड़ाया।

चौकीदार ने गुस्से से लाल पीला होकर पूछा, "तुम यहाँ क्यों रुके हो—तुम्हें क्या काम है?"

"अच्छा तो पुलिस स्टेशन ले जाने की धमकी झूठी ही थी।" रास्कोलनिकोव ने व्यंग्य किया।

"झूठी कैसी? मैं पूछता हूँ तुम यहाँ क्यों खड़े हो?"

"यह कोई बदमाश मालूम होता है।" पास खड़ी देहातिन ने कहा।

"इसके साथ मग़जपच्ची करना बेकार है। यह पक्का बदमाश है। चल निकल यहाँ से।" दूसरे चौकीदार ने जिसकी पेटी में से चाबियों का गुच्छा लटक रहा था, रास्कोलनिकोव को धक्का मारते हुए कहा।

रास्कोलनिकोव गिरते-गिरते बचा। फिर दर्शकों की ओर चुपचाप देखता हुआ वहाँ से चल दिया।

"अजब अहमक है।" एक मज़दूर बोला।

"आजकल निरे अहमकों से वास्ता पड़ता है।" देहातिन ने टिप्पणी की।

"तुम इसे थाने ले जाते तो अच्छा होता।"

"ऐसे बदमाशों से जहाँ तक हो सके बचना ही चाहिए। एक बार पीछे पड़ गये तो पिण्ड नहीं छोड़ते...हम ऐसों को जानते हैं।"

रास्कोलनिकोव चौराहे पर खड़ा सोच रहा था, "मैं थाने जाऊँ या न जाऊँ?" उसने अपने चारों ओर देखा, जैसे वह आने-जाने वालों से फ़ैसला सुनना चाहता हो। लेकिन चारों ओर निस्तब्धता छायी थी—सहसा दो सौ गज़ की दूरी पर उसे एक भीड़ खड़ी दिखायी दी। भीड़ के बीचोंबीच एक गाड़ी खड़ी थी।...रास्कोलनिकोव जाकर भीड़ में शामिल हो गया। वह हर चीज़ में दिलचस्पी ले रहा था। उसने थाने जाकर आत्मसर्पण करने का फ़ैसला कर लिया था। वह जानता था कि उसकी मानसिक पीड़ा का जल्द ही अन्त होने वाला है। उसके चेहरे पर एक फीकी-सी मुस्कान छा गयी।

7

सड़क के बीचोंबीच एक शानदार घोड़ागाड़ी खड़ी थी। गाड़ी में कोई नहीं था—कोचवान नीचे उतरकर खड़ा हो गया...गाड़ी के इर्द-गिर्द भीड़ जमा थी, जिनमें पुलिस भी थी—एक पुलिस का आदमी पहियों के पास पड़ी हुई किसी चीज़ पर लालटेन की रोशनी फेंक रहा था। लोगों में चर्चा हो रही थी। कोचवान घबरायी आवाज़ में कह रहा था,

"हे ईश्वर कितनी बदक़िस्मती है!"

रास्कोलनिकोव भीड़ को धकेलता हुआ आगे बढ़ा। ज़मीन पर एक आदमी बेहोश पड़ा था, जिसका शरीर लहू में तर था। उसके बदन पर मामूली कपड़े थे, उसका चेहरा बुरी तरह कुचल गया था। सर में से ख़ून बह रहा था। उसे बहुत गहरी चोट लगी थी।

कोचवान दुखी स्वर में बोला, "हे ईश्वर मुझसे यह क्या हो गया! अगर मैं तेज़ी से जा रहा होता, और उसे आवाज़ न देता तो मेरा दोष था, लेकिन सब देख रहे थे कि मैं धीरे-धीरे जा रहा था। शराबी आदमी की चाल सीधी नहीं होती...मैंने इसे लड़खड़ाती चाल से सड़क पार करते हुए देखा था। मैंने इसे दो-तीन बार आवाज़ दी। फिर मैंने गाड़ी भी रोक दी लेकिन यह आदमी सीधा घोड़ों की टाप के नीचे आ गया... या तो जान-बूझ कर या शराब के नशे में...घोड़े नौसिखिये हैं—जल्द ही बिदकते हैं...आदमी की चीख़ सुनकर बेक़ाबू हो गये।"

"हाँ...ऐसा ही हुआ था।" भीड़ में से एक आवाज़ आयी।

"यह सच है कि कोचवान से तीन बार आवाज़ दी थी।" दूसरे ने कहा।

"हाँ, तीन बार।" तीसरे ने समर्थन किया।

लेकिन कोचवान डरा हुआ नहीं मालूम होता था। निश्चय ही गाड़ी किसी धनी और प्रभावशाली व्यक्ति की थी, पुलिस गाड़ी को अधिक देर रोककर गाड़ी के मालिक को नाराज़ नहीं करना चाहती थी। वे ज़ख्मी आदमी को हस्पताल ले जाने लगे। उस व्यक्ति का नाम किसी को मालूम नहीं था।

इस बीच रास्कोलनिकोव नज़दीक आकर आदमी के चेहरे की ओर देख रहा था। सहसा लालटेन की रोशनी में उसने ज़ख्मी का चेहरा पहचान लिया।

"मैं इसे जानता हूँ। यह रिटायर्ड सरकारी क्लर्क है। मारमेलेदोव...यह पास ही कोज़ेल के घर में रहता है...जल्दी से कोई डॉक्टर बुलाओ! फ़ीस मैं दूँगा। यह देखो!" उसने ज़ेब में से नोट निकालकर पुलिस मैन को दिखाये। वह आवेश में आ गया था।

पुलिस को ज़ख्मी आदमी का नाम जाकर तसल्ली हो गयी। रास्कोलनिकोव ने अपना नाम और पता इस संजीदगी से लिखाया, जैसे वह जख़्मी का बाप हो, और उसने पुलिस से अनुरोध किया, 'नज़दीक ही कोज़ेल नाम के धनी जर्मन के यहाँ यह रहता है। मालूम होता है, यह घर लौट रहा था। मैं जानता हूँ, इसे शराब पीने की आदत है—वैसे यह बीवी बच्चों वाला है। इसे हस्पताल ले जाने में देर हो जायेगी, जहाँ यह रहता है—वहाँ कोई न कोई डॉक्टर ज़रूर मिल जायेगा। फ़ीस मैं दूँगा! घर में कम से कम इसकी देखभाल तो होगी। हस्पताल पहुँचने से पहले ही इसके प्राण निकल जायेंगे। उसने लोगों की नज़रें छिपा कर पुलिस-मैन के हाथों में कुछ सिक्के पकड़ा दिये, वैसे रिश्वत के बिना भी काम चल सकता था, क्योंकि मामला बिलकुल सीधा था।

कोज़ेल का घर तीस कदमों की दूरी पर था। रास्कोलनिकोव, मारमेलेदोव का सर थामे हुए चल रहा था।

"इस रास्ते से, इसका सर ऊपर उठाकर ज़ीने में ले चलो! इधर मुड़ो। तुम्हें इनाम देकर ख़ुश कर दूँगा।" वह बुड़बुड़ाया।

कैटेरीना इवानोवूना अपनी कोठरी में सदा की भाँति खाँसती और बुड़बुड़ाती हुई चक्कर काट रही थी। कई दिनों से वह अपनी दस बरस की बच्ची पोलेन्का के साथ अंटसंट बातें करने लगी थी। पोलेन्का बातों का पूरा अर्थ न समझते हुए भी, इतना ज़रूर समझती थी कि उसे माँ की सहायता करनी चाहिए। उसकी बड़ी-बड़ी आँखों में समझदारी की ज्योति चमक रही थी। पोलेन्का इस समय अपने बीमार भाई को बिस्तर में सुलाने से पहले कपड़े बदलवा रही थी। भाई गुमसुम सा टाँगें फैलाये कुर्सी पर बैठा था।

वह माँ-बेटी की बातें ध्यान से सुन रहा था। सोने से पहले सब अच्छे बच्चों को कपड़े बदलवाने के लिए चुप बैठना पड़ता है। पर्दे के पास चीथड़ों में लिपटी एक छोटी लड़की अपनी बारी की प्रतीक्षा कर रही थी। साथ वाले कमरे में से इतना धुआँ आ रहा था कि कैटेरीना इवानोव्ना खाँसते-खाँसते बेदम हो गयी। उसने सीढ़ियों वाला दरवाज़ा खोल दिया। एक हफ़्ते में ही वह इतनी दुर्बल हो गयी थी कि उसके रुग्ण चेहरे की लालिमा और भी बढ़ गयी थी।

वह कह रही थी, "पोलेन्का तुम कल्पना भी नहीं कर सकतीं कि अपने पापा के यहाँ मैं कितनी सुखी थी। इस शराबी ने मुझे यहाँ लाकर बरबाद कर दिया है। यह तुम लोगों को भी बरबाद करके छोड़ेगा। पापा सिविल कर्नल थे। उनका ओहदा सिर्फ़ गर्वनर से नीचा था। जब लोग उनसे मिलने को आते तब कहते, "इवान् मिहाईलोविच, हम तो आपको ही अपना गवर्नर समझते हैं। जब मैं,..." उसे ज़ोर की खाँसी आ गयी। उसने अपना गला साफ़ किया और छाती को सहलाने लगी।" जब मार्शल के यहाँ नाच में राजकुमारी बेज़ेमेलनी मुझे मिलीं तो उन्होंने पूछा, 'तुम वही सुन्दर लड़की हो न जिसने दुशाले का नाच किया था' (मेरा शाल फट गया है। सुई-डोरा लेकर उसे आज या कल रफू कर डालना, जैसे मैंने सिखाया था... खों-खों-खों! कहीं उस कम्बख़्त के हाथ लग गया तो इस शाल का छेद और भी बड़ा हो जायेगा।)? प्रिंस शेगॉलस्की ने मेरे साथ मजुरका डान्स किया था। वह अगले दिन मुझसे शादी का प्रस्ताव करने ही वाला था, लेकिन मैंने उसे बताया कि मैं किसी दूसरे को अपना हृदय दे चुकी हूँ। वह दूसरा तुम्हारा बाप था। मेरे पापा मुझसे सख़्त नाराज़ हो गये। ...क्या पानी गरम हो गया? कमीज़ और मोज़े ले आओ। और सुनो लिदा आज रात तुम्हें बिना बनियान के सोना पड़ेगा। अपने मोजे भी बाहर निकाल दो। मैं उन्हें भी साथ में धो दूँगी...यह आवारा शराबी अभी तक क्यों नहीं आया? उसकी कमीज़ भी चिथड़े-चिथड़े हो गयी है...मैं सारी धुलाई एक बार में ही ख़त्म करना चाहती हूँ ताकि लगातार दो रातों तक मुझे काम न करना पड़े...खों-खों-खों...अरे यह क्या है? कोठरी के बाहर लोगों की भीड़ खड़ी देखकर वह चौंक पड़ी। "ये लोग किसे भीतर ला रहे हैं। हे ईश्वर दया करो।"

"इसे कहाँ लिटायें?" पुलिस-मैन ने पूछा।

"सोफ़े पर सर इस ओर करके सीधा लिटा दो।" रास्कोलनिकोव ने बताया।

"गाड़ी के नीचे आ गया था यह। पीये हुए था।" किसी की आवाज़ सुनायी दी।

कैटेरीना इवानोव्ना का चेहरा सफ़ेद पड़ गया। वह ज़ोर से हाँफने लगी। बच्चे भयभीत हो गये। नन्ही लिदा चीख़ती हुई पोलेन्का से लिपट गयी। उसकी देह पत्ते की तरह काँप रही थी।

मारमेलेदोव को सोफ़े पर लिटा कर रास्कोलनिकोव कैटेरीना इवानोव्ना के पास गया।

"ईश्वर के लिए शान्त रहो। डरने की कोई बात नहीं।" उसने समझाया। "ये सड़क पार कर रहे थे कि गाड़ी के नीचे आ गये। डरो नहीं, इन्हें होश आ जायेगा। मैं ही पुलिस से कहकर इन्हें यहाँ ले आया हूँ...मैं एक बार पहले भी यहाँ आ चुका हूँ, याद है? इन्हें होश आ जायेगा, दवादारू का ख़र्च मैं दूँगा।"

"यह नौबत भी आ गयी।" कैटेरीना इवानोव्ना करुण स्वर में बोली और अपने पति से लिपट गयी। रास्कोलनिकोव ने देखा कि वह आसानी से बेहोश होने वाली औरत नहीं है। उसने अपने अभागे पति के सर के नीचे तकिया लाकर रख दिया। न जाने पहले किसी को यह बात क्यों नहीं सूझी। वह अपनी बीमारी की चिन्ता छोड़कर पति के सिहराने बैठकर उसका रक्त से सना चेहरा देखने लगी। बड़ी मुश्किल से उसने होंठ भींचकर अपनी चीख़ को हृदय में ही दबा रखा था। रास्कोलनिकोव ने एक आदमी को डॉक्टर बुलाने के लिए भेजा। मालूम हुआ कि उनके पड़ोस में ही एक डॉक्टर रहता है।

उसने फिर कैटेरीना इवानोव्ना को आश्वासन दिया, "घबराओ नहीं, मैंने डॉक्टर को बुलवा भेजा है। फ़ीस मैं दूँगा। क्या थोड़ा-सा पानी मिल जायेगा?...कोई अंगोछा या तौलिया ले आओ, जल्दी से...इन्हें चोट तो आयी है, लेकिन संगीन नहीं है। देखें डॉक्टर क्या कहता है।"

कैटेरीना इवानोव्ना भागकर खिड़की के पास गयी, जहाँ एक टूटी कुरसी पर मिट्टी के बर्तन में कपड़े धोने के लिए पानी रखा था। हफ़्ते में दो बार वह रात को कपड़े धोया करती थी, क्योंकि परिवार के पास बदलने के लिए कपड़े नहीं थे। कैटेरीना इवानोव्ना सफ़ाई-पसन्द थी, और वह बच्चों को मैले कपड़े पहनाने की बजाय, रात को कपड़े धोना पसन्द करती थी। रातभर में कपड़े सूख जाते थे। वह पानी का बर्तन उठा लायी, लेकिन उसका वज़न न सँभाल सकने के कारण गिर पड़ी रास्कोलनिकोव ने पहले से ही एक तौलिया ढूँढ़ लिया था, जिसे गीला करके वह मारमेलेदोव के रक्त से सने चेहरे को पोंछने लगा।

कैटेरीना इवानोव्ना बड़े कष्ट से साँस ले रही थी। उसकी अपनी हालत बहुत ख़राब थी। रास्कोलनिकोव को ख़्याल आया कि ज़ख्मी को वहाँ लाकर उसने अच्छा नहीं किया। पुलिस का कान्स्टेबल भी इसी दुविधा में खड़ा था।

कैटेरीना इवानोव्ना ने ज़ोर से कहा, "पोलेन्का, भागकर सोनिया को बुला लाओ। अगर वह घर पर न हो तो वहाँ कह आना कि उसके पिता गाड़ी के नीचे आ गये हैं, और वह फौरन यहाँ आ जाये। जल्दी से शॉल ओढ़ लो और जाओ।"

"जितनी तेज़ी से हो सके भाग कर जाना।" छोटे लड़के ने कुर्सी पर बैठे-बैठे आग्रह किया। यह कहकर वह फिर गूँगों की तरह गुमसुम हो गया।

इस बीच कोठरी में इतनी भीड़ हो गयी कि तिल रखने की जगह न रही। एक के सिवा पुलिस के सब कान्स्टेबल वापस चले गये थे, लेकिन अड़ोस-पड़ोस के सब लोग अपने घरों में से निकल कर जमा हो गये थे। कैटेरीना इवानोव्ना गुस्से में आग बबूला हो रही थी। "कम से कम, इस बिचारे को शान्ति से मरने तो दो। यहाँ कोई तमाशा हो रहा है जो आँखें फाड़-फाड़ कर देख रहे हो, और सिगरेट भी

पीते जा रहे हो?... (खों-खों-खों) जी नहीं, सर पर हैट भी पहने रहो, उतार क्यों दी?... एक तो अब भी पहने है...चले जाओ, कम से कम मरे हुए आदमी की इ़ज़्ज़त तो करनी चाहिए।"

खाँसी से कैटेरीना इवानोव्ना का गला रूँध गया था, लेकिन उसकी डाँट-फटकार का इतना असर ज़रूर पड़ा कि भीड़ छँटने लगी। आकस्मिक दुर्घटना के मौक़े पर लोगों को हमदर्दी के बावजूद भी एक विचित्र सन्तोष का अनुभव होता है।

कुछ लोग बाहर कह रहे थे जख़्मी को फौरन अस्तपाल ले जाना चाहिए और यहाँ शोर नहीं मचाना चाहिए।

"तुम्हें मरने का कोई अधिकार नहीं है।" कैटेरीना इवानोव्ना ज़ोर से चिल्लाई और दरवाज़े के बाहर खड़े लोगों पर अपना गुस्सा उतारना चाहती ही थी कि दरवाज़े के बीच मैडम लिपवेशल से वह टकरा गयी, जो दुर्घटना की ख़बर सुनकर भागती हुई ऊपर आयी थी। वह एक ग़ैर-ज़िम्मेदार और लड़ाका स्त्री थी।

आते ही मुट्ठियाँ भींचकर वह बोली, "हे ईश्वर, घोड़ों ने तुम्हारे पति को रौंद डाला। इसे फौरन अस्पताल ले जाओ। मैं मकान-मालकिन हूँ।"

"अमेलिया लूद्विगोव्ना, ज़रा सोचो तो, तुम क्या कह रही हो?" कैटेरीना इवानोव्ना ने गर्व भरे स्वर में कहना शुरू किया, (वह मकान मालकिन के साथ हमेशा इसी तरह बात करती थी, ताकि उसे अपनी हैसियत का पता चल जाय। इस मौक़े पर भी वह अपनी कुलीनता का प्रदर्शन किये बिना न रह सकी) "अमेलिया लुद्विगोवृना..."

"मैं तुम्हें पहले भी कह चुकी हूँ कि मुझे अमेलिया लुद्विगोव्ना मत कहा करो। मेरा नाक अमेलिया इवानोव्ना है।"

"नहीं तुम अमेलिया लुद्विगोव्ना हो। मैं मिस्टर लेब्ज़ीलीकोव की तरह तुम्हारी चापलूस नहीं हूँ, जो इस समय दरवाज़े के पीछे खड़ा हँस रहा है (सचमुच दरवाज़े के पीछे से कोई कह रहा था लो! दोनों में फिर चल गयी।))। मेरी समझ में नहीं आता, कि तुम इस नाम से चिढ़ती क्यों हो। तुम अपनी आँखों से देख रही हो कि सेम्योन ज़हारोविच का अन्त नज़दीक आ गया है, मेहरबानी करके फौरन दरवाज़ा बन्द कर दो और किसी को भीतर मत आने दो। कम से कम उस बेचारे को शान्ति से मरने तो दो। वरना मैं तुम्हें चेतावनी देती हूँ कि कल गवर्नर जनरल से तुम्हारी शिकायत कर दूँगी। वे मुझे और सेम्योन ज़हारोविच को अच्छी तरह जानते हैं और हमारे शुभचिन्तक रहे हैं।"

सारी दुनिया जानती है कि ज़हारोविच ने स्वाभिमान की ख़ातिर अपने अनगिनत मित्रों और हितैषियों से नाता तोड़ लिया है। उनमें यही एक कमज़ोरी है, लेकिन अब एक सहृदय धनी युवक (रास्कोलनिकोव की ओर इशारा करके) जो सेम्योन ज़हारोविच का बचपन का साथी है, हमारी मदद के लिए आया है, तुम बेफ़िक्र रहो, अमेलिया लुद्विगोव्ना...

जल्दी बोलने के कारण कैटेरीना इवानोव्ना को खाँसी आ गयी। इसी समय मारमेलेदोव को होश आया और वह दर्द से कराहने लगा। उसने आँखें खोलीं और शून्य दृष्टि से रास्कोलनिकोव का मुँह ताकने लगा–उसे साँस लेने में कठिनाई हो रही थी। उसके मुँह से फिर ख़ून बहने लगा और माथे पर पसीने की बूँदें चमकने लगीं। वह घबराकर चारों तरफ़ देखने लगा। कैटेरीना इवानोव्ना की आँखों से आँसू बह रहे थे। वह दुखित स्वर में बोली,

"हे ईश्वर! इनका सीना एकदम कुचल गया है। देखो तो कितना ख़ून बह रहा है! आइये इनके कपड़े उतार दें–सेम्योन ज़हारोविच ज़रा करवट बदलने को कोशिश तो करो!"

मारमेलेदोव ने पत्नी को पहचान लिया और भर्राई हुई आवाज़ में कहा,

"पादरी को बुलाओ!"

कैटेरीना इवानोव्ना खिड़की के पास जाकर खड़ी हो गयी और दुखी स्वर में चिल्लाई, "लानत है इस ज़िन्दगी पर!"

"पादरी बुलाओ।" मारमेलेदोव ने फिर कहा।

"लोग पादरी बुलाने के लिए गए हैं।" वह ज़ोर से चिल्लाई। मारमेलेदोव उदास और भयभीत आँखों से पत्नी की ओर देखने लगा। कैटेरीना इवानोव्ना उसके सिरहाने आकर खड़ी हो गयी।

मारमेलेदोव की दृष्टि अपनी लाड़ली बेटी लिदा पर गयी जो एक कोने में बैठी काँप रही थी और चकित दृष्टि से अपने मरणासन्न पिता को देख रही थी।

"आह!" उसने इशारे से लड़की को बुलाया।

"अब क्या चाहते हो!" कैटेरीना इवानोव्ना ने चिल्लाकर पूछा।

"पैरों में जूते नहीं हैं!" मारमेलेदोव बच्ची के नंगे पैरों की ओर देखकर बुदबुदाया।

"चुप रहो, तुम्हें अच्छी तरह मालूम है, कि बच्ची के पास जूते क्यों नहीं हैं!" कैटेरीना इवानोव्ना ने चिढ़कर कहा।

"ग़नीमत है, डॉक्टर आ गया।" रास्कोलनिकोव ने निश्चिन्त स्वर में कहा।

बूढ़े जर्मन डॉक्टर ने सन्दिग्ध दृष्टि से सबकी ओर देखते हुए कमरे में प्रवेश किया। उसने जख़्मी की नब्ज़ देखी और कैटेरीना इवानोव्ना की मदद से उसकी रक्त से सनी कमीज़ उतारी। मारमेलेदोव की कई पसलियाँ टूट गयी थीं, और बायीं ओर हृदय के पास पीले रंग का बड़ा सा जख़्म था–जहाँ घोड़े ने बेदर्दी से टाप जमा दी थी। डॉक्टर के माथे पर त्यौरियाँ पड़ गयीं। पुलिस-मैन ने उसे बताया कि मारमेलेदोव तीस गज़ तक पहिये के साथ घिसटता गया था।

"मुझे ताज्जुब है कि इस हालत में जख़्मी को होश कैसे आ गया," डॉक्टर ने रास्कोलनिकोव के कान में कहा।

"आपकी क्या राय है?"

"यह फौरन ही चल बसेगा।"

"बचने की ज़रा-सी उम्मीद नहीं?"

"बिलकुल नहीं, यह सिर्फ़ कुछ क्षणों का मेहमान है। सर में भी गहरी चोट आयी है। अगर आप चाहें तो मैं ख़ून निकाल सकता हूँ। लेकिन उससे कुछ नहीं बनेगा। पाँच या दस मिनट से ज़्यादा जीने की उम्मीद नहीं है।"

"तब तो ख़ून निकालना बेहतर होगा।"

"आप कहते हैं तो निकाल दूँगा, लेकिन इसका कोई फ़ायदा नहीं।"

इसी समय बाहर खड़े लोगों की भीड़ पीछे हट गयी, और एक बूढ़ा पादरी हाथ में सलीब लिए कमरे में दाख़िल हुआ। दुर्घटना के बाद ही एक पुलिस-मैन उसे बुलाने चला गया था। डॉक्टर एक ओर हटकर खड़ा हो गया। रास्कोलनिकोव ने डॉक्टर से कुछ देर रुकने का आग्रह किया।

सब लोग पीछे हट गये। मारमेलेदोव अस्पष्ट स्वर में बड़बड़ाया। कैटेरीना इवानोव्ना दोनों बच्चों के साथ ज़मीन पर घुटने टेककर बैठ गयी। नन्ही लिदा भय से काँप रही थी, लेकिन लड़का बार-बार सिर झुकाकर शरीर पर सलीब का चिन्ह बना रहा था। उसे ऐसा करने में एक विचित्र सन्तोष मिल रहा था। कैटेरीना इवानोव्ना अपने होंठ भींचकर आँसू रोकने की कोशिश कर रही थी। वह भी प्रार्थना कर रही थी और बीच-बीच में बच्चों के नंगे बदन को ढँकने की कोशिश करती जाती थी। इस बीच बाहर खड़ी भीड़ ने कौतूहलवश दरवाज़ा फिर खोल दिया, लेकिन दहलीज़ के भीतर आने का साहस किसी में न था। कोठरी में सिर्फ़ एक मोमबत्ती जल रही थी।

इसी समय भीड़ को धकेलती हुई पोलेन्का आयी। भागते भागते उसकी साँस फूल गयी थी, उसने अपना रूमाल उतारकर माँ से कहा, "सोनिया मुझे बाज़ार में मिल गयी थी वह अभी आ रही है।" वह भी माँ के साथ फ़र्श पर घुटने टेककर बैठ गयी।

एक लड़की चुपचाप भीड़ को चीरती हुई आगे बढ़ी। ग़रीबी, फटेहाली, मृत्यु और आतंक के बीच उसका वहाँ आना विचित्र-सा मालूम देता था। यद्यपि वह स्वयं सस्ते कपड़े पहने थी, लेकिन उसकी बाज़ारू सजधज और नक़ली गहनों से बेहयाई टपक रही थी। वह दरवाज़े में खड़ी होकर शून्य दृष्टि से सबकी ओर देखने लगी, यहाँ तक कि उसे अपनी भड़कीली रेशमी घेरेदार पोशाक का भी ध्यान न रहा। जिससे सारा दरवाज़ा भर गया था। रात के समय भी वह अपना छाता साथ लायी थी! उसके सर पर एक विशाल स्ट्रॉ-हैट था, जिसमें गहरे लाल रंग के पंख खौंसे हुए थे। पैरों में हल्के रंग के जूते थे। लेकिन इस बेहूदी सजधज के बीच एक पीला, भयभीत चेहरा था। सोनिया अठारह वर्ष की एक दुबली-पतली युवती थी। सुनहरी बालों और नीली आँखों ने उसे सुन्दर बना दिया था। वह टकटकी बाधें पादरी और

अपने मरणासन्न पिता की ओर देख रही थी। भागने से उसकी साँस फूल गयी थी। सहसा भीड़ में से किसी की कानाफूँसी सुनकर वह चौंक उठी और दबे कदमों से कोठरी में दाख़िल हुई।

कन्फ़ेशन पूरा हो चुका था। कैटेरीना इवानोव्ना उठकर फिर पति के पास गयी। जाने से पहले पादरी ने कैटेरीना इवानोव्ना को भर्त्सना और सान्त्वना के कुछ शब्द कहे।

"इन बच्चों का क्या होगा?" वह चिढ़कर बोली।

"ईश्वर दयालु है, वही तुम्हें सान्त्वना देगा।" पादरी ने उत्तर दिया।

"आह! दयालु तो है, लेकिन हम पर नहीं।"

"ऐसा कहना पाप है, श्रीमती जी।" पादरी ने समझाया।

"यह क्या पाप नहीं है?" कैटेरीना इवानोव्ना ने मरणासन्न पति को लक्ष्य करके कहा।

"जिनकी लापरवाही से यह दुर्घटना हुई है, वे शायद आपको हर्ज़ाना देंगे।"

"आप नहीं समझते। वे हर्ज़ाना क्यों देंगे? इसने शराब के नशे में अपने आप को गाड़ी के नीचे फेंक दिया था, कैसी कमाई! इसने सिवाय मुसीबत के हमें कभी कुछ नहीं दिया। घर की सब चीज़ें बेचकर यह शराब पीता था। इसने मेरी और बच्चों की ज़िन्दगी तबाह कर दी। ईश्वर का धन्यवाद है कि यह मर रहा है। एक जने का बोझ तो कम हुआ।"

"श्रीमती जी, यह पापपूर्ण भावनाएँ हैं। मरणासन्न व्यक्ति को क्षमा कर देना चाहिए।"

कैटेरीना इवानोव्ना पति के चेहरे से ख़ून और पसीना पोंछ रही थी और उसे पानी पिला रही थी। सहसा वह क्रोध से फुफकार उठी, "धर्म पिता, आपने भी ख़ूब कहा! इसे माफ़ कर दूँ? अगर यह दुर्घटना न होती तो यह शराब पीये हुए घर लौटता और बेख़र सो जाता। मैं रात भर इसके और बच्चों के चिथड़े धोती रहती। सवेरा होने पर, उन्हें रफू करती। मेरी रातें इसी तरह गुज़रती हैं...इससे बड़ी माफ़ी और क्या होगी?"

इसी समय उसे ज़ोर की खाँसी आयी। उसने मुँह में रूमाल रखकर दोनों हाथों से सीने को दबा लिया। रूमाल ख़ून से तर हो गया। पादरी ने चुपचाप सिर नीचे झुका लिया।

मारमेलेदोव यन्त्रणा की अन्तिम घड़ी में से गुज़र रहा था। वह टकटकी बाँधे अपनी पत्नी के चेहरे की ओर देख रहा था। उसने कुछ कहने के लिए अपने होंठ हिलाये, लेकिन कैटेरीना इवानोव्ना ने फौरन कहा, "चुप रहो। मैं जानती हूँ, तुम क्या कहना चाहते हो।" वह जान गयी थी कि उसका पति उससे माफ़ी माँगना चाहता है। मारमेलेदोव की दृष्टि दरवाज़े की ओर गयी जहाँ सोनिया खड़ी थी। अभी तक सोनिया को उसने नहीं देखा था।

वह आतंकित होकर उठ बैठा और हाँफ कर बोला, "वह कौन है? वह कौन है?"

"लेट जाओ, लेट जाओ।" कैटेरीना इवानोव्ना ज़ोर से चिल्लाई।

किसी अज्ञात शक्ति से प्रेरित होकर मारमेलेदोव कोहनी के बल बैठने में समर्थ हो गया था। कुछ देर तक तो उसने अपनी बेटी को पहचाना ही नहीं। इससे पहले सोनिया को ऐसी पोशाक में नहीं देखा था। सहसा उसका हृदय अपनी बेटी के अपमानित जीवन की यन्त्रणा और उस सस्ती सजधज के पीछे छिपी क्रूरता से आहत हो उठा। वह विनयपूर्वक पिता को अन्तिम नमस्कार कहने की प्रतीक्षा में खड़ी थी। मारमेलेदोव के चेहरे पर गहरी व्यथा छा गयी।

"सोनिया? बेटी, मुझे माफ़ कर दो।" मारमेलेदोव ने अपनी बाँहें फैलानी चाहीं, लेकिन अपना सन्तुलन खोकर वह मुँह के बल फ़र्श पर गिर पड़ा। सबने उसे उठाकर सोफ़े पर लिटा दिया, लेकिन उसकी अन्तिम घड़ी आ पहुँची थी। सोनिया की बाँहों में उसने प्राण छोड़ दिए।

"यह तो मुक्ति पा गया, अब क्या होगा? मैं इसे कैसे दफ़नाऊँगी? कल बच्चों को खाने के लिए कहाँ से दूँगी?" कैटेरीना इवानोव्ना चिल्लाई।

रास्कोलनिकोव ने उसे समझाया, "कैटेरीना इवानोव्ना, पिछले हफ़्ते तुम्हारे पति ने मुझे अपनी परिस्थिति के बारे में सब कुछ बताया था...विश्वास करो, वह बड़े आदर से तुम्हारा नाम ले रहे थे। मुझे उनसे ही मालूम हुआ कि वे सारे परिवार में विशेषकर तुम्हारी कितनी इज़्ज़त करते थे। उसी शाम से...हम दोनों की दोस्ती गहरी हो गयी...अपनी कमज़ोरी के बावजूद भी वे...अपने स्वर्गवासी मित्र के लिए मैं कुछ करना चाहता हूँ। यह लो बीस रूबल। अगर यह तुम्हारे काम आ सकें तो मैं फिर आऊँगा...निश्चित रूप से...शायद कल ही...गुड बाई।"

वह फौरन भीड़ को चीरता हुआ ज़ीने से नीचे उतरने लगा। सहसा उसे निकोदिम फ़ोमिच दिखायी दिया जो दुर्घटना की ख़बर सुनकर पूरी तहक़ीक़ात करने वहाँ आया था। पुलिस स्टेशन के बाद दोनों की मुलाकात नहीं हुई थी, लेकिन निकोदिम फ़ोमिच ने उसे तुरन्त पहचान लिया।

"अरे तुम!"

"मारमेलेदोव चल बसा। डॉक्टर और पादरी यहाँ आये थे। बिचारी बीवी तपेदिक़ की मरीज़ है। उसे ज़्यादा तंग मत करना। हो सके तो उसे ढाढ़स बँधाने की कोशिश करना...मैं जानता हूँ, तुम्हारा हृदय दयालु है"... रास्कोलनिकोव ने मुस्कराकर निकोदिम फ़ोमिच की ओर देखा।

"लेकिन तुम्हारे कपड़ों पर ख़ून के दाग़ है।" निकोदिम फ़ोमिच ने रास्कोलनिकोव की वास्कट पर ताज़ा ख़ून के दाग़ देखकर कहा।

"हाँ, मैं ख़ून में तर हूँ"...रास्कोलनिकोव ने विचित्र ढंग से कहा, फिर मुस्कराता हुआ वह नीचे चला गया।

वह जान-बूझ कर धीरे-धीरे चल रहा था। उसे इस समय भी बुखार था, लेकिन जीवन-शक्ति के ओज से वह अपने अन्दर एक विचित्र स्फूर्ति का अनुभव कर रहा था। फाँसी की सज़ा पाये व्यक्ति को अगर रिहाई का हुक्म सुनाया जाय तो उसे भी ऐसी ही स्फूर्ति का अनुभव होता है। ज़ीने में उसे पादरी भी मिला था। वह नीचे पहुँचने ही वाला था कि ज़ीने पर उसे किसी के कदमों की आहट सुनायी दी। कोई उसके पीछे भागता हुआ आ रहा था। "ठहरो! ठहरो!" यह पोलेन्का थी।

रास्कोलनिकोव ने मुड़कर देखा। आँगन से आती हुई मध्यम रोशनी में उसे बच्ची का सुन्दर मुस्कराता हुआ चेहरा नज़र आया। बच्ची एक सन्देश लेकर आयी थी।

"बताइये आपका नाम क्या है? आप कहाँ रहते हैं?" उसने हाँफती हुई आवाज़ में पूछा। रास्कोलनिकोव ने बच्ची के कन्धों पर हाथ रख दिये और भावुक दृष्टि से उसके चेहरे की ओर देखने लगा। न जाने क्यों ऐसा करने में उसे एक अपूर्व आनन्द का अनुभव हो रहा था।

"तुम्हें किसने भेजा है?"

"सोनिया ने।" बच्ची ने मुस्कराकर उत्तर दिया।

"मैं जान गया था कि तुम्हारी बहन सोनिया ने ही तुम्हें भेजा होगा।"

"नहीं, मुझे माँ ने भी भेजा है। जब सोनिया मुझे आपके पास भेज रही थी, तब माँ ने पास आकर कहा, 'पोलेन्का' भागकर जाना।"

"तुम्हें अपनी बहन सोनिया अच्छी लगती है?"

"हाँ, मुझे सबसे ज़्यादा अच्छी वही लगती है।" पोलेन्का की मुस्कराहट में संजीदगी आ गयी थी।

"क्या तुम मुझे भी दोस्त समझोगी?"

नन्ही बच्ची ने उसे चूमने के लिए अपना भोला मुँह आगे बढ़ाया। उसकी नन्ही पतली बाँहों ने रास्कोलनिकोव को कसकर पकड़ लिया और वह उसके कन्धे से लगकर सुबक-सुबक कर रोने लगी।

थोड़ी देर बाद हाथों से आँसू पोंछती हुई वह बोली, "मुझे पापा का सख़्त अफ़सोस है। अब हम लोगों पर मुसीबतें आयेंगी।" जब बच्चे बड़ों की नक़ल करते हैं तब इसी तरह बोलते हैं।

"क्या तुम्हारे पापा तुम्हें प्यार करते थे?"

वह फिर बड़ों की तरह संजीदा स्वर में बोली, "वे लिदा को सब से ज़्यादा चाहते थे, क्योंकि वह नन्ही हैं और साथ ही बीमार भी रहती है। वे हमेशा उसके लिए तोहफ़े लाया करते थे। लेकिन उन्होंने हम सबको पढ़ना सिखाया। मुझे व्याकरण और बाईबल उन्होंने ही सिखायी थी।" पोलेन्का के स्वर में शालीनता आ गयी थी। "माँ इस बारे में कभी कुछ न कहती। माँ चाहती है कि मैं अब फ्रेंच सीखूँ क्योंकि अब मेरी पढ़ाई शुरू होनी चाहिए।"

"क्या तुम्हें प्रार्थना आती है?"

''क्यों नहीं! हमें बहुत पहले ही प्रार्थना सिखायी गयी थी। मैं अब बड़ी हो गयी हूँ, इसलिए अकेली ही प्रार्थना करती हूँ। लेकिन कोल्या और लिदा माँ के पीछे-पीछे प्रार्थना करते हैं, पहले 'मरियम का गीत' फिर कहते हैं हे ईश्वर सोनिया को क्षमा कर दो। उसके बाद कहते हैं प्रभु! हमारे दूसरे पिता के पाप को क्षमा कर दो और उन्हें आशीर्वाद दो। हमारे पहले पिता की मृत्यु हो चुकी है, ये हमारे सौतेले पिता हैं लेकिन हम उनके लिए भी प्रार्थना करते हैं।''

"पोलेन्का, मेरा नाम रोदियोन है, कभी-कभी मेरे लिए भी प्रार्थना किया करना, कहना, "हे ईश्वर अपने दास रोदियोन के पापों को क्षमा कर दो। इससे अधिक कुछ नहीं।''

"मैं आप सबके लिए जीवन भर प्रार्थना करती रहूँगी।" पोलेन्का ने आवेश में आकर कहा और वह फिर रास्कोलनिकोव के गले से लिपट गयी।

रास्कोलनिकोव ने उसे अपना पता बताया और कल फिर आने का वायदा किया। बच्ची उससे बड़ी प्रभावित हुई थी, जब वह वहाँ से चला तो दस बज चुके थे। पाँच मिनट में वह पुल के उस स्थान पर जाकर खड़ा हो गया, जहाँ से औरत ने छलाँग लगायी थी।

''बस बहुत हो चुका!'' उसने दृढ़ स्वर में घोषणा की, "अब काल्पनिक भय और मन के वहमों से मैंने पिण्ड छुड़ा लिया है। मैं सचमुच ज़िन्दा तो हूँ! क्या अभी मैं ज़िन्दा नहीं था! उस खूसट बुढ़िया के साथ ही तो मेरी ज़िन्दगी ख़त्म नहीं हो सकती—ईश्वर उसकी आत्मा को स्वर्ग में भेजे, लेकिन श्रीमती जी—अब मुझे शान्ति से रहने दो। विवेक और प्रकाश को आने दो—मेरी इच्छाशक्ति प्रबल हो...अब देखेंगे क्या होता है। अपनी ताक़त आज़मानी होगी।" उसने मानो किसी अज्ञात अंधकार की शक्ति को सम्बोधित करते हुए कहा, "मैं तो एक चप्पे भर जगह में रहने के लिए भी तैयार था।"

"इस समय मुझे कमज़ोरी महसूस हो रही है, लेकिन...मेरा ख़्याल है कि अब मैं स्वस्थ हूँ। मैं जानता था कि बाहर निकलने से मेरी बीमारी दूर हो जायेगी। वैसे पोचिन्कोव का घर कुछ कदम की दूरी पर ही है। मुझे राजुमिहीन के यहाँ ज़रूर जाना चाहिए...अगर यह शर्त जीतता है तो जीतने दो। कोई हर्ज़ नहीं। उसे भी सन्तोष मिलने दो। ताक़त, ताक़त, इन्सान को ताक़त चाहिए। इसके बग़ैर कुछ हासिल नहीं हो सकता। लेकिन लोग इस बात को नहीं जानते कि ताक़त ताक़त से ही मिलती है।" उसमें आत्म-विश्वास और अभिमान जाग्रत होने लगा था। उसका नया जन्म हो रहा था। यह महान् परिवर्तन कैसे हुआ, यह वह खुद भी नहीं जानता था। लेकिन जिस तरह एक डूबता हुआ आदमी तिनके का सहारा लेता है,

उसी तरह उसे सहसा आभास हुआ कि वह भी औरों की तरह जी सकता है। उसकी ज़िन्दगी बुढ़िया के साथ ख़त्म नहीं हो गयी। वह नहीं जानता था कि उसने यह फ़ैसला करने में जल्दबाज़ी की थी।

उसे ख़्याल आया, "मैंने पोलेन्का को कहा है कि वह मेरे लिए प्रार्थना करे। लेकिन वह तो...कभी-कभी विशेष परिस्थितियों के लिए कहा था।" उसे अपने इस लड़कपन पर हँसी आ गयी। उसकी मूड इस समय बहुत अच्छी थी।

राज़ुमिहीन के यहाँ पहुँचने में उसे कोई कठिनाई नहीं हुई। चौकीदार ने उसे रास्ता दिखा दिया। ज़ीने में उसे लोगों की बातचीत सुनायी दे रही थी। कोई गरमागरम बहस छिड़ी थी। राज़ुमिहीन का कमरा काफ़ी बड़ा था। दावत में पन्द्रह मेहमान उपस्थित थे। रास्कोलनिकोव दरवाज़े के पास जाकर ठिठक गया। वहाँ मकान मालकिन के दो नौकर पर्दे के पीछे समावार, शराब की बोतलें, तश्तरियाँ ओर मिठाइयाँ रख रहे थे। रास्कोलनिकोव ने राज़ुमिहीन को बुला भेजा। राज़ुमिहीन ख़ुशी से भागता हुआ आया। आमतौर पर राज़ुमिहीन को अधिक शराब पीने पर भी नशा नहीं चढ़ता था, लेकिन इस समय शराब ने उसे डावाँडोल कर दिया था।

रास्कोलनिकोव ने झट से कहा, "सुनो, मैं तुम्हें सिर्फ़ इतना बताने यहाँ आया हूँ कि तुमने शर्त जीत ली है। मैं भीतर नहीं आऊँगा। मुझे इतनी कमज़ोरी महसूस हो रही है कि भीतर जाते ही मैं गिर पड़ूँगा। गुडबाई। कल आकर मुझे मिलना।"

"चलो मैं तुम्हें घर तक पहुँचा आऊँ। तुम कहते हो, तुम्हें कमज़ोरी महसूस हो रही है। तुम्हें चाहिए..."

"और तुम्हारे मेहमानों का क्या होगा? और यह घुँघराले बालों वाला आदमी कौन है जो अभी बाहर झाँककर देख रहा था?"

"वह? पता नहीं कौन है। शायद चचा का कोई दोस्त होगा, या बिना बुलाये ही आ गया होगा...मेहमानों की देखभाल के लिए चचा को यहाँ छोड़कर मैं तुम्हारे साथ चलता हूँ। मेरे चचा हैं शानदार आदमी। काश मैं उनसे तुम्हारा परिचय करवा सकता। भाड़ में जायें सब मेहमान! मुझे ताज़ी हवा चाहिए। तुम बड़े मौक़े से आये हो, नहीं तो मेरी इन लोगों से मारपीट हो जाती। तुम सोच नहीं सकते, ये लोग कितनी ख़ुराफ़ात बक रहे हैं। लेकिन तुम सोच क्यों नहीं सकते? क्या हम लोग ख़ुराफ़ात नहीं बकते? उन्हें बकने दो। ज़रा ठहरो, मैं ज़ोसी मोव को बुला लाऊँ।"

ज़ोसी मोव रास्कोलनिकोव को देखते ही तपाक से उसकी ओर बढ़ा। "तुम यहाँ कहाँ? जाओ, फौरन बिस्तर में जाकर सो जाओ और सोने से पहले दबा पी लेना। मैंने तुम्हारे लिए यह पाउडर तैयार किया है, खाओगे न?"

"क्यों नहीं, एक की जगह दो पुड़ियाँ खा लूँगा।" रास्कोलनिकोव ने जवाब दिया।

ज़ोसीमोव ने राजुमिहीन से कहा, "अच्छा है कि तुम मरीज़ को अपने साथ ले जा रहे हो। मैं कल आकर फिर इसकी जाँच करूँगा। वैसे तबियत कुछ सुधरी मालूम होती है। आगे देखो..."

सड़क पर पहुँचते ही राजुमिहीन ने झट से बक डाला, "जानते हो ज़ोसीमोव ने चलते समय मेरे कान में क्या कहा था। मैं तुम्हें सारी बात नहीं बताऊँगा क्योंकि वे लोग बहुत बेवकूफ़ हैं। ज़ोसोमोव ने कहा था कि मैं रास्ते में तुमसे खुलकर बातचीत करूँ। उसका ख़्याल है कि तुम...पागल हो गये हो या होने वाले हो। कैसी फ़िजूल बात है! अव्वल तो तुम उससे तीन गुना ज़्यादा दिमाग़ रखते हो, दूसरे यह कि तुम्हारी अक़्ल सही सलामत है। इसलिए बेफ़िक्र रहो। तीसरे यह कि वह मांस का लोंदा, जो सर्जरी (शल्य विद्या) का विशेषज्ञ है, आजकल...मानसिक रोगों के पीछे पागल हो रहा है। इसलिए उसने यह नतीज़ा निकाला है कि तुमने आज ज़ेमेतोफ़ से जिस तरह की बातें की, वह सिर्फ़ एक पागल ही कर सकता है।"

"ज़ेमेतोफ़ ने तुम्हें सब बातें बतायीं?"

"हाँ। अब हम लोग समझ गये हैं कि माजरा क्या है...रोद्या बात यह है...मेरे कहने का मतलब यह है...मैं इस वक़्त नशे में हूँ....ख़ैर इसमें कोई हर्ज़ नहीं। इन लोगों के दिमाग़ में अजब ख़ुराफ़ात पैदा हो रही थी...समझ गये? किसी को खुल्लम-खुल्ला यह बात कहने की हिम्मत नहीं पड़ी, क्योंकि बात ही ऐसी बेहूदी है और पेंटर की गिरफ़्तारी के बाद सारा भाँडा अपने आप फूट गया। लेकिन ये लोग इतने मूर्ख क्यों है? मैंने ज़ेमेतोफ़ की अच्छी ख़बर ली, लेकिन देखो, भूल कर भी किसी से यह बात न कहना। यह बात लुईज़ा इवानोव्ना के यहाँ से शुरू हुई थी, लेकिन आज सारा मामला साफ़ हो गया है। यह कम्बख़्त इल्या पैत्रोविच ही सारी शरारत की जड़ है। पुलिस स्टेशन से तुम्हारे बेहोश होने की बात को लेकर उसने न जाने कितना बड़ा तूफ़ान खड़ा कर दिया। लेकिन अब ठीक है। मैं जानता हूँ कि तुम..."

रास्कोलनिकोव की जिज्ञासा तीव्र हो गयी। राजुमिहीन की जुबान नशे में खुल गयी थी।

"वहाँ रोगन की गन्ध आ रही थी और कमरे में इतनी भीड़ थी कि मैं बेहोश हो गया।" रास्कोलनिकोव बोला।

"मुझे यह सब बताने की कोई ज़रूरत नहीं। इसके अलावा तुम पिछले एक महीने से बीमार भी तो थे। ज़ोसी मोव भी इसका गवाह है। लेकिन तुम नहीं जानते कि ज़ोमेतोफ पर अब तुम्हारा कितना रौब पड़ गया है। वह तुम्हारा लोहा मानने लगा है। आज सुबह शीशमहल रेस्तराँ में तुमने उसे खूब छकाया। पहले तो तुमने उसे इतना डराया कि वह बेहोश होते होते बचा। फिर तुमने उसके दिमाग़ में न जाने क्या खुराफ़ात डाल दी और आखीर में मुँह चिढ़ाकर तुम उसका मज़ाक उड़ाने लगे।

भई, तुमने खूब स्वाँग रचा। अब ज़ेमेतोफ़ चूँ तक नहीं करेगा। ख़ुदा क़सम तुमने कमाल कर दिया। इन लोगों को यही सबक सिखाना चाहिए। काश मैं भी वहाँ होता। ज़ेमेतोफ़ दावत में तुम्हारे आने की राह देख रहा था। पौरफेरी भी तुमसे दोस्ती करना चाहता है..."

"आह!...वह भी।...लेकिन लोगों ने मुझे पागल कैसे समझ लिया?"

"पागल नहीं। अरे भाई, मैं नशे में न जाने क्या बक गया हूँ...उन लोगों को इस बात पर ताज्जुब है कि तुम्हें इस विषय में इतनी गहरी दिलचस्पी क्यों है, अब बात साफ़ हो गयी है। तुम बीमार थे...लेकिन भाड़ में जाय वह ज़ोसीमोव! वह तो मानसिक रोगी के पीछे पागल हो रहा है। तुम उसकी बातों का बुरा मत मानना..."

कुछ देर तक दोनों चुप रहे।

रास्कोलनिकोव ने बात शुरू की, "राजुमिहीन में तुमसे साफ़-साफ़ कहना चाहता हूँ कि मैं अभी एक क्लर्क की मौत देखकर आया हूँ...मैंने उसके परिवार को अपने सारे पैसे दे दिये। इसके अलावा अभी किसी ने मेरा मुँह चूमा है। अगर मैंने किसी की हत्या भी की होती...मैंने वहाँ किसी और को देखा था जिसकी टोपी में सुर्ख़ रंग का पंख लगा था...लेकिन मैं यह क्या बक रहा हूँ...मुझे कमज़ोरी महसूस हो रही है। मुझे सहारा देकर ऊपर ले चलो।"

"क्या बात है? तुम्हें अचानक क्या हो गया?" राजुमिहीन ने घबराकर पूछा।

"मेरा मन बहुत उदास है...औरतों की तरह। सामने देखो क्या है?"

"किधर?"

"देख नहीं रहे? मेरे कमरे में बत्ती जल रही है...दरार में से..."

मकान मालकिन के दरवाज़े के नज़दीक पहुँचकर उन्होंने देखा कि सचमुच रास्कोलनिकोव की कोठरी में बत्ती जल रही थी।

"ताज्जुब है, शायद नस्तास्या होगी।" राजुमिहीन ने कहा।

"वह बहुत जल्द सो जाती है, और रात को इस समय कभी भी मेरे कमरे में नहीं आती...लेकिन अब मुझे कोई परवाह नहीं है। गुडबाई।"

"क्या मतलब? मैं भी तुम्हारे साथ ऊपर आ रहा हूँ।"

"मैं जानता हूँ कि तुम मेरे साथ ऊपर आ रहे हो। लेकिन मैं यहीं तुम से हाथ मिलाकर विदा लूँगा। लाओ अपना हाथ, गुडबाई।"

"रोद्या यह तुम्हें क्या हो गया है?"

"कुछ नहीं...मेरे साथ आओ...तुम सब कुछ अपनी आँखों से देख लेना।"

सीढ़ियाँ चढ़ते समय राजुमिहीन को ख़्याल आया कि शायद ज़ोसीमोव का कहना ठीक था। वह मन-ही-मन कहने लगा, "मैंने अपनी बकवास से इस बेचारे को परेशान कर दिया है।"

कमरे के भीतर से आवज़ें आ रही थीं।

"यह क्या?" राज़ुमिहीन ने आश्चर्य प्रकट किया।

रास्कोलनिकोव ने आगे बढ़कर दरवाज़ा खोल दिया और वह अवाक् दहलीज़ में खड़ा रह गया।

उसकी माँ और बहन पिछले डेढ़ घण्टे से उसकी प्रतीक्षा में बैठी थीं। उन्होंने पूछा कि जब उसे उनके पीटर्सबर्ग आने की ख़बर मिल गयी थी तो वह आकर उनसे मिला क्यों नहीं। पिछले डेढ़ घण्टे से वे नस्तास्या से तरह-तरह के सवाल पूछ चुकी थीं। और यह सुनकर कि वह बीमारी की हालत में आज निकलकर बाहर भाग गया है, चिन्तित हो रही थीं। "हे ईश्वर रोद्या को क्या हो गया।" दोनों लगातार रोती रहीं।

रास्कोलनिकोव के आते ही दोनों स्त्रियाँ ख़ुशी से चीख़ती हुई उसकी ओर भागीं। लेकिन उसकी बाँहों को जैसे लकवा मार गया। वह पत्थर की मूर्ति की तरह अपनी जगह पर खड़ा था। उसकी माँ...और बहन ने उसे अपनी बाँहों में ले लिया। उसका माथा चूमा, और वे हँसने और रोने लगीं। रास्कोलनिकोव के कदम लड़खड़ाने लगे और वह फ़र्श पर गिरकर बेहोश हो गया।

कमरे से चीख़ों और सिसकियों की आवाज़ सुनकर राज़ुमिहीन भी अन्दर दाख़िल हुआ और उसने अपनी बलिष्ठ बाँहों से मरीज़ को उठाकर सोफ़े पर लिटा दिया।

"चिन्ता की कोई बात नहीं। अभी डॉक्टर ने कहा था कि अब रोद्या बिलकुल स्वस्थ है। पानी! देखिये, इसे होश आ रहा है। अब यह बिलकुल ठीक है।" राज़ुमिहीन ने दुनिया की बाँह इतनी ज़ोर से पकड़ी कि उसकी हड्डी टूटते-टूटते बची। वह उसे दिखाना चाहता था कि उनका भाई अब बिलकुल ठीक है। दोनों स्त्रियाँ उसकी ओर कृतज्ञ भाव से देखने लगीं। वे नस्तास्या से सुन चुकी थीं कि इस होशियार नौजवान ने रोद्या की कितनी सेवा की थी। रास्कोलनिकोव की माँ भी उसे 'होशियार नौजवान पुकारने' लगी।

तीसरा भाग

1

रास्कोलनिकोव उठकर सोफ़े पर बैठ गया था। उसने हाथ हिलाकर राजुमिहीन को इशारा किया कि वह अपना सान्त्वनापूर्ण भाषण संक्षिप्त कर दे। इसके बाद वह अपनी माँ और बहन के हाथ पकड़कर बारी-बारी से चुपचाप दोनों के मुँह की ओर ताकने लगा। उसके चेहरे के भाव को देखकर माँ रोने लगी। उस चेहरे में अतीव व्यथा और एक विचित्र विक्षिप्ति छिपी थी। दुनिया के हाथ काँपने लगे।

"राजुमिहीन के साथ घर वापस जाओ। कल मिलेंगे, गुडबाई। कल सब बातें तै हो जायेंगी...तुम लोग कब आयीं?"

"आज शाम को, ट्रेन बहुत लेट हो गयी थी। लेकिन रोद्या तुम्हें छोड़कर मैं कहीं नहीं जाऊँगी। मैं रात को यहीं रहूँगी।"

"मुझे तंग मत करो।" रास्कोलनिकोव ने चिढ़कर कहा।

"मैं इसके पास ठहरूँगा। अब इसे एक क्षण के लिए भी अकेला नहीं छोडूँगा। मेरे मेहमान ज़रूर नाराज़ होंगे। लेकिन उन्हें गालियाँ बकने दो। मेरे चचा तो वहाँ हैं ही," राजुमिहीन बोला।

"मैं किन शब्दों में तुम्हारा धन्यवाद करूँ।" रास्कोलनिकोव की माँ आगे कहने ही वाली थी कि रास्कोलनिकोव ने बीच में टोककर कहा, "मुझे यह सब नहीं चाहिए, नहीं चाहिए! बस बहुत हो चुका तुम लोग जाओ!"

दुनिया ने माँ के कान में फुसफुसाकर कहा, "माँ, एक मिनट के लिए बाहर आओ। हमारे रहने से रोद्या को खीज हो रही है।"

"तीन बरस के बाद क्या बेटे का चेहरा भी अच्छी तरह न देखूँ?"

रास्कोलनिकोव ने उसे फिर टोका, "ठहरो, तुम मुझे बीच में टोक देती हो जिससे मेरा दिमाग़ चकरा जाता है...तुम्हें लूज़िन मिला है?"

"नहीं, लेकिन उसे हमारे आने की ख़बर मिल चुकी है। रोद्या हमने सुना है कि प्योत्र पैत्रोविच आज तुमसे मिलने आये थे।"

"हाँ... वे तशरीफ़ लाये थे। मैंने उन्हें कह दिया कि मैं उन्हें उठाकर ज़ीने से नीचे फेंक दूँगा! सुनती हो दुनियां?"

"रोद्या, तुम यह क्या बक रहे हो? कहीं सचमुच..." रास्कोलनिकोव की माँ भयभीत स्वर में बोली।

लेकिन दुनिया ग़ौर से अपने भाई के चेहरे की ओर देख रही थी। नस्तास्या ने उन्हें जो कुछ भी बताया था उससे वे बहुत परेशान हुई थीं।

रास्कोलनिकोव ने कहा, "दुनिया मैं इस शादी के हक़ में नहीं हूँ, इसलिए तुम कल ही लूज़िन से रिश्ता तोड़ लो, ताकि मैं उसका नाम फिर कभी न सुनूँ।"

"हे ईश्वर!" बूढ़ी माँ चिल्लाई।

दुनिया ने भी आवेश भरे स्वर में कहा, "भाई, ज़रा सोचो तो सही, तुम क्या कह रहे हो। तुम थके हो, इसलिए इस विषय पर फिर बात करना।"

"तुम समझती हो मैं प्रलाप कर रहा हूँ? नहीं...तुम मेरी ख़ातिर ही लूज़िन से शादी कर रही हो, लेकिन मुझे तुम्हारा यह त्याग नहीं चाहिए। इसलिए फौरन उसके नाम एक ख़त लिखो। कल सुबह वह ख़त मैं खुद पढ़ूँगा। बस क़िस्सा यहीं ख़त्म हो जायेगा।"

"मैं ऐसा नहीं कर सकती। तुम्हें क्या अधिकार है..." दुनिया ने आहत स्वर में पूछा।

"दुनियां, चुप रहो। कल देखा जायेगा। आओ चलें।" माँ ने उसे समझाया।

राजुमिहीन नशे में बोला, "यह बुखार की तेज़ी में बक रहा है। कल यह सब ख़ुराफ़ात दिमाग़ से निकल जायेगी। सचमुच आज इसने लूज़िन का अपमान किया था। इसने लूज़िन पर अपनी विद्वता की धाक जमानी चाही। उसने बुरा माना और यहाँ से चला गया।"

"तो क्या सचमुच ऐसा हुआ था?" रास्कोलनिकोव की माँ ने पूछा। दुनिया ने भावुक स्वर में कहा, "आओ माँ चलें। गुडबाई रोद्या। कल मिलेंगे।"

रास्कोलनिकोव ने पीछे से पुकार कर कहा, "बहन सुनो। मैं होश में बातें कर रहा हूँ। यह शादी करना पाप होगा। मैं चाहे बदमाश ही क्यों न बन जाऊँ, लेकिन तुम्हें ऐसा नहीं करना चाहिए...घर में एक बदमाश ही काफ़ी है। ख़ुद बुरा होते हुए भी मैं अपनी बहन को बुरा नहीं बनने दूँगा। तुम लूज़िन और मुझमें से किसी एक को चुन लो। बस जाओ..."

"तुम सचमुच पागल हो गये हो, ज़ालिम!" राजुमिहीन चिल्लाया लेकिन रास्कोलनिकोव ने चुपचाप दीवार की ओर मुँह फेर लिया। वह थक गया था। दुनिया ग़ौर से राजुमिहीन की ओर देखने लगी। उसकी काली आँखें चमकने लगीं। राजुमिहीन चौंक गया।

रास्कोलनिकोव की माँ का हृदय विदीर्ण हो रहा था। वह दुखित स्वर में बोली, "मैं यहाँ से हर्गिज़ नहीं जा सकती। तुम दुनिया को घर छोड़ आओ...मैं यहीं कहीं सो जाऊँगी।"

राजुमिहीन ने बिगड़कर कहा, "तुम्हारे यहाँ रहने से इसकी हालत और भी बिगड़ जायेगी। बाहर तो निकलो! नस्तास्या ज़रा रोशनी दिखाना।" ज़ीने में आकर उसने बताया, "सच मानो आज दोपहर वह मुझे और डॉक्टर तक को पीटने के लिए उतारू हो गया था। डॉक्टर भी उसे उत्तेजना से बचाने के लिए यहाँ से खिसक गया। मैं उसकी देखभाल के लिए नीचे रुका रहा। लेकिन यह हज़रत फौरन कपड़े पहन कर बाहर चल दिये। क्या पता तुम लोगों से तंग आकर यह रात को कहीं बाहर निकल जाये और कोई अनर्थ कर बैठे।"

"यह तुम क्या कह रहे हो?"

"और ज़रा सोचो तो सही, जहाँ तुम ठहरी हो, क्या वहाँ अवदोत्या रोमानोव्ना का ठहरना उचित है? क्या वह बदमाश लूज़िन तुम्हें किसी और जगह नहीं ठहरा सकता था?.... लेकिन मैं आज नशे में हूँ, इसलिए अनापशनाप बक रहा हूँ, बुरा मत मानियेगा।"

"मैं जाकर मकान-मालकिन की मिन्नत करती हूँ कि वह मुझे और दुनिया को रात भर के लिए कोई जगह दे दे। मैं रोद्या को इस हालत में छोड़कर नहीं जा सकती, बिलकुल नहीं।"

यह बातचीत मकान-मालकिन के दरवाज़े के बाहर ही हो रही थी। नस्तास्या एक सीढ़ी नीचे रोशनी हाथ में लिए खड़ी थी। राजुमिहीन इस समय नशे में ग़र्क था। आधे घण्टे पहले रास्कोलनिकोव को लेकर जब वह आया था, तब उसका दिमाग़ बिलकुल साफ़ था। लेकिन इस समय वह तेज़ सरूर की हालत में था। वह दोनों औरतों के हाथ पकड़कर ज़ोर से दबा रहा था और अशिष्ट भाषा का प्रयोग करने लगा था। दुनिया की ओर तो वह लफ़ंगों की तरह घूर रहा था। दोनों स्त्रियों ने अपने हाथ छुड़ाने की कोशिश की, लेकिन उसने उनके हाथ और भी कसकर पकड़ लिए। अगर इस समय वे उसे सर के बल नीचे छलाँग लगाने को कहतीं तो वह सहर्ष ऐसा करने के लिए तैयार हो जाता। रास्कोलनिकोव की माँ सोच रही थी कि राजूमिहीन सनकी आदमी है और सनक में आकर उसका हाथ दबा रहा है। वह रोद्या के बारे में इतनी चिन्तामग्न थी कि उसने इन अभद्र हरकतों की ओर विशेष ध्यान नहीं दिया। लेकिन दुनिया इतनी भोली न थी। वह राजुमिहीन की आँखों की चमक को देखकर सहम गयी। अगर नस्तास्या ने उसके भाई के विलक्षण दोस्त की तारीफ़ न की होती तो वह ज़रूर अपना हाथ छुड़ाकर वहाँ से भाग जाती और अपनी माँ को भी ऐसा करने की सलाह देती। लेकिन दुनिया जान गयी थी

कि उस समय भागना सम्भव न था। दस मिनट के भीतर वह आश्वस्त हो गयी, क्योंकि थोड़े ही समय में राजुमिहीन के सम्पर्क में आने वाले लोग उसके असली स्वभाव से परिचित हो जाते थे।

राजुमिहीन ने डाँटकर कहा, "मकान-मालकिन के यहाँ जाने का सवाल ही नहीं उठता। और अगर तुम यहाँ ठहरीं तो वह ज़रूर पागल हो जायेगा। मैं बताता हूँ तुम्हें क्या करना चाहिए! रोद्या के पास नस्तास्या रहेगी, मैं तुम दोनों को घर पहुँचा आऊँगा। इस समय तुम्हारा अकेला जाना ठीक नहीं होगा, पीटर्सबर्ग इस मानी में बड़ी भयंकर जगह है...उसके बाद मैं तुम्हें रोद्या की हालत की ख़बर देने आऊँगा, फिर मैं अपने घर जाऊँगा—वहाँ से मैं ज़ोसी मोव को बुला लाऊँगा—उसे कभी नशा नहीं चढ़ता—वह रोद्या को आकर देखेगा और तुम्हें रिपोर्ट देगा। समझ गयी। ख़ुद डॉक्टर के मुँह से तुम्हें सब कुछ मालूम हो जायेगा। मैं क़सम खाकर कहता हूँ कि अगर कुछ गड़बड़ हुआ तो तुम्हें आकर ख़बर दूँगा—वरना तुम दोनों निश्चिन्त होकर सो जाना। मैं यहीं बरामदे में सो रहूँगा। ज़ोसीमोव मकान-मालकिन के यहाँ सो जायेगा। तुम्हारा यहाँ रहना ज़रूरी है या डॉक्टर का। अब घर चलो! मकान-मालकिन के यहाँ ठहरने का नाम भी मत लेना। मेरी बात दूसरी है। वह तुम्हें हरगिज़ नहीं ठहरायेगी...क्योंकि वह मूर्ख है। अवदोत्या रोमानोवना को देखते ही वह ईर्ष्या से जल मरेगी। वह बड़ी विचित्र औरत है...लेकिन मूर्ख तो मैं भी हूँ।...ख़ैर कोई बात नहीं। आओ चलें। तुम्हें मुझ पर भरोसा है या नहीं, बोलो।"

"आओ चलें माँ, इन्होंने अपनी सेवा से रोद्या के प्राण बचाये हैं, अगर डॉक्टर यहाँ रात गुज़ारने के लिए तैयार हो जाये तो इससे अच्छी बात क्या होगी?" दुनिया ने समझाया।

"देखा...तुम...तुम मेरी बात समझती हो, क्योंकि तुम देवी हो।" राजुमिहीन ने गद्गद् स्वर में कहा। "नस्तास्या ऊपर जाकर रोद्या के पास बैठो, रोशनी साथ में रखना—मैं पन्द्रह मिनिट में लौट आऊँगा।"

रास्कोलनिकोव की माँ सोच रही थी, क्या यह सहृदय युवक अपना वादा पूरा कर सकेगा? इस हालत में...

राजुमिहीन ने फौरन कहा, "आह! मैं समझ गया, तुम्हें शक है कि मैं नशे की हालत में हूँ।" वह फुटपाथ पर तेज़ कदमों से चलने लगा, दोनों स्त्रियाँ पीछे रह गयी। वह फिर बोला, "यह बकवास है। मुझे नशा ज़रूर है, लेकिन यह शराब का नशा नहीं—तुम्हें देखते ही मुझे कुछ हो गया है...लेकिन मैं तुम्हारे क़ाबिल नहीं हूँ—मेरी बकवास पर ध्यान न देना। तुम्हें घर पहुँचाकर मैं अपने सर पर दो पानी के घड़े डालूँगा—इससे मेरा दिमाग़ ठीक हो जायेगा। काश! तुम जान सकतीं कि मैं तुम दोनों को कितना प्रेम करता हूँ। इसमें हँसने या नाराज़ होने की कोई बात नहीं।

मुझ पर गुस्सा मत करो। मैं रोद्या का दोस्त हूँ, इस नाते तुम्हारा दोस्त भी हूँ... पिछले बरस मुझे तुम्हारे आने का पूर्वज्ञान हुआ था...शायद आज रात भर मुझे नींद नहीं आयेगी, ज़ोसोमोव को डर था कि रोद्या कहीं पागल न हो जाये—इसलिए उसे तंग करना ठीक नहीं।"

"यह तुम क्या कह रहे हो?" माँ चिल्लाई।

दुनिया ने घबराकर पूछा, "क्या डॉक्टर ने सचमुच ऐसा कहा था?"

"हाँ, लेकिन यह सच नहीं है, डॉक्टर ने उसे खाने के लिए एक पुड़िया दी थी... तुम लोग अगर कल आतीं तो अच्छा होता, एक घण्टे के भीतर ज़ोसी मोव तुम्हें सब कुछ बता देगा। वह होश में है। तब तक मेरा दिमाग़ भी सुस्थिर हो जायेगा। जानती हो, मैं किस लिए बदहवास हो गया था। वे कम्बख़्त मुझसे बहस करने लगे थे। मैंने अब क़सम खा ली है कि आगे से कभी बहस नहीं करूँगा, वे सब न जाने क्या-क्या ख़ुराफ़ात बक रहे थे। मैं उन्हें पीटने ही वाला था। इसलिए चचा को वहाँ छोड़कर चला आया। तुम्हें विश्वास नहीं होगा, वे व्यक्तिवाद के घोर विरोधी हैं। वे अपने आप से विद्रोह करना चाहते हैं—इसी को वे प्रगति की चरमावस्था मानते हैं। यहाँ तक कि यह बकवास भी उनकी अपनी नहीं है, लेकिन..."

"सुनो!" रास्कोलनिकोव की माँ ने कुछ कहना चाहा, लेकिन राजुमिहीन पहले से भी ऊँची आवाज़ में बोला, "तुम्हारा क्या ख़्याल है कि मैं इस ख़ुराफ़ात के लिए उन्हें बुरा भला कह रहा हूँ? बिलकुल नहीं। मैं चाहता हूँ वे ख़ुराफ़ात बकें। यह तो आदमी का पैदायशी हक़ है। ग़लतियों के रास्ते ही इन्सान सच्चाई तक पहुँचता है। मैं ग़लतियाँ करता हूँ, इसलिए मैं इन्सान हूँ। कम-से कम चौदह ग़लतियाँ किये बग़ैर आप सच्चाई को नहीं पा सकते। हो सकता है कि एक सौ चौदह ग़लतियाँ भी करनी पड़ें। लेकिन कई लोगों की ग़लतियाँ भी अपनी नहीं होती हैं। ख़ुराफ़ात बको, लेकिन वह अपनी होनी चाहिए। इसके लिए तो मैं उनका मुँह भी चूम सकता हूँ। दूसरों के सही रास्ते पर जाने से अपना ग़लत रास्ता ढूँढ़ना कहीं बेहतर है। इन्सान पहले रास्ते पर चले तो इन्सान है, दूसरे पर चले तो परिन्दा है। सच्चाई कहीं भागकर नहीं जा सकती, लेकिन ज़िन्दगी का दम घुट सकता है। इसकी कितनी ही मिसालें हैं। आज क्या हो रहा है? विज्ञान, प्रगति, विचारों, ईजादों, आदर्शों, उद्देश्यों, उदारतावाद, विवेक, अनुभव—इन सब चीज़ों में स्कूल की पहली जमात के विद्यार्थियों की तरह हमें दूसरों के विचारों से ज़िन्दगी को चलाने की आदत है। क्यों, मैं ठीक कह रहा हूँ न?" राजुमिहीन ने आवेश से दोनों स्त्रियों के हाथ दबाते हुए पूछा।

"हाय, रहम करो, मुझे कुछ नहीं मालूम," बेचारी बुढ़िया चिल्लाई।

राजुमिहीन ने दुनिया का हाथ इतनी ज़ोर से दबाया था कि वह दर्द से चिल्ला पड़ी थी। "मैं तुम्हारी हर बात से सहमत नहीं हूँ, लेकिन तुम ठीक कहते हो।"

"तुम मुझसे सहमत हो...तुम...तुम समस्त अच्छाई, पवित्रता, विवेक और सम्पूर्णता को मूर्ति हो। तुम दोनों अपने हाथ लाओ, मैं यहीं, इसी वक़्त घुटनों के बल बैठकर तुम्हारे हाथ चूमना चाहता हूँ।" सौभाग्य से उस समय फुटपाथ सूना था।

"मेरा हाथ छोड़ दो, तुम यह क्या कर रहे हो?" रास्कोलनिकोव की माँ भयभीत स्वर में बोली।

दुनिया भी घबरा गयी थी, लेकिन उसने हँसते हुए कहा, "उठो! उठो!"

"जब तक मैं तुम दोनों के हाथ नहीं चूम लूँगा, तब तक हगिर्ज़ नहीं उठूँगा। मैं मूर्ख और अभागा हूँ। इस क़ाबिल नहीं हूँ कि तुमसे प्रेम कर सकूँ। लेकिन तुम्हारी इज़्ज़त करना हर इन्सान का फ़र्ज है, जो निरा वहशी नहीं है। मैं नशे में हूँ...मुझे शर्म आ रही है...लीजिए आपका घर आ गया। रोद्या ने आपके लूज़िन का अपमान करके ठीक ही किया। इतनी गन्दी जगह में आपको ठहराने का साहस उसे कैसे हुआ था? छिः छिः कैसी शर्म की बात है! जानती हो यहाँ किस क़िस्म के लोग रहते हैं? फिर उसने अपनी मंगेतर को यहाँ पर कैसे ठहराया? तुम—उसकी मंगेतर हो! अच्छा तो सुनो, तुम्हारा भावी पति बदमाश है।"

"क्षमा करें, मिस्टर राजुमिहीन, आप शायद भूल गये कि..." बुढ़िया ने कहना शुरू किया।

"हाँ, हाँ, आप ठीक कहती हैं। मैं भूल गया था, माफी चाहता हूँ। लेकिन आप मुझसे क्यों नाराज़ हो गयीं? क्या इसलिए कि मैं सच्चे दिल से बातें कर रहा हूँ। मैं... मैं...ख़ैर जाने दीजिए इस बात को...लेकिन आज हम सब ने देख लिया कि लूज़िन हम लोगों जैसा नहीं है। इसलिए नहीं कि वह नाई की दुकान पर जाकर बालों को घुँघराले बनवाकर लाया था, न इसलिए कि वह अपनी हाज़िर जवाबी का प्रदर्शन करने के लिए उतावला रहता है, बल्कि इसलिए कि वह देशद्रोही है, सट्टेबाज़ है, मक्खीचूस और विदूषक है। यह साफ़ ज़ाहिर है। तुम उसे होशियार समझती हो? वह निरा अहमक है। क्या वह तुम्हारे क़ाबिल है? आप देख रही हैं?" उसने सहसा रुकते हुए कहा, "मेरे सब दोस्त इस समय शराब के नशे में हैं। लेकिन सबके सब ईमानदार हैं। यह सही है कि हम लोग काफ़ी ख़ुराफ़ात बकते हैं, लेकिन किसी न किसी दिन हम ख़ुराफ़ात बकते हुए सच्चाई तक पहुँच जायेंगे, क्योंकि हम सही रास्ते पर हैं। लेकिन यह लूज़िन सही रास्ते पर नहीं है। मैं अभी अपने दोस्तों को गालियाँ दे रहा था लेकिन मैं उनकी इज़्ज़त करता हूँ। ज़ेमेतोफ़ की मैं इज़्ज़त नहीं करता, क्योंकि वह निरा पिल्ला है। ज़ोसी मोव पूरा बैल है, लेकिन वह ईमानदार आदमी है, और अपने काम में कुशल है। लेकिन जो बात मुँह से निकल गयी सो निकल गयी। आओ आगे चलें। मैं इस बरामदे को अच्छी तरह पहचानता हूँ। नम्बर 3 कमरा बदनाम है। आप किस कमरे में ठहरी हैं। आठ नम्बर है? अच्छा, भीतर से

ताला लगा लेना, किसी को आने मत देना, पन्द्रह मिनट के भीतर ही में रोद्या की ख़बर लेकर आऊँगा। एक घण्टे बाद, देख लेना ज़ोसी मोव भी आयेगा। गुडबाई।"

राजुमिहीन के जाने के बाद वृद्धा माँ भयभीत स्वर में बोली, "दुनियां, अब क्या होगा?"

"चिन्ता न करो माँ, ईश्वर ने इस भलेमानस को हमारी सहायता के लिए भेजा है। वह नशे में ज़रूर था, लेकिन उस आदमी पर भरोसा किया जा सकता है। उसने रोद्या की कितनी सेवा की है..."

"क्या पता वह आयेगा या नहीं? मैं रोद्या को अकेला क्यों छोड़ आयी! आह! मैंने न जाने कैसी कल्पनायें की थीं, लेकिन हमें देखकर वह इतना चिढ़ क्यों गया था?" वृद्धा की आँखों में आँसू आ गये।

"नहीं माँ, ऐसी बात नहीं है। बीमारी ने उसके दिमाग़ को अस्थिर कर दिया है। तुम सारा वक़्त रोती रहीं, तुम नहीं जानतीं?"

"हाय अब क्या होगा? वह तुमसे कैसी बातें कर रहा था दुनियां?" माँ ने बेटी की ओर आशाभरी दृष्टि से देखते हुए कहा। वह जानती थी कि दुनिया ने अपने भाई के गुस्से को माफ़ कर दिया है। "मुझे विश्वास है कि कल उसे अक़्ल आ जायेगी।"

"नहीं, वह कल भी अपनी बात पर अड़ा रहेगा।" दुनिया ने जवाब दिया। उसकी माँ इस विषय पर बातचीत करने से डरती थी। दुनिया ने जाकर माँ का माथ चूम लिया। माँ ने उसे स्नेह से गले लगा लिया। इसके बाद दुनिया दोनों बाँहें वक्ष पर लपेटे कमरे में चक्कर लगाने लगी। उसकी माँ समझ गयी कि उसकी बेटी किसी गहरी सोच में पड़ गयी है। ऐसे समय में माँ कुछ कहने से डरती थी।

दुनिया को देखते ही राजुमिहीन क्यों आसक्त हो गया, दुनिया के शान्त सुन्दर चेहरे को देखकर कोई भी इसका कारण समझ सकता था। दुनिया बहुत सुन्दर थी और उसकी लम्बी, सुडौल देह से आत्मविश्वास झलकता था। इससे उसके व्यक्तित्व की सुकुमारता में कोई अन्तर न आया था। उसका चेहरा अपने भाई से मिलता था। उसके बाल गहरे भूरे रंग के थे। उसकी काली आँखों से स्वाभिमान और दयालुता झलकती थी। उसके चेहरे में ताज़गी लिए हुए चम्पई आभा थी। उसके नन्हे गुलाबी ओंठ और नन्ही-सी ठुड्डी कुछ आगे की ओर बढ़े हुए थे, जिससे उसके चेहरे में अहंकार की मुद्रा आ गयी थी। वह हमेशा खोई खोई-सी रहती थी, लेकिन अल्हड़ मुस्कान उसके चेहरे पर कितनी खिलती थी! यह स्वाभाविक ही था, कि राजुमिहीन जैसा भावुक और सीधा सादा युवक, जिसने ज़िन्दगी में कभी ऐसी लड़की नहीं देखी थी, उसे देखते ही उस पर मोहित हो गया था। संयोगवश उसने दुनिया को भ्रातृप्रेम से पुलकित स्वरूप में देखा था, लेकिन जब रोद्या उससे धृष्टतापूर्वक पेश आया, तो उसने देखा दुनिया का निचला ओंठ आवेश से काँप रहा था।

राजुमिहीन ने नशे की झोंक में सच ही कहा था कि रास्कोलनिकोव की मकान मालकिन, जो बड़ी विलक्षण स्त्री थी, इन दोनों स्त्रियों को देखते ही ईर्ष्या से जल मरेगी क्योंकि तैतालीस बरस की होने पर भी रोद्या की माँ देखने में छोटी दिखायी देती थी, और उसके चेहरे पर विगत सौन्दर्य के अवशेष अब भी बाक़ी थे। जिन स्त्रियों की संवेदनशीलता और विचारों की पवित्रता बुढ़ापे तक बनी रहती है, उनका सौन्दर्य अक्षुण्ण रहता है। हम यहाँ यह भी कहेंगे कि वृद्धावस्था में भी सुन्दर रहने का यही एक मात्र तरीक़ा है। उसके बाल सफ़ेद होने शुरू हो गये थे, माथे और आँखों के नीचे झुर्रियाँ पड़ गयी थीं, शोक और चिन्ता से गाल भीतर धँस गये थे, फिर भी उसका चेहरा सुन्दर था। वह दूसरी दुनिया थी। माँ बेटी की आयु में बीस बरस का अन्तर था। माँ भावुक थी, लेकिन छुई-मुई नहीं। वह ज़िन्दगी से समझौता कर सकती थी, लेकिन एक हद तक। वह अपनी ईमानदारी और आस्था का उल्लंघन नहीं कर सकती थी।

राजुमिहीन बीस मिनट के बाद ही लौट आया।

"मेरे पास अधिक समय नहीं है, इसलिए मैं भीतर नहीं आऊँगा। रोद्या गहरी नींद सो रहा है। ईश्वर करे, वह दस घण्टे इसी तरह सोता रहे। मैं नस्तास्या से कह आया हूँ कि मेरे लौटने तक उसके सिरहाने बैठी रहे। अब मैं ज़ोसी मोव को लेने जा रहा हूँ। वह आपको सब कुछ बता देगा। देख रहा हूँ, आप दोनों बहुत थक गयी हैं।" यह कहकर राजुमिहीन तेज़ी से चला गया।

"कितना होशियार और वफ़ादार लड़का है," रोद्या की माँ गदगद् कंठ से बोली।

"आदमी शानदार मालूम होता है," दुनिया ने कमरे में फिर चहलकदमी शुरू कर दी।

एक घण्टे बाद बरामदे में फिर किसी के पैरों की आहट सुनायी दी। दोनों औरतों को विश्वास हो गया था कि राजुमिहीन अपना वायदा ज़रूर पूरा करेगा। ज़ोसी मोव पार्टी में से उठकर राजुमिहीन के साथ मरीज़ को देखने चला गया था, लेकिन यहाँ आने में उसे संकोच लगा था। दोनों स्त्रियों की श्रद्धा और आस्था को देखकर ज़ोसी मोव के अहंकार की अपूर्व तुष्टि हुई। उसने रोगी की स्थिति के बारे में वृद्धा को पूरी तरह आश्वस्त कर दिया। लेकिन वह सिर्फ़ दस मिनट रुका। उसकी बातचीत में कोई व्यक्तिगत लगाव न था। कमरे में घुसते ही दुनिया के सौन्दर्य को देखकर वह चकित रह गया था, लेकिन बातचीत के बीच उसने दुनिया की ओर आँख उठाकर भी नहीं देखा। वह लगातार माँ से ही बातें करता रहा। उसने बताया कि मरीज़ की हालत पूरी तरह सन्तोषजनक है। उसकी बीमारी का कारण उसकी आर्थिक दुर्दशा थी, लेकिन इसका एक मनोवैज्ञानिक और नैतिक कारण भी था, "चिन्ता, घबराहट, मुसीबतें, विचार आदि आदि..." उसने कनखियों से देखा कि

दुनिया उसके हर शब्द को बड़े ध्यान से सुन रही है। उसने और दूने उत्साह से माँ को समझाया शुरु किया। माँ ने घबराकर पूछा, "पागलपन का डर तो नहीं है?" ज़ोसीमोवे ने मुस्कराकर उत्तर दिया कि उसके शब्दों को अतिरंजित करके उन तक पहुँचाया गया है, लेकिन निश्चय ही उसके दिमाग़ में कोई एक बात चक्कर काट रही है। ज़ोसी मोव ने बताया कि वह आजकल चिकित्सा शास्त्र के इस दिलचस्प विषय का अध्ययन कर रहा है, लेकिन यह नहीं भूल जाना चाहिए कि मरीज़ को कई दिनों से तेज़ बुखार है। निश्चय ही परिवार के लोगों की उपस्थिति का अच्छा असर पड़ेगा और वह जल्द ही ठीक हो जायेगा। "लेकिन मरीज़ के मन को और कोई धक्का नहीं लगना चाहिए।" यह कहकर उसने जाने की इज़ाज़त माँगी। दोनों स्त्रियों ने उसे हार्दिक धन्यवाद दिया। दुनिया ने कृतज्ञतापूर्वक अपने दोनों हाथ मिलाने के लिए आगे बढ़ा दिये। ज़ोसी मोव मन-ही-मन ख़ुश होता हुआ बाहर आ गया।

"जाकर फौरन सो जाओ। मैं कल तड़के ही आकर रोद्या की ख़बर दूँगा," राजुमिहीन ने ज़ोसीमोव के साथ बाहर निकलते हुए कहा।

"अवदोत्या रोमानोव्ना बड़ी नमकीन लड़की है।" ज़ोसीमोव ने चटखारा लेकर कहा।

"नमकीन? क्या कहा, नमकीन?" राजुमिहीन ने झपटकर ज़ोसीमोव का गला पकड़ लिया। "ख़बरदार जो फिर ऐसा लफ़्ज मुँह से निकाला, समझे? तुम्हारी समझ में आया?" उसने ज़ोसीमोव का कॉलर पकड़कर उसे दीवार की ओर धकेल दिया।

"मुझे छोड़ दो, शैतान, शराबी कहीं के।" ज़ोसीमोव ने अपनी गदर्न छुड़ाते हुए कहा। राजुमिहीन की तमतमाया चेहरा देखकर उसे हँसी आ गयी। "सचमुच मैं निरा गधा हूँ...लेकिन तुम भी गधे से कम नहीं हो।" राजुमिहीन बोला।

"नहीं भाई, मैं तुम्हारी तरह का गधा नहीं हूँ। मेरे मन में कोई बुरी भावना नहीं है।"

दोनों चुपचाप चल पड़े रास्कोलनिकोव के घर के निकट पहुँच कर राजुमिहीन उत्तेजित स्वर में कहने लगा, "सुनो, वैसे तो तुम शानदार आदमी हो, लेकिन हो अव्वल दर्जे के बदमाश। तुम्हारी सब कमज़ोरियों को मैं जानता हूँ। तुम मनहूस ओर सनकी आदमी हो। अपने मन पर काबू नहीं रख सकते, इसलिए आलसी और मोटे होते जा रहे हो। यह सब चीज़ें आदमी को पतन के गड्ढे में गिरा देती हैं। मुझे ताज्जुब है कि तुम अभी तक डॉक्टरों में क्यों नहीं नालायक़ साबित हुए। तुम डॉक्टर हो, फिर भी नर्म बिस्तर में सोते हो। रात को मरीज़ों को देखने के लिए कैसे उठ जाते हो? तीन चार साल बाद तुम ऐसा नहीं करोगे...लेकिन भाड़ में जाय यह सब, बात यह नहीं है। आज रात तुम यहीं सोओगे—मैंने बड़ी मुश्किल से मकान मालकिन को राजी किया है। मैं रसोईघर में सोऊँगा, तुम्हें मकान मालकिन से परिचय बढ़ाने का अवसर मिल जायेगा। तुम जो सोचते हो, बात वह नहीं है, बिलकुल नहीं भाई!"

"लेकिन मैंने तो कुछ नहीं सोचा।"

"भाई वैसे तो यह औरत बड़ी शर्मीली, शरीफ़ और हयादार है...लेकिन अन्दर से वह मोम की तरह पिघली जा रही है। ईश्वर के लिए तुम मुझे उसके चंगुल से छुड़ाओ! इसके बदले में तुम जो कहोगे मैं करने को तैयार हूँ।"

ज़ोसीमोव को ज़ोर की हँसी आ गयी। वह बोला, "देखता हूँ, तुम्हें तीर लग चुका है लेकिन मैं उसका क्या करूँगा?"

"यह कोई मुश्किल काम नहीं है। बस उसके पास बैठे रहना और जो मर्ज़ी आये बकवास करते रहना। तुम डॉक्टर हो, उसे सँभाले रखना। उसके यहाँ एक प्याने भी है, तुम्हें पता है कि मैं थोड़ा-बहुत बजा लेता हूँ। मैंने एक बार उसे यह गीत सुनाया– मेरी आँखों से गरम आँसू बहते हैं,' और बस इसी से सारी आफ़त शुरु हुई। फिर तुम तो बजाने में उस्ताद हो, दूसरे रूबिंस्टाइन हो, विश्वास रखो, तुम्हें पछताना नहीं पड़ेगा।"

"तुम उससे कोई वायदा तो नहीं कर बैठे, कहीं शादी वादी का...?"

"नहीं, नहीं, वह इस तरह की औरत नहीं है। चैबेरोव ने एक बार कोशिश की थी।"

"तो फिर छोड़ो उसका ख़्याल।"

"इस तरह कैसे छूटेगा?"

"क्यों?"

"बस, कह जो दिया कि नहीं छोड़ सकता। सच बात यह है कि इस घर में मेरे लिए एक आकर्षण भी है।"

"तो फिर तुमने इस पर क्यों डोरे डाले?"

"मैंने इस पर डोले नहीं डाले अपनी बेवकूफ़ी के कारण मैं खुद ही इस जाल में फँस गया। लेकिन उसे तो कोई आदमी चाहिए जो उसके पास बैठा रहे। मैं तुम्हें ठीक से समझा नहीं सकता...देखो, तुम तो गणित में होशियार हो...उसे गणित पढ़ाना शुरू कर दो। अपनी क़सम मैं मज़ाक नहीं कर रहा। उसे कोई फ़र्क नहीं पड़ेगा। वह पूरे एक साल तक तुम्हें देखकर ठंडी आहें भरती रहेगी। एक बार मैं लगातार दो दिन तक उसे प्रशिया के हाउस आफ लार्डस के बारे में बताता रहा। वह आहें भरती रही और पसीने से तर हो गयी। देखना, कहीं प्रेम की चर्चा मत कर बैठना। वह इतना शर्माती है कि उसे हिस्टीरिया का दौरा पड़ने लगता है। लेकिन एक बार उसे सिर्फ़ यह जता देना काफ़ी होगा कि तुम उसके बिना नहीं रह सकते। उसके लिए बस इतना ही काफ़ी है। फिर देखना उसके घर में तुम्हें कितना आराम मिलता है। फिर तुम जब चाहो, उसके यहाँ पढ़-लिख सकते हो, आराम कर सकते हो, अगर चाहो तो उसे चुम भी सकते हो। लेकिन इसके लिए सावधानी बरतनी पड़ेगी।"

"लेकिन मेरा इस औरत से क्या सम्बन्ध है?"

"आह, तुम अभी तक नहीं समझ पाये। तुम दोनों की आपस में ख़ूब पटेगी कभी न कभी तो तुम्हें ऐसा करना ही पड़ेगा...अरे भाई, यहाँ गुदगुदा बिस्तर है, दुनिया के कोलाहल से दूर शान्त, एकान्त स्थान है। दुनिया की सबसे बड़ी नियामतें—केक—मिठाइयाँ, मछली के क़वाब, शाम की चाय, गरम दुशाले और सोने के लिए गरम बिस्तरा। ऐसा मालूम होता है कि आदमी ज़िन्दगी और मौत दोनों के मज़े एक साथ लूट रहा है। मैं भी क्या ख़ुराफ़ात बक रहा हूँ। सोने का वक़्त हो गया है। सुनो रात को मैं कई बार उठता हूँ—मैं ही जाकर मरीज़ को देख आऊँगा। तुम चिन्ता न करना। अगर चाहो तो उसे एक बार देख आना। अगर वह तेज़ बुखार में हो या प्रलाप कर रहा हो तो मुझे उठा देना। लेकिन ऐसी बात नहीं होगी...।"

2

अगले दिन सुबह आठ बजे जब राजुमिहीन की नींद खुली तो उसके मन में एक विचित्र घबराहट और उलझन थी, उसे कल की सारी घटनायें याद आ गयीं, और उसे एक अपूर्व अनुभूति हुई, लेकिन वह जानता था, कि उसका सुखद स्वप्न कभी पूरा नहीं हो सकेगा—बल्कि मन-ही-मन उसे अपनी मूर्खता पर लज्जा आ गयी और वह और समस्याओं के बारे में सोचने लगा।

उसे याद आया कि कल वह नशे में आकर कितनी नीचता कर बैठा था, उसने ईर्ष्यावश दुनिया के मंगेतर को गालियाँ दी थीं, जब कि वह उन दोनों के पारस्परिक सम्बन्ध के बारे में कुछ नहीं जानता था। उसे ऐसा करने का क्या अधिकार था? किसी ने उसकी राय पूछी थी? भला कभी अवदोत्या रोमानोवूना जैसी लड़की धन के लोभ में आकर किसी अयोग्य आदमी से शादी कर सकती है? उस आदमी में कोई न कोई ख़ूबी ज़रूर होगी। मकान? उस बेचारे को क्या पता उस मकान की शोहरत कैसी है? वह तो नये फ़्लैट की सजावट में व्यस्त था...छिः छिः कैसी ओछी बात है! फिर कल उसने इतनी ज़्यादा क्यों पी थी? आदमी जो नशे में कहता है, उसमें सच्चाई रहती है, और उसके ईर्ष्यालु और बेहूदे मन की सारी गन्दगी कल प्रकट हो गयी थी। भला उसे ऐसे स्वप्न देखने का क्या अधिकार है? उसकी हैसियत ही क्या है, एक शराबी बक़वासी आदमी की? वह सोचने लगा, "मैंने यह क्यों कहा था कि मकान मालकिन, अवदोत्या रोमानीवूना को देखते ही ईर्ष्या से जल मरेगी। आख़िर इस ख़ुराफ़ात का क्या मतलब था?" उसने गुस्से में आकर रसोईघर की अँगीठी पर ज़ोर से हाथ मारा। अंगीठी की एक ईंट उखड़ गयी और राजुमिहीन का हाथ जख़्मी हो गया।

उसने ग्लानि भरे स्वर में कहा, "यह बुराइयाँ तो कभी नहीं दूर होंगी, इसलिए इसकी चिन्ता करना बेकार है। मुझे चुपचाप अपना कर्तव्य करना चाहिए...माफ़ी माँगने या कुछ कहने की कोई ज़रूरत नहीं...सारा खेल ख़त्म हो चुका है।"

लेकिन उसने अपने कपड़ों को ग़ौर से देखा। उसके पास सिर्फ़ यही सूट था, अगर दूसरा होता तो शायद वह इसे न पहनता। उसे दूसरों के सामने फूहड़ बन कर जाने का कोई अधिकार नहीं था, ख़ास तौर पर जबकि वह उन लोगों से मिलने जा रहा था। उसने कपड़ों पर अच्छी तरह बुश फेरा। उसकी बनियायन और कमीज़ साफ़ रहती थी।

इसके बाद उसने नस्तास्या से साबुन लेकर ख़ूब रगड़-रगड़ कर अपनी गर्दन, बाल मुँह और हाथों को धोया। अब सवाल उठा कि हज़ामत की जाय या नहीं। (मकान मालकिन के पास पति का शेव का सामान रखा था।) लेकिन राज़ुमिहीन ने सोचा, "रहने दो। कहीं वे लोग यह न सोच बैठें कि मैंने उन्हें दिखाने के लिए ही...वे ज़रूर ऐसा सोचेंगी। नहीं, ऐसा नहीं होने दूँगा।"

"मैं हूँ भी तो कितना बेहूदा और फूहड़ आदमी। मेरा आचरण शराबियों जैसा है...मान लिया कि मुझमें थोड़ी-सी शराफ़त भी है...लेकिन इसमें गर्व की कौन-सी बात है? हर आदमी को शरीफ़ तो होना ही चाहिए...(उसे याद आया)....मैंने भी बहुत-सी बुरी बातें की हैं, जिन्हें बेईमानी नहीं कहा जा सकता, लेकिन अवदोत्या रोमानोव्ना से मेरा क्या मुक़ाबला है? इसलिए जैसा है रहने दो, मैं इसी शक्ल में उसके सामने जाऊँगा...मुझे कोई परवाह नहीं है।"

वह इसी उधेड़बुन में था कि ज़ोसीमोव कमरे में दाख़िल हुआ।

वह जल्दी ही मरीज़ को देखकर घर जाना चाहता था। राज़ुमिहीन ने उसे बताया कि मरीज़ गहरी नींद में सो रहा है। ज़ोसीमोव ने मरीज़ को न जगाने का आदेश देते हुए कहा कि वह ग्यारह बजे फिर आयेगा।

"मनमाने मरीज़ों का इलाज भला डॉक्टर कैसे करें? तुम्हें कुछ पता है, वे लोग मरीज़ से मिलने आयेंगी या यह वहाँ जायेगा?"

राज़ुमिहीन फौरन ज़ोसो मोव का आशय ताड़ गया। "मेरा ख़्याल है वे ही यहाँ आयेंगी। यहाँ घरेलू मामलों की चर्चा होगी, इसलिए मेरा रहना ठीक नहीं। तुम डॉक्टर हो तुम्हारी बात दूसरी है।"

"लेकिन मैं कोई पादरी नहीं हूँ जो लोगों के घरेलू झगड़ों को सुनता रहूँ। मुझे और भी बड़े काम हैं।"

राज़ुमिहीन ने चिन्तित स्वर में कहा, "कल रास्ते में मैंने रोद्या से बहुत-सी फ़िज़ूल बातें की थी। मैंने उसे यह भी बताया था कि तुम्हें डर है कि वह पागल हो जायेगा।"

"तुमने दोनों स्त्रियों को भी यह बात बतायी थी।"

"यह मेरी बेवकूफ़ी थी। तुम ख़ुशी से इसके लिए मेरी पिटाई कर सकते हो। क्या तुम्हें अब भी डर है कि रोद्या पागल हो जायेगा?"

"मुझे क्या पता? तुम्हीं तो कह रहे थे कि वह विक्षिप्त हो रहा है...तुमने कल पेंटर की कहानी सुनाकर आग में घी डाल दिया। यह जानते हुए कि उसके दिमाग़ में यही बात चक्कर काट रही थी, तुमने उसे यह कहानी सुनायी ही क्यों थी? अगर मुझे यह मालूम होता कि पुलिस स्टेशन में उसके ऊपर क्या बीती थी और किसी बेहूदे आदमी ने उस पर सन्देह किया था...तो मैं ऐसी बात न होने देता। वहमी आदमी तिल का ताड़ बना लेते हैं...उन्हें अपनी कल्पना में ठोस हक़ीक़त नज़र आने लगती है। जहाँ तक मुझे याद है ज़ेमेतोफ़ की बातें सुनकर, मेरे मन के सन्देह दूर हो गये थे। मैंने एक ऐसा केस भी देखा है जब एक अधेड़ आदमी ने एक आठ बरस के बच्चे का गला सिर्फ़ इसीलिए काट दिया क्योंकि उसे बच्चे के मज़ाक बर्दाश्त नहीं होते थे। और इस केस में इसकी फटेहाली, पुलिस अफ़सर की धृष्टता, बुखार और सन्देह ने मिलकर इसका दिमाग़ बिगाड़ दिया है। जो आदमी पहले से ही विक्षिप्त हो और जिसका स्वाभिमान छुई-मुई हो रहा हो, वह भला बीमार क्यों नहीं पड़ेगा...हूँ छोड़ों, इस क़िस्से को। और सुनो ज़ेमेतोफ़ अच्छा आदमी है, लेकिन उसे यह क़िस्सा नहीं सुनाना चाहिए था। वह बड़ा बातूनी है।"

"लेकिन उसने तुम्हारे और मेरे सिवाय किसको यह क़िस्सा सुनाया?"

"पोरफेरी को।"

"तो क्या हुआ?"

"अच्छा यह बताओ कि माँ-बेटी पर तुम्हारा कोई असर है?" उन्हें समझा देना कि आज वे मरीज़ से कोई ऐसी बात न करें जिसमें वह उत्तेजित हो जाय।

"फ़िक्र न करो, वे ख़ुद समझदार हैं।"

"वह लूज़िन के ख़िलाफ़ न जाने क्यों है। लूज़िन अमीर आदमी है और लड़की भी उसे पसन्द करती है...और इन लोगों के पास तो फूटी कौड़ी भी नहीं है, क्यों?"

"तुम्हें इससे मतलब? उनके पास फूटी कौड़ी है या नहीं, यह तुम ख़ुद ही उनसे पूछ लेना, तुम्हें पता चल जायेगा।"

"धत्, तुम भी कई बार गधेपन की बातें करने लगते हो। मालूम होता है कल का नशा अभी उतरा नहीं है...गुडबाई। अपनी प्राश्कोव्या पात्सोवूना को मेरी ओर से धन्यवाद दे देना। वह अपना कमरा भीतर से बन्द करके सो गयी थी। मेरे नमस्कार तक का उसने कोई उत्तर नहीं दिया। सुबह सात बजे उसने अपने कमरे में ही मंगवाकर चाय पी। उससे मुलाकात तक का मौक़ा नहीं मिला।"

ठीक नौ बजे राजुमिहीन बाक़ालेव के घर पहुँचा। दोनों स्त्रियाँ बेचैनी से उसकी प्रतीक्षा कर रही थीं। वे तड़के ही उठकर तैयार हो गयी थीं। राजुमिहीन नमस्कार करके एक ओर खड़ा हो गया। उसका ख़्याल था कि दुनिया इस समय उसे अकेली खड़ी मिलेगी। लेकिन बुढ़िया माँ ने आगे बढ़कर उसके दोनों हाथ चूम लिए।

राजुमिहीन ने भीरू दृष्टि से दुनिया की ओर देखा, लेकिन उसकी आँखों में घृणा और व्यंग्य की जगह कृतज्ञता और आदर का भाव झलक रहा था, जिसे देखकर राजुमिहीन की सिट्टी-पिट्टी गुम हो गयी। दुनिया उसे अगर गालियाँ देती तो उसे इतना ताज्जुब न होता। उसने फौरन मरीज़ की तबियत के बारे में बातें करनी शुरू कर दीं। यह जानकर कि रोद्या की तबियत ठीक है और वह आराम से सो रहा है, उसकी माँ बड़ी प्रसन्न हुई, क्योंकि वह भी राजुमिहीन से 'एक बहुत बहुत ज़रूरी बात' करना चाहती थी। दोनों स्त्रियों ने उसके इन्तज़ार में अभी तक नाश्ता नहीं किया था। दुनिया के घण्टी बजाने पर गन्दे कपड़े पहने एक बेटर आया। दुनिया ने उसे चाय लाने का आदेश दिया। चाय इतनी रद्दी थी कि दोनों औरतों को शर्मिन्दा होना पड़ा। राजुमिहीन ने उस घर के इन्तज़ाम की ख़ूब निन्दा की, लेकिन लूज़िन का ख़्याल आते ही वह सकपका-सा गया। बूढ़ी माँ के प्रश्नों की बौछार से उसकी झेंप कुछ कम हुई।

वह पौन घण्टे तक उन्हें रास्कोलनिकोव की परिस्थितियों और बीमारी के बारे में बताता रहा, कई बातें, मसलन पुलिस स्टेशन में क्या हुआ था, उसने जान-बूझ कर नहीं बतायीं। दोनों स्त्रियाँ उत्सुकतापूर्वक उसकी बातें सुन रही थीं। लेकिन उनकी जिज्ञासा अभी शान्त नहीं हुई थी।

वृद्धा ने पूछा, "ज़रा यह बताओ कि...माफ़ करना, मुझे अभी तक तुम्हारा नाम नहीं मालूम हुआ।"

"दिमित्री प्रोकोफ़िच।" राजुमिहीन ने उत्तर दिया।

"अच्छा तो दिमित्री प्रोकोफ़िच, मैं जानना चाहती हूँ कि रोद्या क्या सोचता है? मेरा मतलब है, उसकी पसन्द-नापसन्द के बारे में तुम मुझे बता कुछ सकोगे? क्या हर वक़्त वह ऐसा चिड़चिड़ा बना रहता है? अपने भविष्य के बारे में वह क्या सोचता है? आजकल वह किसके प्रभाव में है। मैं जानना चाहती हूँ..."

"माँ ये इतनी सारी बातों का जवाब फौरन कैसे दे सकते हैं?" दुनिया ने कहा।

"ई ईश्वर! मैं नहीं जानती थी कि रोद्या इस हालत में होगा।"

"आप ठीक कहती हैं। मेरी माँ नहीं है लेकिन मेरे चचा हर साल जब यहाँ आते हैं तो मुझे पहचान तक नहीं सकते। फिर आपने तो रोद्या को तीन साल के बाद देखा है। रोद्या से सिर्फ़ डेढ़ साल पहले मेरा परिचय हुआ था। वह निराश, स्वाभिमानी और स्पष्टवादी व्यक्ति है, पिछले कुछ दिनों से वह शक्की मिज़ाज़ और रहस्यमय-सा हो गया है। वैसे उसका दिल नेक है, लेकिन वह सबके सामने अपने मन की बात नहीं कहता। कई बार वह उदासीन और निष्ठुर हो जाता है, लगता है उसके चरित्र के दो पहलू हैं। कई बार तो वह हम लोगों से बात तक नहीं करता! कहता है कि उसे बहुत काम है, लेकिन निठल्ला बिस्तर में लेटा रहता है।

उसका दिमाग़ बड़ा तेज़ है लेकिन वह हँसी मज़ाक नहीं करता। लगता है, इन छोटी बातों के लिए उसके पास समय ही नहीं। वह कभी किसी की बात ग़ौर से नहीं सुनता, न ही उसे किसी दूसरे में दिलचस्पी है। वह अपने को औरों से अधिक ऊँचा समझता है, शायद यह बात ठीक भी है। इससे अधिक मैं आपको और क्या बताऊँ? मेरा ख़्याल है, आपका यहाँ आना उसके लिए कल्याणकारी सिद्ध होगा।"

"ईश्वर करे ऐसा ही हो!" वृद्धा माँ ने अपने रोद्या का हाल सुनकर चिन्तित स्वर में कहा।

अब राजुमिहीन ने साहस बटोर कर दुनिया के चेहरे पर नज़र डाली। दुनिया पहले मेज़ पर बैठी ध्यान से उसकी बातें सुन रही थी, फिर वह दोनों बाँहें सीने पर रखकर कमरे में चहल-कदमी करने लगी, बीच-बीच में वह एकाध सवाल पूछ लेती थी। अपने भाई की तरह वह भी किसी दूसरे की बात ग़ौर से नहीं सुनती थी। उसने गहरे रंग की महीन पोशाक पहन रखी थी, और उसके गले में सफ़ेद स्कार्फ़ बँधा हुआ था। उनके सामान को देखते ही राजुमिहीन को उनकी ग़रीबी का आभास मिल गया। अगर दुनिया किसी रानी महारानी की पोशाक में उसके सामने आती तो वह उससे न डरता, लेकिन उसे ग़रीबी की हालत में देखकर राजुमिहीन के दिल में एक अज्ञात भय समा गया और उसे अपने हर शब्द और इशारे से डर लगने लगा।

"मुझे ख़ुशी है कि आपने निष्पक्ष भाव से मेरे भाई के बारे में बड़ी दिलचस्प बातें बतायी...मेरा ख़्याल था कि आप भी रोद्या के अन्धभक्त होंगे। आपने ठीक कहा है कि उसे किसी स्त्री की देखभाल में रहने की ज़रूरत है।" दुनिया ने मुस्कराकर कहा।

"मैंने यह नहीं कहा था, लेकिन आपकी बात सही है...लेकिन..."

"लेकिन क्या!"

"वह किसी स्त्री से प्रेम नहीं करता, और शायद कभी करेगा भी नहीं।"

"आपका ख़्याल है कि वह प्रेम करने में असमर्थ है?"

"अवदोत्या रोमानोव्ना, आप हू-ब-हू अपने भाई जैसी हैं।" राजुमिहीन के मुँह से यकायक निकल गया। अगले क्षण उसे रोद्या के बारे में कही बातें याद आ गयीं और उसका चेहरा झेंप से लाल सुर्ख़ हो उठा। दुनिया अपनी हँसी न रोक सकी।

वृद्धा माँ ने चिढ़कर कहा, "रोद्या के बारे में तुम दोनों ग़लत सोचते हो। मैं इस समय प्योत्र पैत्रोविच के ख़त और अपनी ग़लतफ़हमी की बात नहीं कर रही, लेकिन दिमित्री प्रोकोफ़िच, तुम नहीं जानते रोद्या कितना मनमाना और ज़िद्दी है। जब वह पन्द्रह बरस का था, तब भी मुझे पता नहीं चलता था कि वह किस दिन क्या कर बैठेगा। अब भी मेरा विश्वास है कि वह कोई न कोई अनहोनी बात ज़रूर कर सकता है। जानते हो, डेढ़ बरस पहले उसने कहा था कि वह मकान मालकिन की लड़की से—क्या नाम था उस लड़की का?—शादी करना चाहता है—यह ख़बर सुनकर मैं अधमरी हो गयी थी।"

“क्या आपने भी यह क़िस्सा सुना था?” दुनिया ने पूछा।

“तुम्हारा ख़्याल है, कि रोद्या पर भला मेरे रोने-धोने का, मिन्नतों का, बीमारी और ग़रीबी का, कोई असर पड़ता? बिलकुल नहीं, मैं मर जाती तब भी वह अपनी मनमानी करता! लेकिन उसके दिल में हमारे लिए प्रेम न हो, ऐसी बात नहीं है।” वृद्धा माँ ने भावुक स्वर में कहा।

राजुमिहीन ने उत्तर दिया, “रोद्या ने कभी यह क़िस्सा मुझे नहीं बताया, लेकिन उसकी मकान मालकिन से मुझे इस बारे में कुछ पता चला था।”

“उसने क्या कहा था?” दोनों औरतों ने एक साथ प्रश्न किया।

“कुछ ख़ास नहीं। मुझे मालूम हुआ कि लड़की की माँ इस शादी के हक़ में नहीं थी—सुना है कि लड़की सुन्दर नहीं बल्कि बहुत बदसूरत, और बीमार थी।... लेकिन उसमें कोई न कोई गुण तो ज़रूर होगा...वरना...निश्चय ही रोद्या को धन का लालच नहीं था,...ऐसे सम्बन्धों के बारे में राय देना ज़रा मुश्किल होता है।”

“मुझे विश्वास है कि वह अच्छी लड़की थी।” दुनिया ने कहा।

“ईश्वर मेरा अपराध क्षमा करे, मुझे उस लड़की की मौत से बड़ी ख़ुशी हुई। दोनों में से कौन ज़्यादा एक-दूसरे को दुःख देता, यह मैं नहीं जानती।” वृद्धा ने कहा। इसके बाद वह कल लूज़िन के साथ हुए झगड़े के बारे में पूछताछ करने लगी। बीच-बीच में वह दुनिया की ओर भी देखती जाती थी, जिससे दुनिया चिढ़ रही थी। रोद्या की माँ को यह झगड़ा क़तई पसन्द न आया था। राजुमिहीन ने झगड़े का सारा ब्यौरा सुनाया, और कहा कि रास्कोलनिकोव ने जान-बूझ कर लूज़िन का अपमान करके भारी ग़लती की है। उसने बीमारी का कारण बता कर रास्कोलनिकोव का पक्ष लेने की कोशिश नहीं की।

“लेकिन बीमारी से पहले भी वह लूज़िन से ख़फ़ा था।” राजुमिहीन ने कहा।

“मेरा भी यही ख़्याल है।” वृद्धा ने निराश स्वर में उत्तर दिया। लेकिन दोनों स्त्रियाँ लूज़िन के प्रति राजुमिहीन का आदर भाव देखकर चकित रह गयीं।

“प्योत्र पैत्रोविच के बारे में तुम्हारी क्या राय है?” वृद्धा पूछे बग़ैर न रह सकी।

“आपकी बेटी के भावी पति के बारे में मैं बुरी राय कैसे रख सकता हूँ? मैं नम्रता के कारण ऐसा नहीं कह रहा...बल्कि इसलिए...कि अवदोत्या रोमानोव्ना ने अपनी मर्ज़ी से लूज़िन को अपना जीवन साथी चुना है। रात मैं नशे में था इसलिए मेरे मुँह से कुछ अपशब्द निकल गये थे...मेरा दिमाग़ ख़राब हो गया था...मैं बहुत शर्मिन्दा हूँ।”

राजुमिहीन का चेहरा फिर सुर्ख़ हो गया। दुनिया चुप रही। जब से लूज़िन की चर्चा शुरू हुई थी, उसने एक शब्द नहीं कहा था।

बेटी की चुप्पी से वृद्धा ने अपने को असहाय अनुभव किया। लेकिन कुछ देर बाद उसने कहा, "मैं दिमित्री प्रोकोफ़िच से कुछ नहीं छिपाऊँगी, क्यों दुनियां?"

"हाँ, हाँ, माँ जो कहना चाहती हो, कहो।" दुनिया ने समर्थन किया।

"बात यह है कि आज सुबह हमें प्योत्र पैत्रोविच का एक ख़त मिला है। हमने उसे अपने आने की ख़बर भेजी थी। उसने वादा किया था कि वह ख़ुद स्टेशन पर हमें लेने आयेगा, लेकिन ख़ुद आने की बजाय उसने अपना एक नौकर भेजा था, जो हमें यहाँ छोड़ गया था। उसने नौकर के हाथ कहला भेजा था कि वह आज सुबह हमसे मिलने आयेगा, लेकिन आज सुबह उसने यह ख़त भेजा है। तुम ख़ुद यह ख़त पढ़कर देख लो...मैं एक बात से बड़ी परेशान हूँ....तुम्हें ख़ुद ही वह बात मालूम हो जायेगी...दिमित्री प्रोकोफ़िच ख़त पढ़कर मुझे अपनी सच्ची राय देना। तुमसे अधिक रोद्या को कोई नहीं समझ सकता। सच पूछो तो दुनिया ने तो फ़ौरन अपना फ़ैसला कर लिया था, लेकिन मैं अभी तक दुविधा में हूँ—मैं तुम्हारे आने की राह देख रही थी।"

राज़ुमिहीन ने लिफ़ाफ़ा खोला, जिस पर कल की तारीख़ पड़ी थी :

"प्रिय श्रीमती पुलकोरिया अलक्जैन्ड्रोव्ना मैं आपको सादर सूचित करना चाहता हूँ कि कल अप्रत्याशित कारणों से मैं स्टेशन पर नहीं आ सका। इसलिए मैंने अपने एक विश्वस्त नौकर को भेज दिया था। मुझे अफ़सोस है कि मैं कल सुबह भी आपको मिलने नहीं आ सकूँगा, क्योंकि मुझे सेनेट में कुछ काम है। इसके अलावा मैं आपके पारिवारिक मामलों में भी दख़ल नहीं देना चाहता। लेकिन कल शाम को ठीक आठ बजे आपके यहाँ हाज़िर होऊँगा। मेरी हार्दिक प्रार्थना है कि रोदियोन रोमलोविच इस मौक़े पर वहाँ मौजूद न हो, क्योंकि कल जब मैं उसके यहाँ गया था तो उसने मेरा सख़्त अपमान किया था। इस बारे में आपको भी जवाब देना होगा और अपनी स्थिति साफ़ करनी होगी। मैं आपको पहले से ही सावधान कर देना चाहता हूँ कि मेरी प्रार्थना के बावजूद भी अगर रोदियोन रोमनोविच वहाँ आया तो मैं वहाँ एक क्षण भी नहीं ठहरूँगा। इसकी ज़िम्मेदारी आप पर होगी। मुझे मालूम हुआ है कि वह मेरे लौटने के दो घंटे बाद ही बिलकुल ठीक हो गया था। कल मैंने अपनी आँखों से उसे एक शराबी के घर देखा था, जो गाड़ी के नीचे दबकर मर गया था। उसने शराबी की जवान लड़की को, जो बड़ी बदनाम है, दफ़नाने के ख़र्च के बहाने पच्चीस रूबल भी दिये थे। आपकी आर्थिक स्थिति देखते हुए, यह आश्चर्य की बात है। अपनी बेटी अवदोत्या रोमानोवूना को विशेष रूप से मेरा सादर नमस्कार कहें।

—विनीत, आपका दास
पी. लूज़िन

बूढ़ी माँ रुआँसी होकर बोली, ''दिमित्री प्रोकोफ़िच, बताओ मैं क्या करूँ? मैं रोद्या को आने से कैसे मना कर सकती हूँ। कल रोद्या ने मुझे क़सम दिलायी थी कि मैं प्योत्र पैत्रोविच को साफ़ ना कर दूँ। उधर प्योत्र पैत्रोविच कहता है कि रोद्या यहाँ न आये। अगर रोद्या को मालूम हो गया तो वह जान-बूझकर यहाँ आयेगा...फिर क्या होगा?''

''अवदोत्या रोमानोव्ना जो कहें, वैसा ही कीजिए।''

''हाय, मैं क्या करूँ। वह तो कहती है...ईश्वर जाने वह क्या-क्या कहती है...वह कहती है कि रोद्या को आठ बजे यहाँ ज़रूर मौजूद रहना चाहिए ताकि दोनों आमने-सामने बैठकर सुलह सफ़ाई कर सकें...मैं तो चाहती थी कि तुम्हारी मदद से किसी तरही रोद्या को वहाँ आने से रोक सकूँ...वह इतना चिड़चिड़ा है...मुझे कल वाला शराबी और उसकी बेटी का क़िस्सा कुछ समझ में नहीं आया। भला उसने पच्चीस रूबल उस लड़की को कैसे दे दिये, जो...जो...''

''जिनके लिए तुम्हें इतने कष्ट झेलने पड़े।'' दुनिया ने बात पूरी की।

''कल रोद्या अपने आपे में नहीं था। आप नहीं जानतीं, एक रेस्तराँ में जाकर उसने क्या-क्या हरक़तें कीं...हूँ, कल उसने किसी की मौत का और किसी लड़की का ज़िक्र तो किया था, लेकिन मेरी समझ में कुछ नहीं आया।''

''माँ, अच्छा हो कि हम सब वहीं चलें। मुझे विश्वास है कि हम इस गुत्थी को सुलझाने का कोई-न-कोई रास्ता निकाल सकेंगे। हे ईश्वर दस बज चुके हैं।'' उसने अपने गले की चेन में लटकी सुनहरी घड़ी में समय देखते हुए कहा। दुनिया के पुराने और मामूली कपड़ों के साथ इस घड़ी का मूल नहीं बैठ रहा था। राजुमिहीन सोचने लगा, ''यह घड़ी लूज़िन ने उपहार में दी होगी।''

''चलो दुनिया जल्दी चलें। रोद्या सोच रहा होगा कि कल की बात से हम उससे नाराज़ हो गये हैं।'' पुलकेरिया अलैक्ज़ैंड्रोव्ना ने सर पर हैट पहन लिया और दुशाला ओढ़ लिया। राजुमिहीन ने देखा कि दुनिया के दस्तानों में कई छेद थे, लेकिन ग़रीबी और फटेहाली से इन दोनों स्त्रियों में एक विशेष शालीनता आ गयी थी। उन्हें पुराने कपड़े भी सलीके से पहनने का ढंग आता था। दुनिया को देखते ही उसका मन आदर से भर गया और वह मन-ही-मन कहने लगा, ''अगर किसी रानी को जेलख़ाने में क़ैद कर दिया जाये, तो फटे कपड़ों में भी वह उतनी ही सुन्दर लगेगी जितनी कि शाही दावतों और उत्सवों में।''

वृद्धा माँ ने कहा, ''हे ईश्वर! क्या मैंने कभी सोचा था कि मुझे अपने बेटे से मिलने में डर लगेगा। मेरा प्यारा रोद्या। दिमित्री प्रोकोफ़िच मुझे डर लग रहा है।"

"माँ, डरो नहीं, इन पर भरोसा रखो।" दुनिया ने माँ को चूमते हुए कहा।

"बेटी, मुझे दिमित्री प्रोकोफ़िच पर पूरा भरोसा है, लेकिन मैं रातभर सो नहीं सकी।"

तीनों नीचे सड़क पर आ गये।

"जानती हो दुनियां, आज सुबह जब कुछ देर के लिए मेरी आँख लगी तो मैंने मार्फ़ा पैत्रोव्ना को देखा था।...उसने सफ़ेद कपड़े पहन रखे थे...उसने मेरा हाथ पकड़ कर गुस्से से मेरी ओर देखा, लगता था जैसे मुझे दोषी ठहरा रही थी। दिमित्री प्रोकोफ़िच तुम्हें नहीं मालूम कि मार्फ़ा पैत्रोवना मर गयी?"

"नहीं, यह मार्फ़ा पैत्रोवना कौन है?"

"अचानक ही उसकी मौत हो गयी, ज़रा सोचो तो सही..."

"माँ ये सब बातें बाद में करना, पहले इन्हें मार्फ़ा पैत्रोव्ना के बारे में बताओ।"

"अरे तुम नहीं जानते? मेरा ख़्याल था कि तुम्हें हमारी सारी बातें मालूम हैं। माफ़ करना, पिछले कई दिनों से मेरे दिमाग़ में अजब-सी बातें आ रही हैं। तुम मुझे देवदूत से मालूम होते हो...मैं तुम्हें अपना समझती हूँ। बुरा मत मानना, हाय! तुम्हारे दायें हाथ में चोट कैसे लग गयी?"

"यह तो मामूली-सी ख़राश है।" राजुमिहीन ने गद्गद् स्वर में उत्तर दिया।

"कई बार जब मैं भावुकता की बातें करने लगती हूँ, तो दुनिया मुझे डाँटती है... लेकिन रोद्या जहाँ रहता है, वह अलमारी है या कमरा है? क्या उसकी मकान-मालकिन इस जगह को कमरा समझती है? तुम्हारा क्या ख़्याल है, मेरी...कमज़ोरियों को देखकर रोद्या चिढ़ेगा तो नहीं? दिमित्री प्रोकोफ़िच तुम मुझे बताओ, मैं उससे किस तरह पेश आऊँ? मेरा दिमाग़ तो काम नहीं कर रहा।"

"जिस बात पर वह नाक-भौं सिकोड़े, उस बात को नहीं ख़त्म कर दीजिए, और उसकी सेहत के बारे में पूछताछ न करें, क्योंकि इस बात से वह चिढ़ता है।"

"आह! दिमित्री प्रोकोफ़िच माँ होना कितना कठिन काम है। लो सीढ़ियाँ आ गयीं...कैसा भयंकर ज़ीना है।"

"माँ, तुम अपने को दुखी मत करो। तुम्हारा चेहरा पीला पड़ गया है। रोद्या तो तुम्हें देखकर ख़ुश होगा, तुम बेकार अपने मन को कष्ट दे रही हो।"

"ठहरिये, मैं देख आऊँ, वह जागा है या नहीं?"

जब दोनों स्त्रियाँ मकान-मालकिन के कमरे के आगे से गुज़रीं, तो उन्होंने देखा कि दरवाज़े में से दो काली आँखें उन्हें ग़ौर से घूर रही थीं। आँखें चार होते ही उसने ज़ोर से दरवाज़ा बन्द कर लिया।

3

"अब ये बिलकुल ठीक है।" ज़ोसीमोव ने प्रफुल्ल स्वर में कहा।

ज़ोसीमोव दस मिनिट पहले ही वहाँ मौजूद था। रास्कोलनिकोव ने आज साफ़-सुथरे कपड़े पहने थे और बालों को बड़ी मेहनत से सँवारा था। कमरे में अब बड़ी भीड़ हो गयी थी, लेकिन नस्तास्या भी उनकी बातें सुनने के लिए उनके पीछे-पीछे कमरे में घुस आयी थी।

रास्कोलनिकोव की तबियत आज सचमुच सुधर गयी थी, लेकिन उसके चेहरे का पीलापन और कमज़ोरी अभी तक बाक़ी थी। लगता था जैसे उसे किसी भयंकर यातना में से गुज़रना पड़ा है, या वह बुरी तरह जख़्मी हुआ है। उसके ओंठ भिंचे हुए थे, और आँखों में अभी तक बुखार की लाली थी—वह बेचैन सा मालूम होता था।

वह बातचीत में बहुत कम हिस्सा ले रहा था।

अगर उसकी बाँह में या उँगलियों में पट्टी बाँध दी जाती तो देखने वालों को निश्चय हो जाता कि या तो उसे भयंकर फोड़ा निकला है या उसकी बाँह टूट गयी है। क्षण भर के लिए अपनी माँ और बहन को देखकर उसके चेहरे पर रौनक आ गयी, लेकिन फौरन ही उसका चेहरा पीड़ा से आच्छादित हो गया। ज़ोसीमोव ने जो सब नये डॉक्टरों की तरह मरीज़ के हर चेहरे के हर भाव को ग़ौर से देख रहा था, रास्कोलनिकोव के चेहरे की कटुता को भाँप लिया। उसने देखा कि रास्कोलनिकोव की अपनी माँ और बहन की बातें सुनकर खीज़-सी हो रही है।

उसके संयम को देखकर ज़ोसीमोव दंग रह गया, क्योंकि कल तो वह एक भी शब्द नहीं बर्दाश्त कर पा रहा था और आपे से बाहर हो रहा था।

उसने अपनी माँ और बहन का माथा चूमा और कहा, "देख लिया, अब मैं अच्छा हो गया हूँ, कल की बात दूसरी थी।" वृद्धा माँ का दिल ख़ुशी से खिल गया।

ज़ोसीमोव दोनों स्त्रियों के आगमन से प्रसन्न हुआ था। उसने कहा, "सचमुच आज इन्हें देखकर मुझे आश्चर्य हो रहा है। अगर तीन चार दिन तक इनकी तबियत

सुधरती रही, तो ये बिलकुल पहले जैसे स्वस्थ हो जायेंगे। यह बीमारी काफ़ी दिनों से इनके भीतर थी...क्यों भई? इसमें तुम्हारा भी कोई दोष होगा ही, साफ़-साफ़ कह दो।"

"सम्भव है कि यह बात ठीक हो।" रास्कोलनिकोव ने उदासीन भाव से उत्तर दिया।

ज़ोसीमोव ने उत्साहपूर्वक समझाया, "मैं तुम्हें बताना चाहता हूँ कि अब ठीक होना न होना तुम्हारे बस में है। तुम्हें उन बातों से बचना चाहिए जिनसे तुम्हें उत्तेजना होती है। ये कारण क्या हैं, मैं नहीं जानता, लेकिन तुम्हें ज़रूर मालूम होंगे। तुम समझदार आदमी हो और अपनी मानसिक दशा को ज़रूर समझते होगे। मेरा ख़्याल है कि यूनविर्सिटी छोड़ने के बाद से ही तुम्हारी यह हालत शुरू हुई। तुम्हें कभी खाली नहीं रहना चाहिए, अपने सामने कोई निश्चित उद्देश्य रखकर काम करना तुम्हारे लिए लाभकारी सिद्ध होगा।"

"हाँ-हाँ, आप बिलकुल ठीक कहते हैं...मैं फौरन युनिवर्सिटी में भरती हो जाऊँगा, फिर सब कुछ ठीक हो जायेगा..."

ज़ोसीमोव ने तो दोनों स्त्रियों को प्रभावित करने के लिए यह विद्वतापूर्ण सलाह दी थी—लेकिन मरीज़ के चेहरे पर व्यंग्य के भाव देखकर वह दंग रह गया। वृद्धा माँ, ज़ोसीमोव को कल रात की सौजन्यता के लिए धन्यवाद देने लगी।

रास्कोलनिकोव चौंककर बोला, "क्या ये तुमको कल रात मिले थे? इसका मतलब, तुम दोनों सफ़र की थकान के बावजूद भी रात भर जागती रहीं?"

"रोद्या हम सिर्फ़ दो बजे तक जागते रहे, घर में भी तो हम दो बजे से पहले कभी नहीं सोते।"

रास्कोलनिकोव ने चिढ़कर आँखें नीची कर लीं और कहा, "मुझे भी समझ में नहीं आता कि मैं डॉक्टर को कैसे धन्यवाद दूँ। फ़ीस की बात एक ओर रहने दें... मुझे समझ नहीं आता कि आप मुझ पर इतना ध्यान क्यों दे रहे हैं...सच पूछिये तो इस मेहरबानी से मेरे दिल पर एक बोझ सा बैठ गया है।"

ज़ोसीमोव ने हँसने की कोशिश की, "चिढ़ो नहीं, मान लो कि तुम मेरे पहले मरीज़ हो। हम लोग अपने पहले मरीज़ को अपने बच्चे की तरह चाहते हैं। कुछ डॉक्टरों को तो मरीज़ से प्रेम भी हो जाता है। फिर मेरे पास मरीज़ों की भरमार तो नहीं है।"

"पता नहीं यह मुझ पर क्यों मेहरबान हैं। मुझसे इसे सिवा अपमान और मुसीबत के कुछ नहीं मिला।" रास्कोलनिकोव ने राजुमिहीन की तरफ़ इशारा करते हुए कहा।

"क्या ख़ुराफ़ात बक रहे हो? कहीं आज भावुकता की 'मूड' में तो नहीं हो?" राजुमिहीन ने डाँटा।

अगर राजुमिहीन ग़ौर से मरीज़ के चेहरे की ओर देखता तो उसे मालूम हो जाता कि वहाँ भावुकता का नामोनिशान तक न था, बल्कि स्थिति इससे ठीक विपरीत थी। दुनिया ने फौरन यह बात भाँप ली। वह बेचैनी से अपने भाई के चेहरे की ओर देखने लगी।

"और माँ, तुम्हारे बारे में कुछ कहने का साहस मुझमें नहीं है। कल यहाँ मेरी इन्तज़ार करते समय तुम्हारा मन कितना दुखी हो रहा होगा, इसका कुछ आभास मुझे मिलने लगा है।" रास्कोलनिकोव जैसे कोई रटा हुआ पाठ दुहरा रहा था।

यह कहकर वह मुस्कराया और उसने बिना कुछ कहे बहन की तरफ़ अपना हाथ बढ़ा दिया। दुनिया ने कृतज्ञ भाव से उसे दबाया। कल झगड़े के बाद पहली बार रास्कोलनिकोव ने बहन के प्रति स्नेह दिखाया था। माँ इस मौन-सन्धि को देखकर गद्‌गद्‌ स्वर में बोली, "इसीलिए तो रोद्या मुझे इतना प्यारा लगता है।"

राजुमिहीन बुदबुदाया, "हाँ, यह ऐसा ही है।"

माँ मन-ही-मन कह रही थी, "रोद्या कितना सहृदय है। कितनी जल्दी और भोलेपन से उसने अपनी बहन से सुलह कर ली। बस अपना हाथ आगे बढ़ाया, और उसकी ओर देखने लगा...उसकी आँखें कितनी शानदार हैं। उसका चेहरा कितना सुन्दर है...दुनिया से भी अच्छी है...हे भगवान! वह कितना रद्दी सूट पहने है।... अफ़नैसी इवानोविच की दुकान का चपरासी वास्या, हमारे रोद्या से अच्छे कपड़े पहनता है। मन में आता है इसे गले लगाकर रोऊँ, लेकिन मुझे डर लगता है...रोद्या का स्वभाव कितना विचित्र है। इस समय वह स्नेहभरी बातें कर रहा है लेकिन मुझे डर है...भला मुझे किस बात का डर है...?"

वृद्धा ने फौरन कहा, रोद्या तुम नहीं जानते, कल दुनिया को और मुझे कितना दुःख हुआ था, हमें ख़ुशी है कि आज सारा मामला साफ़ हो गया है। ज़रा सोचो तो सही, कल ट्रेन से उतरते ही हम तुम्हें गले लगाने के लिए यहाँ भागी आयीं। लो वह औरत फिर आ गयी। गुड मौर्निंग नस्तास्या,...नस्तास्या ने हमें बताया था कि तुम्हें तेज़ बुखार था और तुम कुछ देर पहले कहीं भाग गये थे। वे लोग सड़कों पर तुम्हें ढूँढ़ रहे थे। तुम नहीं जानते उस समय हमें कैसा लगा था। मुझे फौरन तुम्हारे पिता के मित्र लेफ़्टिनेंट पोटेंचिकोव के जीवन के दुखद अन्त का ख़्याल आ गया। तुम्हें उनकी याद नहीं होगी, रोद्या! वे भी इसी तरह तेज़ बुखार में आँगन के कुएँ में जा गिरे थे। अगले दिन उनकी लाश कुएँ से निकाली गयी थी। इसमें सन्देह नहीं कि हम दोनों ज़रूरत से ज़्यादा घबरा गयी थीं। हम मदद के लिए प्योत्र पैत्रोविच को बुलाने वाली थीं...हम अकेली थीं, बिलकुल अकेली।" सहसा वृद्धा को ख़्याल आया कि प्योत्र पैत्रोविच की चर्चा करना निरापद नहीं है। उसने ठहर कर कहा, "ख़ैर अब सब ठीक है।"

"हाँ-हाँ...सचमुच बड़ी परेशानी होती है..." रास्कोलनिकोव ने अनमने स्वर में उत्तर दिया। दुनिया घबराकर उसके चेहरे की ओर देखने लगी।

"अरे हाँ, मैं तुमसे कुछ कहना चाहता था। माँ, और दुनिया तुम भी, यह मत समझ लेना कि मैं आज तुमसे मिलने नहीं आने वाला था, और यहाँ तुम्हारे आने का इन्तज़ार कर रहा था।"

"रोद्या यह तुम क्या कर रहे हो?" वृद्धा ने चकित स्वर में कहा।

दुनिया सोचने लगी, "क्या रोद्या कर्तव्यवश हम लोगों से माफ़ी माँग रहा है?"

"मैं अभी सो करउठा हूँ। तुम्हारे पास खुद आना चाहता था, लेकिन कपड़ों की वजह से देर हो गयी। मैं कल नस्तास्या को कहना भूल गया...उसने ख़ून के दाग़ नहीं साफ़ किये। मैं अभी अभी तैयार हुआ हूँ।"

"ख़ून? कैसा ख़ून?" वृद्धा चौंक पड़ी।

"कुछ नहीं—घबराओ नहीं। कल जब मैं तेज़ बुखार में बाहर चला गया था, तो मैंने एक आदमी को गाड़ी के नीचे कुचली हुई हालत में पड़ा देखा...एक क्लर्क को..."

"बुखार में? लेकिन तुम्हें यह सारी बातें कैसे याद हैं?" राजुमिहीन ने बीच में टोककर पूछा।

"हाँ मुझे हर बात पूरी तरह याद है, लेकिन मैंने किस जगह जा कर कौन-सी बात कही, यह मैं स्पष्ट नहीं बता सकता।"

"हाँ इस हालत में ऐसा ही होता है। मरीज़ बड़े कुशल ढंग से काम करता है, लेकिन वह कुछ का कुछ कर बैठता है और उसकी रुग्ण मनोवृत्तियाँ ही उसके कार्य का निर्देशन करती हैं—ठीक जैसे सपने में होता है," ज़ोसीमोव ने समझाया।

रास्कोलनिकोव सोच रहा था, "यह मुझे पागल समझ रहा है, यह अच्छी बात है।"

"वाह, अच्छे-भले तन्दरुस्त लोग भी तो ऐसा ही करते हैं।" दुनिया ने ज़ोसीमोव की ओर देखते हुए कहा।

"आपकी बात में सच्चाई ज़रूर है। इस दृष्टि से देखा जाय तो हम सब एक हद तक पागल हैं, लेकिन उस हद को पार करते ही सचमुच के पागल हो जाते हैं। यह सच है कि पूर्णतः स्वस्थ और सन्तुलित व्यक्ति हज़ारों में एक ही होता है।"

ज़ोसीमोव के मुँह से अनायास ही 'पागल' शब्द सुनकर सब के माथे पर त्यौरियाँ पड़ गयीं।

रास्कोलनिकोव ने इस बातचीत पर कोई ध्यान नहीं दिया। वह एक गहरी सोच में डूबा था। उसके पीले होंठों पर एक विचित्र मुस्कान थी।

"अच्छा तो फिर उस आदमी का क्या हुआ, जो गाड़ी के नीचे आया था?" राजुमिहीन ने उतावली दिखाते हुए पूछा।

"क्या?" रास्कोलनिकोव जैसे नींद में से चौंक कर उठ बैठा।

"ओह!...उसे उसके घर तक पहुँचाने में मेरे कपड़े ख़ून से सन गये। सुनती हो माँ, कल मैंने एक अक्षम्य ग़लती कर डाली है। सचमुच मेरा दिमाग़ ख़राब हो गया था। तुम्हारी भेजी हुई सारी रकम मैंने उस क्लर्क की पत्नी को दे दी। वह विधवा हो गयी है और बिचारी तपेदिक़ की मरीज़ है...तीन नन्हे बच्चे भूख से तड़प रहे हैं...घर में कुछ नहीं है...उनकी एक और भी लड़की है...अगर तुम उनकी हालत देखतीं तो ज़रूर उनकी मदद करतीं। मैं मानता हूँ कि मुझे यह सब करने का कोई अधिकार नहीं था। तुम्हें पैसे की खुद कितनी सख़्त ज़रूरत है! दूसरों की सहायता करने के लिए इन्सान के पास इसका अधिकार भी होना चाहिए, नहीं तो"

क्यों ठीक है न दुनिया?" रास्कोलनिकोव हँसकर बोला।

"नहीं, बिलकुल नहीं।" दुनिया ने दृढ़तापूर्वक प्रतिवाद किया।

"वाह! देखता हूँ, जीवन में तुम्हारे भी आदर्श हैं।" उसने घृणा और व्यंग भरे स्वर में कहा। "मुझे इस बात को ध्यान में रखना चाहिए था...ख़ैर आदर्शों का होना प्रशंसनीय है, विशेषकर तुम्हारे लिए। एक सीमा तक पहुँचने के बाद अगर तुम आगे न बढ़ी तो तुम्हें दुःख होगा। लेकिन यह भी सम्भव है कि सीमा पार करने पर तुम्हें और भी ज़्यादा दुःख हो...ख़ैर यह सब निरी बकवास है।" वह अपने आक्रोश पर स्वयं चिढ़ गया था। मेरे कहने का यह मतलब है कि माँ तुम मुझे माफ़ कर दो।

"बस, बस रोद्या, मुझे विश्वास है कि तुम जो भी करते हो ठीक ही करते हो।"

"किसी पर इतना अधिक भरोसा करना ठीक नहीं है।" रास्कोलनिकोव ने एक वक्र मुस्कान के साथ कहा। इसके बाद कमरे में चुप्पी छा गयी।

इस बातचीत, सुलह और क्षमा-याचना ने सबको चुप करा दिया था।

रास्कोलनिकोव अपनी माँ और बहन के चेहरे की ओर देखकर सोच रहा था, "लगता है ये दोनों मुझ से बहुत डरती हैं। लेकिन अनुपस्थिति में मैं इनको कितना चाहता था।" सचमुच इस ख़ामोशी से वृद्धा और भी भयभीत हो उठी थी। सहसा वह मौन-भंग करते हुए बोली, "जानते हो रोद्या, मार्फ़ा पैत्रोव्ना की मृत्यु हो गयी है।"

"कौन मार्फ़ा पैत्रोवना?"

"ईश्वर भला करे–मार्फ़ा पैत्रोवना स्वीद्रिगाईलोव, मैंने उसके बारे में तुम्हें बहुत कुछ लिखा था।"

"आह, हाँ मुझे याद आया...अच्छा तो वह मर गयी? क्या सच? उसे क्या हुआ था?" रास्कोलनिकोव जैसे नींद से चौंककर उठा था।

बेटे की इस जिज्ञासा से वृद्धा को कुछ उत्साह मिला। "जिस दिन मैंने तुम्हें ख़त लिखा था, उसी दिन बेचारी चल बसी थी। कहते हैं कि उसके पति ने उसे बुरी तरह पीटा था।"

"क्या उनकी आपस में बिलकुल नहीं पटती थी?" रास्कोलनिकोव ने बहन से पूछा।

"बात ठीक इससे उल्टी थी। वह मार्फ़ा पैत्रोव्ना की बड़ी इज़्ज़त करता था। अपनी शादी के सात सालों में वह हद से ज़्यादा सहनशील बना रहा। अचानक वह अपना धैर्य खो बैठा।"

"सात साल तक जो आदमी सहता आया, यकायक इतना खूँखार कैसे हो गया। कहीं तुम उसकी हिमायत तो नहीं कर रहीं, दुनियां?"

"नहीं, नहीं, उससे बड़ा खूँखार आदमी कौन होगा?" दुनिया ने काँपती हुई आवाज़ में उत्तर दिया और किसी गहरे सोच में डूब गयी।

वृद्धा ने जल्दी से समझाया, "झगड़ा तो सुबह हुआ था। उसके बाद मार्फ़ा पैत्रोव्ना ने शहर जाने के लिए गाड़ी जोतने का हुक्म दिया। हर बार झगड़ा होने के बाद वह शहर चली जाती थी। मैंने सुना है कि उसने ख़ूब पेट भर कर खाना खाया था।"

"मारपीट के बाद?"

"यह तो हमेशा से उसकी...आदत रही है। खाने के फौरन बाद वह गुसल ख़ाने में गयी...उन दिनों वह जलचिकित्सा करा रही थी। उनके घर में ठंडे पानी का चश्मा है और वह रोज़ उसमें नहाती थी। लेकिन उस दिन पानी में घुसते ही उसे दौरा पड़ गया।"

"हो सकता है," ज़ोसीमोव ने राय दी।

"क्या उसके पति ने उसे बहुत मारा था?"

"उससे क्या होता है?" दुनिया ने कहा।

"हूँ। लेकिन माँ, न जाने तुम हमें यह ख़ुराफ़ात क्यों सुना रही हो।" रास्कोलनिकोव ने चिढ़कर कहा।

"आह मेरे बेटे, मेरी समझ में नहीं आता कि तुमसे क्या बात करूँ।"

"क्यों? क्या तुम सबको मुझसे डर लगता है?"

"हाँ, यह सच है।" दुनिया ने भाई की ओर सीधी नज़रों से देखते हुए कहा, "सीढ़ियाँ चढ़ते समय माँ डर से अधमरी हो रही थी।"

रास्कोलनिकोव का चेहरा क्रोध से विकृत हो गया।

"छिः छिः दुनिया तुम क्या कह रही हो? रोद्र्या मेहरबानी करके नाराज़ मत होना। दुनिया तुमने यह बात क्यों कही?" वृद्धा ने संत्रस्त भाव से पूछा, "बात यह है रोद्र्या कि मैं रास्ते भर ट्रेन में सोचती रही थी कि मैं तुमसे किस तरह मिलूँगी और क्या बातें करूँगी! ख़ुशी में मुझे सफ़र की थकान तक का ख़्याल न रहा था। लेकिन मैं यह क्या कह रही हूँ?...अब मैं ख़ुश हूँ...दुनिया तुम्हें ऐसी बातें नहीं कहनी चाहिए थीं...मैं ख़ुश हूँ...तुम्हें देखने से ही, रोद्र्या..."

"बस बस माँ...हमें दिल खोलकर सारी बातें करने का समय मिलेगा।" रास्कोलनिकोव ने माँ का हाथ दबाते हुए कहा।

सहसा वह घबरा गया और उसका चेहरा पीला पड़ गया। उसकी आत्मा में एक भयंकर सिहरन दौड़ गयी। उसे आभास हुआ कि उसने अभी झूठ बोला था...वह कभी दिल खोलकर किसी से सारी बातें नहीं कर सकेगा। इस विचार की यन्त्रणा में वह अपने आपको भूल गया और उठकर दरवाज़े की ओर बढ़ा।

"तुम यह क्या कर रहे हो?" राजुमिहीन ने उसकी बाँह पकड़ ली।

रास्कोलनिकोव चुपचाप अपनी जगह पर बैठ गया। सब चकित भाव से उसकी तरफ़ देखने लगे।

सहसा रास्कोलनिकोव ने कहा, "तुम सब ठूँठ बने क्यों बैठे हो? कोई बात क्यों नहीं करते? इस तरह बैठने से क्या फ़ायदा? आओ बातें करें...हम एक-दूसरे को मिलने आये हैं और चुप बैठे हैं।...आओ कोई बात तो करो।"

"ईश्वर की मेहरबानी है, मुझे डर था कि कहीं कल वाली बात फिर न शुरू हो जाये।" वृद्धा ने शरीर पर क्रॉस का निशान बनाते हुए कहा।

"रोद्या क्या बात है?" दुनिया ने सन्दिग्ध ढंग से पूछा।

"कुछ नहीं। मुझे कोई बात याद आ गयी थी।"

ज़ोसीमोव सोफ़े से उठ खड़ा हुआ, "अच्छा तो तुम्हें कोई बात याद आ गयी थी...ठीक है...मैं सोचने लगा था कि...अब मेरे जाने का वक़्त हो रहा है। मैं शायद फिर किसी वक़्त आऊँगा...अगर आ सका..." सबको अभिवादन करके ज़ोसीमोव चला गया।

"कितना शानदार आदमी है।" वृद्धा ने कहा।

"हाँ, शानदार, सुशिक्षित, प्रतिभाशाली।" रास्कोलनिकोव ने तेज़ी और ज़िन्दादिली से कहना शुरू किया, "बीमारी से पहले न जाने मैं उसे कहाँ मिला था...मेरा ख़्याल है मैंने इसे कहीं देखा है—और यह आदमी भी भलामानुस है।" उसने राजुमिहीन को देखकर सर हिलाया और कहा, "दुनिया तुम्हें यह आदमी पसन्द है?" न जाने उसे क्यों हँसी आ गयी।

"हाँ बहुत पसन्द है।" दुनिया ने कहा।

"हुश! तुम निरे सूअर हो!" कहकर राजुमिहीन उठ खड़ा हुआ। उसके गाल शर्म से लाल हो गये थे। वृद्धा मन्द मन्द मुस्काने लगी। रास्कोलनिकोव को ज़ोर से हँसी आ गयी।

"तुम कहाँ जा रहे हो?"

"मुझे जाने दो।"

“तुम्हें जाने की कोई ज़रूरत नहीं। यहीं रुको। ज़ोसीमोव चला गया है, इसलिए तुम भी जाना चाहते हो? मत जाओ! कितने बजे हैं? बारह? दुनिया, तुम्हारी घड़ी कितनी सुन्दर है! लेकिन तुम सब फिर चुप क्यों हो गये हो? अकेला मैं ही बके जा रहा हूँ।”

“यह घड़ी मार्फ़ा पैत्रोवना ने मुझे दी थी।” दुनिया ने जवाब दिया।

“और है भी बड़ी क़ीमती।” वृद्धा ने बताया।

“आह! यह घड़ी बहुत बड़ी है। औरतें तो ऐसी घड़ियाँ नहीं बाँधतीं।”

“मुझे ऐसी ही पसन्द है।” दुनिया ने कहा।

“अच्छा तो यह मंगेतर की भेंट नहीं है?” राजुमिहीन ने मन-ही-मन सोचा और उसे ख़ुशी हुई।

“मैं समझा था कि यह लूज़िन का प्रेज़ेंट है।” रास्कोलनिकोव ने कहा।

“नहीं, उसने अभी तक दुनिया को कोई उपहार नहीं दिये।”

“आह! माँ तुम्हें याद है, मुझे एक लड़की से प्रेम हो गया था और मैं शादी करना चाहता था।” माँ इस आकस्मिक विषयान्तर से स्तब्ध रह गयी। लेकिन उसने कहा,

“हाँ बेटे मुझे याद है।”

वृद्धा, दुनिया और राजुमिहीन एक-दूसरे का मुँह ताकने लगे।

“हाँ तो मैं तुम्हें क्या बताऊँ?” रास्कोलनिकोव की आँखें स्वप्निल हो उठीं, “वह बीमार रहती थी। उसे ग़रीबों को दान देने का बड़ा शौक था—वह संन्यासिनी बनने के सपने देखा करती थी। एक बार तो इस विषय पर चर्चा करते हुए उसकी आँखों में आँसू आ गये थे। हाँ हाँ, मुझे याद है। अच्छी तरह याद है। वह बदसूरत-सी लड़की थी...पता नहीं मैं क्यों उसकी तरफ़ आकर्षित हुआ था—मेरा ख़्याल है इसलिए क्योंकि वह हमेशा बीमार रहती थी। अगर वह लंगड़ी या कुबड़ी होती तो शायद मैं उसे और भी ज़्यादा चाहने लगता...हाँ वह एक क़िस्म का बसन्ती बुखार था।”

“नहीं वह बुख़ार नहीं था।” दुनिया ने स्नेहपूर्वक कहा।

रास्कोलनिकोव ने ग़ौर से बहन की ओर देखा लेकिन उसकी बात का अर्थ वह नहीं समझ पाया। फिर वह कुछ सोचता हुआ माँ के पास गया और उसे चूमकर फिर अपनी जगह पर आ बैठा।

“क्या तुम अब भी उसे चाहते हो?” माँ ने आर्द्र स्वर में पूछा।

“उसे? अब, हाँ....तुम उसके बारे में पूछ रही हो? नहीं वह अब दूसरी दुनिया की बातें थीं...बहुत पुरानी। सच पूछो तो यहाँ की हर घटना अतीत की घटना मालूम होती है। आप लोग...मुझे लगता है, मैं आप लोगों को हज़ारों मील दूर से देख रहा हूँ। लेकिन न जाने हम उसकी चर्चा क्यों कर रहे हैं—इसका क्या फ़ायदा?” रास्कोलनिकोव ने चिढ़कर कहा और वह अपने नाख़ून चबाने लगा।

"रोद्या तुम कितनी मनहूस कोठरी में रहते हो। मेरा पक्का ख़्याल है कि तुम्हारी आधी निराशा इसी कोठरी से पैदा हुई है।"

"मेरी कोठरी, हाँ कोठरी का भी इस बात से काफ़ी सम्बन्ध है...मैंने भी यह सोचा था...माँ, काश तुम जानतीं कि तुमने अभी कैसी विचित्र बात कह डाली है।" रास्कोलनिकोव विचित्र ढंग से हँसने लगा।

बस ज़रा-सी बात और होती तो रास्कोलनिकोव की सहनशक्ति जवाब दे देती। लेकिन उसने सुबह उठते ही निश्चय किया था कि आज वह एक ज़रूरी मसले को तय कर डालेगा। उसे अपना निश्चय याद आ गया और उसने शुष्क और गम्भीर स्वर में कहा, "सुनो दुनिया। कल के प्रसंग के लिए मैं तुमसे क्षमा चाहता हूँ, लेकिन मैं तुम्हें फ़र्ज़ समझ कर दोबारा बतलाना चाहता हूँ कि मैं असली बात पर अभी भी क़ायम हूँ। घर में या मैं रहूँगा या लूज़िन रहेगा। अगर मैं बदमाश हूँ तो तुम्हें बदमाश नहीं बनना चाहिए। एक बदमाश ही बहुत है। अगर तुमने लूज़िन से शादी की तो हमारा भाई-बहन का रिश्ता तब ही से ख़त्म हो जायेगा।"

"रोद्या, रोद्या! तुम फिर कल जैसी बातें करने लगे। तुम अपने को बदमाश क्यों कहते हो! मुझसे यह नहीं सहा जाता। तुमने यह बात कल भी कही थी।"

दुनिया ने भी शुष्क स्वर में उत्तर दिया, "भाई इस मामले में तुम ग़लती पर हो। मैं रात भर सोचने के बाद इस नतीजे पर पहुँची हूँ। तुम्हें यह बहम हो गया है कि मैं किसी की ख़ातिर किसी के आगे अपनी क़ुर्बानी दे रही हूँ। यह बात हर्गिज़ नहीं है। मैं सिर्फ़ अपनी ख़ातिर शादी कर रही हूँ, क्योंकि मेरी ज़िन्दगी में कठिनाइयाँ हैं। अगर मैं अपने परिवार की कोई सहायता कर सकी तो मुझे ख़ुशी होगी। लेकिन मेरे निश्चय का मुख्य कारण यह नहीं है..."

रास्कोलनिकोव अपने नाख़ून चबाता हुआ सोचने लगा, "यह झूठ बोल रही है। घमण्डी लड़की। यह कभी नहीं मानेगी कि यह दयावश ऐसा कर रही है। इतनी गुस्ताख़ी! हाय रे कमीने लोग! ये इस तरह मुहब्बत करते हैं जैसे नफ़रत कर रहे हों... ओह! मुझे इन सबसे कितनी नफ़रत है!"

दुनिया ने कहा, "दरअसल मैं दो शैतानों में से छोटे शैतान को चुनना चाहती थी। इसीलिए मैं प्योव पैत्रोविच से शादी कर रही हूँ। मैं ईमानदारी से उसकी सब आशाओं को पूरा करूँगी। मैं उसे धोखा नहीं दे रही...तुम अभी मुस्कराये क्यों?" क्रोध से दुनिया का चेहरा लाल हो गया।

"सब आशाओं को?"

"हाँ, कुछ हद तक। प्योत्र पैत्रोविच की कोर्ट शिप (प्रणय-याचना) के ढंग से ही मैं समझ गयी थी कि वह क्या चाहता है। वह घमण्डी ज़रूर है, लेकिन मेरा ख़्याल है, वह मेरी इज़्ज़त भी करता है...। तुम फिर क्यों हँस रहे हो?"

"तुम्हारे गाल फिर क्यों लाल हो गये? तुम झूठ बोल रही हो बहन! जान-बूझ कर नारी-हठ दिखा रही हो, सिर्फ़ अपनी बात रखने के लिए...तुम लूज़िन की इज़्ज़त नहीं कर सकतीं। मैं उससे मिला हूँ और उससे बातें भी कर चुका हूँ। तुम पैसों की ख़ातिर अपने को बेचकर बड़ा नीच काम कर रही हो। मुझे ख़ुशी है कि तुम्हें इस बात पर शर्म आ रही है।"

"नहीं मैं झूठ नहीं बोल रही। अगर मुझे विश्वास न होता कि वह मेरी इज़्ज़त करता है, तो मैं उससे कभी शादी न करती। अगर मेरे मन में उसके लिए इज़्ज़त न होती, तो भी शादी न करती। सौभाग्य से मुझे आज इस बात का सबूत भी मिल गया है। इस शादी में कोई पाप नहीं है। मान लो अगर मैंने कोई बुरा काम करने का इरादा कर भी लिया है तो तुम्हें मेरे प्रति इतनी निर्दयता दिखाने का क्या अधिकार है? जो साहस शायद तुममें भी नहीं है, उसकी आशा तुम मुझसे क्यों करते हो? यह तुम्हारी निरंकुशता और अत्याचार है। मैं सिर्फ़ अपने को ही तबाह कर रही हूँ...मैं किसी की हत्या नहीं कर रही। मेरी ओर इस तरह क्यों देख रहे हो? तुम्हारा रंग इतना पीला क्यों पड़ गया है? रोद्या डार्लिंग, क्या बात है?"

"हे ईश्वर, तुमने उसे फिर बेहोश कर दिया।" माँ ज़ोर से चिल्लाई।

"नहीं नहीं यह सब बक़वास है। मैं बेहोश नहीं हुआ, ज़रा-सा सर चकरा गया था। तुम्हारे दिमाग़ पर तो बस मेरी बेहोशी की बात ही छायी है...। हाँ तो मैं क्या कह रहा था...? अरे हाँ, तुम लूज़िन की इज़्ज़त कर सकती हो, और वह तुम्हारी इज़्ज़त करता है, जैसा कि तुम्हारा दावा है, इस बात का कौन सा सबूत तुम्हें आज मिला है?"

"माँ, ज़रा रोद्या को प्योत्र पैत्रोविच का ख़त तो दिखाना।" दुनिया ने कहा।

माँ ने काँपते हुए हाथों से ख़त निकाल कर रोद्या को दे दिया। रोद्या ने ख़त को खोलने से पहले चकित दृष्टि से दुनिया की तरफ़ देखा और कहा—

"कैसी विचित्र बात है। भला मैं इतना झगड़ा क्यों कर रहा हूँ? तुम जिससे चाहो शादी करो।"

फिर उसने ख़त खोला और ग़ौर से पढ़ने लगा। सब आशाभरी नज़रों से उसकी ओर देख रहे थे।

दो बार ख़त पढ़ने के बाद रास्कोलनिकोव ने माँ को ख़त लौटाते हुए, जैसे अपने आप से कहा, "वह व्यापारी है, वकील है, उसकी बातचीत दम्भपूर्ण है, लेकिन मुझे हैरानी इस बात की है कि वह अनपढ़ लोगों जैसा ख़त क्यों लिखता है।"

सब चौंक उठे, वे किसी और बात की उम्मीद लगाये थे।

"जानते हो सब वकील और व्यापारी ऐसे ही ख़त लिखते हैं।" राजुमिहीन ने कहा।

"तुमने यह ख़त पढ़ा है?"

"हाँ।"

"रोद्या, हमने इन्हें यह ख़त दिखाया था और इनकी राय ली थी।" माँ ने घबरा कर बताया।

"यह अदालती भाषा है। क़ानूनी दस्तावेज़ों की भाषा आज भी इसी तरह लिखी जाती है।" राजुमिहीन ने समझाया।

"क़ानूनी? हाँ यह क़ानूनी भाषा है–व्यापार की भाषा, अशिक्षितों की–अनपढ़ों की, व्यापार की भाषा।"

दुनिया ने भाई की बातचीत के ढंग से चिढ़कर जवाब दिया, "प्योत्र पैत्रोविच ने मामूली शिक्षा पायी है, वे इस बात को कभी नहीं छिपाते। उन्हें इस बात पर अभिमान है कि वे अपने पैरों पर खड़े हो सके हैं।"

"मैं इस बात से इनकार नहीं करता कि उसे अभिमान करने का अधिकार है। लेकिन बहन तुम मेरी नुक़्ताचीनी से नाराज़ हो गयी हो और समझती हो कि मैं जान-बूझ कर तुम्हें सताने के लिए इतनी ओछी बातें कर रहा हूँ। लेकिन देखकर ही मैंने यह बात कही है, उसके ख़त में एक ही बात है "सारी ज़िम्मेदारी तुम लोगों की होगी" उसने यह धमकी भी दी है कि अगर मैं वहाँ आऊँगा, तो वह वहाँ से चला जायेगा। जाने का मतलब है कि अगर तुम दोनों ने उसका हुक्म न माना तो वह तुम दोनों को पीटर्सबर्ग लाने के बाद भी, छोड़कर चला जायेगा। क्यों क्या ख़्याल है? अगर वह इसे (राजुमिहीन की ओर इशारा करते हुए) या, ज़ोसीमोव या हम में से किसी को ऐसी बात लिखता तो क्या हम बर्दाश्त कर सकते?

"नहीं नहीं।" दुनिया उत्तेजित होकर बोलीं, "मैं जानती हूँ कि उसने सरल भाव से ही यह बात लिखी है। शायद उसे ख़त लिखना नहीं आता। भाई, तुम्हारा यह आक्षेप सही है...मैं नहीं समझती थी कि...।"

"यह ख़त क़ानूनी शैली में लिखा गया है और इसमें से बेहूदगी की बू आती है! लेकिन मैं तुम्हारा भ्रम दूर करना चाहता हूँ। ख़त में मेरे बारे में एक नीचतापूर्ण झूठ है। कल रात मैंने एक मुसीबत की मारी विधवा को, जो तपेदिक़ की मरीज़ है, पैसे दिये थे, उसके पति को दफ़नाने के लिए न कि 'दफ़नाने के बहाने' मैंने उसकी 'बदनाम' जवान लड़की को, जैसा कि उसने मुझ पर इलज़ाम लगाया है (मैंने उस लड़की को कल पहली बार देखा था)। देखता हूँ, वह मुझे बदनाम करने पर तुला हुआ है और हमारे परिवार में फूट डालना चाहता है। यह सारी बात उसने साफ़-साफ़ क़ानूनी भाषा में लिखी है। वह चतुर आदमी है, लेकिन अक़्लमन्द के लिए चतुराई की कोई ज़रूरत नहीं होती। कल इन बातों से उसकी असलियत मालूम होती है...मैं नहीं समझता कि वह तुम्हारी कोई इज़्ज़त करता है। तुम्हें सावधान करने के लिए ही मैं ऐसा कह रहा हूँ, क्योंकि मैं तुम्हारी भलाई चाहता हूँ।"

दुनिया चुप रही। वह मन में फ़ैसला कर चुकी थी, और शाम होने की प्रतीक्षा कर रही थी।

"तो रोद्या, तुम्हारा फ़ैसला क्या है?" माँ ने बेटे की बातचीत के लहज़े से परेशान होकर पूछा।

"कैसा फ़ैसला?"

"प्योत्र पैत्रोविच ने लिखा है कि तुम आज शाम के वक़्त वहाँ न आओ, अगर तुम आओगे तो वह वहाँ से चला जायेगा। तो क्या तुम...आओगे?"

"यह फ़ैसला मुझे नहीं बल्कि तुम दोनों को करना होगा। फिर तुम जैसा कहोगी, मैं वैसा ही करूँगा।"

"दुनिया तो पहले से फ़ैसला कर चुकी है, और मैं उससे पूरी तरह सहमत हूँ।" माँ ने बतलाया।

दुनिया बोली, "रोद्या मैंने फ़ैसला किया है कि शाम की मुलाकात में तुम्हारा होना ज़रूरी है। आओगे?"

"हाँ।"

दुनिया ने राजुमिहीन को लक्ष्य करके कहा, "आप भी आठ बजे आइयेगा। माँ, मैं इन्हें निमंत्रित कर रही हूँ।"

"ठीक है दुनिया, तुमने जो तय किया है, वैसा ही होगा। इनके आने से मेरे दिल का बोझ हल्का हो जायेगा। मैं दुराव और कपट नहीं पसन्द करती। इससे तो पूरी सच्चाई सामने आ जाये वह अच्छा है...प्योत्र पैत्रोविच चाहे ख़ुश हो या नाराज़—बस!"

4

इसी समय आहिस्ता से दरवाज़ा खोलकर एक युवती ने कमरे में प्रवेश किया। वह भयभीत दृष्टि से चारों ओर देख रही थी। पहले तो रास्कोलनिकोव ने उसे नहीं पहचाना। यह लड़की मारमेलेदोव की बड़ी बेटी सोनिया थी। रास्कोलनिकोव ने कल उसे जिन परिस्थितियों में और जैसी पोशाक में देखा था, उससे उसके मन में सोनिया के बारे में अलग धारणा बन गयी थी। इस समय वह एक सीधी-सादी शरीफ़ लड़की लग रही थी। देखने में वह बिलकुल बच्ची-सी लगती थी। उसके सर पर पुराने फ़ैशन का फटा-सा हैट था, लेकिन कल वाला छाता अब भी उसके हाथों में था। कमरे में एक साथ इतने लोगों को बैठा देखकर वह नन्ही बालिका की तरह शरमा गयी। वह घबराकर पीछे हटने ही वाली थी कि रास्कोलनिकोव ने कहा, “अरे...तुम?” सोनिया को देखकर वह स्तब्ध रह गया। सहसा उसे याद आया कि लूज़िन ने अपने पत्र द्वारा उसकी माँ और बहन को ‘किसी जवान और बदनाम लड़की’ के बारे में बताया था। उसने अभी लूज़िन के इस झूठ का भंडाफोड़ किया ही था कि सोनिया स्वयं वहाँ आ गयी। उसे ख़्याल आया कि उसने ‘बदनाम’ शब्द पर ऐतराज़ क्यों नहीं किया। सोनिया के अपमानित चेहरे की व्यथा उससे सही न गयी। जब सोनिया भयभीत होकर वापस लौटने लगी तो रास्कोलनिकोव के दिल में जैसे किसी ने तीर चुभो दिया।

“मेरा ख़्याल नहीं था कि तुम यहाँ आओगी। मेहरबानी करके बैठ जाओ। निश्चय ही कैटेरीना इवानोव्ना ने तुम्हें भेजा है। वहाँ नहीं, इधर आकर बैठो।”

सोनिया के आते ही राजुमिहीन, जो दरवाज़े के पास एक कुर्सी पर बैठा था, उठ कर खड़ा हो गया। रास्कोलनिकोव ने सोनिया से सोफ़े पर बैठने का आग्रह किया जहाँ ज़ोसी मोव बैठा था। लेकिन उसे ध्यान आया कि जिस सोफ़े पर वह सोता है, उस पर उसे बिठाना ठीक नहीं है। उसने सोनिया को राजुमिहीन की कुर्सी पर बैठने का इशारा किया और राजुमिहीन को अपने पास बुला लिया।

सोनिया काँपती हुई कुर्सी पर बैठ गयी और भीरू दृष्टि से दोनों महिलाओं की ओर देखने लगी। भद्र महिलाओं के साथ बैठने की कल्पना से ही वह इतनी भयभीत हो गयी थी कि उसने उठकर घबरायी आवाज़ में रास्कोलनिकोव से कहा :

"मैं...मैं...सिर्फ़ एक मिनट के लिए आयी हूँ। मैंने आपकी बातचीत में विघ्न डाला है इसके लिए क्षमा करें। कैटेरीना इवानोव्ना के पास इस समय और कोई न था, इसलिए उन्होंने मुझे यहाँ भेजा है। उन्होंने कहा है कि आप...सुबह मित्रोफेनिवस्की में तशरीफ़ लायें। उसके बाद हमारे यहाँ...आपकी बड़ी मेहरबानी होगी...उन्होंने कहा था कि मैं आप से अनुरोध करूँ..." सोनिया अटक-अटक कर बोल रही थी।

"मैं आने की पूरी कोशिश करूँगा।" रास्कोलनिकोव भी घबराहट में उठ खड़ा हुआ था! सहसा उसने कहा, "मेहरबानी करके बैठ जाओ। मैं तुम से कुछ बातें करना चाहता हूँ। शायद तुम जल्दी में हो, लेकिन दो मिनट मेरी ख़ातिर रुक जाओ।" उसने कुर्सी खिसकाकर सोनिया के आगे कर ली। सोनिया ने फिर भयभीत दृष्टि से दोनों महिलाओं की ओर देखा और आँखें नीची कर लीं। रास्कोलनिकोव के पीले चेहरे पर लाली दौड़ गयी और वह सिहर गया। उसकी आँखों में चमक आ गयी।

"माँ यह है सोफ़िया सेम्योनोवृना मारमेलेदोव। मिस्टर मारमेलेदोव की सुपुत्री, जो बेचारे कल गाड़ी के नीचे आ गये थे और जिनके बारे में मैं तुम्हें अभी बता रहा था।"

वृद्धा ने घूर कर सोनिया की तरफ़ देखा। दुनिया चकित दृष्टि से उस अभागी लड़की के चेहरे का निरीक्षण करने लगी। अपना परिचय सुनकर सोनिया ने आँखें ऊपर उठायीं, लेकिन इस बार वह और ज़्यादा घबरा गयी।

"मैं तुमसे पूछना चाहता था कि कल सारा इन्तज़ाम ठीक हो गया था या नहीं। पुलिस वालों ने तंग तो नहीं किया?"

"नहीं...मृत्यु का कारण तो स्पष्ट ही था...पुलिस ने कुछ नहीं कहा...लेकिन बाक़ी किरायेदार हम से नाराज़ हैं।"

"क्यों?"

"क्योंकि लाश अभी तक घर में ही है। आप जानते हैं, आजकल कितनी गर्मी हो गयी है। वे आज ही ताबूत को क़ब्रिस्तान ले जाना चाहते हैं। पहले तो कैटेरीना इवानोव्ना नहीं मान रही थीं, लेकिन अब वे भी समझ गयी हैं कि ऐसा करना ज़रूरी है।"

"तो क्या आज ही ले जायेंगे?"

"कैटेरीना इवानोव्ना ने कहा है कि आप कल प्रार्थना के समय गिरजे में ज़रूर पधारें। उसके बाद भोज में भी शामिल हों।"

"वे भोज भी दे रही हैं?"

"हाँ...मामूली-सा...कैटेरीना इवानोव्ना ने मुझसे कहा था कि मैं आपकी सहायता के लिए आपका धन्यवाद करूँ–अगर आप सहायता न करते तो हमारे पास दफ़नाने के लिए कौड़ी तक न होती।"

सहसा सोनिया के ओंठ और ठुड्डी काँपने लगी, लेकिन उसने अपने ऊपर क़ाबू पा लिया और वह फ़र्श की ओर ताकने लगी।

बातचीत के दौरान में रास्कोलनिकोव ने ग़ौर से उसके चेहरे की तरफ़ देखा। उसका पीला चेहरा पतला और नोकीला था, लेकिन उसकी नाक और ठुड्डी तीखी थीं। उसे सुन्दर तो नहीं कहा जा सकता था, लेकिन उसकी निर्मल नीली आँखों में एक अद्भुत प्रकाश था–उसके चेहरे की सरलता और दयालुता से कोई भी आकर्षित हुए बग़ैर नहीं रह सकता था। उसके सारे व्यक्तित्व में एक विशेष प्रकार का भोलापन था। अठारह बरस की होने पर भी वह निरी बच्ची थी– उसके कई हाव-भाव तो निरे बचकाने थे।

रास्कोलनिकोव ने बातचीत जारी रखते हुए कहा, "लेकिन क्या कैटेरीना इवानोव्ना ने इतने कम पैसों में सारा इन्तज़ाम कर लिया है? वे भोज भी देना चाहती हैं?"

"खैर कफ़न तो सादा होगा...सब चीज़ें मामूली होंगी, इसलिए ख़र्च ज़्यादा नहीं पड़ेगा। कैटेरीना इवानोव्ना और मैंने बैठकर सारा हिसाब लगा लिया है, हमारे पास काफ़ी पैसे बच रहेंगे...कैटेरीना इवानोव्ना की इच्छा थी।...आप जानते हैं इन्सान... उन्हें ऐसा करने से तसल्ली मिलती है...उनकी ऐसी आदत है...आपको मालूम है..."

"समझ गया, समझ गया...क्यों नहीं...तुम मेरे कमरे की ओर इस तरह क्यों देख रही हो? मेरी माँ ने अभी कहा था कि यह कमरा क़ब्र की तरह है।"

"आपने अपने सारे पैसे कल हमें दे दिए।" सोनिया ने ज़ोर से कहा, फिर वह घबराकर फ़र्श की ओर ताकने लगी। उसका चेहरा काँपने लगा। वह रास्कोलनिकोव की दरिद्रता को देखकर दंग रह गयी थी। कमरे में ख़ामोशी छा गयी। दुनिया की आँखें चमकने लगीं और वृद्धा भी स्नेहपूर्वक सोनिया की ओर देखने लगी।

"रोद्या खाना तो तुम हमारे साथ ही खाओगे। आओ दुनिया चलें...और रोद्या तुम ज़रा थोड़ी दूर तक घूम आओ। फिर कुछ देर आराम करके हमारे पास आना... शायद हम लोगों ने तुम्हें थका दिया है।" वृद्धा उठकर बोली।

"हाँ, हाँ मैं आऊँगा मगर मुझे कुछ और भी काम है।"

"लेकिन तुम खाना तो इनके साथ ही खाओगे न?" राजुमिहीन ने हैरानी से पूछा।

"हाँ, हाँ मैं ज़रूर आऊँगा और तुम एक मिनट यहीं रुको। माँ तुम राजुमिहीन को साथ तो नहीं ले जाना चाहतीं। मैं इसे अपने पास रोक लूँ?"

"नहीं नहीं, दिमित्री प्रोकोफ़िच तुम्हें भी हमारे साथ खाना खाना होगा।"

"ज़रूर आइयेगा।" दुनिया ने कहा।

राजुमिहीन का चेहरा प्रसन्नता से लिख उठा। क्षण भर के लिए सब असमंजस में खड़े रहे।

"गुडबाई रोद्र्या। मुझे गुडबाई कहना अच्छा नहीं लग रहा। गुडबाई नस्तास्या! आह, मैं दुबारा गुडबाई कह गयी!" वृद्धा सोनिया से भी विदा लेना चाहती थी, लेकिन किसी कारण से ऐसा किये बिना ही वह कमरे से बाहर चली गयी। दुनिया ने शिष्टतापूर्वक सोनिया के आगे सिर झुका कर विदा ली। सोनिया ने घबराकर जल्दी से सिर झुकाकर अभिवादन किया। लगता था जैसे दुनिया की शिष्टता से वे बेचैन और आहत हो गयी थी।

"दुनिया गुडबाई! लाओ अपना हाथ।" रास्कोलनिकोव ने बाहर निकलकर कहा।

"अरे भूल गये! मैंने अभी तो तुम से हाथ मिलाया था।"

"कोई हर्ज़ नहीं, दुबारा अपना हाथ लाओ।" उसने स्नेहपूर्वक बहन की उँगलियों को दबाया। दुनिया ने मुस्कराकर अपना हाथ छुड़ा लिया और ख़ुशी ख़ुशी ज़ीने से उतर गयी।

"आओ यह बड़ा अच्छा हुआ। ईश्वर मृतकों को शान्ति दे। ज़िन्दा लोगों को तो अभी ज़िन्दगी काटनी है, ठीक है न?"

सोनिया उसके चेहरे पर अचानक आलोक फूटते देखकर चकित हो गयी। रास्कोलनिकोव चुपचाप कुछ क्षणों तक सोनिया के चेहरे की ओर देखता रहा। एक निमिष में उसके मृत पिता के जीवन का इतिहास उसकी आँखों में घूम गया...

सड़क पर पहुँचते ही वृद्धा ने कहा, "अच्छा हुआ मैं वहाँ से चली आयी। मेरा दिल अब हल्का हो गया। कल ट्रेन में भला क्या मैं सोच सकती थी, कि रोद्र्या के घर से चले आने में मुझे ख़ुशी होगी?"

"माँ मैं अब भी कहती हूँ कि वह बहुत बीमार है। तुमने देखा नहीं, शायद हमारी चिन्ता से ही उसकी तबियत बिगड़ गयी हो। अगर हम धीरज रखें तो बहुत-सी बातों को माफ़ कर सकते हैं।"

"तो तुमने कौन-सा धीरज दिखाया है?" वृद्धा ने गुस्से से कहा, "जानती हो दुनिया, मैं तुम दोनों की ओर देख रही थी। तुम दोनों की शक्ल और आदतें हू-ब-हू एक जैसी हैं। तुम दोनों उदास और निराश प्रकृति के हो। दोनों तुनक-मिज़ाज, घमण्डी और सहृदय हो...वह स्वार्थी हर्गिज़ नहीं हो सकता दुनिया, क्यों?...आज शाम को न जाने क्या होगा—इसकी कल्पना करते ही मेरा दिल डूबने लगता है।"

"घबराओ नहीं माँ, जो होना है, वह होगा ही।"

"दुनिया ज़रा सोचो तो सही, हमारी स्थिति कैसी है। अगर कहीं प्योत्र पैत्रोविच ने रिश्ता तोड़ दिया तो?" बेचारी वृद्धा के मुँह से अचानक ही निकल गया।

"तोड़ दिया तो कौन सा आसमान फट जायेगा।" दुनिया ने घृणापूर्वक उत्तर दिया।

"अच्छा हुआ जो हम वहाँ से चले आये, मालूम होता था कि वह किसी बात के लिए जल्दी में था। काश, वह खुली हवा में जाकर...उसके कमरे में बड़ी उमस है...लेकिन यहाँ ताज़ी हवा कहाँ से आयेगी? यहाँ की गलियाँ भी तो इतनी तंग हैं। हे ईश्वर कैसा शहर है। ज़रा रुको, सामने से लोग प्यानो उठाये चले आ रहे हैं...बाप रे किस तरह धक्का देते हैं...मुझे उस लड़की से भी डर लगता है।"

"कौन-सी लड़की से, माँ?"

"अरे वही सोफ़िया सेम्योनोवना, जो अभी रोद्या के यहाँ बैठी थी।"

"क्यों?"

दुनिया तुम चाहे विश्वास करो या न करो, उस लड़की को कमरे में देखते ही मुझे लगा था कि वही सारी आफ़त की जड़ है।"

"बिलकुल नहीं। तुम्हारे वहम भी कितने वाहियात हैं, माँ। रोद्या से उस लड़की का परिचय कल ही हुआ है। रोद्या ने तो पहले उसे पहचाना तक नहीं।"

"अच्छा, अच्छा, तुम देखना...तुम देख लेना...वह मेरी ओर बुरी तरह घूर रही थी। तुम्हें याद है रोद्या ने कितने तपाक से उस लड़की से हमारा परिचय कराया था? अजब बात है कि प्योत्र पैत्रोविच ने इस लड़की के बारे में कैसी बातें लिखी हैं और रोद्या ने किस ढंग से उसका परिचय दिया। निश्चय ही रोद्या के मन में उसकी बहुत इज़्ज़त होगी।"

"लोग ख़तों में क्या क्या ख़ुराफ़ात नहीं लिख सकते? लोगों ने हमारे बारे में भी तो कैसी-कैसी बातें कही और लिखी थीं, तुम भूल गयीं? मुझे विश्वास है कि वह भली लड़की है और यह सारी बातें झूठ हैं।"

"ईश्वर करे ऐसा ही हो।"

"और प्योत्र पैत्रोविच बड़ा नीच आदमी है जो दूसरों को बदनाम करता फिरता है," दुनिया ने कहा।

वृद्धा माँ हताश होकर चुप रह गयी।

रास्कोलनिकोव ने राजुमिहीन को खिड़की के पास बुलाकर कहा, "मैं तुमसे एक बात कहना चाहता हूँ।"

सोनिया उठ खड़ी हुई, "तो मैं कैटेरीना इवानोव्ना से कह दूँ कि आप आ रहे हैं?"

"एक मिनट रुको सोफ़िया सेम्योनोव्ना। हम कोई गुप्त बात नहीं कर रहे। तुम यहीं रुको। मैं तुमसे एक बात करता चाहता हूँ।" फिर उसने राजुमिहीन की ओर मुँह फेर कर कहा, "सुनो, तुम उसे जानते हो?...क्या नाम है उसका—पोरफेरी पैत्रोविच?"

"क्यों नहीं, जानता हूँ। वह मेरा रिश्तेदार है। क्यों, क्या बात है?"

"क्या यह केस उसी के हाथ में है?...यही हत्या वाला केस, जिसकी कल तुम चर्चा कर रहे थे?"

"हाँ, क्यों?" राजुमिहीन की आँखें विस्मय से फैल गयीं।

"प्योत्र पैत्रोविच बुढ़िया के ग्राहकों के बारे में पूछ-ताछ कर रहा था। मैंने भी उसके यहाँ कुछ छोटी-मोटी चीज़ें गिरवी रखी थीं—बहन की दी हुई चाँदी की अँगूठी और पिता की दी हुई चाँदी की घड़ी। दोनों मिलाकर पाँच या छः रूबल की होंगी ...लेकिन मेरे लिए वे अमूल्य हैं। अब मैं क्या करूँ? मैं उस घड़ी को किसी क़ीमत पर नहीं खोना चाहता। अभी जब दुनिया की घड़ी के बारे में बात कर रहे थे, तब मुझे डर लगा कि माँ कहीं मेरी घड़ी के बारे में न पूछ बैठे। हमारे पास पिता की यही एक निशानी बची है। अगर माँ को पता चल गया तो वह दुःख से बीमार पड़ जायेगी। तुम जानते हो औरतों का स्वभाव कैसा होता है। अब तुम्हीं बताओ, मुझे क्या करना चाहिए? मुझे पुलिस स्टेशन जाकर नोटिस देनी चाहिए थी। लेकिन सीधे पोरेफेरी के पास जाना क्या बेहतर नहीं रहेगा, क्यों तुम्हारी क्या राय है? इससे मामला जल्दी तै हो जायेगा। हो सकता है, माँ ख़ाने से पहले घड़ी के बारे में पूछे।"

राजुमिहीन ने उत्तेजित स्वर में उत्तर दिया, "पुलिस स्टेशन नहीं, चलो पोरफेरी के यहाँ ही चलें। यहाँ दो कदम पर ही तो है। वह ज़रूर घर पर मिल जायेगा।"

"अच्छा तो चलो।"

"तुमसे मिलकर पोरफेरी को बड़ी ख़ुशी होगी। मैंने कई बार उससे तुम्हारा ज़िक्र किया है। कल भी तुम्हारी ही बातें हो रही थीं। तो तुम भी बुढ़िया को जानते थे...हाँ, तो यह माजरा है। सब बातें साफ़ होती जा रही हैं...अरे हाँ सोफ़िया इवानोव्ना..."

"इवानोव्ना नहीं सेम्योनोवूना। सोफ़िया सेम्योनोवूना, यह मेरा मित्र राजुमिहीन है। बड़ा भला आदमी है।"

सोनिया घबराहट के मारे राजुमिहीन की तरफ़ आँख तक न उठा सकी।

"आप लोग जा रहे हैं?"

"आओ चलें। सोफ़िया सेम्योनोवूना मुझे अपना पता बताओ, मैं आज ही तुमसे मिलने आऊँगा।"

वह घबराया नहीं था, लेकिन उतावला हो रहा था और सोनिया से आँखें चुरा रहा था। सोनिया ने शरमाते हुए अपना पता दिया। सब एक साथ बाहर निकले।

"तुम कमरे में ताला नहीं लगाते?" राजुमिहीन ने ज़ीने में आकर पूछा।

"नहीं, पिछले दो वर्षों से मैं ताला ख़रीदने की सोच रहा हूँ। जिन्हें तालों की ज़रूरत नहीं होती, वे लोग ही सुखी रहते हैं।" रास्कोलनिकोव ने हँसकर सोनिया की तरफ़ देखा। तीनों जने फाटक पर आकर खड़े हो गये।

"सोफ़िया सेम्योनोवूना, तुम दायीं तरफ़ से जाओगी? यह बताओ तुम्हें मेरा पता कैसे मालूम हुआ?" वह कुछ और कहना चाहता था और सोनिया की नीली आँखों में झाँकना चाहता था, लेकिन ऐसा करना आसान न था।

"आपने कल पोलेन्का को जो अपना पता दिया था।"

"पोलेन्का...पोलेन्का? अरे हाँ, पोलेन्का। वह नन्ही लड़की क्या तुम्हारी बहन है? क्या मैंने उसे अपना पता दिया था?"

"आप भूल भी गये?"

"नहीं, मुझे याद है।"

"मैंने अपने पिता से आपके बारे में सुना था, लेकिन हमें आपका नाम नहीं मालूम था। आज मुझे आपका नाम मालूम हो गया, इसलिए मैं चली आयी। मैंने आकर पूछा, मिस्टर रास्कोलनिकोव कहाँ रहते हैं? मुझें नहीं मालूम था कि आपके पास भी सिर्फ़ एक ही कमरा है। अच्छा गुडबाई। मैं कैटेरीना इवानोव्ना से कह दूँगी।"

वह जल्दी ही वहाँ से जाने के लिए बेचैन हो रही थी और एकान्त में जाकर, बिना किसी की तरफ़ देखे आज की घटना के हर पहलू पर सोचना चाहती थी, स्मरण करना चाहती थी। उसे आज एक अपूर्व अनुभूति हो रही थी। उसके अनजाने में ही एक नये संसार की धुँधली रेखायें उसकी कल्पना में उभरने लगी थीं। सहसा उसे याद आया कि रास्कोलनिकोव आज ही उससे मिलने के लिए आने वाला है। क्या पता अभी आ निकले?

वह भयभीत बच्चे की तरह बड़बड़ाने लगी, "आज नहीं, सिर्फ़ आज का दिन नहीं। वे उस कमरे में...सब कुछ देख लेंगे, हे ईश्वर।"

सोनिया ने नहीं देखा कि एक अपरिचित व्यक्ति उसका पीछा कर रहा है। जब तीनों फाटक के आगे खड़े थे, तब सोनिया के मुँह से 'क्या मि. रास्कोलनिकोव यहीं रहते हैं,' सुनकर उस आदमी के कान खड़े हो गये थे। उसने तीनों को, विशेषकर रास्कोलनिकोव को ग़ौर से देखा और गर्दन घुमाकर घर का पता भी नोट कर लिया। यह सब क्षण भर में ही हो गया था। वह अपनी जिज्ञासा को मन में ही दबाकर धीरे-धीरे सड़क पर चहलकदमी करने लगा। वह सोनिया का इन्तज़ार कर रहा था। उसने सुना कि सोनिया घर जा रही है।

"घर? किधर? मैंने इस लड़की को पहले कहीं देखा है। मैं ज़रूर इसका पता लगाऊँगा।"

वह चौराहे पर आकर सोनिया की प्रतीक्षा करने लगा, लेकिन सोनिया ने उसकी ओर ध्यान नहीं दिया। वह सोनिया के पीछे-पीछे चलने लगा। पचास कदम चलने के बाद वह दूसरे फुटपाथ पर चला गया और लगातार सोनिया का पीछा करता रहा।

वह पचास बरस का लम्बा, तगड़ा आदमी था। पोशाक से वह फ़ैशनेबल और प्रतिष्ठित व्यक्ति लगता था। उसके हाथ में बेंत की बढ़िया छड़ी थी जिसे वह बार-बार फुटपाथ पर मारता चलता था। उसके दस्ताने दूध की तरह सफ़ेद थे। उसके रंग में ताज़गी थी, ऐसी ताज़गी पीटर्सबर्ग के लोगों में कम ही दिखायी देती है।

उसके गहरे सुनहरी बाल जगह जगह पर सफ़ेद होने शुरू हो गये थे। उसकी दाढ़ी का रंग तो और भी ज़्यादा भूरा था। उसकी आँखें नीले रंग की थीं और उसकी दृष्टि में कठोरता और संजीदगी थी। उसके ओंठ गुलाबी थे। वह अपनी उम्र से देखने में छोटा नज़र आता था।

नहर के किनारे वाली पटरी पर सोनिया और वह अकेले रह गये थे। सोनिया अपने दिवास्वप्नों में डूबी थी। उसने घर पहुँचकर फाटक खोला और दायीं ओर को मुड़ गयी। वह व्यक्ति भी चकित भाव से चारों तरफ़ देखता हुआ सोनिया के पीछे-पीछे सीढ़ियाँ चढ़ने लगा। इस समय सोनिया का ध्यान उसकी ओर गया। तीसरी मंज़िल पर पहुँचकर सोनिया ने नौ नम्बर के दरवाज़े की घण्टी बजायी। दरवाज़े पर खड़िया से लिखा था, 'कापर्नोमोव–दर्ज़ी'। उस व्यक्ति ने आठ नम्बर के दरवाज़े की घण्टी बजायी और इस विचित्र संयोग से चकित होकर कहा, "वाह! तुम कापर्नोमोव के यहाँ रहती हो? उसने कल ही मेरी एक वास्कट ठीक की है। मैं यहाँ आठ नम्बर में मैडम रैस्लिश के यहाँ ठहरा हूँ। कैसा विचित्र संयोग है।"

सोनिया ग़ौर से उसकी ओर देखने लगी।

अजनबी व्यक्ति ने हँसते हुए कहा, "इस नाते हम पड़ोसी हैं। मैं परसों ही इस शहर में आया हूँ। अच्छा गुडबाई, फिर मिलेंगे।"

सोनिया ने कोई उत्तर न दिया। दरवाज़ा खुलते ही वह भीतर चली गयी। न जाने क्यों वह लज्जित और परेशान हो रही थी।

पोरफेरी के घर के रास्ते में राजुमिहीन उत्तेजित स्वर में कह रहा था, "भई ख़ूब! मुझे बड़ी ख़ुशी है!"

"तुम्हें किस बात की ख़ुशी है?" रास्कोलनिकोव ने मन-ही-मन पूछा।

"मैं नहीं जानता था कि तुम बुढ़िया के यहाँ चीज़ें गिरवी रखते थे, क्या बहुत पहले? मेरा मतलब है कि क्या तुम बहुत दिनों से वहाँ नहीं गये?"

"यह कैसा बेवकूफ़ आदमी है?" रास्कोलनिकोव ने मन-ही-मन कहा। अगले क्षण वह ठिठककर खड़ा हो गया और बोला, "मैं वहाँ कब गया था?...मेरा ख़्याल है कि शायद बुढ़िया की मौत से दो या तीन दिन पहले। लेकिन अब मैं गिरवी रखी हुई चीज़ों को नहीं छुड़ाऊँगा। मेरे पास तो सिर्फ़ चाँदी का एक रूबल ही बच रहा है, कल रात के सरसाम के बाद!" उसने 'सरसाम' शब्द पर विशेष ज़ोर दिया।

राजुमिहीन ठीक से कुछ न समझ सका, फिर भी उसने कहा, "अच्छा तो इसीलिए तुम...जानते हो, सरसाम में बार-बार तुम अँगूठियों और चेनों का नाम ले रहे थे। हाँ, हाँ...अब सारी बात साफ़ हो गयी।"

रास्कोलनिकोव मन-ही-मन सोचने लगा, "सब लोगों को इसी बात से शक हुआ होगा। ख़ैर अब इस आदमी की समझ में आ गया कि मैं सरसाम में अँगूठियों

और चेनों की बात कर रहा था। तभी यह इतना ख़ुश हो रहा है। अब यह आदमी मेरी पूरी हिमायत करेगा।"

"चलकर पोरफेरी को ढूढ़ें?" उसने सहसा पूछा।

"हाँ, चलो।"

"वह आदमी तो अच्छा है, लेकिन फूहड़ है। मेरा मतलब है कि वैसे तो वह शिष्ट और सलीके वाला आदमी है, लेकिन कई बातों में फूहड़ भी है। उसका दिमाग़ बहुत तेज़ है, लेकिन उसके विचार अपने ही ढंग के होते हैं। वह किसी की बात पर विश्वास नहीं करता। वह लोगों पर रौब ज़माना और उनका मज़ाक उड़ाना पसन्द करता है। वह पुलिस के पुराने तरीक़ों पर चलने का आदी है। लेकिन वह अपने काम को पूरी तरह समझता है...पिछले साल उसने एक ऐसे मुकदमे की पैरवी की थी जिसमें पुलिस को हत्यारे का कोई भी सुराग नहीं मिला था। वह तुम्हारा परिचय पाने के लिए बहुत उत्सुक है।" राजुमिहीन ने कहा।

"आख़िर क्यों उत्सुक है?"

"ओह, जब से तुम बीमार हुए हो, मैंने उससे अकसर तुम्हारा ज़िक्र किया है। उसने जब सुना कि तुम क़ानून के विद्यार्थी हो और अपनी पढ़ाई पूरी नहीं कर पाये, तो उसने कहा, 'कितने दुःख की बात है?' मैंने बात यहीं ख़त्म कर दी... कल ज़ेमेतोफ़...तुम्हें याद है रोद्या, कल रास्ते में मैंने तुम्हारे सामने जब बहुत-सी बकवास की थी, उस समय मैं नशे में था...मुझे डर है भाई कि तुम कहीं उन बातों को बढ़ा-चढ़ा कर न सोचने लगो।"

"किन बातों को? यह कि वे मुझे पागल समझते हैं? शायद उनका यह विचार ठीक ही है।" उसने किंचित मुस्कराकर कहा।

"हाँ, हाँ, यही बात। नहीं, छिः छिः! लेकिन मैंने जो भी कहा वह ख़ुराफ़ात थी, नशे की बकवास।"

"लेकिन तुम माफ़ी क्यों माँग रहे हो? मैं इन बातों से तंग आ गया हूँ," रास्कोलनिकोव ने चिढ़कर कहा। इस चिढ़ने में थोड़ा-सा अभिनय भी था।

"मैं सब समझता हूँ। सच मानो, मैं समझता हूँ। इन्सान को ऐसी बात करते हुए शर्म आती है।"

"शर्म आती है तो चुप रहो।"

दोनों चुप हो गये। रास्कोलनिकोव ने देखा कि राजुमिहीन बहुत ज़्यादा ख़ुश है, लेकिन पोरफेरी के बारे में अभी राजुमिहीन ने जो बताया था उससे उसके मन में खटका पैदा हो गया था।

उसका चेहरा सफ़ेद पड़ गया और उसने धड़कते हुए दिल से सोचा, "उसके सामने भी मुझे चिढ़ने का अभिनय करना होगा। सबसे स्वाभाविक बात तो यह होगी कि मैं कुछ भी न करूँ। लेकिन यह भी स्वाभाविक बात नहीं होगी....अच्छा देखेंगे,

वहाँ क्या होता है...देखेंगे। वहाँ जाना ठीक है या नहीं? पतंगा प्रकाश की ओर ही भागता है। मेरा दिल धड़क रहा है, यह बुरी बात है।"

"सामने भूरे रंग वाले मकान में चलो।"

"क्या पोरफेरी को मालूम है कि मैं कल बुढ़िया के फ़्लैट में गया था और मैंने ख़ून के धब्बों के बारे में पूछताछ की थी? यह फौरन जानना ज़रूरी है। भीतर जाते ही उसका चेहरा देखकर मैं यह भाँप लूँगा, नहीं तो मुझे अपनी बर्बादी का तो पता ही चल जायेगा।" रास्कोलनिकोव ने सोचा।

उसने राजुमिहीन की तरफ़ देखते हुए कुटिल ढंग से मुस्कराते हुए कहा, "देखता हूँ भाई, तुम सुबह से उत्तेजित हो। क्यों ठीक है न?"

"उत्तेजित? बिलकुल नहीं।" राजुमिहीन ने जैसे चोट खाकर कहा।

"हाँ भाई, मैं सच कहता हूँ, तुम्हारी उत्तेजना साफ़ ज़ाहिर है। तुम कुर्सी के कोने में अजब ढंग से बैठे थे और अकारण ही उद्विग्न हो रहे थे। एक क्षण तुम नाराज़ दीखते थे, लेकिन अगले ही क्षण तुम्हारा चेहरा मिठाई की तरह मधुर बन जाता था। जब माँ ने तुम्हें खाने पर बुलाया तब तुम्हारा चेहरा बुरी तरह से लाल हो गया था।"

"यह निरी बकवास है।"

"लेकिन तुम स्कूल के विद्यार्थी की तरह झेंप क्यों रहे हो? ईश्वर की क़सम, तुम्हारे गाल फिर सुर्ख़ हो गये हैं।"

"तुम निरे सूअर हो!"

"लेकिन तुम इतना शरमा क्यों रहे हो? ठहरो मैं आज तुम्हारा सारा मजनूपन निकाल दूँगा, हा, हा, हा! माँ को बड़ी हँसी आयेगी। किसी और को भी..."

"सुनो, सुनो, सुनो! यह बड़ी गम्भीर बात है। तुम पूरे शैतान हो। सच बताओ उनसे क्या कहोगे? बताओ भी तो। छिः तुम सचमुच निरे सूअर हो।" घबराहट के मारे राजुमिहीन के हाथ-पाँव ठंडे पड़ गये।

"तुम गुलाब के फूल की तरह खिले हुए हो। तुम नहीं जानते, इस समय तुम कितने अच्छे लग रहे हो। छै फुट लम्बा मजनू देखा है? आहा देखता हूँ कि आज तुमने नहा-धोकर अपने नाख़ून भी साफ़ किये हैं। क्यों? यह तो अनहोनी-सी बात है। मेरा ख़्याल है कि तुमने बालों में पोमेड भी लगाया है। ज़रा सर नीचा करो, देखूँ तो सही।"

"सूअर!"

रास्कोलनिकोव ने इस तरह ठहाका लगाया जैसे उसकी हँसी बेक़ाबू हो गयी हो। दोनों हँसते-हँसते पोरफेरी पैत्रोविच के फ्लैट में घुसे। रास्कोलनिकोव यही तो चाहता था। उनके अट्टहास की आवाज़ घर के अन्दर तक पहुँच रही थी। राजुमिहीन ने रास्कोलनिकोव का कन्धा झकझोर कर डाँटा, "ख़बरदार यहाँ इस बारे में जो एक भी शब्द कहा!...मैं तुम्हारा भेजा निकाल दूँगा।"

5

कमरे में घुसते समय रास्कोलनिकोव की शक़्ल से ऐसा लगता था जैसे वह बड़ी मुश्किल से अपनी हँसी रोक पा रहा है। उसके पीछे-पीछे राजुमिहीन शर्म से लाल, घबराया और खीजता हुआ भीतर दाख़िल हुआ। उस समय सचमुच उसका चेहरा और उसके हाव-भाव हास्यास्पद दीख रहे थे। रास्कोलनिकोव ने परिचय की प्रतीक्षा के बग़ैर ही पोरफेरी पैत्रोविच को अभिवादन किया। पोरफेरी पैत्रोविच ने दोनों से हाथ मिलाया और ग़ौर से उनकी ओर देखने लगा। बड़ी मुश्किल से रास्कोलनिकोव ने हँसी रोककर अपना परिचय देना चाहा। लेकिन उसने गम्भीरता का उपक्रम किया ही था कि संयोगवश उसकी नज़र राजुमिहीन पर जा पड़ी और उसकी दबी हुई हँसी फिर फ़ब्बारे की तरह फूट निकली। इस अनायास उल्लास से सारा वातावरण हल्का हो गया। राजुमिहीन ने जान-बूझ कर इस उलास को और भी अतिरंजित करने की कोशिश की।

"मूर्ख, शैतान!" राजुमिहीन ने बांहें घुमाते हुए कहा, जिससे पास की मेज़ पर रखा चाय का गिलास नीचे गिर गया। कमरे में शीशे के टुकड़े बिखर गये।

"भले आदमियों, ज़ार का नुक़सान क्यों करते हो?" पोरफेरी पैत्रोविच ने हँसकर कहा।

रास्कोलनिकोव अब भी पोरफेरी पैत्रोविच का हाथ थामकर हँस रहा था, और वह अपने अभिनय को सीमा से आगे बढ़ने से रोकने का मौक़ा ढूँढ रहा था। राजुमिहीन घबराई हुई नज़रों से शीशे के टूटे हुए टुकड़ों को देखने लगा। सहसा वह चिढ़कर खिड़की के आगे जा खड़ा हुआ। पोरफेरी पैत्रोविच अब भी हँस रहा था, लेकिन वह इस उल्लास का कारण जानना चाहता था। ज़ेमेतोफ़ भी उस कमरे में था और अब मुस्करा रहा था। उसे भी सारे दृश्य पर विस्मय हो रहा था। वह भौचक्का खड़ा रास्कोलनिकोव को देखकर सकपका गया।

"मुझे अब इस आदमी की उपस्थिति पर ग़ौर करना होगा।" उसने सोचा और संकोच का अभिनय करते हुए कहा, "मुझे क्षमा करें, मेरा नाम रास्कोलनिकोव है।"

"आपसे मिलकर बड़ी ख़ुशी हुई।" पोरफेरी पैत्रोविच ने कहा। "आप कितनी ख़ुशी लेकर दाख़िल हुए हैं। राजुमिहीन क्या तुम हमें गुडमार्निंग तक नहीं कहोगे?"

"पता नहीं यह आज मुझसे इतना नाराज़ क्यों हो गया है। रास्ते में मैंने इससे सिर्फ़ इतना ही कहा था कि तुम निरे मजनूँ हो—और यह साबित भी कर दिया था—बस इतनी-सी बात है।"

"सूअर।" राजुमिहीन ने अपनी जगह पर खड़े-खड़े उत्तर दिया, "कोई-न-कोई कारण ज़रूर होगा जो इन्हें मजनू शब्द पर एतराज़ है।" पोरफेरी ने हँसकर कहा।

"अबे चतुर वकील।...तुम सब जहन्नुम में जाओ।" राजुमिहीन ने चिढ़कर कहा। सहसा उसे ज़ोर की हँसी आ गयी और उसका चेहरा इतना प्रफुल्लित हो गया जैसे कुछ हुआ ही न हो। उसने पोरफेरी से कहा, "बस करो। हम सब के सब अहमक हैं। अब कामकाज की बातें करो। यह है मेरा दोस्त रोदियोन रोमानोविच रास्कोलनिकोव, इसे आपसे कुछ काम भी है, वाह ज़ोमेतोफ़ यहाँ कैसे आये? क्या तुम मेरे दोस्त को जानते हो? क्या पहले भी कभी तुम दोनों की मुलाकात हुई है?"

"इस सारी बात का क्या मतलब है?" रास्कोलनिकोव ने चिन्तित होकर सोचा।

जोमेतोफ़ पहले तो स्तब्ध-सा खड़ा रहा, फिर उसने स्वाभाविक स्वर में कहा, "अरे कल तुम्हारे फ़्लैट में ही तो हमारी मुलाकात हुई थी।"

"चलो अच्छा हुआ, मेरी मुसीबत टल गयी। रोद्या पिछले हफ़्ते से ही तुमसे परिचय कराने का आग्रह कर रहा है। सो तुम दोनों मेरी मदद के बिना ही एक-दूसरे से मिल चुके हो। तुम्हारा तमाखू कहाँ है?"

पोरफेरी पैत्रोविच ड्रेसिंग गाउन और साफ़-सुथरे कपड़े पहने बैठा था। वह पैंतीस बरस का नाटा और दुहरे बदन का व्यक्ति था। उसका सर बड़ा और गोल था। उसके चेहरे का पीलापन रोगियों जैसा था। लेकिन उसकी भाव-मुद्राएँ तेजस्वी और व्यंग्यपूर्ण थीं। उसके दोहरे शरीर पर तरल प्रकाश से भरी आँखें बड़ी गम्भीर लगती थीं।

जब उसने सुना कि रास्कोलनिकोव को उससे कुछ काम है तो उसने उसे सोफ़े पर अपने पास बिठा लिया और ध्यानपूर्वक उसकी बात सुनने के लिए तैयार हो गया। उसकी यह गम्भीरता अपरिचित व्यक्तियों को घबरा देती थी। रास्कोलनिकोव ने स्पष्ट और संक्षिप्त भाषा में अपने आने का कारण बताया। उसे अपना अभिनय इतना सन्तोषजनक लगा कि उसने पोरफेरी से आँखें मिलाने में भी संकोच नहीं किया। लेकिन पोरफेरी पैत्रोविच टकटकी बाँधकर उसके चेहरे को घूरता रहा। सामने की मेज़ के पास बैठा राजुमिहीन बारी-बारी से दोनों के चेहरों की ओर देख रहा था, और इस बात में गहरी दिलचस्पी दिखा रहा था।

"मूर्ख!" रास्कोलनिकोव ने मन-ही-मन कहा।

पोरफेरी ने अफ़सराना ढंग से कहा, "तुम्हें पुलिस को सूचित करना चाहिए कि तुम्हें इस हत्या की ख़बर मालूम हुई है और तुम अपनी फलाँ-फलाँ चीज़ें इस केस के इंचार्ज से कहकर छुड़ाना चाहते हो...वरना...लेकिन पुलिस तुम्हें खुद इस बारे में लिखेगी।"

"यही तो सारी कठिनाई है।" रास्कोलनिकोव ने घबराहट का अभिनय करने की कोशिश की, "आजकल मेरी आर्थिक स्थिति अच्छी नहीं है...मैं सिर्फ़ इतना ही कहना चाहता था कि मेरे पास जब भी पैसे होंगे, मैं अपनी चीज़ों को छुड़ा लूँगा।"

पोरफेरी पैत्रोविच इस स्पष्टीकरण से ज़रा भी प्रभावित न हुआ। उसने उदासीन स्वर में उत्तर दिया, "इसमें कोई हर्ज़ नहीं, लेकिन अगर तुम चाहो तो तुम अपनी अर्ज़ी मुझे ही सीधे दे सकते हो।"

"मामूली कोरे काग़ज़ पर?" रास्कोलनिकोव ने बीच में टोककर पूछा। उसे डर था कि काग़ज़ पर पैसे न ख़र्च करने पड़ें।

"हाँ, चाहे जिस काग़ज़ पर," पोरफेरी पैत्रोविच ने व्यंग्यपूर्वक आँखें सिकोड़कर उत्तर दिया। रास्कोलनिकोव को न जाने क्यों लगा कि पोरफेरी ने भेद-भरे ढंग से उसकी ओर देखकर आँख मारी थी। 'इसे सब कुछ मालूम है', यह विचार बिजली की तरह उसके दिमाग़ में कौंध गया। लेकिन उसने कहा, "माफ़ कीजिए, मैं छोटी बातों के लिए आपका समय नष्ट कर रहा हूँ। मेरी चीज़ों की क़ीमत कुल पाँच रूबल होगी, लेकिन मेरे लिए वे अमूल्य हैं। सच पूछिए तो जब मैंने सुना कि..."

"जब मैंने ज़ोसीमोव से कहा था कि पोरफेरी बुढ़िया के सब ग्राहकों की तलाश कर रहा है, तब क्या तुम इसी कारण चौंक पड़े थे?" राजुमिहीन ने जान-बूझ कर पूछा।

रास्कोलनिकोव इस बात को सहन न कर सका। क्षण भर के लिए उसने प्रतिशोध भरी आँखों से राजुमिहीन की ओर देखा, लेकिन अगले ही क्षण वह अपने को सम्भाल कर बोला, "भाई तुम मेरा मज़ाक तो नहीं उड़ा रहे? तुम्हें लगता है कि मैं इतनी मामलूी चीज़ों के पीछे परेशान हो रहा हूँ। लेकिन मेरे लिए ये चीज़े इतनी मामूली नहीं हैं। मैंने तुम्हें अभी बताया था कि वह घड़ी हमारे पास पिता की एकमात्र निशानी है।" सहसा उसने पोरफेरी की ओर मुड़कर कहा, "मेरी माँ इन दिनों यहाँ आयी है। अगर उसे घड़ी के गुम जाने की बात मालूम हो गयी तो वह बहुत दुखी होगी। आप स्त्रियों के स्वभाव को तो जानते ही है।" उसने अपनी आवाज़ में जान-बूझ कर कम्पन भरकर कहा।

"बिलकुल नहीं, मेरा मतलब तो कुछ और ही था।" राजुमिहीन क्षुब्ध स्वर में बोला।

रास्कोलनिकोव मन-ही-मन काँप गया। "क्या मेरा अभिनय स्वाभाविक था? या मैं ज़रूरत से ज़्यादा बोल गया? मैंने औरतों की बात क्यों कहीं?"

पोरफेरी पैत्रोविच ने पूछा "ओह, तुम्हारी माँ भी यहीं है?"

"जी हाँ"

"वे कब आयीं?"

"कल शाम को।"

पोरफेरी ने कुछ सोचकर कहा, "किसी भी सूरत में तुम्हारी चीज़ें खोयेंगी नहीं। मैं कुछ दिनों से तुम्हारे आने का इन्तज़ार कर रहा था।"

इसके बाद पोरफेरी ने सावधानी से राजुमिहीन के आगे ऐश-ट्रे सरका दी, क्योंकि वह कालीन पर लापरवाही से सिग्रेट की राख झाड़ रहा था। रास्कोलनिकोव काँप उठा, लेकिन पोरफेरी का ध्यान उसकी ओर नहीं था।

"इन्तज़ार कर रहे थे? आपको कैसे पता था कि रोद्या वहाँ चीज़ें गिरवी रखता है?" राजुमिहीन ने आश्चर्य प्रकट करते हुए पूछा।

पोरफेरी पैत्रोविच ने रास्कोलनिकोव को बताया, "तुम्हारी अँगूठी और घड़ी एक ही काग़ज़ में लिपटी थीं और उन पर तुम्हारा नाम और गिरवी की तारीख़ लिखी थी..."

"आपकी नज़र बड़ी तेज़ है।" रास्कोलनिकोव ने मुस्कराते हुए कहा। उसने पोरफेरी से आँखें मिलाने की कोशिश की, लेकिन साहस न कर सका। सहसा वह बोला, "मैंने यह इसलिए कहा, क्योंकि शायद वहाँ गिरवी की बहुत-सी चीज़ें रही होंगी। उन सबको याद रखना बहुत मुश्किल है...लेकिन आपको उनका पूरा ब्यौरा याद है...और...और..."

"मैं भी कितना बेवकूफ़ और डरपोक हूँ।" उसने मन-ही-मन कहा।

"बुढ़िया के यहाँ जिन लोगों ने चीज़ें रखी थीं, उन सबको हम जानते हैं। लेकिन सिर्फ़ तुम ही ऐसे हो जो अपनी चीज़ें छुड़ाने नहीं आये।" पोरफेरी ने प्रच्छन्न व्यंग से कहा।

"मैं बीमार था।"

"मैंने भी यह सुना था कि तुम्हें किसी बात का सदमा पहुँचा है। तुम्हारे चेहरे पर अब भी पीलापन है।"

"नहीं, अब मैं बिलकुल ठीक हूँ," रास्कोलनिकोव ने क्रोध से कहा, अगले ही क्षण उसे ख़्याल आया, "कहीं क्रोध के कारण मेरा भेद न खुल जाय। लेकिन ये लोग मुझे सता क्यों रहे हैं?"

"अभी ठीक कहाँ हुए हो।" राजुमिहीन ने डाँटकर कहा, "ख़ूब! जानते हो पोरफेरी, कल तक वह बेहोशी में प्रलाप करता रहा, और इससे खड़ा तक नहीं हुआ जाता था। लेकिन हमारे पीठ मोड़ते ही यह हज़रत कहीं खिसक गये और आधी रात तक ग़ायब रहे! है न विचित्र बात! मज़े की बात यह है कि उस वक़्त भी इसे सरसाम था।"

"क्या सचमुच? नहीं नहीं।" पोरफेरी ने सिर हिलाकर पूछा।

"यह सब बकवास है। इस पर विश्वास मत कीजिएगा। लेकिन आपको वैसे भी विश्वास कहाँ है?" रास्कोलनिकोव के मुँह से हठात निकल गया। पोरफेरी पैत्रोविच ने यह बात जैसे सुनी ही नहीं।

"लेकिन अगर तुम होश-हवास में होते तो क्या इस तरह बाहर जाते? तुम्हारे बाहर जाने का क्या मक़सद था और छिपकर क्यों गये? क्या तुम उस समय होश में थे? अब ख़तरा दूर हो गया, इसी लिए में साफ़-साफ़ पूछ रहा हूँ।" राजुमिहीन ने गुस्से से कहा।

"मैं कल इन लोगों से तंग आ गया था, इसलिए इनकी नज़रों से दूर कहीं मकान तलाश करना चाहता था। मेरे पास काफ़ी पैसे थे। मिस्टर ज़ेमेतोफ़ ने आँखों से यह सब देखा था। आप ही बताइये मिस्टर ज़ेमेतोफ़, कल मैं होश में था या सरसाम की हालत में था?"

ज़ेमेतोफ़ की चुप्पी से रास्कोलनिकोव को इतना क्रोध आया कि उसका गला घोंटने के लिए उसकी उँगलियाँ फड़कने लगीं।

ज़ेमेतोफ़ ने रुखे स्वर में उत्तर दिया, "मेरा ख़्याल है कि तुम होश-हवास में थे और कुछ चतुराई से बातें कर रहे थे, लेकिन तुम बहुत चिढ़े हुए दीखते थे।"

"निकोदिम फ़ोमिच ने आज मुझे बताया कि उसने तुम्हें कल आधी रात के समय एक जख़्मी आदमी के घर में देखा था।" पोरफेरी पैत्रोविच ने कहा।

"देख लिया, तुम पागल नहीं हो रहे थे तो और क्या? तुमने पच्चीस के पच्चीस रूबल विधवा को जनाज़े के लिए दे दिये। भले आदमी उसकी मदद करनी थी तो उसे ज़्यादा से ज़्यादा पन्द्रह-बीस रूबल दे देते। कुछ अपने लिए भी तो रखते।" राजुमिहीन बोला।

"तुम्हें क्या पता, शायद मेरे हाथ कोई खज़ाना लग गया हो, इसीलिए तो मैंने कल इतनी उदारता दिखायी! मिस्टर ज़ेमेतोफ़ को मेरे ख़जाने का पता है!" फिर रास्कोनिकोव ने पोरफेरी पैत्रोविच की ओर देखकर काँपते ओठों से कहा, "माफ़ कीजिएगा, हम व्यर्थ की बातों में आपका समय नष्ट कर रहे हैं।"

"बिलकुल नहीं, बिलकुल नहीं, तुम नहीं जानते, मुझे तुममें कितनी दिलचस्पी है।...मुझे ख़ुशी है कि तुम आख़िर सामने आ ही गये।"

"लेकिन हमारे लिए चाय तो मँगवाओ, मेरा गला सूखा जा रहा।" राजुमिहीन बोला। पहले कुछ और नहीं खाओगे?

''ज़रूर, ज़रूर हम सब एक साथ पीयेंगे लेकिन...''

"जाओ भी तो।" पोरफेरी पैत्रोविच चाय का आर्डर देने चला गया।

रास्कोलनिकोव के मन में भयंकर उथल-पुथल मची थी। "सबसे बड़ी मुसीबत तो यह है कि ये लोग कुछ भी तो नहीं छिपा रहे। खुल्लमखुल्ला शिकारी कुत्तों की

तरह मेरा पीछा कर रहे हैं, और मेरे मुँह पर थूकते हैं।" वह गुस्से से काँपने लगा। "पेराफेरी पैत्रोविच जब तुम मुझे जानते नहीं थे तो तुमने निकोदिम फ़ोमिच से मेरे बारे में कैसे बातचीत की? मुझ पर खुलकर वार करो, लेकिन यह बिल्ली-चूहे का खेल बन्द कर दो। शायद यह सब मैं होने भी नहीं दूँगा! मैं अभी उठकर सारी सच्चाई तुम सब लोगों के बदसूरत चेहरों पर दे मारूँगा। फिर तुम्हें क्या पता चल जायेगा कि मैं तुमसे कितनी नफ़रत करता है।" आवेश से उसकी साँस फूल गयी, "लेकिन अगर यह मेरी कोरी कल्पना निकली तब? अगर क्रोध में आकर मैंने अपना अभिनय छोड़ दिया, तब? शायद ये बातें अनायास ही मुँह से निकल गयी हों। ये लोग ऐसी ही बातों के आदि हैं...लेकिन कुछ न कुछ माजरा ज़रूर है। ज़ेमेतोफ़ ने यह क्यों कहा कि में 'चतुराई' से बातें कर रहा था। हाँ उनका लहज़ा...क्या राजुमिहीन अन्धा है! इस अहमक को कभी कुछ नज़र नहीं आता। क्या मुझे फिर बुखार चढ़ने वाला हे? क्या अभी पोरफेरी ने मेरी तरफ़ देखकर आँख मारी थी? यह सब बकवास है। वह भला किस लिए आँख मारता? ये लोग मुझे सता रहे हैं या जान-बूझ कर मेरा मानसिक सन्तुलन बिगाड़ रहे हैं? या मैं वहमी हूँ या इनको सब पता है? यहाँ तक कि ज़ेमेतोफ़ भी गुस्ताख़ी दिखा रहा है...क्या सचमुच उसने गुस्ताख़ी दिखायी है? उसने अपना इरादा बदल लिया है। मैं पहले से ही भाँप गया था कि वह ऐसा करेगा। मैं यहाँ अजनबी हूँ ज़ेमेतोफ़ रोज़ यहाँ आता जाता है। पोरफेरी भी उसे पराया नहीं समझता। मेरी वजह से ही इनकी आपस में इतनी घुट रही है। ज़रूर ये मेरे बारे में बातें कर रहे थे। क्या इन्हें फ़्लैट का क़िस्सा मालूम है? जब मैंने कहा कि मैं दूसरा फ़्लैट किराये पर लेने के लिए बाहर गया था तो इन्होंने मुझे टोका नहीं...मैंने जान-बूझ कर यह बात कही थी, बाद में काम आयेगी...सरसाम! ख़ूब! हा! हा! हा! तो इन्हें कल रात वाली घटना मालूम थी! लेकिन मेरी माँ आयी है, यह नहीं जानते। खूसट बुढ़िया ने आने की तारीख़ पेंसिल से जो लिखी थी।...तुम लोग मुझे पकड़ नहीं सकोगे।...तुम्हारे पास सबूत कहाँ है?...लाओ सबूत! फ़्लैट की बात भी सच नहीं, वह मेरी सनक समझी जायेगी। मैं जानता हूँ इनसे कैसी बातें कहनी चाहिए। क्या फ़्लैट वाली बात का इन्हें पता है? यह मालूम किये बग़ैर मैं यहाँ से नहीं जाऊँगा। मैं यहाँ किस काम से आया था! मुझे इतना गुस्सा क्यों आ रहा है? मैं भी निरा मूर्ख हूँ। बीमारी का अभिनय ही ठीक रहेगा...पोरफेरी मुझे भाँप रहा है। ज़रूर पकड़ना चाहता है। मैं यहाँ क्यों आया था?"

पोरफेरी पैत्रोविच जल्दी वापिस आ गया। उसने हँसकर राजुमिहीन से कहा, "अरे भाई, तुम्हारी पार्टी से आने के बाद मेरा सर...और मैं परेशान भी हूँ।"

"क्या आपको मज़ा आया? कब जब मैं चला आया था तो बड़ी दिलचस्पी बहस हो रही थी। कौन सा पक्ष जीता?"

जीतता कौन! वही शाश्वत बातें! जानते हो रोद्या कल क्या बहस हो रही थी? अपराध नाम की कोई चीज़ है या नहीं? मैंने तुम्हें बताया था कि बोलते बोलते हमारा सर चकरा गया था।

"इसमें कौन-सी विचित्र बात है! यह तो रोज़मर्रा की सामाजिक समस्या है।" रास्कोलनिकोव ने स्वाभाविक स्वर में उत्तर दिया।

"नहीं सवाल इस तरह नहीं पूछा गया था।" पोरफेरी बोला।

राजुमिहीन ने सदा की तरह उत्तेजित होकर कहा, "सुनो रोदियोन मैं तुम्हारी राय जानना चाहता हूँ। मैं डटकर इन लोगों के मत का खण्डन कर रहा था, और चाहता था कि तुम भी मेरी मदद करते। मैंने इनसे कहा था कि तुम भी पार्टी में आ रहे हो।...बहस समाजवादी सिद्धान्त से शुरू हुई। तुम जानते हो कि समाजवादी अपराध को कुत्सित समाज-विधान के विरुद्ध एक प्रोटेस्ट से अधिक कुछ नहीं समझते...वे अपराध का और कोई कारण स्वीकार नहीं करते।"

"यह तुम ग़लत कह रहे हो।" पोरफेरी ने हँसकर कहा। इस पर राजुमिहीन बीच में ही टोककर बोला—

"हाँ मैं ठीक कहता हूँ। मैं तुम्हें समाजवादियों के पैम्फ़लेट दिखाऊँगा। वे हर चीज़ को 'परिस्थितिजन्य' मानते हैं। यह उनका प्रिय शब्द है, जिसका अर्थ है कि अगर समाज-विधान ठीक हो जाये तो अपराध फौरन बन्द हो जायेगा, क्योंकि तब क्षणभर में ही लोग सदाचारी और पुण्यात्मा बन जायेंगे। वे मानव-स्वभाव नाम की वस्तु का तो अस्तित्व ही नहीं मानते। वे नहीं मानते कि सजीव ऐतिहासिक विकास परम्परा से मानवता धीरे-धीरे सदाचरण की ओर बढ़ रही है, उनका विश्वास है कि किसी गतिशील दिमाग़ से निकला हुआ समाज-विधान है फौरन सारी मानवता को संगठित करके उन्हें न्यायप्रिय और पुण्यात्मा बना देगा। इसीलिए वे इतिहास से घृणा करते हैं और कहते हैं, "इतिहास में कुरूपता और मूर्खता के सिवा कुछ नहीं।" इसीलिए उन्हें सजीव जीवन-क्रिया से चिढ़ है। वे 'सजीव-आत्मा' नहीं चाहते, क्योंकि सजीव आत्मा जीवन की माँग करती है। सजीव आत्मा यान्त्रिक नियमों को नहीं मानती। इसीलिए आत्मा पर उन्हें इतना सन्देह है और वे आत्मा को निकृष्ट समझते हैं। वे चाहते हैं, बदबूदार, रबड़ की निर्जीव आत्मा, जिसमें इच्छाशक्ति न हो, जो दास रहे और कभी विद्रोह न करे। वे हर चीज़ को मकान की दीवारों के नक्शे की तरह बेजान समझते हैं। मकान तो इस तरह तैयार हो जाता है लेकिन मानव-स्वभाव अभी इस मकान में नज़रबन्द होने को तैयार नहीं है, क्योंकि वह अभी जीवित है और क़ब्रिस्तान में इतनी जल्दी जाकर नहीं दफ़न होना चाहता। आप तर्क से मानव-स्वभाव को नहीं लाँघ सकते। तर्क में केवल तीन सँभावनाएँ होती हैं, लेकिन जीवन में लाखों करोड़ों सम्भावनाएँ होती हैं। आप कहते हैं, इन करोड़ों को अपनी आसानी के लिए

काट-छाँट कर कम कर दो, कैसी सीधी बात है! अधिक सोचने की कोई ज़रूरत नहीं। सबसे बड़ी बात है सोचो मत! जीवन का सारा रहस्य छपे हुए दो पृष्ठों में है।"

"बस! अब ढोल बजाना शुरू हो गया। कोई इसे रोको! "पोरफेरी ने हँसते हुए रास्कोलनिकोव से कहा, "ज़रा कल्पना कीजिए, हम छः आदमी कल रात शराब के नशे में इसी तरह की बकझक करते रहे थे। नहीं भाई, तुम ग़लती पर हो। अपराध में सचमुच परिस्थितियों का भारी हाथ रहता है। मैं तुम्हें इसका यक़ीन दिला सकता हूँ।"

"मैं जानता हूँ, लेकिन यह बताइये कि एक चालीस बरस का आदमी दस बरस के बच्चे को मारता है। क्या वह परिस्थितियों के कारण ऐसा करता है?"

"हाँ—ऐसे अपराधों के पीछे परिस्थितियों का हाथ रहता है।" पोरफेरी ने गम्भीरतापूर्वक कहा।

राजुमिहीन गुस्से से पागल हो गया। "जी हाँ, अगर आप चाहें तो मैं साबित कर सकता हूँ कि आपकी सफ़ेद बिरौनियों का कारण इवान के गिर्जे का ढाई सौ फुट ऊँचा होना है। मैं इस बात को स्पष्ट, नपीतुली, और प्रगतिशील भाषा में सहृदयतापूर्वक समझा दूँगा। कहिये शर्त लगायेंगे?"

"लगा दी। अब ज़रा सुनूँ। तो कैसे साबित करोगे।"

राजुमिहीन उछलकर खड़ा हो गया और हाथ मटकाता हुआ बोला, "तुमसे बात कहने से क्या फ़ायदा! तुम जान-बूझ कर पाखण्ड रचाया करते हो! रोदियान, तुम इसे नहीं जानते। कल इसने बाक़ी लोगों को बेवकूफ़ बनाने के लिए उनका पक्ष लिया। इसकी बकवास सुनकर वे ख़ुशी से बावले हो रहे थे। यह आदमी लगातार पन्द्रह दिन तक लोगों को भुलावे में रख सकता है। पिछले साल दो महीने तक इसने हमें यक़ीन दिला रखा कि यह संन्यासी बनने जा रहा है। अभी कुछ दिन पहले इसने ख़बर उड़ा दी थी कि यह शादी करने वाला है, और इसने सचमुच नये कपड़े भी बनवा लिए थे। हम सबने इसे बधाई दी, लेकिन दुल्हिन का नामो-निशान आज तक कहीं नज़र नहीं आया!"

"नहीं तुम ग़लत कह रहे हो। पहले मैंने कपड़े सिलवाये थे, जिससे मेरे मन में तुम लोगों को बुद्धू बनाने की इच्छा हुई।"

"आप क्या इतने बड़े चालबाज है?"

"आपने कुछ और ही समझा था क्या! ज़रा ठहरिये में आपको भी बुद्धू बनाता हूँ। नहीं नहीं, मैं तुम से सच्ची बात ही कहूँगा, आज की बहस से मुझे तुम्हारा एक लेख याद आ गया जिसका शीर्षक शायद 'अपराध' था। मुझे ठीक से याद नहीं...तो महीने पहले यह लेख मैंने पीरियोडिकल रिव्यू में पढ़ा था।"

"मेरा लेख? 'पीरियोडिकल रिव्यू' में?" रास्कोलनिकोव ने चकित स्वर में पूछा, "छः महीने पहले मैंने एक पुस्तक पर एक लेख लिखा था, लेकिन वह लेख तो मैंने 'वीकली रिव्यू' में भेजा था!"

"मगर वह तो 'पीरियोडिकल रिव्यू' में ही छपा था।"

"वीकली रिव्यू बन्द हो गया था, इसलिए तुम्हारा लेख इसमें न छप सका।"

"यह सच है, लेकिन बाद में दोनों पत्रिकाएँ संयुक्त हो गयी थीं, इसलिए तुम्हारा लेख पीरियोडिकल रिव्यू में ही छपा था। तुम्हें नहीं मालूम?"

रास्कोलनिकोव को सचमुच नहीं मालूम था।

"तुम चाहो तो उनसे अपने लेख का पारिश्रमिक भी माँग सकते हो। अरे, तुम भी कैसे अजब फक्कड़ हो। तुम्हें अपने फ़ायदे की बातों का भी ख़्याल नहीं रहता। मैं तुम्हें यक़ीन दिलाता हूँ कि यह बात सच है।"

"शाबाश रोद्या। मुझे भी इसका पता नहीं था। मैं आज ही रीडिंग रूम में जाकर तुम्हारा लेख पढ़ूँगा। दो महीने पहले छपा था? किस तारीख़ को? ख़ैर कोई बात नहीं, मैं मालूम कर लूँगा। तुमने यह बात हमसे छिपाकर क्यों रखी?" राजुमिहीन ने प्रसन्न होकर कहा।

"आपको कैसे पता चला कि वह लेख मेरा था? मैंने तो पूरा नाम भी नहीं दिया था।"

"कुछ दिन हुए मुझे सम्पादक ने बताया था। मैं उसे अच्छी तरह जानता हूँ...उस लेख में मुझे कुछ दिलचस्पी थी। जहाँ तक मुझे याद है उस लेख में जुर्म करने से पहले और बाद की मानसिक स्थिति का विश्लेषण किया गया था और तुम्हारा मन्तव्य था कि अपराध और बीमारी हमेशा साथ रहते हैं। बात बड़ी मौलिक है, लेकिन अन्त में तुमने बिना समझे-बूझे एक बात लिखी है—मुझे उसमें ज़्यादा दिलचस्पी है। तुम्हें याद होगा, तुमने लिखा है कि कुछ लोगों को अपराध और अनैतिक आचरण करने का पूरा अधिकार है और क़ानून उन पर लागू नहीं होना चाहिए।"

पोरफेरी ने उसके विचारों को जिस तरह अतिरंजित करके पेश किया, उससे रास्कोलनिकोव को हँसी आ गयी।

"क्या मतलब? अपराध का अधिकार? कहीं परिस्थितियों के कारण तो नहीं।" राजुमिहीन ने चौंककर पूछा।

"नहीं।" पोरफेरी ने उत्तर दिया। "उस लेख में लोगों को साधारण और 'असाधारण की श्रेणी में बाँटा गया है। साधारण लोगों के लिए नैतिक नियमों का पालन करना ज़रूरी है। वे क़ानून की सीमा का उल्लंघन नहीं कर सकते, क्योंकि वे 'साधारण' हैं, लेकिन असाधरण व्यक्ति जो चाहे कर सकते हैं, क्यों कि वे 'असाधारण' है। तुम्हारे लेख का यही सारांश था न?"

"क्या मतलब? क्या सचमुच ऐसा हो सकता है?" राजुमिहीन ने चकित होकर पूछा।

रास्कोलनिकोव फिर मुस्कराया। वह समझ गया कि ये लोग उसे किस दिशा में खदेड़ना चाहते हैं। उसने इस चुनौती को स्वीकार करके विनयपूर्वक कहा, "मेरा अभिप्राय यह नहीं था, लेकिन आपने इसे बड़े उपयुक्त शब्दों में व्यक्त किया है। फ़र्क़ इतना ही है कि मैं यह नहीं समझता कि असाधारण लोगों को हमेशा अनैतिक कार्य करने का अधिकार है। भला ऐसे सिद्धान्त को कौन प्रकाशित करेगा? मैंने तो इस बात का इशारा भर किया था कि एक असाधारण व्यक्ति को अपनी महत्त्वाकांक्षा की पूर्ति के लिए (जो कि सारी मानव जाति के लिए लाभदायक हो सकती है) अधिकार है...कि वह अपने रास्ते की बाधाओं को दूर कर सके...यह अधिकार क़ानूनी नहीं है बल्कि उसके अन्तःकरण के निर्णय पर निर्भर करता है। आप कहते हैं कि लेख में यह बात स्पष्ट नहीं की गयी। लीजिए, मैं इसे स्पष्ट किये देता हूँ। अगर केप्लर और न्यूटन के आविष्कारों के लिए एक दर्जन या सौ से भी अधिक व्यक्तियों के जीवन के बलिदान की ज़रूरत पड़ती तो मानवता की भलाई के लिए उन्हें इस बात का अधिकार था। लेकिन इसका यह अर्थ नहीं है कि न्यूटन को अन्धाधुन्ध लोगों की हत्या करने या बाज़ार में से चोरी करने का भी अधिकार था। मैंने लेख में यह भी लिखा है कि संसार के बड़े नेता और राजनीतिक—लाइकर गस सोलन, मुहम्मद, नेपोलियन सब के सब अपराधी थे, क्योंकि उन्होंने अपने पूर्वजों की पवित्र नैतिक मान्यताओं का उल्लंघन करके नये सिद्धान्त बनाये। अपने उद्देश्य को पूरा करने के लिए उन्हें रक्तपात भी करना पड़ा, निर्दोष और साहसी विरोधियों का। इसलिए मानवता के ये विलक्षण हित-साधक हत्यारे भी कहे जा सकते हैं। मेरा यह कहना है कि सब महान् व्यक्ति, यहाँ तक कि वे व्यक्ति भी जिनमें ज़रा-सी असाधारणता है, और जो मानवता को नये विचार दे सकते हैं, उनमें भी अपराध का कुछ न कुछ अंश रहता है, नहीं तो वे साधारणता की दलदल से नहीं निकल सकते और न वे उस दलदल में रहना ही पसन्द करेंगे। मेरा ख़्याल है कि उन्हें ऐसा करना भी नहीं चाहिए, क्योंकि यह उनकी प्रकृति के विरुद्ध होगा। ये विचार नये नहीं है। यह बात हज़ारों बार पुस्तकों में लिखी गयी है। रही मेरी बात सो मैं व्यक्तियों को पूर्व-निश्चित श्रेणियों में बाँटना पसन्द नहीं करता। मेरा कहना तो सिर्फ़ यह है कि आमतौर पर प्रकृति के नियमानुसार संसार में दो तरह के लोग होते हैं—साधारण कोटि के जो केवल अपनी जाति की ही वृद्धि कर सकते हैं और दूसरे वे प्रतिभाशाली लोग जो नये शब्द को वाणी देते हैं। निश्चय ही इन दो श्रेणियों के बीच में असंख्य दूसरी श्रेणियाँ भी हैं, लेकिन दोनों प्रधान श्रेणियों की चारित्रिक विशेषताएँ स्पष्ट है। साधारण लोग दक़ियानूसी और क़ानून के पाबन्द होते हैं। वे अनुशासन में रहना पसन्द करते हैं। यह कोई अपमानजनक बात नहीं है, क्यों कि अनुशासन में रहना उनका कर्तव्य और पेशा है। दूसरी श्रेणी के लोग अपनी क्षमताओं के मुताबिक़ पुरानी रूढ़ियों को तोड़ते हैं।

इन लोगों के अपराध सापेक्षिक और विधि होते हैं। उनमें से अधिकतर भविष्य को सुधारने के लिए वर्तमान का विनाश करते हैं। मेरा विश्वास है कि अपने उद्देश्य की पूर्ति के लिए अगर किसी असाधारण व्यक्ति को किसी लाश पर से या रक्त की नदी में से होकर भी गुज़रना पड़े तो उसकी अन्तरात्मा उसको इसकी इज़ाज़त दे देगी। लेकिन याद रखिए कि यह सब उद्देश्य की महानता पर निर्भर करता है। इसी दृष्टिकोण से मैंने 'अपराध के अधिकार' का प्रतिपादन किया है। आपको याद होगा कि लेख के शुरू में ही क़ानूनी सवाल उठाया गया था लेकिन इसमें किसी की परेशान होने की कोई ज़रूरत नहीं, क्योंकि जनता स्वयं इस अधिकार को स्वीकार नहीं करती, और असाधारण व्यक्तियों को सज़ा देकर या उन्हें फाँसी पर चढ़ा कर अपने दक़ियानूसी पेशे का सबूत देती है। लेकिन यही जनता कुछ समय के बाद इन्हीं अपराधियों की मूर्तियाँ बनाकर उनकी पूजा करने लगती है। साधारण कोटि का मनुष्य हमेशा 'वर्तमान' की सोचता है, असाधारण व्यक्ति 'भविष्य' की सोचता है, साधारण व्यक्ति संसार का रक्षण करता है, असाधारण उसे आगे ले जाता है। हर श्रेणी को ज़िन्दा रहने का समान अधिकार है। मेरी नज़रों में दोनों बराबर हैं, और क़यामत तक दोनों इसी तरह चलते रहेंगे, जब तक नया जेरूसलम* नहीं आता।"

"तब क्या तुम नये जेरूसलम में विश्वास करते हो?"

"हाँ" रास्कोलनिकोव ने दृढ़ स्वर में उत्तर दिया। वह लगातार कालीन की तरफ़ देख रहा था।

"और...और तुम ईश्वर में भी विश्वास करते हो? मेरी जिज्ञासा को क्षमा करना।"

"हाँ करता हूँ।"

"तुम यह भी मानते ही कि लज़ारस क़ब्र में से उठा था?"

"हाँ...मानता हूँ, लेकिन आप यह सब किस लिए पूछ रहे हैं?"

"तुम इन बातों को अक्षरशः मानते हो?"

"हाँ"

"ऐसा मत कहो....मैंने तो कौतूहलवश पूछा था। माफ़ करना। लेकिन हम जिस सवाल पर बहस कर रहे थे, उसी पर लौट चलें। कई असाधारण व्यक्तियों को फाँसी की बजाये..."

"जीवनकाल में ही विजय मिलती है? हाँ, कइयों के सपने उनके जीवन काल में ही पूरे हो जाते हैं और फिर..."

"फिर वे और लोगों को प्राण दण्ड देते हैं?"

"हाँ, अगर यह ज़रूरी हो तो। आपकी टिप्पणी बड़ी चुटीली है।"

---

* जेरूसलम—ईसाइयों का सतयुग।

"धन्यवाद लेकिन यह बताओ कि तुम साधारण व्यक्तियों को असाधारण व्यक्तियों से कैसे अलग करोगे? क्या उनकी कोई जन्मजात विशेषताएँ होती हैं? मेरा ख़्याल है, उनकी बाह्य-परिभाषा भी ज़रूरी होनी चाहिए। एक व्यावहारिक क़ानून के पाबन्द नागरिक का कौतूहल माफ़ करना, लेकिन क्या असाधारण लोगों की विशेष वर्दी नहीं होनी चाहिए? या उनके शरीर को दाग़ कर कोई निशान बना देना चाहिए ताकि समाज में उपद्रव न मचे, और न एक श्रेणी के लोग अपने को दूसरी श्रेणी का समझकर अपने रास्ते की बाधाएँ दूर करने' पर उतारू हो जायें, जैसा कि अभी तुमने बड़े हर्ष से कहा था।"

"ओह, ऐसा अकसर होता है। आपको यह उक्ति पहले से भी अधिक व्यंग्यपूर्ण है।"

"धन्यवाद।"

"इसकी कोई ज़रूरत नहीं। लेकिन याद रखिए, ऐसी ग़लतफ़हमी सिर्फ़ साधारण श्रेणी के लोगों में हो सकती है। अपने आज्ञाकारी स्वभाव के बावजूद भी कई बार उनमें प्रकृति-सुलभ चंचलता आ जाती है। (ऐसी चंचलता अकसर गाय-भैंसों में भी रहती है) और वे अपने को अग्रगामी, संहारक और नये 'आन्दोलन' के नेता समझ बैठते हैं, जबकि सचमुच के 'नये लोगों को दक़ियानूस समझ कर उनसे नफ़रत की जाती है। लेकिन यहाँ भी ख़तरे का कोई कारण नहीं, क्योंकि ऐसे लोग बहुत ज़्यादा आगे नहीं जाते। कई बार अगर उनकी अच्छी मरम्मत कर दी जाये, तो उनके दिमाग़ की गर्मी शान्त हो जाती है। इसकी भी ज़रूरत नहीं, क्योंकि वे ख़ुद-ब-ख़ुद सुधर जाते हैं। ऐसे लोग बड़े आत्मभीरु होते हैं और एक-दूसरे को सुधारने में सहायता करते हैं या स्वयं ही अपने को सज़ा दे लेते हैं...प्रायश्चित द्वारा सबके सामने अपने को नेक और पवित्र बना लेते हैं। सच पूछिये तो आपकी बिलकुल नहीं घबराना चाहिए...यह प्रकृति का विधान है।"

"तुमने मेरी एक शंका तो दूर कर दी, लेकिन यह बताओ, ऐसे असाधारण लोगों की, जिन्हें दूसरों को मारने का अधिकार है, कितनी संख्या है? मैं उनके आगे सर झुकाने को तैयार हूँ बशर्ते उनकी संख्या अधिक न हो, ठीक है न?"

आप इसकी चिन्ता भी न करें। नये विचारों वाले लोगों की संख्या बहुत कम होती है। इसके पीछे निश्चय ही प्रकृति का कोई विधान काम कर रहा है जो किसी न किसी दिन हमें मालूम हो जायेगा, मानवजाति के अधिकांश सदस्य कच्ची धातु हैं, इन्हें बड़ी मेहनत और प्रयोगों के बाद विभिन्न नस्लों और जातियों के सम्मिश्रण से तैयार किया गया है ताकि हज़ारों लाखों में कम से कम एक व्यक्ति तो स्वतन्त्र विचारों वाला पैदा हो। करोड़ों व्यक्तियों में 'जीनियस' केवल एक ही होता है और मानव जाति का सिरमौर महान् प्रतिभाशाली व्यक्ति अरबों-खरबों में जाकर शायद एक मिले। मैंने इस रहस्यमयी क्रिया के भीतर झाँककर तो नहीं देखा।

लेकिन यह सब केवल संयोग नहीं हो सकता। इसके पीछे ज़रूर कोई निश्चित सिद्धान्त काम कर रहा है।

"क्या तुम दोनों मज़ाक तो नहीं कर रहे? एक-दूसरे को बुद्धू बना रहे हो? रोद्या, क्या सचमुच तुम इन बातों में विश्वास करते हो?" राजुमिहीन चिल्लाया।

रास्कोलनिकोव ने अपना पीला, शोकपूर्ण चेहरा ऊपर उठाया, लेकिन वह चुप रहा। राजुमिहीन को इस चेहरे के मुकाबले में पोरफेरी के चेहरे का अशिष्ट और व्यंग्यपूर्ण भाव विचित्र लगा।

"भाई तुम सच ही तो कह रहे हो...यह विचार कोई नया नहीं है। हमने हज़ारों बार इसे पढ़ा और सुना है। लेकिन तुम अन्तरात्मा का नाम लेकर रक्तपात की इज़ाज़त दे रहे हो। वह भी कट्टरता से—यह बात निश्चय ही मौलिक है...शायद तुम्हारे लेख का यही भावार्थ है...लेकिन मेरी दृष्टि में...अन्तरात्मा के नाम पर रक्तपात को औचित्य देना...सरकारी और क़ानूनी औचित्य से अधिक भयंकर है।" राजुमिहीन ने कहा।

"तुम ठीक कहते हो। इसमें अधिक भयंकरता है।" पोरफेरी ने भी समर्थन किया।

"मैं वह लेख ज़रूर पढ़ूँगा। तुमने कहीं न कहीं अतिशयोक्ति कर दी होगी। भला तुम ऐसी बातें सोच सकते हो।"

"लेख में तो तुम्हें इसका संकेत भर ही मिलेगा।" रास्कोलनिकोव ने कहा।

"हाँ अपराध के प्रति तुम्हारा दृष्टिकोण तो स्पष्ट हो गया, लेकिन...इस गुस्ताख़ी को माफ़ करना, मैं तुम्हें नाहक परेशान कर रहा हूँ...साधारण-असाधारण का भेद भी मेरी समझ में आ गया, लेकिन यह बताओ कि अगर कोई आदमी या युवक अपने को असाधारण व्यक्ति समझकर अपने रास्ते की बाधायें दूर करने लगे...अपनी महान् योजना के लिए...उसे धन की ज़रूरत हो और धन प्राप्त करने के लिए वह...तुम समझ गये न?"

ज़ेमेतोफ़ ने कहकहा लगाया। रास्कोलनिकोव ने अपनी आँखें ऊपर उठाये बिना ही शान्त स्वर में उत्तर दिया, "यह तो मानना पड़ेगा कि ऐसी बातें तो होती ही रहेंगी। विशेषकर मूर्ख, दम्भी और तरुण लोग इस जाल में फँसते जायेंगे। मेरा भी यही मतलब था।"

"फिर क्या होगा?"

"फिर" रास्कोलनिकोव मुस्कराया, "फिर वही होगा जो हमेशा से होता आया है। मेरा इसमें कोई दोष नहीं।"

राजुमिहीन ने कहा, "मैं रक्तपात का समर्थक हूँ। समाज की रक्षा के लिए जेलें, निर्वासन, अपराध की खोज के विभाग, आजीवन कारावास आदि संस्थायें बनी हैं। इसमें डरने का कोई कारण नहीं, बस सिर्फ़ अपराधी को पकड़ना भर आपका काम है।"

"और अगर हम अपराधी को पकड़ लें तब!"

"तब वह अपनी करनी का फल पायेगा।" रास्कोलनिकोव ने उत्तर दिया।

"आपका तर्क तो दुरुस्त है, लेकिन उसकी आत्मा का क्या होगा?"

"उससे आपको क्या?"

"इंसानियत के नाते।"

"अगर उनकी अन्तरात्मा है तो वह अपनी करनी के लिए यन्त्रणा झेलेगा। यही उसकी सही सज़ा होगी। इसके अलावा क़ैद भी।"

राजुमिहीन ने चिढ़कर पूछा, "लेकिन जिन महान् प्रतिभावान व्यक्तियों ने ख़ून बहाया है, क्या उन्हें कोई यन्त्रणा नहीं झेलनी चाहिए?"

"चाहिए...चाहिए का क्या मतलब? किसी की आज्ञा या निषेध की यह बात नहीं है। उसे अगर अपने द्वारा पीड़ित व्यतियों के प्रति सहानुभूति होगी तो उसे ज़रूर मानसिक यन्त्रणा होगी। महान् प्रतिभा और विशाल हृदय रखने वाले के लिए पीड़ा और यन्त्रणा का अनुभव करना अनिवार्य है। महान् व्यक्तियों को इस पृथ्वी पर महान् वेदना भी मिलती है।" रास्कोलनिकोव ने मानो कोई स्वप्न देखते हुए कहा।

अगले क्षण उसने अपनी दृष्टि उठाई और सब की ओर देखकर मुस्कराते हुए वह अपनी टोपी उठाकर चलने के लिए तैयार हो गया। उसके व्यवहार में एक विचित्र गम्भीरता आ गयी थी। सब लोग उठकर खड़े हो गये।

पोरफेरी पैत्रोविच ने फिर कहा, "मैं एक छोटा-सा सवाल पूछे बिना नहीं रह सकता। तुम चाहे नाराज़ होकर मुझे गालियाँ ही क्यों न दो, लेकिन यह सवाल इसलिए ज़रूरी है कि मैं मूल बात को भूलना नहीं चाहता।"

"अच्छा तो पूछिए अपना छोटा-सा सवाल।" रास्कोलनिकोव ने गम्भीर स्वर में कहा।

"मैं अपने सवाल को ठीक शब्दों में व्यक्त नहीं कर सकता...यह एक मनोवैज्ञानिक, उद्धत कौतूहल मात्र है। जब तुमने यह लेख लिखा तब निश्चय ही तुम अपने आपको...असाधारण समझ रहे होंगे...यह ठीक है या नहीं?"

"हो सकता है," रास्कोलनिकोव ने चिढ़कर जवाब दिया।

राजुमिहीन बेचैन हो गया।

"अगर ऐसी बात है तो क्या तुम आर्थिक कठिनाइयों से या मानवता की भलाई के लिए सब बाधाओं को दूर करने की ख़ातिर डाकाज़नी और हत्या कर सकते हो?"

यह कहकर पोरफेरी ने फिर आँख मारी और मुस्करा दिया।

"अगर ऐसा कर भी सकूँ तो आपको तो नहीं बताऊँगा।" रास्कोलनिकोव ने उदण्ड, घृणापूर्ण शब्दों में कहा।

"नहीं, मैं तो सिर्फ़ साहित्यिक दृष्टिकोण से तुम्हारे लेख में दिलचस्पी ले रहा हूँ।"

"'छिः यह कैसी बदतमीज़ी है।" रास्कोलनिकोव ने मन-ही-मन क्षुब्ध होकर सोचा। फिर रूखे स्वर में बोला, "देखिए, मैं अपने को न मोहम्मद समझता हूँ, न नेपोलियन। इसलिए किसी स्थिति में मुझे क्या करना चाहिए, यह मैं नहीं बता सकता।"

"अमाँ यार, जाने दो? क्या आजकल हम सब रूसी अपने को नेपोलियन नहीं समझते?" पोरफेरी पैत्रोविच ने व्यंग्य किया।

इस व्यंग्य के पीछे कुछ और भी था।

"शायद इन भावी नेपोलियनों में से ही किसी ने पिछले हफ़्ते बेचारी एल्योना इवानोव्ना की हत्या कर दी!" ज़ेमेतोफ़ कोने में से बोला।

रास्कोलनिकोव चुप रहा, लेकिन ग़ौर से पोरफेरी के चेहरे की ओर देखने लगा। राज़ुमिहीन के माथे पर त्योरियाँ पड़ गयी थीं। वह चिढ़कर सबकी ओर देख रहा था। कुछ देर के लिए एक अवसाद भरी ख़ामोशी छायी रही। रास्कोलनिकोव उठकर चलने लगा।

पोरफेरी ने अतिशय शिष्टता से अपना हाथ बढ़ाते हुए कहा, "बस इतनी जल्दी ही चल दिए? तुम्हारा परिचय पाकर बड़ी ख़ुशी हुई। रही तुम्हारे काम की बात तो बिना किसी झिझक के अर्जी लिख देना या एक दो दिन के भीतर मेरे पास दफ़्तर में चले आना। मैं कल ग्यारह बजे वहाँ ज़रूर रहूँगा। हम सारा मामला तै कर लेंगे। तुम बुढ़िया के आख़िरी ग्राहक थे, इसलिए शायद तुम इस हत्या के बारे में कुछ बता सको।"

"आप पूरे सरकारी ढंग से जिरह करना चाहते हैं?" रास्कोलनिकोव ने तेज़ी से पूछा।

"जिरह किस लिए? अभी उसकी कोई ज़रूरत नहीं। तुम मेरा मतलब नहीं समझे। मैं कोई मौक़ा नहीं खोना चाहता। और मैंने बुढ़िया के सब ग्राहकों से पूछताछ कर ली है। कुछ ने गवाही भी दी है...सिर्फ़ तुम्हीं बाक़ी रहे हो। अरे हाँ मैं क्या पूछना चाहता था?" सहसा पोरफेरी ने राज़ुमिहीन की ओर मुड़कर कहा। "उस दिन तुम निकोलाई की बातों से मेरे कान खाये जा रहे थे। मैं जानता हूँ, अच्छी तरह जानता हूँ।" फिर उसने रास्कोलनिकोव की ओर मुड़कर कहा, "वह बिलकुल निर्दोष है, लेकिन हम क्या करें? हमें दिमित्री को भी परेशान करना पड़ा...बस इतनी-सी बात है कि जब तुम सीढ़ियों पर गये थे तब सात बज चुके थे न?"

"हाँ।" रास्कोलनिकोव ने उत्तर दिया। तत्काल उसे अपने ऊपर गुस्सा आया कि उसने यह बात स्वीकार क्यों कर ली।

"सात और आठ बजे के दरम्यिान क्या दूसरी मंज़िल के किसी फ़्लैट में तुमने दो रंगसाज़ों को काम करते हुए नहीं देखा था? सोचकर जवाब दो, तुम्हारे जवाब पर उन दोनों का भविष्य निर्भर करता है।"

"रंगसाज? नहीं, मैंने उन्हें नहीं देखा।" रास्कोलनिकोव ने विस्मृति का अभिनय करते हुए कहा। लेकिन मन-ही-मन वह इस चिन्ता से बेहोश हुआ जा रहा था कि कहीं वह फिर जाल में न फँस जाये। "नहीं, मुझे किसी फ्लैट का दरवाज़ा खुला नहीं नज़र आया था...लेकिन चौथी मंज़िल पर, (अब उसे जाल का पूरा ज्ञान हो गया था) मुझे याद है, अल्योना इवानोव्ना के सामने वाले फ्लैट में से मैंने किसी को बाहर निकलते देखा था। अरे हाँ याद आ गया...कुछ मज़दूर एक सोफ़ा उठाकर ला रहे थे, वे मुझसे टकरा भी गये थे। लेकिन मैंने न किसी रंगसाज़ को देखा, न ही किसी फ़्लैट का दरवाज़ा खुला हुआ था...नहीं बिलकुल नहीं।"

राजुमिहीन जैसे कुछ सोचकर चौंक उठा, उसने पूछा, "क्या मतलब? रंगसाज़ तो हत्या के दिन वहाँ काम कर रहे थे। यह तो हत्या से तीन दिन पहले वहाँ गया था। तुम यह कैसी पूछताछ कर रहे हो?"

"उफ्फ़! मैंने सब गड़बड़ कर दिया।" पोरफेरी ने अपना माथा ठोंक कर कहा, "इस काम ने मेरा दिमाग़ ख़राब कर दिया है।" फिर उसने रास्कोलनिकोव से क्षमा-याचना करते हुए कहा, "सात से आठ बजे के दरम्यान किसी ने उन रंगसाजों को काम करते देखा था या नहीं, यह जानना हमारे लिए बड़ा ज़रूरी है...मैंने सोचा शायद तुम इस बारे में कुछ बता सको...मुझसे गड़बड़ हो गयी।"

"तुम्हें इसीलिए ज़्यादा सावधान रहना चाहिए," राजुमिहीन ने रोषपूर्वक कहा।

पोरफेरी पैत्रोविच शिष्टतापूर्वक दोनों को दरवाज़े तक छोड़ने आया।

दोनों रोष भरे मन से सड़क पर आये। कुछ देर तक दोनों चुप रहे। रास्कोलनिकोव ने गहरी साँस ली।

6

“मैं विश्वास नहीं करता। कभी नहीं कर सकता।” राजुमिहीन रास्कोलनिकोव के तर्कों का खण्डन करने की कोशिश कर रहा था। दोनों बेकालेव के बोर्डिंग हाउस के नज़दीक पहुँच गये थे, जहाँ रास्कोलनिकोव की माँ और बहन उसका इन्तज़ार कर रही थीं। राजुमिहीन बार-बार आवेश में आकर खड़ा हो जाता था। आज पहली बार दोनों में ‘उस बात की’ चर्चा हुई थी।

‘‘विश्वास नहीं होता तो मत करो। तुम तो सदा की तरह आज भी अन्धे थे, लेकिन मैं उनके हर शब्द को तोल रहा था’’ रास्कोलनिकोव ने मुस्कराकर कहा।

“तुम शक़्की आदमी हो, इसीलिए तुम उनके शब्दों को तोल रहे थे...हूँ, मैं यह मानता हूँ पोरफेरी की बातों का लहज़ा कुछ अजब था। वह कम्बख़्त ज़ेमेतोफ़ तो और भी ज़्यादा...तुम ठीक कहते हो, दाल में ज़रूर कुछ काला था, लेकिन क्यों?”

“उसने कल रात के बाद अपनी राय बदल ली है।”

“बिलकुल ग़लत! अगर ऐसी बेवकूफ़ी उसके दिमाग़ में आती तो वे ज़रूर उसे छिपाते ताकि तुम उनकी चालें न देख सको और वे तुम्हें बाद में पकड़ सकें...लेकिन यह सिर्फ़ उनकी धृष्टता और लापरवाही थी।”

“अगर उनके पास सबूत होते, या शक का कोई कारण होता तो वे मुझसे जानकारी हासिल करने के लिए अपना सन्देह छिपाते। लेकिन उनके पास एक भी सबूत नहीं है। यह सब निरी मरीचिका है। एक दिमाग़ी ख़्याल है, इसलिए वे मुझे गुस्ताख़ी से नीचा दिखाना चाहते हैं। उसे कोई सबूत नहीं मिला इसलिए चिढ़कर उसने मेरे सामने अपने मन की परेशानी बक दी...हो सकता है, उसके दिमाग़ में कोई और स्कीम हो, क्योंकि यह होशियार आदमी मालूम होता है। शायद वह झूठमूठ मुझे डराने की कोशिश कर रहा था। भाई इन लोगों की एक ख़ास मनोवृति होती है—इन बातों पर मुझे ग्लानि आती है। छोड़ो।”

"लेकिन यह कितनी अपमानजनक मनोवृत्ति है! मैं सब समझता हूँ। अच्छा हुआ, आख़िर आज हमने खुलकर ये बातें कर लीं। सच पूछो तो यह विचार उनके दिमाग़ में बहुत दिनों से है। विचार भी नहीं, मामूली शक। उससे क्या होता है? उनके पास शक का क्या आधार है? तुम नहीं जानते इस बात पर मैं उनसे कितना नाराज़ हुआ था! ज़रा सोचो तो सही कि ग़रीबी और मानसिक चिन्ताओं का मारा हुआ एक बिचारा विद्यार्थी, जो पागल होने के क़रीब है, जो शक्की, स्वाभिमानी और अहंकारी है, जिसने पिछले छै महीने से किसी से बात नहीं की और जो फटे-पुराने कपड़े और जूते पहनने के लिए मजबूर है, उससे अगर कोई मनहूस पुलिस-मैन गुस्ताख़ी से पेश आये और कर्ज़े की हुण्डी उसके मुँह पर दे मारे, विशेषकर जब वह सुबह से भूखा हो और नये रोगन की बू और भीड़ और गर्मी असह्य हो, तो ऐसी हालत में उसका बेहोश हो जाना क्या इतनी विचित्र बात है? मैंने उन्हें समझाया कि बुढ़िया की हत्या की ख़बर सुनकर तुम्हारे दिमाग़ पर सदमा पहुँचा था, लेकिन उन्हें तुम्हारी बेहोशी के दिन से ही सन्देह हो गया है। मैं जानता हूँ, इससे तुम्हें कितनी परेशानी हो रही होगी, लेकिन रोद्या अगर मैं तुम्हारी जगह होता तो उनका ख़ूब मज़ाक उड़ाता, उनके बदसूरत चेहरों पर थूकता और अन्धाधुन्ध मारपीट करता। जहन्नुम में जायें ये लोग! अपने दिल को कच्चा मत करो। यह बड़े शर्म की बात है।"

"यह ठीक ही तो कहता है।" रास्कोलनिकोव ने मन-ही-मन सोचा। लेकिन वह कटु स्वर में बोला, "जहन्नुम में जायें? लेकिन कल उन्होंने मुझे बुलाया जो है? मुझे क्या फिर उनसे बहस करनी पड़ेगी? मुझे अभी तक इस बात का रंज है कि कल मैंने रेस्तराँ में ज़ेमेतोफ़ को मुँह क्यों लगाया..."

"अमाँ यार हटाओ। मैं खुद जाकर पोरफेरी से सारी बात निकलवा लूँगा। आख़िर मैं उसका रिश्तेदार ठहरा! रही जोमेतोफ़ की सो..."

"अब इसकी समझ में बात आ गयी।" रास्कोलनिकोव ने मन-ही-मन सोचा।

सहसा राजुमिहीन ने उसके कन्धे झकझोर कर कहा, "ठहरो! तुम ग़लती पर हो, मैंने फिर अच्छी तरह सोचा है। भला इसमें उनकी क्या चाल थी? तुम कहते हो कि रोगनसाजी के बारे में उनका सवाल पूछना एक चाल थी। लेकिन अगर तुमने वह 'काम' किया होता तो क्या तुम कह सकते कि तुमने मज़दूरों को देखा था? बल्कि अगर तुमने देखा भी होता तो साफ़ मुकर जाते। भला अपने ख़िलाफ़ कौन गवाही देगा?"

"अगर मैंने 'वह काम' किया होता तो मैं ज़रूर कहता कि मैंने खुला हुआ फ़्लैट और मज़दूरों को देखा था।" रास्कोलनिकोव ने ग्लानिपूर्वक उत्तर दिया।

"लेकिन अपने ख़िलाफ़ क्यों कोई बात कहे?"

"इसलिए कि सिर्फ़ देहाती या नौसिखिये लोग ही जिरह में सब बातों से मुकर जाते हैं। लेकिन अगर किसी आदमी में ज़रा-सी भी अक़्ल है तो वह बाहरी सबूतों को स्वीकार कर लेगा और उनका अलग ही मतलब निकालेगा, और नये ढंग से सब बातों को पेश करेगा। पोरफेरी का शायद ख़्याल है कि मैं अपने को सच्चा साबित करने के लिए ऐसी ही कोई सफ़ाई दूँगा।"

"लेकिन अगर ऐसी बात होती तो वह तुमसे फौरन कहता कि मज़दूर हत्या से दो दिन पहले वहाँ नहीं मौजूद थे, इसलिए तुम हत्या के दिन आठ बजे वहाँ गये थे। इस तरह तो वह फौरन तुम्हें पकड़ सकता था।"

"उसने तो यही सोचकर मुझसे सवाल किया था। उसका ख़्याल था कि मुझे सोचने का वक़्त नहीं मिलेगा और मैं जो मुँह में आया सो कह दूँगा, और भूल जाऊँगा कि मज़दूर हत्या से दो दिन पहले वहाँ नहीं थे।"

"लेकिन तुम कैसे इस बात को भूल सकते थे? इससे आसान बात क्या हो सकती है? इन्हीं छोटी-छोटी बातों में तो चालाक से चालाक आदमी पकड़े जाते हैं। चालाक आदमी को कभी शक नहीं होता कि वह किसी छोटी बात में पकड़ा जा सकता है। पोरफेरी इतना मूर्ख नहीं है..."

अगर ऐसी बात है तो वह पक्का बदमाश है।

रास्कोलनिकोव को हँसी आ गयी। लेकिन उसे अपनी स्पष्टवादिता पर स्वयं ही हैरानी हो रही थी, क्योंकि इससे पहले वह जान-बूझ कर रोष और ग्लानि का अभिनय करता रहा था।

"मुझे इस बात में मज़ा आ रहा है।" उसने मन-ही-मन सोचा। सहसा किसी अप्रत्याशित विचार ने उसे बेचैन कर दिया। वे बेकालेव के फाटक के पास पहुँच गये थे।

"तुम अकेले भीतर चले जाओ! मैं अभी आ जाऊँगा।" उसने राजुमिहीन से कहा।

"तुम कहाँ जा रहे हो?"

"मुझे जाना ही होगा...मैं आधा घण्टे बाद लौटूँगा। जाकर उन्हें कह देना।"

"तुम जो मन में आये कहो, मैं भी तुम्हारे साथ चलूँगा।"

"तुम भी मुझे यन्त्रणा देना चाहते हो?" इन शब्दों में इतना आक्रोश और करुणा थी कि राजुमिहीन के हाथ अपने आप नीचे सरक गये। वह सीढ़ियों पर खड़ा उदास नज़रों से रास्कोलनिकोव को अपने घर की तरफ़ लौटते देखने लगा। उसने दाँत भींचकर और मुट्ठी तानकर क़सम खायी कि वह आज ही पोरफेरी को नीबू की तरह निचोड़कर रख देगा। वह सीढ़ियाँ चढ़कर ऊपर पहुँचा जहाँ रास्कोलनिकोव की माँ चिन्ता में बैठी उनकी प्रतीक्षा कर रही थी।

जब रास्कोलनिकोव घर पहुँचा तो उसके बाल पसीने से तर थे और वह हाँफ रहा था। अपने कमरे में पहुँचकर उसने भीतर से साँकल बन्द कर ली और अकारण ही भयभीत होकर वह दीवार के छेद को टटोलने लगा जिसमें उसने चीज़ें छिपाई थीं। अच्छी तरह टटोलने के बाद भी जब उसे वहाँ कुछ न मिला तो उसने खड़े होकर एक गहरी साँस ली। बेकालेव के घर पहुँचकर उसे ख़्याल आया था कि शायद बुढ़िया के हाथ का लिखा कोई पुर्जा, चेन या बटन ग़लती से उस दरार में रह गया हो जो बाद में उसके खिलाफ़ पक्का सबूत न बन जाये।

वह किसी गहरी सोच में खड़ा था। उसके ओठों पर एक विचित्र बेमानी और अपमानित व्यक्ति की-सी मुस्कान थी। आख़िर उसने अपनी टोपी उठाई और स्वप्निल मुद्रा में फाटक से बाहर निकला। इस समय उसके विचार उलझे हुए थे।

"लो ये ख़ुद ही आ गये।" किसी ने ऊँची आवाज़ में कहा।

उसने सर उठाकर देखा, सामने चौकीदार, एक नाटे अनजबी आदमी के साथ खड़ा था और उँगली से रास्कोलनिकोव की ओर इशारा कर रहा था। वह अजनबी देखने में औरत मालूम होता था। उसके हाथ में तेल से चिकनी एक टोपी थी। चेहरे की झुर्रियों से वह पचास से ऊपर मालूम होता था। उसकी आँखें चर्बी से ढँक गयी थीं, और उनमें से असन्तोष और कठोरता झलक रही थी।

"क्या बात है?" रास्कोलनिकोव ने चौकीदार से पूछा।

अजनबी ने रास्कोलनिकोव की तरफ़ ग़ौर से देखा और फिर चुपचाप फाटक के रास्ते बाहर सड़क पर चला गया।

"क्या बात है।" रास्कोलनिकोव चिल्लाया।

"यह आदमी अभी आपके बारे में पूछताछ कर रहा था। मैंने आपको आते देखा और आपकी ओर इशारा किया तो वह यहाँ से खिसक गया, कैसी विचित्र बात है?"

चौकीदार को भी कुछ हैरानी-सी हुई। वह कुछ सोचता हुआ अपनी कोठरी में चला गया।

रास्कोलनिकोव भागता हुआ अजनबी व्यक्ति को ढूँढ़ने गया। अजनबी नीची नज़रों से धीरे-धीरे सड़क पर चल रहा था। रास्कोलनिकोव कुछ देर तक उसका पीछा करता रहा, फिर उसके पास जाकर खड़ा हो गया। अजनबी ने उसकी ओर देखकर फिर आँखें नीची कर लीं। दोनों बिना कुछ कहे साथ-साथ चलते रहे।

"तुम चौकीदार से मेरे बारे में ...पूछताछ कर रहे थे?" रास्कोलनिकोव ने शान्त स्वर में पूछा।

अजनबी चुप रहा। उसने नज़र उठाकर देखा तक नहीं।

"तुमने...आकर मेरे बारे में पूछताछ की...और अब तुम चुप हो, आख़िर इसका मतलब क्या है?" रास्कोलनिकोव का गला भर्रा गया था।

अजनबी ने इस बार कुटिल अभियोगपूर्ण आँखों से रास्कोलनिकोव की ओर देखा और शान्त स्वर में कहा,

"हत्यारा।"

रास्कोलनिकोव की टाँगें क्षण भर के लिए लड़खड़ा गयीं और उसकी रीढ़ में ठण्डी सनसनी दौड़ गयी। उसके हृदय की गति रुक-सी गयी। अगले क्षण उसे लगा जैसे उसके हृदय से कोई भारी बोझ हट गया हो। सौ कदमों तक दोनों बिना बोले चुपचाप चलते रहे।

अजनबी ने उसकी ओर देखा तक नहीं।

"तुम्हारे कहने का क्या मतलब है?...कौन हत्यारा है?" रास्कोलनिकोव ने क्षीण स्वर में पूछा।

"तुम हत्यारे हो।" अजनबी ने दृढ़तापूर्वक कहा, और उसके ओंठो पर एक घृणाभरी मुस्कान दौड़ गयी। उसने रास्कोलनिकोव की भयभीत आँखों में आँखें डालकर देखा।

चौराहे पर पहुँचकर अजनबी बायीं तरफ़ मुड़ गया। रास्कोलनिकोव खड़ा उसकी तरफ़ देखता रहा। पचास कदम चलकर अजनबी ने फिर मुड़कर रास्कोलनिकोव की तरफ़ देखा। उसे लगा जैसे अजनबी के चेहरे पर वही घृणा भरी विजय की मुस्कान थी।

लड़खड़ाते हुए कदमों से रास्कोलनिकोव अपनी कोठरी में वापिस आया। उसका शरीर बिलकुल ठण्डा पड़ गया था। उसने अपनी टोपी उतारकर मेज़ पर रख दी और दस मिनिट तक बिना हिले-डुले खड़ा रहा। फिर पीड़ा से कराहता हुआ वह धम से सोफ़े पर लेट गया, और आध घण्टे तक इसी तरह लेटा रहा। वह इस समय कुछ सोच रहा था। उसके मन में विचारों के असम्बद्ध टुकड़े तैर रहे थे—बचपन में देखे हुए लोगों के चेहरे, गाँव के गिरजे का घण्टा, एक रेस्तराँ की मेज़ पर बिलियर्ड खेलते हुए कुछ अफ़सर, किसी तहख़ाने में बनी तम्बाकू की दुकान की गन्ध, सराय की एक कोठरी, गन्दे पानी और अंडों के छिलकों से भरा एक ज़ीना, इतवार की प्रार्थना की घंटियाँ—ये तस्वीरें तूफ़ान की तरह उसके मानस पटल पर चक्कर काट रही थीं। इनमें से कुछ तस्वीरें उसे इतनी पसन्द आयीं कि वह उन्हें मन में समेटने के लिए आतुर हो उठा। धीरे-धीरे ये तस्वीरें मध्यम पड़ गयीं और उसके मन में एक घुटन-सी छा गयी। लेकिन इस घुटन में भी आनन्द था। उसकी कँपकँपी अब भी ज़ारी थी, लेकिन यह कँपकँपी भी उसे सुखद मालूम हो रही थी। राजुमिहीन के कदमों की आहट सुनकर उसने आँखें मूँद लीं और सोने का बहाना किया। राजुमिहीन झिझक कर दरवाज़े में खड़ा रहा, फिर दबे पाँव आकर सोफ़े पर बैठ गया। उसने नस्तास्या की फुसफुसाहट सुनी, "इन्हें सोने दो, तंग मत करो। ये ख़ाना बाद में खा लेंगे।"

"ठीक है," राजुमिहीन दबे पाँव कमरे से बाहर चला गया और दोनों ने दरवाज़ा बन्द कर दिया। इसी तरह आधा घण्टा गुज़र गया। रास्कोलनिकोव दोनों हाथ सर के पीछे रखकर सोच रहा था–

"यह आदमी धरती फाड़कर कहाँ से निकल आया? यह उस समय कहाँ था? ज़रूर इसने अपनी आँखों से सब कुछ देखा होगा, लेकिन कहाँ से देखा होगा? यह अभी तक कहाँ छिपा बैठा था? क्या यह सम्भव है? हूँ..." उसे फिर कँपकँपी आने लगी। "निकोलाई को दरवाज़े के पीछे गहनों की ख़ाली डिबिया मिली, यह सम्भव है? ज़रा-सी असावधानी से आदमी अपने ख़िलाफ़ ढेरों सबूत जमा कर लेता है। मक्खियों के भी आँखे होती है। क्या यह सम्भव है?" उसे अपनी शारीरिक कमज़ोरी पर बड़ी चिढ़ हुई। "मुझे पहले ही सोच लेना चाहिए था। अपना स्वभाव जानते हुए, मैंने कुल्हाड़ी उठाकर ख़ून क्यों बहाया? मुझे पहले से मालूम होना चाहिए था।... आह, लेकिन मुझे मालूम तो था," वह दुखी स्वर में फुसफुसाया। सहसा एक नया विचार उसके मन में उठा।

"नहीं, असाधारण लोग मुझ जैसे कमज़ोर नहीं होते। ऐसे लोग जिन्हें रक्त का अधिकार है, तूलोन पर तूफ़ानी हमला करते हें, पैरिस में क़त्लेआम करते हैं, मिस्र में पूरी फौज को अपने भाग्य पर छोड़कर चले आते हैं, मास्को की चढ़ाई में पाँच लाख सैनिक बर्बाद कर देते हैं, वियना में एक मज़ाक से ही अपनी जान छुड़ा लेते हैं और उनके मरने के बाद बड़े बड़े स्मारक बनाये जाते हैं। ऐसे लोगों को सब कुछ माफ़ है। ये लोग हाड़-मांस के नहीं, बल्कि कांसे के बने होते हैं।"

सहसा एक अनर्गल विचार से उसे हँसी आ गयी। "नेपोलियन, पिरामिड, वाटरलू, खूसट-सी सूदख़ोर बुढ़िया और उसके पलँग के नीचे लाल सन्दूक...बकवास! पोरफ़ेरी पैत्रोविच को भी कैसा झूठ हज़म करना पड़ा! एक नेपोलियन किसी खूसट बुढ़िया के पलँग के नीचे घुसे–छिः छिः कैसी ग्लानि की बात है!"

उसे लगा, वह उत्तेजना में फिर प्रलाप करने लगा है। "बुढ़िया का मुझे कोई अफ़सोस नहीं। बुढ़िया का अस्तित्व ग़लत था, शायद वह समाज की बीमारी थी, लेकिन इससे क्या...मैं बाधाएँ दूर करने की जल्दी में था। मैंने किसी इन्सान की हत्या नहीं, बल्कि एक ग़लत सिद्धान्त की हत्या की। लेकिन मैं हत्या से आगे नहीं बढ़ सका। इस पार ही रह गया। शायद हत्या करने की भी मुझ में सामर्थ्य नहीं थी...सिद्धान्त? वह बेवकूफ़ राजुमिहीन समाजवादियों को क्यों गालियाँ दे रहा था? वे मेहनती और व्यवसायी जीव हैं। सबका सुख ही उनका नारा है। नहीं, मुझे ज़िन्दगी दुबारा नहीं मिलेगी। मैं 'सबके सुख' की प्रतीक्षा नहीं कर सकता। मैं अपने लिए जीना चाहता हूँ, नहीं तो जीने का क्या मतलब? मेरी माँ भूखों मर रही थी, मैं कैसे सबके सुख का इन्तज़ार करता? 'सबके सुख' में यही मेरा योग है।

इसलिए मेरे दिल का बोझ हल्का हो गया है। हा, हा, तुमने मुझे क्यों फिसलने दिया? ज़िन्दगी एक बार मिलती है। मेरी भी आकांक्षाएँ हैं...छिः...छिः मैं सिर्फ़ एक सौन्दर्यवादी जूँ हूँ...हाँ हाँ जूँ!" उसने पागलों की तरह हँसते हुए कहा, "क्योंकि मैं इस बात को जानता हूँ। इसलिए भी क्योंकि पिछले एक महीने से मैं भाग्यदेवता को परेशान करता आया हूँ। आओ मेरा कुकृत्य देखो! आओ मेरे गवाह बनो! ये कुकर्म मैं निजी स्वार्थ के लिए नहीं, बल्कि किसी ऊँचे आदर्श के लिए कर रहा हूँ, हा, हा, हा! तीसरा कारण यह है कि मैंने यह सब करने से पहले हर पहलू पर सोच-विचार लिया है। सारे जुँओं में से मैंने सबसे निकम्मी जूँ को चुना है और उसमें से उतना ही ख़ून निकाला है जितना मुझे पहला कदम उठाने के लिए चाहिए था। (उसकी वसीयत के मुताबिक़ उसकी सम्पत्ति एक मठ को मिलती)। हा, हा।" फिर उसने दाँत किटकिटाकर कहा, "इससे स्पष्ट हो गया कि मैंने जिस जूँ को मारा है, मैं उससे भी अधिक घृणित और निकृष्ट जूँ हूँ। इस बात को मैं पहले से ही जानता था कि मेरे मन में यह सब विचार उठेंगे। कैसी वाहियात बात है, कितनी नीचता है? नंगी तलवार लिए घोड़े पर सवार पैग़म्बर की बात मेरी समझ में आती है, 'हुक्म अल्ला का है, खिलक़त को मानना ही होगा।' पैग़म्बर अगर सड़क पर बारूद लगाकर मासूम और गुनहगारों को एक साथ उड़ा देता है, तो भी उसे किसी के आगे जवाबदेह नहीं होना पड़ता, क्योंकि वह जो भी करता है, सही करता है। दुनिया के लोगों, तुम्हारा काम हुक्म मानना है, ख्वाहिश करना नहीं...मैं उस बुढ़िया को कभी माफ़ नहीं कर सकता।"

उसके बाल पसीने में तर हो गये थे। उसके काँपते हुए ओंठ सूख गये थे। वह टकटकी बाँधे छत की ओर देख रहा था।

"माँ, बहन, मैं उन दोनों को कितना चाहता था! अब मुझे उनसे नफ़रत क्यों हो गयी? हाँ मुझे उनसे नफ़रत है। मैं उनके स्पर्श, सामीप्य तक को बर्दाश्त नहीं कर सकता...मैंने माँ का माथा चूमा था...उसे गले लगाते वक़्त यह सोचना कि कहीं उसे यह सब मालूम हो जाता,...तो क्या मैं उसे बता दूँ? शायद मैं यही न कर बैठूँ। हूँ...उस बुढ़िया की भी यही हालत हो रही होगी। मुझे उससे अब कितनी नफ़रत हो गयी है। अगर वह ज़िन्दा हो जाये तो मैं फिर उसे मार डालूँगा। बेचारी लिजावेता। वह बीच में क्यों आ गयी।...मुझे उसका कभी ख़्याल ही नहीं आया...लगता है मैंने उसे नहीं मारा। लिजावेता। सोनिया। बेचारी कोमल स्त्रियाँ...कोमल आँखों वाली... वे लोग रोती क्यों नहीं? चीख़ती-चिल्लाती क्यों नहीं...हिम्मत हार बैठती हैं...उनकी आँखें कोमल हैं...सोनिया! सोनिया! मासूम सोनिया।"

इसके बाद उसकी चेतना लुप्त हो गयी। वह कब और कैसे सड़क पर पहुँचा, यह भी उसे याद नहीं रहा। साँझ के झुटपुटे में पूर्णिमा का चाँद उग आया था,

लेकिन हवा में एक अजब बेचैनी थी। मज़दूरों और दुकानदारों की भीड़ घर लौट रही थी। बहुत से लोग बाहर घूमने के लिए निकले थे। चारों और धूल, मिट्टी और सड़े हुए पानी की बू आ रही थी। रास्कोलनिकोव यह तो महसूस कर रहा था कि वह किसी विशेष प्रयोजन से कहीं जा रहा है, लेकिन वह प्रयोजन क्या है, यह वह भूल गया था। सहसा सड़क के उस पार एक आदमी को देखकर वह ठिठक गया। वह आदमी हाथ के इशारे से उसको बुला रहा था। जब रास्कोलनिकोव सड़क पार करके उसके पास पहुँचा तो वह आदमी पीठ मोड़कर आगे चल पड़ा। रास्कोलनिकोव ने सोचा, क्या सचमुच उसने मुझे बुलाया था? लेकिन उसने फिर उस अजनबी का पीछा किया। नज़दीक पहुँचकर उसने देखा कि वह तो वही सुबह वाला आदमी था, जिसने उसे हत्यारा कहा था। वह धड़कते हुए दिल से अजनबी का पीछा करने लगा। अजनबी ने एक बार भी मुड़कर पीछे नहीं देखा। "क्या इसे मालूम है कि मैं इसका पीछा कर रहा हूँ?" रास्कोलनिकोव ने सोचा। अजनबी एक मोड़ के बाद एक बड़े से मकान के फाटक में घुस गया। रास्कोलनिकोव को लगा कि वह फिर उसे इशारा कर रहा है। लेकिन वह आदमी ज़ीने में ग़ायब हो गया था। रास्कोलनिकोव उसके पीछे-पीछे दौड़ा। उसे ज़ीना परिचित सा लगा। पहली मंज़िल की खिड़की में से चाँद का रहस्मय प्रकाश छनकर भीतर आ रहा था। फिर वह दूसरी मंज़िल पर पहुँचा। वाह! यह वही फ़्लैट था, जिसमें रंगसाज़ काम कर रहे थे।...लेकिन उसने पहले फ़्लैट को क्यों नहीं पहचाना? अजनबी के कदमों की आहट रुक गयी थी। "वह ज़रूर कहीं छिप गया है।" तीसरी मंज़िल भी आ गयी। क्या अब उसे और आगे जाना चाहिए? ज़ीने में एक भयंकर निस्तब्धता छायी थी...लेकिन वह सीढ़ियाँ चढ़ता गया। उसे अपनी पदचाप सुनकर डर लग रहा था "कितना अँधेरा! वह आदमी ज़रूर यहीं किसी कोने में छिपा होगा। आह!" फ़्लैट का दरवाज़ा खुला था। उसे भीतर जाने में हिचकिचाहट हुई। भीतर अँधेरा था। लगता था जैसे सारा सामान वहाँ से हटा दिया गया है। वह पंजों के बल चलकर भीतर बैठक में पहुँचा। सब चीज़ें ज्यों की त्यों रखी थीं। कुर्सियाँ, आईना, पीला सोफ़ा और फ्रेम में जड़ी तस्वीरें। खिड़कियों में से गोल ताँबे के रंग का चाँद झाँक रहा था। "इसी चाँद ने वातावरण को इतना रहस्यमय बना दिया है।" रास्कोलनिकोव ने सोचा। वह बहुत देर तक खड़ा इन्तज़ार करता रहा। उसके दिल की धड़कन बढ़ गयी थी। सहसा उसे काँच के चटकने की आवाज़ सुनायी दी। इसके बाद फिर निस्तब्धता छा गयी। एक भिनभिनाती हुई मक्खी आकर खिड़की के शीशे पर बैठ गयी। उसी समय रास्कोलनिकोव की दृष्टि खिड़की और अलमारी के बीच लटके हुए लबादे पर गयी। वह सोचने लगा "यह लबादा यहाँ कैसे आया? यह पहले तो यहाँ नहीं था।" उसने आगे बढ़कर लबादे को हटा दिया। कोने में रखी कुर्सी पर बुढ़िया अपना चेहरा छिपाये बैठी थी।

यह वही बुढ़िया थी। वह उसके सिरहाने खड़ा सोच रहा था, “बुढ़िया डर रही है।” उसने कोट के भीतर से कुल्हाड़ी निकाली और बुढ़िया के सिर पर दो वार किये, लेकिन बुढ़िया हिली-डुली तक नहीं। रास्कोलनिकोव ने झुककर ग़ौर से उसका चेहरा देखना चाहा। लेकिन बुढ़िया ने अपना सिर नीचे कर दिया। रास्कोलनिकोव ने कुरसी के नीचे से झाँक कर बुढ़िया के चेहरे की ओर देखा। वह आहिस्ता आहिस्ता हँस रही थी। रास्कोलनिकोव का शरीर आतंक से ठंडा पड़ गया। सहसा उसे कमरे का दरवाज़ा खुलता-सा लगा। भीतर से किसी के हँसने और फुसफसाने की आवाज़ आ रही थी। उसने विक्षिप्त होकर पूरी ताक़त से कुल्हाड़ी का वार किया। इस पर हँसी और फुसफसाहट और भी तेज़ हो गयी और बुढ़िया प्रसन्नता से गद्‌गद होकर झूमने लगी। वह भागकर बाहर जाने लगा, लेकिन रास्ते में बहुत भीड़ जमा हो गयी थी। सब फ़्लैटों के दरवाज़े खुल गये थे और हर तरफ़ लोगों के सर ही सर नज़र आते थे। सब लोग चुपचाप किसी बात की प्रतीक्षा कर रहे थे। रास्कोलनिकोव की टाँगें पत्थर की तरह भारी हो गयीं। उसके दिल को जैसे किसी ने जकड़ लिया...एक चीख़ के साथ वह उठ बैठा।

उसने एक गहरी साँस ली—लेकिन उसका सपना अब भी चल रहा था। सहसा दरवाज़ा खुला और एक अजनबी उसके सामने आकर खड़ा हो गया। रास्कोलनिकोव आँखें बन्द करके लेटा रहा।

“क्या मैं अब भी सपना देख रहा हूँ?” यह सोचकर उसने आँखें खोलीं। अजनबी अब भी खड़ा उसकी ओर ग़ौर से घूर रहा था।

अजनबी ने सावधानी से कमरे का दरवाज़ा बन्द कर दिया और दबे पाँव आकर सोफ़े के पास रखी कुरसी पर बैठ गया। उसने अपना हैट उतारकर फ़र्श पर रख दिया। साफ़ ज़ाहिर था कि वह कितनी भी देर तक इन्तज़ार करने का इरादा करके बैठा है। रास्कोलनिकोव ने कनखियों से देखा कि वह दुहरे बदन का अधेड़ गोरा-चिट्टा आदमी था इसी तरह दस मिनट बीत गये। कमरे में अँधेरा बढ़ रहा था। ज़ीने में निस्तब्धता छायी थी। सिर्फ़ एक मक्खी की भिनभिनाहट बार-बार सुनायी दे रही थी। जब वह ख़ामोशी असह्य हो गयी तो रास्कोलनिकोव उठकर सोफ़े पर बैठ गया।

“बताओ तुम क्या चाहते हो?”

“मैं जानता था कि तुम जान-बूझ कर सोने का बहाना कर रहे हो,” अजनबी ने विचित्र ढंग से हँसते हुए कहा। “मेरा नाम आर्केदी इवानोविच स्वीद्रीगाईलोव है...”

चौथा भाग

1

रास्कोलनिकोव ने एक बार फिर सोचा, "क्या में सपना देख रहा हूँ?" उसने सन्दिग्ध नज़रों से आगन्तुक की तरफ़ देखा।

"स्वीद्रीगाईलोव! यह झूठ है। ऐसा कभी नहीं हो सकता।" उसने विस्मित स्वर में कहा।

आगन्तुक ने बिना किसी परेशानी के उत्तर दिया, "मैंदो कारणों से यहाँ आया हूँ। मैंने तुम्हारे बारे में बहुत-सी दिलचस्प बातें सुनी हैं, इसलिए मैं तुमसे परिचय करना चाहता था। इसके अलावा मैं एक मामले में तुम्हारी सहायता चाहता हूँ जिसका तुम्हारी बहन अवदोत्या रोमानोवूना से सम्बन्ध है। अब शायद वह मुझे पास तक नहीं फटकने देगी, वह मुझसे सख़्त नाराज़ है, लेकिन तुम्हारी सहायता से मैं ज़रा..."

"तुम्हारा ख़्याल ग़लत है।" रास्कोलनिकोव ने बीच में टोककर कहा।

"क्या वे लोग कल यहाँ पहुँचे थे?"

रास्कोलनिकोव चुप रहा।

"मैं जानता हूँ, वे कल पहुँचे थे। मैं एक दिन पहले आ गया था। सच पूछो तो रोदियोन रोमनोविच, मैं अपनी सफ़ाई हरगिज़ नहीं देना चाहता, लेकिन इस मामले में मेरा जो क़सूर था, वह तुम्हें बताना चाहूँगा।"

रास्कोलनिकोव चुपचाप आगन्तुक का मुँह ताकता रहा।

"तुम सोचते होगे कि मैंने एक आश्रयहीन लड़की पर मिथ्यारोप किया और अपने 'अनैतिक प्रस्ताव' द्वारा उसे अपमानित किया, यही न? लेकिन में भी आख़िर इन्सान हूँ। मुझे भी किसी से प्रेम हो सकता है (प्रेम करना न करना किसी के बस की बात तो नहीं है) सवाल है कि क्या मैं राक्षस हूँ या ख़ुद भी परिस्थितियों का शिकार हूँ? अगर मैंने तुम्हारी बहन से अमेरिका या स्विटज़रलैंड जाने का प्रस्ताव किया था, तो उसके पीछे आदर की भावना थी। तुम जानते हो कि विवेक भावुकता का गुलाम है। अगर देखा जाये तो सबसे ज़्यादा नुक़सान तो मैं अपना ही कर रहा था।"

रास्कोलनिकोव ने चिढ़कर कहा, "तुम अच्छे हो या बुरे—इससे हम लोगों को कोई सरोकार नहीं है। हमें तुमसे नफ़रत है, इसलिए हम तुमसे कोई सम्बन्ध नहीं रखना चाहते। निकल जाओ यहाँ से।"

स्वीद्रीगाईलोव हँसने लगा, "तुम पकड़ में आने वाले आदमी नहीं हो। मेरा ख़्याल था कि तुम पकड़ में आ जाओगे लेकिन तुमने तो फौरन सीधा रास्ता पकड़ लिया।"

"फिर तुम मुझे पकड़ने की कोशिश क्यों कर रहे हो?

"इसमें क्या हर्ज़ है। फ्रांसीसी लोग इसी को प्यारी ग़लतफ़हमी कहते हैं...लेकिन तुम बार-बार बीच में मुझे क्यों टोक रहे हो? अगर बाग वाली घटना न होती तो इतनी कटुता न बढ़ती। मार्फ़ा पैत्रोवना..."

"सुनते हैं, तुमने मार्फ़ा पैत्रोवना से भी पिंड छुड़ा लिया है।" रास्कोलनिकोव ने उद्दण्डतापूर्वक पूछा।

"अच्छा तो तुम्हें यह ख़बर भी मिल गयी?...तुम्हारे सवाल के जवाब में मुझे कुछ नहीं कहना। मेरी अन्तरात्मा साफ़ है। यह मत समझो कि मैं डर रहा हूँ। डॉक्टरी परीक्षा में मालूम हुआ कि मार्फ़ा पैत्रोवना की मृत्यु खाने के फौरन बाद स्नान करने और शराब की बोतल पीने के कारण हुई थी। लेकिन जानते हो मैं ट्रेन में बैठा सोच रहा था कि इस मामले में क्या मेरी नैतिक ज़िम्मेदारी नहीं थी? लेकिन मैं इस नतीज़े पर पहुँचा हूँ कि मेरी यह शंका निर्मूल है।"

रास्कोलनिकोव को हँसी आ गयी।

"देखता हूँ तुम्हें व्यर्थ ही परेशानी हो रही है," उसने कहा।

"लेकिन तुम हँसे क्यों? मैंने सिर्फ़ दो बार उसे कोड़ा छुआया था, लेकिन उसके शरीर पर निशान तक नहीं पड़े...मुझे हृदयहीन मत समझना। मैं जानता हूँ मैंने कितनी वहशत दिखायी है, लेकिन मार्फ़ा पैत्रोवना को मेरी आशिकमिज़ाजी पर कोई एतराज़ नहीं था। तुम्हारी बहन का सारा क़िस्सा उसे मालूम था। वह शहर में मुँह दिखाने के क़ाबिल नहीं रही थी। तुमने सुना ही होगा कि उसने ख़त दिखाकर लोगों की नाक में कितना दम किया था। इसके बाद उसने बाहर जाने के लिए गाड़ी तैयार करवाई...कई स्त्रियों को अपना अपमान करवाने में बड़ा आनन्द मिलता है और वे झूठ-मूठ ही क्रोध का अभिनय करती हैं। क्या तुमने इस बात पर ग़ौर किया है कि सभी इन्सानों में यह प्रवृति पायी जाती है? लेकिन विशेषकर औरतों का तो वह एकमात्र मनोरंजन है।"

रास्कोलनिकोव के मन में आया कि वह उठकर बाहर चला जाये लेकिन किसी कौतूहलवश वह वहीं रुका रहा। "तुम्हें झगड़ने का शौक़ है?" उसने लापरवाही से पूछा।

"ख़ास नहीं,, मार्फ़ा पैत्रोवना में और मुझ में बहुत कम झगड़ा होता था।

वह मुझसे ख़ुश थी। सात बरसों में सिर्फ़ दो बार मैंने कोड़ा उठाया था। एक बार शादी के दो महीने बाद जब हम देहात से लौटे थे और आख़िरी बार जब हमारा झगड़ा हुआ था। तुम मुझे राक्षस, दक़ियानूस और ज़ालिम समझते हो? हा! हा! रोदियोन रोमनोविच तुम्हें याद है, कुछ बरस पहले अख़बारों में एक ज़मींदार के बारे में ख़बर छपी थी, जिसने रेलगाड़ी में एक जर्मन महिला की पिटाई की थी (तुम्हें याद है 'मिस्र की रातें', काली आँखें, आदि अख़बार? आह हमारी जवानी के वे सुनहरे दिन कहाँ गये?)। रही उस ज़मींदार की बात, सो मुझे उससे हमदर्दी नहीं, लेकिन कई बार ऐसी जर्मन महिलाओं से पाला पड़ ही जाता है। लेकिन किसी ने इस दृष्टि कोण से समस्या पर विचार नहीं किया। मैं विश्वास दिलाता हूँ कि मात्र केवल यही मानववादी दृष्टिकोण है।"

यह कहकर स्वीद्रीगाईलोव ज़ोर से हँस पड़ा। रास्कोलनिकोव भाँप गया कि वह अपने निश्चय का पक्का आदमी है। उसने पूछा, "मालूम होता है, कुछ दिनों से तुमने किसी से बातचीत नहीं की है।"

"शायद ही किसी से की हो। तुम्हें मेरी अवसर के अनुकूल व्यवहार करने की क्षमता पर आश्चर्य हो रहा है।"

"देख रहा हूँ कि तुम ज़रूरत से ज़्यादा ऐसी क्षमता रखते हो।"

"क्या इसलिए कि मैंने तुम्हारे धृष्टतापूर्ण सवालों पर बुरा नहीं मनाया? लेकिन इसमें आदमी बुरा क्यों मनाये? उसने स्वप्निल स्वर में कहा, "ज़िन्दगी में मेरी अब कोई दिलचस्पी नहीं रही...तुम सोचते होगे कि मैं किसी विशेष स्वार्थ के कारण ऐसा कह रहा हूँ, क्योंकि मैंने तुम्हारी बहन से मिलने की इच्छा प्रकट की थी। लेकिन सच पूछो तो मैं ज़िन्दगी से ऊब गया हूँ, विशेषकर पिछले तीन दिनों से...रोदियोन रोमनोविच, तुमसे मिलकर मुझे बड़ी ख़ुशी हुई, लेकिन तुम कुछ खोये-खाये से नज़र आते हो। कोई न कोई माजरा ज़रूर है। अच्छा अच्छा चिढ़ो मत! मैं यह चर्चा बन्द किये देता हूँ। इतना वहशी नहीं हूँ जितना तुम समझते हो।"

रास्कोलनिकोव ने संजीदा ढंग से उसकी ओर देखकर उत्तर दिया, "तुम शायद वहशी क़तई नहीं हो—मेरे ख़्याल में तो तुम बड़े सम्भ्रान्त व्यक्ति हो, कम से कम तुम्हें इसका अभिनय करना तो ख़ूब आता है।"

स्वीद्रीगाईलोव ने शुष्क और कठोर स्वर में कहा, "मुझे किसी की परवाह भी नहीं है। जब बेहूदेपन कही आड़ में सब कुछ छिप जाता है तो बेहूदा होने में क्या हर्ज़ है? विशेषकर जब किसी की स्वाभाविक प्रवृति भी वैसी ही हो?" यह कहकर उसे हँसी आ गयी। "लेकिन तुम यहाँ अकेले तो नहीं हो। मैंने सुना है, यहाँ बहुत लोगों से तुम्हारी जान-पहचान है। बिना प्रयोजन के तुम भला मुझसे मिलने क्यों आने लगे?" रास्कोलनिकोव ने पूछा।

"यह सच है कि मेरे यहाँ बहुत से दोस्त हैं। कइयों से तो चलते-फिरते मेरी मुलाकात भी हो चुकी है। पिछले तीन दिनों से मैं शहर में घूमता रहा हूँ, यह सब तो स्वाभाविक ही है। मेरी गिनती खाते-पीते लोगों में होती है। मैं बढ़िया कपड़े पहनता हूँ। मेरी जायदाद में जंगल और चारागाहें अधिक हैं, इसलिए दासों की मुक्ति से मेरी आमदनी में कोई फ़र्क़ नहीं आया—लेकिन मैं उन दोस्तों से मिलने नहीं जाऊँगा—मेरा मन उनसे कभी का ऊब चुका है।...यह कैसा बेहूदा शहर है? भला यह शहर अस्तित्व में कैसे आया, यह तो बताओ! यहाँ अफ़सरों और सब क़िस्म के विद्यार्थियों की भरमार है। आठ बरस पहले जब मैं यहाँ आया था, तब बहुत-सी बातों की तरफ़ मेरा ध्यान तक नहीं गया था।...अब तो सिर्फ़ शरीर-सौन्दर्य में आशा बाक़ी है, ईश्वर की सौगन्ध।"

"शरीर-सौन्दर्य?"

"रहे दुसात, परेड और प्रोग्रेस आदि क्लब, इनमें मैं न भी जाऊँ तो ये चलते रहेंगे। इसके अलावा कौन आदमी पत्तेबाज़ बनना चाहता है?"

"तो क्या तुम कभी पत्तेबाज़ भी रहे हो?"

"रहता कैसे न! आठ बरस पहले हमारी यहाँ पूरी मण्डली थी, जिसमें समाज के गिने-चुने आदमी थे—कवि, जायदादों के मालिक, अभिजातवर्ग के लोग। क्या तुमने कभी इस बात पर ग़ौर किया है कि हमारे रूसी समाज में सिर्फ़ मात खाये लोग ही शिष्ट होते हैं! देहात में जाकर मैं अपना व्यक्तित्व गँवा बैठा हूँ। मैं कर्ज़ न चुका सकने की वजह से जेल हो आया हूँ—नेज़िन के एक नीच यूनानी ने मुझे फँसा दिया था। इसी मौक़े पर आकर मार्फ़ा पैत्रोवना ने मुझे तीस हज़ार चाँदी के सिक्कों में ख़रीद लिया (मुझ पर सत्तर हज़ार का कर्ज़ था)। हम दोनों ने शादी कर ली और वह मुझे देहात में ले गयी। तुम्हें मालूम है कि मुझ से उम्र में पाँच बरस बड़ी थी। वह मुझे बहुत चाहती थी। सात बरस तक मैं गाँव से निकला तक नहीं, जानते हो, उसने तीस हज़ार रूबल का प्रोनोट जान-बूझ कर सँभाल रखा था, ताकि अगर मैं ज़रा-सी चूँ-चपड़ करूँ तो फौरन शिकंजे में जकड़ा जाऊँ। औरतें सब कुछ कर सकती हैं।"

"अगर प्रोनोट न होता, तो क्या तुम उसे धोखा देते?"

"मैं ठीक से नहीं कह सकता, लेकिन मेरे संयम का कारण प्रोनोट हरगिज़ नहीं था। दरअसल मैं खुद कहीं नहीं जाना चाहता था, मुझे ऊबा देखकर मार्फ़ा पैत्रोवना ने खुद मुझे विदेश जाने के लिए ज़ोर दिया, लेकिन न जाने क्यों विदेश जाकर मेरा मन ख़राब हो जाता है। नेपल्स की खाड़ी में सूर्योदय देखकर मन में उदासी छा जाती है। सचमुच की उदासी! नहीं, इससे तो घर रहना बेहतर है। कम से कम दूसरों पर दोषारोपण करके खुद आदमी दोषमुक्त तो हो सकता है। शायद मुझे उत्तरी ध्रुव की

यात्रा करनी चाहिए थी, अब सिवा शराब पीने के कोई शौक बाक़ी नहीं रहा। मैंने सुना है अगले इतवार को बर्ग पासूपोन गार्डन से गुब्बारा लेकर उड़ेगा और टिकट लगाकर और यात्रियों को भी साथ ले जायेगा। क्या यह सच है?"

"क्या तुम भी गुब्बारे में उड़ोगे?"

"मैं... नहीं नहीं," कहकर स्वीद्रीगाईलोव किसी गहरी सोच में पड़ गया।

रास्कोलनिकोव सोचने लगा, "क्या यह जो कह रहा है, सच है?"

स्वीद्रीगाईलोव ने संजीदा स्वर में कहना शुरू किया, "प्रोनोट की वजह से मैं चुप नहीं था। पिछले बरस मार्फ़ा पेत्रोवना ने वह प्रोनोट मुझे लौटा दिया था, साथ में एक बहुत बड़ी रकम भी भेंट की थी। तुम जानते हो, वह कितनी धनी थी। वह कहा करती थी, "देखा आर्केदी इवानोविच, मुझे तुम पर कितना भरोसा है!" मैं ही उसकी जायदाद की देखभाल करता था। आस-पास के इलाक़ों के लोग मुझे अच्छी तरह जानते थे। मैं अपने लिए शहर से बहुत ही किताबें मँगवाया करता था। मार्फ़ा पैत्रोवना ने पहले तो स्वीकृति दे दी, बाद में उसे मेरे अध्ययन से डर लगने लगा।"

"तुम्हें मार्फ़ा पैत्रोवना की बहुत याद आती है?"

"शायद, हाँ सचमुच आ रही है, लेकिन यह बताओ, क्या तुम्हें भूत-प्रेतों में विश्वास है?"

"कौन से भूत-प्रेत?"

"साधारण भूत-प्रेत।"

"तुम्हें उनमें विश्वास है?"

"है भी और नहीं भी, निश्चित रूप से कुछ कहना कठिन है।"

"तुमने भूत देखे हैं?"

स्वीद्रीगाईलोव ने विचित्र ढंग से मुस्कराते हुए कहा, "मार्फ़ा पैत्रोवना मुझसे मिलने आती है।"

"क्या मतलब?"

"वह तीन बार आ चुकी है। जब उसे दफ़नाया गया तो उसके एक घण्टे बाद ही वह नज़र आयी। परसों तड़के जब मैं सफ़र कर रहा था तो मलाया विशेरा के स्टेशन पर वह नज़र आयीं और अभी दो घण्टे पहले मैंने उसे देखा था।"

"क्या तुम जाग रहे थे?"

"हाँ, मैं एकदम जागा हुआ था। वह हर बार आकर एक मिनट के लिए मुझसे कुछ कहती है और फिर दरवाज़े की तरफ़ निकल जाती है।"

"न जाने क्यों मैं यह बात पहले ही भाँप गया था।" रास्कोलनिकोव के मुँह से हठात् निकल गया। उसे स्वयं अपनी बात पर ताज्जुब होने लगा।

"क्या कहा? मैंने क्या यह नहीं कहा था कि हम दोनों में कोई न कोई बात सांझी है।"

"तुमने यह कभी नहीं कहा।" रास्कोलनिकोव ने आवेश में आकर कहा।

"नहीं कहा?"

"नहीं"

"मेरा ख़्याल है कि मैंने कहा था। जब मैंने यहाँ आकर तुम्हें आँखें मूँद कर सोने का बहाना करते हुए देखा तो मैंने मन-ही-मन में कहा, "यही वह आदमी है।"

"यही वह आदमी है'' से क्या मतलब। तुम क्या बक रहे हो?" रास्कोलनिकोव ने चिल्लाकर पूछा।

"मतलब तो मैं खुद ही नहीं जानता।" स्वीद्रीगाईलोव ने घबरा कर उत्तर दिया।

क्षणभर के लिए दोनों चुप रहे। दोनों एक-दूसरे की ओर घूर रहे थे।

"यह सब बकवास है भला मार्फ़ा पैत्रोवना आकर तुमसे क्या कहती है?" रास्कोलनिकोव ने चिढ़कर पूछा।

"वह आकर फ़िज़ूल की बातें करती है, मर्द लोगों का स्वभाव भी विचित्र होता है, मुझे भी गुस्सा आ जाता है। पहली बार जब वह आयी (मैं दो घण्टे पहले उसे दफ़ना कर आया था और थकान से चूर हो रहा था—अपनी लाइब्रेरी में आकर मैंने एक सिगार सुलगाई थी और कुछ सोच रहा था) आते ही उसने कहा, "आर्केदी इवानोविच आज तुम इतने व्यस्त रहे कि खाने के कमरे की घड़ी में चाबी देना भी भूल गये।" पिछले सात बरसों से लगातार मैं हर हफ़्ते घड़ी में चाबी देता आया था। जब कभी मैं भूल जाता था तो वह मुझे याद दिला देती थी। अगले दिन तड़के जब मैं सफ़र कर रहा था तो मैंने देखा कि मार्फ़ा पैत्रोवना ताश के पत्ते हाथ में लिए मेरे साथ बैठी थी। "आर्केदी इवानोविच, तुम्हारी यात्रा का शक़ुन अपशक़ुन बताऊँ" वह ज्योतिष में बहुत निपुण थी, मुझे अफ़सोस है कि मैंने उससे राय क्यों नहीं ली। इसी समय घण्टी बजी और गाड़ी चल पड़ी। आज बाज़ार से खाना खाने के बाद मैं बैठा सिगरेट पी रहा था, सहसा मार्फ़ा पैत्रोवना बढ़िया हरे सिल्क की पोशाक पहन कर आयी। आते ही उसने कहा, "नमस्कार आर्केदी इवानोविच तुम्हें मेरी पोशाक पसन्द आयी? अनिस्का ऐसी पोशाक नहीं तैयार कर सकती" (अनिस्का हमारे गाँव के एक दास की सुन्दर लड़की थी जो मास्को से दर्ज़ी का काम सीखकर आयी थी) मैंने ग़ौर से उसकी पोशाक की तरफ़ देखा और कहा, "मार्फ़ा पैत्रोवना तुम ज़रा-ज़रा-सी बात पर मुझ से मिलने क्यों आती हो?" उसने उत्तर दिया, "हे ईश्वर! तुम किसी को अपने पास नहीं आने दोगे।" उसे चिढ़ाने के लिए मैंने कहा, "मार्फ़ा पैत्रोवना मैं फिर शादी करना चाहता हूँ।" "तुम हो ही ऐसे आर्केदी इवानोविच। लेकिन अभी तुम अपनी पहली पत्नी को दफ़ना कर आये हो, अभी से नयी दुल्हन की खोज क्या तुम्हें शोभा देगी? काश तुम कोई अच्छी पत्नी ढूँढ़ सकते?

मैं जानती हूँ सारी दुनिया तुम पर हँसेगी और तुम नयी पत्नी के साथ सुखी नहीं रह सकोगे।" यह कहकर वह चली गयी। यह ख़ुराफ़ात है न।

रास्कोलनिकोव ने टिप्पणी की, "कहीं तुम झूठ तो नहीं बोल रहे?"

"मैं बहुत कम झूठ बोलता हूँ।" स्वीद्रीगाईलोव ने संजीदगी से उत्तर दिया।

"क्या इससे पहले भी तुम्हें प्रेत दिखायी दिए हैं?"

"हाँ देखे हैं। सिर्फ़ एक बार छः बरस पहले मेरा फ़िल्का नाम का एक दास था। उसे दफ़नाने के बाद ही मेरे मुँह से निकला, "फ़िल्का मेरा पाइप लाओ।" उसने आकर अलमारी से मेरा पाईप निकाला। मैंने मन-ही-मन कहा, "वह बदला लेने के लिए आया है।" उसके मरने से कुछ ही पहले हमारा झगड़ा हुआ था। मैंने उसे डाँटा "चले जाओ यहाँ से, बदमाश कहीं के! तुम्हारी कोहनी में इतना बड़ा छेद है, तुम्हें मेरे सामने आते शर्म नहीं आती?" उस दिन के बाद से वह कभी नहीं आया। मार्फ़ा पैत्रोवना से मैंने इस घटना की चर्चा नहीं की। मैं फ़िल्का की आत्मा की शान्ति के लिए गिर्जे में गीत गवाना चाहता था, लेकिन मुझे शर्म महसूस हुई।"

"तुम्हें जाकर किसी डॉक्टर को दिखाना चाहिए।"

"मैं जानता हूँ कि मेरी तबियत ठीक नहीं है, लेकिन मैं तो तुमसे पाँच गुना ताक़तवर हूँ, लेकिन मैंने तो तुमसे नहीं पूछा कि तुम भूत-प्रेतों में विश्वास करते हो या नहीं।"

"मैं यह हरगिज़ नहीं मान सकता।" रास्कोलनिकोव क्रोध से चिल्लाया।

स्वीद्रीगाईलोव बड़बड़ाने लगा, "लोग कहते हैं कि बीमार आदमी की कल्पना शक्ति बढ़ जाती है, इसलिए उसे ऐसी चीज़ें दिखायी देने लगती हैं। लेकिन यह असंगतिपूर्ण युक्ति है। मैं मानता हूँ कि सिर्फ़ बीमार लोगों को ही प्रेत दिखायी देते हैं, लेकिन इससे सिद्ध हो जाता है कि सिवा बीमार व्यक्तियों के कोई उन्हें नहीं देख सकता। इससे उनका अस्तित्व प्रमाणित हो जाता है।"

"बिलकुल नहीं," रास्कोलनिकोव ने खीजकर कहा।

"नहीं? क्या कहा? लेकिन तुम इस तर्क का क्या जवाब दोगे कि भूत-प्रेत एक अलग दुनिया के ताने-बाने हैं, जिन्हें देखने का एक स्वस्थ आदमी को मौक़ा ही नहीं मिलता, क्योंकि वह इस धरती का वासी है और प्रकृति के विधान के मुताबिक़ उसे दूसरी दुनिया से कोई सरोकार नहीं हो सकता। लेकिन बीमारी के आते ही धरती के बन्धन टूटने लगते हैं और व्यक्ति दूसरी दुनिया का साक्षात्कार करने लगता है। बीमारी जितनी गम्भीर होती जाती है, उतना ही दूसरी दुनिया से सम्पर्क होता जाता है। मृत्यु के साथ ही व्यक्ति सीधा दूसरी दुनिया में पहुँच जाता है। मैं यह सब बातें बहुत पहले से जानता हूँ। तुम्हें अगर मृत्योपरान्त के जीवन में विश्वास है तो तुम इन सब बातों को समझने लगोगे।"

"मुझे मृत्युपरान्त जीवन में विश्वास नहीं है।" रास्कोलनिकोव ने कहा।

स्वीद्रीगाईलोव फिर किसी सोच में डूब गया। सहसा उसने कहा, "मान लो अगली दुनिया में सिर्फ़ मकड़े ही मकड़े हुए तब?"

"यह आदमी निरा पागल है," रास्कोलनिकोव ने सोचा।

"हम लोग चिरन्तन को कल्पना से परे की वस्तु समझते हैं, जो बहुत बड़ी है। लेकिन क्या ज़रूरी है कि वह इतनी विशाल हो? कई बार मैं सोचता हूँ कि चिरन्तन एक छोटा सा कमरा है, जिसमें अँधेरा और सीलन है, जिसकी दीवारों में मकड़ी के जाले लगे हैं—बिलकुल देहात के गुसलख़ाने की तरह।"

"इससे ज़्यादा आरामदेह और न्यायोचित स्थान की कल्पना तुम क्यों नहीं कर सकते?" रास्कोलनिकोव ने पीड़ित स्वर में कहा।

"न्यायोचित? हम कैसे कह सकते हैं कि यह न्यायोचित नहीं है? कम से कम मेरे बस में होता तो मैं ऐसा ही करता।" स्वीद्रीगाईलोव ने मुस्कराकर कहा।

यह सुनकर रास्कोलनिकोव को ठंडी कँपकँपी आने लगी। स्वीद्रीगाईलोव उसकी तरफ़ देखकर हँसने लगा, "ज़रा सोचो तो सही। आध घण्टे पहले हम एक-दूसरे के लिए अपरिचित थे और एक-दूसरे को दुश्मन समझते थे। अभी एक बहुत बड़ी समस्या सुलझाने को पड़ी है और उसे भूलकर हम आध्यात्मिक चर्चा में लग गये हैं। मैंने कहा था न कि हम दोनों एक ही थैली के चट्टे-बट्टे हैं।"

रास्कोलनिकोव ने खीजकर कहा, "कृपा करके यह बताइये कि आपने यहाँ आने का कष्ट क्यों उठाया है?...मेरे पास फ़ालतू वक़्त नहीं है। मुझे जल्दी ही कहीं जाना है।"

"ज़रूर ज़रूर। लेकिन यह बताओ कि क्या तुम्हारी बहन अवदोत्या रोमनोव्ना की शादी मिस्टर लूज़िन से होने वाली है?"

"मैं तुम्हारे मुँह से अपनी बहन का नाम नहीं सुनना चाहता। उसके बारे में मुझसे पूछताछ करने का तुम्हें साहस कैसे हुआ? तुम स्वीद्रीगाईलोव हो न?"

"जब मैं तुम्हारी बहन के बारे में बातचीत करने आया हूँ तो भला उसका नाम कैसे न लूँ?"

"अच्छी बात है, जो कहना है जल्दी कह डालो।"

"लूज़िन मेरी पत्नी का रिश्तेदार है। तुमने भी देख ही लिया होगा कि वह कैसा आदमी है। वह अवदोत्या रोमानोव्ना का पति बनने योग्य नहीं है। वह बेचारी शायद...शायद अपने परिवार की ख़ातिर इतनी बड़ी क़ुर्बानी कर रही है। मेरा ख़्याल था कि इस रिश्ते के टूट जाने से तुम्हें ख़ुशी ही होगी। तुम्हें मिलने के बाद अब मेरा ख़्याल और भी पक्का हो गया है।"

"ये सब मूर्खतापूर्ण बातें हैं...अगर तुम बुरा न मानो तो मैं कहूँगा कि तुम्हारी गुस्ताख़ी है।"

"तुम कहना चाहते हो कि मैं स्वार्थवश यह बातें कह रहा हूँ? रोदियोन रोमनोविच, अगर इस मामले में मेरा कुछ स्वार्थ होता तो मैं खुलेआम ऐसी बात न कहता। मैं इतना मूर्ख नहीं हूँ। इसका एक विचित्र मनोवैज्ञानिक कारण है। मैंने अभी कहा कि मैं खुद अवदोत्या रोमानोवूना से प्रेम करता था। लेकिन तुम्हें मालूम होना चाहिए कि अब मेरे मन में प्रेम की भावना नहीं रही। मुझे स्वयं भी इस बात पर आश्चर्य होता है। क्योंकि तब मेरी भावना कितनी गहरी..."

"निकम्मेपन और लम्पटता ने तुम्हें ऐसा बना दिया है।" रास्कोलनिकोव ने कहा।

"मैं निश्चय ही निकम्मा और लम्पट हूँ, लेकिन तुम्हारी बहन में कुछ ऐसे गुण हैं जिन्हें देखकर मैं प्रभावित हुए बिना नहीं रह सका। ख़ैर, अब उसमें मुझे दिलचस्पी नहीं रही।"

"कब से?"

"इसका आभास तो मुझे पहले ही हो गया था, लेकिन परसों पीटर्सबर्ग पहुँचते ही मैंने इस बारे में फ़ैसला कर लिया है। वैसे मास्को में मैंने सोचा था कि मैं लूज़िन को खदेड़कर खुद अवदोत्या रोमानोवूना से शादी कर लूँगा।"

"कृपा करके संक्षेप में अपने आने का असली उद्देश्य बता दें। मैं जल्दी में हूँ, मुझे कहीं बाहर जाना है..."

"बड़ी ख़ुशी से। यहाँ आने से पहले मुझे कई ज़रूरी इन्तज़ाम करने थे। मैं अपने बच्चों को उनकी मौसी के पास छोड़कर आया हूँ। उन्हें अब मेरी देख-देख की ज़रूरत नहीं। और फिर मैं पिता के रूप में कैसा जचूँगा? पिछले साल मार्फ़ा पैत्रोवूना से मुझे जो पैसा मिला था, उतना ही बहुत है। माफ़ करना, मैं अभी असली बात पर आ रहा हूँ। यात्रा शुरू करने से पहले मिस्टर लूज़िन का मामला साफ़ करना भी ज़रूरी था, लेकिन जब मुझे पता चला कि यह शादी मार्फ़ा पैत्रोवूना के दिमाग़ की उपज है तभी मेरा उससे झगड़ा हुआ। अब मैं तुम्हारे ज़रिये और तुम्हारी इच्छा हो तो तुम्हारी मौजूदगी में अवदोत्या रोमानोवूना से मिलकर उसे समझाऊँ कि मिस्टर लूज़िन से शादी करने में उसे सिवा नुक़सान के और कुछ हाथ नहीं लगेगा। मैं पिछले सब अप्रिय प्रसंगों के लिए उससे माफ़ी मागूँगा और लूज़िन से रिश्ता तोड़ने के लिए दस हज़ार रूबल उपहार में दूँगा। मुझे विश्वास है कि तुम्हारी बहन भी यह रिश्ता तोड़ना चाहती है, सिर्फ़ उसे मदद की ज़रूरत है।"

"तुम निश्चय ही पागल हो गये हो। ऐसी बातें करने की तुम्हें हिम्मत कैसे हुई?" रास्कोलनिकोव को गुस्से की बजाय विस्मय अधिक हुआ।

"मैं जानता था कि तुम मुझ पर बिगड़ोगे। मैं अमीर आदमी नहीं हूँ फिर भी यह रकम मेरे पास फ़ालतू है। अगर अवदोत्या रोमानोवूना ने इसे स्वीकार किया तो मैं किसी मूर्ख काम में इसे गँवा दूँगा। मैं किसी स्वार्थवश ऐसा नहीं कर रहा,

इसलिए मेरा अन्तःकरण साफ़ है। तुम्हें विश्वास नहीं हो रहा, लेकिन भविष्य में तुम और तुम्हारी बहन, दोनों को इस सच्चाई का पता चल जायेगा। बात यह है कि मेरी वजह से तुम्हारी बहन को सचमुच मुसीबत और अप्रियता झेलनी पड़ी है, इसलिए हरजाने के रूप में नहीं, बल्कि अपनी सद्भावना प्रकट करने के लिए मैं यह रकम भेंट करना चाहता हूँ। अगर मेरे मन में स्वार्थ की गन्ध भी होती तो मैं खुल्लम-खुल्ला यह प्रस्ताव न रखता। पाँच हफ़्ते पहले, मैंने उसे इससे भी बड़ी रकम देने का वचन दिया था। इसके अलावा जल्द ही हो सकता है कि मैं किसी और लड़की से शादी कर लूँ, जिससे अवदोत्या रोमानोवूना को मेरी नीयत पर शक करने का मौक़ा नहीं रहेगा। अन्त में मैं यह भी कहना चाहता हूँ कि लूज़िन से भी तो वह पैसे की वजह से ही शादी कर रही है। रोदियोन रोमनोविच क्रोध की बजाय ठंडे दिमाग़ से सोचो।" स्वीद्रीगाईलोव के स्वर में आवेश बिलकुल नहीं था।

"बस करो, तुम्हारी इस गुस्ताख़ी को मैं कभी माफ़ नहीं कर सकता।"

"बेशक न करो, लेकिन तब तो झूठे तकल्लुफ़ की वजह ले दुनिया में कोई आदमी अपने पड़ोसी की कभी रत्ती भर मदद नहीं कर पायेगा। यह फिजूल बात है। मैं अगर तुम्हारी बहन के नाम यह रकम वसीयत कर जाऊँ तो क्या वह लेने से इनकार कर करेगी?"

"मुझे तो यह उम्मीद है कि वह साफ़ इनकार कर देगी।"

"नहीं, नहीं, ख़ैर तुम दस हज़ार रूबल ठुकराना चाहते हो तो शौक से ठुकरा दो, नहीं तो वह रकम तुम्हारे काम आती। मेहरबानी करके मेरी कही बातें अवदोत्या रोमानोवूना तक पहुँचा देना।"

"नहीं, मैं ऐसा नहीं करूँगा।"

"तब तो मुझे तुम्हारी बहन से खुद मिलना पड़ेगा।"

"अगर मैं उससे सारी बातें कह दूँ तो क्या तुम उससे मिलने का इरादा छोड़ दोगे?"

"इसका ठीक-ठीक जवाब मैं नहीं दे सकूँगा। मैं उससे एक बार ज़रूर मिलना चाहूँगा।"

"इसकी उम्मीद छोड़ दो।"

"तुम मुझे नहीं जानते। हो सकता है कि भविष्य में हम दोनों दोस्त बन जायें।"

"तुम सोचते हो कि कभी हम दोनों में दोस्ती हो सकेगी।"

"क्यों नहीं?" स्वीद्रीगाईलोव मुस्कराता हुआ उठ खड़ा हुआ। "मैं तुम्हारे एकान्त में दख़ल देना नहीं चाहता और बिना सोचे-समझे यहाँ चला आया...हालाँकि आज सुबह मुझे तुम्हारा चेहरा अजब-सा दिखायी दे रहा था।"

"तुमने आज सुबह मुझे कहाँ देखा था?" रास्कोलनिकोव ने घबराकर पूछा।

"अचानक ही तुम मुझे दिखायी दे गये...मैं भी सोच रहा था कि तुममें और मुझमें कोई समानता ज़रूर है। घबराओ नहीं। मैं किसी के मामले में दख़ल नहीं देता। याद रखो, कभी पत्तेबाज़ों के साथ मेरी ख़ूब छनती थी, प्रिंस स्वीरबी मेरे दूर के रिश्तेदार हैं, मैंने कभी उन्हें तंग नहीं किया, यह दूसरी बात है। मैडम प्रीलूकोव की एलबम में मैं रफ़ियल की 'मैडोना' के बारे में लेख लिख सकता हूँ। सात बरस मैंने मार्फ़ा पैत्रोवूना के पास रहकर गुज़ारे हैं लेकिन किसी ज़माने में मैं भूसे की मण्डी में वियाज़ेम्सकी के मकान में रहता था—हो सकता है बर्ग के साथ गुब्बारे में बैठकर मैं आकाश की सैर करूँ।"

"क्या मैं पूछ सकता हूँ कि आप कब यात्रा पर जा रहे हैं?"

"कौन-सी यात्रा?"

"अभी आपने जिसका ज़िक्र किया था।"

"यात्रा? हाँ मैंने किसी यात्रा का ज़िक्र तो किया था। ख़ैर यह बड़ा लम्बा चौड़ा विषय है। इस समय तुम बिना सोचे समझे ही बोल रहे हो। हो सकता है, मैं जल्द ही शादी कर लूँ। मेरा एक जगह रिश्ता तय हो रहा है।"

"यहाँ।"

"हाँ।"

"लेकिन इन सब बातों की फ़ुर्सत तुम्हें कब मिली?"

"मैं एक बार अवदोत्या रोमानोवूना से ज़रूर मिलना चाहता हूँ। अच्छा फिर मिलेंगे। अरे! एक बात तो मैं भूल ही गया। अपनी बहन से कह देना, कि मार्फ़ा पैत्रोवना उसके नाम तीन हज़ार रूबल छोड़ गयी है। मरने के एक हफ़्ते पहले उसने अपना वसीयतनामा तैयार किया था और मेरे सामने उस पर दस्तख़त किये थे। दो या तीन हफ़्ते बाद तुम्हारी बहन को पूरी रकम मिल जायेगी।"

"तुम सच बोल रहे हो?"

"हाँ, उससे ज़रूर कह देना। मैं तुम्हारे नज़दीक ही रहता हूँ। जब चाहो सेवा में हाजिर हो जाऊँगा।"

बाहर निकलते वक़्त स्वीद्रीगाईलोव राजुमिहीन से टकरा गया।

2

आठ बजने ही वाले थे। दोनों नवयुवक बेक़ालेव के घर की तरफ़ जा रहे थे, ताकि लूज़िन के आने से पहले ही वहाँ पहुँच जायें।

राजुमिहीन ने सड़क पर पहुँचते ही पूछा, "यह कौन था?"

"यही था वह ज़मींदार स्वीद्रीगाईलोव जिसके यहाँ मेरी बहन गवर्नेस थी। इस आदमी ने मेरी बहन पर डोरे डालने की कोशिश की और उसकी पत्नी मार्फ़ा पैत्रोवना ने मेरी बहन को घर से निकाल दिया। बाद में मार्फ़ा पैत्रोवना को पश्चाताप हुआ और उसने दुनिया से माफ़ी माँग ली। सहसा मार्फ़ा पैत्रोवना की मृत्यु हो गयी। आज सुबह हम उसकी चर्चा कर रहे थे। न जाने क्यों मुझे इस आदमी से डर लगता है। वह अपनी पत्नी को दफ़नाते ही क्यों यहाँ चला आया? मुझे तो दाल में कुछ काला नज़र आता है। हमें दुनिया को उसके पंजों में जाने से बचाना होगा। सुना तुमने?"

"लेकिन वह तुम्हारी बहन का भला क्या बिगाड़ सकता है? ख़ैर तुमने यह बात मुझे बताकर अच्छा किया। हम ज़रूर उसकी रक्षा करेंगे। यह आदमी रहता कहाँ है?"

"मुझे नहीं मालूम।"

"तुमने पूछा क्यों नहीं? ख़ैर मैं मालूम कर लूँगा।"

"तुमने उसे देखा है?"

"हाँ बहुत ग़ौर से।"

"क्या सचमुच ग़ौर से देखा था?"

"हाँ मैं हज़ार आदमियों की भीड़ में भी इसे पहचान सकूँगा। मुझे लोगों के चेहरे हमेशा याद रहते हैं।"

दोनों चुप हो गये।

रास्कोलनिकोव ने बड़बड़ाना शुरू किया, "हूँ...सब ठीक है। जानते हो, मुझे लगा शायद यह मेरा भ्रम हो।"

"क्या मतलब?"

"तुम सब कहते हो कि मैं पागल हूँ। मैं अभी सोच रहा था कि शायद मैं सचमुच पागल हो गया हूँ और मैंने अभी प्रेत देखा है।"

"क्या मतलब?"

"मतलब यह कि मैं पागल हूँ और पिछले दिन की सारी घटनायें मेरा भ्रम थीं।"

"छिः रोद्या तुम फिर असन्तुलिन होने लगे।...लेकिन इस आदमी से तुम्हारी क्या बातचीत हुई? वह किसलिए यहाँ आया था?"

रास्कोलनिकोव चुप रहा। राजुमिहीन ने कुछ सोच कर कहा।

"अब मेरी कहानी सुनो। जब मैं तुम्हारे यहाँ आया, तब तुम सो रहे थे। खाना खाने के बाद मैं पोरफेरी के घर गया। ज़ेमेतोफ़ वहीं मौजूद था। मैंने बात शुरू करनी चाही लेकिन समझ में न आया कि कैसे शुरू करूँ। लेकिन वे लोग इस बात को समझना ही नहीं चाहते। मैंने पोरफेरी को खिड़की के पास बुलाकर बातचीत शुरू की लेकिन वह भी व्यर्थ गयी। हम दोनों बगलें झाँकने लगे। फिर मैंने चचेरे भाई की हैसियत से कहा कि मैं मुक्का मारकर उसका भेजा निकाल दूँगा। वह चुप रहा और मैं गालियाँ बकता हुआ वहाँ से चला आया। कैसी मूर्खता थी। ज़ेमेतोफ़ से मैंने एक भी शब्द नहीं कहा। मेरा ख़्याल था कि मैंने सारा मामला चौपट कर डाला है, लेकिन सीढ़ियाँ उतरते वक़्त मुझे सूझा कि आख़िर हम किसलिए परेशान हों? जब तुम्हें कोई ख़तरा नहीं है तो फिर तुम उनकी परवाह क्यों करो? अगर मैं तुम्हारी जगह होता तो उन्हें ख़ूब चक्कर में डालता और बाद में वे शर्मिन्दा होते। तब कितना मज़ा आता। जहन्नुम में जायें ये लोग—बाद में चाहे हम उनकी मरम्मत करें लेकिन अब तो उन पर हँस लें।"

"ये सब ठीक है, लेकिन कल तुम क्या करोगे?" रास्कोलनिकोव ने मन-ही-मन सोचा। आश्चर्य की बात तो यह थी कि उसे अभी तक यह ख़्याल ही नहीं आया था कि अगर राजुमिहीन को सच्ची बात मालूम हो गयी तो वह क्या सोचेगा। उसने राजुमिहीन की बातों में बहुत कम दिलचस्पी ली थी, क्योंकि इस बीच बहुत-सी नयी घटनायें घट चुकी थीं।

बरामदे में उनका लूज़िन से सामना हो गया। लूज़िन ठीक आठ बजे वहाँ पहुँच गया था और कमरे का नम्बर तलाश कर रहा था। तीनों जने बिना एक-दूसरे की तरफ़ देखे, कमरे की ओर बढ़े। लूज़िन जान-बूझकर पीछे रह गया और उसने अपना कोट उतार दिया। रास्कोलनिकोव की वृद्धा माँ लूज़िन का स्वागत करने के लिए आगे बढ़ी। दुनिया अपने भाई से बातें करने लगी। लूज़िन ने अत्यधिक शिष्टता से दोनों महिलाओं का अभिवादन किया लेकिन वह घबराया सा मालूम होता था। वृद्धा ने झेंप मिटाने के लिए सबको एक मेज़ के गिर्द बिठा दिया जहाँ एक समावार खौल रहा था। लूज़िन और दुनिया ठीक एक-दूसरे के सामने बैठे थे। लूज़िन की बगल में राजुमिहीन था और रास्कोलनिकोव अपनी बहन के पास बैठा था।

क्षण भर के लिए कमरे में चुप्पी छायी रही, लूज़िन ने जान-बूझ कर ज़ेब में से इत्र में बसा रूमाल निकालकर अपनी नाक पोंछी। वह दिखाना चाहता था कि उन सबको उसके अपमान के लिए जवाबदेह होना पड़ेगा। बरामदे में आकर उसने सोचा था कि वह वापिस लौट जाये ताकि वह दोनों स्त्रियों को सबक सिखा सके, लेकिन वह ऐसा नहीं कर सका था। उसे अनिश्चितता से चिढ़ थी और वह जानना चाहता था कि उसकी चेतावनी का उल्लंघन करने का साहस दोनों स्त्रियों में कैसे हुआ? वह इस धृष्टता के लिए उन्हें सज़ा भी देना चाहता था।

"मुझे उम्मीद है, आपको सफ़र में कोई तकलीफ़ नहीं हुई।" उसने अफ़सराना ढंग से पूछा।

"हम दोनों आराम से आईं हैं।" वृद्धा ने उत्तर दिया।

"मुझे यह जानकर ख़ुशी हुई। अवदोत्या रोमानोव्ना को ज़्यादा थकान तो नहीं हुई?"

"मैं अभी जवान और तन्दरुस्त हूँ, इसलिए जल्दी नहीं थकती। लेकिन माँ बहुत थक गयी थी।" दुनिया ने जवाब दिया।

"थकान से बचने का कोई रास्ता नहीं। हमारे देश की रेल-यात्रा बहुत लम्बी होती है। कहते हैं माँ—रूस बहुत विस्तृत हैं...कल चाहने पर भी मैं आपसे नहीं मिल पाया। आपको कोई तकलीफ़ तो नहीं हुई?"

"नहीं, नहीं प्योत्र पैत्रोविच, कल अगर ईश्वर ने दिमित्री प्रोकोफ़िच को हमारी मदद के लिए न भेजा होता तो हमारी न जाने क्या हालत होती। ये हैं दिमित्री प्रोकोफ़िच राज़ुमिहीन," वृद्धा ने परिचय करवाया।

"कल मुझे इनसे मिलने का सौभाग्य प्राप्त हुआ था।" कहकर लूज़िन ने राज़ुमिहीन की तरफ़ एक विषाक्त दृष्टि डाली।

लूज़िन उन लोगों में से था जो समाज में शालीनता का अभिनय तो करते हैं, लेकिन उनका यदि ज़रा भी विरोध किया जाये तो उनकी सारी शालीनता ग़ायब हो जाती है। इसके बाद फिर कमरे में ख़ामोशी छा गयी। रास्कोलनिकोव जान-बूझकर चुप्पी साधे बैठा था। दुनिया फौरन उस प्रसंग को नहीं उठाना चाहती थी। राज़ुमिहीन के पास कहने को शब्द नहीं थे, और वृद्धा फिर आशंकित हो उठी थी। उसने बातचीत शुरू करने के लिए कहा, "मार्फ़ा पैत्रोवना का देहान्त हो गया है। क्या तुम्हें यह ख़बर मालूम है?"

"हाँ, और मैं तुम्हें बताने आया हूँ कि अपनी पत्नी को दफ़नाने के फौरन बाद ही मिस्टर स्वीद्रीगाईलोव पीटर्सबर्ग चले आये। मुझे विश्वस्त सूत्र से यह मालूम हुआ है।" लूज़िन बोला।

दुनिया ने चकित दृष्टि से अपनी माँ की तरफ़ देखा और पूछा, "अच्छा, वे पीटर्सबर्ग में हैं?"

“हाँ, इसके पीछे ज़रूर कोई न कोई चाल है, वरना यहाँ आने की इतनी जल्दी क्या थी?”

“हे ईश्वर! क्या वह आदमी यहाँ भी दुनिया को चैन से नहीं रहने देगा?” वृद्धा चिल्लाई।

“लेकिन मेरे ख़्याल में आपको और अवदोत्या रोमानोवूना को बिलकुल नहीं घबराना चाहिए। अगर आप खुद उससे मिलना चाहती हैं तो बात दूसरी है। मैं इस मामने में पूरा सावधान हूँ और यह पता लगा रहा हूँ कि वह कहाँ ठहरा है।”

“ओह पैत्रोविच, तुम नहीं जानते मैं उस आदमी को कितना ख़तरनाक समझती हूँ। मुझे विश्वास है कि उसी के कारण मार्फ़ा पैत्रोवना की मृत्यु हुई।”

“ख़ैर इस बात को साबित करना नामुमकिन है। हो सकता है, उसने अपने व्यवहार से पत्नी का अपमान किया हो। जहाँ तक उसके चरित्र और व्यक्तित्व का सम्बन्ध है, मैं आपसे सहमत हूँ। मैं ठीक से नहीं कह सकता कि उसकी आर्थिक स्थिति क्या है और मार्फ़ा पैत्रोवना उसके नाम कितनी रकम छोड़ गयी है। ख़ैर यह तो कुछ दिनों में ही पता चल जायेगा, लेकिन अगर पीटर्सबर्ग में उसके पास आमदनी का कोई ज़रिया हुआ तो वह फिर पहले जैसी हरक़तें शुरू कर देगा। वह अत्यन्त नीच और लम्पट आदमी है। मैं जानता हूँ कि अगर मार्फ़ा पैत्रोवना उससे प्रेम न करती और उसका कर्ज़ न चुकाती तो इस वक़्त वह साइबेरिया में क़ैदी होता। उस पर हत्या का अभियोग लगा था, मार्फ़ा पैत्रोवना ने किसी तरह उसे छुड़ा लिया। अब आप जान गयीं कि वह कैसा आदमी है।”

“हे ईश्वर!” वृद्धा ज़ोर से चिल्लाई। रास्कोलनिकोव चुपचाप सुनता रहा।

“क्या आपके पास इसका कोई सबूत है?” दुनिया ने दृढ़ स्वर में पूछा।

“मुझे मार्फ़ा पैत्रोवना ने जो बात बतायी थी, मैं वही कह रहा हूँ। यह सही है कि उस केस में कई क़ानूनी पेचीदगियाँ थीं, रेसलिश नाम की एक विदेशी औरत जो सूद पर रुपया क़र्ज़ देती है, उसके साथ स्वीद्रीगाईलोव के रहस्यमय सम्बन्ध थे। रेसलिश की चौदह या पन्द्रह बरस की गूँगी और बहरी भतीजी भी उसके साथ रहती थी। उसके साथ वह बुरा सलूक करती थी और उसे बेरहमी से पीटती थी। एक दिन उस लड़की ने गले में रस्सी लटका कर आत्म-हत्या कर ली। कुछ दिनों के बाद ख़बर फैली कि स्वीद्रीगाईलोव ने उस लड़की के साथ बलात्कार किया था। लेकिन यह बात एक जर्मन औरत ने फैलाई थी जो स्वयं दुराचारिणी थी। इसलिए इस पर विश्वास करना कठिन है। मार्फ़ा पैत्रोवना ने पैसों से सबका मुँह बन्द कर दिया और पुलिस तक रिपोर्ट भी नहीं पहुँची। लेकिन यह बात बड़ी महत्त्वपूर्ण है। अवदोत्या रोमानोवूना तुमने भी सुना होगा कि छः बरस हुए जब फ़िलिप नाम के एक नौकर की दुर्व्यवहार के कारण मृत्यु हो गयी थी। यह दास-प्रथा उन्मूलन के पहले की घटना है।”

"लेकिन मैंने तो सुना था कि फ़िलिप ने आत्महत्या की थी।"

"हाँ, लेकिन मिस्टर स्वीद्रीगाईलोव की सख़्ती और पाश्विकता के कारण ही तो उस बेचारे ने आत्महत्या की थी।"

"पता नहीं, मैंने तो यही सुना था कि फ़िलिप पढ़-पढ़ कर पागल हो गया था। वह फ़िलास्फ़र-सा था। नौकरों का कहना है कि मिस्टर स्वीद्रीगाईलोव ने सिर्फ़ उसका मज़ाक उड़ाया था, उसे मारापीटा बिलकुल नहीं था। जब मैं वहाँ थी, तो वे नौकरों से अच्छा सलूक करते थे और नौकर उन्हें बहुत पसन्द करते थे। लेकिन उन्हें फ़िलिप की मृत्यु का कारण ज़रूर ठहराते थे।"

"देखता हूँ अवदोत्या रोमानोव्ना, कि तुम अकस्मात् मिस्टर स्वीद्रीगाईलोव का समर्थन करने लगी हो। इसमें सन्देह नहीं कि उसे स्त्रियों को प्रसन्न करने की कला आती है, वरना मार्फ़ा पैत्रोवना उससे शादी कैसे करती! हो सकता है वह फिर तुमसे सम्पर्क स्थापित करने की कोशिश करे, इसीलिए मैं तुम्हें और तुम्हारी माँ को सलाह देने आया हूँ। मुझे विश्वास है कि वह आदमी फिर सर पर क़र्ज़ चढ़ा लेगा और जेल की हवा खायेगा। मार्फ़ा पैत्रोवना उसके लिए अपनी वसीयत में कुछ नहीं छोड़ना चाहती थी, शायद उसने मामूली-सी रकम छोड़ी भी हो, जिसे ऐसा लम्पट आदमी एक साल के भीतर ही उड़ा देगा।"

"प्योत्र पैत्रोविच, मेहरबानी करके स्वीद्रीगाईलोव की चर्चा बन्द करो। इसे सुनकर मुझे कोफ़्त होती है।" दुनिया ने कहा।

"वह अभी मुझसे मिलने आया था।" रास्कोलनिकोव ने आख़िर अपनी चुप्पी तोड़ी।

सब लोग चकित दृष्टि से रास्कोलनिकोव का मुँह ताकने लगे।

"डेढ़ घण्टा पहले जब मैं सो रहा था, तब उसने आकर मुझे जगा दिया। और अपना परिचय दिया। उसे उम्मीद है कि भविष्य में उसकी मुझसे दोस्ती हो जायेगी। और सुनो दुनिया, वह तुमसे मिलने के लिए बहुत उत्सुक है और चाहता है कि इस काम में मैं उसकी मदद करूँ। वह तुम्हारे सामने एक प्रस्ताव रखना चाहता है। उसने मुझे बताया कि मरने से एक हफ़्ते पहले मार्फ़ा पैत्रोवना ने अपने वसीयतनामे में तुम्हारे लिए तीन हज़ार रूबल छोड़े हैं। जल्द ही तुम्हें यह रकम मिल सकती है।"

"ईश्वर को लाख धन्यवाद।" वृद्धा ने अपने शरीर पर क्रास का चिन्ह बनाते हुए कहा, "दुनिया, तुम स्वर्गीय आत्मा की शान्ति के लिए प्रार्थना करो।"

"क्या यह सच है?" लूज़िन ने पूछा।

"उसने और क्या कहा था?" दुनिया ने पूछा।

"इसके बाद उसने कहा, कि अपनी सारी जायदाद मार्फ़ा पैत्रोवना ने उसके बच्चों के नाम कर दी है। बच्चे अपनी मौसी के पास रह रहे हैं। उसने यह भी बताया कि वह कहीं नज़दीक ही ठहरा हुआ है, मैंने उससे पूछा नहीं..."

"लेकिन वह दुनिया के सामने कौन सा प्रस्ताव रखना चाहता है? क्या उसने तुम्हें बताया?" वृद्धा ने भयभीत स्वर में पूछा।

"हाँ।"

"कौन सा प्रस्ताव?"

"यह मैं बाद में बताऊँगा।" कहकर रास्कोलनिकोव चाय पीने लगा।

लूज़िन ने अपनी घड़ी की तरफ़ देखकर कहा, "मुझे ज़रूरी काम से कहीं जाना है, इसलिए मैं आप लोगों की बातचीत में विघ्न नहीं डालूँगा।" और वह जाने के लिए तैयार हो गया।

दुनिया ने कहा, "प्योत्र पैत्रोविच यहीं रुको। तुम शाम यहाँ गुज़ारना चाहते थे। तुमने माँ को यह भी लिखा था कि तुम उससे जवाब-तलब करना चाहते हो।"

लूज़िन ने रौब से बैठते हुए कहा, "तुम ठीक कहती हो, अवदोत्या रोमानोव्ना, मैं एक ज़रूरी बात पर तुमसे और तुम्हारी आदरणीय माँ से जवाब तलब करना चाहता था, लेकिन चूँकि तुम्हारा भाई मेरी मौजूदगी में मिस्टर स्वीद्रीगाईलोव के प्रस्ताव के बारे में बात करने को तैयार नहीं है, इसलिए मैं भी सब लोगों के सामने इन ज़रूरी मामलों की चर्चा नहीं करना चाहता। इसके अलावा मेरी अत्यावश्यक प्रार्थना को ठुकरा दिया गया है..." वह शालीनतापूर्वक बैठकर अपने आहत स्वाभिमान का प्रदर्शन करने लगा।

"मेरे आग्रह से ही तुम्हारी प्रार्थना ठुकराई गयी है। तुमने लिखा था कि मेरे भाई ने तुम्हारा अपमान किया है, इसलिए वह हमारी मुलाकात के समय मौजूद न रहे। मेरा ख़्याल है कि पहले इस मामले की सफ़ाई हो जानी चाहिए। अगर रोद्या ने सचमुच तुम्हारा अपमान किया है तो उसे तुमसे माफ़ी माँगनी चाहिए और वह ज़रूर माँगेगा।"

लूज़िन ने सख़्ती बरतते हुए कहा, "अवदोत्या रोमानोव्ना, कई अपमानों को इन्सान कभी नहीं भूल सकता, चाहे कितनी ही सद्भावना क्यों न हो। हर चीज़ की एक सीमा होती है जिसका उल्लंघन करने पर वापिस लौटना असम्भव होता है।"

"मेरा इशारा इस बात की तरफ़ नहीं था।" दुनिया ने अधीर होकर कहा, "इस मामले के सुलझने पर ही हमारा सारा भविष्य निर्भर करता है। अगर तुम्हारे मन में मेरे लिए ज़रा-सी भी इज़्ज़त है तो तुम्हें आज इस झगड़े को निपटाना ही होगा। मैं फिर कहती हूँ कि अगर मेरा भाई क़सूरवार साबित होगा तो वह तुमसे माफ़ी माँग लेगा।"

लूज़िन ने चिढ़कर उत्तर दिया, "मुझे तुम्हारे सवाल पर हैरानी हो रही है। तुम्हारी इज़्ज़त मैं ज़रूर करता हूँ, तुम्हें सुखी बनाना चाहता हूँ तुम्हारे परिवार के किसी सदस्य को पसन्द-नापसन्द करने का अधिकार मुझे है। फर्ज़ का मतलब..."

दुनिया ने आवेश से बात काटकर कहा, "प्योत्र पैत्रोविच, इतनी जल्दी गुस्से में आना ठीक नहीं। मैं तुम्हें सदा से सहृदय समझती आयीं हूँ। मैंने तुम्हें बहुत बड़ा वचन दिया है। मैं तुम्हारी मंगेतर हूँ। तुम्हें मेरी निष्पक्षता पर भरोसा रखना चाहिए। मेरे भाई को भी तुम्हारी तरह मेरी निष्पक्षता पर आश्चर्य हो रहा है। मैंने उससे आग्रह किया था कि वह इस मुलाकात में ज़रूर शरीक हो, लेकिन मैंने उसे अपना असली उद्देश्य नहीं बताया था। याद रखो, अगर तुम दोनों में सुलह न हुई तो मुझे तुम दोनों में से एक को चुनना पड़ेगा। मैं नहीं चाहती कि मैं अपने चुनाव में ग़लती करूँ। तुम्हारी ख़ातिर मैं अपने भाई से रिश्ता तोड़ सकती हूँ, और अपने भाई की ख़ातिर तुमसे भी नाता तोड़ सकती हूँ। मैं यह जानना चाहती हूँ कि मेरे भाई का प्रेम सच्चा है या नहीं। और तुम मेरी इज़्ज़त करते हो और मेरे पति बनने के क़ाबिल हो यह भी मुझे देखना है।"

"अवदोत्या रोमानोव्ना, तुम्हारा और मेरा जो रिश्ता है, उसे देखते हुए तुम्हारे शब्द अत्यन्त अपमानपूर्ण हैं। तुमने न सिर्फ़ एक मुँहफट छोकरे से मेरी बराबरी की बल्कि तुमने मुझसे नाता तोड़ना भी स्वीकार कर लिया। तुम कहती हो कि तुम दोनों में से एक को चुनोगी। इससे स्पष्ट हो गया कि तुम मुझे अत्यन्त क्षुद्र समझती हो। मैं यह सब बर्दाश्त नहीं करूँगा। आख़िर हमारे रिश्ते के प्रति भी तो तुम्हारा कोई फ़र्ज है!"

"क्या कहा? मैं तुम्हें अपने जीवन के अमूल्य रिश्तों के बराबर समझूँ, जो मेरे लिए सब कुछ हैं, और तुम यह समझो कि मैं तुम्हें क्षुद्र समझती हूँ?...दुनिया का चेहरा आवेश से लाल हो गया।"

रास्कोलनिकोव व्यंग्यपूर्ण ढंग से मुस्करा रहा था। राजुमिहीन अपनी जगह पर हिलने-डुलने लगा, लेकिन लूज़िन पहले से भी ज़्यादा चिढ़ गया।

"अपने भाई से ज़्यादा तुम्हें अपने जीवन साथी, भावी पति से प्रेम होना चाहिए। किसी भी हालत में मुझसे उसकी बराबरी नहीं की जा सकती। मैंने अभी कहा कि मैं तुम्हारे भाई के सामने कोई चर्चा नहीं करूँगा, लेकिन अब मेरे सम्मान का प्रश्न है।" लूज़िन ने वृद्धा को सम्बोधित करके कहा, "आपके बेटे ने कल मिस्टर राज़ुदिकन (मैं इनका नाम भूल गया) के सामने मेरी बेइज़्ज़ती की। मैं एक बार बातचीत के दौरान में कहा था कि विलास में पली हुई लड़कियों की अपेक्षा ग़रीबी में पली हुई लड़कियों का चरित्र अधिक अच्छा होता है और ऐसी ही लड़कियों से शादी करने में फ़ायदा रहता है। आपके बेटे ने मेरी नीयत पर शक किया और मेरे इस वाक्य को तोड़-मरोड़ कर पेश किया, और आप के पत्र का भी शायद हवाला दिया। अगर आप मेरे सामने अपनी स्थिति स्पष्ट कर सकें कि आपने किस प्रसंग में यह बात अपने बेटे को लिखी थी, तो मैं आश्वस्त हो सकूँगा।"

"मुझे ठीक से याद नहीं, लेकिन मैं तुम्हारी बात का जो अर्थ समझ सकी वही मैंने रोद्या को लिख दिया। हो सकता है, रोद्या ने आपके सामने बढ़ा-चढ़ाकर यह बात कही हो।" वृद्धा ने अटककर कहा।

"आपके सिखाये बग़ैर आपका बेटा बात को कैसे बढ़ा-चढ़ा कर कह सकता था!"

वृद्धा ने स्वाभिमानपूर्वक कहा, "प्योत्र पैत्रोविच अगर मैंने और दुनिया ने तुम्हारी बात पर अविश्वास किया होता तो हम यहाँ मौजूद न होतीं।"

"ठीक कहती हो माँ" दुनिया ने समर्थन किया।

"तो फिर इसमें भी मेरी ही ग़लती होगी।" लूज़िन ने आहत स्वर में कहा।

"देखो प्योत्र पैत्रोविच तुम लगातार रोद्या पर लांछन लगाते आ रहे हो, लेकिन तुमने भी तो उसके बारे में झूठी बात लिखी थी।" वृद्धा ने साहस बाँध कर कहा।

"ऐसी कोई झूठी बात तो मुझे याद नहीं आ रही।"

"तुमने लिखा था कि जख़्मी आदमी की बेटी को पैसे दिये थे, जबकि मैंने पैसे उसकी विधवा पत्नी को दिये थे (इससे पहले बेटी को तो मैंने देखा तक नहीं था)। तुमने जान-बूझकर हमारे परिवार में झगड़ा डालने के लिए एक अपरिचित लड़की के बारे में बेहूदे शब्द इस्तेमाल किये। ऐसी बदनामी फैलाना नीचतापूर्ण है।"

लूज़िन ने क्रोध से काँपती हुई आवाज़ में कहा, "क्षमा करें श्रीमान् जी, आपकी माँ और बहन ने मुझसे आग्रह किया था कि मैं उन्हें आपका हाल-चाल लिखूँ, इसीलिए मैंने आपके व्यवहार का ज़िक्र किया था। रही झूठ की बात, तो मेहरबानी करके यह बताइये कि क्या आपने अपना पैसा बर्बाद नहीं किया? क्या उस परिवार में निकम्मे लोग नहीं हैं?"

"मेरे विचार में अपनी तमाम अच्छाइयों के बावजूद तुम उस अभागी लड़की के कदमों की धूल के बराबर भी नहीं हो, जिसकी तुम इतनी निन्दा कर रहे हो।"

"क्या तुम उस लड़की का अपनी माँ और बहन से परिचय कराओगे?"

"वह तो मैं आज ही करवा चुका हूँ।"

"रोद्या!" वृद्धा बोली। दुनिया का चेहरा लाल हो गया। राजुमिहीन के माथे पर त्यौरियाँ पड़ गयीं, और लूज़िन व्यंग्य भरे ढंग से मुस्कराया। उसने दुनिया से कहा, "अब तुमने देख लिया कि हमारी सुलह हो सकती है या नहीं। बस मामला यहीं ख़त्म हुआ। मैं तुम्हारे परिवार की निजी बातचीत में बाधा नहीं डालना चाहता। आप लोगों को एक-दूसरे से बहुत-सी राज़ की बातें करनी होंगी," यह कहकर लूज़िन उठ खड़ा हुआ और उसने अपना हैट हाथ में ले लिया। "जाने से पहले मेरी फिर प्रार्थना है कि भविष्य में मुझे ऐसी मुलाकातों से दूर ही रखा जाय ताकि मेरा अपमान न हो। श्रीमतीजी यह प्रार्थना विशेष रूप से मैं आपसे कर रहा हूँ, क्योंकि वह पत्र मैंने आपको ही लिखा था।"

यह बात वृद्धा को बुरी लगी। उसने उत्तर दिया, "प्योत्र पैत्रोविच तुम सोचते हो कि हम तुम्हारे अनुशासन में हैं। दुनिया ने तुम्हें साफ़-साफ़ सारी स्थिति समझा दी, फिर भी तुम्हें विश्वास नहीं हुआ। तुम इस तरह ख़त लिखते हो, जैसे तुम्हारा हर हुक्म मानना हमारा फ़र्ज़ है। मैं तुम्हें साफ़ बता दूँ कि अब तुम्हें हम लोगों से ख़ास लिहाज़ और शिष्टता से पेश आना चाहिए क्योंकि तुम्हारी ख़ातिर ही हम सब कुछ छोड़कर यहाँ आये हैं।"

"मार्फ़ा पैत्रोवना के वसीयतनामे की ख़बर सुनने के बाद आपने मेरे प्रति जो रुख अपनाया है, उससे तो आपकी बात सच नहीं मालूम देती।" लूज़िन ने ताना दिया।

"मालूम होता है कि आप हमें आश्रयहीन समझ कर ही अपमानित कर रहे थे, " दुनिया ने तमतमाकर कहा।

"ख़ैर अब तो आप आश्रयहीन नहीं हैं। आपके भाई आपको मिस्टर स्वीद्रीगाईलोव के प्रस्ताव के विषय में बताना चाहते हैं, जिसमें आपका फ़ायदा ही फ़ायदा है। इसलिए मैं आपकी बातचीत में और बाधा नहीं डालना चाहता।"

"हे ईश्वर!" वृद्धा चिल्लाई। राज़ुमिहीन कुर्सी छोड़कर खड़ा हो गया।

"कहो बहन, अब भी शर्मिन्दा हो या नहीं?" रास्कोलनिकोव ने पूछा।

"मैं सचमुच बहुत शर्मिन्दा हूँ। प्योत्र पैत्रोविच, तुम यहाँ से चले जाओ," दुनिया ने क्रोध से तड़पकर कहा।

लूज़िन को इस बात की उम्मीद न थी। वह अपने को बहुत शक्तिशाली और अपने ऊपर आश्रित लोगों को निरीह समझता था। उसे अभी भी अपने कानों पर विश्वास न हुआ। उसका चेहरा पीला पड़ गया और ओंठ काँपने लगे।

"अवदोत्या रोमानोव्ना, तुम मुझे जाने के लिए कह रही हो। याद रखो, मैं फिर कभी नहीं वापस आऊँगा। ज़रा सोच समझकर बात करो। मैं अपनी बात का पक्का आदमी हूँ।"

"कैसी बदतमीज़ी है?" कहकर दुनिया कुरसी से उठ खड़ी हुई। "मैं नहीं चाहती, तुम कभी वापस आओ।"

"अच्छा यह बात है?" लूज़िन अप्रतिभ हो गया था। "लेकिन जानती हो कि मैं इसका विरोध भी कर सकता हूँ।"

"तुम क्या विरोध कर सकते हो?" वृद्धा ने बीच में टोककर कहा, "तुम्हें इस ढंग से बोलने का क्या अधिकार है? क्या मैं तुम्हारे जैसे आदमी के हाथ अपनी दुनिया को सौंप सकती हूँ? चले जाओ यहाँ से। दरअसल ग़लती हमारी ही है, ख़ासकर मेरी..."

"श्रीमतीजी, आप ही ने मुझे वचन दिया था और अब आप ही मुकर रही हैं। इसके अलावा...मुझे आपकी वजह से कई ख़र्च उठाने पड़े हैं..."

लूज़िन की आख़िरी बात सुनकर रास्कोलनिकोव का क्रोध हँसी में फूट निकला, लेकिन वृद्धा अब भी गुस्से से तमतमा रही थी।

"ख़र्च? कैसे ख़र्च? कहीं हमारे सन्दूक की बात तो नहीं कह रहे? लेकिन उस पर तो तुम्हें कोई भाड़ा नहीं खर्चना पड़ा। ईश्वर हम पर दया रखे, प्योत्र पैत्रोविच तुम हो किस अकड़ में? तुमने हमें वचन में बाँधा था या हमने?"

"बस माँ, बस करो। प्योत्र पैत्रोविच मेहरबानी करके यहाँ से चले जाओ," दुनिया ने बीच-बिचाव किया।

"जाने से पहले एक बात ज़रूर कहूँगा। तुम्हारी माँ इस बात को शायद भूल गयी है कि जब सारे शहर में तुम्हारी बदनामी हो रही थी, तब मैंने तुमसे शादी करना स्वीकार कर लिया था। तुम्हारी इज़्ज़त रखने और लोगों की परवाह न करने के बदले में मुझे तुमसे कृतज्ञता की उम्मीद थी, लेकिन अब मेरी आँखें खुल गयी हैं। मेरी समझ में आ गया है कि लोकमत का विरोध करके मैं बहुत बड़ी ग़लती करने जा रहा था।"

"कहीं इस आदमी की खोपड़ी खुजला तो नहीं रही?" राजुमिहीन ने उछलकर कहा।

"तुम कमीने और नीच हो।" दुनिया चिल्लाई।

"ख़बरदार जो अपनी जगह से ज़रा भी हिले, या मुँह से एक भी शब्द निकाला। यहाँ से फौरन चले जाओ, नहीं तो..."

लूज़िन का चेहरा क्रोध और घृणा से पीला पड़ गया। उसके हृदय में रास्कोलनिकोव के प्रति अपार घृणा और प्रतिशोध की आग जल रही थी। उसे लगा कि रास्कोलनिकोव ही सब बातों के लिए ज़िम्मेदार है। उसका अब भी ख़्याल था कि जहाँ तक दोनों स्त्रियों का सम्बन्ध है, 'मामला बिलकुल ठीक हो जायेगा।'

3

दरअसल लूज़िन ने कल्पना में भी न सोचा था कि दो निराश्रय और अनाथ औरतें इस तरह उसके क़ाबू से बाहर जा सकती हैं। उसके मिथ्याभिमान और आडम्बर ने उसकी इस धारणा को और भी पुष्ट कर दिया था। लूज़िन हीनावस्था से तरक्क़ी करके सम्पन्न हुआ था, इसलिए उसकी आत्मश्लाघा का ठिकाना नहीं था। उसे अपनी प्रतिभा और क्षमताओं में पूरा विश्वास था, और वह एकान्त में अकसर अपना चेहरा देखकर फूला न समाता था। सबसे अधिक मोह था उसे पैसे से, जो उसने अपनी मेहनत से और हर तरह के उचित-अनुचित तरीक़ों से जमा किया था। पैसे ने उसे अपने से ऊँचे लोगों की श्रेणी में लाकर खड़ा कर दिया था।

जब उसने दुनिया को याद दिलाया था कि लोकनिन्दा के बावजूद भी उसने दुनिया पर अनुग्रह किया था, तो सचमुच वह दुनिया की अकृतज्ञता और नीचता पर मन-ही-मन क्रोध से जल रहा था। लेकिन दुनिया से शादी का प्रस्ताव करते समय उसे मालूम था कि दुनिया निर्दोष है, मार्फ़ा पैत्रोवना ने स्वयं आकर इन अफ़वाहों का खण्डन किया था और शहर के सब लोग दुनिया का पक्ष रहे थे। यह जानते हुए भी न जाने क्यों वह सोचता था कि उसने दुनिया का उद्धार किया है और यही भावना उसने अनजाने में दुनिया के सामने प्रकट भी कर दी थी। दूसरे लोग इस भावना से सहमत नहीं होंगे, यह उसकी समझ से परे की बात थी। इसी भावना से प्रेरित होकर वह रास्कोलनिकोव से मिलने गया था और उसे आशा थी कि रास्कोलनिकोव...अपने परिवार के उद्धारक को देखते ही श्रद्धा से गद्‌गद् हो उठेगा और उसकी प्रशंसा करेगा। सीढ़ियों से नीचे उतरते वक़्त उसे लगा कि उसके साथ बड़ी ज़्यादती की गयी है।

दुनिया के बग़ैर वह नहीं रह सकता था। कई बरसों से वह शादी के रंगीन सपने देखता आया था, लेकिन पैसा जोड़ने से उसे फ़ुर्सत ही नहीं मिलती थी। एकान्त क्षणों में वह एक ऐसी लड़की की कल्पना किया करता था जो शरीफ़, सुन्दर, पढ़ी-लिखी

और अच्छे ख़ानदान की हो, लेकिन जिसने ग़रीबी की मार सही हो, ताकि वह लूज़िन को अपना उद्धारक समझकर उसकी पूजा करे और उसके आगे दबी रहे। फ़ुर्सत के समय उसने न जाने कितने प्रणय-प्रसंगों और वार्तालापों की कल्पना भी कर ली थी। उसकी यह साध पूरी भी हो गयी थी। अवदोत्या रोमानोव्ना की सुन्दरता, शिक्षा और असहायता में महान् आकर्षण था। बल्कि वह उसकी कल्पना से कहीं बढ़-चढ़कर थी। उसे यह देखकर बड़ा सन्तोष हुआ कि एक स्वाभिमानी, सच्चरित्र और सुशिक्षित लड़की, जो उससे कहीं अधिक ऊँचे ख़ानदान की है (वह जानता था) जीवन भर उसकी गुलाम रहेगी और वह उसके साथ मनमानी कर सकेगा...हाल ही में उसने व्यापार की दुनियाँ में तरक्की की थी, उच्च समाज में शामिल होने के स्वप्न पूरे होने वाले थे...वह पीटर्सबर्ग में अपनी क़िस्मत आज़माना चाहता था। वह जानता था कि एक सुन्दर, सच्चरित्र और सुशिक्षित पत्नी से समाज में पति का सम्मान बढ़ जाता है। लेकिन अब उसके सपने चकनाचूर हो गये थे। पर इस आकस्मिक घटना से जैसे उसके सर पर गाज टूट पड़ी थी, उसे लग रहा था कि उसके साथ कोई बेहूदा मज़ाक किया गया है। उसे अच्छी तरह अपनी बात कहने का मौक़ा भी नहीं दिया गया था। उसके मामूली से मज़ाक से ही मामले ने इतना गम्भीर रूप धारण कर लिया था। वह दुनिया से प्रेम करता था। सपनों में कई बार उसने दुनिया से प्यार भी किया था—इतनी जल्दी सब ख़त्म हो गया। नहीं कल ही सारा मामला तय होना चाहिए। सबसे पहले वह उस बेहूदे छोकरे से समझेगा, जो सारी शरारत की जड़ है। राजुमिहीन का ध्यान आते ही उसका मन अरुचि से भर उठा। अगले ही क्षण उसने सोचा, भला ऐसा आदमी उसका मुक़ाबला करेगा? लेकिन दरअसल ख़तरा तो स्वीद्रीगाईलोव से है...उसे बहुत से मामले तय करने हैं।

दुनिया ने अपनी माँ को चूमकर गले लगा लिया और कहा, "मुझे लूज़िन के पैसे का लालच हो गया था, लेकिन मैं क़सम खाकर कहती हूँ, मैं नहीं जानती थी कि वह इतना नीच आदमी है। अगर मुझे पहले मालूम हो जाता तो मैं कभी लालच में न आती। मुझे दोष मत देना भाई।"

"ईश्वर ने हमारी रक्षा कर ली।" वृद्धा माँ बुदबुदायी, लेकिन वह सारी घटना के महत्त्व को अभी तक नहीं समझ पायी थी।

सबके मन का बोझ हल्का हो गया था और सब हँस रहे थे सिर्फ़ दुनिया के माथे पर त्योरियाँ पड़ गईं थीं। वृद्धा सुबह लूज़िन से सम्बन्ध विच्छेद की कल्पना से ही भयभीत हो रही थी। वह अब अपनी आकस्मिक प्रसन्नता पर चकित हो रही थी। राजुमिहीन को अभी अपनी प्रसन्नता प्रकट करने का साहस नहीं हुआ था, लेकिन उसे लग रहा था जैसे उसके दिल पर से मनो बोझ उतर गया हो। उसकी उत्तेजना की सीमा न थी। उसे अब अपने दोस्त के परिवार की सेवा करने का मौक़ा

मिल गया था, क्या पता आगे क्या हो। इसके आगे की कल्पना करने में उसे डर लग रहा था। लेकिन रास्कोलनिकोव उदासीन भाव से अपनी जगह पर बैठा रहा। लूज़िन से रिश्ता तोड़ने में उसी ने सबसे बढ़कर हिस्सा लिया था, लेकिन अब उसे इस मामले में बिलकुल दिलचस्पी नहीं रही थी। दुनिया सोचने लगी कि उसका भाई अभी तक उससे नाराज़ है। वृद्धा माँ भयभीत दृष्टि से बेटे की तरफ़ देखने लगी।

"स्वीद्रीगाईलोव ने तुमसे क्या कहा था?" दुनिया ने भाई के पास आकर पूछा।

"हाँ, हाँ बताओ।"

रास्कोलनिकोव ने सर ऊपर उठाकर उत्तर दिया "वह तुम्हें दस हज़ार रूबल भेंट करना चाहता है और मेरी मौजूदगी में सिर्फ़ एक बार तुम्हें मिलना चाहता है।"

"दुनिया से भेंट करना चाहता है। ऐसा नहीं होगा। पैसे देने की हिम्मत उसे कैसे हुई?" वृद्धा चिल्लाई।

इसके बाद रास्कोलनिकोव ने शुष्क स्वर में स्वीद्रीगाईलोव से अपनी भेंट का क़िस्सा सुनाया। अनावश्यक चर्चा से बचने के लिए उसने मार्फ़ा पैत्रोवना और भूत-प्रेतों का प्रसंग छोड़ दिया।

"तुमने उसे क्या जवाब दिया?" दुनिया ने पूछा।

"मैंने उसका सन्देश पहुँचाने से इनकार कर दिया, इस पर उसने कहा कि वह बिना मेरी मदद के ही तुमसे मिलने की कोशिश करेगा। उसने मुझे आश्वासन दिया कि तुम्हारे प्रति उसका प्रेम आवेश मात्र था। वह नहीं चाहता कि तुम लूज़िन से शादी करो...वह बे-सिर पैर की बातें कर रहा था।"

"तुमने उसकी बातों का क्या अर्थ लगाया, रोद्या? उसके बारे में तुम्हारी क्या राय है?"

"मेरी समझ में तो कुछ नहीं आया। वह कहता है कि वह ग़रीब है। साथ ही तुम्हें दस हज़ार रूबल भी देना चाहता है। एक तरफ़ वह कहता है कि वह सब छोड़-छोड़कर कहीं जा रहा है, लेकिन दस मिनट बाद ही उसने बताया कि वह शादी करेगा और उसका रिश्ता कहीं पक्का भी हो गया है। ज़रूर वह किसी दुष्टतापूर्ण इरादे से यह सब कर रहा है...ताज़्ज़ुब तो यह है कि उसने तुम पर डोरे डालने के लिए इतना फूहड़ ढंग क्यों अपनाया। मैंने तुम्हारी ओर से उसका प्रस्ताव ठुकरा दिया। मुझे वह बड़ा विचित्र आदमी मालूम होता है...लोग उसे पागल कहेंगे, लेकिन हो सकता है वह पागलपन का अभिनय कर रहा हो। मार्फ़ा पैत्रोवना की मौत ने उसके दिल पर गहरा असर किया है।"

"ईश्वर उस बेचारी की आत्मा को शान्ति दे। मैं तो सदा उसके लिए प्रार्थना करती रहूँगी। ये तीन हज़ार रूबल न छोड़ जाती तो हमारी क्या दशा होती? लगता है, भगवान ने छप्पर फाड़ कर दिया है। जानते हो रोद्या, आज सुबह हमारे पास सिर्फ़

तीन रूबल बचे थे और हम दोनों ने सोचा था कि दुनिया की घड़ी गिरवी रख कर कुछ इन्तज़ाम करेंगे, ताकि उस आदमी के आगे हाथ न पसारने पड़ें।" माँ ने कहा।

दुनिया स्वीद्रीगाईलोव के प्रस्ताव से प्रभावित होकर किसी गहरी सोच में डूबी थी।

"इस आदमी ने कोई भयंकर योजना बना रखी है।" वह अस्फुट स्वर में फुसफुसायी।

रास्कोलनिकोव भाँप गया कि दुनिया अकारण ही भयभीत हो रही है। वह बोला, "लगता है मुझे उस आदमी से कई बार मिलना होगा।"

"हम उस पर कड़ी नज़र रखेंगे! मैं उसका पता लगाऊँगा!" राजुमिहीन आवेश में बोला, "मैं उसे नज़रों से गा रोद्या ने मुझे ख़ुद कहा है, मेरी बहन का ध्यान रखना। अवदोत्या रोमानोव्ना आप भी मुझे इज़ाज़त देंगी?"

दुनिया ने मुस्कराकर अपना हाथ आगे बढ़ा दिया लेकिन उसके चेहरे से अभी भी परेशानी झलक रही थी। वृद्धा आशंकित दृष्टि से बेटी का मुँह ताकने लगी, लेकिन तीन हज़ार रूबल मिलने की ख़बर ने उसे आश्वस्त कर दिया था, यह साफ़ ज़ाहिर हो रहा था।

पन्द्रह मिनट तक सबसे बहस होती रही, यहाँ तक कि रास्कोलनिकोव भी ग़ौर से सारी बातें सुन रहा था। राजुमिहीन बोल रहा था,

"आप यहाँ से क्यों चली जायें? छोटे शहर में रहकर आप क्या करेंगी? आप सबको एक-दूसरे की ज़रूरत है...मेरी बात पर विश्वास कीजिए।....अगर आप मुझे साझीदार बनायें तो हम सब मिलकर एक शानदार योजना बना सकते हैं। सुनिये—मैं इस योजना का ब्योरा आपको बताऊँगा। आज सुबह इन सारी घटनाओं से पहले यह बात मेरे दिमाग़ में आयी थी। मेरे एक चचा हैं जो बड़े शरीफ़ आदमी हैं। उन्हें पेंशन मिलती है, उनके पास एक हज़ार रूबल की पूँजी है, जिसकी उन्हें कोई ज़रूरत नहीं है। पिछले दो साल से वे मेरे पीछे पड़े हुए हैं कि मैं छः प्रतिशत सूद पर वह रकम उनसे ले लूँ। मैं जानता हूँ कि वे सिर्फ़ मेरी मदद करने के लिए ही ऐसा कह रहे हैं। पिछले साल मुझे पैसे ही ज़रूरत नहीं थी, लेकिन इस साल मैंने सोचा है कि उनके यहाँ आते ही उनसे कर्ज़ ले लूँगा। अगर आप तीन हज़ार में से एक हज़ार रूबल दे दें तो हमारे पास कारोबार के लिए काफ़ी रकम हो जायेगी।"

इसके बाद राजुमिहीन ने बताया कि अधिकांश प्रकाशकों और पुस्तक-विक्रेताओं को इस बात की तमीज़ नहीं होती कि वे कैसी किताबें छाप और बेच रहे हैं। अगर अच्छी किताबें छापी जायें तो उनसे अच्छा मुनाफ़ा हो सकता है। राजुमिहीन प्रकाशक बनने का इच्छुक था। पिछले दो बरसों से वह प्रकाशकों के यहाँ काम करता रहा है। उसे तीन यूरोपीय भाषाओं का ज्ञान है, हालाँकि सिर्फ़ छः दिन पहले उसने रास्कोलनिकोव से कहा था कि वह जर्मन में बिलकुल शून्य है,

उसने आधे अनुवाद के लिए रास्कोलनिकोव को किताब का आधा पारिश्रमिक स्वीकार करने का आग्रह किया था। रास्कोलनिकोव जान गया था कि वह उसकी मदद करने के बहाने झूठ बोल रहा है।

राज़ुमिहीन ने उत्साहपूर्वक पूछा, "जब हमारे पास सफलता का मुख्य साधन पैसा मौजूद है तो हम क्यों इस मौक़े को हाथ से जाने दें? मेहनत तो बहुत करनी पड़ेगी, लेकिन हम मिलकर काम करेंगे। प्रकाशन के अलावा हम अनुवाद का काम भी करेंगे। मुझे इसका ख़ासा अनुभव है। दो बरस तक मैं प्रकाशकों के यहाँ धक्के खाता रहा हूँ। मुझे उनके कारोबार का पूरा ज्ञान हो गया है। पैसा पैदा करने के लिए विद्वता की कोई ज़रूरत नहीं पड़ती। फिर हम यह मौक़ा किसलिए गँवायें? मुझे दो या तीन ऐसी किताबें मालूम हैं, जिनके अनुवाद और प्रकाशन के सुझाव मात्र से सौ रूबल तो क्या पाँच सौ मिलने चाहिए। अगर मैं किसी को बताऊँगा, तो वह हिचकिचायेगा। ये लोग इतने बौड़म होते हैं। रही काग़ज़ ख़रीदने, छपवाने और बेचने की बात, वह मैं सम्भाल लूँगा, आप चिन्ता न करें। पहले हम छोटे पैमाने से काराबोर शुरू करेंगे...जो बढ़कर बाद में फैल जायेगा। हर हालत में हमारा गुज़ारा तो चल ही जायेगा और हमारी पूँजी भी वापस आ जायेगी।"

दुनिया की आँखें ख़ुशी से चमकने लगीं। वह बोली, "दिमित्री प्रोकोफ़िच, मुझे आपकी योजना बहुत पसन्द आयी।"

"विचार तो अच्छा है, आगे की ईश्वर जाने। मुझे इन बातों का कोई अनुभव नहीं। यह स्कीम बिलकुल नयी है, जो भी हो, कुछ दिन हमें अभी और रुकना चाहिए।" वृद्धा ने रोद्या की ओर देखते हुए कहा।

"क्यों भाई तुम्हारा क्या ख़्याल है?" दुनिया ने उससे पूछा।

"विचार तो बहुत अच्छा है, इतनी जल्दी प्रकाशन व्यवसाय के चल निकलने का सपना बेकार है। लेकिन निश्चय ही हम पाँच छः ऐसी किताबें छाप सकते हैं जिनमें सफलता मिलेगी। मैं भी एक ऐसी किताब का नाम जानता हूँ जो ख़ूब बिकेगी। रही राज़ुमिहीन की योग्यता की बात, तो मैं उस बारे में निश्चिन्त हूँ। वह इस कारोबार को समझता है...लेकिन हम यह बातें बाद में क्यों न तै करें।"

"हुर्रा!" राज़ुमिहीन ख़ुशी से चिल्लाया, "इसी मकान में एक स्वतन्त्र फ़्लैट खाली है, जिसमें तीन कमरे हैं, साथ में फर्नीचर भी है और किराया भी मुनासिब है। शुरू-शुरू में वहाँ रहने में कोई हर्ज़ नहीं। मैं कल जाकर आपकी घड़ी गिरवी रखकर कुछ रकम ले आऊँगा। आप तीनों एक साथ रह सकते हैं। रोद्या तुम कहाँ चल दिए?"

"इतनी जल्दी जा रहे हो?" वृद्धा ने विस्मित स्वर में पूछा।

"इसी वक़्त?"

रास्कोलनिकोव अपनी टोपी उठाकर चलने की तैयारी कर रहा था। दुनिया चकित दृष्टि से उसकी तरफ़ देखने लगी।

रास्कोलनिकोव के विचित्र ढँग से कहा, "लगता है जैसे तुम सब लोग मुझे दफ़ना कर सदा के लिए विदा ले रहे हो...क्या पता यह हमारी आख़िरी मुलाकात ही हो..." उसके मुँह से मन की सच्ची बात निकल गयी और उसने मुस्कराने का विफल प्रयत्न किया।

"तुम्हें क्या हो गया है?" वृद्धा ने पूछा।

"रोद्या, तुम कहाँ जा रहे हो।" दुनिया ने विचित्र स्वर में पूछा।

रास्कोलनिकोव के सफ़ेद चेहरे पर दृढ़ निश्चय की छाप थी। उसने अस्पष्ट स्वर में कहा, "नहीं मुझे जाना ही पड़ेगा...मेरा मतलब है...मैं तुम्हें और दुनिया को बताना चाहता था कि अच्छा हो अगर मैं कुछ दिन तुम लोगों से अलग रहूँ। मैं बीमार हूँ...। मेरा मन अशान्त है। जब मेरी तबियत सुधर जायेगी तब मैं खुद ही आ जाऊँगा...अगर यह सम्भव हुआ। मैं आप लोगों को बहुत चाहता हूँ और हर वक़्त याद रखता हूँ। मुझे अकेला रहने दो! मैंने पहले ही यह फ़ैसला कर लिया था...मैं तबाह हो जाऊँ या न हो जाऊँ, रहूँगा अकेला ही। तुम लोग मुझे बिलकुल भूल जाओ। इसी में भलाई है। मेरा पता लगाने की कोशिश न करना। अगर मैं आ सका तो ज़रूर आऊँगा...वरना तुम लोगों को बुला लूँगा। शायद पहले की-सी ज़िन्दगी फिर लौट आये, लेकिन अगर तुम लोगों को मुझसे प्यार है तो मुझे त्याग दो...नहीं तो मैं तुमसे नफ़रत करने लगूँगा—सच कहता हूँ...गुड बाई।"

"हे ईश्वर!" वृद्धा चिल्लाई। दुनिया और राजुमिहीन भी सहम गये।

"रोद्या! रोद्या, आकर हमसे सुलह कर लो। हम पहले की तरह ही रहेंगे।" वृद्धा ने कहा।

रास्कोलनिकोव आहिस्ता से बाहर निकल गया। दुनिया ने दौड़कर उस पकड़ लिया।

"भाई, तुम माँ की क्या हालत कर रहे हो?" दुनिया की आँखें आक्रोश से जल रही थीं।

रास्कोलनिकोव उदासीन भाव से उसकी तरफ़ देखकर बड़बड़ाया, "कोई बात नहीं, मैं जाऊँगा...मैं जा रहा हूँ।" और वहाँ से चला गया।

"स्वार्थी! हृदयहीन, दुष्ट।" दुनिया चिल्लाई।

"वह पागल है, हृदय-हीन नहीं। आपको उसका पागलपन दिखायी नहीं देता।" राजुमिहीन ने दुनिया का हाथ पकड़कर उसके कानों में कहा, "मैं अभी आता हूँ।" कहकर वह कमरे से बाहर भागा।

रास्कोलनिकोव बरामदे के छोर पर खड़ा उसकी प्रतीक्षा कर रहा था। उसने राजुमिहीन को देखते ही कहा, "मैं जानता था कि तुम मेरा पीछा करोगे। उन लोगों के पास लौट जाओ। हमेशा वहीं रहना...मैं...अगर मैं लौट सका तो आऊँगा, गुडबाई।"

वह बिना हाथ मिलाये ही चल पड़ा।

"तुम कहाँ जा रहे हो? तुम्हें क्या हो गया है? भला इस हालत में कैसे जाओगे?" राजुमिहीन ने घबराकर पूछा।

रास्कोलनिकोव क्षणभर के लिए रुक गया।

"फिर कभी मुझसे कोई सवाल मत पूछना। मेरे पास कोई उत्तर नहीं है। मुझसे मिलने मत आना। हो सकता है मैं फिर यहीं आऊँ। मुझे छोड़ दो लेकिन उन दोनों का साथ कभी मत छोड़ना मेरा मतलब समझ गये न?"

बरामदे में अँधेरा था। दोनों लैम्प के पास खड़े चुपचाप एक-दूसरे की तरफ़ देख रहे थे। राजुमिहीन को अपनी सारी बीती हुई ज़िन्दगी याद आ रही थी। रास्कोलनिकोव की आँखें उसकी आत्मा और चेतना को भेद रही थीं। सहसा राजुमिहीन चौंक पड़ा। दोनों के बीच एक रहस्यमय संकेत का आदान-प्रदान हुआ...दोनों एक-दूसरे की मन की बात समझ गये। राजुमिहीन का चेहरा पीला पड़ गया।

रास्कोलनिकोव का चेहरा आवेश से फड़क रहा था। उसने कहा, "अब सारी बात समझ गये? वापिस लौट जाओ।" वह फौरन नज़र से ओझल हो गया।

मैं यह बताने की कोशिश नहीं करूँगा कि कैसे राजुमिहीन लौटकर दोनों महिलाओं के पास गया, कैसे उसने यह कहकर उन्हें सान्त्वना दी कि रोद्या बीमार है, इसलिए उसे आराम की ज़रूरत है। निश्चय ही वह रोज़ उनसे मिलने आया करेगा, वह बहुत उद्विग्न है, इसलिए उसे तंग नहीं करना चाहिए। उसने आश्वासन दिया कि वह किसी अच्छे डॉक्टर से रोद्या का इलाज करवायेगा और उस पर निगरानी रखेगा...दरअसल उसी शाम से राजुमिहीन ने उस परिवार में पुत्र और भाई का स्थान ग्रहण कर लिया था।

4

रास्कोलनिकोव सीधा नहर के किनारे सोनिया के घर पहुँचा। वह हरे रंग के एक पुराने तिमंज़िले मकान में रहती थी। चौकीदार से उसने दर्ज़ी कापरनोमोव का पता मालूम कर लिया, और तंग, अँधेरे ज़ीने से वह दूसरी मंज़िल की गैलरी में जा पहुँचा। वह अभी अँधेरे में कापरनोमोव का फ़्लैट तलाश कर ही रहा था कि एक दरवाज़ा खुला और एक लड़की की आवाज़ आयी,

"कौन है?"

"मैं हूँ...मैं तुम से मिलने आया हूँ," रास्कोलनिकोव खुले दरवाज़े के भीतर दाख़िल हुआ। एक टूटी कुर्सी पर पिचके हुए ताँबे के शमादान में एक मोमबत्ती जल रही थी।

"आप! हे मेरे ईश्वर!" सोनिया क्षीण स्वर में बोली।

"तुम्हारा कमरा किस तरफ़ है? इधर!" रास्कोलनिकोव ने उसकी बात अनसुनी कर दी, और आगे बढ़ गया।

एक मिनट बाद सोनिया भी मोमबत्ती लेकर भीतर आ गयी। वह रास्कोलनिकोव के आकस्मिक आगमन से भयभीत हो गयी थी। उसके पीले गालों पर सुर्ख़ी दौड़ गयी और आँखों में आँसू छलछला आये।...वह मन-ही-मन लज्जित हो रही थी। साथ ही उसे ख़ुशी भी थी। रास्कोलनिकोव मेज़ के पास रखी कुर्सी पर जाकर बैठ गया और कमरे में चारों तरफ़ निगाह डालने लगा।

कमरा आकार में बड़ा था लेकिन उसकी छत बहुत नीची थी, कापरनोमोव के परिवार ने सिर्फ़ यही कमरा किराये पर उठा रखा था। बायीं ओर की दीवार में एक दरवाज़ा था, जो साथ वाले फ़्लैट में खुलता था, इस पर हमेशा ताला लगा रहता था। सोनिया का कमरा खलिहान--सा मालूम होता था, दीवार की तीन खिड़कियाँ नहर की ओर खुलती थीं। उनका कोण इतना तिरछा था कि तेज़ रोशनी में कुछ भी नज़र नहीं आता था। दूसरा कोना भी बेढब था। इतने बड़े कमरे में फ़र्नीचर के नाम पर सिर्फ़ एक पलँग, एक कुर्सी, और एक सादी मेज़ थी, जिस पर नीले

रंग का मेज़पोश बिछा था। मेज़ के पास दो बेंत वाली कुर्सियाँ पड़ी थी। सामने की दीवार के आगे एक दराज़ों वाली अलमारी थी, जो जंगल में खोयी खोयी-सी मालूम देती थी। दीवार पर चिपका पीला काग़ज़ कई स्थानों से फट गया था और काला पड़ गया था। सर्दियों में ज़रूर उसमें से सीलन की बू आती होगी। दरिद्रता के सभी लक्षण वहाँ मौजूद थे, यहाँ तक कि पलँग पर मसहरी तक न थी।

सोनिया ने चुपचाप आंगन्तुक की ओर देखा जो उसके कमरे का निरीक्षण करने में व्यस्त था। सोनिया भय और आशंका से काँपने लगी। उसे लगा कि वह अपने भाग्य-विधाता के आगे खड़ी है।

“बहुत देर हो गयी है। ग्यारह का वक़्त होगा न!” रास्कोलनिकोव ने बिना आँखें ऊपर उठाये पूछा।

“हाँ देर हो गयी है। अभी मेरी मकान-मालकिन की घड़ी में ग्यारह बजे हैं... मैंने खुद सुना।” सोनिया को जैसे पलायन का रास्ता मिल गया हो। “मैं आख़िरी बार तुमसे मिलने आया हूँ—शायद फिर कभी हमारी मुलाकात न हो।” उसके स्वर में उदासी थी।

“आप...यहाँ से जा रहे हैं?”

“पता नहीं शायद कल...”

“तो आप कल कैटेरीना इवानोव्ना के यहाँ नहीं आयेंगे?” सोनिया की आवाज़ काँप रही थी।

“पता नहीं...कल सुबह पता चलेगा...ख़ैर उसकी कोई परवाह नहीं...मैं सिर्फ़ एक शब्द कहने के लिए आया हूँ।”

रास्कोलनिकोव ने अपनी चिन्ताग्रस्त आँखें ऊपर उठाकर देखा कि वह बैठा हुआ है और सोनिया उसके सामने खड़ी है। उसने मृदु और शिष्ट स्वर में कहा, “खड़ी क्यों हो? बैठ जाओ।”

सोनिया बैठ गयी। रास्कोलनिकोव ने स्नेह भरी दृष्टि से उसकी ओर देखा और उसका हाथ अपने हाथ में ले लिया, “तुम कितनी दुबली हो। तुम्हारे हाथ के आर पार दिखायी देता है। बिलकुल मुर्दे जैसा हाथ है।”

सोनिया ने मुस्कराने की कोशिश की और उत्तर दिया, “मैं हमेशा से इसी तरह हूँ।”

“जब अपने घर में थी तब भी?”

“हाँ।”

“ज़रूर ऐसी ही रही होंगी।” सहसा उसकी आवाज़ बदल गयी। उसने एक बार फिर कमरे में नज़र दौड़ाई।

“तुमने यह कमरा कापरनोमोव से किराये पर लिया है?”

“हाँ...”

"और वे लोग साथ वाले कमरे में रहते हैं?"

"हाँ...उनका कमरा भी इतना ही बड़ा है।"

"इतने जने एक ही कमरे में रहते है?"

"हाँ।"

"तुम्हें अकेले यहाँ डर नहीं लगता?"

"वे लोग बड़े अच्छे हैं...यह सारा फर्नीचर भी उन्हीं का है। वे बड़े उदार हैं। उनके बच्चे भी मुझसे मिलने आते हैं।"

"वे सबके सब हकलाते हैं न?"

"हाँ...उनका पिता हकलाता है और वह लंगड़ा भी है। उसकी पत्नी हकलाती तो नहीं लेकिन वह साफ़ नहीं बोल सकती। वह बड़ी नेक औरत है। कापरनोमोव पहले किसी ज़मींदार का गुलाम था। उसके सात बच्चे हैं। सिर्फ़ बड़ा हकलाता है, बाक़ी बच्चे बीमार रहते हैं। लेकिन आपको ये सब बातें कहाँ से मालूम हुईं?"

"तुम्हारे पिता ने मुझे बताया था। उन्होंने मुझे तुम्हारी सब बातें भी बतायी थीं। एक रोज़ तुम छै बजे की गयी हुई रात को नौ बजे लौटी थीं और कैटेरीना इवानोव्ना घुटने टेककर तुम्हारे पास बैठी रही थी।"

सोनिया घबरा गयी।

"आज मैंने उन्हें देखा था।" वह हिचकिचाकर बोली।

"किन्हें?"

"पिताज़ी को। दस बजे के क़रीब जब मैं गली में घूम रही थी, उस समय वे मेरे आगे-आगे चल रहे थे। बिलकुल उनकी-सी शक्ल थी। मैं कैटेरीना इवानोव्ना के पास जाना चाहती थी..."

"तुम गलियों में चक्कर काट रही थीं?"

"हाँ।" सोनिया ने आँखें नीची कर लीं।

"कैटेरीना इवानोव्ना छोटेपन में तुम्हारी पिटायी करती थी?"

"नहीं तो! यह आप क्या कह रहे हैं?" सोनिया ने हताश दृष्टि से उसकी ओर देखा।

"तुम उन्हें चाहती हो।"

"चाहती हूँ? ज़रूर चाहती हूँ, ज़रूर चाहती हूँ" उसने क़ातर होकर अपने दोनों हाथ जोड़ लिए। "आह, आप नहीं जानते, वे निरी बच्ची है। दुःख से उनके मन का सन्तुलन बिगड़ गया है। पहले वे कितनी होशियार और सहृदय थीं...कितनी दयालु...आप नहीं जानते," सोनिया शोक से व्याकुल होकर हाथ मलने लगी। उसके पीले गालों पर लाली दौड़ गयी और आँखों में वेदना छा गयी। वह अपने को व्यक्त करने के लिए आकुल हो रही थी। उसके चेहरे की हर भंगिमा में अपार स्नेह और संवेदना झलक रही थी।

"वे मुझे पीटती थीं? यह आपने कैसे कह दिया? हे ईश्वर, वे और मुझे पीटेंगी? अगर कभी पीटा भी होगा तो क्या हुआ? आप उन्हें बिलकुल नहीं जानते। आह, वे कितनी दुखी और बीमार हैं। उनका दिल पवित्र है। वे न्याय चाहती हैं। उनका विश्वास है कि संसार में सब जगह न्याय होना चाहिए...अगर कोई उन्हें चोट पहुँचाये तो भी वे प्रतिवाद नहीं करेंगी। उन्हें नहीं मालूम कि दुनिया में अच्छा बनना असम्भव है। वे निरी बच्ची हैं। और नेक भी।"

"अब तुम्हारा क्या होगा?"

सोनिया ने प्रश्नसूचक दृष्टि से रास्कोलनिकोव की ओर देखा।

"अब सबका बोझ तुम्हारे ऊपर आ पड़ा है। पहले भी था...तुम्हारे पिता आकर तुमसे शराब के लिए पैसे माँगते थे। अब क्या होगा?"

"मैं नहीं जानती।" सोनिया ने दुःख भरी आवाज़ में उत्तर दिया।

"वे लोग उसी कोठरी में रहेंगे?"

"मालूम नहीं...उन पर पिछला किराया भी बाक़ी है। मैंने आज ही सुना है कि मकान-मालिकन उन्हें वहाँ से निकालना चाहती है और कैटेरीना इवानोव्ना ने कहा है कि अब वे एक मिनट भी वहाँ नहीं रुकेंगी।"

"यह कहने का साहस उनमें कैसे हुआ? तुम्हारी वजह से?"

"नहीं नहीं, ऐसी बात मत कहें...हम एक हैं और एक ही परिवार की तरह रहते हैं। सोनिया फिर आवेश में आ गयी, जैसे नन्ही चिड़िया गुस्से में आ गयी हो, "यह जवाब न देती और क्या करती? वे बचारी आज कितना रोयी हैं। आपने देखा नहीं कि उनके दिमाग़ का सन्तुलन बिगड़ गया है? एक तरफ़ उन्हें कल के भोज की चिन्ता है...वे बार-बार अपने हाथ मलती हैं, रोती हैं और निराश होकर दीवार पर अपना सिर पटकने लगती है। उन्हें ख़ून की उल्टियाँ आती हैं। अगले ही क्षण वे आश्वस्त हो जाती हैं। उन्हें आपसे बड़ी उम्मीदें हैं। उन्हें विश्वास है कि आप उनकी मदद करेंगे और वे कहीं से थोड़ा-सा कर्ज़ लेकर मुझे भी अपने साथ अपने शहर में ले जायेंगी। वहाँ जाकर वे धनी परिवारों की लड़कियों के लिए भी बोर्डिंग स्कूल खोलेंगी, मैं उसकी देखभाल करूँगी और हमारी नयी ज़िन्दगी शुरू होगी। फिर वे मुझे गले लगाकर चूमती हैं और तसल्ली देती हैं। उन्हें अपने दिवास्वप्नों में बड़ा विश्वास है। उनके सपनों को तोड़ने का साहस किसी में नहीं है। आज वे दिन भर की सफ़ाई, कपड़ों की मरम्मत और धुलाई में लगी रही हैं। अपने कमज़ोर हाथों से वे टब को कमरे में घसीटकर ले गयीं जिससे उनकी साँस फूल गयी। आज सुबह हम पोलेन्का और लिदा के लिए जूते ख़रीदने बाज़ार गये थे। वहाँ हमारे पास पैसे कम पड़ गये। उन्होंने छाँटकर नन्हे, बढ़िया से जूते पसन्द किये थे। आप नहीं जानते उनकी पसन्द कितनी बढ़िया है। और वे दुकानदार के सामने फूट-फूटकर रोने लगीं क्योंकि उनके पास पर्याप्त पैसे नहीं थे...। उन्हें देखकर कलेजा मुँह को आता था..."

"ख़ैर यह सब सुनकर मैं समझ गया हूँ कि तुम किस लिए ऐसी ज़िन्दगी बसर कर रही हो।" रास्कोलनिकोव ने एक कटु मुस्कान के साथ कहा।

"आपको उन पर दया नहीं आती? मैं जानती हूँ आपने अपनी आख़िरी पाई तक उन्हें दे दी थी। काश! आप उनका दुःख देखते! कितनी बार मेरी वजह से वे रोयी हैं। पिछले हफ़्ते पिता जी की मृत्यु से कुछ दिन पहले ही वे फूट-फूट कर रोयी थीं। मैं कितनी ज़ालिम हूँ! सारे दिन इस बात को सोचकर मैं दुखी रहती हूँ।"

इस घटना की स्मृति से सोनिया फिर वेदना से हाथ मलने लगी।

"तुम ज़ालिम कैसे हो?"

सोनिया ने रोकर बताया, "मैं उन्हें मिलने गयी थी। पिताजी ने कहा, 'सोनिया मेरे सर में दर्द है, ज़रा यह किताब पढ़कर सुनाओ।' पिताजी आन्द्री सेम्योनोविच लेब्ज़ियालीकोव से अकसर ऐसी अजब किताबें पढ़ने के लिए ले आते थे। मैंने फेरीवाली लिजावेता से कुछ कढ़ें हुए कालर और क़फ ख़रीदे थे, मैं उन्हें कैटेरीना इवानोव्ना को दिखाने ले गयी थीं। मैंने पिताजी से कह दिया, "मेरे पास समय नहीं," क्योंकि मैं वहाँ रुकना नहीं चाहती थी, कैटेरीना इवानोव्ना को वे चीज़ें बड़ी पसन्द आयीं और वे शीशे में अपनी शक्ल देखकर कहने लगीं, "सोनिया, ये चीज़ें मुझे भेंट कर दो।" बेचारी ने बरसों से अच्छे कपड़े नहीं पहने। वे बड़ी स्वाभिमानी हैं, उन्होंने कभी किसी से कोई चीज़ नहीं माँगी। लेकिन वे कालर उन्हें बहुत पसन्द थे। मैंने पूछा, "आप इन कालरों को लेकर क्या करेंगी?" मुझे यह बात नहीं कहनी चाहिए थी। उन्होंने करुणा भरी दृष्टि से मेरी ओर देखा, उनके दिल को चोट लगी थी। मुझे मन-ही-मन पश्चाताप हुआ, काश कहे हुए शब्द फिर लौट सकते...! लेकिन आपको इन बातों में भला क्या दिलचस्पी हो सकती है?"

"तुम फेरीवाली लिजावेता को जानती हो?"

"हाँ...आप भी उसे जानते हैं?" सोनिया ने चकित स्वर में पूछा।

रास्कोलनिकोव ने सोनिया की बात अनसुनी करके कहा, "कैटेरीना इवानोव्ना तपेदिक़ में घुल रही हैं, जल्दी ही वे चल बसेंगी।"

"नहीं, नहीं, ऐसा मत कहिये" सोनिया ने अनजाने में ही रास्कोलनिकोव के हाथ पकड़ लिए जैसे वह कैटेरीना इवानोव्ना को ज़िन्दगी के लिए प्रार्थना कर रही हो।"

"लेकिन उसके मर जाने में ही बेहतरी है।"

"नहीं, नहीं!"

"और बच्चों का क्या होगा? तुम्हें उन्हें अपने साथ ले जाना पड़ेगा, इसके सिवा और चारा भी क्या है?"

"मैं नहीं जानती।" कहकर सोनिया ने दोनों हाथों से अपना मुँह ढाँप लिया।

साफ़ ज़ाहिर था कि वह पहले भी इस समस्या के बारे में सोच चुकी थी। रास्कोलनिकोव ने उसके दिल को दोबारा कुरेद दिया था।

"मान लो अगर कैटेरीना इवानोव्ना ज़िन्दा भी रही और तुम बीमार हो कर हस्पताल चली गयीं, तब क्या होगा?" रास्कोलननिकोव के स्वर में निर्ममता थी।

"नहीं, ऐसा नहीं हो सकता।" सोनिया के चेहरे पर आतंक छा गया।

"नहीं हो सकता?" रास्कोलनिकोव ने कटु मुस्कान से कहा, "क्या तुमने बीमारी का बीमा करवा रखा है? तुम्हें कुछ हो गया तो वे लोग गलियों की खाक़ छानेंगे। कैटेरीना इवानोव्ना खाँसती हुई दीवार से अपना सर पटकेगी...उसे लोग पुलिस थाने में ले जायेंगे—वहाँ से हस्पताल—वहाँ उसकी मौत हो जायेगी—और बच्चे..."

"नहीं ईश्वर ऐसा नहीं होने देगा।"

सोनिया का भग्न हृदय चीत्कार कर उठा। वह याचना भरी दृष्टि से रास्कोलनिकोव की तरफ़ देखने लगी जैसे सब कुछ उसी पर निर्भर करता हो।

रास्कोलनिकोव उठकर कमरे में टहलने लगा। सोनिया निराशा से सर लटका कर खड़ी थी।

"तुम मुसीबत के दिनों के लिए कुछ बचा नहीं सकतीं?" रास्कोलनिकोव ने सहसा सोनिया के आगे रुककर पूछा।

"नहीं।"

"नहीं? तुमने कभी कोशिश नहीं की है?" उसके स्वर में व्यंग्य था।

"हाँ।"

"लेकिन तुम्हारी योजना पूरी न हो सकी—यही कहना चाहती हो न!"

वह फिर टहलने लगा। क्षण भर के लिए ख़ामोशी छा गयी।

"तुम्हें रोज़ पैसे नहीं मिलते?"

इस सवाल से सोनिया का मुँह लाल हो गया।

"नहीं।" उसने फुसफुसाकर उत्तर दिया।

"पोलेन्का की भी यही दशा होगी।"

"नहीं, नहीं, ऐसा नहीं हो सकता! ईश्वर ऐसा नहीं होने देगा!" सोनिया ज़ोर से चिल्लाई, उसे लगा जैसे किसी से उसे छुरा भोंक दिया हो।

"ईश्वर ने अनेकों को ऐसा होने दिया है।"

"नहीं नहीं! ईश्वर ज़रूर उसकी रक्षा करेगा। हे ईश्वर!"

"शायद ईश्वर नाम की कोई चीज़ नहीं है।" रास्कोलनिकोव के चेहरे पर एक कुटिल हँसी फैल गयी।

सोनिया का चेहरा काँपने लगा, वह भर्त्सना भरी नज़रों से रास्कोलनिकोव की तरफ़ देखने लगी। वह कुछ कहना चाहती थी लेकिन आवेश के कारण उसकी आवाज़ बन्द हो गयी और वह हाथों से मुँह ढाँपकर रोने लगी।

"तुम कहती हो कैटेरीना इवानोव्ना का मानसिक सन्तुलन बिगड़ गया है। तुम खुद भी तो अपना सन्तुलन खो बैठी हो।"

इसके बाद वह फिर कमरे में चहलकदमी करने लगा। कुछ देर बाद उसने अपने दोनों हाथ सोनिया के कन्धों पर रख दिये और उसकी आँसू भरी आँखों में आँखें डालकर देखने लगा। उसकी दृष्टि कठोर ज्वलन्त और तीक्ष्ण थी। सहसा उसने फ़र्श पर झुककर सोनिया के पैर चूम लिए। सोनिया उसे पागल समझकर एक तरफ़ हट गयी। सचमुच वह उस वक़्त पागल दिखायी दे रहा था।

"आप यह क्या कर रहे हैं!"

रास्कोलनिकोव उठकर खड़ा हो गया और बोला, "मैंने तुम्हारे आगे नहीं बल्कि समस्त पीड़ित मानवता के आगे सर झुकाया था।" यह कहकर वह खिड़की के पास जाकर खड़ा हो गया। फिर वह मुड़कर बोला, "सुनो, मैंने अभी एक गुस्ताख़ आदमी से कहा था कि वह तुम्हारे कदमों की धूल के बराबर भी नहीं है और तुम्हारे साथ बैठकर मेरी बहन धन्य हो गयी है।"

"आह! आपने क्या सच यह कहा था। मेरे साथ बैठकर आपकी बहन धन्य हो गयी?...छि...मैं तो इतनी...बदनाम...हूँ। आपने यह क्यों कहा?" सोनिया भयभीत हो उठी।

"तुम्हारी बदनामी और पाप की वजह से नहीं, बल्कि तुम्हारी महान् वेदना के कारण मैंने यह कहा था। यह भी सच है कि तुम पापी हो। तुमने अकारण ही अपने साथ धोखा किया है और अपने को तबाह कर डाला है। क्या यह पाप नहीं है?... तुम इस गन्दगी से नफ़रत करती हो, फिर भी यहीं रहती हो। यह जानती हो कि इससे तुम किसी को फ़ायदा नहीं पहुँचा रही (ज़रा आँखें खोलकर देखो!) मुझे यह बताओ कि तुम्हारे मन में पवित्र भावनाओं के साथ ऐसे पतन और लज्जाजनक विचारों को कैसे स्थान मिला? इससे तो हज़ार गुना बेहतर था कि तुम पानी में कूद पड़तीं।"

"लेकिन उन लोगों का क्या होगा?" सोनिया ने क्षीण स्वर में पूछा। उसे रास्कोलनिकोव के प्रस्ताव से रत्ती भर आश्चर्य नहीं हुआ था।

रास्कोलनिकोव सोनिया के चेहरे से भाँप गया कि अपनी मुसीबतों से बचने के लिए उस बेचारी के मन में कई बार पहले भी यह विचार आया था, तभी तो उसे रास्कोलनिकोव के अपमानजनक शब्दों पर क्षोभ नहीं हुआ था। वह समझ गया कि सोनिया को अपने लज्जाजनक जीवन के विचार से अपार यन्त्रणा हो रही है। लेकिन इसने पहले ही इस जीवन को ख़त्म क्यों नहीं कर दिया? वह सोचने लगा, सहसा उसकी आँखों के आगे सोनिया के अनाथ भाई बहनों का और शोक से सर पटकती हुई, क्षय-ग्रस्त कैटेरीना इवानोव्ना का चित्र आ गया। वह जानता था, सोनिया को इनसे कितना मोह था।

लेकिन यह स्पष्ट था कि सोनिया जैसी शिक्षित और सुशील लड़की और अधिक उस अपमानजनक जीवन को नहीं बर्दाश्त करेगी। लेकिन वह सोच रहा था कि कैसे सोनिया अभी तक यह बर्दाश्त करती रही, उसका दिमाग़ पागल क्यों नहीं हो गया? वह जानता था कि सोनिया एक अपवाद है, लेकिन फिर इस रास्ते पर आते ही उसका संवेदनशील मन क्यों न टूटा। क्या वह दुश्चरित्रा थी! नहीं, उसे अपने पेशे का यन्त्रवत अभिनय तो करना ही था। अनैतिकता की एक बूँद भी उसकी आत्मा तक नहीं पहुँच पायी है, यह वह जानता था। उसने सामने खड़ी सोनिया की आत्मा के आर-पार देख लिया था।...

"सोनिया के आगे तीन ही रास्ते हैं...आत्महत्या, पागलखाना या पतन का वह गढ़ा जिसमें गिरकर विवेक मिट जाता है और दिल पत्थर बन जाता है।"

अन्तिम रास्ता अत्यन्त अपमानजनक था, लेकिन रास्कोलनिकोव अभी तरुण अनास्थावादी था, इसलिए वह निर्मम भी था। उसका अनुमान था कि सोनिया तीसरे रास्ते पर ही चलेगी।

"लेकिन क्या ऐसा सम्भव हो सकता है? क्या एक लड़की जिसने अभी तक अपनी आत्मा को पवित्र रखा है, जान-बूझकर गन्दगी के गड्ढे में कूद सकेगी? क्या उसने इस दिशा में कदम तो नहीं बढ़ा लिए? क्या उसे पाप इतना घृणित नहीं मालूम होता जिससे वह यह सब सह रही है? नहीं, नहीं, ऐसा नहीं हो सकता। बच्चों की वजह से वह आत्महत्या नहीं कर सकी...लेकिन कौन कहता है कि वह पागल नहीं है...भला कौन स्वस्थ व्यक्ति गन्दगी की खाई में जान-बूझकर गिरने को तैयार होता है? क्या वह सोचती है कि किसी चमत्कार की शक्ति से वह बच जायेगी? निश्चय ही वह यही सोचती होगी, क्या यह पागलपन नहीं है?"

रास्कोलनिकोव को इस विचार ने बहुत प्रभावित किया। वह और अधिक ग़ौर से सोनिया की तरफ़ देखने लगा।

"सोनिया तुम बहुत ईश्वर-भक्त हो?"

सोनिया चुप रही। रास्कोलनिकोव उत्तर की प्रतीक्षा में खड़ा रहा।

सहसा सोनिया की आँखें चमक उठी। उसने रास्कोलनिकोव का हाथ मरोड़कर कहा।

"तो क्या मैं बिना ईश्वर के ज़िन्दा रहूँ।"

"अच्छा तो यह मामला है।" रास्कोलनिकोव ने मन-ही-मन सोचा और सोनिया की आत्मा को कुरेदने के लिए पूछा,

"ईश्वर तुम्हारे किस काम आता है?"

सोनिया चुप रही। भावावेश से उसका क्षीण वक्ष काँप रहा था।

"चुप रहिये! आप इस सवाल को पूछने के क़ाबिल नहीं है।" उसने क्षोभ भरे स्वर में कहा।

"समझ गया, समझ गया," रास्कोलनिकोव बड़बड़ाया।

"ईश्वर सब कुछ करता है।" सोनिया ने आँखें नीची करके कहा।

"यही पलायन का मार्ग है। मैं समझ गया।" रास्कोलनिकोव ने विचित्र ढंग से सोनिया के पीले, क्षीण चेहरे का निरीक्षण किया। उसकी नीली आँखों में शक्ति की चमक थी और उसका नन्हा शरीर क्रोध से काँप रहा था। रास्कोलनिकोव को यह सब बड़ा विचित्र लगा। उसने मन-ही-मन कहा, "इस लड़की पर धर्म का पागलपन सवार है।"

कमरे में चहलकदमी करते वक़्त रास्कोलनिकोव ने दराज़ में एक किताब रखी देखी थी। उसने उठाकर देखा कि वह पुराने चमड़े की जिल्द में मढ़ा न्यू टेस्टामेंट (इंजील) का रूसी भाषा में अनुवाद था।

"यह किताब तुम्हें कहाँ से मिली?"

सोनिया ने नीची नज़र किये उत्तर दिया, "किसी ने मुझे लाकर दी थी।"

"किसने?"

"लिजावेता ने। मैंने उससे माँगी थी।"

"लिजावेता! कैस विचित्र संयोग है!" रास्कोलनिकोव ने मन-ही-मन कहा। उसे सोनिया का व्यक्तित्व अत्यन्त रहस्यमय और शानदार मालूम हो रहा था। उसने मोमबत्ती के नज़दीक किताब ले जाकर पन्ने पलटते हुए पूछा,

"लज़ारस की कहानी कहाँ है?"

सोनिया चुपचाप नीची नज़रें किये खड़ी रही।

"मैं कहता हूँ लज़ारस के उत्थान की कहानी ढूँढ़ दो सोनिया!"

सोनिया ने कनखियों से रास्कोलनिकोव की तरफ़ देखकर जवाब दिया, "आप ठीक स्थान पर तलाश नहीं कर रहे। वह कहानी चौथे अध्याय में है।"

"ज़रा मुझे पढ़कर सुनाओ।" वह कोहनियाँ मेज़ पर टेककर बैठ गया और मन-ही-मन कहने लगा, "तीन हफ़्ते बाद लगता है मुझे पागलख़ाने जाना पड़ेगा, बशर्ते उससे पहले मैं उससे भी बदतर जगह न पहुँच गया तो।"

सोनिया ने हिचकिचाकर मेज़ पर से किताब उठाई और पूछा,

"आपने यह पुस्तक अभी तक नहीं पढ़ी?" उसकी आवाज़ में कठोरता थी।

"पढ़ी थी—बहुत दिन पहले—जब मैं स्कूल में था। पढ़ो!"

"आपने गिर्जे में इसका पाठ नहीं सुना?"

"मैं...गिर्ज़े नहीं जाता। तुम अकसर जाती हो?"

"न...नहीं।"

रास्कोलनिकोव मुस्कराया, "मैं समझ गया...तो कल तुम अपने पिता के जनाज़े में शामिल नहीं होओगी?"

"मैं जाऊँगी। मैं पिछले हफ़्ते भी गिर्ज़ाघर गयी थी–मैंने किसी की आत्मा की शान्ति के लिए प्रार्थना करवाई थी।"

"किसके लिए?"

"लिजावेता के लिए। किसी ने उसे कुल्हाड़ी से मार डाला था।"

रास्कोलनिकोव का सर चकराने लगा। उसने पूछा,

"लिजावेता तुम्हारी सहेली थी?"

"हाँ...वह अच्छी औरत थी...कभी-कभी मुझसे मिलने भी आती थी...हम एक साथ बाईबल पढ़ती थीं...और बातें करती थीं। उसे ज़रूर ईश्वर के दर्शन होंगे।"

अन्तिम वाक्य रास्कोलनिकोव को विचित्र लगा, लिजावेता के साथ सोनिया की रहस्यपूर्ण मुलाकातें–दोनों धर्म की दीवानी थीं।

"लगता है, मैं जल्द ही धर्म का दीवाना बनने वाला हूँ। यह छूत की बीमारी है।"

उसने चिढ़कर कहा, "पढ़ो।"

सोनिया अभी तक हिचकिचा रही थी। उसका दिल भय से धड़क रहा था। रास्कोलनिकोव क्रुद्ध दृष्टि से उस 'दुखी पगली' की ओर देखने लगा।

"आप ईश्वर में क्यों नहीं विश्वास करते?" सोनिया ने मृदु कंठ से पूछा।

"मैं चाहता हूँ तुम मुझे पढ़कर सुनाओ। तुम लिजावेता को भी तो सुनाती थीं।"

सोनिया ने लज़ारस वाला अध्याय खोला। उसके हाथ काँप रहे थे कंठ से आवाज़ नहीं निकल रही थी। बेचेनी में लज़ारस नामक आदमी बीमार था...सोनिया ने पढ़ना शुरू किया लेकिन वह वहीं रुक गयी।

रास्कोलनिकोव सोनिया की घबराहट का कारण जानते हुए भी उससे बार-बार पढ़ने का अनुरोध कर रहा था। उसे मालूम था कि अपनी आत्मा को निरावरण करना सोनिया के लिए अत्यन्त वेदनापूर्ण था। दुखी पिता, विक्षिप्त सौतेली माँ, भूखे भाई-बहनों और गलियों के बीच रहकर बचपन की जिन स्मृतियों को उसने संचित किया था वे उसकी अमूल्य निधि बन गयी थीं। वह यह भी जानता था कि सोनिया अपने समस्त भय और मानसिक-यन्त्रणा के बावजूद उस दुखदायी प्रसंग को पढ़कर सुनाना चाहती है...उसने सोनिया की आँखों से और उसके भावावेश से यह अनुमान लगा लिया था। सोनिया ने अपने आवेश पर काबू पाकर सन्त जौन का ग्यारहवाँ अध्याय पढ़ना शुरू किया, उन्नीसवाँ पद इस प्रकार था,

"बहुत से यहूदी मार्था और मेरी को सान्त्वना देने आये।"

"जब मार्था ने सुना कि यीसू आ रहे हैं, वह उनसे मिलने गयी। लेकिन मेरी घर में ही बैठी रही।"

"मार्था ने यीसू से कहा, प्रभु यदि आप यहाँ होते तो मेरा भाई न मरता।"

"मैं जानती हूँ, यदि अभी भी आप ईश्वर से कुछ माँगेंगे, तो आपको मिल जायेगा।"

यहाँ आकर सोनिया रुक गयी। उसे डर था कि उसकी आवाज़ फिर न काँपने लगे।

"यीसू ने कहा–तुम्हारा भाई फिर ज़िन्दा हो जायेगा।"

"मार्था ने उत्तर दिया, "यह तो मैं भी जानती हूँ कि प्रलय के बाद सब मृतक ज़िन्दा होंगे।"

यीसू ने कहा, मैं ही जीवन हूँ। जो मुझमें विश्वास रखता है, वह मरकर भी ज़िन्दा हो जाता है।

जो मुझमें विश्वास रखता है और मुझमें ज़िन्दा रहता है उसकी कभी मृत्यु नहीं होती। तुम विश्वास करती हो?

मार्था ने प्रभु से कहा, "...(एक ठंडी साँस लेकर सोनिया ने ओजपूर्ण स्वर में पढ़ना शुरू किया, जैसे वह अपनी आस्था की घोषणा करना चाहती हो।)"

"हाँ प्रभु! मुझे विश्वास है कि आप ईश्वर के पुत्र यीसू हैं।"

सोनिया ने रुककर फिर कनखियों से रास्कोलनिकोव की ओर देखा। रास्कोलनिकोव ने नज़रें दूसरी तरफ़ फेर लीं। सोनिया ने बत्तीसवाँ पद्य पढ़ा।

"जब मेरी ने आकर यीसू को देखा तो वह उसके चरणों में गिर पड़ी और बोली, प्रभु यदि आप यहाँ होते तो मेरे भाई की मृत्यु न होती।

मेरी का और उसके साथी यहूदियों का रोदन सुनकर यीसू की आत्मा पीड़ित हो उठी।"

वे बोले, तुम्हारे भाई की क़ब्र किधर है? लोगों ने कहा प्रभु इधर आकर देखो।

यीसू भी रोने लगे।

यहूदियों ने कहा, "देखो यीसू उसे कितना चाहते थे?"

कुछ लोगों ने कहा, जिसने अन्धों को दृष्टि प्रदान की उसने इस आदमी को मरने से क्यों नहीं बचा लिया?

रास्कोलनिकोव ने भावावेश में आकर सोनिया की तरफ़ देखा। वह काँप रही थी, महान् चमत्कार की प्रतीक्षा से उसे विजय की अनुभूति हो रही थी–विजयोल्लास से उसके स्वर में घण्टे का नाद आ गया था। उसे यह सारा प्रसंग मुँहजबानी याद था। "जिसने अन्धों को दृष्टि प्रदान की..." पद्य पढ़ते समय सोनिया ने यहूदियों के सन्देह अविवेक और अनास्था का खाक़ा खींचा। वह सोच रही थी, "जिस तरह यहूदी यीसू के चरणों में गिरकर रोने लगे थे और उनको आस्था लौट आयी थी, उसी तरह रास्कोलनिकोव की अनास्था भी दूर हो जायेगी और वह आस्तिक बन जायेगा।

अभी-इसी क्षण!" वह आतुरता से उस सुखमय क्षण की प्रतीक्षा करने लगी। ''यीशु स्वयं दुखी मन से एक गुफ़ा के पास आये जिस पर एक पत्थर था।''

यीसू ने कहा—मार्था इस पत्थर को हटाओ। मार्था ने कहा प्रभु मेरे भाई को मरे चार दिन हो चुके है। उसके शरीर से दुर्गन्ध उठ रही है।

सोनिया ने 'चार' शब्द पर ज़ोर दिया।

यीसू बोले, मैंने तुम्हें कहा था, यदि तुमें आस्था होगी तभी तुम ईश्वर का चमत्कार देख सकोगी।

सबने मिलकर गुफ़ा का पत्थर उठा दिया। यीसू ने आँखें ऊपर उठाकर कहा, 'पिता तुमने मेरी प्रार्थना सुन ली। तुम्हें अनेकों धन्यवाद!

मैं जानता था तुम सदा मेरी प्रार्थना सुनोगे, लेकिन मैं पास खड़े लोगों को विश्वास दिलाना चाहता हूँ कि तुम्हीं ने मुझे धरती पर भेजा है।

यह कहकर यीसू ने ज़ोर से आवाज़ दी, "लज़ारस! उठो!"

लज़ारस ज़िन्दा हो गया।

(सोनिया गद्‌गद् हो रही थी, जैसे वह प्रत्यक्ष यह चमत्कार देख रही हो।)

'उसके हाथ-पैर बँधे हुए थे और मुँह पर भी एक रूमाल-बाँधा था। यीसू ने कहा, ''इसके हाथ-पैर खोल दो और आज़ाद कर दो।''

इसके बाद यहूदियों को यीसू में आस्था हो गयी।

सोनिया ने किताब बन्द कर दी और उठकर खड़ी हो गयी। उसने आँखें ऊपर उठाये बग़ैर कहा, "यही लज़ारस की कहानी है।" मोमबत्ती के मद्धम प्रकाश में एक हत्यारे और वेश्या ने एक साथ बाईबल पढ़ी थी। पाँच मिनट तक दोनों ख़ामोश रहे।

सहसा रास्कोलनिकोव उठकर सोनिया के पास जा खड़ा हुआ, उसके चेहरे पर एक पाश्विक कठोरता थी। उसने ऊँची आवाज़ में कहा, "मैं कुछ कहने आया था। आज मैंने अपनी माँ और बहन से सदा के लिए नाता तोड़' लिया है।"

"किसलिए!" सोनिया ने आतंकित स्वर में पूछा, वह रास्कोलनिकोव की माँ और बहन से मिलकर बड़ी प्रभावित हुई थी।

"अब सिर्फ़ तुम रह गयी हो...आओ चलें...मैं तुम्हें लेने आया हूँ, हम दोनों अभिशप्त हैं।"

सोनिया सोच रही थी, ''इस आदमी की आँखों में पागलों सी चमक है।'' उसने भय से पीछे हटकर पूछा, "कहाँ चलें?"

"मैं क्या जाँनू? लेकिन हम दोनों को मंज़िल एक है, रास्ता एक है।"

सोनिया चुपचाप रास्कोलनिकोव का मुँह ताकने लगी। उसे सिर्फ़ इतना मालूम था कि वह बड़ा दुखी है।

"वे लोग मेरी बात नहीं समझेंगे, लेकिन मुझे तुम्हारी ज़रूरत है। इसीलिए मैं तुम्हारे पास आया हूँ।"

"मैं कुछ समझी नहीं।"

"तुम्हें सब कुछ समझ में आ जायेगा। तुमने भी क्या समाज के विधान को नहीं तोड़ा?....तुमने भी एक ज़िन्दगी ख़त्म कर दी है...अपनी ज़िन्दगी (बात एक ही है।) तुम यह सब बर्दाश्त नहीं कर सकोगी। अगर तुम अकेली रही तो मेरी तरह पागल हो जाओगी। अपने दिमाग़ का सन्तुलन तो पहले से ही खो बैठी हो। हम एक ही पथ के राही हैं, आओ चलें।"

"किसलिए? ये बातें आप किसलिए कह रहे हैं?" सोनिया ने भावावेश में आकर पूछा।

"किसलिए? क्योंकि तुम इस हालत में नहीं रह सकती, कभी तो तुम्हें यथार्थ से आँखें मिलानी ही पड़ेंगी। बच्चों की तरह रोने से और ईश्वर की दयालुता पर भरोसा रखने से काम नहीं चलेगा। अगर सचमुच तुम्हें कल हस्पताल में भरती होना पड़ा तो क्या होगा? कैटेरीना इवानोव्ना क्षयग्रस्त और विक्षिप्त है, वे जल्द ही चल बसेंगी। फिर बच्चों की देखभाल कौन करेगा? तुम कैसे कह सकती हो कि पोलेन्का पर आँच नहीं आयेगी? क्या माँएँ अपने नन्हें बच्चों को गलियों में भीख माँगने नहीं भेजतीं? इन गलियों में बच्चे बच्चे नहीं रह जाते। सात बरस की उम्र में ही वे चोर और पापी बन जाते हैं। तुम जानती हो कि बच्चे यीसू के अवतार हैं "स्वर्ग का साम्राज्य बच्चों के लिए ही है। यीसू ने कहा है कि हमें बच्चों से प्रेम करना चाहिए वे भविष्य की मानव जाति हैं।"

"मैं क्या करूँ। मैं क्या करूँ!" सोनिया फूट-फूट कर रोने लगी।

"क्या करो! इन बन्धनों को सदा के लिए तोड़ दो और स्वयं सारी यातना सहो?...तुम नहीं समझीं?...बाद में समझोगी। स्वतन्त्रता और शक्ति!...यही आख़िरी मंज़िल है। यही मेरा अन्तिम सन्देश है। शायद यह हमारी अन्तिम मुलाकात है। अगर मैं कल न आया तो तुम सच सुन लोगी और तुम्हें मेरे शब्द याद आयेंगे, फिर बहुत सालों बाद शायद तुम मेरे शब्दों का मतलब भी समझोगी...अगर मैं कल यहाँ आया तो तुम्हें बताऊँगा कि लिजावेता का हत्यारा कौन है...गुडबाई।"

सोनिया का शरीर आतंक से ठंडा पड़ गया। उसने पूछा, "आपको मालूम है, लिजावेता का हत्यारा कौन है?"

"हाँ, मैं तुम्हें बताऊँगा—सिर्फ़ तुम्हीं को। मैं तुमसे क्षमा-याचना करने नहीं बल्कि तुम्हें बताने आऊँगा, यह बताने के लिए मैंने बहुत पहले से सिर्फ़ तुम्हीं को चुना था, जब लिजावेता ज़िन्दा थी, और तुम्हारे पिता मुझसे तुम्हारी चर्चा किया करते थे। मैंने तभी यह निश्चय कर लिया था। गुडबाई! मुझसे हाथ मत मिलाओ। कल!..."

रास्कोलनिकोव बाहर चला गया। सोनिया उसे पागल समझकर उसकी तरफ़ ताकती रही लेकिन इस वक़्त वह ख़ुद भी पागल हो रही थी। उसका सर चकरा रहा था।

"हे ईश्वर! इसे लिजावेता के हत्यारे का कैसे पता चला! कैसी भयंकर बात है!" लेकिन क्षण भर के लिए भी सोनिया के मन में सन्देह नहीं पैदा हुआ "ओह! शायद वह बेचारा दुखी है। लेकिन उसने अपनी माँ और बहन से नाता क्यों तोड़ लिया? आख़िर वह उससे क्या कहने आया था...उसने सोनिया के पैर चूमे थे और कहाँ था कि वह सोनिया के बग़ैर ज़िन्दा नहीं रह सकता (हाँ उसने यह कहा था)।... "हे, ईश्वर!"

सोनिया को रात भर सरसाम रहा। वह बीच-बीच में उठकर अपने हाथ मलती और रोती थी। फिर उसे सपने में पेलेन्का, कैटरीना इवानोव्ना और लिजावेता दिखायी दीं...उसने देखा कि वह रास्कोलनिकोव को बाईबिल पढ़ कर सुना रही है... रास्कोलनिकोव उसके पैर चूम रहा है।

सोनिया के साथ वाला कमरा इन दिनों खाली पड़ा था। मकान-मालकिन ने बाहर मकान किराये पर खाली है की तख़्ती भी लगा छोड़ी थी। इस कमरे के दरवाज़े पर खड़े स्वीद्रीगाईलोव ने रास्कोलनिकोव और सोनिया की सारी बातें सुन ली थीं। रास्कोलनिकोव के आने के बाद वह पंजों के बल चलकर अपने कमरे में लौट गया था, जो खाली कमरे की बगल में था। फिर वह सोनिया के दरवाज़े के पास एक कुर्सी डालकर बैठ गया। उसे दोनों की बातचीत बड़ी दिलचस्प मालूम हुई थी, इसीलिए उसने आराम से बैठकर सारी बातें सुनने के लिए कुर्सी का प्रबन्ध कर लिया था।

5

अगले दिन सुबह ग्यारह बजे रास्कोलनिकोव ने पुलिस के दफ़्तर जाकर पोरफेरी पैत्रोविच को अपने आने की ख़बर भिजवाई। दस मिनिट बाद उसे भीतर बुलाया गया। उसका ख़्याल था कि उसे देखते ही लोग उस पर झपटेंगे, लेकिन वह चुपचाप वेटिंग रूम में खड़ा रहा, जहाँ बहुत से अपरिचित लोग आ-जा रहे थे। साथ के कमरे में क्लर्क बैठे काम कर रहे थे, जिन्हें रास्कोलनिकोव से कोई दिलचस्पी नहीं थी। उसने सन्दिग्ध दृष्टि से चारों ओर देखा कि कहीं कोई सन्तरी नज़र आ जाये, लेकिन वहाँ कोई सन्तरी न था। किसी को उसकी तरफ़ देखने की फ़ुर्सत न थी। वह अगर घर लौट जाता, तब भी वे उससे कुछ न कहते। उसका यह विश्वास पक्का हो गया कि कल जिस रहस्यमय आदमी को उसने देखा था, वह उसकी कोरी कल्पना थी। अगर उस आदमी ने सब कुछ अपनी आँखों से देखा होता तो क्या पुलिस इस इन्तज़ार में बैठी रहती कि वह खुद ग्यारह बजे दफ़्तर में आये? या उस आदमी ने अभी तक पुलिस को ख़बर नहीं की, या उसे इस घटना का कुछ पता नहीं था (और भला उसे पता होता भी कैसे?) हो सकता है कल वाली घटना उसके रुग्ण मन की कल्पना हो। सहसा उसे आभास हुआ कि वह काँप रहा है। उसे अपने भय पर मन-ही-मन खीज़ हुई। उसे पोरफेरी पैत्रोविच से सख़्त नफ़रत थी, और उसे डर था कि कहीं इस नफ़रत की वजह से ही सारा भंड़ा न फूट जाये। गुस्सा आने से उसकी कँपकँपी बन्द हो गयी। उसने निश्चय किया कि वह वहाँ जाकर जहाँ तक हो सका, चुप रहेगा, और गुस्ताख़ी से पेश आयेगा, जिससे उसे अपने थके हुए स्नायुओं पर संयम रखने का मौक़ा मिलेगा। इसी समय उसे भीतर से बुलावा आया।

पोरफेरी पैत्रोविच अपने अध्ययन कक्ष में अकेला बैठा था। कमरे में एक बड़ी लिखने की मेज़, चारख़ानी गद्दियों वाला एक सोफ़ा, एक दराज़ों वाली अलमारी, बुक-केस और कई कुर्सियाँ रखी थीं–सारा फ़र्नीचर सरकारी था। उस पर पीले रंग का पालिश किया गया था। सामने की दीवार के बीच में एक दरवाज़ा था,

जिसके पीछे और कमरे भी थे। रास्कोलनिकोव के आते ही पोरफेरी पैत्रोविच ने कमरे का दरवाज़ा बन्द कर दिया। वैसे पोरफेरी उससे बड़े तपाक से मिला था, लेकिन थोड़ी देर बाद रास्कोलनिकोव को पोरफेरी के व्यवहार में विचित्रता नज़र आने लगी।

पोरफेरी ने उसके दोनों हाथ पकड़कर कहा, "प्यारे दोस्त, आख़िर तुम हमारी दुनिया में पहुँच ही गये। बैठो न यार! क्या तुम्हें ये शब्द पसन्द नहीं है? यह मत समझना कि मैं तुम्हारे मुँह लग रहा हूँ। सोफ़े पर बैठ जाओ।"

रास्कोलनिकोव बैठ गया। पुलिस की दुनिया में यही भाषा चलती है। वह सोच रहा था, "पोरफेरी ने हाथ आगे बढ़ाये थे, फिर अचानक पीछे खींच लिए, आख़िर माजरा क्या है।" दोनों सन्दिग्ध नज़रों से एक-दूसरे को देख रहे थे, लेकिन आँखें चार होते ही मुँह दूसरी तरफ़ फेर लेते थे। रास्कोलनिकोव ने कहा, "मैं...यह अर्जी लेकर आया हूँ...घड़ी के बारे में, यह लीजिए। यह ठीक है या और नक़ल करके ले आऊँ?"

"दरख़्वास्त! अरे हाँ, चिन्ता न करो। यह ठीक है।" पोरफेरी ने काग़ज़ पर नज़र दौड़ाई और उसे मेज़ पर रख दिया।

एक मिनट बाद बातचीत के दौरान में पोरफेरी ने दरख़ास्त उठाकर दराज़ में रख दी।

रास्कोलनिकोव ने बात शुरू की, "मेरा ख़्याल है कि आपने कल मुझसे कहा था कि आप उस बुढ़िया के बारे में मुझसे पूछताछ करेंगे?" उसे अपने शब्दों पर गुस्सा आया, "मैंने यह क्यों कहा?" पोरफेरी की मौजूदगी में उसकी घबराहट कई गुना बढ़ गयी थी और यह ख़तरे की निशानी थी। वह सोचने लगा, "इस तरह तो मैं फिर बहुत कुछ बक डालूँगा। यह ठीक नहीं है।"

पोरफेरी पैत्रोविच अकारण ही मेज़ पर रखी चीज़ों को छेड़ रहा था, और कभी वह रास्कोलनिकोव की सन्दिग्ध नज़र से बचने की कोशिश करता था, और अगले ही क्षण उसकी आँखों में आँखें डालकर देखने लगता था।

वह अपनी मोटी गोल उँगली गेंद की तरह मेज़ पर एक सिरे से दूसरे सिरे तक फिरा रहा था।

"हमारे पास बहुत समय है। तुम सिगरेट पीते हो? अपनी डिब्बी लाये हो? यह लो।" उसने रास्कोलनिकोव को एक सिगरेट देते हुए कहा, "मैं तुम्हें दफ़्तर में मिल रहा हूँ। मेरा सरकारी क्वार्टर भी पास ही में है, लेकिन इन दिनों मैं बाहर रह रहा हूँ। मुझे यहाँ मरम्मत करवानी थी, सो पूरी हो गयी है। तुम जानते हो सरकारी क्वार्टर कितने शानदार होते हैं? क्यों तुम्हारा क्या ख़्याल है?"

"हाँ, होते तो शानदार हैं।" रास्कोलनिकोव ने व्यंगभरी दृष्टि से पोरफेरी की तरफ़ देखा।

"शानदार, हाँ सचमुच शानदार।" कहकर वह रास्कोलनिकोव के नज़दीक आकर उसे घूरने लगा। उसका यह व्यवहार सचमुच बड़ा असंगतिपूर्ण था, क्योंकि अभी तक वह कनखियों से रास्कोलनिकोव की ओर देखता रहा था।

रास्कोलनिकोव को ताव आ गया, उसने गुस्ताख़ी भरे स्वर में चुनौती दी, "मैंने सुना है कि क़ानून की परम्परा में वकीलों द्वारा मुज़रिम का ध्यान बँटाने के लिए और उसकी चेतना को ख़त्म करने के लिए क्षुद्र बातें करना और फिर सहसा कोई अप्रत्याशित सवाल पूछना, जिससे मुज़रिम चारों खाने चित्त हो जाये, अच्छा नहीं समझा जाता। क्यों यह ठीक है न? मेरा ख़्याल है कि हर क़ानूनी किताब में यही नियम लिखा है।"

"हाँ हाँ...लेकिन तुमने कैसे सोच लिया कि मैं इसी नीयत से सरकारी क्वार्टरों की बात कर रहा था?...क्यों?"

यह कहकर पोरफेरी पैत्रोविच ने अपनी आँखें सिकोड़ लीं और उसके चेहरे पर एक चालाक भरी मुस्कान फैल गयी। उसके माथे की त्योरियाँ ढीली पड़ गयीं और वह रास्कोलनिकोव की आँखों में आँखें डालकर विचित्र ढंग से हँसने लगा। रास्कोलनिकोव ने भी हँसने की कोशिश की, यह देखकर पोरफेरी पैत्रोविच ने ज़ोर से ठहाका भरा। हँसते-हँसते उसका मुँह लाल हो गया। रास्कोलनिकोव के मन में अपार घृणा जागृत हुई, जिससे उसकी सावधानी का बाँध टूट गया। वह जान-बूझ कर पोरफेरी की तरफ़ घूरने लगा, दोनों पक्ष असावधानी बरत रहे थे, लेकिन पोरफेरी पैत्रोविच तो रास्कोलनिकोव के मुँह पर हँस रहा था, उसे रास्कोलनिकोव की नाराज़गी की रत्तीभर परवाह न थी। रास्कोलनिकोव की आँखों से क्षोभ टपक रहा था, वह समझ गया था कि पोरफेरी पैत्रोविच ने बड़ी चालाकी से उसके लिए जाल बिछाया है, और किसी भी क्षण वह उसमें फँसने वाला है...

वह टोपी उठाकर खड़ा हो गया और उसने दृढ़ स्वर में कहा, "पोरफेरी पैत्रोविच, आपने कल कहा था कि आप मुझे पूछताछ के लिए बुलाना चाहते हैं (उसने पूछताछ शब्द पर जान-बूझ कर ज़ोर दिया) मैं इसलिए यहाँ आया हूँ अगर आप कुछ पूछना चाहते हैं तो पूछे वरना मुझे जाने की इज़ाज़त दें। मेरे पास फालतू वक़्त नहीं,... मुझे किसी के जनाज़े में शामिल होना है...आप भी उस आदमी को जानते हैं।" उसे इस व्यर्थ की बात पर और विशेषकर अपने गुस्से पर बड़ी खीज आयीं। उसने चिल्ला कर कहा, "सुनते हो! मैं इस मामले से तंग आ गया हूँ। मेरी बीमारी का यही कारण है।" उसे लगा कि उसने बेकार ही बीमारी का ज़िक्र कर दिया। "अगर आप मुझसे पूछताछ करना चाहते हैं तो ठीक ढंग से करें। वरना मुझे जाने दें। इधर-उधर की और कोई बात मैं बर्दाश्त नहीं करूँगा। अच्छा गुडबाई। अब मेरे यहाँ रुकने का कोई फ़ायदा नहीं।"

"हे ईश्वर! यह तुम क्या कह रहे हो? मैं किस सिलसिले में तुमसें पूछताछ करूँ?" पोरफेरी पैत्रोविच ने सहसा संजीदा होकर पूछा, और उसने रास्कोलनिकोव से बैठने के लिए आग्रह किया, "घबराओ नहीं, इतनी जल्दी भी क्या है? तुम ख़ुराफ़ात बक रहे हो। आओ, बैठो। मुझे ख़ुशी है कि तुम मुझसे मिलने आये हो। मैं तुम्हें अपना अतिथि समझता हूँ। तुम्हारी मज़ेदार टिप्पणी सुनकर मुझे हँसी आ गयी। इसके लिए माफ़ी चाहता हूँ, रोदियोन रोमनोविच तुम्हारा यही नाम है न! कई बार मैं आधे-आधे घण्टे तक रबर की गेंद की तरह हँसी से फूल जाता हूँ...मुझे डर लगता है, कहीं मुझे लकवा न हो जाये...मेहरबानी करके बैठ जाओ, वरना मैं समझूँगा तुम मुझसे नाराज़ हो।"

रास्कोलनिकोव पूर्ववत् खड़ा रहा और क्रोधभरी नज़रों से पोरफेरी पैत्रोविच को देखने लगा। पोरफेरी ने कमरे में चहकलकदमी शुरू कर दी, "मेरे प्यारे रोदियोन रोमनोविच, मैं तुम्हें बताना चाहता हूँ कि में अविवाहित हूँ। पकने लगा हूँ और सभा- सोसाइटियों में अधिक नहीं जाता। इसके अलावा तुमने देखा होगा कि हमारे पीटर्सबर्ग के समाज में जब मेरे और तुम्हारे जैसे दो चतुर आदमी कहीं मिलते हैं तो बातचीत का विषय ढूँढ़ने में ही उन्हें आधा घण्टा लग जाता है। दोनों झेंप जाते हैं और ख़ामोश बैठे रहते हैं। स्त्रियों के पास हमेशा बातचीत करने के लिए कोई न कोई विषय रहता है...ऊँचे वर्ग के लोगों की भी यह समस्या नहीं है। लेकिन हमारे जैसे मध्यवर्ग के बुद्धिजीवी हमेशा झेंप में रहते हैं। इसका क्या कारण है? क्या हम इतने ईमानदार हैं कि एक-दूसरे को धोखा नहीं देना चाहते, या सार्वजनिक मामलों में हमें कोई दिलचस्पी नहीं? तुम्हारी क्या राय है? मेरी समझ में तो कुछ नहीं आता। अरे दोस्त, अपनी टोपी उतार दो, लगता है तुम फिर जाने की जल्दी में हो...बैठो न!"

रास्कोलनिकोव ने अपनी टोपी सर से उतार दी और वह संजीदगी से पोरफेरी पैत्रोविच की अनर्गल बातों को सुनने लगा, "यह अपनी बकवास से मेरा ध्यान तो नहीं बँटाना चाहता!" उसने मन-ही-मन सोचा।

"मुझे अफ़सोस है कि मैं यहाँ तुम्हें काफ़ी नहीं पिला सकता। तुम सरकारी दफ़्तरों के काम को तो जानते ही हो ...माफ़ करना मैं कमरे में चहलकदमी कर रहा हूँ लेकिन मेरे लिए व्यायाम करना बहुत ज़रूरी है। मुझे हर वक़्त बैठे रहना पड़ता है, इसलिए मुझे चहलकदमी करना अच्छा लगता है। मैं सोचता हूँ किसी व्यायामशाला में भर्ती हो जाऊँ। सुनते हैं वहाँ बहुत बड़े अफ़सर, और यहाँ तक कि प्रिवी काउन्सलर भी व्यायाम करने जाते हैं ...आधुनिक विज्ञान का ज़माना जो ठहरा...हाँ हाँ...लेकिन मुझे यहाँ बड़ा काम रहता है, तहकीकात वग़ैरह करना...तुमने अभी खुद ही तहकीकात का ज़िक्र किया था। सच पूछो तो तहकीकात करने वाले की स्थिति कई बार मुज़रिम से अधिक विचित्र हो जाती है...तुमने खुद इस बारे में

मज़ेदार टिप्पणी की थी (रास्कोलनिकोव ने कोई टिप्पणी नहीं की थी)। कई बार मामला बड़ा टेढ़ा हो जाता है! हम लोगों को बार-बार एक ही रट लगानी पड़ती है। सुनते हैं अब तो सुधार होने वाले हैं और हमारे महकमे का नाम बदल जायेगा। ही ही, रही क़ानूनी परम्परा की बात तो मैं तुम्हारी राय से बिलकुल सहमत हूँ। एक गँवार से गँवार आदमी भी जानता है कि पुलिसवाले ऊलजलूल सवाल पूछकर मुज़रिम का ध्यान बँटाने की कोशिश करते हैं फिर अचानक टेढ़ा सवाल पूछकर उसे हतप्रभ कर देते हैं। ही! ही! तुम्हारा ख़्याल था कि मैं इसीलिए सरकारी क्वार्टरों की चर्चा कर रहा था....ही ही...तुम बड़ा मज़ाक करते हो...अच्छा मैं अब चुप रहूँगा...लेकिन इस बात से मुझे याद आया, तुमने कहा था बाक़ायदा तहकीकात होनी चाहिए। लेकिन उसकी क्या ज़रूरत है? कई केसों में तो सिर्फ़ दोस्ताना बातचीत में ही काम की सारी बातें मालूम हो जाती है। फिर तहकीकात करना एक स्वतन्त्र कला है...उसमें औपचारिक ढंगों की हर वक़्त ज़रूरत नहीं...ही-ही...!"

यह कहकर पोरफेरी पैत्रोविच चुप हो गया। उसने दो-चार रहस्यम संकेत छोड़ कर फिर अनर्गल बातें शुरू कर दी थीं। वह और भी तेज़ चाल से चहलकदमी कर रहा था उसका दायाँ हाथ पीठ के पीछे था, और बायें हाथ को वह हिला-डुला रहा था। रास्कोलनिकोव ने देखा कि वह सहसा दरवाज़े के पास ठिठक गया था।

यह किसी का इन्तज़ार तो नहीं कर रहा? उसने मन-ही-मन सोचा।

पोरफेरी ने रास्कोलनिकोव को मासूम नज़रों से देखा, (रास्कोलनिकोव फौरन चौंककर सावधान हो गया) और प्रफुल्लित स्वर में कहा, "तुम हमारी क़ानूनी परम्पराओं की हँसी उड़ाकर अच्छा ही करते हो। तहकीकात के कई मनोवैज्ञानिक ढंग बड़े पेचीदा और हास्यास्पद हैं। ऐसे तरीक़ों पर चलना फ़िजूल है—मैं फिर तरीक़ों की बात कर रहा हूँ...अगर मुझे किसी आदमी पर शक हो जाये कि वह अपराधी है तो मैं...तुम क़ानून के विद्यार्थी हो न!"

"किसी ज़माने में था..."

"तब तो भविष्य में यह मिसाल तुम्हारे काम आयेगी। तुम ख़ुद अपराध के विषय पर लेख लिखते हो, में तुम्हें भला क्या शिक्षा दे सकता हूँ? लेकिन अगर मुझे किसी आदमी पर शक हो जाये, और मेरे पास उसके खिलाफ़ सबूत भी हो, तो भला मैं उसको नाहक क्यों परेशान करूँ! कई बार तो मुज़रिम को फौरन गिरफ़्तार करने में बेहतरी है। लेकिन कई मुज़रिमों को मैं खुली छूट देना पसन्द करता हूँ, ताकि वे शहर में ख़ूब मटरगश्ती करते फिरें...ही ही! तुम समझे नहीं...तो एक-दूसरी मिसाल सुनो, मैं किसी मुज़रिम को जल्द ही जेल भेजकर भला उसे नैतिक सहारा क्यों दूँ? ही ही! तुम हँस रहे हो?"

रास्कोलनिकोव हँसने की बजाय ओंठ भींच कर पोरफेरी पैत्रोविच की तरफ़ देख रहा था।

"कई मुज़रिमों के साथ हम यही तरीक़ा बरतते हैं। क्योंकि दुनिया में हर क़िस्म के लोग हैं। तुम कहोगे सबूत है तो उसे क्यों न पकड़ा जाये? मैं कहता हूँ कि सबूत भी गणित की तरह स्पष्ट और शृंखलाबद्ध होना चाहिए, ताकि कोई उसका खण्डन न कर सके। अगर मैं फौरन ही मुज़रिम को क़ैद कर लूँ तो फिर और सबूत नहीं मिल सकते, क्योंकि उसका मन निश्चिन्त हो जायेगा और वह अपने मन के धोंघो में घुस जायेगा। कहते हैं कि सेबस्टापोल के लोगों को डर था कि कहीं दुश्मन फौरन हमला करके सेबस्टापोल पर अधिकार न कर ले। लेकिन यह सुनकर कि दुश्मन बाक़यदा घेरा डालने की योजना बना रहा है, वे निश्चिन्त हो गये क्योंकि मुसीबत कम से कम दो महीने के लिए तो टल ही गयी थी। अरे, तुम फिर हँस रहे हो? तुम्हें मेरी बात पर विश्वास नहीं होता। ख़ैर, तुम्हारी राय भी ठीक है। लेकिन मेरे दोस्त, याद रखो कि क़ानूनी किताबों में चाहे जो लिखा हो, हर अपराध असाधारण होता है। कई बार तो उसकी मिसाल ही नहीं मिलती। अकसर बड़े मज़ेदार केस देखने में आते हैं। अगर मैं मुज़रिम को बिलकुल तंग न करूँ, लेकिन सिर्फ़ उसे यह बता दूँ कि मैं उसकी हर गतिविधि पर नज़र रख रहा हूँ—तो आतंक से वह विक्षिप्त हो उठेगा, और ख़ुद-ब-ख़ुद कोई ऐसी बात कर बैठेगा, जिससे उसका जुर्म साबित हो जायेगा—ठीक गणित के सवाल की तरह—जिसमें दो और दो चार होते हैं। है न मजेदार बात! मुज़रिम चाहे देहाती हो या पढ़ा-लिखा आदमी। वह इसी तरह पकड़ा जाता है। विशेषकर पढ़ा-लिखा आदमी। इसीलिए यह अध्ययन करना ज़रूरी है कि मुज़रिम की बुद्धि का विकास किस दिशा में हुआ है, फिर इन्सान के स्नायु भी तो हैं! ऐसे लोग बहुत चिड़चिड़े होते हैं और बीमार पड़ जाते हैं...बाप रे! उनके भीतर कितना गुस्सा होता है।"

सच पूछो तो हमारे पौं-बारह हैं। अगर मुज़रिम शहर में जूते चटखाता फिरता है तो शौक से फिरे, जब मैंने उसे एक बार पकड़ लिया है तो वह भागकर कहाँ जायेगा? विदेश? ही-ही! पोलेंड में मुज़रिम भले ही भाग जाते हों, लेकिन मेरे यहाँ रहते कोई नहीं भाग सकता। क्या वह भागकर देहात में छिपेगा? लेकिन वहाँ उजड्ड रूसी देहाती रहते हैं। पढ़ा-लिखा मुज़रिम देहातियों के साथ रहने की बजाय जेल में रहना अधिक पसन्द करेगा। ही-ही! लेकिन यह निरी बकवास है, दरअसल बात तो यह है कि मुज़रिम भागने में असमर्थ होता है—ही-ही...प्रकृति के नियमानुसार मुज़रिम मुझसे बचकर कहीं नहीं जा सकता। तुमने पतंगे की मोमबत्ती के गिर्द चक्कर लगाते देखा है? मुज़रिम भी उसी तरह मेरे इर्द-गिर्द मण्डराता रहेगा। आज़ादी का मोह उसे नहीं रहेगा। ज़्यादा सोचने से चिन्ता बढ़ेगी और वह ख़ुद अपने गिर्द

जाल बुन लेगा...अगर मैं उसे छूट दिये रखूँ...तो मुझे पक्का सबूत मिल जायेगा—वह मेरे गिर्द चक्कर काटता हुआ मेरे नज़दीक आता जायेगा और फिर झट से मेरे मुँह में आ गिरेगा, मैं फौरन उसे निगल जाऊँगा—कैसा मज़ा रहेगा। ही-ही ही...तुम्हें विश्वास नहीं होता?

रास्कोलनिकोव चुप रहा। उसका चेहरा पीला पड़ गया था। वह आतुर दृष्टि से पोरफेरी की ओर देख रहा था। उसने मन-ही-मन सोचा, "यह निरा बिल्ली-चूहे का खेल नहीं, इसके पीछे कोई राज़ छिपा है...वह अकारण ही अपनी शक्ति का प्रदर्शन नहीं कर रहा, लेकिन आख़िर उसका इरादा क्या है? मेरे दोस्त तुम मुझे झूठ-मूठ डराने का ढोंग रच रहे हो, तुम्हारे पास कोई सबूत नहीं। जिस आदमी को मैंने कल देखा था, वह मेरा भ्रम मात्र था। तुम मुझे आतंकित करके कुचलना चाहते हो, लेकिन तुम ऐसा नहीं कर सकोगे। लेकिन इन संकेतों का आख़िर क्या रहस्य है। क्या वह मेरे थके हुए स्नायुओं का फ़ायदा उठाना चाहता है? मेरे दोस्त तुम ग़लती पर हो, तुम कभी मुझे जाल में नहीं फँसा सकते...ज़रा देखूँ तुमने मेरे ख़िलाफ़ कौन से हथियार जमा कर रखे हैं।"

वह आने वाली अज्ञात यन्त्रणा को झेलने के लिए तैयार हो गया। उसके मन में आया कि वह पोरफेरी का गला घोंट दे। उसे जिस बात का डर था, वही हुई। उसे लगा कि उसके सूखे ओंठों पर झाग आ गयी है और उसका दिल ज़ोरों से धड़क रहा है। उसने मन-ही-मन चुप रहने का निश्चय किया, क्योंकि चुप्पी से वह अपने दुश्मन को दिल की बात कहने के लिए प्रेरित कर सकता है।

पोरफेरी ने फिर कमरे में चहलकदमी शुरू कर दी और चटख़ारे लेकर हँसते हुए कहा, "तुम सोचते हो में फिर तुमसे मज़ाक कर रहा हूँ। तुम्हारा सोचना ठीक है। ईश्वर ने मुझे विदूषक जैसा शरीर दिया है जिसे देखकर सब लोगों को हँसी आती है, लेकिन रोदियोन रोमनोविच एक बूढ़े की बात पल्ले बाँध लो, तुम अभी जवान हो। सब नौजवान बुद्धि को सबसे अधिक महत्त्व देते हैं। तुम लोग लच्छेदार शब्दों और बहसों के प्रति आकर्षित होते हो—बिलकुल आस्ट्रिया के हाफ़क्रीगस्रेथ की तरह, जिसने काग़ज़ के नक्शे पर नेपोलियन को हराकर बन्दी बना लिया था। लेकिन तुमने देखा, जनरल मैक और उसकी फौज ने हथियार डाल दिये। ही ही, ही। देखता हूँ रोदियोन रोमनोविच, मुझ जैसे शहरी के मुँह से सेना की बातें सुनकर तुम हँस रहे हो लेकिन क्या करूँ यह मेरी कमज़ोरी है। मुझे सैन्य-विज्ञान पढ़ने का बड़ा शौक है। मुझ जैसे आदमी को सेना में भरती होना चाहिए था। मैंने नाहक ही मौक़ा गँवा दिया। मैं नेपोलियन बनने का दावा तो नहीं करता, लेकिन सेना में मेज़र ज़रूर हो जाता; ही, ही। तो दोस्त, इस स्पेशल केस की सच्चाई सुनो। तथ्य और मनुष्य का स्वभाव बहुत महत्त्वपूर्ण चीज़ें हैं जनाब, लेकिन कई बार वे तीक्ष्ण

से तीक्ष्ण बुद्धि को भी धोखा दे जाते हैं। मैं संजीदगी से बातें कह रहा हूँ, रोदियोन रोमनोविच, एक बूढ़े की बातें ग़ौर से सुनो (पोरफेरी पैत्रोविच जो अभी सिर्फ़ पैंतीस बरस का था, क्षण भर में बूढ़ा नज़र आने लगा, उसकी आवाज़ भी बदल गयी और वह सिकुड़ा सा दीखने लगा)। वैसे आदमी मैं शानदार हूँ। तुम्हारी क्या राय है? मैं इस सलाह के बदले में तुमसे कोई नाम नहीं चाहता। ही ही। अच्छा तो मेरे ख़्याल में बुद्धि बहुत बड़ी चीज़ है, लेकिन कई बार वह कितना ख़्वार करती है। कई बार तहकीकात करने वाले अफ़सर भी चकरा जाते हैं, उनकी कल्पना उन्हें न जाने कहाँ कहाँ ले जाती है। आख़िर वे बेचारे इन्सान ही तो है—अगर मुज़रिम का स्वभाव अच्छा हो तो बेचारे मुसीबत से बच जाते है, लेकिन जवानी में इन्सान बुद्धि के पंखों पर चढ़कर 'सब बाधाओं को दूर करने में भी नहीं हिचकिचाता, जैसा कि कल तुमने कहा था। ऐसा काल्पनिक मुज़रिम चतुराई से झूठ बोलेगा। तुम सोचते हो कि बुद्धि के बल पर वह जीत जायेगा, लेकिन किसी भी महत्त्वपूर्ण प्रसंग के आते ही वह बेहोश होकर गिर पड़ेगा। हो सकता है वह पहले से बीमार हो और कमरे में भीड़ रहने की वजह से उसे बेहोशी आ गयी हो, लेकिन एक मिसाल तो क़ायम हो गयी। उसने बढ़-चढ़कर झूठ बोला, लेकिन उसकी प्रकृति उसे धोखा दे गयी। ऐसा हमेशा होता है। कई बार वह अपनी तेज़ बुद्धि का प्रदर्शन करने के लिए पुलिसवाले का मज़ाक उड़ाता है और इस तरह अभिनय करता है जैसे उसका चेहरा सचमुच पीला पड़ गया हो लेकिन वह पीलापन स्वाभाविक होता है। एक मिसाल और मिल गयी। उसकी तहकीकात करने वाला धोखे में आ जाता है लेकिन अगर वह मूर्ख नहीं है तो अगले दिन वह नये ढंग से सोचता है। पग-पग पर यही संघर्ष चलता है। इसके बाद मुज़रिम जान-बूझकर पुलिस के पास आता है और अनर्गल बातों द्वारा अपने जुर्म की ओर संकेत करता है। कहता है तुम लोगों ने मुझे पहले क्यों नहीं पकड़ा? ही ही ही। तुम जानते हो कि कोई चतुर साहित्यिक या मनोवैज्ञानिक ही इतनी चालाकी दिखा सकता है। मनुष्य का स्वभाव शीशे की तरह है, उसमें झाँककर आप अपना वास्तविक स्वरूप देख सकते हैं। लेकिन तुम्हारा चेहरा एकदम पीला क्यों पड़ गया? क्या कमरे में उमस है? खिड़की खोल दूँ?"

"नहीं रहने दीजिए, तकलीफ़ करने की ज़रूरत नहीं है।" रास्कोलनिकोव को सहसा हँसी आ गयी।

पोरफेरी उसके सामने आकर खड़ा हो गया, और हँसने लगा। रास्कोलनिकोव संयत भाव से सोफ़े पर से उठकर खड़ा हो गया और ऊँची आवाज़ में बोला (हालाँकि उसकी टाँगें आवेश से काँप रही थीं) "पोरफेरी पैत्रोविच, मैं समझ गया हूँ कि तुम्हें मुझ पर शक है कि मैंने ही बुढ़िया और उसकी बहन लिजावेता की हत्या की है। मैं इस आँख-मिचौली से तंग आ गया हूँ—अगर तुम मुझको मुज़रिम समझते हो तो

मुझे गिरफ्तार करके मुझ पर बकायदा अभियोग लगाओ। लेकिन मेरे मुँह पर तुम मेरी हँसी उड़ाओ और मुझे दिक़ करो, यह मैं नहीं बर्दाश्त करूँगा...”

उसकी आवाज़ काँप रही थी, और आँखें अंगारों की तरह चमक रही थीं। उसने ज़ोर से मेज़ पर मुक्का मारा और कहा, “सुनते हो पोरफेरी पैत्रोविच! मैं यह सब नहीं बर्दाश्त करूँगा।”

“हे ईश्वर! इसका क्या मतलब है। रोदियोन रोमनोविच, मेरे दोस्त, तुम्हें क्या हो गया है?” पोरफेरी पैत्रोविच ने भय का अभिनय करते हुए पूछा।

“मैं नहीं बर्दाश्त करूँगा” रास्कोलनिकोव फिर चिल्लाया।

“हुश! लोग सुन लेंगे तो भीतर आ जायेंगे, हम उन्हें क्या जवाब देंगे?” पोरफेरी ने रास्कोलनिकोव के कान में कहा।

“मैं बर्दाश्त नहीं करूँगा। नहीं करूँगा।” रास्कोलनिकोव फुसफुसाया।

पोरफेरी ने भागकर खिड़की खोल दी, “ताज़ी हवा आने दो। तुम्हें पानी पीना चाहिए तुम बीमार हो।” पोरफेरी दरवाज़े पर जाकर किसी को आवाज़ देने लगा। लेकिन उसे कमरे में ही पानी का गिलास रखा हुआ मिल गया। उसने गिलास रास्कोलनिकोव के मुँह के पास ले जाकर कहा, “इसे पीओ! तुम्हें फ़ायदा होगा।”

पोरफेरी पैत्रोविच की सहानुभूति इतनी स्वाभाविक थी कि रास्कोलनिकोव भौचक्का हो गया। उसने पानी नहीं पीया।

“रोदियोन रोमनोविच, तुम इस तरह पागल हो जाओगे। छिः छिः लो थोड़ा सा पानी पी लो।”

पोरफेरी के आग्रह पर रास्कोलनिकोव ने यन्त्रवत गिलास ओंठों से लगाया, लेकिन ग्लानिपूर्वक उसे मेज़ पर रख दिया।

पोरफेरी पैत्रोविच ने हमदर्दी जताते हुए कहा, हालाँकि उसके चेहरे से लापरवाही झलक रही थी, “तुम्हें फिर दौरा पड़ गया। मालूम होता है तुम जान-बूझकर बीमारी को बुला लोगे। तुम्हें अपनी सेहत का ख़्याल रखना चाहिए। दिमित्री प्रोकोफ़िच कल तुम्हारे जाने के बाद मुझसे मिलने आया था...मैं जानता हूँ, मेरा स्वभाव शक्की है, लेकिन उन लोगों ने मेरी बात का न जाने क्या ऊटपटाँग अर्थ लगा लिया है। खाने के वक़्त वह लगातार बोलता रहा। क्या तुमने उसे भेजा था? बैठ जाओ, मेहरबानी करके बैठ जाओ।”

“मैंने उसे नहीं भेजा था, लेकिन में जानता हूँ, वह किसलिए तुमसे मिलने आया था।” रास्कोलनिकोव ने तेज़ आवाज़ में कहा।

“तुम जानते हो?”

“हाँ, लेकिन इससे क्या हुआ?”

"रोदियोन रोमनोविच, मैं तुम्हारी नस-नस पहचानता हूँ। मुझे मालूम है, तुम एक रात को एक फ़्लैट किराये पर लेने गये थे और तुमने मज़दूरों से ख़ून के धब्बों के बारे में पूछा था—वे बेचारे कुछ नहीं समझ पाये थे। मैं कल्पना कर सकता हूँ, उस वक़्त तुम्हारे मन की क्या दशा रही होगी। लेकिन इस तरह तो तुम पागल हो जाओगे। तुम्हारा मन क्षोभ और शिकायतों से भरा है, तुम्हें लगता है कि भाग्य ने, और पुलिस ने तुम्हारे साथ भारी अन्याय किया है, इसलिए तुम विक्षिप्त हो गये हो और चाहते हो कि पुलिस वाले तुम्हारे इस सन्देह और मूर्खता का अन्त कर दें क्योंकि तुम इससे तंग आ गये हो। यही बात है न! मैंने तुम्हारे मन की बात भाँप ली है न! मुझे डर है कि तुम ख़ुद पागल हो जाओगे और साथ में राजुमिहीन को भी पागल कर दोगे। वह बड़ा शरीफ़ आदमी है। तुम बीमार हो, वह स्वस्थ है। तुम्हारी छूत उसे भी लग सकती है...जब तुम स्वस्थ हो जाओगे, तब मैं तुम्हें यह सब बातें समझाऊँगा...लेकिन मेहरबानी करके बैठ तो जाओ! तुम्हारी हालत ख़राब नज़र आ रही है।"

रास्कोलनिकोव बैठ गया। उसे कँपकँपी की बजाय गर्मी महसूस हो रही थी और वह ग़ौर से पोरफेरी की बातें सुन रहा था, जो अभी तक चिन्ता और हमदर्दी का अभिनय कर रहा था। रास्कोलनिकोव पोरफेरी के मुँह से फ़्लैट का ज़िक्र सुनकर आतंकित हो उठा था, उसने सोचा, "इसे फ़्लैट का पता कैसे चला। वह मेरे मुँह पर यह बात क्यों कर रहा है?"

पोरफेरी ने फिर कहना शुरू किया "हमारे यहाँ ऐसी रुग्ण मनोवृति वाला केस पहले भी आया था। एक आदमी को वहम हो गया था कि उसने हत्या की थी, हालाँकि हत्या से उसका दूर का ही सम्बन्ध था, उसने सिर्फ़ हत्यारों की मदद की थी। न जाने क्यों उसके दिमाग़ पर यह बात छा गयी कि वही हत्यारा है। अन्त में हाईकोर्ट ने पूरी तहकीकात की और उस बेचारे को बरी कर दिया। छिः छिः मेरे दोस्त, अगर तुम इसी तरह रात को लोगों के घरों की घण्टियाँ बजाते रहे और ख़ून के दोगों के बारे में पूछते रहे तो पागल हो जाओगे। मैंने भी रुग्ण—मानस का अध्ययन किया है। कई बार आदमी गिर्जे की छत से या खिड़की से कूदकर प्राण देना चाहते हैं...इसी तरह घण्टी बजाना भी एक रोग है। रोदियोन रोमनोविच! तुम अपनी बीमारी के प्रति उदासीन हो, तुम्हें किसी अच्छे डॉक्टर का इलाज कराना चाहिए। उस मुटल्ले का क्या फ़ायदा, कहीं उस वक़्त तुम विक्षिप्त तो नहीं थे?"

रास्कोलनिकोव को लगा जैसे धरती घूम रही है। "क्या यह अब भी झूठ बोल रहा है? नहीं नहीं मैं ऐसा नहीं हो सकता।" उसे डर लगा कि कहीं वह गुस्से से पागल न हो जाये।

"नहीं में विक्षिप्त नहीं था, मैं होश-हवाश में था, सुना तुमने।" वह पोरफेरी की चाल को तोड़ने के लिए ज़ोर से चिल्लाया।

"हाँ सुन लिया, मैं समझ गया तुमने कल भी यही कहा था। तुम क्या कहना चाहते हो। मैं पहले से बता सकता हूँ। सुनो रोदियोन रोमनोविच, अगर तुम सचमुच हत्यारे होते या इस हत्या से तुम्हारा कोई भी सम्बन्ध होता तो क्या तुम खुलेआम यह कहते फिरते कि तुम विक्षिप्त नहीं थे। मेरे ख़्याल में तो ऐसा होना असम्भव है। अगर तुम्हारे मन में चोर होता तो तुम ज़ोर देकर कहते कि तुम उस समय होश में नहीं थे। ठीक है न।"

इस सवाल में बड़ी चालाकी छिपी थी। रास्कोलनिकोव सोफ़े की पीठ से सटकर बैठ गया। पोरफेरी उसके पास आकर चकित दृष्टि से उसे घूरने लगा।

"रही राजुमिहीन की बात, अगर तुम अपराधी होते तो कहते कि राजुमिहीन खुद-ब-खुद आया था, लेकिन तुम खुल्लम खुल्ला कहते हो कि तुम्हीं ने उसे भेजा था।"

रास्कोलनिकोव ने यह बात नहीं कही थी। उसकी रीढ़ में ठंडी कँपकँपी दौड़ गयी। उसने क्षीण स्वर में कहा, "तुम लगातार झूठ बोल रहे हो, और दिखाना चाहते हो, कि तुम्हें मेरी सब चालें मालूम हैं, और मैं क्या कहना चाहता हूँ यह तुम्हें पहले से ही मालूम है। तुम मुझे डराना चाहते हो...या सिर्फ़ मुझे बुद्धू बना रहे हो?"

उसकी आँखें फिर घृणा से चमकने लगीं और वह बोला, "तुम झूठ बोल रहे हो। तुम जानते हो कि मुज़रिम की भलाई इसी में है कि वह सच्ची बात कह दे, और कुछ न छिपाये। मुझे तुम्हारी बातों पर रत्ती भर विश्वास नहीं है।"

पोरफेरी खीसें निपोर कर बोला, "तुम भी कितने ज़िद्दी आदमी ही हो। किसी तरह पकड़ में ही नहीं आते। तुम्हें वहम हो गया है। तुम मेरी बातों पर विश्वास नहीं करते। एक-चौथाई तो करते ही हो, जल्द ही तुम्हें सारी बातों पर विश्वास हो जायेगा, क्योंकि मुझे तुमसे हार्दिक स्नेह है और मैं तुम्हारी भलाई चाहता हूँ।"

रास्कोलनिकोव के ओंठ काँपने लगे। पोरफेरी ने स्नेहपूर्वक उसकी बाँह थपथपाते हुए कहा, "सचमुच मैं तुम्हारा शुभचिन्तक हूँ। तुम्हें अपना इलाज करवाना चाहिए, ज़रा अपनी माँ और बहन का तो ख़्याल करो, तुम उन्हें तसल्ली देने की बजाय उन्हें डराते हो...।"

"तुम्हें इससे क्या मतलब? तुम्हें ये बातें कैसे मालूम हुई। तुम दिन रात मेरी निगरानी करते हो, यही बताना चाहते हो न।"

"भाई वाह! तुम्हीं से तो मुझे ये बातें मालूम हुईं। उत्तेजना में तुम लोगों को सब कुछ बता देते हो। राजुमिहीन से भी मुझे कल बहुत-सी दिलचस्प बातें मालूम हुईं। मैं तुम्हें बताना चाहता हूँ कि तुम सन्देहशील प्रकृति के आदमी हो,

इसीलिए साधारण ज्ञान से काम नहीं ले सकते। इसी घण्टी वाली बात को ही लो, अगर मुझे तुम पर ज़रा सा भी शक होता तो क्या मैं तुम्हें बता देता कि मुझे सब कुछ मालूम है? (मैं तुम्हें यह भेद बता रहा हूँ) मैं तुम्हारा ध्यान इधर-उधर की बातों में लगाता और फिर अचानक तुम्हें चारों खाने चित करने के लिए पूछता, "जनाब आप रात के दस बजे बुढ़िया के फ़्लैट में क्या करने गये थे? आपने घण्टी क्यों बजाई थी और ख़ून के धब्बों के बारे में क्यों पूछा था? आपने चौकीदार से पुलिस थाने चलने के लिए क्यों कहा था?" अगर मुझे तुम पर शक होता तो मैं बाक़ायदा तुम्हारे कमरे की तलाशी लेता, तुम्हें गिरफ्तार भी करता और सरकारी ढंग से तुमसे सवाल भी पूछता...लेकिन मैंने यह सब नहीं किया, क्योंकि मुझे तुम पर शक नहीं है। मैं फिर कहता हूँ कि तुम इस मामले को स्वस्थ दृष्टि से नहीं देखते।"

रास्कोलनिकोव चौंक गया, पोरफेरी भी उसकी घबराहट भाँप गया था।

"तुम लगातार झूठ बोल रहे हो। तुम्हारी मंशा क्या है, यह तो मैं नहीं जानता।"

"मैं झूठ बोल रहा हूँ? पोरफेरी ने उदासीन स्वर में पूछा, "लेकिन अभी मैंने तुम्हें कितनी नेक सलाह दी है। बीमारी, विक्षिप्ति, उदासी और पुलिस अफ़सरों का व्यवहार...ही-ही-ही हालाँकि आत्मरक्षा के ये मनोवैज्ञानिक हथियार बड़े ख़तरनाक हैं क्योंकि ये दुधारे होते हैं। माना कि आप बीमार थे, लेकिन जनाब बीमारी में भी आपको यही भूत क्यों दिखायी दिया? हो सकता है और भूत भी दिखायी दिये हों, ही-ही....!"

रास्कोलनिकोव ने अहंकार और नफ़रत भरी नज़रों से देखा। वह आवेश में उठ खड़ा हुआ और पोरफेरी को धकेलते हुए बोला, "मैं यह जानना चाहता हूँ कि तुम्हें मुझ पर शक है या नहीं। जल्दी बताओ पोरोफेरी पैत्रोविच, मैं हमेशा के लिए इस बात को साफ़ कर लेना चाहता हूँ।"

''तुम भी खूब हो! तुम्हें पुलिस ने क्या तंग किया है? फिर यह सब किसलिए जानना चाहते हो? तुम इस तरह ज़िद कर रहे हो जिस तरह बच्चे दियासलाई माँगने के लिए जिद करते हैं। इतने बेचैन किस लिए हो, और ज़बरदस्ती अपने को हमारे ऊपर क्यों लादना चाहते हो? ही-ही-ही।" पोरफेरी ने चालाकी से पूछा।

"मैं फिर कहता हूँ, मैं यह सब बर्दाश्त नहीं करूँगा" रास्कोलनिकोव खीज़कर बोला।

''क्या अनिश्चितता?''

"मुझे उल्लू मत बनाओ! मैं यह सब बर्दाश्त नहीं करूँगा। सुन लिया?" रास्कोलनिकोव ने आवेश में मेज़ पर मुक्का मारकर कहा।

"हुश! लोग सुन लेंगे। मैं तुम्हें फिर चेतावनी देता हूँ– ज़रा सोच-समझ कर बोलो।

मैं मज़ाक नहीं कर रहा।" इस बार पोरफेरी की रहस्यमयी मुस्कान ग़ायब हो गयी थी और आवाज़ कठोर हो गयी थी।

यह सुनते ही रास्कोलनिकोव गुस्से से पागल हो उठा, लेकिन अगले ही क्षण उसने अपने को सम्भाल लिया, वह धीमे स्वर में बोला, "मैं यह मन्त्रणा बर्दाश्त नहीं करूँगा। बेशक मुझे गिरफ़्तार करके मेरी तलाशी ले लो, लेकिन मेहरबानी करके क़ायदे से तहक़ीक़ात करो। ख़बरदार जो मुझे और सताया।" रास्कोलनिकोव अपने को सचमुच पोरफेरी के सामने असहाय पा रहा था।

पोरफेरी ने फिर चालाकी भरे स्वर में कहा, "तुम्हें तहक़ीक़ात के ढंग से क्या मतलब? मैंने तो तुम्हें दोस्त की हैसियत से यहाँ बुलाया था।"

"मुझे तुम्हारी दोस्ती नहीं चाहिए। मैं उस पर थूकता हूँ—सुना तुमने! यह लो मैं चला। क्या तुम मुझे गिरफ़्तार करना चाहते हो?"

वह टोपी उठाकर दरवाज़े की तरफ़ बढ़ा।

पोरफेरी ने उसकी बाँह पकड़ ली और हँसकर कहा, "मैंने एक अजब चीज़ रख छोड़ी है, उसे नहीं देखोगे?"

"कौन-सी अजब चीज़?" रास्कोलनिकोव ठिठककर खड़ा हो गया और आतंकित दृष्टि से पोरफेरी की ओर देखने लगा।

"मैंने उस चीज़ को इस कमरे में बन्द रख छोड़ा है ताकि वह भाग न जाये। ही-ही-ही"

"क्या चीज़! कौन!..."

"यह लो चाबी" पोरफेरी ने ज़ेब से एक चाबी निकाली।

"तुम झूठ बोल रहे हो, झूठे, बदमाश! दग़ाबाज़!" रास्कोलनिकोव पोरफेरी पर झपटा, "मैं सब समझता हूँ। तुम जान-बूझ कर मेरा मज़ाक उड़ा रहे हो, ताकि मैं अपना रहस्य तुम्हें बता दूँ।"

"मेरे प्यारे रोदियोन रोमनोविच...इससे अधिक अपना रहस्य भला तुम क्या बताओगे? तुम्हारे सर पर पागलपन सवार है, अगर चिल्लाये तो मुझे क्लर्कों को बुलाना पड़ेगा।"

"तुम झूठ बोल रहे हो। बुला लो क्लर्कों को। तुम जानते थे कि मैं बीमार हूँ, इसीलिए मेरा रहस्य जानने के लिए तुमने मुझे इतना उत्तेजित किया। मेरे ख़िलाफ़ कोई सबूत पेश करो तो जानूँ। ज़ेमेतोफ़ की तरह शक्की होने से ही क्या होता है? तुम मेरे स्वभाव से परिचित हो, इसलिए मुझे उत्तेजित करके चारों खाने चित्त करना चाहते हो। तुम किन पुरोहितों और अफ़सरों की इन्तज़ार कर रहे हो? वे कहाँ हैं? उन्हें बुलाओ।"

"कौन से अफ़सर, मेरे दोस्त! तुम्हारे वहम भी विचित्र हैं। तुम्हारा अभिनय ठीक नहीं हो रहा, जब कि तुम कहते तो कि तुम्हें कुछ पता ही नहीं...मेरे दोस्त इस चक्कर से निकलना मुश्किल है।" पोरफेरी ने दरवाज़े से कान लगाते हुए कहा। भीतर से शोर सुनाई दे रहा था।

"वे आ गये। तुमने उन्हें बुला लिया, अपने गवाहों और अफ़सरों को...मैं तैयार हूँ।"

इसी समय एक अप्रत्याशित घटना घटी, जिसकी उम्मीद पोरफेरी को भी नहीं थी।

6

बाद में रास्कोलनिकोव को यह घटना इस तरह याद आयीं।

दरवाज़े के पीछे शोर बढ़ता जा रहा था, सहसा दरवाज़ा धीरे से खुला।

"कौन है? मैंने तो हुक्म दिया था..." पोरफेरी खीज कर बोला।

क्षण भर के लिए खामोशी छायी रही। बहुत से लोग मिलकर किसी व्यक्ति को पीछे धकेलने की कोशिश कर रहे थे।

"क्या माजरा है?" पोरफेरी ने फिर पूछा।

"क़ैदी निकोलाई लाया गया है।" किसी ने उत्तर दिया।

"उसे ले जाओ! यहाँ क्यों लाये हो? कैसी बेक़ायदगी है?" पोरफेरी ने दरवाज़े के पास जाकर कहा।

"लेकिन वह..."

दो सैकिंड बाद एक पीले चेहरे वाला आदमी आकर कमरे में खड़ा हो गया। उसका हुलिया बड़ा विचित्र था—वह इस तरह आँखें फाड़-फाड़कर देख रहा था जैसे उसे कुछ दिखायी नहीं दे रहा था। उसकी आँखों में निश्चय भरी चमक थी, लेकिन चेहरे से ऐसा मालूम होता था जैसे उसे फाँसी मिलने वाली है। उसके सफ़ेद ओंठ काँप रहे थे।

उसका कद मंझला था और वह मज़दूरों की-सी पोशाक पहने था। एक वार्डर ने आकर निकोलाई की बाँह पकड़ ली।

बहुत से लोग कौतूहलवश दरवाज़े में जमा हो गये और धक्कम-धक्का शुरू हो गया।

"इसे इतनी जल्दी यहाँ क्यों ले आये? चले जाओ यहाँ से।" पोरफेरी गुस्से में बड़बड़ाया। मालूम होता था उसकी सारी योजना गड़बड़ हो गयी थी।

लेकिन निकोलाई घुटने टेककर बैठ गया। "क्या बात है?" पोरफेरी ने चकित स्वर में पूछा।

"मुज़रिम मैं हूँ; मैंने हत्या की है!" निकोलाई बोला।

दस मिनट तक कमरे में ख़ामोशी छायी रही, वार्डर भी पीछे हटकर खड़ा हो गया।

"आख़िर माजरा क्या है?" पोरफेरी अपने को सँभालता हुआ बोला।

"मैं...हत्यारा हूँ।" निकोलाई ने कहा।

"तुम...तुमने किसकी हत्या की?" पोरफेरी के आश्चर्य का कोई ठिकाना न था।

निकोलाई ने एक क्षण रुककर उत्तर दिया, मैंने अल्योना इवानोव्ना और उसकी बहन लिजावेता इवानोव्ना को कुल्हाड़ी से मार दिया। उस वक़्त मेरा दिमाग़ पागल हो गया था।"

निकोलाई अभी भी घुटने टेककर बैठा था। पोरफेरी कुछ क्षण तक किसी गहरी सोच में पड़ गया, फिर उसने हाथ के इशारे से सब लोगों से चले जाने के लिए कहा। दरवाज़ा फिर बन्द हो गया। पोरफेरी ने चकित दृष्टि से बारी-बारी रास्कोलनिकोव और निकोलाई के चेहरे की तरफ़ देखा और निकोलाई के पास आकर गुस्से में कहा, "आख़िर तुम्हें जल्दी किस बात की है! मैंने तुम्हें नहीं पूछा कि तुम्हारा दिमाग़ ख़राब था या नहीं। बोलो, तुम्हीं ने हत्या की थी?"

"मैं ही हत्यारा हूँ...मैं बयान देना चाहता हूँ।" निकोलाई बोला।

"अच्छा! किस चीज़ से मारा?"

"कुल्हाड़ी से—मैंने पहले से ही तैयार कर ली थी।"

"अकेले ही?"

निकोलाई सवाल को अच्छी तरह नहीं समझ सका।

"तुम अकेले ही थे या तुम्हारा और कोई साथी भी था?"

"हाँ—मैं अकेला ही था—मिल्का बेक़सूर है।"

"मिल्का के बारे में इतनी जल्दी करने की कोई ज़रूरत नहीं। अच्छा यह बताओ तुम उस वक़्त सीढ़ियों से नीचे क्यों भागे थे? चौकीदार ने तुम दोनों को देखा था?"

"चौकीदार को शक न हो...इसीलिए मैं मिल्का के पीछे भागा था।" निकोलाई ने फौरन जवाब दिया। मालूम होता था वह रटी-रटाई बात कह रहा है।

"मैं जानता हूँ—तुम अपनी बात नहीं कह रहे" पोरफेरी बड़ बड़ाया। सहसा उसकी दृष्टि रास्कोलनिकोव पर पड़ी। निकोलाई की बातों में वह रास्कोलनिकोव को भूल गया था। उसने चौंककर कहा,

"मेरे प्यारे रोदियोन रोमनोविच, माफ़ करना, तुम्हारा यहाँ रुकना ठीक नहीं... अजब करिश्मा देख लिया न!...गुडबाई!" वह रास्कोलनिकोव की बाँह पकड़कर उसे दरवाज़े तक ले गया।

"तुम्हें आश्चर्य हो रहा होगा! क्यों?" रास्कोलनिकोव ने व्यंग्य किया। उसे स्थिति पूरी तरह समझ में नहीं आयी थी।

"तुम्हें भी तो इसकी उम्मीद नहीं थी। मेरे दोस्त ज़रा देखो तो तुम्हारे हाथ कैसे काँप रहे हैं! ही-ही-ही!"

"तुम भी तो काँप रहे हो पोरफेरी पैत्रोविच!"

"हाँ–मुझे इस घटना की उम्मीद नहीं थी!"

पोरफेरी रास्कोलनिकोव को जल्द ही रुख़सत करना चाहता था।

"अपना करिश्मा मुझे नहीं दिखाओगे?" रास्कोलनिकोव ने ताना दिया।

"तुम भी ख़ूब आदमी हो! तुम्हारे दाँत किटकिटा रहे हैं–अच्छा गुडबाई!"

"काश यह हमारी आख़िरी मुलाकात हो!"

"वह तो ईश्वर के हाथों में है।" पोरफेरी ने वक्र मुस्कान के साथ उत्तर दिया।

दफ़्तर से बाहर निकलते वक़्त रास्कोलनिकोव ने देखा कि बहुत से लोग उसकी तरफ़ देख रहे हैं, उनमें वे दोनों चौकीदार भी थे, जिनसे उसने पुलिस थाने चलने के लिए कहा था। वह अभी सीढ़ियों पर पहुँचा ही था कि पीछे से पोरफेरी भागा आया।

"ज़रा ठहरो रोदियोन रोमनोविच, बाक़ी सब तो ईश्वर के हाथ में है, लेकिन क़ायदे के मुताबिक़ मुझे तुमसे कुछ सवाल पूछने होंगे...फिर मुलाकात होगी न!"

वह कुछ और भी कहना चाहता था लेकिन रुक गया।

रास्कोलनिकोव ने संयत भाव से कहा, "माफ़ करना पोरफेरी पैत्रोविच मुझे गुस्सा आ गया था।"

"कोई हर्ज़ नहीं, कोई हर्ज़ नहीं...मैं भी गुस्सैल आदमी हूँ! अच्छा ईश्वर ने चाहा तो अकसर मुलाकात होती रहेगी!"

"और हम एक-दूसरे को अच्छी तरह जान जायेंगे?" रास्कोलनिकोव ने कहा।

"हाँ अच्छी तरह...तुम किसी के जन्मदिन की दावत में जा रहे हो?" पोरफेरी ने आँखें सिकोड़कर पूछा।

"नहीं जनाज़े में।"

"हाँ जनाज़े में...अपना ध्यान रखा करो और स्वस्थ हो जाओ।"

"अगर आपका ओहदा विचित्र न होता तो शायद मैं भी आपकी सफलता की कामना करता!" रास्कोलनिकोव ने सीढ़ियों पर से उतरते हुए कहा।

पोरफेरी के कान खड़े हो गये। "विचित्र कैसे?"

"तुमने ज़रूर बेचारे निकोलाई को दिन-रात तंग किया होगा और उसे यह कहने पर मजबूर कर दिया होगा कि वही हत्यारा है। अब बेचारे ने अपना जुर्म स्वीकार कर लिया तो तुम कहोगे, "तुम झूठ बोलते हो, तुम हत्यारे नहीं हो! तुम अपनी बात नहीं कह रहे!" कैसा विचित्र ओहदा है।"

"ही-ही तो तुमने यह बात सुनी थी।"

"भला सुनता कैसे न!"

"ही-ही तुम्हारा दिमाग़ बड़ा तेज़ है—कोई चीज़ तुम्हारी नज़रों से ओझल नहीं होती...विलक्षणता से तुम्हें विशेष मोह है। कहते हैं कि गोगोल के साहित्य में भी यही विशेषता है।"

"गोगोल में?"

"हाँ गोगोल में...अच्छा मैं तुम्हारा इन्तज़ार करूँगा।"

"मैं भी इन्तज़ार करूँगा।"

रास्कोलनिकोव सीधा घर पहुँचा। वह इतना घबराया था कि पन्द्रह मिनिट तक सोफ़े पर बैठकर वह बीती घटनाओं को याद करने लगा। निकोलाई के बयान का रहस्य उसकी समझ में बिलकुल नहीं आया, लेकिन निकोलाई ने यह बयान तो दिया था? वह जानता था कि पुलिस इस बयान पर विश्वास नहीं करेगी और फिर उसे तंग करेगी। लेकिन तब तक रास्कोलनिकोव को आत्मरक्षा के उपाय सोचने का मौक़ा मिल जायेगा—लेकिन ख़तरा करीब ही था।

करीब कैसे? उसे अपनी सही स्थिति का ज्ञान हो गया। पोरफेरी से हुई अपनी बातचीत की स्मृति से ही वह काँप उठा। उसे पोरफेरी की सारी चालें अभी तक नहीं मालूम नहीं हुई थीं, लेकिन पोरफेरी की 'शुरू की चालों' ने ही रास्कोलनिकोव को आतंकित कर दिया था। बस ज़रा-सी कसर रह गयी थी, वरना वह सब कुछ बक देता। पोरफेरी उसकी नस-नस पहचानता था, इसीलिए वह इतनी लापरवाही से चालें चल रहा था। लेकिन अन्त में जीत तो पोरफेरी की ही होनी थी। निस्सन्देह रास्कोलनिकोव अपनी स्थिति ख़राब कर बैठा था, लेकिन अभी तक पुलिस को कोई निश्चित सबूत नहीं मिले थे। तो क्या उसका अनुमान सही है? पोरफेरी आख़िर उससे क्या बात निकलवाना चाहता था? क्या सचमुच उसे निकोलाई से इसी बयान की उम्मीद थी? क्या निकोलाई के अचानक आने से ही पोरफेरी ने उसे विदा कर दिया था?

पोरफेरी ने अपने सारे पत्ते उसे दिखा दिये थे, हालाँकि इसमें ख़तरा भी था, अगर सचमुच उसके मन में शक होता तो वह ज़रूर उसे भी प्रकट कर देता। लेकिन वह अजूबा क्या था? वह मज़ाक तो नहीं कर रहा था? क्या उस मज़ाक के पीछे कोई रहस्य तो नहीं छिपा था! उस कल वाले आदमी का क्या हुआ? पोरफेरी को ज़रूर उसी से ख़बर मालूम हुई होगी..."

वह घुटनों पर कुहनियाँ टेककर बैठ गया, और उसने हाथों से चेहरा ढाँप लिया। वह अब भी काँप रहा था। कुछ देर बाद उसने टोपी उठाई और दरवाज़े की तरफ़ चल दिया।

न जाने क्यों उसे पूर्वाभास हुआ कि आज के दिन वह आज़ाद है और उसे कोई ख़तरा नहीं। उसका मन प्रफुल्लित हो उठा। वह जल्द ही कैटेरीना इवानोव्ना

के घर जाकर दावत में शामिल होना चाहता था। जनाज़े का वक़्त तो गुज़र गया था—वहाँ सोनिया से मुलाकात होगी।

क्षण भर के लिए वह ठिठक गया, एक वेदना भरी मुस्कान उसके ओठों पर खेलने लगी।

"आज! आज ही..." वह बुदबुदाया।

लेकिन जब वह दरवाज़ा खोलने के लिए आगे बढ़ा तो दरवाज़ा अपने आप ही खुल गया और कल वाला आदमी जैसे धरती फाड़कर बाहर निकल आया। वही चेहरा-मोहरा, वही पोशाक! वह दहलीज़ पर खड़ा रास्कोलनिकोव की तरफ़ देख रहा था। लेकिन आज वह उदास था और ठंडी साँसें ले रहा था। अगर वह अपना हाथ गाल पर रख कर सर एक ओर झुका लेता तो उसकी शक़्ल एक देहाती औरत की-सी दिखायी देती।

"तुम क्या चाहते हो?" रास्कोलनिकोव से पूछा। भय से उसका शरीर सुन्न पड़ गया था।

आगन्तुक ख़ामोश रहा, सहसा उसने झुककर उँगलियों से फ़र्श को छू लिया।

"यह तुम क्या कर रहे हो?" रास्कोलनिकोव चिल्लाया।

"मैंने पाप किया है।" आगन्तुक ने कहा।

"कैसे?"

"बुरे विचारों से।"

दोनों जने एक-दूसरे का मुँह ताकने लगे।

"मैं चिढ़ गया था। जब तुमने उस रोज़ आकर चौकीदारों से ख़ून के धब्बों के बारे में पूछा था और पुलिस थाने चलने के लिए कहा था, तो उन्होंने तुम्हें शराबी समझ कर छोड़ दिया था, इस पर मारे खीज़ के मेरी नींद भी हराम हो गयी थी। मैंने यहाँ आकर तुम्हारे बारे में पूछा था।..."

"कल यहाँ कौन आया था?" रास्कोलनिकोव को कल की बात याद हो आयीं।

"मैं आया था, मैंने तुम्हें नुक़सान पहुँचाया।"

"तुम सामने वाले घर से आये थे?"

"मैं फाटक पर खड़ा था...तुम्हें याद नहीं है? हम पिछले कई बरसों से जानवरों की खालों का व्यापार करते आ रहे हैं...सबसे ज़्यादा खीज मुझे इस बात पर आयीं थी..."

कल वाला सारा दृश्य रास्कोलनिकोव की आँखों के आगे आ गया। उसे याद आया कि फाटक के आगे बहुत से लोग जमा थे जिनमें एक औरत भी थी, उसे याद आया कि एक आदमी ने कहा था, "इसे सीधे पुलिस थाने ले जाओ" उसे उस आदमी की शक़्ल तो याद नहीं रही थी, लेकिन इतना ज़रूर याद था कि उसने मुड़कर कुछ जवाब ज़रूर दिया था।...

तो कल के वहम का यही कारण था। इसी क्षुद्र घटना की वजह से उसने अपने लिए इतनी बड़ी आफ़त खड़ी कर ली थी। इस आदमी को ख़ून के धब्बों और फ़्लैट वाली घटना के अलावा कुछ मालूम नहीं था। पोरफेरी के पास भी सिवा मनोविज्ञान के, जो 'दोधारी तलवार है', कोई सबूत नहीं...इसलिए अगर और तथ्य सामने न आयें तो...पुलिस उसका क्या बिगाड़ सकेगी? वे अगर उसे गिरफ़्तार भी कर लें तो सज़ा कैसे दे सकेंगे? पोरफेरी को भी फ़्लैट वाली घटना अभी मालूम हुई है।

"तुमने ही पोरफेरी को बताया था कि मैं...उस फ़्लैट में गया था?" रास्कोलनिकोव ने पूछा।

"कौन पोरफेरी?"

"खुफ़िया विभाग का इन्चार्ज।"

"हाँ–चौकीदार वहाँ नहीं गये...मैं गया था।"

"आज गये थे?"

"हाँ तुम्हारे आने के दो मिनिट पहले मैं वहाँ पहुँच गया था–मैंने तुम लोगों की सारी बातें सुनी...पोरफेरी ने तुम्हें ख़ूब तंग किया था।"

"कब? कहाँ देखा था?"

"मैं पोरफेरी के पास वाले कमरे में बैठा था।"

"अच्छा तो तुम्हीं वह अजूबा थे। लेकिन यह कैसे सम्भव है?"

जब चौकीदारों ने कहा कि अब देर हो गयी है, पुलिस नाराज़ होगी, तो मैंने पूछ ताछ करनी शुरू कर दी। मेरी नींद जो हराम हो गयी थी। मैंने पुलिस अफ़सर का पता किया। आज मैं वहाँ गया था। वह वहाँ नहीं था। दूसरी बार गया तो उसे फ़ुर्सत नहीं थी। तीसरी बार जाने पर मुझे भीतर बुलाया गया। मैंने जाकर सारी आँखों देखी घटना सुना दी। उसने कमरे में चक्कर काटने शुरू कर दिये और अपनी छाती नोच कर कहा, "तुम बदमाशों ने उसे गिरफ़्तार क्यों नहीं करवाया?" इसके बाद वह भागा-भागा बाहर गया और एक आदमी को कोने में ले जाकर खुसुर-फुसुर करने लगा। लौटकर उसने फिर मुझसे सवाल पूछे और मुझे डाँटा। मैंने उसे सारी घटना फिर सुनायी और बताया कि कल तुम्हें मेरे सामने जवाब तक देने की हिम्मत नहीं पड़ी और तुम मुझे नहीं पहचानते। यह सुनकर उसने फिर कमरे में चक्कर काटने और अपनी छाती नोचना शुरू कर दिया। जब तुम आये तो उसने कहा "जाकर पास वाले कमरे में बैठो, हिलना-डुलना बिलकुल नहीं।" उसने मुझे कुर्सी पर बिठाकर बाहर से ताला लगा दिया और कहा "शायद तुम्हें बुलाने की ज़रूरत पड़े।" जब निकोलाई को लाया गया तो उसने मुझे बाहर निकाल दिया। "मैं तुम्हें फिर बुलाऊँगा और सवाल पूछूँगा।"

"क्या उसने तुम्हारी मौजूदगी में निकोलाई से सवाल पूछे थे?"

"नहीं, निकोलाई के आते ही उसने मुझे बाहर निकाल दिया था।"

आगन्तुक ने फिर झुककर फ़र्श को छुआ और कहा, "मेरे पापपूर्ण विचारों को माफ़ कर दो!"

"ईश्वर तुम्हें माफ़ करे!" रास्कोलनिकोव ने उत्तर दिया।

आगन्तुक ने फिर अभिवादन किया और कमरे से चला गया।

"अब दो धारी तलवार दोनों तरफ़ काट रही है।" रास्कोलनिकोव बड़बड़ाया और आश्वस्त होकर घर से बाहर निकला।

ज़ीने पर उतरते वक़्त उसने एक कुटिल मुस्कान के साथ कहा, "अब जूझना होगा।" उसे अपनी भीरुता पर मन-ही-मन ग्लानि हुई।

पाँचवाँ भाग

1

दुनिया और उसकी माँ से मिलने के बाद लूज़िन का दिमाग़ संजीदा हो गया था। कल जो बात उसे अद्‌भुत और अविश्वसनीय मालूम होती थी, अब वह उसे असलियत समझने पर मजबूर हो गया था। रात भर अपमान की व्यथा के कारण उसे नींद नहीं आयीं थी। सुबह बिस्तर पर से उठते ही उसने शीशे में अपनी शक्ल देखी। उसे डर था कि कहीं उसे पीलिया न हो जाये, लेकिन शीशे में अपने गोरे, मोटे-ताज़े चेहरे को देखकर उसकी चिन्ता दूर हो गयी और उसे विश्वास हो गया कि वह दुनिया से भी बेहतर लड़की पा सकता है। लेकिन जब उसे अपनी मौजूदा स्थिति का ख़्याल आया तो उसने ज़ोर से फ़र्श पर थूक दिया, आन्द्री सेम्योनोविच लेब्ज़ियात्नीकोव व्यंग्यपूर्ण ढंग से मुस्कराया। यह देखकर लूज़िन ने अपने दोस्त के खिलाफ़ एक और शिकायत मन में दर्ज कर ली। पिछले कई दिनों से वह अपने दोस्त से चिढ़ा हुआ था। उसे अफ़सोस हुआ कि उसने कल वाली घटना आन्द्री सेम्योनोविच को क्यों बताई। यह उसकी भारी ग़लती थी। इसके अलावा सुबह के वक़्त बहुत-सी अप्रिय बातें एक साथ हुईं। उसके मुकदमे में भी एक अड़चन पड़ गयी। लूज़िन ने अपनी शादी के लिए एक फ़्लैट की सजावट का आर्डर दिया था। फ़्लैट के मालिक ने जो एक धनी जर्मन व्यापारी था, ज़मानत की रकम लौटाने से इनकार कर दिया, हालाँकि उसे बदले में सजा-सजाया फ़्लैट मिल रहा था। इसी तरह फ़र्नीचर वालों ने भी पेशगी किश्त नहीं लौटाई, हालाँकि फ़र्नीचर अभी दुकान में ही रखा था।

लूज़िन ने दाँत पीसकर कहा, “क्या मुझे सिर्फ़ फ़र्नीचर की ख़ातिर शादी करनी पड़ेगी?” सहसा दुनिया की स्मृति उसके मन को कचोटने लगी। और उसके मन में आशा की एक किरन फूटी, “क्या सारा मामला एकदम ख़त्म हो गया? फिर से कोशिश करके नहीं देखना चाहिए।” अगर सिर्फ़ चाहने मात्र से ही लूज़िन रास्कोलनिकोव को क़त्ल कर सकता तो फौरन कर देता।

वह निराश-भाव से लेब्ज़ियात्नीकोव के कमरे में लौट आया और सोचने लगा, "मेरी ग़लती थी, जो मैंने उन लोगों को पैसे नहीं दिये। मैंने यहूदियों की तरह कंजूसी क्यों दिखायी? ऐसी बचत से क्या फ़ायदा। मैंने जान-बूझकर उन्हें पैसों से वंचित रखा, ताकि वे मुझ पर आश्रित रहें। लेकिन उन्होंने क्या किया। छिः अगर मैं तोहफ़ों, ज़ेवरों और कपड़ों पर पन्द्रह सौ रूबल खर्च कर देता तो मेरी यह स्थिति न होती। फिर वे इतनी आसानी से मुझे धता न बता सकतीं। वे लोग इस तरह के हैं कि रिश्ता तोड़ने से पहले सारी रकम और तोहफ़े लौटा देते। ऐसा करने में उनकी अन्तर्रात्मा उन्हें कितना कचोटती? आप उस आदमी को भला कैसे ठुकरा सकते हैं जिसने आपके प्रति सहृदयता दिखायी हो!...हूँ! मैंने बहुत बड़ी ग़लती की है।"

लूज़िन ने दाँत पीसकर फिर अपने को मूर्ख कहा—लेकिन ऊँची आवाज़ में नहीं।

वह जब घर लौटा तो पहले से दुगुना चिढ़ा हुआ था। रास्ते में कैटेरीना इवानोव्ना की दावत की ओर उसका ध्यान आकर्षित हुआ। उसे परसों ही इसकी सूचना मिल गयी थी। उसका ख़्याल था कि उसे भी बुलाया गया है। कैटेरीना इवानोव्ना कब्रिस्तान गयी हुई थी। मैडम लिपवेरोल मेज़ सजा रही थी। उसने लूज़िन को बताया कि दावत में बहुत से लोग आ रहे हैं। यहाँ तक कि लेब्ज़ियात्नीकोव को भी, जिससे पहले कैटेरीना इवानोव्ना का झगड़ा हो चुका था, विशेष रूप से निमन्त्रित किया गया है, क्योंकि वह किरायेदारों में सबसे अधिक प्रतिष्ठित व्यक्ति है। अमेलिया इवानोव्ना भी नये काले सिल्क के कपड़े पहनकर आ रही हैं। यह सुनकर लूज़िन गहरी सोच में पड़ गया। उसे मालूम हुआ था कि रास्कोलनिकोव भी दावत में शरीक होगा।

आन्द्री सेम्योनोविच सुबह के वक़्त घर में ही था। उसके प्रति लूज़िन का व्यवहार विचित्र था। लूज़िन जिस दिन से उसके साथ आकर ठहरा था, उसी दिन से उसे आन्द्री सेम्योनोविच से चिढ़ हो गयी थी। मन-ही-मन वह उससे डरता भी था। वह सिर्फ़ पैसे बचाने की ख़ातिर आन्द्री सेम्योनोविच के घर नहीं ठहरा था। उसने सुना था कि आन्द्री प्रगतिशील युवक समाज में बढ़-चढ़ कर हिस्सा ले रहा है। लूज़िन उन लोगों से बहुत प्रभावित होता था जो सारे समाज को हिक़ारत की नज़रों से देखते हैं और सबकी पोल खोलते हैं। आन्द्री और उसके साथियों के विचारों का वह रत्तीभर अनुमान नहीं लगा सका था। लेकिन उसने सुना था कि पीटर्सबर्ग में निहिलिस्टों का एक वर्ग है—अन्य साधारण लोगों की तरह वह भी इन शब्दों के महत्त्व को बढ़ा-चढ़ाकर देखता था। पिछले कई बरसों से उसे डर था कि कहीं उसकी पोल न खुल जाये, इसीलिए वह अपने कारोबार को पीटर्सबर्ग में लाने से डरता था, जिस तरह बच्चे आतंकित हो जाते हैं। कुछ बरस पहले जब उसने अपना कारोबार शुरू किया था, प्रान्त के दो मशहूर आदमियों की क़लई खोली गयी थी—वे दोनों लूज़िन के संरक्षक थे और उन्हें बड़ी मुसीबत और बदनामी झेलनी पड़ी थी।

इसीलिए लूज़िन ने पीटर्सबर्ग में आते ही आत्मरक्षा के लिए 'देश के युवक-वर्ग' की हमदर्दी पाने की कोशिशें शुरू कर दी थीं। इस काम के लिए उसने आन्द्री सेम्योनोविच को चुना था। रास्कोलनिकोव के यहाँ जाने से पहले उसने कुछ प्रचलित मुहावरे रट लिए थे। जल्द ही उसे पता चल गया कि आन्द्री सेम्योनोविच निरा भोंदू है। लेकिन अगर लूज़िन को मालूम हो जाता कि सारे प्रगतिशील लोग आंन्द्री की तरह भोंदू हैं तब भी उसकी घबराहट बनी रहती। उसे आन्द्री के सिद्धान्तों, विचारों और तरीक़ों में रत्तीभर दिलचस्पी नहीं थी—वह तो सिर्फ़ यह जानना चाहता था कि पीटर्सबर्ग में क्या हो रहा है? इन लोगों के हाथ में कोई ताक़त है या नहीं। लूज़िन को उनसे डरना चाहिए या नहीं। क्या वे लोग उसकी क़लई खोलेंगे? आख़िर वे लोग किस चीज़ के ख़िलाफ़ हैं? अगर सचमुच उनके हाथों में ताक़त है तो क्या वह उनसे दोस्ती कर सकता है? उनके ज़रिये वह कोई फ़ायदा उठा सकता है? इसी तरह के सैकड़ों सवाल उसके दिमाग़ में चक्कर काट रहे थे।

आन्द्री सेम्योनोविच छोटे कद का पीला आदमी था। उसे अपनी रेशमी मटन चाप मूँछों पर बड़ा नाज़ था। पेशे से वह क्लर्क था और उसकी आँखें हमेशा से कमज़ोर थीं। वह बड़ा बातूनी था, और उसकी लम्बी-चौड़ी बातें उसके कद को देखते हुए हास्यापद मालूम होती थीं। अमेलिया इवानोव्ना उसे सब किरायेदारों में से अच्छा समझती थी क्योंकि वह कभी शराब के नशे में चूर नहीं रहता था और ठीक समय पर किराया चुका देता था। आन्द्री सेम्योनोविच सचमुच बुद्धू था। वह उन असंख्य मूढ़, अर्ध-शिक्षित, दम्भी, अर्ध-मानवों में से था, जो 'प्रगति' 'तरुण वर्ग' या किसी भी सामयिक आन्दोलन में शौकिया शामिल होकर उसकी मिट्टी पलीद कर देते हैं। वे जिस उद्देश्य में दिलचस्पी लेते हैं। उसी को विकृत कर देते हैं। चाहे वे कितने ही उत्साही और स्वार्थहीन क्यों न हो।

आन्द्री वैसे तो ख़ुशमिज़ाज था, लेकिन उसे भी लूज़िन से चिढ़ हो गयी थी। वह भाप गया था कि लूज़िन उसे क्षुद्र समझता है। एक बार उसने लूज़िन को फ़ूरियर के विचार और डार्विन का विकासवाद का सिद्धान्त समझाना चाहा था, लेकिन लूज़िन ने उसका मज़ाक उड़ाया था। इन दिनों वह बदतमीज़ भी हो गया था। दरअसल लूज़िन को आभास हो गया था कि आन्द्री बुद्धू होने के साथ झूठा भी है और अपने वर्ग में भी उसका विशेष महत्त्व नहीं है, वह सिर्फ़ रटी-रटायी बातें सुनाकर रौब गाँठना चाहता है। उसके विचार असन्तुलित थे, क्योंकि उसे शायद अपने उद्देश्य के प्रचार का ढंग नहीं आता था। भला ऐसा आदमी किसी पर क्या कीचड़ उछालेगा? पिछले दस दिनों से लूज़िन ने आन्द्री की सारी अनर्गल बातें सुनी और सही थीं। मिसाल के लिए उसने लूज़िन से कहा था कि उसे भावी 'कम्यून' की स्थापना के लिए चन्दा देना चाहिए, अपने होने वाले बच्चों का नामकरण नहीं करना चाहिए

और शादी के एक महीने बाद ही अगर दुनिया किसी और से प्रेम करने लगे तो लूज़िन को आपत्ति नहीं करनी चाहिए। लूज़िन ने चुपचाप यह बातें सुन ली थीं।

लूज़िन ने आज सुबह पाँच प्रतिशत बौन्ड्स वसूल किये थे और वह मेज़ पर रखी नोटों की गड्डियाँ गिन रहा था। आन्द्री सेम्योनोविच, जिसने इतना पैसा कभी नहीं देखा था नोटों की ओर उदासीनतापूर्वक देखने लगा। लूज़िन कभी विश्वास नहीं कर सकता था कि आन्द्री को रुपये-पैसे से वितृष्णा है। आन्द्री लूज़िन के विचारों को भाँप गया और समझ गया कि लूज़िन उसको नीचा दिखाने का मौक़ा देख रहा है ताकि वह आन्द्री की ग़रीबी का मज़ाक उड़ा सके।

आन्द्री ने अपने प्रिय विषय, नये 'कम्यून' की स्थापना की चर्चा शुरू कर दी, लेकिन लूज़िन ने बड़ी बेरुखी दिखायी और संक्षिप्त व्यंग्य भरी टिप्पणियों के सिवा एक शब्द मुँह से न बोला। 'मानववादी' आन्द्री सेम्योनोविच ने सोचा कि लूज़िन दुनिया से हुए झगड़े की वजह से चिड़चिड़ा हो गया है और शायद इसी विषय पर चर्चा करना चाहता है। आन्द्री ने अपने दोस्त को सान्त्वना देने के लिए, और उसके बौद्धिक 'विकास के लिए' प्रगतिशील दृष्टिकोण से एक भाषण भी तैयार कर रखा था।

"उस विधवा के यहाँ किसी दावत की तैयारी हो रही है न।" लूज़िन ने आन्द्री से पूछा।

"तुम्हें नहीं मालूम। कल रात ही तो मैं तुम्हें इन रीति-रिवाज़ों पर अपने विचार बता रहा था। मैंने सुना है कि तुम्हें भी निमन्त्रण मिला है। कल तुम विधवा से बातें तो कर रहे थे..."

"मुझे यह उम्मीद नहीं थी कि वह मूर्ख औरत मूर्ख रास्कोलनिकोव से मिला पैसा दावत में बर्बाद कर देगी। मैं तो आज दावत की तैयारियाँ देखकर दंग रह गया। शराबें मँगवाई गयी हैं—बहुत से लोग आयेंगे। बस हद हो गयी!" लूज़िन ने किसी विशेष प्रयोजन से यह प्रसंग छेड़ा था "क्या कहते हो, मुझे भी बुलाया है? कब निमन्त्रण आया था? मुझे तो याद नहीं, मैं वहाँ क्यों जाऊँ? मैंने तो कल सिर्फ़ चलते-चलते विधवा को तसल्ली दी थी कि शायद सरकारी क्लर्क की पत्नी होने के कारण उसे सरकार से एक साल की तनख़्वाह मिल सकती है। उसने इसी कारण से मुझे दावत में बुलाया है न! ही-ही-ही।"

"मैं भी दावत में नहीं जाना चाहता।" आन्द्री ने कहा।

"उस बेचारी को पीटने के बाद तुम भला वहाँ किस मुँह से जाओगे?"

"पीटने के बाद?...मैंने किसे पीटा?" लेब्ज़ियात्नीकोव का मुँह क्रोध से लाल हो गया।

"तुमने पिछले महीने कैटेरीना इवानोव्ना को पीटा था, यह मुझे कल पता चला...अच्छा तो इसी बूते पर तुम औरतों को आज़ादी और प्रगतिशीलता का दावा करते हो! ही-ही!" लूज़िन का मन हल्का हो गया और वह फिर नोट गिनने लगा।

"यह सब बकवास है! तुमने ग़लत बात सुनी है। वे लोग झूठमूठ मुझे बदनाम कर रहे हैं। पहले उसने अपने नाख़ूनों से मेरा चेहरा नोचा, मेरी मूँछों के बाल उखाड़ दिये...मैंने जवाब में उसे धक्का दिया। आत्मरक्षा करने का सबको अधिकार है। मैं किसी को अपने ऊपर बल प्रयोग नहीं करने दूँगा, यह सरासर तानाशाही है– मैंने सिर्फ़ उसे पीछे की तरफ़ धकेला था।"

"ही-ही-ही" लूज़िन कुटिल हँसी हँसने लगा।

"तुम्हारा मिज़ाज आज चिड़चिड़ा हो गया है, इसीलिए तुम ऐसी बातें कह रहे हो, लेकिन इस घटना का औरतों की आज़ादी के सवाल से कोई सम्बन्ध नहीं। मैं सोचा करता था कि अगर औरतें सब बातों में पुरुषों के बराबर हैं तो शारीरिक बल के प्रयोग का भी उन्हें समान अवसर मिलना चाहिए, लेकिन बाद में मैं इस नतीज़े पर पहुँचा हूँ कि यह सवाल उठाना बेकार है, क्योंकि भावी समाज में लड़ाई-झगड़ा नहीं होगा...इसके अलावा झगड़ने में बराबरी की माँग करना विचित्र होगा। मैं इतना मूर्ख नहीं हूँ...भविष्य में लड़ाई-झगड़ा चाहे न हो, आजकल तो होता ही है...गोली मारो इस क़िस्से को। तुम्हारे साथ रहकर मेरा दिमाग़ गड़बड़ा जाता है। मैं असूल की ख़ातिर वहाँ नहीं जा रहा। मैं ऐसी सामाजिक कुरीतियों से नफ़रत करता हूँ। हाँ–ऐसे मौक़ों पर जाकर उन कुरीतियों का मज़ाक उड़ाना दूसरी बात है...अफ़सोस है कि इस मौक़े पर कोई पादरी नहीं होगा, अगर होता तो मैं ज़रूर दावत में शामिल होता।"

"तब तुम सिर्फ़ अपने मेज़बानों का अपमान करने वहाँ जाते? जिस थाली में खाओगे उसी में छेद भी करोगे?"

"नहीं मैं वहाँ प्रोटेस्ट करने के लिए जाता और ज्ञान के प्रचार में सहायक सिद्ध होता। हर आदमी का फ़र्ज़ है कि वह कठोर से कठोर शब्दों में ज्ञान का प्रचार करे। हो सकता है इस विचार के बीज से किसी विशाल आन्दोलन का जन्म हो। इसमें उनकी बेइज़्ज़ती कैसे होगी? शुरू में उन्हें बुरा ज़रूर लगेगा, लेकिन बाद में वे कहेंगे कि मैंने उनकी बहुत बड़ी सेवा की है। जानते हो तेरबेवा (जो अब हमारे संगठन में आ गयी है) का कितना विरोध हुआ था! उसने अपने परिवार को छोड़-छाड़कर ज्ञान के प्रचार में अपना जीवन समर्पित कर दिया। उसने अपने माँ बाप को लिखा कि वह दक़ियानूसी ज़िन्दग़ी बसर नहीं करेगी और वह स्वाधीन-विवाह करने जा रही है। लोगों ने कहा कि उसे अपने माँ-बाप को इतने कठोर शब्द नहीं लिखने चाहिए थे। यही बात कोमल ढंग से भी लिखी जा सकती थी। मैं कहता हूँ यह बकवास है। हमें कोमलता नहीं, धृष्टता से काम लेना चाहिए। वेरेन्स को देखो। शादी के सात साल बाद वह अपने दो बच्चों को छोड़कर चली गयी और उसने अपने पति को ख़त लिखा, "मैं जान गयी हूँ कि तुम्हारे साथ रहकर कभी सुखी नहीं हो सकती। तुमने मुझे कभी नहीं बताया कि समाज में आज़ाद ख़्याल लोगों का दल भी है–

मैं तुम्हें कभी माफ़ नहीं कर सकती—यह बात हाल ही में मुझे एक आज़ाद ख़्यालों वाले मित्र से मालूम हुई जिसके साथ मैं अपना रिश्ता जोड़ रही हूँ। मैं तुम्हें धोखे में नहीं रखना चाहती, इसीलिए साफ़ बात कह रही हूँ। तुम जो उचित समझो, करो। मैं लौट कर नहीं आऊँगी—उसका समय बीत गया। आशा है तुम सुखी रहोगे।" इस तरह ख़त लिखे जाने चाहिए!

"क्या यही तेरेबेवा है जिसके बारे में तुमने बताया था। यह उसकी तीसरी आज़ाद शादी है!"

"नहीं, यह तो दूसरी शादी है, मान लो अगर चौथी या पन्द्रहवीं भी होती तो क्या हर्ज़ था! मुझे अब अपने माता-पिता के मरने पर दुःख होता है। अगर वे ज़िन्दा होते तो मैं उनके होश ठिकाने लगाता। मैं उन्हें दिखा देता!...वे हैरान रह जाते!... अफ़सोस तो यही है कि उनमें से कोई ज़िन्दा नहीं है!"

"उन्हें हैरानी होती! ही-ही...ख़ैर जैसा मन में आये, करो। लेकिन यह बताओ तुम विधवा की उस नाजुक-सी लड़की को जानते हो? उसके बारे में लोग जो कहते हैं, क्या वह सच है?"

"उससे क्या हुआ, मेरी निजी राय है कि यह औरतों के लिए स्वाभाविक है। मेरा मतलब मौजूदा समाज से नहीं है, क्योंकि यहाँ यह स्थिति मजबूरी से पैदा होती है, लेकिन भावी समाज में यह स्वाभाविक होगी क्योंकि उसमें स्वेच्छा रहेगी। सोनिया ने जो किया, ठीक किया। वह मुसीबत में थी, उसे अपनी पूँजी इस्तेमाल करने का हक था। भावी समाज में पूँजी की ज़रूरत नहीं रहेगी लेकिन इसका सामाजिक महत्त्व बढ़ जायेगा। मेरी निजी राय में सोफ़िया सेम्योनोव्ना ने सामाजिक-संगठन के विरूद्ध विद्रोह किया है, इसलिए मेरे मन में उसके प्रति श्रद्धा है, उसे देखकर मेरा मन उल्लास से भर जाता है।"

"मैंने सुना है कि तुम्हीं ने उसे इस मकान से निकलवाया है!"

लेब्ज़ियात्नीकोव क्रोध से आग-बबूला हो गया।

"यह लांछन झूठा है! यह कैटेरीना इवानोव्ना के दिमाग़ की ख़ुराफ़ात है। सोनिया के साथ मेरा कोई ताल्लुक़ नहीं था, मैं तो सिर्फ़ अनासक्त भाव से उसे विद्रोह करने के लिए उत्साहित कर रहा था...मैं चाहता था वह विद्रोह करे! वैसे भी किसी हालत में वह यहाँ नहीं रह सकती थी।"

"तुमने उसे अपने संगठन में शामिल होने को कहा है?"

"तुम भी अजब मज़ाक करते हो! तुम नहीं जानते हमारे संगठन में ऐसा पार्ट नहीं है। संगठन की स्थापना ही इसीलिए हुई है ताकि ऐसे पार्ट समाज से मिट जायें। जो बातें समाज में निन्दनीय और मूर्खतापूर्ण समझी जाती हैं, हमारे संगठन में आकर वे स्वाभाविक बन जाती हैं। यह सब तो वातावरण पर निर्भर करता है।

वातावरण ही सब कुछ है, इन्सान की कुछ हस्ती नहीं। सोनिया के साथ आज भी मेरे अच्छे सम्बन्ध हैं, जिससे साबित हो जाता है कि वह मुझे अपना दुश्मन नहीं समझती। मैं आजकल उसे संगठन में लाने की कोशिश कर रहा हूँ, लेकिन उसका दर्जा बिलकुल अलग होगा। तुम्हें हँसी क्यों आ रही है! हम विस्तृत आधार पर अपना एक अलग संगठन बनाने की कोशिश कर रहे हैं, क्योंकि हमारे विचार अधिक प्रगतिशील हैं। हम बहुत-सी चीज़ों को रद्दी समझते हैं। मैं अभी तो सोनिया को तैयार कर रहा हूँ—उसका चरित्र बड़ा ही सुन्दर है।"

"तुम उसके सुन्दर चरित्र का फ़ायदा उठा रहे हो। क्यों? ही-ही!"

"नहीं नहीं—स्थिति बिलकुल उलटी है!"

"उल्टी है! ही-ही—ख़ूब कहा!"

"मैं भला क्यों सच्ची बात छिपाऊँ? दरअसल मुझे ख़ुद हैरानी होती है कि वह मेरे सामने इतनी भीरु, संकोचशील और आधुनिक कैसे बन जाती है!"

"और तुम उसे तैयार कर रहे हो...ही-ही—उसे समझाना चाहते हो कि उसका संकोच निरा ढोंग है।"

"बिलकुल नहीं, बिलकुल नहीं, तुमने मेरे शब्दों का कितना बेहूदा मतलब लगाया है—माफ़ करना, तुम अभी तक निरे गँवार ही हो। हम लोग औरतों को आज़ाद करवाना चाहते हैं, लेकिन तुम्हारे दिमाग़ में एक ही बात चक्कर काट रही है। सतीत्व और पवित्रता के सवाल को छोड़ दो, वे व्यर्थ की धारणायें मात्र हैं। लेकिन मैं उसके संकोच, शील की कद्र करता हूँ, क्योंकि अगर वह मुझसे कहती कि वह मुझे पसन्द करती है तो मैं अपने को बड़ा ख़ुशक़िस्मत समझता, क्योंकि मुझे वह लड़की बहुत पसन्द है। लेकिन मुझसे अधिक शिष्टता किसी ने उसके प्रति नहीं दिखायी, मुझे उसके सम्मान का पूरा ख़्याल है।...मैं उम्मीद लगाये बैठा हूँ, बस!"

"तुम उसे कोई तोहफ़ा क्यों नहीं देते, मैं शर्त लगाकर कहता हूँ कि तुम्हें कभी इस बात का ख़्याल तक नहीं आया होगा।"

"तुम नहीं समझते, मैं तुम्हें पहले भी बता चुका हूँ। उसकी आर्थिक स्थिति को देखकर तुम उससे नफ़रत करते हो, तुम किसी इन्सान को इन्सान नहीं समझते। तुम नहीं जानते वह कितनी सच्चरित्र लड़की है! मुझे अफ़सोस है इन दिनों उसने किताबें पढ़ना बन्द कर दिया है। पहले मैं उसे पढ़ने के लिए बहुत-सी किताबें दिया करता था। उसमें प्रोटेस्ट करने की ज़बरदस्त शक्ति है लेकिन मुझे अफ़सोस है कि उसमें इतना आत्मविश्वास और स्वतन्त्रता नहीं आ पायी कि वह कई दक़ियानूसी विचारों के घेरे को तोड़ सके। लेकिन कई समस्याओं को वह अच्छी तरह से समझती है, मिसाल के लिए हाथों को चूमना। वह जानती है कि मर्दों को औरतों के हाथ नहीं चूमने चाहिए, क्योंकि यह असमानता का प्रतीक है। एक बार हम दोनों में इस

विषय पर बहस छिड़ गयी थी, और मैंने उसे यह बात समझाई थी। मैंने उसे फ्रांस के मज़दूरों की संस्थाओं के बारे में भी बताया और वह बड़े ग़ौर से सुनती रही। आजकल मैं उसे भावी समाज में कमरे में प्रवेश करने के सवाल पर समझा रहा हूँ।"

"उसका क्या मतलब है जनाब?"

"कुछ दिन हुए यह बहस छिड़ी थी, क्या संगठन के किसी सदस्य को दूसरे सदस्य के कमरे में किसी समय भी जाने का अधिकार है?...चाहे वह सदस्य मर्द हो या औरत...हम इस फ़ैसले पर पहुँचे थे कि यह अधिकार होना चाहिए।"

"मान लो कोई सदस्य किसी ऐसे-वैसे मौक़े पर पहुँचे....ही-ही।"

लेब्ज़ियात्नीकोव गुस्से से आग-बबूला हो गया, उसने चिढ़कर कहा, "तुम हमेशा ऊटपटाँग बातें सोचते हो, छिः मैंने बेकार ही निजी एकान्त की चर्चा छेड़ दी! तुम्हारे जैसे लोग बिना समझे ही उसका मज़ाक उड़ाने लगते हैं। लोगों को एकान्त पर कितना अहंकार होता है? छिः मेरी हमेशा से यह राय रही है कि किसी नौसिखिया के आगे इस सवाल पर बहस नहीं करनी चाहिए, जब तक उसे संगठन में पूर्ण आस्था नहीं हो जाती। मेहरबानी करके यह बताइये कि आपको नाबदान में भी कौन-सी आपत्तिजनक बात नज़र आती है? मैं तो जिस नाबदान को कहिये, साफ़ कर दूँ, यह आत्म-त्याग नहीं बल्कि उपयोगी और सम्मानपूर्ण काम है, रफ़ेयल* और पुश्किन से भी अधिक उपयोगी।"

"और अधिक सम्मानपूर्ण भी है, ही-ही-ही!"

"अधिक सम्मानपूर्ण से क्या मतलब? मैं मानव-कार्यों को 'सम्मानपूर्ण' और 'नेक' श्रेणियों में नहीं बाँटता। ये सब दक़ियानूसी बातें हैं। जो चीज़ मानव-जाति के लिए उपयोगी है, सम्मानपूर्ण है। 'उपयोगी' इस शब्द को बस याद रखो! तुम चाहे नाक-भौं सिकोड़ो, यही सच है।"

लूज़िन ठहाका मारकर हँसा। वह नोटों की गड्डियाँ गिन चुका था और एक ओर रख रहा था, लेकिन कुछ नोट अभी भी मेज़ पर पड़े थे। नाबदान वाली बात पर उनमें पहले भी बहस हो चुकी थी। लूज़िन को लेब्ज़ियात्नीकोव को चिढ़ाने में बड़ा मज़ा आ रहा था। उधर लेब्ज़ियात्नीकोव भी ख़ूब चिढ़ रहा था।

"कल की घटना ने तुम्हें इतना चिड़चिड़ा बना दिया है।" लेब्ज़ियात्नीकोव 'प्रोटेस्ट' और 'आज़ादी' की डींगें मारते हुए भी अभी तक अपनी आदत के मुताबिक़ लूज़िन के प्रति आदर-भाव प्रदर्शित करता था।

लूज़िन ने बीच में टोककर धृष्टतापूर्वक पूछा,

"मुझे यह बताओ...अगर सचमुच उस लड़की से तुम्हारी इतनी दोस्ती है, तो तुम कुछ देर के लिए उसे यहाँ बुला सकते हो? मेरा ख़्याल है वे सब क़ब्रिस्तान से

* विख्यात त्रिकार।

लौट आये हैं...उनके कदमों की आहट सुनाई दे रही है...मैं उस लड़की को देखना चाहता हूँ।"

"किसलिए?" लेब्ज़ियात्नीकोव ने चकित स्वर में पूछा।

"मैं आज या कल यहाँ से जा रहा हूँ और उस लड़की से कुछ बातें करना चाहता हूँ...तुम भी मौजूद रहना, वरना तुम न जाने कैसी-कैसी कल्पनाएँ करते फिरोगे।"

"मैं क्यों कल्पना करूँगा? तुम उससे मिलना चाहते हो तो मैं उसे अभी यहाँ भेज देता हूँ। उसे बुलाना भी कोई मुश्किल काम है। निश्चिन्त रहो मैं तुम्हारे रास्ते में बाधा नहीं बनूँगा।"

पाँच मिनिट बाद ही लेब्ज़ियात्नीकोव सोनिया को लेकर आ गया। सोनिया सदा की तरह घबराई हुई थी और शरमा रही थी। बचपन से ही अजनबियों से मिलने में डर लगता था, विशेष रूप से अब तो...। लूज़िन उससे 'शिष्ट और मैत्रीपूर्ण, ढंग से मिला। लेकिन उसके व्यवहार में एक अजब बेतक़ल्लुफ़ी थी, क्योंकि उसका ख़्याल था कि ऐसी 'दिलचस्प' और कमसीन लड़की से उसके जैसे सम्मानित व्यक्ति को बेतक़ल्लुफ होना उचित ही था। उसने सोनिया की 'घबराहट दूर करने के लिए' उसे अपने सामने बैठाया। सोनिया बारी-बारी से लेब्ज़ियात्नीकोव, मेज़ पर पड़े नोटों के पुलिन्दे और लूज़िन को देख रहीं थी। लेब्ज़ियात्नीकोव बाहर जाने लगा। लूज़िन ने सोनिया से बैठे रहने का इशारा किया और लेब्ज़ियात्नीकोव को रोककर पूछा,

"क्या रास्कोलनिकोव आया हुआ है?"

"रास्कोलनिकोव? हाँ वह नीचे बैठा है, मैंने उसे अभी आते देखा है। क्यों?"

"मेरी तुमसे प्रार्थना है कि यहीं रहो—मुझे इस लड़की के साथ अकेला छोड़कर न जाओ। मैं इससे कुछ शब्द कहना चाहता हूँ, मेरे शब्दों का न जाने क्या अर्थ लगाया जायेगा, यह ईश्वर ही जाने! मैं नहीं चाहता कि रास्कोलनिकोव उन बातों को दुहराये...तुम समझ गये न!"

"मैं समझता हूँ! तुम ठीक कहते हो! मेरी निजी राय है कि तुम्हें बिलकुल चिन्ता नहीं करनी चाहिए—अच्छा मैं भी यहीं रहूँगा—मैं खिड़की के पास खड़ा रहूँगा—तुम्हारी बातचीत में कोई विघ्न नहीं आयेगा...तुम ठीक सोचते हो।"

लूज़िन आकर सोनिया के सामने सोफ़े पर रौब से बैठ गया और सोनिया को प्रभावित करने के लिए उसने शालीन मुद्रा बना ली, मानो कहना चाहता हो "श्रीमती जी देखना कोई ग़लती न कर बैठना!" सोनिया सकपका गयी।

"सोफ़िया सेम्योनोवना, सबसे पहले मैं तुम्हारी आदरणीय माँ से माफ़ी माँगना चाहता हूँ। कैटेरीना इवानोव्ना तुम्हारी माँ की तरह है न!" उसके स्वर में मैत्री भाव था।

"हाँ वे बिलकुल मेरी माँ की तरह है।" सोनिया ने भीरु स्वर में उत्तर दिया।

"तुम मेरी तरफ़ से उनसे माफ़ी माँग लोगी? मैं दावत में नहीं आ सकूँगा—उन्होंने निमन्त्रण भेजकर मुझ पर कृपा की है। परिस्थितियाँ ही ऐसी हैं।"

"मैं—उन्हें बता दूँगी" कहकर सोनिया कुर्सी छोड़कर खड़ी हो गयी।

लूज़िन उसके भोलेपन और अशिष्टता पर मुस्करा दिया और बोला, "ठहरो, मेरी बात अभी पूरी नहीं हुई। तुम मुझे नहीं जानतीं सोफ़िया सेम्योनोवना, यह मत सोचना कि मैंने तुम्हें अपने किसी काम के लिए बुलाया है।"

सोनिया जल्दी से बैठ गयी। क्षण भर के लिए उसकी नज़र भूरे और इन्द्रधनुष जैसे रंगों के नोटों पर पड़ी, लेकिन उसने अपनी आँखें वहाँ से हटा लीं, और वह लूज़िन की तरफ़ देखने लगी। उसे पराये धन की तरफ़ देखने पर आत्मग्लानि हुई। वह लूज़िन के सुनहरी फ्रेम वाले चश्में और उसके बायें हाथ की उँगली में पड़ी पीले नगीने वाली अँगूठी को देखने लगी। घबराकर आख़िर वह लूज़िन का चेहरा ताकने लगी। कुछ देर रुककर लूज़िन ने कहा,

"कल अचानक रास्ते में कैटेरीना इवानोव्ना से मुलाकात हो गयी। मेरा ख़्याल है कि उनकी हालत अजब है।"

"हाँ अजब हालत है..." सोनिया ने हामी भरी।

"या उन्हें बीमार कहना बेहतर होगा।"

"हाँ बीमार...कहना बेहतर होगा।"

"ठीक, इन्सानियत और हमदर्दी के नाते अगर मैं उनकी कुछ सेवा कर सकूँ तो मुझे ख़ुशी होगी। मेरा ख़्याल है, इस ग़रीबी के सताये परिवार का सारा भार अब तुम्हारे ऊपर आ पड़ा है?"

"क्या कल आपने कैटेरीना इवानोव्ना से पेंशन का ज़िक्र किया था? उन्होंने मुझे बताया था कि आपने उन्हें पेंशन दिलाने का वादा किया है। क्या यह सच है?"

"बिलकुल नहीं। यह झूठ है! मैंने तो सिर्फ़ कहा था कि सम्भवतः सरकारी नौकर की विधवा को पेंशन मिल सकती है...अगर उसकी पहुँच हो तो...लेकिन शायद आपके पिताजी ने नौकरी की मियाद पूरी नहीं की और मरने से पहले वे बेकार थे। मेरे ख़्याल में पेंशन मिलने की कोई उम्मीद नहीं, और सरकारी सहायता के लिए प्रार्थना करना बेकार होगा...लेकिन कैटेरीना इवानोव्ना अभी से पेंशन के सपने देखने लगीं...ही-ही—बड़ी कल्पनाशील है..."

"हाँ, क्योंकि उनका दिल साफ़ है और इसलिए वे हर बात पर विश्वास कर लेती हैं...वे ऐसी ही हैं...आप उन्हें माफ़ कर दें।"

कहकर सोनिया उठकर जाने के लिए तैयार हो गयी।

"लेकिन तुमने अभी तक मेरी बात तो सुनी ही नहीं।"

"नहीं अभी नहीं सुनीं।" सोनिया बुदबुदाई।

"तो फिर बैठ जाओ।" सोनिया हतप्रभ हो गयी, और उसे तीसरी बार बैठना पड़ा।

"कैटेरीना इवानोव्ना और उनके अभागे बच्चों की अगर मैं कुछ सेवा कर सकूँ तो मुझे ख़ुशी होगी। ऐसी परिस्थितियों में मित्र या शुभचिन्तक चन्दा जमा करते हैं या लॉटरी का आयोजन करते हैं। मैं यही तुमसे कहना चाहता था। इस तरह का कोई प्रबन्ध किया जा सकता है।"

"हाँ हाँ...ईश्वर आपको इस नेकी का बदला देगा।" सोनिया हकलाकर बोली।

"इसकी चर्चा हम बाद में करेंगे, शायद आज ही इस काम की शुरूआत हो जाये। तुम सात बजे मुझसे मिलने आना। मुझे उम्मीद है कि मिस्टर लेब्ज़ियात्नीकोव भी हमारी मदद करेंगे। लेकिन एक बात की चेतावनी मैं तुम्हें पहले से ही देना चाहता हूँ सोफ़िया सेम्योनोवना, इसीलिए मैंने तुम्हें यहाँ आने की तकलीफ़ दी है। मेरी राय में कैटेरीना इवानोव्ना के हाथों में पैसे रखना ठीक नहीं होगा। आज की दावत ही उसका सबूत है, जब बेचारी के पास खाने के लिए रोटी का एक भी टुकड़ा नहीं है, पैरों में पहनने के लिए जूते नहीं हैं, वे जमेका रम* यहाँ तक कि मदीरा*...और काफ़ी लायी हैं। मैंने खुद अपनी आँखों से ये चीज़ें देखी हैं। कल वे लोग फिर दाने-दाने को मुहताज़ हो जायेंगे और सारा बोझ तुम्हीं को सम्भालना पड़ेगा। इसलिए मेरा ख़्याल है कि हम लोग जो चन्दा जमा करें, कैटेरीना इवानोव्ना को उसकी ख़बर नहीं मिलनी चाहिए–सिर्फ़ तुम्हें इस बात का पता रहना चाहिए। मैं ठीक कह रहा हूँ न!"

"मैं नहीं जानती...सिर्फ़ आज ही, ज़िन्दगी में एक बार...वह पिता की स्मृति में...वैसे वे बड़ी अक़्लमन्द हैं...लेकिन जैसा आप कहें...मैं...वे लोग आपके कृतज्ञ रहेंगे...ईश्वर आपको इस भलाई का बदला देगा...अनाथ बच्चे..."

सोनिया फूट-फूट कर रोने लगी। "अच्छा इस बात को याद रखना। यह छोटी-सी रकम मेरी तरफ़ से स्वीकार करो। मैं चाहता हूँ मेरा नाम किसी के सामने ज़ाहिर न हो...अपने ख़र्चों में से मैं सिर्फ़ इतना ही बचा पाया हूँ...."

लूज़िन ने दस रूबल का नोट अच्छी तरह खोलकर सोनिया के आगे बढ़ा दिया।

सोनिया का मुँह लाल हो गया और वह नोट लेकर जाने लगी। लूज़िन उसे दरवाज़े तक छोड़ने आया। सोनिया घबराई हुई, कैटेरीना इवानोव्ना के पास लौट गयी।

लेब्ज़ियात्नीकोव इस बीच खिड़की के पास खड़ा रहा था, या कमरे में चहलकदमी करता रहा था, ताकि बातचीत में विघ्न न पड़े। सोनिया के जाते ही उसने लूज़िन से हाथ मिलाने के लिए आगे हाथ बढ़ाया।

---

* शराबे।

"मैंने सब देखा और सुना। तुमने बहुत नेक काम किया और मनुष्यता दिखायी। तुम उसकी कृतज्ञता चाहते थे, यह भी मैंने देखा। वैसे असूलन मैं दान को अच्छा नहीं समझता क्योंकि इससे पाप दूर होने की बजाय बढ़ता है, लेकिन मुझे तुम्हारा दान देखकर ख़ुशी हुई—सचमुच मुझे यह बात बहुत पसन्द आयी।"

"यह सब बकवास है।" लूज़िन ने ग़ौर से लेब्ज़ियात्नीकोव की तरफ़ देखा।

"नहीं यह बकवास नहीं है। जिस आदमी ने खुद निराशा देखी हो, जैसी कल तुम्हें हुई, वह अगर दूसरों से हमदर्दी दिखाता है तो वह आदमी श्रद्धा का पात्र है, माना वह दान देकर ग़लती करता है। सच प्योत्र पैत्रोविच मुझे तुमसे यह आशा नहीं थी, क्योंकि तुम्हारे विचार...तुम्हारे विचार ही तो तुम्हें आगे नहीं बढ़ने देते। मिसाल के लिए कल तुम अपनी बदक़िस्मती पर कितने हताश हो गये थे।" सीधे-सादे लेब्ज़ियात्नीकोव के मन में फिर लूज़िन के प्रति स्नेह उमड़ आया था "मेरे प्यारे नेक प्योत्र पैत्रोविच यह बताओ तुम्हें क़ानूनी शादी में इतनी दिलचस्पी क्यों है? शादी के क़ानूनी पहलू से क्यों चिपके हुए हो? तुम बेशक मुझे पीटो, लेकिन मुझे ख़ुशी है कि तुम्हारी शादी नहीं हो सकी। तुम आज़ाद हो और मानवता के लिए अब भी उपयोगी हो...खो नहीं गये। देखा, मैंने अपने दिल की बात साफ़ कह दी।"

"मैं तुम लोगों की तरह मुक्त-विवाह करके बेवकूफ़ नहीं बनना चाहता, न ही दूसरे आदमी के बच्चे पालना चाहता हूँ, इसीलिए मैं विधिवत् शादी करना चाहता हूँ।" लूज़िन ने जवाब देने की ख़ातिर जवाब दिया।

वह किसी सोच में डूबा मालूम होता था।

लेब्ज़ियात्नीकोव भड़क उठा, जैसे शातिर घोड़ा नगाड़े की आवाज़ सुनकर भड़कता है, "बच्चे? तुमने अभी बच्चों का ज़िक्र किया? माना कि यह एक महत्त्वपूर्ण सामाजिक प्रश्न है, लेकिन इसका एक और समाधान भी है। कई लोग क़तई बच्चे नहीं पैदा करना चाहते, क्योंकि बच्चों का मतलब है परिवार-व्यवस्था। ख़ैर बच्चों की समस्या पर बाद में बहस करेंगे। पहले आत्मसम्मान की बात लो। मैं मानता हूँ कि यह मेरी कमज़ोरी है। भावी-समाज के शब्दकोश में पुश्किन जैसे इस खौफ़नाक सैनिक-शब्द के लिए कोई स्थान नहीं होगा। आख़िर यह है क्या बला? आज़ाद शादियों में कोई धोखाधड़ी नहीं चलेगी। ऐसे शब्द क़ानूनी शादियों का नतीज़ा होते हैं...इसमें अपमान की कौन-सी बात है? मान लो अगर मैंने कभी क़ानूनी शादी जैसी बेहूदगी की भी तो मैं अपनी बीबी से कहूँगा, "अभी तक मैंने तुम्हें प्यार किया है, लेकिन अब मैं तुम्हारी इज़्ज़त करता हूँ क्योंकि तुमने दिखा दिया है कि तुममें प्रोटेस्ट करने का साहस है।" तुम हँस रहे हो। इसलिए कि तुम अपने पूर्वाग्रहों से मुक्ति नहीं पा सकते। ख़ैर गोली मारो इस क़िस्से को। मैं अब जान गया हूँ कि क़ानूनी शादी में कहाँ धोखा मिलता है और उससे मन में कितनी कटुता भर जाती है।

पति-पत्नी दोनों के लिए वह स्थिति ग्लानिपूर्ण है। लेकिन आज़ाद शादियों में धोखा खुलम-खुल्ला होता है इसलिए ग्लानि का सवाल ही नहीं उठता। आपकी पत्नी यह दिखाने के लिए कि वह आपकी कितनी इज़्ज़त करती है, एक नया प्रेमी ढूँढ़ लेगी, क्योंकि उसे मालूम रहेगा कि आप उसके सुख में बाधा नहीं डालेंगे। गोली मारो इस क़िस्से को। कई बार मैं सोचता हूँ कि अगर कभी मैंने क़ानूनी या आज़ाद शादी की—बात तो एक ही है, तो मैं अपनी पत्नी को ज़रूर एक प्रेमी भेंट करूँगा अगर वह अपने लिए प्रेमी न तलाश कर सकी। मैं कहूँगा, "प्रिये, मैं तुमसे प्रेम करता हूँ लेकिन उससे भी ज़्यादा मैं चाहता हूँ कि तुम मेरी इज़्ज़त करो, देखो! "मैं ठीक कहता हूँ न।"

प्योत्र पैत्रोविच अन्यमनस्क भाव से हँसने लगा। वह किसी दूसरी सोच में पड़ा हुआ था। वह बार-बार उत्तेजना में अपने दोनों हाथ मल रहा था। लेब्ज़ियात्नीकोव ने बाद में इस घटना पर काफ़ी ग़ौर किया।

2

कैटेरीना इवानोव्ना के असन्तुलित दिमाग़ में उस बेतुकी दावत का विचार कैसे उठा, यह बताना मुश्किल है। रास्कोलनिकोव ने जो बीस रूबल मारमेलेदोव के जनाज़े के लिए दिये थे, उनमें से दस रूबल दावत पर बर्बाद हो गये। शायद कैटेरीना इवानोव्ना मृतक की स्मृति 'विधिपूर्वक' मनाना चाहतीं थीं। वह अपने सब पड़ोसियों को, विशेषकर अमेलिया इवानोव्ना को दिखा देना चाहती थी कि वह उनसे किसी प्रकार भी हीन नहीं है और किसी को मारमेलेदोव का मज़ाक उड़ाने का अधिकार नहीं है। शायद इसका कारण 'ग़रीबी का अहंकार था, जिसके कारण कई ग़रीब लोग सिर्फ़ यह दिखाने के लिए कि वे भी 'और लोगों की तरह हैं' और 'कोई उनका मज़ाक नहीं उड़ा सकता,' अपनी बची-खुची पूँजी भी सामाजिक-उत्सवों में लुटा देते हैं। सम्भव है कि इस मौक़े पर कैटेरीना इवानोव्ना, जो संसार में अकेली रह गयी थी, उन 'बेहूदे किरायेदारों' को दिखा देना चाहती थी कि वह 'एक कर्नल के परिवार में अभिजात ढंग से पली है' उसे 'दावतें देना आता है' और वह फ़र्श साफ़ करने और रातों में बच्चों के चिथड़े धोने के लिए संसार में नहीं आयी। ग़रीब-से-ग़रीब और भग्नहृदय लोगों में भी यह अहंकार होता है जो ऐसी आकांक्षाओं का रूप धारण कर लेता है। कैटेरीना इवानोव्ना की इच्छा शक्ति को प्रतिकूल से प्रतिकूल परिस्थितियाँ भी नहीं कुचल सकती थीं, वह ख़त्म भले ही हो जाती। इसीलिए सोनिया ने उसके बारे में कहा था कि वे पागल नहीं हैं। पिछले साल से मुसीबतों के कारण उनका मन क्लान्त ज़रूर हो गया था। डॉक्टरों का कहना है कि तपेदिक के अन्तिम दौर में मरीज़ की विवेक शक्ति पर भी असर पड़ता है।

दावत में न बढ़िया क़िस्म की शराबें थीं, न मदीरा ही थी, लेकिन मामूली शराब ज़रूर थी। सस्ते क़िस्म की बोदका, रम और लिसबन-वाईन मँगाई गयी थी। पुराने रिवाज़ के मुताबिक़ चावल और शहद के अलावा मीठी टिकिया भी अमेलिया इवानोव्ना के रसोईघर में तैयार की गयी थीं। दावत के बाद मेहमानों के लिए चाय

और पंच के समावार खौल रहे थे। कैटेरीना इवानोव्ना एक पोलिश किरायेदार को साथ लेकर बाज़ार से सारी चीज़ें ख़रीद लायी थी। वह बेचारा खुद मुसीबतज़दा था और कल से ही कैटेरीना इवानोव्ना के साथ मारा-मारा घूम रहा था। ज़रा-ज़रा-सी बात पर वह कैटेरीना इवानोव्ना के पास भागा आता था, और बार-बार उसे 'देवीजी' कहकर पुकार रहा था। कैटेरीना जल्द ही इस 'सहहृदय और उपयोगी' आदमी से तंग आ गयी। वह हर आदमी की अच्छाइयों-बुराइयों को बढ़ा-चढ़ा कर देखती थी। किसी की तारीफ़ के पुल बाँधती तो सुनने वाले घबरा जाते। हर नये परिचित में उसे विश्वास हो जाता था और वह उसकी हर बात का समर्थन करती, फिर अचानक उसका सारा उत्साह ख़त्म हो जाता और वह उसी आदमी से नफ़रत करने लगती, और उसकी निन्दा करते न थकती। वैसे वह हँसमुख, ज़िन्दादिल और शान्त स्वभाव की थी। लेकिन दुर्भाग्य और असफलताओं ने उसे इतना संवेदनशील बना दिया था कि वह चाहती थी कि सब प्रेम और सहयोग से रहें। ज़रा-सी अप्रिय बात से उसका मानसिक-सन्तुलन बिगड़ जाता था और वह अपनी आशावादिता छोड़कर विक्षिप्त हो जाती थी और अपने भाग्य को कोसती हुई दीवार पर अपना सर पटकने लगती थी।

कैटेरीना इवानोव्ना की नज़रों में इन दिनों अमेलिया इवानोव्ना का महत्त्व बहुत बढ़ गया था, क्योंकि अमेलिया इवानोव्ना ने दावत की तैयारी में हार्दिक सहयोग दिया था। उसने मेज़ सजाने ओर खाना बनाने की ज़िम्मेदारी अपने ऊपर ले ली थी। मेज़पोश और चीनी के बर्तन भी उसी के घर से आये थे। कैटेरीना इबानोयना निश्चित होकर क़ब्रिस्तान गयी थी। सारा इन्तज़ाम बढ़िया या, यहाँ तक कि मेज़पोश भी मैला नहीं था। चीनी के बर्तन, छुरी-काँटे और गिलास अलग अल साइज और डिज़ाइन के थे, क्योंकि वे सब किरायेदारों से इकट्ठे किये गये थे। अमेलिया इवानोव्ना ने ठीक वक़्त पर मेज़ सजा दिया था और वह गर्व से काली मातमी पोशाक और नये फ़ीतों वाली टोपी पहनकर सब लोगों के क़ब्रिस्तान के लौटने से पहले ही तैयार हो गयी थी, न जाने क्यों कैटेरीना इवानोव्ना इस सजधज से चिढ़ गयी। "यह तो इस तरह बनी ठनी है, जैसे इसके बग़ैर किसी को मेज़ सजाना आता ही नहीं। यह मूर्ख जर्मन औरत मकान-मालकिन होने के नाते सोचती है कि जैसे वह ग़रीब किरायेदारों पर भारी अहसान कर रही है! क्या कहने इसके अहसान के! मेरे पिता थे तो कर्नल, लेकिन ओहदे में वे गवर्नर से कुछ ही कम थे—उनके यहाँ चालीस चालीस मेहमानों के लिए मेज़ लगती थी, अमेलिया इवानोव्ना, या यों कहें लुदविगोवना की हैसियत की औरत तो हमारे रसोईघर के पास तक भी नहीं फटक सकती थी!" कैटेरीना इवानोव्ना को अमेलिया इवानोव्ना की टोपी के फीते फूटी आँख न सुहाये।

उस समय तो वह चुप रही लेकिन उसने मन-ही-मन फैसला किया कि वह कभी न कभी अमेलिया इवानोव्ना का दिमाग़ ज़रूर दुरुस्त करेगी। वह आख़िर अपने को समझती क्या है? कैटेरीना इवानोव्ना इस बात से भी चिढ़ी बैठी थी कि सिवा पोलिश

किरायेदार के बहुत कम लोग क़ब्रिस्तान में पहुँचे थे, जबकि दावत के समय ग़रीब से ग़रीब और क्षुद्र लोग भी मौजूद थे, जिनमें से कुछ नशे की हालत में थे। बुज़ुर्ग और प्रतिष्ठित लोगों ने शायद मिलकर साज़िश की थी, और वे दावत में शामिल नहीं हुए थे। मिसाल के लिए लूज़िन जो सबसे प्रतिष्ठित व्यक्ति था, वहाँ मोजूद नहीं था, जबकि कल शाम कैटेरीना इवानोव्ना सारी दुनिया को, अर्थात् सोनिया, पोसेंका, अमेलिया इवानोव्ना और पोलिश किरायेदार को, बता चुकी थी कि लूज़िन अत्यन्त सहृदय और धनवान व्यक्ति है। वह कैटेरीना इवानोव्ना के पहले पति का मित्र रह चुका है और उसके पिता के घर भी अकसर आया जाया करता था। उसने कैटेरीना इवानोव्ना को सरकार से काफ़ी पेंशन दिलाने का वायदा किया है। स्मरण रहे कि कैटेरीना इवानोव्ना बिना किसी स्वार्थ के दूसरों के धन और हैसियत की प्रशंसा करती थी, क्योंकि ऐसा करने में उसे आनन्द का अनुभव होता था। शायद लूज़िन की 'देखा-देखी' कम्बख़्त लेब्ज़ियात्नीकोव भी नहीं आया। 'आख़िर वह अपने को समझता क्या है? वह लूज़िन के कमरे में रहता है, इसी लिहाज़ के मारे उसे निमन्त्रण दिया गया था, वरना उसकी हैसियत ही क्या है?

इसके अलावा किरायेदारों में से पड़ौस वाली 'बुढ़िया और उसकी बेटी जो अधेड़ होने पर भी क्वारी थी' नहीं आयी थीं। ये लोग सिर्फ़ पन्द्रह दिन से वहाँ आये थे और कई बार मकान-मालकिन से कैटेरीना इवानोव्ना की शिकायत कर चुके थे। जब मारमेलेदोव नशे में चूर होकर घर लौटता था तो सचमुच उनके यहाँ बड़ा शोरगुल मचता था। अमेलिया इवानोव्ना ने एक बार झगड़े के दौरान में कैटेरीना इवानोव्ना को मकान खाली करने की धमकी दी थी और कहा था कि वह प्रतिष्ठित पड़ोसियों की शान्ति में खलल डालती है और उनके 'पैरों की धूल के बराबर भी नहीं है। एक बार अचानक उन माँ-बेटी से जब कैटेरीना इवानोव्ना की मुलाकात हो गयी तो उन्होंने मुँह दूसरी तरफ़ फेर लिया था। कैटेरीना इवानोव्ना ने जान-बूझकर उन्हें दावत में बुलाया था ताकि उन्हें मालूम हो जाये, "कि उसके विचार उनसे कहीं ऊँचे हैं और वह किसी से द्वेष नहीं करती, और उसने कभी अच्छे दिन भी देखे हैं।" उसने सोचा था कि वह बातचीत में अपने पिता के ओहदे का ज़िक्र करेगी, और संकेत से बता देगी कि उनका मुँह फेरना मूर्खतापूर्ण था। मोटा कर्नल-मेज़र (वह रिटायर हो चुका था और उसका ओहाद ही क्या था!) भी दावत में नहीं आया था, शायद पिछले दो दिनों से वह आपे में नहीं था। दावत में पोलिश किरायेदार और चेचक के दागों वाला और चिकनाहट भरे कोट वाला क्लर्क जिसके चेहरे से मनहूसियत बरसती थी और कपड़ों में से गन्दी बदबू आती थी और एक बहरा और अन्धा आदमी आया था जो कभी डाकघर में नौकरी करता था और जिसे अमेलिया इवानोव्ना के मकान में रहते एक ज़माना बीत गया था।

कमिसेरियट का एक क्लर्क भी आया था जो नशे में चूर था, उसकी हँसी बेहदी थी, और ज़रा सोचिये तो सही—उसने कपड़ों पर वास्कट नहीं पहनी थी। एक मेहमान तो केटेरीना इवानोव्ना को अभिवादन किये बग़ैर ही सीधा मेज़ के आगे जाकर बैठ गया था। अन्त में एक आदमी ऐसा आया जिसने सूट की बजाय सिर्फ़ ड्रेसिंग-गाउन पहन रखा था। वह गुस्ताख़ी कैसे कोई बर्दाश्त कर सकता था। अमेलिया इवानोव्ना और पोलिश किरायेदार ने उसे वहाँ से निकाल दिया। पोलिश किरायेदार अपने साथ अपने दो दोस्तों को लाया था, जो किसी दूसरे मकान में रहते थे और उन्हें कभी किसी ने देखा तक न था। इन सब बातों से कैटेरीना इवानोव्ना चिढ़कर सोच रही थी, "आख़िर ये सब तैयारियाँ किसलिए की गयी थीं?" मेहमानों को असुविधा न हो इसलिए बच्चों तक को दूर बैठाकर एक सन्दूक के ऊपर उनका खाना परसा गया था, और उन्हें खिलाने-पिलाने और उनकी नाकें साफ़ करने का ज़िम्मा पोलेंका को दिया गया था, बिलकुल भद्र लोगों के बच्चों की तरह।

कैटेरीना इवानोव्ना ने शालीनतापूर्वक अपने मेहमानों की तरफ़ देखा, ओर औपचारिक ढंग से उन्हें अपनी जगह पर बैठने के लिए कहा। उसने अनुमान लगाया कि अमेलिया इवानोव्ना ही लोगों के न आने के लिए ज़िम्मेदार है। इसलिए वह अमेलिया इवानोव्ना से रूखा बर्ताव करती रही। अमेलिया इवानोव्ना इस बात से चिढ़ गयी। इस अप्रिय शुरुआत के साथ सब लोग खाने के लिए बैठ गये।

जब सब लोग क़ब्रिस्तान से लौटे थे, उसी वक़्त रास्कोलनिकोव भी आ गया था। कैटेरीना इवानोव्ना उसे देखकर बड़ी ख़ुश हुई क्योंकि वही एकमात्र शिक्षित मेहमान था और यह सर्वविदित था कि वह दो बरस में ही यूनिवर्सिटी का प्रोफ़ेसर बनने वाला है। उसने आते ही कैटेरीना इवानोव्ना से क़ब्रिस्तान न पहुँचने के लिए आदरपूर्वक क्षमा माँगी। कैटेरीना इवानोव्ना ने झपटकर उसे अपनी बाईं तरफ़ बिठा लिया। (अमेलिया इवानोव्ना उसकी दायीं तरफ़ बैठी थी।)

केटेरीना इवानोव्ना चाहती थी कि ख़ाने की चीज़ें सबको मिलें, और वह बार-बार खाँस रही थी, क्योंकि पिछले कई दिनों से उसकी हालत बिगड़ गयी थी। उसने रास्कोलनिकोव के सामने अपने मन की सारी व्यथा रखी और खुलेआम दावत की असफलता के लिए अमेलिया इवानोव्ना को दोषी ठहराया और फिर विक्षिप्त ढंग से हँसकर मेहमानों का मज़ाक उड़ाने लगी।

"यह सब इसी औरत की मेहरबानी है, तुम मेरा मतलब समझ गये न।" कैटेरीना इवानोव्ना ने मकान-मालकिन की ओर इशारा किया, ज़रा देखो तो कैसे आँखें मटका रही है, जैसे इसे कुछ पता ही न हो। छिः यह निरी उल्लू है। हा हा! (खों खों खों) और उसने यह टोपी किसके लिए पहनी है? (खों खों खों) तुमने देखा, यह हरेक को दिखाना चाहती है कि यहाँ आकर इसने मुझ पर भारी अहसान किया है।

मैंने इसे कहा था कि वह मेरे स्वर्गीय पति के परिचित लोगों को ही निमन्त्रित करे। लेकिन ज़रा देखो, तो इससे कैसी मूर्ख-मण्डली जमा की है। कमीने कहीं के। ज़रा उस चेचक वाले मुँह की ओर तो देखो। और ये कमबख़्त पोलिश लोग हा हा। (खों खों खों)। इन लोगों की मैंने कभी सूरत भी नहीं देखी। मैं पूछती हूँ ये लोग यहाँ किसलिए आये हैं? यह देखो तीनों क़तार में बैठे हैं। उसने एक को आवाज़ लगायी, "अरे! तुम्हें टिकियाँ मिली या नहीं। थोड़ी सी और ले लो। बीअर पीओ न। वोदका नहीं पीओगे? देखो वह सलाम कर रहा है, बेचारे भूखे होंगे, कोई हर्ज़ नहीं, इन्हें ख़ाने दो। ख़ैर ये लोग शोरगुल नहीं मचा रहे, लेकिन मुझे डर है कि कहीं हमारी मकान-मालकिन के चाँदी के चम्मच...अमेलिया इवानोव्ना! अगर तुम्हारे चाँदी के चम्मच किसी ने चुरा लिए तो मेरी कोई ज़िम्मेदारी नहीं होगी। मैं तुम्हें पहले से ही सावधान कर रही हूँ। हा हा।" वह रास्कोलनिकोव की तरफ़ देखकर खुद अपने मज़ाक पर ठहाका मारकर हँस पड़ी। "देखा! उसकी समझ में कुछ नहीं आया। ज़रा देखो तो कैसे मुँह बाये बैठी है। उल्लू है, निरी उल्लू। नये उल्लू ने नये फीते पहने हैं। हा हा हा।" उठकर...

इसके बाद पाँच मिनिट तक उसे ज़ोर से खाँसी का दौरा पड़ा—उसके माथे पर पसीना आ गया और रूमाल में ख़ून के दाग लग गये। उसने ख़ामोशी से यह रूमाल रास्कोलनिकोव को दिखाया और फिर साँस आते ही उत्तेजना में बातें करने लगी। उसके गालों पर लालिमा दौड़ गयी थी।

"जानते हो मैंने उसे ख़ास तौर पर उस भद्र महिला और उसकी लड़की को बुलाने की हिदायत की थी। तुम जानते हो न मैं किसकी बात कर रही हूँ। इस काम में बड़े सलीक़े की ज़रूरत थी, लेकिन इसने सारा खेल बिगाड़ दिया। और वह मूर्ख गँवार, अहमक औरत जिसे कोई पूछता भी नहीं, सिर्फ़ इसलिए कि यह एक मेज़र की विधवा है और यहाँ पेंशन के सिलसिले में सरकारी दफ़्तरों में जूते चटखाने आयीं है, (सारी दुनिया जानती है कि वह पचास बरस की है फिर भी अपने चेहरे पर रंग पोतती है) उसने यहाँ आना अपनी शान के खिलाफ़ समझा, यहाँ तक कि उसे इतनी तमीज़ भी नहीं कि निमन्त्रण का जवाब देती। मेरी समझ में नहीं आता कि प्योत्र पैत्रोविच क्यों नहीं आये? लेकिन सोनिया कहाँ गयी? लो वह आ गयी। सोनिया, तुम कहाँ गयी थीं? कैसी अजब बात है, अपने पिता के जनाज़े के दिन भी तुम ठीक वक़्त पर नहीं पहुँच सकतीं। रोदियोन रोमनोविच, अपने पास सोनिया के लिए जगह कर दो, आओ सोनिया बैठो...जो मन में आये खाओ, ठंडी ऐंट्री और जैली ज़रूर लेना अभी पैनकेक्स भी आती होगी। बच्चों को कुछ मिला या नहीं, पोलेंका! तुम्हें सब चीज़ें मिल गयीं? (खों खों खों) ठीक है, लिदा, अच्छी लड़की बनो। कोल्या, भले आदमी की तरह बैठो, अपने पैर मत हिलाओ डुलाओ। तुम क्या कह रही हो?"

सोनिया ने ऊँची आवाज़ में आदरपूर्वक लूज़िन का सन्देश सुना दिया उसने साथ में यह भी कह दिया कि लूज़िन ने कहा था कि वक़्त मिलते ही वह फौरन आयेंगे और कैटेरीना इवानोव्ना के साथ 'काम-काज की बातें करेंगे, और सोचेंगे कि किस तरह उनकी मदद की जा सकती है आदि, आदि।

सोनिया जानती थी कि इसमें कैटेरीना इवानोव्ना के अहंकार को तुष्टि मिलेगी। उसने रास्कोलनिकोव को अभिवादन किया और कौतूहल-भरी नज़रों से उसकी तरफ़ देखती हुई उसकी बगल में आकर बैठ गयी। वह आज ख़ामोश और खोयी-खोयी थी। वह कैटेरीना इवानोव्ना को ग़ौर से देख रही थी और उसे ख़ुश करने की कोशिश कर रही थी। माँ-बेटी दोनों को मातमी पोशाक नहीं नसीब हुई थी। सोनिया ने गहरे ब्राऊन रंग की पोशाक पहनी थी और कैटेरीना इवानोव्ना के पास एक ही गहरे रंग की सूती धारीदार पोशाक थी, जिसे वह इस वक़्त भी पहने थी।

लूज़िन का सन्देश बहुत कामयाब रहा। सोनिया की बात शालीनतापूर्वक सुनकर कैटेरीना इवानोव्ना ने लूज़िन का हाल-चाल पूछा और ऊँची आवाज़ में फुसफुसाई कि लूज़िन जैसा प्रतिष्ठित व्यक्ति ऐसे 'विलक्षण जमघट' में आकर परेशान होता, हालाँकि वह कैटेरीना इवानोव्ना के पिता का पुराना दोस्त था और मारमेलेदोव परिवार का शुभचिन्तक है।

'रोदियोन रोमनोविच तुमने इन परिस्थितियों में भी मेरे निमन्त्रण को नहीं ठुकराया, इसके लिए मैं तुम्हारी कृतज्ञ हूँ। तुम्हें मेरे पति से विशेष स्नेह था, इसीलिए तुमने अपना वादा पूरा किया है।

इसके बाद कैटेरीना इवानोव्ना ने फिर गर्व भरी दृष्टि से अपने अतिथियों को देखा और बहरे आदमी को लक्ष्य करके कहा, "इन्हें और गोश्त दो, क्या इन्हें शराब मिली है?" बूढ़ा बहुत देर तक कुछ समझ ही नहीं सका, उसके साथ बैठे लोग उसे हिलाकर अपना मनोरंजन कर रहे थे। बूढ़े को अवाक् देखकर लोगों को और भी ज़ोर की हँसी आ गयी।

कैटेरीना इवानोव्ना कह रही थी, "कितना निकम्मा आदमी है। देखा! इसे लोग यहाँ क्यों लाये? प्योत्र पैत्रोविच में मुझे पूरा भरोसा है...वह उन लोगों की तरह नहीं है।" कठोर दृष्टि से उसने अमेलिया इवानोव्ना की तरफ़ देखा, वह तुम्हारे सजे हुए ग़लीज़ कीड़ों की तरह नहीं हैं, जिन्हें मेरे पिता बावर्ची भी न रखते, और मेरे स्वर्गीय पति उन्हें खाने पर बुलाकर उन पर अहसान करते।"

"हाँ वे पीने के बड़े शौक़ीन थे! ख़ूब शराब पीते थे!" कमिसेरियट के क्लर्क ने वोदका का बारहवाँ गिलास खाली करते हुए कहा।

कैटेरीना इवानोव्ना फौरन उस पर बरस पड़ी, "मेरे पति में यह कमज़ोरी थी सब लोग इस बात को जानते हैं। लेकिन वे सहृदय थे और उन्हें अपने परिवार से गहरा प्रेम था। दुर्भाग्य से वे अपनी सहृदयता के कारण सब तरह के बदनाम लोगों

पर भी विश्वास कर लेते थे, और उन लोगों के साथ बैठकर शराब पीते थे जो उनके जूते के तले के बराबर भी नहीं थे। रोदिमोन रोमनोविच तुम्हें विश्वास नहीं होगा कि दुर्घटना के सयय लोगों को उनकी ज़ेब में एक चीनी का मुर्ग़ा मिला था—उस समय वे नशे में चूर थे, लेकिन उन्हें बच्चों का पूरा ध्यान था।"

"क्या कहा? खिलौना? मुर्ग़ा?" कमिसेरियट का क्लर्क चिल्लाया।

कैटेरीना इवानोव्ना ने कोई उत्तर नहीं दिया। वह एक गहरी साँस लेकर किसी सोच में डूब गयी।

कुछ देर बाद वह रास्कोलनिकोव से बोली, "शायद तुम भी सब लोगों की तरह समझते हो कि मैं अपने पति से सख़्ती करती थी। उनका दिल बड़ा कोमल था। कई बार मुझे उन पर बहुत तरस आता था! वे एक कोने में बैठकर टुकुर-टुकुर मेरी ओर ताक़ते थे तो मुझे उन पर बड़ा तरस आता था। मैं उनसे हमदर्दी करना चाहती थी और सोचती, "अगर हमदर्दी करूँगी तो ये फिर शराब पीने लगेंगे।" सिर्फ़ सख़्ती से ही वे क़ाबू में रह सकते थे।"

"हाँ कई बार उनके बाल नोचे जाते थे!" कमिसेरियट के क्लर्क ने वोदका का एक और गिलास खाली किया और चिल्लाया।

कैटेरीना इवानोव्ना ने उसे फटकारा, "कई अहमकों को सुधारने का यही तरीक़ा है कि उनके बाल नोचे जायें और अच्छी तरह पिटाई हो, लेकिन इस वक़्त मैं अपने स्वर्गीय पति की बात कर रही हूँ।"

उसके गाल और भी सुर्ख़ हो गये और आवेश में साँस भारी हो गयी। वह झगड़े के लिए उतारू हो गयी थी। बहुत से मेहमान प्रसन्नता से 'ही ही' करने लगे और उन्होंने कमिसेरियट के क्लर्क के कान में कुछ कहकर और उसे झगड़े के लिए प्रोत्साहित किया।

"क्या मैं पूछ सकता हूँ आप किसकी...अर्थात...मेरा मतलब है...आपने अभी कहा था...लेकिन मुझे उसकी कोई परवाह नहीं...यह बकवास है...जाओ विधवा, मैंने तुम्हें माफ़ किया...जाओ!" कहकर क्लर्क एक बोदका का और गिलास पी गया।

रास्कोलनिकोव ग्लानिर्पूक यह सब सुनता रहा। वह सिर्फ़ कैटेरीना इवानोव्ना का मन रखने के लिए खाने की चीज़ों को चख रहा था। उसने देखा कि सोनिया चिन्तित और दुखी हो रही है क्योंकि कैटेरीना इवानोव्ना की चिड़चिड़ाहट बढ़ती जा रही थी और सोनिया समझ गयी थी कि दावत कभी शान्तिपूर्वक ख़त्म नहीं हो सकती। वह यह भी जानती थी कि उसी की वजह से प्रतिष्ठित महिलाओं ने कैटेरीना इवानोव्ना के निमन्त्रण को ठुकरा दिया था। सोनिया ने अमेलिया इवानोव्ना से सुना था कि उसकी माँ ने कहा था, "भला मैं अपनी बेटी को 'उस छोकरी' के साथ कैसे बैठने दूँगी!" सोनिया का अनुमान था कि कैटेरीना इवानोव्ना ने भी

ज़रूर यह बात कहीं से सुन ली है और अब ख़ैरियत नहीं है क्योंकि सोनिया का अपमान, अपने पति और अपने बच्चों के अपमान से भी अधिक असह्य था। वह जानती थी कि कैटेरीना उन दोनों "ग़लीज़ कीड़ों का मज़ा चखा कर ही छोड़ेगी।" इसी वक़्त किसी ने तीर से बिंधे दो दिलों की शक्ल का रोटी का टुकड़ा सोनिया को पेश किया। कैटेरीना इवानोव्ना का मुँह फौरन लाल हो उठा और वह ज़ोर से चिल्लाई, "किस गधे ने यह भेजा है?"

अमेलिया इवानोव्ना जो कैटेरीना इवानोव्ना की धृष्टता से नाराज़ थी, समझ गयी कि अब कोई न कोई कांड होकर रहेगा। उसने लोगों का मनोरंजन करने के लिए कैमिस्ट के नौकर कार्ल की कहानी सुनायी जो एक रात गाड़ी में कहीं जा रहा था। गाड़ीवान उसे किसी हत्या में शामिल करना चाहता था, कार्ल बहुत रोया-धोया और उसने गाड़ीवान से मिन्नत की कि वह हत्या न करे। अन्त में डर के मारे कार्ल ने खुद अपने सीने में चाकू भोंक लिया। कैटेरीना इवानोव्ना इस कहानी को सुनकर मुस्कराई, लेकिन उसने फौरन अमेलिया इवानोव्ना को ताना दिया कि उसे रूसी भाषा में कहानी कहने की कोशिश नहीं करनी चाहिए, इस पर अमेलिया इवानोव्ना ने बहुत बुरा मनाया और जवाब दिया, "कि उसका बर्लिन वासी पिता बहुत बड़ा आदमी था और उसके हाथ हमेशा दूसरों की ज़ेबों में रहते थे।" यह सुनकर कैटेरीना इवानोव्ना अपनी हँसी न रोक सकी और बोली, "ज़रा इस उल्लू की बात सुनो! यह कहती है इसके बाप के हाथ दूसरों की ज़ेबों में रहते थे (खों-खों) रोदियोन रोमनोविच क्या तुमने कभी इस बात पर ग़ौर किया है कि पीटर्सबर्ग में रहने वाले विदेशी ख़ासतौर से जर्मन हम लोगों से कितने ज़्यादा मूर्ख होते है। क्या कभी कोई रूसी कह सकता है कि "कैमिस्ट के छोकरे कार्ल ने डर के मारे अपने सीने में चाकू भोंक लिया! और गाड़ीवान को सज़ा देने की बजाय रोने-धोने लगा?" यह औरत कितनी बेवकूफ़ है। इसका ख़्याल है कि यह बड़ा मार्मिक प्रसंग है। मेरे ख़्याल में कमिसेरियट का क्लर्क नशे में भी इस औरत से ज़्यादा अक़्लमन्द है। उसे मालूम है कि शराब की वजह से उसका दिमाग़ गड़बड़ा गया है...लेकिन ये विदेशी लोग होश-हवाश में ऐसी बातें करते हैं...ज़रा देखो तो सही वह औरत किस तरह आँखें फाड़कर देख रही है। वह गुस्से में है, हा! हा!" (खों खों।)

कैटेरीना इवानोव्ना की ज़िन्दादिली लौट आयीं थी और वह रास्कोलनिकोव को बता रही थी, कि पेंन्शन मिलते ही वह अपने शहर में जाकर भद्र लोगों की लड़कियों का स्कूल खोलेगी—उसने पहली बार रास्कोलनिकोव से इस स्कीम की चर्चा की थी और वह अब उसका पूरा ब्यौरा बता रही थी। उसके हाथ में एक सर्टिफ़िकेट था, जिसका मारमेलेदोव ने शराबख़ाने में ज़िक्र किया था और बताया था, कि उसकी पत्नी ने स्कूल में गर्वनर और अन्य सम्मानित व्यक्तियों के सामने दोशाले का नृत्य किया था। इस सर्टिफ़िकेट से कैटेरीना इवानोव्ना साबित करना चाहती थी कि वह

बोर्डिंग स्कूल खोलने की अधिकारिणी है। लेकिन उसका असली उद्देश्य 'उन दोनों ग़लीज़ औरतों' को यह बताना था कि वह अत्यन्त प्रतिष्ठित और अभिजात परिवार की लड़की है, एक कर्नल की बेटी है और उन औरतों से कहीं ऊँची है जो समाज में मटकती फिरती हैं। बारी-बारी से वह सर्टिफ़िकेट नशे में धुत मेहमानों के हाथों में पहुँचा, जिसमें लिखा था कि उसके पिता मेजर के ओहदे पर थे, और यह कहा जा सकता है कि वह कर्नल की बेटी है।

इसके बाद उत्साह में आकर वह बताने लगी कि अपने शहर में जाकर वह कितनी शान्त और सुखी ज़िन्दगी बसर करेगी, और व्यायामशाला में किन अध्यापकों को नियुक्त करेगी। उस शहर में कैटेरीना इवानोव्ना के बूढ़े अध्यापक मैंगोट रहते हैं, वे कम तनख़्वाह पर भी स्कूल में काम करने के लिए राज़ी हो जायेंगे। सोनिया भी उनके साथ जायेगी और उसकी मदद करेगी। इस पर दूर बैठे हुए किसी मेहमान ने ज़ोर से ठहाका लगाया।

कैटेरीना इवानोव्ना ने उदासीनता का अभिनय तो किया लेकिन उसने ऊँची आवाज़ में सोनिया के 'शील धैर्य, सेवा-भाव, सहृदयता और शिक्षा' का बखान भी शुरू कर दिया और उसके गालों को गुदगुदाकर उसे दो बार चूमा। सोनिया का चेहरा लाल हो गया। कैटेरीना इवानोव्ना रोने लगी और कहने लगी "मैं भी बड़ी मूर्ख हूँ जो ज़रा-ज़रा-सी बात पर परेशान हो जाती हूँ। खाने के बाद अब चाय का वक़्त हो गया है।"

उधर अमेलिया इवानोव्ना को बातचीत में हिस्सा लेने का कोई वक़्त नहीं मिला था, न ही किसी ने उसकी बात पर ध्यान ही दिया था, इसलिए वह सख़्त नाराज़ थी। उसने फौरन टिप्पणी की, "भविष्य में जब तुम बोर्डिंग स्कूल खोलो, तो तुम्हें कपड़ों की सफ़ाई की देखभाल के लिए एक औरत रखनी पड़ेगी, और यह भी ध्यान रखना होगा कि लड़कियाँ रात के समय उपन्यास न पढ़ें।"

कैटेरीना इवानोव्ना जो बहुत थकी हुई थी और दावत की वजह से सख़्त परेशान थी, फौरन बीच में टोककर बोली, "तुम्हें इस विषय का कोई ज्ञान नहीं है, व्यर्थ ही बकवास कर रही हो। कपड़ों की धुलाई, सफ़ाई धोबिन का काम है न कि बोर्डिंग हाउस की संचालिका का। रही उपन्यास पढ़ने की बात तो यह निरी गुस्ताख़ी है। मेहरबानी करके चुप रहो!" इस पर अमेलिया इवानोव्ना के गुस्से का पारा चढ़ गया और उसने कहा, "मैंने तुम्हारी भलाई के लिए ही यह बात कही थी। तुम्हें तो किराया दिये बहुत दिन हो गये हैं।"

कैटेरीना इवानोव्ना ने उसके 'होश दुरुस्त करते हुए' कहा, कि वह झूठ बोल रही है, कल जब कैटेरीना इवानोव्ना का पति मृत्यु-शैया पर था तब अमेलिया इवानोव्ना ने उसे किराये के लिए तंग किया था। इस पर अमेलिया इवानोव्ना ने मुँहतोड़ जवाब दिया "भद्र महिलाओं ने तुम्हारा निमन्त्रण इसलिए स्वीकार नहीं किया,

क्योंकि तुम भद्र महिला नहीं हो।" कैटेरीना इवानोव्ना बोली, "तुम्हारे जैसी फ़ूहड़ औरत भद्रता को क्या जाने?" इस पर अमेलिया इवानोव्ना ने कहा कि उसका बर्लिनवासी पिता बहुत बड़ा आदमी था, वह हर वक़्त ज़ेबों में हाथ डाले रहता था और कहता था, फूँ-फूँ।" अमेलिया इवानोव्ना ने खड़े होकर अपने पिता का अभिनय किया। सब किरायेदार ज़ोर से हँस पड़े। वे जान-बूझकर अमेलिया इवानोव्ना को झगड़े के लिए उकसाना चाहते थे।

लेकिन यह बात कैटेरीना इवानोव्ना से न सही गयी, उसने ऊँची आवाज़ में कहा कि अमेलिया इवानोव्ना का शायद बाप ही नहीं था। वह शराबी औरत है, ज़रूर कभी वह बावर्चिन रह चुकी है या इससे भी बुरा काम करती रही है। यह सुन अमेलिया इवानोव्ना का मुँह केंकड़े की तरह लाल हो गया और वह बोली कि शायद कैटेरीना इवानोव्ना का बाप नहीं था, जबकि अमेलिया इवानोव्ना का बर्लिन वासी पिता लम्बा कोट पहनता था और सदा फूँ-फूँ करता था।

कैटेरीना इवानोव्ना ने नफ़रत से जवाब दिया कि सब लोग उसके ख़ानदान से परिचित हैं, उसके सर्टिफ़िकेट पर भी छपा है कि वह कर्नल की बेटी है जबकि अमेलिया इवानोव्ना का बाप...अव्वल तो उसका कोई बाप था ही नहीं, क्योंकि अभी तक यह नहीं मालूम हुआ कि उसका नाम अमेलिया इवानोव्ना है या अमेलिया लुद्विगोवूना। अगर कोई बाप था भी तो वह ज़रूर फ़िनलैंड का कोई ग्वाला रहा होगा।

अमेलिया इवानोव्ना ने गुस्से में आकर मेज़ पर घूँसा मारा और कहा कि उसका नाम अमेलिया इवानोव्ना है, लुद्विगोवूना हरगिज़ नहीं—उसका पति बर्गो-मास्टर था, कैटेरीना इवानोव्ना का पिता कभी बर्गोमास्टर नहीं रहा। इस पर कैटेरीना इवानोव्ना उठकर खड़ी हो गयी और सख़्त आवाज़ में बोली (हालाँकि उसका चेहरा पीला पड़ गया था और साँस फूल गयी थी), "अगर तुमने अपने क्षुद्र पिता का मेरे पापा से मुकाबिला करने का साहस किया तो मैं तुम्हारी टोपी उतार कर पैरों तले रौंद दूँगी।" अमेलिया इवानोव्ना कमरे में भागती हुई बोली और ज़ोर से चिल्लाई कि वह घर की मालकिन है। उसने कैटेरीना इवानोव्ना से फौरन कोठरी खाली करने को कहा और जल्दी-जल्दी मेज़ पर से चाँदी के चम्मच उठाने लगी। इस पर बड़ा शोरगुल मचा और बच्चे रो पड़े। सोनिया कैटेरीना को शान्त करने के लिए दौड़ी, लेकिन जब अमेलिया इवानोव्ना ने 'पीले टिकट'* का ताना दिया तो कैटेरीना इवानोव्ना सोनिया को एक ओर धकेलकर मकान-मालिकन पर झपटी।

इसी वक़्त दरवाज़ा खुला और लूज़िन आकर दहलीज़ में खड़ा हो गया। वह सब लोगों को सतर्क और कठोर नज़रों से देख रहा था। कैटेरीना इवानोव्ना भागती हुई उसके पास पहुँची।

---

* वेश्याओं को क़ानून के मुताबिक पीला टिकट रखना पड़ता है।

3

"प्यौत्र पैत्रोविच तुम तो मुझे बचाओ...इस बेवकूफ़ औरत को समझा दो कि वह एक मुसीबतज़दा शरीफ़ औरत को इस तरह नहीं सता सकती...ऐसी बातों के लिए क़ानून भी है...मैं सीधे गवर्नर जनरल के पास जाऊँगी...इस औरत को जवाबदेही करनी होगी...गवर्नर जनरल मेरे पिता के यहाँ अकसर मेहमान बनकर आते थे। वे ज़रूर इन यतीम बच्चों की रक्षा करेंगे।"

लूज़िन ने उसे इशारे से दूर हटाते हुए कहा, "श्रीमती जी माफ़ करें, आप जानती हैं कि मुझे आपके पापा को जानने का सौभाग्य नहीं प्राप्त हुआ था (इस पर कोई ज़ोर से हँस पड़ा) न ही मैं आपके और अमेलिया इवानोव्ना के शाश्वत झगड़ों में पड़ना चाहता हूँ...मैं अपने किसी काम से आया हूँ...मैं आपकी सौतेली लड़की सोफ़िया...वह इवानोव्ना कहलाती है न। मुझे उससे कुछ कहना है, रास्ता दो..."

लूज़िन उसे एक ओर धकेलकर आगे चला गया जहाँ एक कोने में सोनिया बैठी थी।

कैटेरीना इवानोव्ना के सर पर जैसे गाज़ गिर पड़ी। वह जहाँ की तहाँ खड़ी रही। उसकी समझ में नहीं आया कि भला लूज़िन उसके पिता के आतिथ्य से कैसे वंचित रहा। हालाँकि यह निरी मन-गढ़न्त बात थी, लेकिन वह ख़ुद अपनी कल्पना में विश्वास करने लगी थी। लूज़िन के शुष्क और अहंकारपूर्ण उत्तर से वह स्तब्ध रह गयी थी। लूज़िन के आते ही धीरे-धीरे शोरगुल बन्द हो गया। उन लोगों में लूज़िन जैसे 'संजीदा व्यापारी' की उपस्थिति एक अद्‍भुत घटना थी। निश्चय ही वह किसी महत्त्वपूर्ण काम से वहाँ आया था, कोई न कोई घटना ज़रूर घट कर रहेगी। रास्कोलनिकोव लूज़िन को रास्ता देने के लिए एक ओर हट गया। लूज़िन ने उसकी तरफ़ देखा तक नहीं। कुछ देर बाद लेब्ज़ियात्नीकोव भी दरवाज़े में आकर खड़ा हो गया—वह चकित भाव से सब कुछ देख रहा था—इस तरह जैसे उसकी समझ में कुछ नहीं आया हो।

लूज़िन ने मेहमानों को सम्बोधित करके कहा, "माफ़ करें, मैंने दावत में विघ्न डाला, लेकिन मुझे ज़रूरी काम है। अमेलिया इवानोव्ना, इस मकान की मालकिन होने के नाते मैं आपसे प्रार्थना करता हूँ कि आप मेरी बात पर ध्यान दें, बात सबके सामने हो जाये तो और भी अच्छा है। सुनो सोफ़िया इवानोव्ना, तुम्हारे कमरे से आने के बाद ही मैंने देखा कि मेज़ पर से सौ रूबल का नोट ग़ायब था। अगर तुम्हें नोट का पता हो तो फौरन बता दो। मैं अपनी क़सम खाकर कहता हूँ कि मामला यहीं रफ़ा-दफ़ा हो जायेगा। सब लोग इसके साक्षी रहेंगे। वरना मुझे सख़्ती से काम लेना पड़ेगा...इसमें तुम्हारा क़सूर होगा।"

कमरे में सन्नाटा छा गया। यहाँ तक कि रोते हुए बच्चे भी चुप हो गये। सोनिया, जो पहले से ही आतंकित थी, चुपचाप चकित दृष्टि से लूज़िन का मुँह ताकने लगी, उसका चेहरा पीला पड़ गया था।

"अच्छा तो तुम क्या कहती हो?" लूज़िन ने सोनिया की तरफ़ घूरते हुए पूछा।

"मैं नहीं जानती...मुझे कुछ पता नहीं।" सोनिया ने क्षीण स्वर में उत्तर दिया।

"नहीं जानतीं? कुमारी जी ज़रा सोच समझकर जवाब दो।" लूज़िन ने सख़्त आवाज़ में कहा, "सोचो! मैं तुम्हें सोचने का वक़्त देने को तैयार हूँ। याद रखो, अगर मुझे विश्वास न होता तो मैं सबके सामने तुम पर हरगिज़ लांछन न लगाता। मैं जानता हूँ कि इतने गवाहों के सामने झूठा लांछन लगाना बड़ी ज़िम्मेदारी का काम है। आज सुबह मैंने पाँच प्रतिशत सूद की सिक्योरिटियों के बदले में तीन हज़ार रूबल हासिल किये थे। मेरी पाकिट-बुक में पूरा हिसाब लिखा है। घर लौटकर मैंने रकम गिनी—मिस्टर लेब्ज़ियात्नीकोव इसके साक्षी हैं, दो हज़ार तीन सौ रूबल गिनकर मैंने ज़ेब में रख लिए। मेज़ पर क़रीब पाँच सौ रूबल थे, जिनमें सौ-सौ रूबल के तीन नोट थे, जब तुम कमरे में आयीं थीं (मेरे बुलाने पर) तब तुम बहुत घबराई हुई थीं, और तुमने बीच में तीन बार उठकर भागने की कोशिश की। मिस्टर लेब्ज़ियात्नीकोव इसके साक्षी हैं। कुमारी जी, तुम इस बात से इनकार नहीं कर सकतीं कि मिस्टर लेब्ज़ियात्नीकोव के ज़रिए ही मैंने तुम्हें बुलाया था, ताकि तुम्हारी रिश्तेदार कैटेरीना इवानोव्ना की, जो बुरी हालत में है, चन्दे या लाटरी के ज़रिए कुछ सहायता की जा सके। (मैं उनकी दावत में शामिल नहीं हो सका)। तुमने मुझे इस सहृदयता के लिए धन्यवाद दिया था और आँसू भी बहाए थे। मैं यह सब इसलिए बता रहा हूँ ताकि तुम्हें मालूम हो जाये कि मुझे सारी घटना याद है। इसके बाद सहायता की पहली किश्त के रूप में मैंने तुम्हें दस रूबल का एक नोट दिया। मिस्टर लेब्ज़ियात्नीकोव ने यह सब अपनी आँखों से देखा था। फिर मैं तुम्हें दरवाज़े तक छोड़ने आया, उस वक़्त भी तुम घबराई हुई थीं। मिस्टर लेब्ज़ियात्नीकोव से दस मिनिट तक मेरी बातचीत हुई, इसके बाद वे बाहर चले गये और मैं मेज़ पर रखे नोट गिनने लगा।

सौ रूबल का एक नोट ग़ायब था। अब ज़रा सारी स्थिति पर ग़ौर करो। मैं मिस्टर लेब्ज़ियात्नीकोव पर शक नहीं कर सकता, ऐसा करना शर्मनाक बात होगी। मेरी गिनती में भी ग़लती नहीं हो सकती, क्योंकि तुम्हारे आने से पहले मैंने सारी रकम अच्छी तरह गिनी थी। अब तुम्हें यह मानना पड़ेगा, कि तुम्हारी घबराहट, आने के लिए उतावलापन, बार-बार मेज़ पर हाथ रखना, तुम्हारी सामाजिक स्थिति और आदतों को देखते हुए ही मुझे तुम पर शक़ करना पड़ा, हालाँकि मेरा दिल नहीं चाहता। मैं फिर कहूँगा, कि मैं जानता हूँ कि यह इल्ज़ाम लगाना ख़तरे से खाली नहीं, फिर भी मैं चुप नहीं रह सकता। जानती हो मैंने यह कार्यवाही किसलिए की है? सिर्फ़ तुम्हारी अकृतज्ञता की काली करतूत की वजह से। मैंने तुम्हें बुलाकर तुम्हारी मुसीबतज़दा सौतेली माँ के लिए दस रूबल भेंट किये, और तुमने मुझे फौरन उसका यह बदला दिया। तुम्हें भी सबक मिलना चाहिए। फिर सोचो! मुझ से बड़ा तुम्हारा हितैषी इस समय कोई नहीं है, मैं कहता हूँ फिर सोचो तुम क्या कर रही हो, वरना मैं टस से मस नहीं होऊँगा। बोलो क्या कहती हो?"

"मैंने आपकी कोई चीज़ नहीं ली। आपने मुझे दस रूबल दिये थे—इन्हें वापिस लीजिए।" सोनिया ने आतंकित स्वर में कहा—फिर ज़ेब में से रूमाल निकालकर दस रूबल का नोट लूज़िन के आगे बढ़ा दिया।

"तुम कहती हो कि तुमने सौ रूबल नहीं उठाये?" लूज़िन ने नोट वापिस लेने से इनकार कर दिया।

सोनिया ने अपने चारों ओर देखा, सब उसकी तरफ़ खौफ़नाक, कठोर और शत्रुता भरी नज़रों से देख रहे थे...रास्कोलनिकोव दीवार के सहारे दोनों बाहें सीने पर लपेटे ज्वलन्त आखों से सोनिया को देख रहा था।

"हे ईश्वर!" सोनिया के मुँह से निकला।

"अमेलिया इवानोव्ना, हमें पुलिस में ख़बर करनी पड़ेगी, मेरी प्रार्थना है कि आप चौकीदार को अभी बुलवा लें।" लूज़िन ने कोमल स्वर में कहा।

"हे ईश्वर! मैं जानती थी, यह लड़की चोर है।" अमेलिया इवानोव्ना ने कहा।

"तुम्हें मालूम था? तब तो ज़रूर कोई न कोई कारण रहा होगा। श्रीमती अमेलिया इवानोव्ना, इन शब्दों को याद रखियेगा जो आपने इतने लोगों के सामने कहे हैं।" लूज़िन बोला।

फिर वहाँ शोरगुल मच गया।

कैटेरीना इवानोव्ना को ज्योंही स्थिति का आभास हुआ वह लूज़िन पर झपट कर बोली, क्या कहा! तुम उस पर चोरी का इल्ज़ाम लगा रहे हो? सोनिया पर? हाय रे कमीने लोग।" उसने भागकर सोनिया को अपनी क्षीण बाँहों में जकड़ लिया और कहा,

"सोनिया! तुमने इस आदमी से दस रूबल क्यों लिए? बेवकूफ़ लड़की! इधर लाओ वह नोट।"

सोनिया से नोट लेकर कैटेरीना इवानोव्ना ने लूज़िन के मुँह पर दे मारा। नोट सीधा जाकर उसकी आँख में लगा और ज़मीन पर गिर पड़ा। अमेलिया इवानोव्ना ने भागकर नोट उठा लिया। लूज़िन गुस्से में चिल्लाया।

"इस पागल औरत को पकड़ो?"

इसी वक़्त लेब्ज़ियात्नीकोव और बहुत से और लोग भी दरवाज़े में आकर खड़े हो गये, जिनमें दो महिलाएँ भी थीं।

कैटेरीना इवानोव्ना चिल्लाई, "पागल! क्या मैं पागल हूँ? तुम ख़ुद अहमक हो, बकवासी क्षुद्र वकील, कमीने नीच आदमी! भला सोनिया तुम्हारी चोरी करेगी? वह तो लोगों को अपनी आख़िरी कौड़ी तक दे डालेगी।" कैटेरीना इवानोव्ना घूम घूमकर विक्षिप्त हँसी हँसने लगी। "तुमने कभी ऐसा अहमक देखा है?" मकान मालकिन को देखकर वह बोली, "और तुम, सूअर का माँस खाने वाली, तुम भी कहती हो कि सोनिया चोर है? तुम कपड़ों में ढँकी जर्मन मुर्गी की टाँग हो। सोनिया बेचारी तुम्हारे कमरे से आकर सीधी, मेरे पास बैठी रही है। रोदियोन रोमनोविच भी यहीं था। तुम सोनिया की तलाशी ले लो। वह कहीं गयी ही नहीं, फिर नोट उसके पास ही होगा। जल्द उसकी तलाशी लो? लेकिन अगर तुम्हारा नोट न मिला तो तुम्हें उसका बदला चुकाना होगा? मैं अपने सम्राट, कृपालु ज़ार के पास जाकर आज ही, इसी वक़्त उनके कदमों में गिर पड़ूँगी। मुझ असहाय विधवा को ज़रूर महल के भीतर जाने की इज़ाज़त मिल जायेगी। तुम सोचते हो, नहीं मिलेगी? तुम्हारा ख़्याल गलत है, मैं भीतर जाऊँगी, जाऊँगी। तुमने सोनिया की विनयशीलता का फ़ायदा उठाया है। लेकिन मैं तुम्हें साफ़-साफ़ बता दूँ कि मैं इतनी दब्बू नहीं हूँ? तुम ख़ुद शराफ़त की सीमा का उल्लंघन कर चुके हो। तलाशी लो! तलाशी लो!"

आवेश में आकर कैटेरीना इवानोव्ना लूज़िन को सोनिया की ओर धकेलने लगी।

लूज़िन बड़बड़ाया, "मैं तैयार हूँ—इसकी पूरी ज़िम्मेदारी लूँगा...लेकिन श्रीमती जी, शान्ति से काम लो....मैं भी देख रहा हूँ कि तुम दब्बू नहीं हो....लेकिन...तलाशी पुलिस के सामने होनी चाहिए...हालाँकि गवाह काफ़ी मौजूद हैं....मुझे कोई ऐतराज़ नहीं....एक मर्द औरत की तलाशी नहीं ले सकता....हाँ, अमेलिया इवानोव्ना की मदद से...लेकिन यह भी उचित नहीं होगा...फिर क्या किया जाये।"

कैटेरीना इवानोव्ना फिर चिल्लाई, "जो चाहे आकर तलाशी ले ले! सोनिया अपनी ज़ेब उलटकर दिखाओ! देखा रे राक्षस, इसकी ज़ेब खाली है...सिर्फ़ इसमें रूमाल था। दूसरी ज़ेब भी देख लो...देखोगे!"

कैटेरीना इवानोव्ना ने दोनों ज़ेबें उलटकर दिखायी, लेकिन दूसरी ज़ेब में काग़ज़ का एक टुकड़ा निकलकर लूज़िन के पैरों में आ गिरा। लूज़िन ने झुककर वह टुकड़ा उठा लिया और खोलकर सबको दिखाया। वह सौ रूबल का नोट था जिसे आठ बार मोड़ा गया था।

"चोर! निकलो मेरे मकान से! पुलिस, पुलिस! इन लोगों को फौरन साइबेरिया भेज देना चाहिए।" अमेलिया इवानोव्ना चीख़ उठी।

फिर शोरगुल होने लगा। रास्कोलनिकोव चुपचाप बारी-बारी से सोनिया और लूज़िन को देख रहा था। सोनिया इस तरह खड़ी थी, जैसे अचेत हो गयी हो, उसे इस घटना पर रत्ती भर आश्चर्य नहीं हुआ था। सहसा उसके गाल सुर्ख़ हो गये और उसने दोनों हाथों से अपना चेहरा ढाँप लिया और भागकर कैटेरीना इवानोव्ना से लिपट गयी।

"नहीं, मैंने यह नोट नहीं चुराया, मुझे कुछ मालूम नहीं!" कैटेरीना इवानोव्ना उसे कसकर इस तरह अपनी बाँहों में बाँध लिया जैसे वह सारी दुनिया से उसकी रक्षा कर सकती है।

"सोनिया, सोनिया, मुझे इस बात पर रत्ती भर विश्वास नहीं—वह सोनिया को बच्चे की तरह हिला-डुलाकर बार-बार उसका मुँह और हाथ चूमने लगी, "भला तुम ऐसा काम कर सकती हो! ये लोग कितने बेवकूफ़ हैं! अरे बेवकूफ़ो! तुम नहीं जानते यह कैसी लड़की है, इसका दिल कितना बड़ा है? अगर कभी तुम्हें मदद की ज़रूरत पड़ेगी तो यह अपने पैरों के जूते और बदन के कपड़े तक बेच डालेगी।"

मेरे बच्चे भूखों मर रहे थे, इसीलिए इस बेचारी को पीला टिकट लेना पड़ा। हमारी ख़ातिर इसने अपने को बेचा। आह मेरे पति, देख रहे हो तुम्हारी स्मृति कैसी दावत हो रही है! हे ईश्वर! सोनिया को बचाओ! तुम सब लोग चुप क्यों खड़े हो? रोदियोन रोमनोविच, तुम सोनिया का पक्ष क्यों नहीं लेते? क्या तुम भी इस घटना पर विश्वास करने लगे हो? तुम सारे लोग सोनिया की उँगली के बराबर भी नहीं हो! हे ईश्वर कम से कम इस वक़्त तो इसकी रक्षा करो!"

उस तपेदिक की मारी असहाय औरत के क्रन्दन का श्रोताओं पर बहुत असर पड़ा। उसके पीड़ित, रुग्ण चेहरे, ख़ून से सने खुश्क ओंठ, भर्राये कण्ठ और अविरल अश्रुधारा और बच्चों की-सी पुकार से सबके दिल पिघल गये। कम से कम लूज़िन तो ज़रूर 'दयालु' हो गया था। उसने प्रभावशाली स्वर में कहा,

"श्रीमती जी, इस घटना में आपका क्या दोष है? कोई नहीं कह सकता कि आपका भी इसमें कोई हाथ था, विशेषकर जब आपने स्वयं अपनी बेटी की ज़ेबें उलट कर उसका क़सूर साबित कर दिया है! अगर ग़रीबी की वजह से सोफ़िया सेम्योनोवना ने ये काम किया है तो मैं दया दिखाने के लिए हरदम तैयार हूँ। लेकिन कुमारी जी, तुमने पहले क्यों नहीं बताया? तुम्हें अपनी बेइज़्ज़ती का डर था! शायद तुम घबरा गयी थीं! ख़ैर, यह बात समझ में आ सकती है...लेकिन तुम में इतनी गिरावट कैसे आ गयी?" फिर लूज़िन ने उपस्थित लोगों से कहा, "सज्जनो! मेरा सख़्त व्यक्तिगत अपमान हुआ है, फिर भी मैं दयावश सारी घटना को भूलने के लिए तैयार हूँ।"

फिर उसने सोनिया को लक्ष्य करके कहा, "चलो भविष्य में यह बेइज़्ज़ती तुम्हारे लिए सबक साबित होगी। बस मैं अब मामला और ज़्यादा नहीं बढ़ाना चाहता।"

लूज़िन ने कनखियों से रास्कोलनिकोव की तरफ़ देखा। रास्कोलनिकोव की आँखों में शोले दहक रहे थे जो लूज़िन को भस्म करने पर तुले हुए थे। उधर कैटेरीना इवानोव्ना पागलों की तरह सोनिया को चूम रही थी। बच्चे भी सोनिया के गले लिपट रहे थे। पोलेंका, जो अभी तक सारी घटना को नहीं समझ सकी थी, ज़ोर-ज़ोर से सिसक रही थी। उसका सुन्दर चेहरा रोने से सूज गया था, और वह सोनिया के कन्धे से सटकर आँसू बहा रही थी।

"कितनी नीचता है!" दरवाज़े में से सहसा किसी की आवाज़ सुनायी दी।

लूज़िन ने सर घुमाकर देखा। लेब्ज़ियात्नीकोव ने फिर दुहराया, "कितनी नीचता है।"

लूज़िन चौंक उठा। लेब्ज़ियात्नीकोव ने कमरे में आकर पूछा, "तुम्हारी इतनी हिम्मत कि तुम इस मामले में मुझे साक्षी बनाना चाहते थे?"

"क्या मतलब? तुम क्या कह रहे हो?" लूज़िन बड़बड़ाया।

"मेरे कहने का मतलब यह है कि तुम दूसरों को झूठमूठ बदनाम करते हो।" लेब्ज़ियात्नीकोव ने जिसकी नज़र कमज़ोर थी, लूज़िन को घूरते हुए सख़्त आवाज़ में उत्तर दिया। वह बेहद नाराज़ था।

रास्कोलनिकोव ग़ौर से उसके हर शब्द को सुन रहा था। कमरे में फिर सन्नाटा छा गया। लूज़िन पहली बार सकपका गया। वह हकलाने लगा "तुम्हारा मतलब है...लेकिन तुम्हें क्या हो गया है...तुम पागल तो नहीं हो गये?"

"मेरा दिमाग़ दुरुस्त है। लेकिन तुम पक्के बदमाश हो! छिः छिः कैसी नीचता है! मैं जान-बूझकर सारी बातें सुन रहा था...अभी तक मुझे तुम्हारी बात में कोई तर्क नहीं दिखायी दिया...तुम यह सब किस लिए कर रहे हो?"

"मैंने क्या किया है? अपनी बे-सिर पैर की पहेलियाँ न बको। शायद तुम नशे में हो!"

"नशे में तुम होगे, नीच आदमी, मैं कभी वोदका नहीं छूता, यह मेरे असूलों के खिलाफ़ है। आप लोगों को विश्वास नहीं होगा, लेकिन इस आदमी ने खुद अपने हाथों से सोफ़िया सेम्योनोवना को यह सौ रूबल का नोट दिया था—मैं वहाँ मौजूद था, मैंने अपनी आँखों से सब कुछ देखा। मैं क़सम खाकर कहता हूँ...इसी आदमी की यह करतूत है।"

"तुम पागल तो नहीं हो गये, अहमक कहीं के! इस लड़की ने खुद अभी सब के सामने कहा था कि मैंने उसे सिर्फ़ दस रूबल दिये थे। मैं भला यह नोट उसे क्यों देता?"

"मैंने ख़ुद देखा था, मैंने ख़ुद देखा था, वैसे क़समें खाना मेरे असूलों के खिलाफ़ है, लेकिन अदालत के सामने मैं इसी वक़्त जो क़सम कहो खाने के लिए तैयार हूँ। मैंने अपनी आँखों से तुम्हें सोनिया की ज़ेब में नोट रखते देखा। मैं बेवकूफ़ समझा कि तुम दया से द्रवित होकर ऐसा कर रहे हो। जब तुम उसे दरवाज़े तक छोड़ने गये थे तो उससे हाथ मिलाते वक़्त तुमने अपने बायें हाथ से नोट उसकी ज़ेब में डाल दिया था। मैंने देखा था—देखा था।"

लूज़िन का चेहरा पीला पड़ गया था, लेकिन उसने धृष्ट स्वर में कहा, "कैसा झूठ है! खिड़की के पास खड़े होकर तुम्हें नोट कैसे दिखायी दे गया! तुम्हें वैसे ही दूर की चीज़ें कम नज़र आती हैं। यह तुम्हारी कल्पना होगी। क्या बकवास कर रहे हो?"

"नहीं यह मेरी कल्पना नहीं है। दूर खड़े होकर भी मैंने वह नोट देख लिया था। यह सच है कि मेरी नज़र कमज़ोर है, लेकिन सोफ़िया सेम्योनोवना को दस रूबल देने से पहले तुमने सौ का नोट निकाला था। उस वक़्त मैं तुम्हारे नज़दीक खड़ा था। उसी वक़्त मेरे दिमाग़ में एक बात आयी थी, इसलिए मुझे यह बात याद रही। तुमने नोट मोड़कर अपने हाथ में रख लिया। उठते वक़्त तुमने नोट दायें हाथ से बायें हाथ में पकड़ लिया। वह बात फिर मेरी दिमाग़ में आयी, मेरा अनुमान था कि तुम उसकी मदद करना चाहते हो और नहीं चाहते कि यह सब बात मुझे मालूम हो। मैंने तुम्हें उसके ज़ेब में नोट डालते ख़ुद देखा—मैं क़सम खाकर कहता हूँ।"

लेब्ज़ियात्नीकोव की साँस फुल गयी थी। चारों तरफ़ से आश्चर्य भरी आवाज़ें सुनायी देने लगीं—सब लोग लूज़िन के गिर्द जमा हो गये। कैटेरीना इवानोव्ना भागकर लेब्ज़ियात्नीकोव के पास पहुँची।

"तुम्हारे बारे में अभी तक मेरी धारणा ग़लत थी! सोनिया को बचाओ! सिर्फ़ तुम्हीं उसका पक्ष ले रहे हो! वह यतीम लड़की है! ईश्वर ने तुम्हें हमारी रक्षा के लिए भेजा है!" कैटेरीना इवानोव्ना अनजाने में ही घुटने टेककर बैठ गयी।

लूज़िन ने क्रुद्ध होकर कहा, "यह निरी बकवास है! तुम कहते हो तुम्हारे दिमाग़ में एक विचार आया। विचार से क्या होता है? अच्छा तो तुम्हारा ख़्याल है कि मैंने जान-बूझकर उसके साथ चालाकी की है? भला किसलिए? किस उद्‌देश्य से? इस लड़की से भला मेरा क्या...?"

"किसलिए? यही तो मैं भी नहीं समझ पा रहा, लेकिन मैंने तुम्हें जो बताया है, वह सच है। ग़लती मुझे नहीं हुई, बदनाम, लफ़ंगे आदमी, तुमसे हाथ मिलाते वक़्त ही मैंने अनुमान लगा लिया था। तुमने नोट चुपके से क्यों उसकी ज़ेब में डाला? क्या तुमने मेरे सिद्धान्तों को जानते हुए कि मैं व्यक्तिगत दान के ख़िलाफ़ हूँ मुझसे यह बात छिपाई थी? मेरा ख़्याल है कि इस तरह दान क्रान्ति के मार्ग में रुकावट डालता है। मैं समझा कि तुम मेरी मौजूदगी में इतनी बड़ी रकम नहीं देना चाहते, क्योंकि तुम चाहते हो कि उस लड़की को ज़ेब में सौ रूबल का नोट पाकर अचम्भा हो

(मैं जानता हूँ, कई परोपकारी लोग इसी ढंग से दूसरों की सहायता करने के शौक़ीन होते हैं)। मैंने सोचा कि शायद तुम यह देखना चाहते हो कि नोट पाने के बाद वह तुम्हें धन्यवाद देने के लिए आती है या नहीं। मैंने सोचा कि तुम फौरन उसकी कृतज्ञता के पात्र नहीं बनना चाहते, जैसी एक कहावत भी है, "अगर आप बायें हाथ से दान देते हैं तो आपके दायें हाथ को भी इसका पता नहीं चलना चाहिए..." इसी तरह के कई विचार मेरे मन में आये। मैं तुम्हें यह भी नहीं बताना चाहता था कि मुझे तुम्हारा भेद मालूम है। सहसा मैंने सोचा कि कहीं मालूम होने से पहले ही सोफ़िया सेम्योनोवना से नोट गुम न हो जाये, इसलिए उसे सावधान करने के लिए मैं अपने कमरे से निकला, लेकिन पहले मैं मैडम कोब्लिात्नीकोव के यहाँ "निश्चयात्मक ढंग का साधारण ज्ञान' नामक पुस्तक देने चला गया, विशेष रूप से पीद्रित और वैगनर के लेख पढ़ने का आग्रह करने भी। यहाँ आकर मैंने देखा कि बड़ा शोरगुल मच रहा है...अगर मैंने तुम्हें अपनी आँखों से उसकी ज़ेब में नोट डालते न देखा होता, तो भला कैसे ये सारे विचार मेरे दिमाग़ में आते?"

इस लम्बे-चौड़े तर्क के बाद लेब्ज़ियात्नीकोव थक गया और उसके चेहरे पर पसीना आ गया। दुर्भाग्य से वह रूसी भाषा में भी अपने विचारों को व्यक्त नहीं कर सकता था, हालाँकि उसे अन्य दूसरी किसी भाषा का भी ज्ञान नहीं था, इसलिए इतने बड़े साहसी कारनामे के बाद थकान से चूर हो गया था। उसके शब्द इतने ओजस्वी और प्रभावशाली थे कि सब सुनने वालें को फौरन उसकी बातों पर विश्वास हो गया। लूज़िन को लगा कि अब वह मुसीबत में फँस गया है। वह चिल्लाया।

"तुम्हारे दिमाग़ में अगर मूर्खता भरे विचार आते हैं तो मैं क्या करूँ? यह कोई सबूत नहीं। हो सकता है, सपने में तुमने यह बातें देखी हों। जनाब आप झूठ बोल रहे हैं, जान-बूझकर मुझे बदनाम करना चाहते हैं क्योंकि आपके बेलगाम, नास्तिक विचारों से मैं सहमत नहीं हो सका। इसीलिए आप मुझसे चिढ़े हुए हैं।"

लेकिन लूज़िन की इस बात का सुनने वालों पर कोई असर नहीं पड़ा। चारों तरफ़ से अस्वीकृति-सूचक आवाज़ें आने लगीं।

"अच्छा तो तुमने बचने के लिए यह रास्ता पकड़ा है! यह सब ख़ुराफ़ात है! बुलाओ पुलिस को! मैं उनके सामने गवाही दूँगा। मेरी समझ में नहीं आता इस आदमी ने किस उद्‌देश्य से इतना नीचतापूर्ण काम किया! छिः छिः कैसी घृणित बात है!" लेब्ज़ियात्नीकोव बोला।

"मैं बता सकता हूँ कि इसने ऐसा क्यों किया अगर ज़रूरत पड़ी तो में भी गवाही दूँगा।" रास्कोलनिकोव ने आगे बढ़कर कहा।

उसकी दृढ़ और स्पष्ट आवाज़ से सब लोगों को निश्चय हो गया कि हो न हो वह सब कुछ जानता है और सारे रहस्य का भंडाफोड़कर रख देगा।

रास्कोलनिकोव ने लेब्ज़ियात्नीकोव को सम्बोधित करते हुए कहा, "मुझे पहले भी शक था कि इस इल्ज़ाम के पीछे कोई न कोई लंपटता और चालाकी छिपी हुई है। अब मैं सारी चाल को समझ गया हूँ। सिर्फ़ मुझी को कई बातों का पता है, जिन्हें मैं सबके सामने खोलकर रखूँगा, इसी से सारा मामला साफ़ हो जायेगा। मेहरबानी करके सब लोग सुनें। यह सज्जन (लूज़िन को लक्ष्य करके) मेरी बहन अबदोत्या रोमानोवना रास्कोलनिकोव ने शादी करने वाले थे। लेकिन परसों पीटर्सबर्ग में आते ही, पहली मुलाकात ही में इनका मुझसे झगड़ा हो गया और मैंने इन्हें अपने कमरे से निकाल दिया। यह बड़ी नीच प्रकृति का आदमी है। मुझे परसों नहीं मालूम था कि यह इसी मकान मैं ठहरा हुआ है। स्वर्गीय मिस्टर मारमेलेदोव का दोस्त होने के नाते मैंने कैटेरीना इवानोव्ना को जनाज़े के लिए कुछ मदद की थी, मुझे नहीं पता था कि इस आदमी ने मुझे देख लिया है। इसने फौरन मेरी माँ को एक ख़त लिखा और कहा कि मैंने अपना सारा धन कैटेरीना इवानोव्ना को नहीं बल्कि सोफ़िया सेम्योनोवना को दे डाला है। इसने सोफ़िया इवानोव्ना के चरित्र पर गन्दे आक्षेप किये...जिसका मतलब था कि सोफ़िया सेम्योनोवना से मेरा...यह चाल मुझमें और मेरी माँ और बहन में झगड़ा पैदा करने की नीयत से चली गयी थी, ताकि वे लोग यह समझें कि मैंने उसका भेजा हुआ सारा पैसा ऐश में बर्बाद कर दिया है। कल मैंने सबके सामने बताया कि मैंने वह रकम कैटेरीना इवानोव्ना को दी थी, तब तक सोफ़िया सेम्योनोवना को तो मैंने देखा तक नहीं था जो सच है। मैंने यह भी कहा कि वह सोफ़िया सेम्योनोवना को तो मैंने देखा तक नहीं था जो सच है। मैंने यह भी कहा कि वह सोफ़िया इवानोव्ना के पैरों की धूल के बराबर भी नहीं है। इसने सवाल किया, क्या मैं सोफ़िया इवानोव्ना को अपनी माँ और बहन के साथ बिठा सकता हूँ? मैंने जवाब दिया कि यह तो मैं आज ही कर चुका हूँ। यह देखकर कि उसके भड़काने के बावजूद भी मेरी माँ और बहन मुझसे नहीं झगड़ीं, इस आदमी ने उनके प्रति गुस्ताख़ी दिखानी शुरू कर दी। इस पर हमारा सम्बन्ध-विच्छेद हो गया, और इसे घर से बाहर निकाल दिया गया। यह कल शाम की घटना है। अब ज़रा ग़ौर कीजिए, सोफ़िया सेम्योनोवना पर चोरी का इल्ज़ाम लगाकर यह आदमी मेरी माँ और बहन के सामने सच्चा बनना चाहता था, और यह ज़ाहिर करना चाहता था कि सोफ़िया सेम्योनोवना के बारे में उसकी धारणा सही थी, और वह मेरी बहन के सम्मान की रक्षा करना चाहता था। सम्भव था कि मेरे परिवार से मेरा नाता टूट जाता, और वह फिर उसका विश्वास प्राप्त कर लेता। यह मुझसे भी बदला लेना चाहता है क्योंकि इसे मालूम है कि मैं सोफ़िया सेम्योनोवना की कितनी इज़्ज़त करता हूँ। इसीलिए इसने यह चाल चली थी। मैं समझ गया, इसके पीछे और कोई कारण नहीं था!"

बीच-बीच में लोग रास्कोलनिकोव को टोकते रहे, लेकिन वह शान्त और गम्भीर स्वर में बोलता गया—उसकी संजीदगी का और चेहरे के हाव भावों का सब लोगों पर गहरा असर पड़ा।

"ठीक है ठीक है..." लेब्ज़ियात्नीकोव ने सम्मति प्रकट की। "सोफ़िया इवानोव्ना के कमरे में आते ही लूज़िन ने मुझसे तुम्हारे बारे में पूछा था। वह चाहता था तुम भी इस मौक़े पर मौजूद रहो, इसीलिए उसने मुझे एकान्त में खिड़की के पास बुलाकर पूछा था कि तुम कैटेरीना इवानोव्ना की दावत में शामिल हो रहे हो या नहीं। मैं समझ गया। समझ गया—"

लूज़िन चुप रहा—उसके चेहरे पर घृणा भरी मुस्कान थी, लेकिन उसका रंग पीला पड़ गया था। वह बचाव का कोई रास्ता सोच रहा था। उसका बस चलता तो सारा क़िस्सा छोड़कर वहाँ से भाग जाता, लेकिन अब यह सम्भव न था—इससे उस पर लगाये गये इल्ज़ाम सच्चे साबित हो जाते। इसके अलावा सब लोग नशे में थे। कमिसेरियअ का क्लर्क सबसे ज़्यादा चिल्ला रहा था। उसे पूरी तरह से स्थिति समझ में नहीं आयी थी, फिर भी वह ऊँची आवाज़ में अपने सुझाव दे रहा था जो लूज़िन को सचत नापसन्द थे। आस-पास के कमरों के लोग भी वहाँ आ पहुँचे थे जो नशे में नहीं थे। तीनों पोलिश मेहमान उत्तेजित स्वर में चिल्ला रहे थे यह पक्का बदमाश है!' और लूज़िन को अपनी भाषा में धमका रहे थे। सोनिया भी ध्यान से सारी बातें सुन रही थी, लगता था जैसे उसकी चेतना लौट आयी है। वह टकटकी लगा कर रास्कोलनिकोव की ओर देख रही थी। उसे आभास हुआ कि रास्कोलनिकोव ही उसे सुरक्षा दे सकता है। कैटेरीना इवानोव्ना की साँस फूलने लगी थी और वह बुरी तरह थक गयी थी। अमेलिया इवानोव्ना मूर्खों की तरह मुँह बाये खड़ी थी, उसकी समझ में सिवा इसके कुछ न आया था कि लूज़िन मुसीबत में पड़ गया है।

रास्कोलनिकोव ने फिर कुछ कहना चाहा, लेकिन लोगों ने उसे न बोलने दिया। सब लोग लूज़िन के गिर्द इकट्ठे हो गये थे और उसे गालियाँ और धमकियाँ दे रहे थे। लूज़िन ने अभी भी हार नहीं मानी थी। सोनिया पर लगाये गये इल्ज़ाम को विफल देखकर उसने धृष्टता से काम लिया, और भीड़ को धकेलता हुआ बोला,

"सज्जनो! आगे से हट जाओ! मुझे निकलने दो! मेहरबानी करके गाली-गलौज़ बन्द करो। आप लोगों की धमकियाँ बेकार हैं—आपको क़ानून के रास्ते में रोड़ा अटकाने के लिए जवाबदेही करनी होगी। चोर का जुर्म साबित हो गया है, मैं दावा करूँगा। हमारे न्यायाधीश आप लोगों की तरह अन्धे...और पियक्कड़ नहीं हैं जो दो बदनाम नास्तिक आन्दोलनकारियों की बातों पर विश्वास कर लेंगे। ये दोनों मुझसे बदला लेना चाहते हैं। यह बात उन्होंने मान भी ली हैं...मुझे निकलने का रास्ता चाहिए..."

"ख़बरदार जो मेरे कमरे में तुम्हारा नामोनिशान भी रहा! हमारी दोस्ती आज से ख़त्म समझो! मैं सोचता हूँ, मैंने व्यर्थ ही तुम पर पन्द्रह दिन बर्बाद कर दिये... तुम्हें समझाने में..."

"मैंने तो आज खुद ही तुमसे कहा था कि मैं जा रहा हूँ–लेकिन तुमने मुझे रोक लिया। मैं सिर्फ़ इतना ही कहूँगा कि तुम बेवकूफ़ हो–तुम्हें अपनी आँखें और दिमाग़ की जाँच करवानी चाहिए। सज्जनो मुझे बाहर निकलने दो!"

लूज़िन ने लोगों को धकेलने की कोशिश की, लेकिन कमिसेरियट का क्लर्क उसे इतनी आसानी से कैसे जाने देता? उसने मेज़ पर से एक गिलास उठा कर लूज़िन पर फेंका। गिलास जाकर सीधा अमेलिया इवानोवूना को लगा, वह चीख़ पड़ी–क्लर्क लड़खड़ाकर मेज़ के नीचे गिर गया। लूज़िन निकलकर कमरे में चला गया और आध घण्टे बाद उसने मकान छोड़ दिया। सोनिया को जो स्वभाव से ही भीरू थी आज लगा कि कोई भी आसानी से उसका अपमान कर सकता है, और वह सावधानी और नम्रता से ही मुसीबतों का सामना कर सकती है। उसकी निराशा का कोई ठिकाना न था। वह बिना शिकायत किये धैर्यपूर्वक सब कुछ बर्दाश्त कर सकती थी–अपनी जीत के बावजूद भी–लेकिन आज पहली बार उसके मन में कटुता आयी थी–जब उसका आतंक और विस्मय दूर हो गया तो अपनी असहाय स्थिति और अपने प्रति हुए दुर्व्यवहार की स्मृति से उसके मन में घोर यन्त्रणा पैदा हुई और वह विक्षिप्त होकर रोने लगी। जब उससे और अधिक न सहा गया तो वह भागकर अपने घर में चली गयी। उधर जब अमेलिया इवानोव्ना पर गिलास आ गिरा और लोग ज़ोर से हँस पड़े तो उसके गुस्से का पारा चढ़ गया। वह चीख़ती हुई कैटेरीना इवानोव्ना पर झपटी,

"मेरा मकान छोड़ दो! फौरन! क्विक मार्च!" यह कहकर उसने कैटेरीना इवानोव्ना का सारा सामान उठाकर फ़र्श पर फेंक दिया। कैटेरीना इवानोव्ना जो कमज़ोरी के मारे बेसुध हुई जा रही थी, बिस्तर में से उठकर अमेलिया इवानोव्ना से गुँथ गयी–लेकिन दोनों पक्ष बराबर नहीं थे–मकान मालकिन ने कैटेरीना इवानोव्ना को पंख की तरह उठाकर दूर धकेल दिया।

कैटेरीना इवानोव्ना सिसकियाँ भरकर विलाप करने लगी, "क्या पहली आफ़त ही कम थी जो यह दुष्ट औरत मुझ पर टूट पड़ी! क्या मेरे पति की मौत के दिन मुझे इस तरह मकान से निकाला जायेगा? मेरा नमक खाकर यह औरत मुझे ओर मेरे अनाथ बच्चों को सड़क पर धकेल रही है! मैं कहाँ जाऊँ! हे ईश्वर! क्या इस धरती पर कोई इन्साफ़ नहीं रहा? अगर तुम अनाथों की रक्षा नहीं करोगे तो किसकी करोगे? अच्छा है, मैं भी देखती हूँ, धरती पर इन्साफ़ रहा है या नहीं। ठहरो पापी औरत! पोलेंका तुम बच्चों के पास रहना, मैं अभी वापिस आती हूँ। बेशक तुम्हें गली में ही क्यों न रुकना पड़े। मैं देखती हूँ धरती पर इन्साफ़ है या नहीं!"

अपने सर पर हरा शाल ओढ़कर (जिस शाल का ज़िक्र मारमेलेदोव ने रास्कौलनिकोव से किया था) कैटेरीना इवानोव्ना रोती-बिलखती हुई शराबियों की भीड़ को चीरकर सड़क पर भाग आयी—कहीं पर इन्साफ़ तलाश करने के लिए। पोलेंका दो छोटे बच्चों को गले से चिपकाकर काँपती हुई अपनी माँ के लौटने की प्रतीक्षा करने लगी। अमेलिया इवानोव्ना गुस्से में आकर चीख़ने-चिल्लाने लगी और कमरे की हर चीज़ को फ़र्श पर पटकने लगी। किरायेदार अंट-संट बक रहे थे, और आज की घटना पर टिप्पणी कर रहे थे। कुछ लड़-झगड़ रहे थे और एक-दूसरे को गालियाँ दे रहे थे—कुछ ने गाने की धुन छेड़ दी...

"अब मुझे यहाँ से चलना चाहिए। देखें सोफ़िया सेम्योनोवना क्या कहती है?" रास्कोलनिकोव ने मन-ही-मन सोचा और वह सोनिया के घर की तरफ़ चल पड़ा।

4

रास्कोलनिकोव के दिल में पहले से यन्त्रणा और आतंक का बोझ था, फिर भी उसने लूज़िन के ख़िलाफ़ सोनिया का ज़ोरदार पक्ष लिया था। इससे उसके क्लान्त मन को शान्ति मिली थी। वह सोनिया से अपनी मुलाकात की कल्पना से ही सिहर रहा था। उसे सोनिया को बताना पड़ेगा, लिजावेता का हत्यारा कौन है। इस बात से होने वाली यन्त्रणा का अन्दाज लगाते ही, उसने इस विचार को मन से निकालने की कोशिश की। कैटेरीना इवानोव्ना के घर से निकलते वक़्त वह जीत के नशे में था, लेकिन सोनिया के घर के नज़दीक पहुँचकर उसने अपने को अशक्त और भयभीत अनुभव किया। वह दरवाज़े में ठिठक गया और अपने आप से पूछने लगा, "क्या मुझे सोनिया को बताना चाहिए कि लिजावेता की किसने हत्या की?" यह सवाल विचित्र था क्योंकि रास्कोलनिकोव को आभास हो रहा था कि उसे फौरन सोनिया को सब कुछ बता देना चाहिए। इस कारण उसे खुद भी नहीं मालूम था। लेकिन उसे इस बात का तीव्र 'आभास' हो रहा था। होनहार के सामने उसने अपने को पराजित और अशक्त अनुभव किया। अपनी हिचकिचाहट और मानसिक यन्त्रणा को कम करने के लिए उसने सीधे सोनिया को दरवाज़ा खोल दिया। सोनिया मेज़ पर कुहनियाँ टिकाकर बैठी थी। उसने अपना चेहरा हाथों से ढाँप रखा था। रास्कोलनिकोव को देखते ही वह उठ खड़ी हुई, जैसे वह उसके आने की प्रतीक्षा ही कर रही थी।

"आप न होते तो आज न जाने मेरी क्या हालत होती!" सोनिया ने कहा।

निश्चय ही ये शब्द कहने के लिए वह रास्कोलनिकोव के आने की राह देख रही थी।

रास्कोलनिकोव जाकर मेज़ के पास रखी कुर्सी पर बैठ गया जिस पर से सोनिया उठी थी। सोनिया उससे दो कदम दूर खड़ी थी–बिलकुल कल की तरह।

रास्कोलनिकोव ने काँपती आवाज़ में कहा, "कहो सोनिया, 'तुम्हारी सामाजिक स्थिति और पेशे को देखते हुए मैंने यह सोचा था' कहो अब समझीं?"

सोनिया के चेहरे पर गहरा विषाद था। वह बीच में टोककर बोली, “मेहरबानी करके कल जैसी बातें न कीजिए—आगे ज़िन्दगी में क्या कम मुसीबत है।” उसने मुस्कराने की कोशिश की ताकि रास्कोलनिकोव इस डाँट से चिढ़ न जाये।

“मैं बड़ी बेवकूफ़ हूँ जो वहाँ से चली आयी। अब वहाँ क्या हो रहा है? मैं फौरन वापिस जाना चाहती थी, लेकिन मैं सोच रही थी...कि आप यहाँ आयेंगे।”

रास्कोलनिकोव ने बताया कि अमेलिया इवानोव्ना उसके परिवार को मकान से निकाल रही थी और कैटेरीना इवानोव्ना ‘इन्साफ़ की तलाश’ में कहीं भाग गयी है।

“हे ईश्वर! आओ फौरन चलें...” सोनिया बोली। उसने अपनी टोपी उठा ली।

“फिर वही बात! उन लोगों के सिवा तुम्हारे दिमाग़ में कोई ख़्याल नहीं आता। कुछ देर मेरे पास ठहरो।” रास्कोलनिकोव चिढ़ कर बोला।

“लेकिन...कैटेरीना इवानोव्ना का क्या होगा?”

“कैटेरीना इवानोव्ना कहीं खो नहीं जायेगी, निश्चिन्त रहो वह ख़ुद-ब-ख़ुद यहाँ आयेगी। अगर तुम उसे यहाँ न मिलीं तो तुम्हें दोष दिया जायेगा...” रास्कोलनिकोव की आवाज़ में कटुता थी।

सोनिया चकित भाव से बैठ गयी। रास्कोलनिकोव चुपचाप फ़र्श की ओर देखकर कुछ सोच रहा था। उसने सोनिया की तरफ़ देखें बग़ैर कहा,

“इस बार लूज़िन ने तुम पर दावा नहीं किया, लेकिन अगर वह चाहता तो तुम्हें जेल भिजवा सकता था। अगर लेब्ज़ियात्नीकोव और मैं न मौजूद होते...क्यों?”

“हाँ।” सोनिया ने क्षीण स्वर में समर्थन किया। वह किसी सोच में डूबी हुई थी।

“हो सकता है मैं वहाँ न आता। लेब्ज़ियात्नीकोव का आना भी एक संयोग मात्र था।”

सोनिया ख़ामोश रही।

“अगर तुम्हें जेल होती तो फिर? याद है कल मैंने क्या कहा था?”

सोनिया ने फिर कोई उत्तर न दिया। रास्कोलनिकोव ने ज़बरदस्ती हँसने की कोशिश की और बोला, “फिर चुप हो गयी? मेरा ख़्याल था तुम कहोगी चुप रहो! यह प्रसंग मत छेड़ो!” ...हमें एक ज़रूरी बात करनी है। मैं लेब्ज़ियात्नीकोव के शब्दों में, एक समस्या पर तुम्हारे विचार जानना चाहता हूँ (फिर उसके विचार सूत्र बिखर गये)। नहीं सोनिया, क्षण भर के लिए मान लो कि तुम्हें लूज़िन के इरादों का पहले से पता था और तुम यह भी जानती थीं कि इससे कैटेरीना इवानोव्ना और उसके बच्चे बर्बाद हो जायेंगे,...ख़ैर अपने को तो तुम इन्सानों में शुमार ही नहीं करती। पोलेंका भी...क्योंकि उसे भी तुम्हारे ही रास्ते पर चलना है। मान लो तुम्हें लूज़िन और कैटेरीना इवानोव्ना दोनों में से एक की मौत का फ़ैसला करना पड़ता तो तुम किसकी मौत चाहतीं? मेरे सवाल का जवाब दो।

सोनिया ने घबराकर उसकी ओर देखा। इस सवाल में एक विचित्र संकेत छिपा था।

"मैं जानती थी कि आप इसी तरह का कोई सवाल मुझसे पूछेंगे।" सोनिया की आँखों में जिज्ञासा थी।

"अच्छा तो इस सवाल का जवाब क्या होगा?"

"जो नहीं सम्भव है, आप उसकी बात क्यों पूछते है?" सोनिया ने हिचकिचा कर उत्तर दिया।

"इसका मतलब यह हुआ कि तुम चाहती हो कि लूज़िन इसी तरह ज़िन्दा रहे और बदमाशी करता रहे?"

"लेकिन मुझे क्या पता, ईश्वर की क्या मर्ज़ी है?"

"...आप ऐसे व्यर्थ के सवाल क्यों पूछ रहे हैं जिनका जवाब नहीं दिया जा सकता। भला मैं फ़ैसला करने वाली कौन होती हूँ? मुझे किसने न्यायाधीश बनाया है जो मैं लोगों की ज़िन्दगी-मौत का फ़ैसला कर सकूँ?"

"ख़ैर तुम ईश्वर की मर्ज़ी की बात न आयीं, अब और कुछ पूछना बेकार है।" रास्कोलनिकोव ने चिढ़ कहा।

"आप साफ़-साफ़ अपने मन की बात क्यों नहीं कहते? आप फिर किसी बात की ओर इशारा कर रहे हैं...आप क्या सिर्फ़ मुझे सताने के लिए यहाँ आये हैं?" सोनिया ने व्यथित स्वर में कहा और वह फूट-फूट कर रोने लगी। रास्कोलनिकोव ख़ामोशी से उसकी व्यथा देखता रहा। इसी तरह पाँच मिनट गुज़र गये।

सहसा रास्कोलनिकोव की धृष्टता न जाने कहाँ चली गयी। उसने क्षीण मृदु स्वर में कहा, "सोनिया तुम ठीक कहती हो। मैंने कल तुमसे कहा था कि मैं माफ़ी माँगने नहीं आऊँगा, लेकिन आज मैंने आते ही माफ़ी माँगी थी...लूज़िन का प्रसंग मैंने अपनी ख़ातिर उठाया था। मैं माफ़ी माँग रहा था सोनिया..."

रास्कोलनिकोव ने मुस्कराने की कोशिश की लेकिन उसके पीले चेहरे पर बेबसी थी। उसने अपने दोनों हाथों से अपना मुँह छिपा लिया।

सहसा सोनिया के प्रति तीव्र घृणा की लहर उसके रोम-रोम में फैल गयी—भयभीत होकर उसने सर ऊपर उठाया और ग़ौर से सोनिया की तरफ़ देखने लगा—उसकी नज़र सोनिया की घबराहट और आतंक भरी नज़रों से मिली—उन आँखों में प्रेम था—रास्कोलनिकोव की घृणा काफ़ूर हो गयी। वह असली भावना न थी, रास्कोलनिकोव ने समझने में ग़लती की थी। वह समझ गया कि अब वह 'क्षण' आ गया है।

उसने फिर अपना चेहरा दोनों हाथों में छिपा लिया। उसका रंग पीला पड़ गया। सहसा उसने उठकर सोनिया की तरफ़ देखा और यन्त्रवत उसके पलग पर बैठ गया।

जब बुढ़िया के सिरहाने कुल्हाड़ी लिए वह खड़ा हुआ था, तब उसे लगा था कि उसे एक मिनट भी बर्बाद नहीं करना चाहिए।' ठीक वैसे ही विचार इस वक़्त भी उसके मन में आ रहे थे।

"क्या माजरा है?" सोनिया ने भयभीत होकर पूछा।

रास्कोलनिकोव की जबान से एक भी शब्द न निकला। उसकी समझ में नहीं आ रहा था कि आख़िर उसे हो क्या गया है। निश्चय ही बात बताने के इस ढंग को उसने कल्पना भी न की थी। सोनिया आहिस्ते से जाकर उसके पलँग पर बैठ गयी और टकटकी लगाकर उसे देखने लगी, उसका दिल ज़ोर से धड़कने लगा। रास्कोलनिकोव ने अपना पीला चेहरा ऊपर उठाया। उसके ओंठ कुछ कहने के लिए हिले—सोनिया का हृदय किसी अज्ञात आतंक से सिहर उठा।

"क्या बात है?" सोनिया ने पूछा और वह भय से पीछे हट गयी।

"कुछ नहीं सोनिया, डरो मत...अगर सोचा जाये तो यह सब ख़ुराफ़ात है" रास्कोलनिकोव जैसे सरसाम में बोल रहा था। उसने सोनिया की तरफ़ देखकर कहा, "में तुम्हें किसलिए यन्त्रणा देने आया हूँ? यह सवाल मैं ख़ुद अपने से भी पूछ रहा हूँ, सोनिया..."

पन्द्रह मिनट पहले शायद यह सवाल उसके मन में उठा था लेकिन इस वक़्त वह असंगत बातें कर रहा था, उसके शरीर में कँपकँपी दौड़ रही थी।

"आह! आपको कितनी तकलीफ़ हो रही है।" सोनिया ने व्यथित स्वर में कहा।

"यह सब ख़ुराफ़ात है...सुनो सोनिया।" रास्कोलनिकोव के चेहरे पर क्षण भर के लिए एक असहाय रुग्ण मुस्कान फैल गयी, उसने पूछा "तुम्हें याद है, मैं कल तुम्हें क्या बताने वाला था?"

सोनिया अधीर होकर सुन रही थी।

"मैंने कहा था कि शायद मैं सदा के लिए तुमसे विदा ले रहा हूँ—मैंने यह भी कहा था कि अगर के कल तुमसे मिलने आया तो मैं बताऊँगा कि लिजावेता का हत्यारा कौन है।"

सोनिया काँपने लगी।

"लो मैं तुम्हें यही बताने आया हूँ।"

"तो कल आप सच कह रहे थे? आपको कैसे पता है? सोनिया की खोयी चेतना जैसे लौट आयीं थी। उसका चेहरा पीला पड़ता गया और साँस भारी हो गयी।"

"मुझे मालूम है।"

"क्या हत्यारा पकड़ा गया है?"

"नहीं।"

"फिर आपको कैसे पता चला?" सोनिया की आवाज़ बहुत धीमी पड़ गयी।

रास्कोलनिकोव ने सोनिया को ग़ौर से देखकर कहा।

"अनुमान लगा सकती हो।" उसके चेहरे पर वही असहाय विकृत मुस्कान खेल रही थी।

सोनिया काँप उठी। "लेकिन आप...आप इस तरह मुझे क्यों डरा रहे हो?" सोनिया भोले ढंग से मुस्कराई।

रास्कोलनिकोव ने सोनिया की आँखों में आँखें डालकर कहा, "वह आदमी मेरा दोस्त है...तभी तो मुझे सब मालूम है...उसका इरादा लिजावेता की हत्या करने का नहीं था...वह अचानक मारी गयी...हत्यारा सिर्फ़ बुढ़िया की हत्या करने गया था... उसी वक़्त लिजावेता भी आ गयी, हत्यारे ने उसे भी मार डाला।"

क्षण भर के लिए आतंकपूर्ण ख़ामोशी छायी रही। दोनों चुपचाप एक-दूसरे का मुँह ताकने लगे।

"क्यों? अन्दाज़ नहीं लगा सकीं?" रास्कोलनिकोव ने इस तरह पूछा जैसे वह किसी मीनार पर से छलाँग लगा रहा हो।

"नहीं-नहीं..." सोनिया फुसफुसाई।

"ज़रा ग़ौर से देखो?" यह कहते ही फिर उसका हृदय घृणा से जम गया। उसे सोनिया के चेहरे में लिजावेता की छवि दिखायी देने लगी। उसे याद आया, जब वह कुल्हाड़ी देखकर दीवार के पास सरक गयी थी, उसके चेहरे पर बच्चों जैसा खौफ़ था, बिलकुल छोटे बच्चों जैसा जब वे कोई डरावनी चीज़ को देखकर सहम जाते हैं और रुआँसे हो जाते हैं। सोनिया के चेहरे पर भी वैसा ही आतंक और निरीहता थी। वह पलँग से उठकर आहिस्ते-आहिस्ते दूर चली गयी थी, और टकटकी बाँधकर रास्कोलनिकोव की तरफ़ देख रही थी। सोनिया को भयभीत देखकर रास्कोलनिकोव भी भयभीत हो उठा, वह भी उसी तरह सोनिया की तरफ़ देखने लगा, उसके चेहरे पर भी बिलकुल वैसी शिशु-सुलभ मुस्कान थी।

अब तुमने अन्दाज़ लगा लिया?

"हे ईश्वर!" सोनिया क्रन्दन कर उठी। उसने बिस्तर के तकियों में अपना सर छिपा लिया, लेकिन अगले ही क्षण उसने उठकर अपनी पतली उँगलियों में रास्कोलनिकोव के दोनों हाथों को कसकर पकड़ लिया और कातर दृष्टि से उसकी ओर देखने लगी, ताकि कहीं आशा की कोई किरण दिखायी दे जाये। लेकिन वहाँ आशा की कोई गुंजाइश नहीं थी। तो यह बात सच थी? बाद में सोनिया को खुद अपने ऊपर ताज्जुब हुआ कि उसने इस बात पर विश्वास कैसे कर लिया, लेकिन सोनिया को आभास हुआ जैसे उसे पहले से ही इस बात की उम्मीद थी, लेकिन वह यह कैसे कहती?

"बस सोनिया बहुत हो चुका! मुझे मत बताओ?" रास्कोलनिकोव ने मिन्नत की। उसने कभी कल्पना भी न की थी, कि वह इस ढंग से सोनिया को सारी बात बतायेगा, लेकिन जो होना था वही हुआ।

सोनिया उछलकर खड़ी हो गयी और अपने हाथ मलती हुई कमरे के बीचों बीच जाकर रुक गयी। अगले ही क्षण वह आकर फिर रास्कोलनिकोव के पास बैठ गयी,

उसका कन्धा रास्कोलनिकोव के कन्धे से छू रहा था। सहसा वह इस तरह चौंक पड़ी जैसे किसी ने उसे छुरा मार दिया हो और चीख़ कर रोस्कोलनिकोव के सामने घुटनों के बल बैठ गयी। इसका कारण वह खुद भी नहीं जानती थी।

"आपने क्या किया—आपने अपने साथ यह क्या किया?" वह दुखी होकर बोली और रास्कोलनिकोव के गले से लिपट गयी।

रास्कोलनिकोव पीछे हट गया और शोकपूर्ण मुस्कान के साथ सोनिया की तरफ़ देखने लगा।

"तुम भी अजब लड़की हो सोनिया...ऐसी बात सुनकर भी तुम मुझे चूम रही हो और गले लग रही हो, तुम नहीं जानतीं तुम क्या कर रही हो।"

सोनिया ने रास्कोलनिकोव की बात अनसुनी कर दी, "संसार में आप जैसा दुखी व्यक्ति कोई नहीं है।" कहकर वह विक्षिप्त होकर रोने लगी।

सहसा एक अपूर्व अनुभूति से रास्कोलनिकोव का हृदय मृदु हो उठा। उसने भी इस अनुभूति के विरुद्ध संघर्ष नहीं किया। उसकी आँखों से दो आँसू निकलकर पलकों में आ गये।

"सोनिया तुम मेरा साथ नहीं छोड़ोगी न?" उसकी आँखों में आशा की किरण थी।

"नहीं, नहीं, कभी नहीं! जहाँ आप जायेंगे, मैं भी जाऊँगी। हे ईश्वर! मैं कितनी अभागी हूँ?...आपसे मेरा पहले परिचय क्यों नहीं हुआ? आप पहले मेरी ज़िन्दगी में क्यों नहीं आये? हाय!"

"लो अब तो आ गया हूँ?"

"हाँ, लेकिन अब हमें क्या करना चाहिए?...हम एक साथ रहेंगे।" सोनिया फिर रास्कोलनिकोव से लिपट गयी और बोली, "मैं आपके साथ साइबेरिया चलूँगी।"

यह सुनकर रास्कोलनिकोव चौंक उठा। फिर उसके ओठों पर पहले की-सी धृष्ट दुर्भावना भरी मुस्कान आ गयी।

"शायद मैं इतनी जल्दी साइबेरिया नहीं जाना चाहता सोनिया।"

सोनिया ने फौरन रास्कोलनिकोव की तरफ़ देखा, भावुकतापूर्ण सहानुभूति के बाद अब हत्या की कल्पना से उसका हृदय काँप उठा। रास्कोलनिकोव की आवाज़ में उस हत्यारे की आवाज़ सुनायी दी। वह चकित दृष्टि से रास्कोलनिकोव का मुँह ताकने लगी। बहुत से सवाल एक साथ उसके दिमाग़ में चक्कर काटने लगे। वह सोच रही थी, "क्या यह व्यक्ति हत्यारा हो सकता है? क्या यह सच है?" उसे विश्वास न हुआ।

वह चकित स्वर में बोली, "इसका क्या अर्थ हो सकता? मैं कहाँ हूँ? आप, आप जैसा आदमी...आपने भला ऐसा काम कैसे किया...इसका क्या अर्थ है?"

"लूटने के लिए...ख़ैर जाने दो इस प्रसंग को सोनिया...रास्कोलनिकोव ने खीज कर जवाब दिया।

सोनिया स्तम्भित खड़ी रही, सहसा वह चिल्लाई, "आप भूखे थे?....अपनी माँ की सहायता करने के लिए आपने ऐसा किया था न? मैं समझ गयी।"

"नहीं सोनिया नहीं...मैं भूखा नहीं था...मैं माँ की सहायता ज़रूर करना चाहता था...लेकिन असली बात यह नहीं है...मुझे मत यन्त्रणा दो सोनिया..."

सोनिया ने अपनी मुठ्ठियाँ भींच लीं। "क्या यह सब सच हो सकता है? इन बातों पर कौन विश्वास करेगा? आप, जिन्होंने अपनी आख़िरी पायी तक दूसरों को दे दी, भला कैसे हत्या और लूटमार कर सकते हैं? आह! आपने जो रकम कैटेरीना इवानोव्ना को दी थी, क्या वह भी...वह रकम भी!"

"नहीं सोनिया, जब मैं बीमार था तो मेरी माँ ने वह रकम मुझे भेजी थी। उसी दिन मैंने वह दे दी...राज़ुमिहीन इसका साक्षी है...वह मेरी अपनी रकम थी...तुम चिन्ता न करो।"

सोनिया विस्मित भाव से रास्कोलनिकोव की बातों को समझने की कोशिश करती रही।

रास्कोलनिकोव ने कुछ सोचते हुए कहा, "वह रकम...मैं नहीं जानता वहाँ से कोई रकम मिली भी थी या नहीं...मैंने उसके गले में से चमड़े का एक बटुआ उतारा था...लेकिन उसके भीतर क्या था, यह मैंने नहीं देखा...मेरे पास समय नहीं था... बाक़ी चीज़ें, हार और गहने मैंने अगले रोज़ सुबह व–के मैदान के पास एक पत्थर के नीचे दबा दिये–जो अभी भी वहीं पड़े हैं..."

सोनिया ने ध्यान से सुनने की कोशिश की और पूछा, "क्या इसीलिए आपने कहा था कि आपने किसी चीज़ को हाथ नहीं लगाया।" यह डूबते को तिनका के सहारा वाली बात थी।

"मालूम नहीं...मैंने अभी फ़ैसला नहीं किया कि मैं उस रकम को रखूँगा या नहीं।" वह फिर किसी गहरी सोच में डूब गया। अकस्मात् वह चौंक उठा और व्यंग्यभरी मुस्कान के साथ बोला, "मैं भी अजब बकवास कर रहा हूँ। क्यों?"

सोनिया सोचने लगी, कहीं वह पागल तो नहीं हो गया? लेकिन अगले ही क्षण उसने यह विचार मन से निकाल दिया। "नहीं यह बात नहीं है।" वह ठीक से कुछ समझ नहीं पायी थी।

"जानती हो सोनिया, अगर भूख से मजबूर होकर मैंने हत्या की होती तो शायद इस वक़्त मैं सुखी होता! विश्वास करो!" रास्कोलनिकोव ने भेद भरी दृष्टि से सोनिया की तरफ़ देखा और अगले ही क्षण निराश स्वर में कहा, "लेकिन अगर मैं अपनी ग़लती मान भी लूँ तो उससे तुम्हें क्या सरोकार! इस मूर्खतापूर्ण जीत से तुम्हें क्या हासिल होगा? आह सोनिया, क्या इसीलिए आज मैं तुम्हारे पास आया हूँ?"

सोनिया ने फिर कुछ कहना चाहा लेकिन वह ख़ामोश रही।

"कल मैंने तुम्हें अपने साथ चलने का आग्रह किया था, क्योंकि संसार में अब केवल तुम ही ऐसी हो जिसे मैं अपना कह सकता हूँ।"

"कहाँ चलेंगे?" सोनिया ने भीरु स्वर में पूछा।

"घबराओ नहीं। हम चोरी और हत्या नहीं करेंगे।" रास्कोलनिकोव ने कटु मुस्कान के साथ कहा, "हम दोनों कितने भिन्न हैं...जानती हो सोनिया, मुझे अभी इसी क्षण आभास हुआ है कि मैं कल तुम्हें कहाँ ले जाना चाहता था! मैं कल तुम्हें सिर्फ़ एक ही बात कहने आया था, मुझे छोड़ना नहीं। सोनिया तुम मेरा साथ तो नहीं छोड़ दोगी?"

सोनिया ने कसकर रास्कोलनिकोव का हाथ पकड़ लिया।

रास्कोलनिकोव ने आहत स्वर में कहा, "आह! मैंने यह बात तुम्हें क्यों बतायी? सोनिया, मैं जानता हूँ तुम मुझसे जवाबदेही करना चाहती हो, लेकिन मैं तुम्हें क्या जवाब दूँ? तुम समझ नहीं सकोगी, तुम्हें दुःख होगा...मेरी वजह से! लो तुम फिर रो रही हो और मुझे गले लगा रही हो? किसलिए? शायद इसलिए, क्योंकि मैं अपनी वेदना के भार को नहीं उठा सका और अपना भार तुम्हें सौंपकर हल्का होना चाहता हूँ? तुम मुझ जैसे नीच व्यक्ति से प्रेम कर सकोगी।"

लेकिन आप भी तो इतनी यन्त्रणा झेल रहे हैं।

फिर उसी अनुभूति ने आकर रास्कोलनिकोव के हृदय को जकड़ लिया और कोमल बना दिया।

"सोनिया मैं दिल का बुरा आदमी हूँ, इस बात को याद रखना! मैं बुरा हूँ, इसीलिए मैं तुम्हारे पास आया हूँ। मेरी जगह कोई और होता तो न आता। लेकिन मैं बुज़दिल हूँ...नीच और कमीना। लेकिन...जाने दो इस बात को। मैं तुमसे कुछ कहना चाहता हूँ, समझ में नहीं आता बात कैसे शुरू करूँ।"

यह कहकर वह फिर सोच में डूब गया और कुछ देर बाद बोला, "आह! हम दोनों मैं कितनी असमानता है—फिर मैं तुम्हारे पास क्यों आया? मैं अपने को कभी माफ़ नहीं कर सकूँगा।"

"आपने आकर अच्छा ही किया। मेरे लिए यह सब जानना बेहतर होगा।"

रास्कोलनिकोव ने वेदना भरी आँखों से सोनिया की तरफ़ देखा और जैसे किसी नतीज़े पर पहुँचते हुए कहा, "हाँ दरअसल बात यही थी...मैं नेपोलियन बनना चाहता था। इसीलिए मैंने हत्या की, अब तुम्हारी समझ में आया?..."

"नहीं।" सोनिया ने भोलेपन से उत्तर दिया, "आप मुझे बताइये, मैं समझ जाऊँगी। अपने मन के भीतर सब समझ जाऊँगी।"

"समझ जाओगी? अच्छा, देखेंगे।" वह फिर सोच में डूब गया।

"बात यूँ हुई—एक दिन मैंने अपने आप से सवाल किया कि मान लो अगर नेपोलियन मेरी जगह होता तो क्या करता? तूलो, मिश्र और मोंत ब्लॉक और अन्य वैभवशाली चीज़ों की बजाय अगर उसे अपने भविष्य की सफलता के लिए किसी हास्यास्पद, खूसट, सूदख़ोर बुढ़िया की हत्या करके उसके सन्दूक में से धन लूटना पड़ता, और इसके सिवाय दूसरा कोई चारा भी न होता तो क्या वह ऐसा कर सकता था? ऐसे पापपूर्ण और क्षुद्र काम से क्या उसकी अन्तर्रात्मा न काँपती? सच पूछो तो मैंने इस 'सवाल' पर इतना सोचा कि मुझे अपने ऊपर शर्म आने लगी। आख़िर (सहसा) मुझे आभास हुआ कि ऐसा करने में नेपोलियन को रत्ती भर संकोच न होता ...यह काम स्मरणीय है या नहीं, शायद यह ख़्याल तक उसके दिमाग़ में न आता—अगर नेपोलियन के सामने कोई दूसरा रास्ता न होता तो वह बिना सोचे समझे एक क्षण में बुढ़िया का गला घोंट डालता। मैंने भी नेपोलियन का अनुसरण किया और सोचे-समझे बग़ैर ही बुढ़िया की हत्या कर डाली। बिलकुल यही हुआ! तुम्हें यह बात विचित्र लग रही है? हाँ सोनिया, सबसे बड़ी विचित्रता तो यही है...।"

सोनिया को इस बात में कोई विचित्रता नहीं दिखायी दी थी। उसने धीमें और भीरु स्वर में कहा, "आप मुझे साफ़-साफ़ बताइए...बिना मिसाल दिये।"

रास्कोलनिकोव ने उदास नज़रों से सोनिया को देखा और उसका हाथ अपने हाथ में ले लिया।

तुम ठीक कहती हो सोनिया। यह सब निरी बकवास है। तुम्हें मालूम ही होगा कि मेरी माँ कितनी गरीब है। मेरी बहिन ने संयोगवश ऊँची शिक्षा पायी है फिर भी उसे गवर्नेस का काम करना पड़ा। मैं ही उन दोनों की उम्मीदों का सहारा हूँ। मैं यूनिवर्सिटी में पढ़ता था, लेकिन मुझे पढ़ाई छोड़नी पड़ी। मान लो अगर मैं इसी तरह गुज़ारा करता रहता तो दस बारह साल में शायद एक हज़ार रूबल सालाना पाने वाला अध्यापक या क्लर्क बन जाता, (यह बात उसने इस तरह कही जैसे कोई सबका दुहरा रहा हो) तब तक मेरी माँ दुःख और चिन्ता से घुलकर मर जाती, मैं उसे कोई भी आराम नहीं दे सकता था...और मेरी बहन की हालत शायद और भी बदतर होती। ज़िन्दगी भर उदासीनता बरतना मुश्किल है, कोई कैसे अपनी माँ को भूल सकता है? बहन को बेइज़्ज़ती कैसे बर्दाश्त कर सकता है? और करे भी क्यों? क्या आदमी उनको असहाय छोड़कर सर पर बीबी-बच्चों का बोझ उठाये? वे बेचारी फिर कौड़ी-कौड़ी की मुहताज हो जाये? इसलिए मैंने सोचा कि बुढ़िया के धन से कुछ साल तक अपनी पढ़ाई का ख़र्च चलाऊँगा और उसके बाद नया स्वतन्त्र जीवन शुरू करूँगा। मैंने अपने भविष्य की विस्तृत योजना बनायी थी। बस...इतना ही...निश्चय ही बुढ़िया की हत्या करके मैंने भारी ग़लती की...बस बहुत हो चुका।

अन्तिम पंक्तियाँ बोलते-बोलते वह थक गया और सर झुकाकर बैठ गया।

सोनिया आकुल होकर बोली, "नहीं नहीं यह बात नहीं है। कोई भला कैसे... नहीं यह ठीक नहीं, यह ठीक नहीं।"

"तुमने खुद देख लिया कि यह ठीक नहीं है। लेकिन मैंने सच्ची बात कह दी है।"

"क्या यही सच हो सकता है? हे ईश्वर!"

"सोनिया मैंने सिर्फ़ एक जूँ को मारा है—बेकार नुकसान पहुँचाने वाली घृणित जूँ को।"

"एक इन्सान कभी जूँ हो सकता है?"

"मैं भी जानता हूँ कि वह जूँ नहीं थी।" रास्कोलनिकोव ने विचित्र ढंग से सोनिया की तरफ़ देखा। "लेकिन सोनिया मैं बड़ी देर से बकवास कर रहा हूँ...तुम ठीक कहती हो। इसके पीछे और ही कारण ये। मैंने किसी से इतनी देर बातें नहीं की...सोनिया...मेरा सर बुरी तरह से दुःख रहा है।"

उसकी आँखें ज्वर की गर्मी से चमक रही थीं। वह फिर सरसाम की-सी हालत में था। उसके काँपते हुए ओंठों और चेहरे की उत्तेजना से उसकी थकान का आभास मिल रहा था। सोनिया उसकी मानसिक वेदना को समझती थी। सोनिया का सर भी चकराने लगा था। रास्कोलनिकोव बड़ी विचित्र बातें कर रहा था। सोनिया को सारी स्थिति मालूम हो गयी थी, लेकिन...हे ईश्वर! यह सब कैसे हो सकता है। कहकर वह दुःख से अपने हाथ मलने लगी।

सहसा एक नये विचार ने रास्कोलनिकोव के मन को उत्तेजित कर दिया। वह बोला, "नहीं सोनिया यह नहीं, यह नहीं...बेहतर होगा अगर तुम कल्पना करो कि मैं दम्भी, ईर्ष्यालु, दुष्ट और नीच आदमी हूँ...क़रीब-क़रीब पागल भी हूँ (बात खुलकर क्यों न की जाये। लोग अभी से कह रहे हैं कि मैं पागल हूँ) मैंने तुम्हें अभी बताया कि मैं अपनी पढ़ाई जारी नहीं रख सका। शायद मैं रख भी सकता। माँ मुझे फ़ीस की रकम भेज देती और मैं अपनी कमाई से खाने, कपड़ों और जूतों का खर्च निकाल लेता। ट्यूशनें भी मिलती थीं तो आधे रूबल की। राजुमिहीन भी तो काम करता है। लेकिन मैं चिड़चिड़ा हो गया और यह सब मुझसे न हुआ (चिड़चिड़ापन ही उपयुक्त शब्द है।) मैं मकड़े की तरह अपने कमरे में बैठा रहता था, तुम मेरी माँद में जाकर खुद यह सब देख आयी हो...जानती हो सोनिया, नीची छतें और छोटे कमरे मनुष्य के मन और आत्मा को संकीर्ण बना देते हैं। आह मुझे उस कोठरी से कितनी नफ़रत थी। फिर भी मैं उसे नहीं छोड़ता था। जान-बूझकर कई-कई दिनों तक मैं घर से बाहर नहीं निकलता था, न ही कोई काम करता था। यहाँ तक कि मैंने खाना-पीना भी छोड़ रखा था और निकम्मा लेटा रहता था। अगर नस्तास्या खाने की कोई चीज़ ले आती थी तो मैं खा लेता था, वरना दिन भर भूखा पड़ा रहता था। जान-बूझकर चिड़चिड़ेपन की वजह से मैं खाना नहीं माँगता था।

रात को मेरी कोठरी में अँधेरा रहता था और मैं मोमबत्तियों तक का प्रबन्ध नहीं करता था। मुझे पढ़ाई जारी रखनी चाहिए थी, लेकिन मैंने अपनी किताबें तक बेच डालीं। मेरी मेज़ पर रखी कापियों पर एक इंच मोटी मिट्टी की तहें जमी हुई हैं। मुझे चुपचाप लेटना और सोचना अधिक पसन्द था। मैं लगातार सोचता रहता...हर वक़्त मैं अजब सपने देखता रहता था। वे सपने क्या थे यह बताने की ज़रूरत नहीं। तभी मुझे लगा कि...नहीं-नहीं, मैं फिर गलत कह रहा हूँ। मैंने अपने से पूछा, (यह जानते हुए भी कि और लोग इतने बेवकूफ़ हैं) कि मैं उनसे ज़्यादा अक़्लमन्द क्यों नहीं हूँ? मैंने देखा सोनिया, कि अगर कोई व्यक्ति इस इन्तज़ार में रहे कि समाज के सभी प्राणी अक़्लमन्द हो जायें तो उसमें बहुत समय लगेगा...बाद में मेरी समझ में आ गया कि ऐसा कभी नहीं होगा, लोग कभी नहीं बदलेंगे, न कोई मानव-स्वभाव को बदल ही सकता है। इस पर समय नष्ट करने से कोई लाभ नहीं। हाँ यह सच है। यह मानव प्रकृति का नियम है सोनिया...बिलकुल सही है...अब मैं जान गया हूँ सोनिया कि जिसका मन और आत्मा शक्तिशाली है, उसी का बाक़ी लोगों पर बस चलता है। जो साहसी है, वह लोगों की नज़रों में सही भी है। जो आदमी जितनी चीज़ों को क्षुद्र समझता है, समाज उसी को न्यायकर्ता बनाता है और जो साहसी होता है, वही सभी होता है। सदा से यही होता आया है और सदा होता रहेगा। जो इस सत्य को नहीं देखता, वह अन्धा है!"

सोनिया उसकी बात समझ पायी भी या नहीं, इसकी परवाह रास्कोलनिकोव को अब नहीं रही थी। वह फिर बुखार में बहक रहा था। उस पर एक अवसादपूर्ण उन्माद छा गया था (बहुत असे से उसने किसी से बातें नहीं की थीं) सोनिया को लगा जैसे अवसाद ही रास्कोलनिकोव के जीवन का सिद्धान्त और विश्वास बन गया था।

वह अधीर स्वर में सोनिया को समझाने लगा, "मैं इस रहस्य को समझ गया हूँ सोनिया, ताकत उन्हीं को मिलती है जो झुककर उसे हाथों में उठा लेते हैं। ज़रूरत सिर्फ़ एक ही बात की है, व्यक्ति में साहस होना चाहिए। ज़िन्दगी में पहली बार मेरे मन में एक विचार आया जो कभी किसी से नहीं सोचा था। मैंने सोचा कितनी विचित्र बात है कि इस पागल संसार में एक भी ऐसा व्यक्ति नहीं जो साहस से सब चीज़ों पर लात जमा सके। मैं...मैं साहसी बनना चाहता था, इसलिए मैंने बुढ़िया को मार डाला। मैं केवल साहस चाहता था सोनिया। यही एकमात्र कारण था।"

"चुप चुप! अपने ईश्वर को छोड़ दिया है, इसलिए ईश्वर ने आपको शैतान के हवाले कर दिया है, और आपको पीड़ा झेलनी पड़ रही है।" सोनिया ने मुठ्ठियाँ भींचते हुए कहा।

"तो सोनिया, कोठरी में रात के अन्धेरे में मैं जो सोचा करता था, उसके पीछे शैतान की प्रेरणा थी, क्यों?"

"हँसो नहीं! नास्तिक! आप नहीं समझते! हे ईश्वर ये क्यों नहीं समझते।"

"हुश सोनिया! मैं हँस नहीं रहा। मैं ख़ुद जानता हूँ कि शैतान मुझे गुमराह कर रहा था। चुप, सोनिया चुप मैं सब कुछ जानता हूँ। अन्धेरे में लेटकर मैंने ये सारी बातें सोची थीं...मैंने हर बात पर अपने से बहस की है, सवाल-जवाब किया है। मुझसे क्या छिपा है? इन सारी बातों की पुनरावृत्ति करते समय मुझे कितनी ग्लानि होती थी। मैं इस सारे प्रसंग को भूलकर ज़िन्दगी को नये सिरे से शुरू करना चाहता हूँ सोनिया, सोचने से मुक्ति पाना चाहता हूँ। तुम यह तो नहीं समझती कि मैंने बेवक़ूफ़ों की तरह बिना सोचे विचारे यह सब किया। मैंने अक़्लमन्दी से सोच समझकर ये सब किया, यही तो मेरी तबाही का कारण बना। यह मत सोचना कि मैंने अपने से यह सवाल नहीं पूछा कि मुझे शक्ति हासिल करने का अधिकार है या नहीं। निश्चय ही यह अधिकार मेरे पास नहीं था—या यह कि इन्सान जूँ है या नहीं कम-से-कम मेरे लिए तो नहीं है, यह साबित हो गया है—लेकिन हो सकता है, जो आदमी बिना सवाल पूछे सीधा अपनी मंज़िल तक पहुँच जाता है, उसको यह सब नहीं सोचना पड़ता...इस बीच मैं यही सोचता रहा था कि नेपोलियन अगर मेरी जगह होता तो वह ऐसा करता या नहीं। मैं अच्छी तरह जानता था कि मैं नेपोलियन नहीं हूँ। सोनिया विचारों के अन्तर्द्वन्द में मुझे बड़ी पीड़ा सहनी पड़ी, मैं इन कारणवाद के झंझटों से मुक्ति पाकर अपनी ख़ातिर हत्या करना चाहता था। मैं अपने से भी झूठ नहीं बोलना चाहता था। माँ की मदद के लिए मैंने हत्या नहीं की थी, न मैंने धन जमा करने और मानवता की भलाई के लिए ही ऐसा किया था। यह सब ख़ुराफ़ात है। मैंने सिर्फ़ अपने लिए हत्या की थी। मैं इससे दूसरों की भलाई करूँगा, या मकड़े की तरह दूसरे लोगों को अपने जाले में फँसाकर उनका शोषण करूँगा, ये बातें उस समय मेरे मन में नहीं आ सकती थीं...और सोनिया उस वक़्त मुझे पैसा नहीं... बल्कि कुछ और ही चाहिए था...अब मैं सब जान गया हूँ...मुझे समझने की कोशिश करो। शायद मैं कभी भी दोबारा हत्या न कर सकता। मैं कुछ और ही मालूम करना चाहता था। इसी बात ने मुझे प्रेरणा दी थी। मैं तब फौरन ही यह जानना चाहता था कि मैं इन्सान हूँ या सब लोगों की तरह सिर्फ़ एक जूँ हूँ? मैं बाधाओं को हटा सकता हूँ, सफलता को हाथों में उठा सकता हूँ—डरपोक हूँ या मुझे अधिकार है...?"

"मारने का? हत्या का अधिकार!" सोनिया ने मुट्ठियाँ भींचकर पूछा।

"छिः सोनिया, मुझे बीच में मत टोको। मैं सिर्फ़ एक बात साबित करना चाहता हूँ—वह यह है कि उस वक़्त शैतान ने मुझे प्रेरित किया था, लेकिन अब मैं जान गया हूँ कि मुझे उस रास्ते पर जाने का कोई अधिकार नहीं था, क्योंकि मैं भी सब लोगों की तरह सिर्फ़ जूँ हूँ। शैतान मेरी हँसी उड़ा रहा था, इसलिए मैं तुम्हारे पास आया हूँ। अपने मेहमान का स्वागत करो। अगर मैं जूँ न होता तो क्या तुम्हारे पास आता।

सुने, जब मैं बुढ़िया के यहाँ गया था, उस वक़्त मेरा इरादा सिर्फ़ 'आज़माने' का था...यक़ीन करो।"

''आपने उसकी हत्या तो की थी।''

"लेकिन वह हत्या मैंने कैसे की? क्या लोग इसी तरह हत्या करते हैं? जिस तरह मैं हत्या करने गया था, क्या उस तरह जाया जाता है किसी दिन मैं तुम्हें बताऊँगा कि मैं कैसे गया था। मैंने बुढ़िया को नहीं बल्कि अपनी हत्या की है, अपने आपको सदा के लिए ख़त्म कर दिया है...लेकिन बुढ़िया की हत्या शैतान ने की, मैंने नहीं। बस, बस सोनिया, मुझे इसी तरह रहने दो, इसी तरह रहने दो।" रास्कोलनिकोव के स्वर में गहरी वेदना थी। उसने कुहनियाँ घुटनों पर टिकाकर अपना चेहरा हाथों से ढँक लिया जैसे उसे अपने पाप पर पश्चात्ताप हो रहा हो।

"कितनी यन्त्रणा हो रही है आपको।" सोनिया ने विलाप किया।

"तुम बताओ अब मैं क्या करूँ?" सहसा रास्कोलनिकोव ने सर ऊपर उठाकर पूछा। विषाद से उसका चेहरा विकृत और कुरूप हो उठा था।

सोनिया की आँसू भरी आँखों में एक चमक आ गयी और वह फुर्ती से उठ खड़ी हुई। "आपको क्या करना चाहिए। उठिये!" (सोनिया ने जाकर उसका कंधा पकड़ लिया—रास्कोलनिकोव उठ खड़ा हुआ और चकित दृष्टि से सोनिया को देखने लगा) "फौरन इसी क्षण चौराहे पर जाकर धरती को चूमिये जिसकी पवित्रता आपने नष्ट की है और ऊँची आवाज़ में सारी दुनिया के आगे सर झुकाकर कहिये, "मैं हत्यारा हूँ।" ईश्वर फिर आपको नयी ज़िन्दगी देगा। आप जायेंगे? आप जायेंगे न!" सोनिया ने अपने काँपते हुए हाथों में रास्कोलनिकोव के हाथों को लेकर दबाया और ज्वलन्त दृष्टि से उसकी तरफ़ देखने लगी।

रास्कोलनिकोव सोनिया के इस आकस्मिक उन्माद पर भौचक्का रह गया।

"तुम चाहती हो मैं साइबेरिया जाऊँ? अपने को पुलिस के हवाले कर दूँ?"

"पीड़ा सहकर ही आप अपने पाप को धो सकते हैं—

"नहीं मैं पुलिस के पास नहीं जाऊँगा, सोनिया।"

"लेकिन आप इस तरह कैसे ज़िन्दा रह सकेंगे? किसलिए जियेंगे? यह अब कैसे सम्भव है? आप अपनी माँ से कैसे बात कर सकते हैं? हाय उन लोगों का अब क्या होगा? लेकिन मैं क्या कह रही हूँ।" आपने अपनी माँ और बहन का साथ तो पहले ही छोड़ दिया है। हे ईश्वर! आपको सब कुछ मालूम है। अब आप अपने से कैसे ज़िन्दा रहेंगे? अब आपका क्या होगा?

''बच्ची मत बनो सोनिया, मैंने पुलिस का क्या बिगाड़ा है जो मै उसके पास जाऊं? जा कर मैं क्या कहूं? यह केवल भ्रम है वे खुद लाखों इन्सानों को बर्बाद करते है और इसे नेक काम समझते हैं। वे भी तो लंपट और बदमाश हैं सोनिया,

मैं भला उनसे क्या कहूँ? यह कि मैंने बुढिया की हत्या की है और डर के मारे चीज़ें किसी पत्थर के नीचे छिपा दी है?" रास्कोलनिकोव के कटु मुस्कान के साथ पुछा "तब पुलिस मेरा तज़ाक उड़ायेगी और मुझे बेवकूफ कहेगी। डरपोक और उसके ऊपर बेवकुफ़! वे लोग असलित को कभी नहीं समझेंगे, न ही वे इस क़ाबिल हैं कि समझें। मैं उनके पास क्यों जाऊँ? मैं नहीं जाऊँगा। बच्ची मत बनो सोनिया।"

सोनिया ने हाथ फैलाकर मिन्नत की, "आप यह सब बर्दाश्त नहीं कर पायेंगे।

रास्कोलनिकोव ने कुछ सोचकर कहा, "शायद मैने अपने से अन्याय किया है, शायद मैं इन्सान हूँ, जूं नहीं, मैने जल्दबाजी में अपने को दोषी ठहराया है। मै फिर संघर्ष करूगाँ।" उसके ओंठों पर अहंकार भरी मुस्कान छा गयी।

"जिन्दग़ी भर इतना भारी बोझ आप उठायेंगे?"

"मुझे इसकी आदत पड़ आयेगी। रोना बन्द करो। यह काम की बातें करने का समय है। मैं तुम्हें बताने आया हूँ कि पुलिस मेरा पीछा कर रही है।"

"हाय!" सोनिया भय से चिल्लाई।

"तुम चिल्लाई क्यों? तुम मुझे साइबेरिया भेजना चाहती थी न! फिर खुद क्यों डर गई। मैं साफ़ साफ़ बता दूँ कि मैं अपने को पुलिस के हवाले नहीं करूँगा। पुलिस मेरा कुछ नहीं बिगाड़ सकती। उसके पास कोई सबूत नहीं है। कल मैं खतरे में था और मुझे लगा था कि मैं पकड़ा जाऊँगा लेकिन आज स्थिति बेहतर है। पुलिस की सारी दलीलों और अभियोगों को मैं अपने फ़ायदे के लिए इस्तेमाल कर सकता है। समझीं! मैं यह ज़रूर करूँगा क्योंकि मैंने हत्या से सबक़ सीखा लिया है। लेकिन पुलिस मुझे ग़िरफ़तार ज़रूर करेगी। किसी कारयवश आज मैं बच गया हूँ लेकिन हो सकता है कि आज ही मैं गिरफ़तार हो जाऊँ... इसमें चिन्ता की कोई बात नहीं सोनिया, मैं फिर छूट जाऊँगा...मेरे खिलाफ़ कोई सबूत नहीं, न ही हो सकता है मैं कसम खाकर कहता हूँ। किसी आदमी को मालूमी शक पर सज़ा नही दी जा सकती। बस... मैंने सिर्फ़ तुम्हीं को यह बात बताई है... मैं किसी तरह अपनी माँ और बहन को भी यह बताने की कोशिश करूँगा ताकि वे भयभीत न हो जायें...मेरी बहन का भविष्य सुरक्षित है। जहाँ तक मेरा ख्याल है मां का भी होना चाहिए... बस यही कहना था। लेकिन सावधान रहना। जब मैं जेल में रहूँगा तो तुम मुझसे मिलने आओगी?"

"मैं आऊँगी, ज़रूर आऊँगी।"

दोनों उदासभाव के पास-पास बैठ थे। लगता था किसी तूफ़ान ने उन्हें किसी निर्जन किनारे पर खड़ा कर दिया हैं। रास्कोलनिकोच को महसूस हुआ कि सोनिया उससे बहुत प्रेम करती है, साहस उसे यह लगा कि वह इस प्रेम की पीड़ा और बोझ को नहीं बर्दाश्त कर सकेगा। प्रेम में कितना विचित्र और भयंकर संवेदन था।

सोनिया के घर आने से पहले उससे महसूस किया था कि अब कुछ सोनिया पर ही निर्भर करता है। उसे उम्मीद थी कि उसकी यन्त्रणा कुछ हल्की हो जायेगी, लेकिन अब सोनिया के हृदय का सारा प्रेम पाकर उसे लगा जैसे वह पहले से कहीं अधिक दुखी हैं। उसने कहा,

"सोनिया, बेहतर होगा अगर तुम जेल में मुझसे न मिलो।"

सोनिया ने कोई उत्तर न दिया। वह रो रही थी। इसी तरह कई मिनट गुज़र गये।

सहसा सोनिया ने पूछा, "आपके पास कोई सलीब है?"

रास्कोलनिकोव इस सवाल को नहीं समझ सका।

"होगा कैसे? लीजिए यह लकड़ी का सलीब। मेरे पास लिजावेता का ताँबे का सलीब है। मैंने उसे ईसा मसीह की मूर्ति दी थी और उसने मुझे अपना सलीब दिया था। मैं अब लिजावेता का सलीब पहनूँगी। आप इसे ले लें। यह मेरा है...ले लीजिए हम दोनों पीड़ा सहेंगे और सलीब का भार उठायेंगे।"

"लाओ।" रास्कोलनिकोव ने कहा। वह सोनिया के दिल को चोट नहीं पहुँचाना चाहता था। लेकिन उसने फौरन अपना हाथ पीछे हटा लिया और सोनिया का मन रखने के लिए कहा, "अभी नहीं–फिर कभी ले लूँगा।"

"हाँ, बेहतर होगा जब आप पीड़ा का सामना करने जायें, तब इस सलीब को पहनकर जायें। आप मेरे पास आइयेगा, मैं अपने हाथों से आपके गले में यह सलीब पहना दूँगी। फिर हम एक साथ प्रार्थना करेंगे और इकट्ठे चलेंगे।"

इसी समय किसी ने तीन बार दरवाज़ा खटखटाया।

"मैं भीतर आ सकता हूँ सोफ़िया सेम्योनोवना?" किसी की परिचित, शिष्ट आवाज़ सुनायी दी।

सोनिया भयभीत होकर दरवाज़ें की तरफ़ भागी। बाहर लेब्ज़ियात्नीकोव खड़ा था।

5

लेब्ज़ियात्नीकोव घबराया सा मालूम होता था। उसने कहा, "मैं तुम्हारे पास आया हूँ...माफ़ करना," सहसा उसने रास्कोलनिकोव को सम्बोधित करके कहा, "मेरा कोई ऐसा...वैसा मतलब नहीं था...मैंने सोचा...कैटेरीना इवानोव्ना पागल हो गयी है।"

सोनिया चीख़ पड़ी।

"मालूम तो ऐसा ही होता है। लेकिन...हम ख़ुद परेशान हैं कि क्या करना चाहिए। तुम समझ गयीं न! कैटेरीना इवानोव्ना वापिस आ गयी थीं–शायद उन्हें मारा-पीटा गया था और उनके साथ दुर्व्यवहार भी हुआ था।...वे भागकर तुम्हारे पिता के अफ़सर के पास गयी थीं। वे उस समय घर में नहीं थे, बल्कि किसी दूसरे जनरल के यहाँ खाना खा रहे थे।... कैटेरीना इवानोव्ना जनरल के घर पहुँच गयी और ज़िद करके उन्होंने अफ़सर को बाहर भी बुलवा लिया। इसके बाद क्या हुआ तुम कल्पना कर सकती हो। वे ख़ुद कहती हैं कि उन्होंने अफ़सर को गालियाँ दी थीं और उस पर कोई चीज़ फेंकी भी थी.... इस पर सहज ही विश्वास किया जा सकता है। ताज्जुब है कि वे गिरफ़्तार क्यों नहीं की गयीं? मेरी समझ में नहीं आता! अब वे सबको, यहाँ तक कि अमेलिया इवानोव्ना को भी यह सारी घटना सुना रही हैं। लेकिन सह बार-बार चीख़ रही हैं और फ़र्श पर लोट रही हैं...उनका कहना है कि सबने उनका साथ छोड़ दिया है, इसलिए वे एक बाजा लेकर अपने बच्चों समेत गली में निकल जायेंगी और बच्चों को नचा और गवा कर चन्दा जमा करेंगी। और हर रोज़ जनरल की खिड़की के नीचे जाकर खड़ी होंगी, ताकि सब लोग देख लें कि एक भद्र परिवार के बच्चे, जिनका पिता अफ़सर था, भीख माँग रहे हैं।' कैटेरीना इवानोव्ना ने बच्चों को बहुत पीटा है और वे सब के सब रो रहे हैं। वे लिदा को 'मेरा गाँव' गीत गाना सिखा रही हैं, और लड़के को और पोलेंका को नाचना। घर के कपड़ों को फाड़कर उन्होंने बच्चों के लिए अभिनेताओं की-सी छोटी टोपियाँ-सी दी हैं और वे बाजे की जगह टीन का बर्तन लेकर बाहर निकलना चाहती हैं...वे किसी की बात नहीं सुनतीं...ज़रा सारी स्थिति की कल्पना करो! हद हो गयी!

लेब्ज़ियात्नीकोव शायद बात जारी रखता—लेकिन सोनिया अपना हैट और लबादा उठाकर बाहर भागी। रास्कोलनिकोव और लेब्ज़ियात्नीकोव भी उसके पीछे-पीछे चले गये।

सड़क पर पहुँचकर लेब्ज़ियात्नीकोव बोला, "कैटेरीना इवानोव्ना सचमुच पागल हो गयी हैं। मैं सोनिया को डराना नहीं चाहता था, इसलिए मैंने कह दिया कि वे पागलों की-सी बातें कर रही हैं। सुना है कि तपेदिक में कई बार दिमाग़ में भी ग्रन्थियाँ निकल आती हैं। दुर्भाग्य से मुझे डॉक्टरी का कोई ज्ञान नहीं है। मैंने उन्हें बहुत समझाया लेकिन वे सुनती ही नहीं थीं।"

क्या तुमने उनसे ग्रन्थियों की चर्चा की थी? रास्कोलनिकोव ने पूछा।

"नहीं, यह बात उन्हें हरगिज़ समझ में न आती! लेकिन मैं कहता हूँ कि अगर आप किसी व्यक्ति को विश्वास दिला दें कि वह अकारण ही रो रहा है तो वह चुप हो जायेगा। यह मानी हुई बात है। क्यों तुम्हारी क्या राय है?"

"अगर ऐसा होता तो ज़िन्दगी ज़रूरत से ज़्यादा आसान हो जाती।"

"माफ़ करना, कैटेरीना इवानोव्ना तो इस बात को नहीं समझ सकेंगी, लेकिन जानते हो पैरिस में डॉक्टर लोग अनुसन्धान कर रहे हैं कि तर्क की शक्ति से पागलपन का इलाज किया जा सकता है। एक प्रसिद्ध वैज्ञानिक को, जिसकी मृत्यु हो चुकी है, इस सिद्धान्त में पूरा विश्वास था। उसका ख़्याल था कि पागलपन कोई शारीरिक व्याधि नहीं है, बल्कि विवेक और तर्क शक्ति का असन्तुलित हो जाना है। उसने पागलों को उनकी गलती समझायी और वे ठीक हो गये। लेकिन उसने नली से उनके शरीर में पानी पहुँचाया था। मरीज़ तर्क शक्ति से ठीक हुए या दूसरे इलाज से यह बताना कठिन है..."

रास्कोलनिकोव का ध्यान बातों में नहीं था। ज्योंही उसके घर का फाटक नज़दीक आया वह लेब्ज़ियात्नीकोव से विदा लेकर भीतर चला गया। लेब्ज़ियात्नीकोव चौंक पड़ा और आगे चला गया।

रास्कोलनिकोव अपनी कोठरी के बीचों बीच खड़ा हो गया। वह वापिस किसलिए आया था? उसने दीवार के फटे हुए पीले काग़ज़ को, फ़र्श पर जमी धूल को और अपने सोफ़े को देखा...आँगन में लगातार खटखट की आवाज़ सुनायी दे रही थी, जैसे कोई हथौड़ी चला रहा हो...उसने खिड़की के पास पंजों के बल खड़े होकर ग़ौर से देखा लेकिन आँगन ख़ाली था। बायीं तरफ़ के घर में कुछ खिड़कियाँ खुली थीं; जिन पर मुर्झाये हुए जिरेनियम के फूलों के गमले रखे थे... ये सारी चीज़ें उसे याद थीं...वह फिर सोफ़े पर आकर बैठ गया।

ज़िन्दगी में उसे इतना भयंकर अकेलापन कभी महसूस नहीं हुआ था।

फिर उसे लगा कि उसे सोनिया से नफ़रत होती जा रही है क्योंकि उसने सोनिया को दुःख दिया था।

"मैं सोनिया के पास उसके आँसुओं की भीख माँगने किसलिए गया था? भला सोनिया की ज़िन्दगी में ज़हर घोलने की क्या ज़रूरत थी! ओह कैसा कमीनापन है!"

"मैं अकेला रहूँगा, वह जेल में साथ नहीं आयेगी" उसने निश्चय किया।

"पाँच मिनट के बाद उसने मुस्कराकर सर ऊपर उठाया। एक विचित्र ख़्याल उसके दिमाग़ में आया था।"

"शायद साइबेरिया जाना ही बेहतर होगा।"

न जाने वह सोच में डूबा कितनी देर तक वहाँ बैठा रहा। सहसा दरवाज़ा खुला और दुनिया भीतर आयीं। पहले तो वह दरवाज़े के पास ठिठककर भीतर देखती रही, जैसा रास्कोलनिकोव ने सोनिया के दरवाज़े पर खड़े होकर किया था; फिर वह आकर सामने वाली कुर्सी पर बैठ गयी। रास्कोलनिकोव शून्य-दृष्टि से उसकी तरफ़ देखने लगा।

"नाराज़ न होना भाई। मैं सिर्फ़ एक मिनट के लिए यहाँ आयी हूँ" दुनिया बोली।

उसका चेहरा संजीदा था, आँखों में कोमलता और चमक थी। रास्कोलनिकोव समझ गया कि दुनिया भी स्नेहवश उसके पास आयी है।

"भाई, अब मैं सब कुछ जान गयी हूँ। दमित्री प्रोकोफ़िच ने मुझे सारी बात बता दी है। पुलिस क्षुद्र सन्देह के कारण तुम्हें सता रही है। दिमित्री प्रोकोफ़िच का कहना है कि ख़तरे की कोई बात नहीं है और तुम व्यर्थ ही आतंकित हो रहे हो। मैं जानती हूँ तुम्हें इस सारी बात पर कितना गुस्सा है। कहीं यह गुस्सा तुम्हारे मन पर स्थायी प्रभाव न छोड़ जाये, मुझे सिर्फ़ इसी बात का डर है। तुमने हमसे रिश्ता तोड़ लिया है, मुझमें इतना साहस नहीं कि तुम्हारी बुराइयों की तरफ़ देखूँ। मैंने तुम्हें दोष दिया, इसके लिए मैं माफ़ी चाहती हूँ। मुझे लगता है कि अगर मुझे भी तुम्हारे जितनी बड़ी तकलीफ़ होती तो मैं भी सबसे अलग-अलग रहती। मैं माँ से इसकी चर्चा कभी नहीं करूँगी और लगातार उसे समझाती रहूँगी कि तुमने कहा है कि तुम जल्द ही आओगे। माँ की चिन्ता मत करना। मैं उसे तसल्ली दूँगी लेकिन देखना कहीं माँ का धीरज न टूट जाये। कम से कम एक बार ज़रूर आना। याद रखना वह तुम्हारी माँ है। मैं सिर्फ़ यह कहने आयी हूँ (यह कहकर दुनिया उठने लगी) कि अगर तुम्हें कभी मेरी ज़रूरत पड़े...मेरी ज़िन्दगी की या किसी और चीज़ की...तो मुझे बुला लेना, मैं आऊँगी। गुड बाई!"

वह दरवाज़े की ओर बढ़ी।

"दुनिया!" रास्कोलनिकोव ने बहन को रोककर कहा, "यह आदमी राजुमिहीन, दिमित्री प्रोकोफ़िच बड़ा अच्छा आदमी है।"

दुनिया के गाल लाल हो गये। उसने पूछा, "फिर?"

"वह योग्य, मेहनती और ईमानदार है—वह सच्चा प्रेम दे सकता है...गुड बाई दुनिया!"

दुनिया का चेहरा सुर्ख़ हो गया और वह चौंककर बोली, "लेकिन इसका क्या मतलब है भाई? क्या हम सचमुच हमेशा के लिए अलग हो रहे हैं...जो तुम मुझे इस तरह का विदाई का सन्देश दे रहे हो?"

"कोई हर्ज़ नहीं...गुड बाई।"

वह जाकर खिड़की के आगे खड़ा हो गया। दुनिया क्षण भर के लिए चिन्तातुर दृष्टि से भाई को देखती रही, फिर दुखी होकर वहाँ से चली गयी।

नहीं, उसने बहन से कठोरता नहीं बरती थी। क्षण भर के लिए (दुनिया के जाने से पहले) उसके जी में आया था कि दुनिया को गले लगाकर विदा ले, लेकिन उसे दुनिया का हाथ तक छूने की हिम्मत नहीं पड़ी थी।

"बाद में जब उसे याद आयेगा कि मैंने गले लगाकर उसे चूमा था तो वह काँप उठेगी और उसे लगेगा जैसे मैंने उसके साथ ज़्यादती की थी।"

"क्या वह इस कसौटी को बर्दाश्त कर सकेगी। नहीं ऐसी लड़कियाँ कभी नहीं बर्दाश्तकर सकतीं?" उसने मन-ही-मन सोचा।

और उसे सोनिया का ख़्याल आ गया। खिड़की में से ताज़ी हवा का एक झोंका आया। दिन की रोशनी मन्द पड़ रही थी। रास्कोलनिकोव ने अपनी टोपी उठायी और बाहर चला गया।

उसकी तबियत कितनी ख़राब है इसका आभास उसे न तो हो सकता था, न वह इस बारे में सोचना ही चाहता था। अविरत चिन्ता और मानसिक-यन्त्रणा ने उस पर कोई प्रभाव न छोड़ा हो, यह बात नहीं थी। मानसिक थकान के कारण उसकी चेतना और क्षमतायें अभी तक बनी हुई थीं और वह तेज़ बुखार से अचेत नहीं हुआ था। लेकिन यह कृत्रिम उत्तेजना बहुत देर तक न चल सकी।

वह निष्प्रयोजन भटकने लगा। सूरज छिप रहा था। पिछले कुछ दिनों से एक विशेष प्रकार की पीड़ा उसके मन पर छायी थी जो तीखी न होते हुए भी स्थायी थी, उसमें शाश्वतता थी। इस पीड़ा में आगामी विषादपूर्ण वर्षों का आभास था 'एक गज़ ज़मीन' पर अनन्त-काल गुज़ारने का आभास! शाम के समय यह पीड़ा और भी अधिक बढ़ गयी।

सूर्यास्त के समय कैसी मूर्खतापूर्ण कमज़ोरी आती है, भला कैसे कोई बेवकूफ़ी न कर बैठे!

"तुम दुनिया के पास भी जाओगे और सोनिया के पास भी।" वह बुदबुदाया।

पीछे से किसी ने उसका नाम लेकर पुकारा। लेब्ज़ियात्नीकोव भागा आ रहा था।

"ज़रा सोचो तो सही, मैं अभी तुम्हारे कमरे में तलाश करने गया था। तुमने सुना, कैटेरीना इवानोव्ना अपनी स्कीम पर अमल कर रही हैं और बच्चों को अपने साथ ले गयी हैं। मैंने और सोफ़िया सेम्योवनोना ने बड़ी मुश्किल से उन्हें ढूँढ़ा। वे कढ़ाही बजा-बजाकर बच्चों को नचा रही हैं। बच्चे रो रहे हैं। वे चौराहों और दुकानों पर रुकते हुए आगे जा रहे हैं। उनके पीछे बेवकूफ़ों की पूरी भीड़ है। आओ चलें।"

"और सोनिया?" रास्कोलनिकोव ने चिन्तित स्वर में पूछा। वह भी लेब्ज़ियात्नीकोव के पीछे-पीछे भागने लगा।

"बिलकुल पागल हो रही है, मेरा मतलब कैटेरीना इवानोव्ना से है, वैसे तो सोफ़िया सेम्योनोवना भी विक्षिप्त हालत में है, लेकिन मैं सच कहता हूँ कैटेरीना इवानोव्ना एक दम पागल हो गयी हैं। उन सबको पुलिस थाने पहुँचाया जायेगा–ज़रा सोचो तो सही...इस वक़्त वे लोग नहर के किनारे पुल के पास हैं, सोफ़िया सेम्योनोवना के घर के क़रीब ही"–

पुल के पास लोगों की भीड़ जमा थी, जिसमें बहुत से ग़रीब गली-कूचों के बच्चे थे। दूर से ही कैटेरीना की भर्राई आवाज़ सुनायी दे रही थी, ऐसे विचित्र दृश्य को देखकर अकसर बाज़ारू लोगों की भीड़ इकट्ठी हो जाती है। पुराने हरे शाल और टूटे हुए तिनकों के हैट में कैटेरीना इवानोव्ना सचमुच विक्षिप्त दिखायी दे रही थी। थकान के मारे उसकी साँस फूल रही थी। उसका तपेदिक़ से मुर्झाया चेहरा पहले से भी ज़्यादा वेदनापूर्ण हो गया था। धूप में आकर तपेदिक़ के मरीज़ ज़्यादा बीमार नज़र आते हैं। लेकिन उसके उत्साह में कमी नहीं आयी थी, उसका चिड़चिड़ापन प्रतिक्षण बढ़ता ही जाता था। वह चिल्लाती हुई बच्चों की तरफ़ भागी और भीड़ के सामने उन्हें गाना और नाचना सिखाने लगी। उसने बच्चों को पुचकार कर नाचने और गाने की ज़रूरत समझाई, जब वे न समझ सके तो चिढ़कर उन्हें पीटने लगी... फिर वह भीड़ की तरफ़ झपटने लगी और भीड़ में खड़े सफ़ेदपोशों से 'उन शरीफ़ और अभिजात कुल के बच्चों' की दुर्दशा की तरफ़ देखने का आग्रह करने लगी। अगर कोई आदमी हँसने लगता या उसका मज़ाक उड़ाता तो वह जाकर उससे तू-तू मैं-मैं करने लगती। कुछ लोग हँस रहे थे। कुछ सर हिला रहे थे लेकिन हर व्यक्ति उस पागल औरत और उसके भयभीत बच्चों को कौतूहल भरी दृष्टि से देख रहा था। लेब्ज़ियात्नीकोव ने जिस कड़ाही का ज़िक्र किया था, वह कहीं नज़र नहीं आ रही थी बल्कि कैटेरीना इवानोव्ना अपने दुर्बल हाथों से ताली बजाकर लिदा और कोल्या को नाचने का और पोलेंका को गाने का आदेश दे रही थी। उसने ख़ुद भी गाने में हिस्सा लिया लेकिन दूसरे स्वर तक पहुँचते-पहुँचते उसे ज़ोर से खासी आ गयी और वह रो-रो कर गालियाँ देने लगी। कोल्या और लिदा को भयभीत होकर रोते हुए देखकर वह गुस्से से आग-बबूला हो गयी। उसने बड़ी मुश्किल से बच्चों के लिए

बाज़ारू गवैयों की पोशाक तैयार की थी। कोल्या ने लाल और सफ़ेद कपड़े की तुर्की पगड़ी-सी पहनी थी। लिदा की कोई खास पोशाक नहीं थी, उसने सर पर मारमेलेदोव की लाल ऊनी टोपी पहन रखी थी, जिसमें एक टूटा हुआ शुतुरमुर्ग का पंख लगा था। यह टोपी कैटेरीना इवानोव्ना की दादी की यादगार थी, जिसे मारमेलेदोव रात को सोते वक़्त पहना करता था। पोलेन्का अपनी रोजमर्रा की पोशाक में थी और माँ की तरफ़ चकित दृष्टि से देखती हुई अपने आँसुओं को छिपाने की कोशिश कर रही थी। उसे सड़क और भीड़ से बड़ा डर लग रहा था। सोनिया रोती हुई माँ से घर लौटने की मिन्नत कर रही थी लेकिन कैटेरीना इवानोव्ना ने एक न सुनी।

उसने खाँसकर हाँफती आवाज़ में कहा, "छोड़ दो सोनिया, छोड़ दो! तुम निरी बच्ची हो, तुम नहीं जानती कि तुम क्या कह रही हो? मैंने तुमसे पहले भी कहा था कि मैं उस शराबी जर्मन औरत के घर नहीं वापिस जाऊँगी। अच्छा है, पीटर्सबर्ग के सब लोग इन बच्चों को भीख माँगते हुए देखेंगे, जिनका बाप एक निहायत शरीफ़ आदमी था, जिसने सच्चाई और ईमानदारी से ज़िन्दगी भर नौकरी की और जो आख़िरी दम तक नौकरी करते रहे (कैटेरीना इवानोव्ना को अपनी इस मनगढंत कहानी पर स्वयं भी विश्वास होने लगा था।) वह मनहूस जनरल भी आकर देखे। तुम बेवकूफ़ हो सोनिया! हमारे पास खाने को क्या है? ज़रा यह बताओ! ज़रा यह बताओ! हम लोगों ने तुम्हें बहुत सताया है। अब और नहीं सतायेंगे। आह, रोदियोन रोमनोविच आप!" वह रास्कोलनिकोव के पास भागती हुई गयी। "मेहरबानी करके इस बेवकूफ़ लड़की को समझाइए कि इसके सिवाय और कोई चारा नहीं। तुरही बजाकर भीख माँगने वाले भी अपनी रोज़ी कमा लेते हैं। फिर लोग समझ जायेंगे कि हम औरों से अलग हैं और यह सम्मानित परिवार दुःखों के कारण ही भीख माँगने पर मजबूर हुआ है। जनरल की नौकरी छूट जायेगी, तुम देख लेना। हम उसकी खिड़की के नीचे जाकर रोज़ गीत गायेंगे और अगर कभी जार इधर से निकले तो मैं बच्चों को आगे करके घुटनों के बल उनके आगे बैठ जाऊँगी और कहूँगी, 'रक्षा करो पिता, हमारी रक्षा करो पिता?' वे सब अनाथों के पिता हैं और दयावान हैं। वे ज़रूर हमारी रक्षा करेंगे, तुम देख लेना। और वह मनहूस जनरल...। लिदा! सड़क के दाहिनी ओर रहो?...कोल्या, तुम्हें फिर नाचना पड़ेगा। तुम कुड कुड़ा क्यों रहे हो? फिर वही कुड़कुड़ाना! तुम्हें डर किस बात का है, बेवकूफ़! मैं इन बच्चों का क्या करूँ, रोदियोन रोमनोविच? तुम नहीं जानते ये बच्चे कितने बेवकूफ़ हैं। ऐसे बच्चों का कोई करे तो क्या करे?"

यह कहकर कैटेरीना इवानोव्ना ने रुआँसी आवाज़ में रोते हुए बच्चों की तरफ़ इशारा किया। रुआँसी होने के बावजूद भी उसकी बातों का ताँता नहीं टूटा था। रास्कोलनिकोव ने उसका स्वाभिमान जाग्रत करने के लिए कहा कि गलियों में तुरही

बजाने वालों की तरह घूमना उसे शोभा नहीं देता, जबकि वह एक बोर्डिंग स्कूल की प्रिंसिपल बनने वाली है।

"बोर्डिंग स्कूल, हा, हा, हा! वह हवाई क़िला है!" हँसते-हँसते कैटेरीना इवानोव्ना खाँसने लगी। "नहीं रोदियोन रोमनोविच, वह सपना ख़त्म हो गया। सब लोगों ने हमारा साथ छोड़ दिया...और वह जनरल...जानते हो, मैंने उस पर एक दवात फेंकी थी! वेटिंग-रूम में जहाँ लोग अपने दस्तख़त करते हैं। मैंने रजिस्टर में अपना नाम लिखा और उस पर दवात फेंक कर चली आयी। ओह, कितने बदमाश लोग हैं! बस, उन्हें बहुत देख लिया। अब मैं अपने बच्चों के लिए खुद कमाऊँगी। मैं किसी के आगे नहीं झुकूँगी। इस बेचारी को हमारी ख़ातिर क्या-क्या नहीं सहना पड़ा।" उसने सोनिया की तरफ़ इशारा किया। "पोलेन्का, तुम्हें क्या मिला? मुझे दिखाओ। क्या सिर्फ़ दो फ़ार्दिंग? आह, ये कमीने लोग हमें कुछ नहीं देते। सिर्फ़ जीभ निकालकर हमारे पीछे भागते हैं। ज़रा देखना, वह अहमक किस बात पर हँस रहा है? (उसने भीड़ में खड़े एक आदमी की ओर इशारा किया) कोल्या की बेवकूफ़ी की वजह से ही यह सब होता है। मुझे उससे इतनी मगजपच्ची करनी पड़ती है। तुम्हें क्या चाहिए पोलेन्का? मुझे फ्रेंच में बताओ। अरी मैंने तुम्हें कुछ फ्रेंच मुहावरे तो सिखाये हैं, वरना लोगों को कैसे पता चलेगा कि तुम भले घर की बच्ची हो और तुरही बजाने वालों की तरह नहीं हो। हम सड़कों पर कोई बाज़ारू नाटक नहीं दिखायेंगे बल्कि भले लोगों के गाने गाने आये हैं...हाँ...तो हम कौन-सा गाना गायेंगे? आप मुझे निरुत्साह कर रहे हैं रोदियोन रोमनोविच...लेकिन मैं किसी गाने की तलाश में हूँ जिसकी धुन पर कोल्या नाच सके और हम कुछ पैसे इकट्ठे कर सकें...आप जानते हैं कि हम बिना तैयारी के यह कला-प्रदर्शन कर रहे हैं...हमें एक बार अच्छी तरह रिहर्सल कर लेनी चाहिए, फिर हम नेवस्की चले जायेंगे, जहाँ भद्र लोगों की संख्या यहाँ से बहुत ज्यादा है। लोगों का ध्यान फौरन हमारी तरफ़ आकर्षित होगा। लिदा को सिर्फ़ 'मेरा गाँव' गीत आता है, सारे बच्चे यही गीत गाते हैं। हमें इससे अच्छा कोई गीत गाना चाहिए, भद्र लोगों जैसा...क्यों पोलेन्का तुम्हें और कोई गीत याद आया? काश तुम अपनी माँ की मदद कर सकतीं! मेरी याददाश्त बिलकुल बेकार हो गयी है, नहीं तो, मैं कोई न कोई गीत ज़रूर तलाश कर लेती। भला हम 'एक घुड़सवार' गीत तो नहीं गा सकते। आओ फ्रेंच में 'Cinq Sous, Cinq Sous, गायें। मैंने यह गीत तुम्हें सिखाया है। फ्रेंच गीत सुनकर भद्र लोग फौरन समझ जायेंगे कि तुम अच्छे परिवार के बच्चे हो, इससे वे और भी द्रवित हो जायेंगे।...तुम (Marlborough S' en Vat-en guerre') भी गा सकते हो यह बच्चों का गीत है और सब भद्र परिवारों में यह लोरी सुनायी जाती है।

Marlborough S'en va-t-en guerre
No sait quUnd reviendra.

(मालब्रो युद्ध में गया है, न जाने कब लौटेगा।)

उसने गाना शुरू किया, "नहीं" 'Cinq Sous, Cinq Sous' ही गाओ। लो कोल्या, जल्दी से अपनी कमर पर हाथ रखो, और तुम लिदा दूसरी तरफ़ मुड़ती रहना, पोलेन्का और मैं दोनों ताली बजाकर गायेंगे

Cinq Sous, Cinq Sous

Pour monter notre m'enage.

(खों-खों-खों)—पोलेन्का, अपनी पोशाक ठीक करो, कन्धों से नीचे फिसल गयी है।" खाँसते खाँसते उसका दम फूल गया था। "देखो, तुम्हें इस वक़्त ख़ास तौर से तमीज़ दिखानी चाहिए ताकि सब लोग देख सकें कि तुम ख़ानदानी बच्चे हो। मैंने उसी वक़्त कहा था सोनिया की बच्ची के फ्रॉक का ऊपरी हिस्सा ज़रा लम्बा होना चाहिए लेकिन तुमने इसको छोटा काटने की सलाह दी। यह तुम्हारी गलती थी, देखो बच्ची का हुलिया इस फ्रॉक से कितना बिगड़ गया है।...अरे तुम सब फिर रो रहे हो? क्या बात है बेवकूफ़ो? चलो कोल्या शुरू करो! जल्दी, जल्दी! आह कैसा ढीठ बच्चा है!

Cinq Sous, Cinq Sous.

....

पुलिस-मैन फिर आ गया? कहो तुम क्या चाहते हो?"

सचमुच एक पुलिस-मैन भीड़ को चीरकर आगे आ रहा था। लेकिन इसी वक़्त एक वर्दीधारी अफ़सर ने जिसके कोट पर तमग़ा भी लगा था (जिसे देखकर कैटेरीना इवानोव्ना प्रसन्न हुई और पुलिस मैन भी प्रभावित हुआ) आकर चुपचाप तीन रूबल का एक हरा नोट कैटेरीना इवानोव्ना के हाथ में थमा दिया। चेहरे पर सच्ची हमदर्दी थी। कैटेरीना इवानोव्ना ने नोट लेकर शिष्टतापूर्वक अभिवादन किया और उदात्त स्वर में बोली—

"आपका बहुत बहुत धन्यवाद श्रीमान् (पोलेंका नोट ले लो। तुमने देख लिया कि संसार में ग़रीब मुसीबतज़दा भद्र महिला की सहायता करने वाले प्रतिष्ठित और उसके...सहदय लोग भी हैं) श्रीमान्, आप इस यतीम बच्चों को देख रहे हैं, ये भद्र परिवार के या यों कहें अभिजातकुल के हैं—और यह मनहूस जनरल बैठा मुर्ग़ा खा रहा था...मुझे देखकर तैश में आ गया। मैंने कहा, और एक्सिलेंसी, इन अनाथ बच्चों को आश्रय दीजिए। आप मेरे स्वर्गीय पति सेम्योन ज़हारोविच को जानते थे, उनकी मृत्यु के दिन की एक कमीने बदमाश आदमी ने उनकी इकलौती बेटी को बदनाम किया...''पुलिस-मैन फिर आ गया! मुझे बचाओ! मुझे बचाओ!" उसने अफ़सर ने कहा, ''यह पुलिस-मैन मुझ पर क्यों झपट रहा है? हम अभी एक पुलिस-मैन से बचकर आये हैं। अरे बेवकूफ़ तू क्या चाहता है?''

''गलियों में ऊधम मचाने की मनाही है।''

''ऊधम तो तुम मचा रहे हो। मान लो मैं तुरही बजाकर पैसे इकट्ठे कर रही हूँ। तुम्हें इससे मतलब?''

''तुरही बजाने के लिए तुम्हें लाइसेंस लेना पड़ेगा, लेकिन तुमने बिना लाईसेंस के ही भीड़ इकट्ठी कर ली है। तुम्हारा घर कहाँ है?''

''क्या कहा लाइसेंस ?'' कैटेरीना इवानोव्ना दुखी स्वर में चिल्लाई। ''मैंने आज ही अपने पति को दफनाया है। लाइसेंस की क्या ज़रूरत है?''

अफ़सर ने समझाया, ''श्रीमती जी, शान्त रहिये। आइये आप जहाँ कहेंगी मैं आपको पहुँचा आऊँगा। ...भीड़ में खड़ा होना आपको शोभा नहीं देता। आप बीमार हैं।

''जनाब, जनाब, आप नहीं जानते! हम लोग नेवस्की जा रहे हैं...सोनिया, सोनिया, किधर गयी?''

''वह भी रो रही है? तुम सबको क्या हो गया है? कोल्या लिदा, तुम कहाँ जा रहे हो? ओह ये बच्चे कितने बेवकूफ़ हैं! कोल्या, लिदा कहाँ जा रहे हो?'' कैटेरीना इवानोव्ना भयभीत स्वर में चिल्लायी।

कोल्या और लिदा जो भीड़ को और अपनी माँ की पागल हरकतों को देखकर घबरा गये थे, पुलिस-मैन को देखते ही एक-दूसरे का हाथ पकड़कर भाग गये थे। कैटेरीना इवानोव्ना भी रोती हुई उनके पीछे भागी। वह बड़ा हृदयविदारक और अशोभनीय दृश्य था। रोते-रोते कैटेरीना का दम फूल गया था। सोनिया और पोलेन्का भी बच्चों के पीछे भागीं।

''उन्हें वापिस आओ! उन्हें वापिस लाओ सोनिया! ये बेवकूफ़ हरामख़ोर बच्चे! उन्हें पकड़ो पोलेन्का! ....तुम्हारी ख़ातिर ही तो मैंने...''

कैटेरीना इवानोव्ना ठोकर खाकर गिर पड़ी।

''उन्हें चोट आयी है! ख़ून निकल रहा है! हाय!'' सोनिया ने कहा।

भीड़ भागती हुई वहाँ पहुँची। लेब्ज़ियात्नीकोव और रास्कोलनिकोव सबसे पहले भागे, उनके बाद अफ़सर भी आ गया, पुलिस-मैन अधीरतापूर्वक बड़बड़ाया, लो आफ़त आ गयी!'' उसे लगा जैसे अब मामला बिगड़ने वाला है। उसने भीड़ से कहा,

"दूर हट जाओ! दूर हट जाओ!"

"यह कुछ देर में मर जायेगी।" किसी ने ऊँची आवाज़ में कहा।

"पागल हो गयी है।" दूसरी आवाज़ आयीं।

एक औरत ने अपने शरीर पर सलीब का चिह्न बनाते हुए कहा, "यीसू हमारी रक्षा करो! वे दोनों बच्चे पकड़े गये या नहीं? लो बड़ी लड़की उन्हें पकड़कर ला रही है...शैतान कहीं के!"

जब लोगों ने ग़ौर से कैटेरीना इवानोव्ना की जाँच की तो मालूम हुआ कि उसे चोट नहीं लगी थी, जैसा कि सोनिया का अनुमान था, बल्कि ख़ून उसकी छाती में से निकलकर फुटपाथ को रंग रहा था।

अफ़सर ने रास्कोलनिकोव और लेब्ज़ियात्नीकोव को बताया, "मैंने तपेदिक के मरीज़ों की ऐसी हालत पहले भी देखी है। सीने से ख़ून निकलकर गला घोंट देता है...अभी कुछ दिन पहले मेरे एक रिश्तेदार का भी यही हाल हुआ था।...एक मिनट के भीतर ही आध सेर ख़ून...लेकिन अब क्या हो सकता है? ये दम तोड़ रही है।"

इधर, इधर, मेरे कमरे में...वह सामने के दूसरे मकान मे मैं रहती हूँ...इन्हें वहाँ ले आइये कोई डॉक्टर को बुला लाये! हाय! सोनिया भीड़ में खड़े लोगों को मिन्नत करने लगी।

अफ़सर की वजह से पुलिस-मैन तक ने कैटेरीना इवानोव्ना को उठाने में मदद की। उसे बेहोशी की हालत में सोनिया के कमरे में ले जाकर बिस्तर पर लिटाया गया। ख़ून अब भी बह रहा था, लेकिन कैटेरीना इवानोव्ना की चेतना धीरे-धीरे लौटने लगी। रास्कोलनिकोव लेब्ज़ियात्नोकोव और अफ़सर सोनिया के साथ कमरे में आये पुलिस-मैन ने दरवाज़े के आगे जमा हुई भीड़ को तितर-बितर कर दिया। पोलेन्का, कोल्या और लिदा के हाथ पकड़कर वहाँ पहुँच गयी। दोनों बच्चे काँप रहे थे और रो रहे थे। कापर्नोमोव के कमरे में से भी कई लोग निकल आये। मकान-मालिक की एक आँख कानी थी, वह लंगड़ा भी था और उसके बाल और मूँछें ब्रश की तरह अकड़ी रहती थीं। उसका सारा हुलिया अजब था। उसकी बीवी के चेहरे पर स्थायी भय का भाव था। बहुत से बच्चे आश्चर्य से अवाक् खड़े थे। सहसा स्वीद्रीगाईलोव भी आ पहुँचा। रास्कोलनिकोव ने चकित दृष्टि से उसकी तरफ़ देखा, क्योंकि पहले वह भीड़ में नहीं था। लोगों ने डॉक्टर और पादरी को बुलाने का सुझाव दिया। अफ़सर रास्कोलनिकोव के कान में फुसफुसाया कि उसकी राय में डॉक्टर को बुलाने का अब कोई फ़ायदा नहीं है। फिर भी अफ़सर ने डॉक्टर बुलाने का आदेश दिया। कापा नोंमोव खुद भागा गया।

उधर कैटेरीना इवानोव्ना को होश आने लगी थी। ख़ून बहना भी कुछ देर के लिए रुक गया था। वह बीमार लेकिन तेज़ नज़रों से सोनिया की तरफ़ देख रही थी। सोनिया का चेहरा पीला पड़ गया था और वह ख़्याल से अपने माथे का पसीना पोंछ रही थी। लोगों ने कैटेरीना इवानोव्ना को बाँहों का सहारा देकर बिठा दिया।

"बच्चे कहाँ है? तुम उन्हें ले आयीं, पोलेंका? हाय ये बेवकूफ़ बच्चे तुम भाग क्यों गये थे! छिः!" उसने क्षीण स्वर में पूछा। सहसा उसके खुश्क़ ओंठ ख़ून से रँग गये। उसने चारों तरफ नजर दौड़ाई।

''सोनिया, तुम इस तरह रहती हो! मैं एक बार भी तुम्हारे कमरे में नहीं आयी।'' उसने वेदना भरी दृष्टि से सोनिया की तरफ़ देखा।

"हम लोगों ने तुम्हें तबाह कर दिया सोनिया। पोलेन्का, लिदा, कोल्या इधर आओ! लो सोनिया इन सब को सम्भालो! मैं इन्हें तुम्हारे सुपुर्द करती हूँ। मैंने बहुत झेला! अब यह क़िस्सा ख़त्म हुआ (ख़ासी) मुझे लिटा दो—शान्ति से मरने दो।"

उसका सर तकिये पर रख दिया गया।

"क्या? पादरी? मुझे पादरी नहीं चाहिए! आपके पास एक भी फालतू रूबल नहीं है। मैंने कोई पाप नहीं किया। ईश्वर मुझे वैसे भी माफ़ कर देगा। वह जानता है मैंने कैसे दुःख झेले हैं...अगर ईश्वर माफ़ न करे तो भी मुझे कोई परवाह नहीं!"

इसके बाद वह प्रलाप करने लगी। बीच-बीच में उसे कँपकँपी आने लगती थी और वह क्षण भर के लिए आँखें खोलकर सब लोगों को पहचान लेती थी और फिर प्रलाप करने लगती थी। उसके गले में से घर्र-घर्र की आवाज़ आ रही थी और उसे साँस लेने में दिक्क़त हो रही थी।

उसने रुक-रुककर कहा, "मैंने उसे कहा था योर एक्सीलेंसी, अमेलिया लुद्विगोव्ना...आह! लिदा, कोल्या, जल्दी से कूल्हों पर हाथ रखो, फिसलो, बास्क नहीं करो...और अपनी एड़ियों से ताल दो अदा के साथ!

Diamanten and Perlen Du hast

आगे क्या? यह गाना चाहिए

Du hast die schonsten Augen

Madcheu's was willst du mehre?

कैसा विचार है? Was willst du mehree बेवकूफ़ कैसी ईजादें करता है! अरे हाँ....

दाग़िस्तान की घाटी की गर्म दुपहरिया में...

आह मुझे यह गीत कितना पसन्द था! हद से ज़्यादा! जानती हो पोलेन्का, जब हमारी सगाई हुई थी तो तुम्हारे पिता यह गीत गाया करते थे...आह वे दिन! यही गीत हमें गाना चाहिए! मुझे तर्ज़ भूल गयी। ज़रा बताना तो! भला कैसी तर्ज़ है!

उत्तेजना में आकर कैटेरीना इवानोव्ना ने उठकर बैठने की कोशिश की और अत्यन्त टूटी-फूटी आवाज़ में चीख़कर गाने लगी। हर शब्द के बाद उसकी साँस फूलने लगती थी और उसके चेहरे पर आतंक छाता जा रहा था :

...दोपहर की गर्मी में...दाग़िस्तान की...घाटी में...मेरे सीने में सीसा भरा है!

उसकी आँखों से आँसू गिरने लगे! उसने एक हृदय विदारक चीख़ निकाली और कहा, "योर एक्सेलेंसी, इन यतीमों की रक्षा करें! आप इनके पिता के यहाँ मेहमान रह चुके हैं...यह कुलीन परिवार के बच्चे..." इसके बाद उसे ज़रा-सी होश आयीं और उसने भयभीत दृष्टि से चारों तरफ़ देखा। फौरन उसने सोनिया को पहचान लिया और स्नेह भरे मृदु स्वर में बोली,

"सोनिया, सोनिया! तुम भी यहीं हो सोनिया बेटी मेरी!

लोगों ने फिर उसे सहारा देकर बिठा दिया।

"बस! सारा खेल ख़त्म हो गया। अलविदा, बेचारी लड़की। मैं अब ख़त्म होने को हूँ। टूट गयी हूँ।" यह कहकर वह प्रतिशोध भरी वेदना से रोने लगी और उसका सर धम्म से तकिये पर गिरा पड़ा।

इसके बाद वह बेहोश हो गयी लेकिन जल्द ही उसका मुर्झाया हुआ पीला चेहरा ढीला पड़ गया, मुँह खुल गया और टाँगें काँपने लगीं। उसने एक लम्बी साँस ली और वह चल बसी।

सोनिया ने अपना सर कैटेरीना इवानोव्ना के वक्ष में छिपा लिया और निश्चल बैठी रही। पोलेन्का माँ के पैरों से लिपटकर उन्हें चूमने लगी और ज़ोर-ज़ोर से रोने लगी। कोल्या और लिदा को अभी तक स्थिति का पूर्ण ज्ञान नहीं हुआ था, फिर भी वे समझ गये थे कि कोई खौफ़नाक घटना घटी है। दोनों ने एक-दूसरे के नन्हें कंधों पर हाथ रखकर आपस में नज़रें मिलायी और एक साथ मुँह फाड़कर रो पड़े। दोनों ने स्वाँग की पोशाक पहन रखी थी, एक के सर पर पगड़ी थी, दूसरे के सर पर शुतुरमुर्ग के पंख वाली टोपी थी।

लेकिन कैटेरीना इवानोव्ना के तकिये के पास वह प्रमाण-पत्र कहाँ से आया? रास्कोलनिकोव की नज़र उस पर पड़ी।

वह उठकर खिड़की के पास चला गया। लेब्ज़ियात्नीकोव उसके पीछे-पीछे गया।

"वह चल बसी है" वह बोला।

"रोदियोन रोमनोविच, मैं तुमसे कुछ कहना चाहता हूँ।"

स्वीद्रीगाईलोव ने उनके पास आकर कहा।

लेब्ज़ियात्नीकोव जान-बूझकर पीछे हट गया। स्वीद्रीगाईलोव रास्कोलनिकोव की एकान्त में ले जाकर बोला,

"जनाज़े का सारा इन्तज़ाम मैं करूँगा। तुम जानते हो कि इसमें काफ़ी रकम ख़र्च होगी। मेरे पास फ़ालतू धन बहुत है, जैसा कि मैं पहले भी तुम्हें बता चुका हूँ। मैं दोनों छोटे बच्चों और पोलेन्का को किसी अच्छे यतीमखाने में दाखिल करवा दूँगा और हर बच्चे के नाम पन्द्रह सौ रुबल करवा दूँगा। जब वे बालिग़ होंगे तब उन्हें यह रकम मिल जायेगी। सोफ़िया सेम्योनोवना को उनकी चिन्ता नहीं करनी पड़ेगी। मैं उसे भी उस कीचड़ में से निकालूँगा, क्योंकि वह नेक लड़की है। है न! जाकर अवदोत्या रोमानोवना से कह देना कि इसी तरह मैं उसके दस हज़ार रूबल खर्च कर रहा हूँ।"

"आप किसलिए इतनी सहृदयता दिखा रहे हैं?" रास्कोलनिकोव ने पूछा।

"आह! सिड़ी आदमी!" स्वीद्रीगाईलोव हँस पड़ा। "मैंने तुम्हें बताया था कि मुझे उस रकम की कोई ज़रूरत नहीं। मैं इन्सानियत के नाते ऐसा कर रहा हूँ इस पर तुम्हें विश्वास क्यों नहीं होता? तुम जानते हो कि वह 'जूँ' नहीं थी। (उसने मृत स्त्री की ओर इशारा किया)। "क्या वह कोई सूदख़ोर बुढ़िया थी? मैं जानता हूँ तुम इस बात से सहमत हो। क्या लूज़िन इसी तरह ज़िन्दा रहेगा और नीच हरकतें करता रहेगा, या वह लड़की मर जाये? अगर में इस परिवार की मदद नहीं करूँगा तो पोलेन्का भी उसी रास्ते पर चली जायेगी।"

यह बात उसने चालाकी से कही और रास्कोलनिकोव की तरफ़ देखकर उसने इस ढंग से आँख मारी कि रास्कोलनिकोव का चेहरा सफ़ेद और ठंडा पड़ गया। यह तो उसकी अपनी भाषा थी। वह फौरन पीछे हट गया और बहशत भरी आवाज़ में बोला,

"तुम्हें कैसे पता है?" उसकी साँस तक बन्द हो रही थीं।

"वाह! मैं मैडम रैसलिश के मकान में ही तो रहता हूँ, मेरी एक तरफ़ कापरनोमोव का कमरा है, दूसरी तरफ़ मैडम रैसलिश का जो मेरी बहुत पुरानी और गहरी मित्र है। मैं सोनिया का पड़ोसी हूँ।"

"तुम?"

"हाँ।" स्वीद्रीगाईलोव को ज़ोर से हँसी आ रही थी, "प्यारे रोदिगोन रोमनोविच, मैं अपनी क़सम खाकर कहता हूँ कि तुम मुझे बहुत दिलचस्प आदमी मालूम होते हो। मैंने तुमसे पहले ही कहा था कि हम दोनों में दोस्ती हो जानी चाहिए। लो अब तो हो गयी। तुम देखोगे मैं कितने खुले दिल का आदमी हूँ और हम दोनों में कैसी पटेगी!"

छठा भाग

1

रास्कोलनिकोव के जीवन में एक विचित्र अध्याय शुरू हुआ। उसे लगा जैसे नीरस एकान्त की धुन्ध ने उसे लपेट लिया है और वह बचकर नहीं जा सकता। बाद में जब उसने इस हालत पर ग़ौर किया तो उसे विश्वास हो गया कि बीच-बीच में उसके दिमाग़ पर धुन्ध छा जाती थी, और अन्तिम विपत्ति तक उसके दिमाग़ की यही हालत रही थी। उसे विश्वास हो गया था कि उस वक़्त उसके दिमाग़ में बहुत-सी ग़लतफ़हमियाँ पैदा हो गयी थीं, मिसाल के लिए कई घटनाओं की तारीख़ें उसे भूल गयी थीं। ख़ैर बाद में जब उसने अपनी बिखरी स्मृति के टुकड़ों को जोड़ने की कोशिश की तो उसे और लोगों की ज़बानी अपने बारे में बहुत-सी बातें मालूम हुईं। उसके दिमाग़ में घटनायें असम्बद्ध हो गयी थी, और वह काल्पनिक परिस्थितियों से उनके कारण समझने की कोशिश करता था। कई बार उसे भयंकर बेचैनी महसूस होती थी, और वह बुरी तरह से घबरा जाता था। लेकिन उसे अच्छी तरह याद था कि न जाने कितने घण्टों और दिनों तक बराबर उसके मन में शून्यता छायी रही थी, जो कि शायद उसके पूर्व-आतंक की प्रतिक्रिया थी। ऐसी असाधारण उदासीनता कई बार मरणासन्न व्यक्तियों में भी देखी जाती है। आख़िरी दिनों में तो वह अपनी असली स्थिति की चेतना से बचने की पूरी कोशिश करता रहा था। कई ज़रूरी तथ्यों से, जिन पर फौरन ध्यान देने की ज़रूरत था, वह बहुत चिढ़ता था। चिन्ताओं से तो वह फौरन मुक्ति पा लेना चाहता था, लेकिन ज़रा-सी लापरवाही से वह बिलकुल तबाह हो जाता।

उसे स्वीद्रीगाईलोव की विशेष रूप से चिन्ता थी। हर वक़्त स्वीद्रीगाईलोव ही उसके मन पर छाया रहता था। कैटेरीना इवानोव्ना की मृत्यु के दिन स्वीद्रीगाईलोव ने जो शब्द कहे थे, उनसे रास्कोलनिकोव का दिमाग़ी सन्तुलन बिगड़ गया था। इस परेशानी के बावजूद भी रास्कोलनिकोव ने इस नये तथ्य की ओर कोई ध्यान नहीं दिया था। कई बार शहर के उजाड़ इलाके में या किसी रद्दी ढाबे में बैठकर जब

वह चिन्तामग्न हो जाता था, (उसे ख़ुद भी वहाँ आने का कारण मालूम नहीं रहता था) सहसा स्वीद्रीगाईलोव का ख़्याल आते ही उसे आभास होता कि उसे फौरन ही उस आदमी से किसी भी क़ीमत पर सुलह कर लेनी चाहिए। एक दिन शहर के बाहर घूमते हुए न जाने उसे क्यों लगा कि वह स्वीद्रीगाईलोव से भेंट करने जा रहा है—पहले से ही उनके मिलने का स्थान पक्का हो गया है...कई बार तड़के ही वह झाड़ियों में से उठकर बाहर निकल आता था, इन सब बातों का कारण उसे ख़ुद भी मालूम नहीं था।

लेकिन कैटेरीना इवानोव्ना की मृत्यु के बाद दो या तीन बार जब वह निरुद्देश्य भटकता हुआ सोनिया के घर पर गया था, तो स्वीद्रीगाईलोव से उसकी मुलाकात हुई थी। दोनों ने इस महत्त्वपूर्ण विषय पर चुप्पी साध रखी थी, जैसे दोनों के बीच कोई मौन-सन्धि हुई हो।

कैटेरीना इवानोव्ना की लाश अभी तक ताबूत में पड़ी थी, स्वीद्रीगाईलोव जनाज़े की इन्तज़ाम कर रहा था। सोनिया भी व्यस्त थी। पिछली मुलाकात में स्वीद्रीगाईलोव ने रास्कोलनिकोव को बताया था कि उसने कैटेरीना इवानोव्ना के बच्चों की परवरिश के लिए बहुत अच्छा इन्तज़ाम किया है, कई बड़े लोगों की सिफ़ारिश से वह तीनों बच्चों को अच्छी संस्थाओं में भरती करवा देगा। उसने बच्चों के नाम कुछ रकम भी कर दी है, जिससे उन्हें यतीमख़ाने में जल्दी ही दाख़िला मिल जायेगा। असहाय बच्चों की अपेक्षा जायदाद वाले बच्चों को आसानी से दाख़िला मिल जाता है। उसने सोनिया के बारे में भी कुछ कहा था और वादा किया था कि वह एक या दो दिनों के भीतर ही "कुछ ज़रूरी बातों में राय लेने और उन्हें तय करने के लिए..." रास्कोलनिकोव के पास आयेगा।

यह बातचीत ज़ीने में हुई। स्वीद्रीगाईलोव ने ग़ौर से रास्कोलनिकोव की तरफ़ देखा और आवाज़ धीमी करके पूछा, "लेकिन क्या माजरा है, रोदियोन रोमनोविच, तुम आजकल खोये-खोये से रहते हो! तुम सब कुछ देखते हो, सुनते हो, लेकिन मालूम होता है तुम्हारी समझ में कुछ नहीं आता, घबराओ नहीं! हम सारी बातों पर ग़ौर करेंगे, मुझे अफ़सोस है कि अपने कामों के साथ साथ मुझे दूसरे लोगों के भी बहुत से काम निपटाने पड़ते हैं। आह! रोदियोन रोमनोविच लोगों को ज़रूरत है, ताज़ी हवा की—सिर्फ़ ताज़ी हवा की!"

यह कहकर वह एक ओर हट गया। पादरी और उसका सहकारी सीढ़ियों के रास्ते ऊपर आ रहे थे। स्वीद्रीगाईलोव की आज्ञा से दिन में दो बार ठीक समय पर पादरी मृतक की आत्मा के लिए ईश्वर से प्रार्थना करता था। स्वीद्रीगाईलोव चला गया। रास्कोलनिकोव कुछ देर तक वहीं खड़ा रहा, फिर कुछ सोचकर पादरी के पीछे-पीछे सोनिया के कमरे में गया। शान्त, धीमे और शोक भरे स्वर में प्रार्थना शुरू हुई।

बचपन से ही मृत्यु की कल्पना उसके लिए आतंकपूर्ण और रहस्यमय रही थी। शोक प्रार्थना सुने उसे बरसों बीत गये थे। इसके अलावा वातावरण और भी खौफनाक हो उठा था। उसने बच्चों की ओर देखा, वे घुटने टेककर ताबूत के सिरहाने बैठे थे। पोलेन्का रो रही थी। उसकी पीछे सोनिया मृदु स्वर में प्रार्थना कर रही थी, लगता था जैसे वह भीरु स्वर में रो रही थी।

सहसा रास्कोलनिकोव को ख़्याल आया, "पिछले दो दिनों से सोनिया ने न मेरी तरफ़ देखा है, न वह मुझसे एक भी शब्द बोली है।" कमरे में धूप चमक रही थी। अगरबत्तियों के धुएँ के बादल उठ रहे थे। पादरी ने पढ़ा, "विश्राम दो शान्ति दो प्रभु..." रास्कोलनिकोव ने पूरी प्रार्थना सुनी। जाने से पहले पादरी ने सबको आशीर्वाद दिया और विचित्र ढंग से चारों तरफ़ देखा। प्रार्थना के बाद रास्कोलनिकोव सोनिया के पास गया। सोनिया ने उसके दोनों हाथों को पकड़कर उसके कन्धे पर अपना सिर टिका दिया। आत्मीयता के इस प्रदर्शन से रास्कोलनिकोव चौंक गया। उसे ताज़्जुब हो रहा था कि सोनिया के स्पर्श में ग्लानि, वितृष्णा या कम्पन तक न था। उसे लगा कि यह त्याग और अपरिग्रह की सीमा है।

सोनिया ख़ामोश थी। रास्कोलनिकोव ने उसका हाथ दबाया और बाहर चला गया। उसे बड़ी कोफ़्त हो रही थी। अगर उसे कहीं एकान्त और मानसिक शान्ति मिल सकती तो वह सारी ज़िन्दगी वहीं गुज़ारने के लिए तैयार हो जाता, और अपने को सौभाग्यशाली समझता। लेकिन इस बीच बिलकुल अकेला रहते हुए भी उसे एकान्त का अनुभव नहीं हुआ था। कई बार तो वह शहर के दूर जंगल में भी पहुँच जाता था, लेकिन जहाँ निर्जनता होती वहाँ उसे किसी की उपस्थिति का अनुभव होता। इस बात से चिढ़कर वह वापिस शहर में लौट आता, भीड़-भाड़ में शामिल होने के लिए, रेस्त्राँ और शराबखानों में जाने के लिए सार्वजनिक स्थानों पर उसे एकान्त का अनुभव होना और उसकी बेचैनी दूर हो जाती। एक बार संध्या के समय वह पूरे एक घण्टे तक किसी शराबख़ाने में बैठा गाने सुनता रहा, और उसे अच्छी तरह याद था कि उसे मज़ा भी आया था। लेकिन फिर सहसा वही बेचैनी आकर उसे घेर लेती थी, जैसे उसकी अन्तरात्मा उसे कचोट...रही हो, उसने सोचा, "मैं यहाँ बैठा गाने सुन रहा हूँ। क्या यह उचित है?" उसे आभास हुआ कि बेचैनी का कारण इसके अलावा कुछ और भी है, ऐसी कोई बात है जिसका फ़ैसला ही होना चाहिए, लेकिन वह बात क्या थी, यह न तो वह समझ पाया था, न ही उसे शब्दों में व्यक्त कर सका था। अजब भूल-भुलैया थी। उसने सोचा "फिर संघर्ष करा ठीक होगा...फिर पोरफेरी से...या स्वीद्रीगाईलोव से...फिर नया चैलेंज देना चाहिए... हमला! हाँ हाँ!" शराबख़ाने से निकलकर वह भागता हुआ सड़क पर आया। सहसा माँ और दुनिया का ख़्याल आते ही उसे फिर घबराहट हुई। अगले दिन तड़के जब

उसकी नींद खुली तो उसने अपने आपको क्रेस्तोवेस्की द्वीप की झाड़ियों में पाया। वह बुखार से काँप रहा था। घर आकर वह सो गया, और दोपहर को दो बजे तक सोता रहा। उसका बुख़ार उतर गया था।

उसे याद आया कि आज ही कैटेरीना इवानोव्ना को दफ़नाया जाने वाला था। उसे ख़ुशी हुई कि वह उसमें शामिल नहीं हो सका। नस्तास्या उसके लिए खाना ले आयी। उसने खूब छककर खाया-पिया। उसका दिमाग़ ताज़ा हो गया। ऐसी शान्ति और ताज़गी उसने पिछले तीन दिनों से नहीं महसूस की थी। बल्कि उसे अपनी घबराहट पर ख़ुद ताज़्जुब हुआ।

इसी समय राजुमिहीन दरवाज़ा खोलकर भीतर आया।

"अहा! खाना खाया जा रहा है! तब तो तुम बीमार नहीं हो!" राजुमिहीन ने एक कुर्सी सरकाई और रास्कोलनिकोव के पास आकर बैठ गया।

उसके चेहरे से परेशानी झलक रही थी। मालूम होता था कि यह किसी ख़ास इरादे से वहाँ आया था। उसने खीज भरे किन्तु धीमे स्वर में कहा।

"सुनो, जहाँ तक मेरा ताल्लुक है तुम सब जने बेशक जहन्नुम में चले जाओ। लेकिन मेरी समझ में तुम्हारी सनक बेसिर-पैर की मालूम होती है। यह मत समझ बैठना कि मैं तुमसे सवाल पूछने आया हूँ। चूल्हे में जायें और सवाल, मैं कुछ नहीं जानना चाहता। अगर तुम मुझे अपने राज़ बताने भी लगो तब भी मैं सुनने के लिए नहीं रुकूँगा और तुम्हें कोसता हुआ यहाँ से चला जाऊँगा। मैं हमेशा के लिए सिर्फ़ यह मालूम करना चाहता हूँ कि क्या तुम सचमुच पागल हो? लोगों में यह अफ़वाह फैली हुई है कि तुम पागल हो गये हो या पागल होने वाले हो। सच पूछो तो मेरी भी यही राय है। तुम्हारी मूर्खतापूर्ण, घृणित और असंगत हरकतों से यही ज़ाहिर होता है, ख़ास तौर पर अपनी माँ और बहन के प्रति तुम्हारे व्यवहार से, कोई पागल व्यक्ति या राक्षस ही इतनी निर्दयता दिखा सकता है। ज़रूर तुम पागल हो।"

"वे दोनों तुम्हें कब मिलीं?"

"अभी क्या उस घटना के बाद से तुम उनसे नहीं मिले? मेहरबानी करके मुझे यह बताओ कि आख़िर तुम क्या करते रहे हो? मैं इससे पहले तीन बार यहाँ आ चुका हूँ। कल से तुम्हारी माँ सख़्त बीमार है। वे तुम्हारे पास आ रही थीं, अवदोत्या रोमानोवना ने उन्हें रोकना चाहा लेकिन उन्होंने एक न सुनी और कहा, "अगर रोद्या बीमार है, उसका दिमाग़ ख़राब हो गया है तो माँ से अच्छी उसकी देखभाल कौन करेगा?" हम उन्हें अकेली नहीं आने देना चाहते थे, इसलिए तीनों चले आये। रास्ते भर हमने उन्हें शान्त करने की कोशिश की। जब हम यहाँ पहुँचे तो तुम यहाँ नहीं थे, तुम्हारी माँ दस मिनट तक इन्तज़ार करती रहीं, हम चुपचाप खड़े रहे। वे उठकर बोली, "अगर रोद्या की तबियत ठीक है और वह माँ को भूल गया है तो यहाँ खड़े

होकर दया की भीख माँगना माँ को शोभा नहीं देता।" घर लौटकर वे बिस्तर में सो गयीं। अब वे बुखार में हैं। उनका कहना है, "अच्छा मैं समझ गयी। रोद्या के पास अपनी 'सहेली' के लिए वक़्त है। उसका मतलब सोफ़िया सेम्योनोवना से है। वह तुम्हारी मंगेतर है या रखैल, यह मैं नहीं जानता। इसके बाद मैं सोफ़िया सेम्योनोवना के यहाँ पहुँचा, मैं जानना चाहता था कि आख़िर माजरा क्या है। वहाँ मैंने देखा, ताबूत के पास बैठे बच्चे रो रहे थे और सोफ़िया सेम्योनोवना उन्हें मातमी पोशाकें पहनाकर देख रही थी। तुम्हारा वहाँ नामोनिशान तक न था। मैं माफ़ी माँगकर वहाँ से चला आया और लौटकर मैंने अवदोत्या रोमानोवना को सारा क़िस्सा सुना दिया। तो यह सहेली वाली बात निरी बकवास है। दरअसल तुम पागल हो गये हो। लेकिन यहाँ तुम उबला हुआ गोश्त इस तरह से निगल रहे हो जैसे तीन दिनों में खाने का एक कौर तक न खाया हो। लेकिन जहाँ तक खाने का ताल्लुक़ है, पागल भी खाना खाते हैं...अभी तक तुमने एक भी शब्द नहीं कहा...लेकिन मैं क़सम खाकर कह सकता हूँ कि तुम पागल नहीं हो, बिलकुल नहीं। तो जाओ सब के सब जहन्नुम में, जरूर इसके पीछे कोई रहस्य है, तुम्हारे रहस्यों से मैं क्यों माथापच्ची करूँ। मैं सिर्फ़ तुम्हें कोसने आया हूँ—अपने दिल का बोझ हल्का करने। अब आगे क्या करना चाहिए वह मैं जानता हूँ।" राजुमिहीन उठ खड़ा हुआ।

"अब तुम क्या करना चाहते हो?"

"तुम से मतलब?"

"तुम पियक्कड़ मण्डली में जा रहे हो न!"

"तुम्हें...तुम्हें कैसे पता चला?"

"वाह! यह तो साफ़ ज़ाहिर है।"

राजुमिहीन क्षण भर रुककर बोला, "तुम सदा से तार्किक-मति रहे हो, इसलिए तुम कभी पागल नहीं हो सकते, न कभी थे। तुम ठीक कहते हो, मैं पीने जा रहा हूँ। गुड बाई।"

यह कहकर वह बाहर जाने लगा।

"मैं अपनी बहन से तुम्हारे बारे में बातें कर रहा था—परसों—हाँ शायद परसों ही।"

"मेरे बारे में? लेकिन...परसों वह तुम्हें भला कहाँ मिली?" राजुमिहीन का चेहरा पीला पड़ गया, और उसका दिल ज़ोर से धड़कने लगा।

"वह ख़ुद यहाँ आयी थी और मुझसे बातें करती रही थी?"

"सच?"

"हाँ।"

"तुमने उससे क्या कहा...मेरे बारे में क्या कहा?"

"मैंने उसे बताया कि तुम बड़े नेक, ईमानदार और मेहनती आदमी हो, क्योंकि यह बात तो उसे पहले से भी मालूम है।"

"उसे मालूम है।"

"वाह! यह तो साफ़ ज़ाहिर है। मैं चाहे कहीं भी चला जाऊँ, या मुझे कुछ भी हो जाये, तुम उन दोनों की देखभाल ज़रूर करोगे। राजुमिहीन, मैं उन्हें तुम्हारे सपुर्द करता हूँ, क्योंकि मैं अच्छी तरह जानता हूँ कि तुम दुनिया को प्यार करते हो। मुझे तुम्हारे हृदय की पवित्रता में विश्वास है। मुझे यह भी मालूम है कि वह भी तुम्हें प्यार करेगी, शायद वह पहले से ही तुम्हें चाहती हो। अब तुम खुद ही फ़ैसला कर लो, तुम्हें पियक्कड़ों की मण्डली में जाना चाहिए या नहीं...।"

"रोद्या...ख़ैर...जाने दो! लेकिन तुम किधर जाने की सोच रहे हो? अगर उसमें कोई भेद है तो रहने दो...लेकिन...मैं...मैं तुम्हारा भेद मालूम कर लूँगा।...ज़रूर तुम्हारे दिमाग़ में कोई ख़ुराफ़ात पैदा हुई है, कोई कल्पना की ईजाद होगी।...वेसे आदमी तुम शानदार हो....शानदार!"

"यही तो मैं भी कहने वाला था, तुमने बीच में ही मुझे टोक दिया। तुम मेरे भेद को नहीं जानना चाहते, यह बड़ी अच्छी बात है। इसकी चिन्ता न करो। सब समय पर छोड़ दो। ठीक समय आने पर तुम्हें सब मालूम हो जायेगा। कल एक आदमी ने मुझसे कहा कि इन्सान को ज़रूरत है सिर्फ़ ताज़ी हवा की। मैं फौरन जाकर उससे इस बात का अर्थ पूछूँगा।"

राजुमिहीन उत्तेजना और गहरी सोच में खड़ा इन सब बातों से कोई नतीजा निकालने की कोशिश कर रहा था।

सहसा उसे ख़्याल आया, "हो न हो यह राजनैतिक षड्यन्त्रकारी है—और निश्चय ही यह कोई भयंकर कदम उठाने वाला है। और...दुनिया को यह मालूम है।"

"अच्छा तो अवदोत्या इवानोव्ना तुमसे मिलने आती हैं?" राजुमिहीन ने एक शब्द तोलते हुए कहा, "और तुम एक ऐसे आदमी को मिलने जा रहे हो जो कहता है कि हमें ताज़ी हवा की ज़रूरत है—तब तो वह ख़त....उसका भी ज़रूर इससे कोई ताल्लुक़ होगा।"

''कौन सा खत?''

"आज अवदोत्या रोमानोवना को एक ख़त मिला। वह हद से ज़्यादा परेशान है। जब मैंने तुम्हारी चर्चा छेड़ी तो उसने मुझे मना कर दिया। और...और कहा कि शायद हमें जल्द ही जुदा होना पड़ेगा...इसके बाद उसने मुझे हार्दिक धन्यवाद दिया और फिर अपने कमरे में जाकर भीतर से दरवाज़ा बन्द कर लिया।"

"उसे कोई ख़त आया था?" रास्कोलनिकोव ने कुछ सोचते हुए पूछा।

"हाँ, भला तुम्हें नहीं पता था? हूँ..."

"गुडबाई, रोदियोन। एक वक़्त था भाई जब मैं...ख़ैर जाने दो इस बात को, गुडबाई। जानते हो एक वक़्त था...अच्छा गुडबाई। मुझे भी चलना चाहिए। मैं शराब नहीं पीऊँगा। अब उसकी कोई ज़रूरत नहीं रह गयी...यह सब ख़ुराफ़ात है!"

वह जल्दी से बाहर निकल गया। लेकिन दरवाज़ा बन्द करने से पहले सहसा उसने अपनी नज़र फेरकर पूछा।

"मैं यूँ ही पूछ रहा हूँ, तुम्हें उस बुढ़िया की हत्या की बात याद है? जानते हो हत्यारा पकड़ा गया है, उसने मय सबूतों के अपना जुर्म क़बूल कर लिया है। हत्यारा उन पेंटरों में से एक है। तुम्हें याद है। मैंने उनका कितना पक्ष लिया था! ज़रा सोचो तो सही कि पुलिस के शक से बचने के लिए ही उसने अपने साथी से लड़ने-झगड़ने और ठिठोली करने का नाटक किया था। ज़रा इस कुत्ते की चालाकी और दुःसाहस तो देखो! इस बात पर विश्वास ही नहीं होता, लेकिन उसने ख़ुद सारा जुर्म क़बूल कर लिया है। मैंने इस मामले में कितना बुद्धूपन दिखाया! वकीलों का शक दूर करने के लिए उसने इतनी चालाकी से पाखण्ड रचाया। ऐसे आदमी पर कौन अचरज करेगा! ऐसे लोग जो न कर दिखायें, थोड़ा है! लेकिन वह अपनी बात पर क़ायम न रह सका और उसने जुर्म क़बूल कर लिया। मैं भी कितना बुद्धू था जो मैंने उनका इतना पक्ष लिया।"

"मेहरबानी करके यह बताओ कि तुम्हें यह ख़बर किसने बताई, और तुम इसमें इतनी दिचलस्पी क्यों ले रहे हो?" रास्कोलनिकोव अपनी उत्तेजना न छिपा सका।

"भाई वाह! हद हो गयी? तुम पूछते हो कि मुझे इसमें क्यों दिलचस्पी है...मैंने औरों के अलावा पोरफेरी से यह सुना है...उसी से मुझे सब कुछ पता चला।"

"पोरफेरी से?"

"हाँ पोरफेरी से।"

"क्या...उसने क्या कहा था?" रास्कोलनिकोव के स्वर में खिन्नता थी।

"उसने मुझे मनोवैज्ञानिक दृष्टिकोण से सारी घटना समझाई। तुम जानते हो वह किस शैली में बात करता है।"

"समझाई? उसने ख़ुद यह सारी बात समझाई?"

"हाँ, हाँ, गुडबाई। फिर किसी वक़्त मैं तुम्हें सारी बातें बताऊँगा, अब मुझे काम है। एक वक़्त था जब में सोचता था...ख़ैर फिर किसी वक़्त।...अब मुझे शराब की क्या ज़रूरत है? तुम्हारी बातों से मुझे वैसे ही सरूर हो गया है। मैं नशे में हूँ रोद्या! गुडबाई, मैं जा रहा हूँ। जल्द ही फिर आऊँगा।"

वह बाहर चला गया। सीढ़ियाँ उतरते वक़्त उसने सोचा, "इसमें कोई शक नहीं कि वह षड्यन्त्रकारी है। उसने अपनी बहन को भी शामिल कर लिया है। अवदोत्या रोमानोवना के स्वभाव को देखते हुए यह सम्भव मालूम होता है। दोनों में मुलाकातें होती हैं...उसकी बहन ने भी इस ओर इशारा किया था...उसके शब्दों संकेतों से...यह साफ़ ज़ाहिर है! इसके सिवा इस गोरखधन्धे को कैसे सुलझाया जा सकता है? हूँ! मैं तो सोच रहा था...हे ईश्वर मेरे दिमाग़ में न जाने कैसी-कैसी बातें आयीं थी।

मेरा भी दिमाग़ ख़राब हो गया था। उस दिन बरामदे में लैम्प के नीचे उसने ही यह बात सुझायी थी। छिः कैसे बेहूदे और पाप भरे विचार मेरे दिमाग़ में आये थे! निकोलाई ने जुर्म क़बूल कर लिया...बड़ा अच्छा हुआ, सारा मामला साफ़ हो गया! उसकी बीमारी, उसकी अजब आदतें...यूनिवर्सिटी में भी वह कितना उदास और मनहूस रहता था! ...लेकिन इस ख़त का क्या मतलब है? शायद इसमें भी कोई राज़ है। लेकिन यह ख़त किसने भेजा? मुझे शक है...! नहीं मैं जाकर मालूम करूँगा।"

उसे दुनिया का ख़्याल आया और वह तेज़ी से भागने लगा। इन सारी बातों को सुनकर उसका दिल धड़क रहा था।

राजुमिहीन के जाते ही रास्कोलनिकोव उठकर खिड़की के पास जा खड़ा हुआ और उस कोने से दूसरे कोने में चक्कर काटने लगा। उसकी कोठरी कितनी तंग है, यह बात उसे शायद भूल गयी थी। वह फिर आकर सोफ़े पर बैठ गया। उसे अपने भीतर नयी ताज़गी महसूस हो रही थी। उसे मुक्ति के लिए संघर्ष करने का नया रास्ता सूझा था।

"हाँ, मुक्ति का नया रास्ता!" उसके दिल पर इतना बोझा था कि उसका दम घुटा जा रहा था। कई बार उसे अजब सुस्ती और थकान महसूस होती थी। पोरफेरी के दफ़्तर में निकोलाई को देखने के बाद से उसकी घुटन और भी बढ़ गयी थी और उसे मुक्ति का कोई रास्ता नज़र नहीं आता था। उसी दिन सोनिया से उसकी मुलाकात हुई थी। उसका व्यवहार और अन्तिम शब्द एकदम उसकी आशा के विपरीत थे! उसमें कमज़ोरी आ गयी थी और उसकी जड़ें हिल गयी थीं! उस वक़्त मन-ही-मन उसने सोनिया के विचार के साथ सहमति प्रकट की थी। इस पाप को मन में छिपाने वह सारी ज़िन्दगी अकेलेपन में नहीं काट सकता था!

"और स्वीद्रीगाईलोव भी अजब पहेली था...उसकी वजह से भी उसे बड़ी परेशानी हुई थी। हो सकता है, उसे स्वीद्रीगोईलोव से संघर्ष करना पड़े। सम्भव है, रास्कोलनिकोव मुक्ति का साधन बने लेकिन पोरफेरी...?"

"अच्छा तो पोरफेरी ने मनोवैज्ञानिक ढंग से राजुमिहीन को समझाया था। उसका कम्बख़्त मनोविज्ञान फिर आ गया। क्या पोरफेरी निकोलाई को अपराधी समझता है? उस दिन को मुलाकात के बाद भी? इसका एक ही 'कारण' हो सकता है।" (इस बीच रास्कोलनिकोव को पोरफेरी से हुई अपनी बातचीत के शब्द अकसर याद आते थे और वह हरदम परेशान रहता था।) उन दोनों में ऐसी बातें हुई थीं, इस ढंग से नज़रें मिलायी गयी थीं, बातों का लहज़ा कुछ ऐसा था कि पोरफेरी ने निकोलाई की असलियत फौरन भाँप ली थी और उसकी पहली धारणा टस से मस नहीं हो सकी होगी।

"ज़रा सोचो तो अब राजुमिहीन भी शक करने लगा! उस दिन बरामदे में लैम्प के नीचे हुई बातचीत ने गहरा असर छोड़ा था...वह भागा हुआ पोरफेरी के पास गया था। लेकिन पोरफेरी उसे इस तरह क्यों मिला था? पोफेरी ने राजुमिहीन को यह कयों बताया है कि निकोलाई असली मुज़रिम है? ज़रूर इसमें कोई चाल छिपी है। लेकिन कौन-सी चाल? यह ठीक है कि उस मुलाकात के बाद काफ़ी अरसा गुज़र गया है—काफ़ी से ज़्यादा—लेकिन पोरफेरी का नामोनिशान नहीं। वह अपशकुन था..."

रास्कोलनिकोव ने टोपी उठाई और कुछ सोचता हुआ बाहर निकाला। कई दिनों के बाद आज पहली बार उसने दिमाग़ में साफ़ ढंग से सोचा था, "पहले मुझे स्वीद्रीगाईलोव से निपट लेना चाहिए। जल्द से जल्द ही। वह भी इस इन्तज़ार में है कि मैं ख़ुद उसके पास जाऊँ।" उस समय उसके क्लान्त हृदय में नफ़रत का चश्मा फूट पड़ा, वह उसी क्षण पोरफेरी और स्वीद्रीगाईलोव दोनों में से एक की हत्या कर सकता था। कम से कम उसे यह आभास तो हुआ कि वह फौरन नहीं तो बाद में ज़रूर हत्या करने में समर्थ होगा।

"अच्छा देखी जायेगी, देखी जायेगी।" वह बुड़बुड़ाया।

लेकिन दरवाज़े से निकलते ही उसकी मुठभेड़ पोरफेरी से हो गयी। पोरफेरी ख़ुद ही उससे मिलने आ रहा था। क्षणभर के लिए रास्कोलनिकोव स्तब्ध रह गया। लेकिन अगले ही क्षण उसका आश्चर्य और भय काफूर हो गया। फौरन वह बचाव के लिए तैयार हो गया और सोचने लगा, "क्या सब ख़त्म होने वाला है? लेकिन पोरफेरी क्या बिल्ली की तरह दबे कदमों से आया है कि मुझे मालूम ही नहीं हुआ? या उसने दरवाज़े के पीछे छिपकर सारी बातें सुन ली हैं?"

"रोदियोन रोमानोविच, देखता हूँ तुम्हें कि मिलने वाले के आने की उम्मीद नहीं थी" पोरफेरी ने हँसकर कहा, "बहुत दिनों से मैं तुम्हारे यहाँ आने की सोच रहा था। आज इधर से गुज़रते वक़्त सोचा क्यों न पाँच मिनट के लिए तुम्हारे यहाँ होता जाऊँ! क्या तुम कहीं बाहर जा रहे हो? मैं तुम्हें ज़्यादा देर नहीं रोकूँगा। मुझे सिर्फ़ एक सिगरेट पिलाओ।"

"बैठिये पोरफेरी पैत्रोविच बैठिये!" रास्कोलनिकोव ने इस दोस्ताना ढंग से अपने मेहमान को बिठाया कि अगर वह अपनी शक्ल देख सकता तो उसे ख़ुद ताज्जुब होता।

अन्तिम घड़ी आ पहुँची थी। आख़िरी बूँदें निचोड़ी जाने वाली थीं। इसलिए इन्सान कई बार आध घण्टे तक किसी डकैत से आतंकित रहने और यन्त्रणा सहने पर भी छुरे को अपनी गर्दन के नज़दीक देखकर भी नहीं डरता।

रास्कोलनिकोव आकर पोरफेरी के ऐन सामने बेझिझक बैठ गया। पोरफेरी ने आँखें सिकोड़ लीं और वह सिगरेट सुलगाने लगा।

रास्कोलनिकोव का दिल जैसे कहने के लिए आतुर हो उठा, "बोलो-बोलो! तुम बोलते क्यों नहीं?"

2

पोरफेरी ने सिगरेट सुलगाकर कहा, "सिगरेट कितनी नुक़सानदेह चीज़ है, फिर भी मैं इसे नहीं छोड़ सकता। मुझे खाँसी आती है, गले में खुजली मचती है और साँस लेने मैं दिक्कत होती है। तुम जानते ही हो मैं कितना बुज़दिल हूँ। अभी उस दिन मैं डॉक्टर ब–के पास गया था। वे हमेशा हर मरीज़ पर आधा घण्टा खर्च करते हैं। लेकिन मुझे देखते ही वे हँस पड़े और उन्होंने मुझे चेतावनी दी, "तम्बाकू तुम्हारे लिए नुक्सानदेह है, तुम्हारे फेफड़े पहले से ख़राब है।" लेकिन में सिगरेट भला कैसे छोड़ दूँ इसे छोड़दूँ तो फिर क्या पीऊँ? शराब मैं पीता नहीं, यही सारी आफ़त की जड़ है, ही-ही-ही! दुनिया में हर चीज़ सापेक्ष्य है रोदियोन रोमानोविच! हर चीज़!

"लो यह फिर अपनी पेशेवर चालें खेल रहा है।" रास्कोलनिकोव ने चिढ़ कर सोचा। उसे पहले वाली मुलाकात की बातें याद हो आयीं, और उसकी खीज और भी बढ़ गयी।

पोरफेरी ने कमरे में नज़र दौड़ाते हुए कहा, "मैं परसों शाम को भी तुमसे मिलने आया था। तुम्हें नहीं मालूम? परसों भी मैं इधर से गुज़र रहा था, मैंने सोचा तुम से मिलता चलूँ। तुम्हारे कमरे का दरवाज़ा खुला था। मैं कुछ देर इन्तज़ार करता रहा, फिर अपना नाम और पता बिना बताये ही लौट गया। तुम दरवाज़े में ताला नहीं लगाते क्या?"

रास्कोलनिकोव के चेहर पर निराशा छा गयी। पोरफेरी ने उसकी मनोदशा को भाँप लिया।

"मेरे प्यारे दोस्त रोदियोन रोमनोविच, मैं आज सारा मामला निपटाने आया हूँ। मुझे तुम्हारी एक बात का जवाब देना है, और मैं ज़रूर दूँगा," उसने रास्कोलनिकोव के घुटने को थपथपाते हुए कहा।

सहसा पोरफेरी का चेहरा संजीदा हो गया और उस पर चिन्ता और उदासी की रेखायें खिंच गयीं। रास्कोलनिकोव हैरान हो गया। उसने पोरफेरी के चेहरे पर ऐसे भाव पहले कभी नहीं देखे थे।

"पिछली बार जब हमारी मुलाकात हुई थी तब हमारे बीच एक विचित्र दृश्य हुआ था, रोदियोन रोमनोविच। हमारी पहली मुलाकात भी विचित्र थी लेकिन...एक के बाद दूसरी बातें होती रहीं! मुझे लगता है कि शायद मैंने तुम्हारे साथ अन्याय किया है। तुम्हें याद है हम एक-दूसरे से कैसे रुख़सत हुए थे! तुम्हारा मन विक्षिप्त था और आवेश से हम दोनों के घुटने काँप रहे थे। हम दोनों का व्यवहार अशोभनीय और अभद्रतापूर्ण था। जो भी हो हम हैं तो शरीफ़ आदमी ही। यह बात याद रखनी चाहिए। तुम्हें याद है कि हम...? कैसी अशोभनीय बात है!"

"आख़िर यह कौन-सी चाल खेलना चाहता है? मुझे इसने क्या समझ रखा है?" रास्कोलनिकोव मन-ही-मन हैरान हो रहा था। उसने सर उठाकर विस्फारित नेत्रों से पोरफेरी की तरफ़ देखा।

पोरफेरी ने अपनी निगाह नीची कर ली, जैसे वह अपने शिकार को और अधिक नहीं सताना चाहता था, और उसे अपनी ज्यादती पर अफ़सोस हो रहा था। "मैंने तय किया है कि हम दोनों को आपस में खुलकर बातें करनी चाहिए। हाँ, ऐसे शक और यह नाटक ज़्यादा दिनों तक नहीं चलेंगे। निकोलाई ने आकर मेरे शक को दूर कर दिया। वरना हम दोनों के बीच न जाने और क्या क्या होता! ज़रा सोचो तो सही वह कम्बख़्त पेंटर पास के कमरे में बैठा सारी बातें सुन रहा था—शायद तुम्हें यह पहले ही मालूम होगा; मैं जानता हूँ बाद में वह तुम्हारे पास भी आया था। लेकिन उस वक़्त तुमने जो अन्दाज़ लगाया था, वह ग़लत था। मैंने पहले से किसी क़िस्म की तैयार नहीं कर रखी थी, न ही मैंने किसी को बुलावा भेजा था। तुम पूछ सकते हो, मैंने इन्तज़ाम क्यों नहीं किया? मैं तुम्हें बताऊँगा—यह सब अचानक हो गया। मैंने अभी पहरेदारों को बुलवाया ही था (तुमने ख़ुद बाहर निकलते वक़्त उन्हें देखा होगा) कि उसी वक़्त मेरे दिमाग़ में एक विचार आया। उस वक़्त मुझे पक्का यक़ीन था रोदियोन रोमनोविच। मैंने सोचा—अगर एक चीज़ को मैं कुछ देर के लिए हाथ से जाने भी देता हूँ—तो बदले में दूसरी चीज़ हाथ आ जायेगी। किसी भी हालत में मैं कुछ खोऊँगा नहीं। तुम्हारा मिज़ाज चिड़चिड़ा है रोदियोन रोमनोनोविच, जो तुम्हारी सहृदयता और सच्चरित्रता के साथ मेल नहीं खाता। कुछ हद तक मैंने तुम्हारे चरित्र को समझा है। उस वक़्त भी मैंने सोचा था कि आदमी उठकर सब कुछ क़बूल कर ले—ऐसा कम ही होता है। लेकिन कई बार अगर धैर्य खो दे तो ऐसा कर भी सकता है, लेकिन फिर भी यह मुश्किल काम है। इस बात का एहसास मुझे परी तरह था। मेरा ख़्याल था कि अगर मेरे पास ज़रा-सा भी कोई तथ्य है, ठोस दिखायी देने वाला तथ्य, मनोवैज्ञानिक तथ्य नहीं, तो मैं अपराधी से बहुत कुछ कबुल करवा सकता हूँ, बशर्ते आदमी ने अपराध किया हो। सचमुच यह तरीक़ा अपनाने से बड़े सनसनीखेज नतीज़े निकलते हैं। मुझे तुम्हारे स्वभाव पर

भरोसा था रोदियोन रोमनोविच, सबसे ज़्यादा तुम्हारे स्वभाव पर! उस वक़्त मुझे तुमसे बड़ी उम्मीदें थीं।"

"लेकिन आपके कहने की मंशा क्या है?" हठात् रास्कोलनिकोव के मुँह से निकल बड़ा। वह सोच रहा था "पोरफेरी क्या कह रहा है? क्या वह सचमुच मुझे बेक़सूर समझता है?"

"मेरी मंशा क्या है? मैं अपनी स्थिति साफ़ करने आया हूँ। यह मेरा फर्ज़ है। मैं तुम्हें बताना चाहता हूँ कि सारी ग़लतफ़हमी कैसे शुरू हुई। मैंने तुम्हें बड़ी यन्त्रणा दी है रोदियोन रोमनोविच। मैं राक्षस नहीं हूँ, मैं समझ सकता हूँ कि एक दुर्भाग्यग्रस्त-स्वाभिमानी, जोशीले और अधीर आदमी के लिए ऐसा दुर्व्यवहार सहना कितना कठिन होता है। जो भी हो मैं तुम्हें सच्चरित्र और सहृदय समझता हूँ हालाँकि मैं तुम्हारे सारे विचारों से सहमत नहीं। यह बात मैं तुम्हें पहले भी सच्चे दिल से साफ़-साफ़ बताना चाहता था क्योंकि मैं तुम्हें धोखा नहीं देना चाहता। तुम्हारा परिचय पाकर मैं तुम्हारी तरफ़ आकर्षित हुआ था। शायद तुम्हें यह सुनकर हँसी आयेगी, ख़ैर तुम्हें हँसने का अधिकार भी है। मैं जानता हूँ, तुम मुझे शुरू से ही नापसन्द करते रहे हो। फिर तुम्हारा मुझे पसन्द करने का कोई विशेष कारण भी तो नहीं। तुम चाहे जो सोचो, लेकिन मैं पहली कटुता मिटाने के लिए कुछ भी करने को तैयार हूँ। मैं यह साबित करना चाहता हूँ कि मेरे पास भी दिल और अन्तर्आत्मा है। मैं सच्चे दिल से कह रहा हूँ।"

यह कहकर पोरफेरी पैत्रोविच ने ख़ामोशी अख़्तियार कर ली। रास्कोलनिकोव को फिर घबराहट महसूस हुई, यह सोचकर कि पोरफेरी उसे बेक़सूर समझता है।

पोरफेरी बोला, "इन सारी बातों में ब्योरवार जाने की ज़रूरत नहीं है। कम से कम मैं तो इस प्रसंग को नहीं छेड़ना चाहता। शुरुआत अफ़वाहों से हुई, वे अफ़वाहें कब, कहाँ से मेरे पास पहुँची, ...इनका तुम पर क्या असर हुआ इसकी गहराई में जाना व्यर्थ होगा। एक अप्रत्याशित घटना ने आकर मेरे मन में शक पैदा कर दिया। वह घटना क्या थी? हूँ! छोड़ों इस क़िस्से को भी। उन अफ़वाहों ने और उस घटना से मेरे मन में एक विचार उठा—मैं साफ़ मानता हूँ, क्यों न मामले की सफ़ाई हो जाये, पुलिस महकमों में सिर्फ़ मैं ही ऐसा था, जिसने सबसे पहले तुम्हीं पर शक किया। बुढ़िया के पास रखी गिरवी की चीज़ों की फ़ेहरिस्त से कुछ पता नहीं चला। सैकड़ों गिरवी रखने वालों में से तुम भी एक थे। मैंने एक आदमी से दफ़्तर वाली पूरी घटना भी सुनी थी। इस तरह एक के बाद दूसरी बात होती गयी, रोदियोन रोमनोविच मेरे अज़ीज़! फिर भला मैं कैसे किसी नतीज़े पर पहुँचता। अंग्रेजी में कहावत है—सौ ख़रगोशों का एक घोड़ा नहीं बनता, न ही सौ शकों का एक सबूत बनता है, लेकिन यह तो हुआ तर्क का दृष्टिकोण। इन्सान को पक्षपात करना ही पड़ता है।

जो भी हो एक वकील आख़िर है तो इन्सान ही। फिर मुझे तुम्हारे पत्रिका में छपे लेख का ख़्याल आया। तुम्हें याद है पहली मुलाकात में हमारे बीच उस लेख की चर्चा छिड़ गयी थी। उस वक़्त मैंने तुम्हारा मज़ाक उड़ाया था, सिर्फ़ तुम्हें बढ़ावा देने के लिए। मैं फिर कहता हूँ रोदियोन रोमनोविच, तुम बीमार हो और अधीर स्वभाव के हो। तुम दुस्साहसी, ज़िद्दी, संजीदा और....ये बातें मैं पहले से ही जानता था इसलिए तुम्हारा लेख मुझे परिचित सा लगा। उनींदी रातों में, दबे भावावेश और धड़कते दिल से इस लेख ने तुम्हारे दिमाग़ में जन्म लिया था। और नौजवानों में यह दबा हुआ भावावेश कितना ख़तरनाक होता है। इस वक़्त मैंने तुम्हारा मज़ाक उड़ाया था, लेकिन सच पूछो तो एक साहित्य-प्रेमी होने के नाते मुझे ऐसे लेख बहुत पसन्द आते हैं, जो जवानी के पहले जोश में लिखे जाते हैं। इस लेख में एक धुँधलापन है जिसमें एक विचित्र स्पन्दन है। तुम्हारा लेख अयुक्तिसंगत और विलक्षण है लेकिन उसमें एक पारदर्शी ईमानदारी और युवावस्था का अदम्य स्वाभिमान है और हताश व्यक्ति का दुःसाहस है। लेख नैराश्यपूर्ण है, इसीलिए इतना बढ़िया है। तुम्हारा लेख पढ़कर मैंने सोचा, "यह आदमी साधारण लोगों के रास्ते पर नहीं चलेगा।" इस भूमिका के बाद मैं पूछता हूँ क्या मेरा ख़्याल ग़लत था? मेरे दोस्त, मैं कुछ कह नहीं रहा, न ही कोई बयान दे रहा हूँ। मैंने सिर्फ़ यह बात उस वक़्त मन में नोट कर ली थी। मैंने सोचा आख़िर इस लेख में है क्या? कुछ भी नहीं, शायद बिलकुल कुछ नहीं। फिर सरकारी वकील मिथ्या धारणाओं से गुमराह नहीं होता। मेरे पास निकोलाई मय सबूतों के मौजूद है। तुम चाहे जो कहो, लेकिन वे हैं तो सबूत ही। फिर उसकी मनोवृत्तियों पर भी ग़ौर करना पड़ेगा, क्योंकि यह ज़िन्दगी मौत का सवाल है। ये सब बातें मैं तुम्हें क्यों बता रहा हूँ? ताकि तुम स्थिति को समझ सको और उस दिन की गुस्ताख़ी के लिए मुझे दोष न दो। सच मानो मैंने गुस्ताख़ी नहीं की थी, ही-ही! तुम सोचते हो कि उस वक़्त मैंने तुम्हारे कमरे की तलाशी क्यों नहीं ली थी? ली थी, ही ही! जब तुम बीमार पड़े थे तो मैं यहाँ आया था, जाती और सरकारी तौर पर नहीं, लेकिन मैं यहाँ मौजूद ज़रूर था। पहला शक दूर करने के लिए तुम्हारे कमरे के हर कोने की छानबीन की गयी थी। लेकिन...मैंने सोचा अगर आदमी मुज़रिम है तो वह ज़रूर आयेगा। जल्द आयेगा और चाहे कोई आये या न आये, लेकिन मुज़रिम ज़रूर आयेगा। तुम्हें याद है राजुमिहीन ने किस तरह तुमसे इस विषय की चर्चा छेड़ी थी? तुम्हें उत्तेजित करने के लिए हमने जान-बूझकर कई अफ़वाहें फैलायीं ताकि राजुमिहीन तुमसे इस केस पर बहस कर सके। लेकिन वह अपने गुस्से पर काबू नहीं पा सकता। ज़ेमेतोफ़ तुम्हारा चिड़चिड़ापन और दुःसाहस देखकर दंग रह गया था। रेस्त्राँ में बैठकर यह कहना, "मैंने उस औरत की हत्या की।" यह लापरवाही और दुःसाहस की सीमा थी। मैंने मन-ही-मन सोचा,

अगर यह आदमी मुज़रिम है तो हमें ताक़तवर दुश्मन से सामना करना पड़ेगा। उस वक़्त मेरा यही अनुमान था। मैं तुम्हारा इन्तज़ार कर रहा था। लेकिन तुमने ज़ेमेतोफ़ को चारों खाने चित्त कर दिया...और दरअसल मुसीबत यह है कि वह कम्बख़्त मनोविज्ञान भी दोधारी तलवार है। ख़ैर मैं तुम्हारा इन्तज़ार करता रहा और लो तुम सचमुच आ गये। उस वक़्त मेरे दिल में धुकुर-पुकुर हो रही थी।"

"लेकिन तुम्हें आने की क्या ज़रूरत थी? तुम्हारी हँसी भी कितनी विचित्र थी। तुम्हें याद है! मैं तो साफ़ सारी स्थिति समझ गया था, लेकिन अगर मैं पहले से तुम्हारे इन्तज़ार में न बैठा होता तो शायद तुम्हारी हँसी में मुझे कोई विचित्रता न नज़र आती। देखा 'मूड' का कितना असर होता है। फिर राज़ुमिहीन ने—अरे हाँ वह पत्थर, जिसके नीचे सारी चीज़ें दबी हुई थीं। मेरा ख़्याल है वह किसी रसोईघर के पिछवाड़े में है। तुमने ज़ेमेतोफ़ को, और बाद में मेरे दफ़्तर में आकर भी यही बात बतायी थी। फिर जब हम तुम्हारी चीज़ों की छान-बीन करने लगे तो तुमने सफ़ाई पेश की...तुम्हारे हर शब्द के पीछे दोहरा अर्थ रहता है जैसे इनमें कोई राज़ छिपा हो।

"इस तरह सोचते-सोचते मैं कल्पना के आख़िरी छोर तक पहुँच गया और एक खम्भे से जा टकराया। तब जाकर मुझे होश आया कि मैं कितनी दूर तक बहक गया हूँ। जैसा मैंने अभी कहा, हर बात का दूसरा अर्थ भी निकाला जा सकता है, जो बिलकुल स्वाभाविक है। मैं परेशान हो उठा। मैंने सोचा इससे तो बेहतर होता अगर छोटा सा तथ्य मेरी पकड़ में आ जाये। इसलिए जब मैंने यह सुना कि बुढ़िया के फ़्लैट में जाकर किसी ने घण्टी बजाई थी तो मेरी साँस रुक गयीं और मेरा रोम-रोम काँपने लगा। "लो यह आ गया मेरा नन्हा सा तथ्य।" बस उसके बाद से मैं निश्चिन्त हो गया। मैं उस दृश्य को देखने की ख़ातिर हज़ार रूबल लुटा देता जब एक मज़दूर ने तुम्हारे मुँह पर तुम्हें हत्यारा कहा था, और तुम भीगी बिल्ली की तरह चुपचाप उसके पीछे चल पड़े थे। उससे जवाबतलबी करने की हिम्मत तुममें नहीं थी। फिर सरसाम की हालत में तुम्हारी कँपकँपी और तुम्हारे घण्टी बजाने का क्या अर्थ था।

"रोदियोन रोमनोविच, अब तुम्हें पता चल गया होगा कि मैंने तुमसे ऐसी चालें क्यों खेली थीं? और तुम ऐन उसी वक़्त मेरे दफ़्तर में आ पहुँचे थे? खुदा क़सम, लगता है ज़रूर किसी ने तुम्हें भेजा था। अगर निकोलाई आकर हमें अलहदा होने के लिए मजबूर न कर देता तो...तुम्हें निकोलाई की याद है? उसका बयान ऐसा था जैसे आज गिरी हो। लेकिन उस गाज का मुझ पर क्षण भर के लिए भी असर नहीं हुआ। यह तो तुमने भी देख लिया, और असर होता भी कैसे? तुम्हारे जाने के बाद भी निकोलाई ऐसी बातें नहीं करता रहा जो देखने में युक्तिसंगत थी, मुझे ख़ुद उस पर ताज्जुब हुआ, हालाँकि मुझे उसके एक भी शब्द में सच्चाई नहीं नज़र आयी थी।

अब समझ गये, आदमी चट्टान की तरह कैसे सख़्त हो सकता है? मैंने सोचा, भला निकोलाई का इस मामले से क्या ताल्लुक है।"

"राजुमिहीन ने मुझे अभी बताया कि तुम निकोलाई को असली मुज़रिम समझते हो और तुमने ख़ुद यह बात राजुमिहीन से कही थी..." रास्कोलनिकोव ने कहा और उसकी आवाज़ गले में रुँध गयी। वह बड़ी देर से उत्तेजित भाव से पोरफेरी की सारी बातें सुन रहा था, जिसने उनके आर-पार देख लिया था। उसे डर था कि कहीं वह इन बातों पर विश्वास न कर बैठे, इसलिए वह पोरफेरी के सन्दिग्ध शब्दों में किसी निश्चित और पक्के सबूत को तलाश कर रहा था।

रास्कोलनिकोव की चुप्पी को टूटते देखकर पोरफेरी पैत्रोविच ने प्रसन्नता से कहा, "मिस्टर राजुमिहीन! ही-ही-ही मुझे किसी तरह राजुमिहीन से पीछा जो छुड़ाना था। दो आदमियों की संगति में तीसरे का मेल नहीं बैठता। फिर राजुमिहीन इसके लिए माकूल आदमी नहीं है, फिर वह बाहर वाला ठहरा। वह भागता हुआ मेरे पास आया था, उसका चेहरा पीला ज़र्द था...छोड़ो उसे क्यों इस मामले में घसीटा जाये। हाँ तो मैं निकोलाई की बात कर रहा था। जानता चाहते हो वह किस क़िस्म का आदमी है, और उसके बारे में मेरी क्या राय है? अव्वल तो वह निरा बच्चा है। डरपोक तो नहीं है लेकिन कुछ आर्टिस्ट क़िस्म का आदमी है। हँसो नहीं, वह बड़ा मासूम और लोगों के बहकावे में आने वाला है। उसका दिल विशाल है और उसका स्वभाव विलक्षण है। सुनते हैं कि उसे संगीत और नाचने का भी शौक है। आस पास के गाँवों से लोग उसका गाना सुनने आते हैं। वह पढ़ने भी जाता है और बेहद हँसता है। अगर आप उसे चुप होने को कहें तो फौरन रोने लगता है। कई बार जब लोग उसे बच्चा समझने लगते हैं तो वह शराब के नशे में धुत हो जाता है। अनजाने में ही उसने चोरी भी की है, क्योंकि उसका कहना है, "कहीं कोई चीज़ पड़ी देखकर उठा लेने को चोरी थोड़े ही कहते हैं।" जानते हो धर्म में उसकी गहरी आस्था है? उसके परिवार के कई सदस्य 'घुमक्कड़'* रह चुके हैं। दो साल तक अपने गाँव में उसने एक बुज़ुर्ग की शागिर्दी की थी। यह बातें मुझे ख़ुद निकोलाई से और उसके गाँव वालों से मालूम हुयी। और यह आदमी भागकर जंगल में जाना चाहता था। वह बड़ा जोशीला था, रात को प्रार्थना करता था, 'सच्ची' प्राचीन पुस्तकों का अध्ययन करता था, और पढ़ते-पढ़ते उसने अपना दिमाग़ विक्षिप्त कर लिया था। पीटर्सबर्ग के जीवन का उस पर गहरा असर पड़ा है, ख़ासतौर पर शराब और औरतों की उसे बुरी लत पड़ गयी है। यहा आकर वह पूरी तरह से यहीं के रंग में रँग गया है और अपने आध्यात्मिक गुरु वग़ैरह सब को भूल बैठा है। मैंने सुना है कि एक आर्टिस्ट

* एक धार्मिक सम्प्रदाय।

उससे स्नेह करने लगा है और अकसर उससे मिलने आया करता है—अब बेचारे के ऊपर यह मुसीबत आ पड़ी।

"निकोलाई इस घटना से इतना डर गया कि उसने अपने गले में फन्दा डालकर आत्महत्या करनी चाह, वह घर से निकल भागा। आम लोगों के मन में रूसी कानूनी कार्यवही के बारे में जो ग़लतफ़हमियाँ हैं, उन्हें कैसे दूर किया जाये। कुछ लोग तो 'मुकदमा' शब्द ही सुनकर भयभीत हो उठते हैं। इसमें किसका दोष है? अब देखना है कि नये ज्यूरी क्या करते हैं? ईश्वर करे वे नेकी ही करें। जेल में आकर निकोलाई को अपने गुरु की याद आयी और वह फिर बाईबिल पढ़ने लगा। जानते हो रोदियोन रोमनोविच, कुछ लोगों के लिए 'पीड़ा शब्द कितना शक्तिशाली होता है? इनका ख्याल है कि इन्सान को पीड़ा भुगतनी ही है। अगर यह पीड़ा उन्हें सरकार देती है तो और भी अच्छा है। मुझे याद है, जेल में एक बड़ा ही नम्र और शरीफ़ क़ैदी हुआ करता था। वह साल भर तक जेल में रहा। हर रोज़ रात को वह नियमपूर्वक अँगीठी के पास बैठकर बाईबिल पढ़ा करता था। पढ़ते-पढ़ते उसका दिमाग़ इतना विक्षिप्त हो गया कि एक दिन उससे बिना सोचे समझे गवर्नर के सर पर एक ईंट दे मारी, और मारी भी इस तरह कि वह गवर्नर को न लगकर आँगन में गिरी। उसे डर था कि कहीं गवर्नर को सचमुच चोट न लग जाये। तुम जानते ही हो कि जो क़ैदी किसी अफ़सर पर हमला करता है उसकी सज़ा क्या होती है। बस उसने अपनी पीड़ा को गले लगा लिया।"

"मुझे अब लगता है कि निकोलाई भी पीड़ा को आमन्त्रित करना चाहता है। इस बात के कई सबूत भी मेरे पास हैं। लेकिन निकोलाई को नहीं मालूम कि मुझे सब पता है। क्या तुम नहीं मानते कि किसानों में ऐसे विलक्षण लोग भी होते हैं? अजी ऐसे बेशुमार लोग होते हैं। आजकल, खासतौर पर जबसे उसने आत्महत्या करने की कोशिश की थी, उस पर गुरू का प्रभाव बढ़ रहा है। देख लेना वह ख़ुद ही आकर मेरे आगे सब कुछ उगल देगा। तुम्हारा ख़्याल है वह अपने बयान पर क़ायम रहेगा? देखते जाओ, वह अपने शब्द वापिस ले लेगा। मैं हर क्षण इस इनतजार में हूँ कि वह आकर अपना बयान वापिस ले ले। मुझे उसमें बड़ी दिलचस्पी पैदा हो गयी है और मैं उसका ग़ौर से अध्ययन कर रहा हूँ। तुम्हारा क्या ख़्याल है? ही-ही! कई सवालों के तो उसने मुझे बड़े तर्कसंगत जवाब दिये थे। जाहिर है कि उसने कुछ सबूत इकट्ठे करके बड़ी होशियारी से अपना बयान तैयार किया था। लेकिन कई सवालों पर वह एकदम घबरा जाता है, उसे कुछ नहीं मालूम, नहीं उसे शक है कि वह कुछ नहीं जानता।

नहीं रोदियोन रोमनोविच, निकोलाई का इस केस से कोई ताल्लुक नहीं! यह एक विलक्षण आधुनिक, विषादमय घटना है। आज के ज़माने में इन्सान परेशान रहता है,

कहा जाता है कि ख़ून फिर से ताज़ा हो जाता है' आज के ज़माने में ऐशो-आराम ही जीवन का उद्देश्य समझा जाता है। यहाँ बहुत से लोग किताबी सपने देखते हैं, सिद्धान्तों से उनका मन असन्तुलित हो गया है। इस केस के मुजरिम में निश्चय तो नज़र आता है लेकिन ख़ास क़िस्म का। उसका ख़्याल था कि वह इस तरह हत्या कर डालेगा जैसे लोग किसी मीनार या चोटी से कूद जाते हैं, लेकिन जुर्म करते वक़्त उसकी टाँग काँप उठी। वह अपने पीछे दरवाज़ा बन्द करना भूल गया, कोरे सिद्धान्त की ख़ातिर उसने दो क़त्ल किये। क़त्ल करने के बाद वह नकदी नहीं ले जा सका, जो कुछ उसके हाथ आया, उसने एक पत्थर के नीचे दबा दिया। जब लोग बाहर घण्टी बजा रहे थे और दरवाज़ा पीट रहे थे, उतनी ही मानसिक पीड़ा से उसे सन्तोष नहीं हुआ, विक्षिप्त हालत में दोबारा उसी फ़्लैट में जाकर घण्टी बजाकर वह फिर से उस कँपकँपी को महसूस करना चाहता था...माना बीमारी के कारण यह सब हुआ, लेकिन यह भी तो सोचिये कि वह एक हत्यारा है। फिर भी वह अपने आप को ईमानदार समझता है और दूसरों को क्षुद्र समझता है, उसके भोलेपन को देखकर लगता है जैसे उसके साथ भारी ज़्यादती की गयी है। नहीं मेरे प्यारे रोदियोन रोमनोविच, यह निकोलाई जैसे आदमी का काम नहीं है।"

पहली बातों से रास्कोलनिकोव इतना निश्चित हो गया था कि इन शब्दों से उसे बड़ा धक्का लगा। वह इस तरह काँप उठा जैसे किसी ने उसे छुरा भोंक दिया हो।

"फिर...फिर...कौन...हत्यारा है?" बरबस उसके मुँह से निकल पड़ा। उसकी आवाज़ भर्रा गयी थी।

पोरफेरी पैत्रोविच कुर्सी से सटकर बैठ गया, जैसे उसे इस सवाल से बड़ा आश्चर्य हुआ हो।

"हत्यारा कौन है? भई वाह, रोदियोन रोमनोविच तुम ही तो हत्यारे हो।" पोरफेरी विश्वास भरे स्वर में फुसफुसाया।

रास्कोलनिकोव सोफ़े से उछलकर खड़ा हो गया और कुछ सैकिंड खड़े रहने के बाद चुपचाप अपनी जगह पर बैठ गया। उसका चेहरा हतकम्प से फड़क रहा था।

पोरफेरी पैत्रोविच ने हमदर्दी भरी आवाज़ में कहा, "तुम्हारे ओंठ पहले की तरह काँप रहे हैं। रोदियोन रोमनोविच देखता हूँ तुम मेरी बातों का ग़लत मतलब लगाते रहे हो। इसीलिए तुम्हें इतनी हैरानी हो रही है। मैं जान-बूझकर तुमसे सारी बातें तय करने के इरादे से ही तो यहाँ आया हूँ।"

"बुढ़िया की हत्या मैंने नहीं की," रास्कोलनिकोव उस भयभीत बच्चे की तरह फुसफुसाया जो रंगे हाथों पकड़ गया हो।

"नहीं यह तुम्हारे सिवा और किसी का काम नहीं है।" पोरफेरी ने दृढ़ आवाज़ में कहा।

दोनों दस मिनट तक ख़ामोश रहे। रास्कोलनिकोव मेज़ पर कुहनियाँ टिकाकर अपने बालों में उँगलियाँ फेरने लगा। पोरफेरी पैत्रोविच शान्तिपूर्वक इन्तज़ार कर रहा था। सहसा रास्कोलनिकोव ने घृणा भरी नज़रों से पोरफेरी की तरफ़ देखा और कहा,

"तुम फिर अपनी पुरानी चालों पर आ गये! मालूम होता है अभी तक तुम्हारा मन नहीं भरा!"

"बस रहने दो, अब इन बातों से क्या फ़र्क़ पड़ता है? अगर कोई गवाह मौजूद होता तो कोई बात भी थी, लेकिन हम दोनों एकान्त में बात कर रहे हैं। तुमने देख लिया कि मैं तुम्हें ख़रगोश समझकर तुम्हारा पीछा करने और पकड़ने के लिए नहीं आया। तुम चाहे अपना जुर्म क़बूल करो या न करो, इससे मुझे कोई सरोकार नहीं। मुझे पहले से पूरा यक़ीन है कि तुम्हीं मुज़रिम हो।"

ऐसी बात है तो आप यहाँ किसलिए आये हैं? मैं फिर वहीं सवाल पूछूँगा। अगर आप मुझे मुज़रिम समझते हैं तो फिर जेल में क्यों नहीं क़ैद कर देते?

"अच्छा तो तुम यह सवाल पूछना चाहते थे? मैं तुम्हें हर बात का जवाब दूँगा। अव्वल तो तुम्हें सीधा गिरफ़्तार करना मेरे लिए ठीक नहीं।"

"क्यों अगर आपको यक़ीन है तो फिर आपको चाहिए कि..."

"ओफ ओ! मेरे यक़ीन करने से क्या? फिलहाल मैं तुम्हें जेलख़ाने की सुरक्षा क्यों दूँ? तुमने खुद गिरफ़्तार होने की इच्छा प्रकट की है क्योंकि तुम जानते हो कि जेल में जाकर तुम्हें सुरक्षा मिलेगी। अगर मैं तुम्हें उस पेंटर के सामने खड़ा कर दूँ और तुम उससे पूछो, "तुम नशे में थे या नहीं? तुम्हारे साथ मुझे किसने देखा था? मैं तो तुम्हें नशे में धुत समझता था!" तो फिर मेरे पास क्या जवाब रहेगा! तुम्हारी कहानी में ज़्यादा सच्चाई नज़र आयेगी। उसकी गवाही में सिवा मनोवैज्ञानिक तथ्यों के कुछ नहीं है—तुम प्रतिभाशाली हो इसलिए तुम्हारी बात ऐन निशाने पर जाकर बैठती है, लेकिन वह बदसूरत थूथनी वाला आदमी बदनाम पियक्कड़ है। मैंने कई बार खुलेआम तुम्हारे सामने भी स्वीकार किया है, कि मनोविज्ञान दुधारी तलवार है। दूसरे पहलू में ज़्यादा ज़ोर है और वह युक्तिसंगत मालूम होता है। इसके अलावा अभी तक मेरे पास तुम्हारे ख़िलाफ़ कोई सबूत नहीं है। वैसे मैं तुम्हें जेल तो भेजूँगा ही, लेकिन मैं तुम्हें पहले से ही चेतावनी देने आया हूँ जो शिष्टाचार के विरुद्ध है। फिर भी मैं तुम्हें साफ़-साफ़ बता रहा हूँ कि तुम्हें जेल में रखना मेरे लिए अहितकारी होगा। मेरे आने का दूसरा कारण...।"

"हाँ हाँ दूसरा कारण बताइये न!" रास्कोलनिकोव ने अधीर होकर पूछा।

"मैंने तुम्हें अभी बताया कि मैं तुम्हारे आगे अपने को जवाबदेह समझता हूँ। मैं नहीं चाहता कि तुम मुझे राक्षस समझो। क्योंकि शायद तुम्हें यह सुनकर विश्वास नहीं होगा कि मैं तुम्हें सच्चे दिल से पसन्द करता हूँ। इसके अलावा मैं तुम्हारे

सामने एक सीधा प्रस्ताव रखने आया हूँ—तुम अपने को पुलिस के हवाले कर दो और सारा जुर्म क़बूल कर लो। इसमें तुम्हें ही फायदा होगा, और मेरा फर्ज़ अदा हो जायेगा। कहो मैंने अपनी तरफ़ से साफ़ बात की है या नहीं?"

रास्कोलनिकोव ने कुछ सोचकर जवाब दिया, "सुनो पोरफेरी पैत्रोविच, आपने अभी कहा कि सिवा मनोवैज्ञानिक तथ्यों के आपके पास कोई सबूत नहीं है। लेकिन अब आपने गणित की बातें शरू कर दीं। मान लो आपको ग़लतफ़हमी हो गयी हो फिर?"

नहीं रोदियोन रोमनोविच। मुझे गलतफ़हमी नहीं हुई। ख़ुशकिस्मती से एक छोटा सा सबूत अब भी मेरे पास है।

"कौन सा सबूत?"

"यह मैं तुम्हें नहीं बताऊँगा, रोदियोन रोमनोविच। और फिर किसी भी सूरत में तुम्हारी गिरफ़्तारी रोकने का अधिकार मुझे नहीं है इसलिए तुम्हें गिरफ़्तार तो होना ही पड़ेगा। फिर से सारे मामले पर सोच लो। जहाँ तक मेरा ताल्लुक है, मुझे अब कोई फ़र्क़ नहीं पड़ेगा। मैं सिर्फ़ तुम्हारी ख़ातिर ही यह कह रहा हूँ। विश्वास करो रोदियोन रोमनोविच तुम्हारी बेहतरी इसी में है।"

रास्कोलनिकोव दुर्भावनापूर्ण मुस्कान के साथ बोला, "कैसी हास्यास्पद और बेहूदा बात है! मान लो कि मैं मुजरिम हूँ जो मैं नहीं मानता, तो मैं जुर्म क्यों क़बूल कर लूँ, जबकि तुमने ख़ुद ही मुझे बताया है कि जेल में रहकर मुझे बड़ी सुरक्षा मिलेगी?"

"आह शब्दों में बहुत ज़्यादा विश्वास करना ठीक नहीं रोदियोन रोमनोविच! शायद जेल में भी तुम्हें आराम नहीं मिलेगा। वह तो सिर्फ़ मेरा एक सिद्धान्त था। मेरे सिद्धान्तों में तुम्हें इतनी आस्था क्यों हो? कौन जानता है कि अभी भी मैं तुमसे कोई बात छिपा रहा हूँ। भला मैं सारी बातें कैसे खोल के रख दूँ? ही-ही! फ़ायदा क्या होगा? जानते नहीं, जुर्म क़बूल करने से तुम्हारी सजा कितनी कम हो जायेगी? ऐसे क्षण में जबकि एक-दूसरे आदमी ने अपने को मुजरिम घोषित करके सारे केस को गड़बड़ कर दिया है, अगर तुम अपना जुर्म क़बूल करोगे तो सोचो यह तुम्हारे हक में कितना अच्छा होगा? मैं ईश्वर के सामने क़सम खाकर कहता हूँ कि मैं इस तरह का इन्तज़ाम कर दूँगा कि तुम्हारा बयान सुनकर सब दंग रह जायेंगे। इन सारे मनोवैज्ञानिक तथ्यों का सफ़ाया कर देंगे, ताकि तुम्हारे जुर्म का कारण मानसिक विकृति माना जायेगा, तुम्हारे ख़िलाफ़ सारे शक ख़त्म हो जायेंगे। सच पूछो तो यह हत्या तुम्हारी मानसिक विकृति ही थी। मैं ईमानदार आदमी हूँ, रोदियोन रोमनोविच, अपना दिया वचन पूरा करूँगा।"

रास्कोलनिकोव की अवसादभरी खामोशी बनी रही और उसने निराश भाव से सर झुका लिया। बहुत लम्बी सोच के बाद वह फिर मुस्कराया। लेकिन यह मुस्कान बड़ी कोमल और उदास थी।

'नहीं मुझे सज़ा कम हो याद ज़्यादा इसकी परवाह नहीं। मैं जुर्म क़बूल नहीं करूँगा।''

"यही डर तो मुझे भी था!" पोरफेरी के मुँह से अनायास ही निकल गया। मैं भी डरता था कि तुम्हें सज़ा घटवाने में कोई दिलचस्पी नहीं होगी।

रास्कोलनिकोव ने उदास और भावुक आँखों से पोरफेरी की तरफ़ देखा।

"आह! ज़िन्दगी को यूँ न फेंको! अभी भी तुम्हारे आगे काफ़ी ज़िन्दगी पड़ी है। तुम कैसे कह सकते हो कि तुम सज़ा को कम नहीं कराना चाहते! बड़े अधीर आदमी हो तुम!"

"मेरे आगे क्या पड़ा है?"

"ज़िन्दगी! तुम कैसे पैगम्बर हो जी? तुम्हें कुछ मालूम भी है? बाईबिल में लिखा है कि जो ढूँढ़ता है, वह पाता है, हो सकता है ईश्वर ने तुम्हें अपने नज़दीक लाने के लिए ही यह सब किया हो। लेकिन दासता के बन्धन सदा के लिए नहीं..."

"दासता की अवधि कम जो हो जायेगी।" रास्कोलनिकोव ने हँसकर टिप्पणी की।

"क्या तुम्हें बुर्जुआ 'बदनामी से डर लगता है? हो सकता है, तुम नहीं जानते यह क्या चीज़ है, फिर भी डरते हो, आख़िर नौजवान जो ठहरे! लेकिन तुम्हें पुलिस के आगे आत्मसर्पण करने और जुर्म क़बूल करने में डर नहीं लगना चाहिए।"

"छिः गीली मारो इस क़िस्से को।" रास्कोलनिकोव ग्लानि भरे स्वर में फुसफुसाया। शायद वह ऊँचे स्वर में बात नहीं करना चाहता था।

वह बाहर जाने के लिए उठ खड़ा हुआ, लेकिन फिर निराश-भाव से बैठ गया।

"गोली मारना चाहते हो तो मारो! तुम अपनी आस्था खो बैठे हो, इसलिए तुम्हें लगता है कि मैं तुम्हारी चापलूसी कर रहा हूँ। लेकिन अभी तुमने कितनी ज़िन्दगी देखी है? तुम ज़िन्दगी को कितना समझ सके हो? तुमने बैठे बिठाये एक सिद्धान्त गढ़ लिया और उसकी असफलता को देखकर तुम्हें शर्म आयी और तुम्हें लगा कि वह सिद्धान्त क़तई मौलिक नहीं था! यह सच है कि उसकी नीचता प्रमाणित हो गयी है, लेकिन तुम इतने नीच नहीं कि सुधर न सको! बिलकुल नहीं! तुमने कम से कम ज़्यादा देर तक अपने को धोखा नहीं दिया बल्कि सीधे कदूकर अन्तिम सीमा तक पहुँच गये। जानते हो तुम्हारे बारे में मेरी क्या राय है? मेरी राय में तुम उन लोगों में से हो, जिनकी आँतें नोचकर बाहर निकाली जा रही हों, तब भी जो यन्त्रणा देने वाले को देखकर मुस्कराते हैं, बशर्ते उन्हें ईश्वर में या किसी और चीज़ में आस्था हो। तुम भी आस्था पा लो तो ज़िन्दा रह सकोगे। तुम्हें मुद्दत से नये वातावरण की ज़रूरत है। पीड़ा भी अच्छी चीज़ है। पीड़ा सहो। शायद निकोलाई ने भी पीड़ा की कामना करके अच्छा ही किया है। मैं जानता हूँ, तुम इन बातों में विश्वास नहीं करते, लेकिन ज़रूरत से ज़्यादा अक़्लमन्द न बनो।

बिना तर्क वितर्क के सीधे ज़िन्दगी की धार में कूद पड़ो। डरो मत—धार तुम्हें सुरक्षित किनारे पर पहुँचा देगी और तुम फिर अपने पैरों पर खड़े हो सकोगे। कौन-सा किनारा? यह मैं कैसे बता सकता हूँ? लेकिन मेरा विश्वास है कि तुम्हारे आगे अभी बड़ी लम्बी ज़िन्दगी पड़ी है। तुम समझते हो कि मैं तुम्हारे सामने रटा-रटाया भाषण दे रहा हूँ, लेकिन बाद में तुम्हें ये बातें याद आयेंगी और शायद किसी दिन तुम्हारे काम भी आयेगी। इसीलिए मैं यह सब कह रहा हूँ। एक माने में अच्छा हुआ कि तुमने सिर्फ़ बुढ़िया की हत्या की। अगर तुम्हारे दिमाग़ ने किसी दूसरे सिद्धान्त की ईजाद की होती तो शायद तुम इससे हज़ार गुना घृणित कोई काम कर बैठते। तुम्हें ईश्वर का धन्यवाद करना चाहिए। कौन जाने ईश्वर किसी और काम के लिए तुम्हें ज़िन्दा रखना चाहता हो! दिल को पक्का रखो और डर छोड़ दो। क्या तुम्हें आने वाले महान प्रायश्चित से डर लगता है? नहीं यह तो शर्मनाक बात होगी। चूँकि तुमने एक ऐसा कदम उठाया है, इसलिए तुम्हें अपने दिल को कड़ा करना चाहिए। इसी में न्याय है। न्याय तुमसे जो माँग करता है, तुम्हें पूरी करनी चाहिए। मैं जानता हूँ, तुम्हें इन बातों में विश्वास नहीं है, लेकिन ज़िन्दगी तुम्हें पार लगा देगी। और यह वक़्त भी बीत जायेगा। तुम्हें इस वक़्त ज़रूरत है सिर्फ़ ताज़ी हवा की, ताज़ी हवा की, ताज़ी हवा की।"

रास्कोलनिकोव चौंक उठा, "लेकिन आप कौन हैं? कौन से पैगम्बर हैं? शान्ति और ज्ञान के किस ऊँचे दिव्य-शिखर पर खड़े होकर आप ये घोषणायें कर रहे हैं?"

"मैं कौन हूँ? मैं एक ऐसा आदमी हूँ जिसकी ज़िन्दगी में कोई आशा नहीं, मेरे दिल में भावुकता और हमदर्दी है। शायद ज़िन्दगी का कुछ ज्ञान भी। लेकिन मेरा ज़माना बीत चुका है। लेकिन तुम्हारी बात दूसरी है, तुम्हारे सामने अब भी बहुत ज़िन्दगी बाक़ी है। क्या पता तुम्हारी ज़िन्दगी भी धुएँ की तरह शून्य में गायब हो जाये, लेकिन तुम नये क़िस्म के लोगों में शामिल हो जाओगे। इससे क्या फ़र्क़ पड़ता है? तुम्हें आराम से तो डर नहीं लगता? लम्बे अर्से तक शायद तुमसे किसी की मुलाकात नहीं होगी, इससे क्या? वक़्त नहीं, तुम ख़ुद ही इसका फ़ैसला करोगे। लेकिन सूरज और सारे नक्षत्र तो तुम्हें देखेंगे। सूरज तो सूरज ही रहता है। तुम फिर क्यों मुस्करा रहे हो? इसलिए कि मैं शिलर? की-सी कविता कर रहा हूँ। मैं शर्त लगाता हूँ कि तुम्हारा ख़्याल है कि मैं तुम्हारी तारीफ के ज़रिए तुम्हें काबू में लाना चाहता हूँ? हो सकता है, ही-ही-ही! शायद तुम्हें मेरी किसी बात पर यक़ीन नहीं करना चाहिए, बेहतर हो कि कभी भी यक़ीन न करो। मैं इसी साँचे में ढला हूँ—यह मैं मानता हूँ। लेकिन तुम यह खुद सोचकर देख लो कि मैं किस हद तक नीच हूँ या ईमानदार हूँ।"

"अब आप मुझे गिरफ्तार कर रहे हैं?"

"शहर में घूमने की तुम्हें दो दिन की छूट और दे सकता हूँ। मेरे दोस्त सारे मामले पर गम्भीरता से सोचना और ईश्वर से प्रार्थना करना। इसमें तुम्हारा ही फायदा है, यक़ीन करो।"

"और मैं कहीं भाग गया तो?" रास्कोलनिकोव ने विचित्र मुस्कान के साथ कहा।

"नहीं तुम भागोगे नहीं, तुम्हारी जगह कोई देहाती होता तो भाग जाता। दूसरों के विचारों पर पलने वाला कोई फ़ैशनेबल अनास्थाशील व्यक्ति भी भाग सकता था, क्योंकि उसे तो आप तर्जनी दिखाकर ही धमका सकते हैं और वह ज़िन्दगी भर किसी भी सिद्धान्त में आस्था रखने के लिए तैयार हो जायेगा। लेकिन तुम तो पहले से ही अपने सिद्धान्त में आस्था खो बैठे हो। तुम किस बूते पर भागोगे? छिपकर क्या करोगे? तुम ख़ुद एकान्त से तंग आ जाओगे। तुम्हें चाहिए निश्चित निश्चिन्तता और अनुकूल वातावरण। भागने पर तुम्हें कैसा वातावरण मिलेगा? तुम घूम फिर कर अपने दायरे में लौट आओगे। हमारे बिना तुम्हारी गति नहीं है। अगर मैं तुम्हें जेल में भेज दूँ—तो याद रखना, एक-दो या तीन महीने में तुम अपना जुर्म क़बूल कर लोगे, तुम्हें ख़ुद इस बात पर ताज्जुब होगा। एक घण्टा पहले तुम्हें आभास तक न होगा कि तुम जुर्म क़बूल करने जा रहे हो। मुझे पक्का यक़ीन है कि तुम अपनी पीड़ा का बोझ उठाने का फ़ैसला करोगे। इस वक़्त तुम्हें मेरी बात पर यक़ीन नहीं होता, लेकिन बाद में तुम ख़ुद भी इसी नतजे पर पहुँचोगे पीड़ा एक महान चीज़ है। रोदियोन रोमनोविच। मैं मोटा ज़रूर हो गया हूँ लेकिन मैं इस सत्य को जानता हूँ। हँसो नहीं। पीड़ा में कोई प्रयोजन ज़रूर रहता है, निकोलाई ठीक ही कर रहा है। तुम भागोगे नहीं रोदियोन रोमनोविच।"

रास्कोलनिकोव ने उठकर अपनी टोपी हाथ में ले ली। पोरफेरी भी उठ खड़ा हुआ।

"घूमने जा रहे हो? अगर आँधी न आयी तो शाम को मौसम सुहावना रहेगा। ख़ैर ताज़ी हवा में जाना तो अच्छी बात है।"

पोरफेरी ने भी अपनी टोपी उठा ली।

रास्कोलनिकोव ने चिढ़कर ज़िद की, "पौरफेरी पैत्रोविच, मेहरबानी करके यह मत समझ बैठियेगा कि मैंने आपके आगे जुर्म क़बूल कर लिया है। आप भी विचित्र आदमी है। सिर्फ़ कौतूहलवश मैंने आपकी बातें सुनीं। याद रखिए, मैंने कुछ क़बूल नहीं किया!"

"मैं जानता हूँ। याद रखूँगा। ज़रा देखो तो सही तुम किस तरह काँप रहे हो। घबराओ नहीं मेरे दोस्त जो जी में आये करो। थोड़ा घूम आओ, अधिक दूर तो तुमसे चला ही नहीं जायेगा, अगर कोई ऐसी-वैसी बात हो जाये, तो मेरी एक प्रार्थना है," पोरफेरी की आवाज़ सहसा धीमी पड़ गयी "बात तो कुछ बेहूदी-सी है लेकिन है ज़रूरी। अगर कोई ऐसी स्थिति आये (मुझे इसमें यक़ीन नहीं, मेरे ख़्याल में यह

तुम्हारे बस की बात नहीं) फिर भी अगर आने वाले दो दिनों में तुम्हारे दिमाग़ में कोई फितूर आया और तुमने किसी दूसरे, विलक्षण तरीक़े से यह मामला सुलझाना चाहा, अपने हाथों अपनी जान लेने की कोशिश की, (विचार तो बेहूदा है—माफ़ करना) तो काग़ज़ के एक छोटे से पुर्ज़े पर उस पत्थर का हुलिया ज़रूर लिखकर छोड़ जाना इससे तुम्हारी सहृदयता प्रमाणित होगी, अच्छा फिर मिलेंगे। मैं कामना करता हूँ कि तुम्हारे दिमाग़ में अच्छे विचार और अक़्लमन्दी के फ़ैसले आयें।"

पोरफेरी कमर झुकाकर, रास्कोलनिकोव से नज़रें चुराता हुआ बाहर निकल गया। रास्कोलनिकोव जाकर खिड़की के पास खड़ा हो गया और अधीरतापूर्वक पोरफेरी के सड़क पर पहुँचने का इन्तज़ार करने लगा। फिर वह भी कमरे से बाहर चला गया।

3

वह भागता हुआ स्वीद्रीगाईलोव के घर गया। किसलिए, वह वहाँ जा रहा है, यह उसे ख़ुद भी मालूम नहीं था। लेकिन स्वीद्रीगाईलोव के पास कोई अज्ञात शक्ति थी, जिसका असर उस पर पड़ा था। जब से उसे यह आभास हुआ था वह हर वक़्त बेचैन रहता था। अब ज़रूरत की घड़ी आ पहुँची थी।

रास्ते भर वह चिन्ता करता रहा, क्या स्वीद्रीगाईलोव पोरफेरी के यहाँ आया है?

जहाँ तक उसका अनुमान था, उसे इस बात पर विश्वास नहीं होता था। वह बार-बार पोरफेरी से हुई अपनी मुलाकात को मन में दुहरा रहा था, नहीं स्वीद्रीगाईलोव वहाँ नहीं गया।

"नहीं गया तो क्या अब जायेगा?" रास्कोलनिकोव का न जाने क्यों लगा कि भविष्य में भी ऐसा नहीं होगा। इसका कारण उसे ख़ुद भी मालूम नहीं था वरना वह इसमें अपना वक़्त बर्बाद न करता। उसे चिन्ता भी हो रही थी, लेकिन वह अपना ध्यान उस तरफ़ नहीं केन्द्रित कर पा रहा था। शायद किसी को विश्वास नहीं होगा कि अपने तत्कालिक भविष्य के बारे में उसके मन में सिर्फ़ एक मन्द अस्पष्ट-सी बेचैनी हो रही थी। असली चिन्ता तो उसे दूसरी थी, जो पहली से कहीं अधिक महत्त्वपूर्ण थी। उसे अतिशय नैतिक थकान का अनुभव हो रहा था, हालाँकि आज उसका दिमाग़ पहले दिनों की बनिस्बत ज़्यादा तेज़ी से काम कर रहा था।

क्या इतना सब होने के बाद क्षुद्र बाधाओं से डरने की ज़रूरत है। मिसाल के लिए स्वीद्रीगाईलोव को पोरफेरी के यहाँ जाने से रोकने की तिकड़म में भला कोई फ़ायदा है? स्वीद्रीगाईलोव जैसे आदमी से पूछताछ करने और जाँच-पड़ताल में वक़्त बर्बाद करने की कोई ज़रूरत है?

ओह! वह इन बातों से कितना तंग आ गया था।

फिर भी वह स्वीद्रीगाईलोव के घर की ओर जा रहा था। क्या वह किसी 'नयी' बात की, ख़बर की या मुक्ति-साधन की आशा लेकर वहाँ जा रहा था?

क्या भाग्य या कोई सहजवृत्ति दोनों को एक-दूसरे के क़रीब ला रहे थे? डूबते को तिनके का सहारा! शायद इसका कारण थकान और अवसाद था। शायद उसे स्वीद्रीगाईलोव का ख़्याल अचानक ही आ गया था, और उसे ज़रूरत किसी दूसरे व्यक्ति की थी। सोनिया की? लेकिन अब वह सोनिया के पास किसलिए जायेगा? फिर उसके आँसुओं की भीख माँगने? उसे सोनिया से भी डर लगने लगा था, वह उसके लिए अमिट सज़ा की प्रतीक थी। वह या तो सोनिया के रास्ते पर चल सकता था या अपने रास्ते पर। विशेषकर उस वक़्त तो सोनिया से मिलने का उसके मन में क़तई विचार नहीं आया था। क्या स्वीद्रीगाईलोव के पास जाना बेहतर नहीं होगा? उसे आभास हुआ कि बहुत दिनों से वह किसी ज़रूरी काम के लिए स्वीद्रीगाईलोव से मिलना चाहता था।

लेकिन उन दोनों में कौन-सी समानता हो सकती थी? यहाँ तक उनके पाप भी एक जैसे नहीं थे। इसके अलावा स्वीद्रीगाईलोव कर्कश, लम्पट, चालाक, धोखेबाज और अनिष्टकारी भी तो था। उसकी यही शोहरत थी। इसमें सन्देह नहीं कि वह कैटेरीना इवानोव्ना के बच्चों की बड़ी मदद कर रहा था लेकिन उसकी नीयत का क्या पता? वह आदमी हर वक़्त कोई न कोई साज़िश करता रहता है।

एक और विचार भी लगातार रास्कोलनिकोव के मन में मँडरा रहा था और उसे परेशान कर रहा था। यह विचार इतना वेदनापूर्ण था कि उसने उसे भूलने की बड़ी कोशिश की। कई बार उसे महसूस हुआ कि स्वीद्रीगाईलोव शिकारी कुत्ते की तरह उसका पीछा कर रहा है। दुनिया को वह अपने चंगल में फँसाना चाहता है और उसे रास्कोलनिकोव के भेद का पता चल गया है। लेकिन उसके इरादे क्या पहले से ही ऐसे नहीं थे? मान लो दुनिया को अपने चंगुल में फँसाने के लिए उसने इन बातों का इस्तेमाल किया तो क्या होगा?

कई बार सपने में भी उसे इस विचार से परेशानी हुई थी, लेकिन स्वीद्रीगाईलोव के यहाँ जाने से पहले यह विचार कभी इतने साफ़ ढंग से उसके दिमाग़ में नहीं आया था। इस बात की कल्पना से ही उसके मन में अवसाद भरा क्षोभ भर गया। अगर ऐसी बात हुई तो सारी स्थिति बदल जायेगी। उसे दुनिया को अपना राज बताना पड़ेगा। क्या पता दुनिया उत्तेजना में कोई ऐसा वैसा कदम न उठा ले, इस डर से उसे पुलिस के आगे आत्मसमर्पण न करना पड़े। और वह ख़त? आज सुबह दुनिया को कोई ख़त मिला है। पीटर्सबर्ग में भला उसे ख़त लिखने वाला कौन है? लूज़िन? यह ठीक है कि दुनिया की रक्षा के लिए राजुमिहीन वहाँ मौजूद था, लेकिन उसे स्थिति का कुछ ज्ञान नहीं। तो क्या राजुमिहीन को सारी बातें बताना उसका फ़र्ज़ है? यह विचार आते ही उसका मन वितृष्णा से भर गया।

उसने अन्त में तय किया, जो भी हो उसे जल्द से जल्द स्वीद्रीगाईलोव से मिलना चाहिए। उस मुलाकात के ब्यौरे की उसे परवाह न थी। काश वह मामले की जड़ तक पहुँच सकता। लेकिन अगर स्वीद्रीगाईलोव....मान लो वह दुनिया के खिलाफ साज़िश कर रहा हो तब...?

रास्कोलनिकोव पिछले महीने की घटनाओं से इतना थक गया था कि ऐसे प्रश्नों को हल करने का उसे एक ही मार्ग सूझता था—"मैं उसे मार डालूँगा।" उसने निराश भाव से सोचा।

सहसा आकस्मिक वेदना के बोझ से उसका दम घुटने लगा। वह सड़क के बीचों बीच खड़ा होकर देखने लगा कि वह किधर जा रहा है। उसने अपने को घासमण्डी से तीस या चालीस कदम दूर क—दृश्य के पास खड़े देखा। बायीं तरफ़ की इमारत की दूसरी मंज़िल पर एक सराय थी, जिसकी सारी खिड़कियाँ खुली थीं। खिड़कियों के पास आते-जाते लोगों को देखकर रास्कोलनिकोव ने अनुमान लगाया कि कमरों में बहुत भीड़ जमा है। भीतर से गाने, क्लेरिनेट, वायलिन और तुर्की-ढोल के स्वर में सुनायी दे रहे थे। औरतें चिल्ला रही थीं। उसे आश्चर्य हुआ कि वह क—दृश्य की तरफ कैसे आ निकला। वह वापिस लौटने ही वाला था कि सहसा उसकी नज़र एक खिड़की पर जा पड़ी, जहाँ चाय की मेज़ के आगे स्वीद्रीगाईलोव बैठा पाइप पी रहा था। रास्कोलनिकोव के पैरों तले से ज़मीन खिसक गयी। स्वीद्रीगाईलोव भी ख़ामोशी से उसका मुआयना कर रहा था और उठने वाला था। रास्कोलनिकोव ने यह ज़ाहिर किया जैसे उसने किसी को देखा ही नहीं, और वह इधर-उधर शून्य भाव से ताकने लगा, लेकिन वह कनखियों से स्वीद्रीगाईलोव को देख रहा था। उसका दिल ज़ोरों से धड़क रहा था। साफ़ ज़ाहिर था कि स्वीद्रीगाईलोव भी नहीं चाहता था कि किसी की नज़र उस पर पड़े। वह मुँह से पाइप निकालकर छिपने ही वाला था, लेकिन कुर्सी पीछे सरकाते ही उसे आभास हुआ कि रास्कोलनिकोव ने उसे देख लिया है। इसके बाद वही हुआ जो पहली मुलाकात में हुआ था। स्वीद्रीगाईलोव के चेहरे पर चालाकी भरी मुस्कान फैल गयी। दोनों को मालूम था कि उन्होंने एक-दूसरे को देख लिया है। आख़िरकार स्वीद्रीगाईलोव ज़ोर से हँस पड़ा और उसने खिड़की में से आवाज़ दी।

"अच्छा, अच्छा, मुझसे मिलना चाहते हो तो भीतर आ जाओ। मैं यहाँ हूँ।"

रास्कोलनिकोव सराय के भीतर चला गया। उसने पिछवाड़े के एक कमरे में, जिसके साथ वाले हाल में व्यापारी, क्लर्क और सब क़िस्म के लोग चाय पी रहे थे और कोरस वाले गला फाड़कर गा रहे थे, स्वीद्रीगाईलोव को बैठे देखा। दूर किसी कमरे से बिलियर्ड के गेंदों की आवाज़ सुनायी दे रही थी। स्वीद्रीगाईलोव के सामने वाली मेज़ पर आधा शेम्पेन का गिलास पड़ा था, कमरे में एक लड़का छोटा ऑर्गन

बजा रहा था। पास में लाल गालों वाली एक तन्दरुस्त लड़की गीत गा रही थी, जिसने मुड़ी हुई धारीदार स्कर्ट और फीतों वाली देहाती टोपी पहन रखी थी। साथ के कमरे में कोरस चल रहा था। फिर भी यह लड़की ऑर्गन की धुन पर भारी आवाज़ से नौकरों का कोई गीत गा रही थी।

रास्कोलनिकोव के कमरे में दाख़िल होते ही स्वीद्रीगाईलोव ने लड़की से कहा, "बस अब गाना बन्द करो।" लड़की ने फौरन गाना बन्द कर दिया और आदर पूर्वक खड़ी हुक़्म का इन्तज़ार करने लगी। उसने अपने गीत भी संजीदगी और आदर भाव से गला दबाकर गाये थे।

"अरे फ़िलिप एक गिलास और लाओ।" स्वीद्रीगाईलोव चिल्लाया।

"मैं कुछ नहीं पीऊँगा।" रास्कोलनिकोव बोला। "जैसी तुम्हारी मर्ज़ी। वैसे भी यह मैंने तुम्हारे लिए नहीं मँगवाया था। पीओ कात्या! आज मुझे और कुछ नहीं चाहिए। तुम जा सकती हो।" उसने गिलास शराब से भर दिया और मेज़ पर एक पीले रंग का नोट रख दिया।

कात्या ने ग्लास हाथ में लेकर बीस घूँटों में ख़त्म किया, जो औरतों का क़ायदा है। फिर उसने नोट उठा लिया और स्वीद्रीगाईलोव का हाथ चूमकर बाहर चली गयी। स्वीद्रीगाईलोव ने भी संजीदा भाव से उसे अपना हाथ चूमने की इजाज़त दे दी थी। लड़का भी ऑर्गन उठाकर लड़की के पीछे-पीछे चला गया। दोनों सड़क से भीतर बुलाये गये थे। अभी स्वीद्रीगाईलोव को पीटर्सबर्ग में आये एक हफ़्ता भी नहीं हुआ था, कि उसने सब तरफ़ अपना रौब जमा लिया था। सराय का वेटर फ़िलिप उसका दोस्त और आज्ञाकारी सेवक बन गया था।

हॉल की तरफ़ खुलने वाले दरवाज़े पर ताला लगा हुआ था। स्वीद्रीगाईलोव बड़ी बेतकल्लुफ़ी से इस कमरे में रह रहा था और शायद कई दिनों तक बाहर नहीं निकला था। बहुत रद्दी क़िस्म की सराय होने के कारण चारों तरफ़ कूड़ा-करकट फैला था।

रास्कोलनिकोव ने कहना शुरू किया, "मैं तुम्हारी तलाश में बाहर निकला था, लेकिन पता नहीं मैं घासमण्डी से निकलकर अभी क–दृश्य के पास कैसे पहुँच गया। मैं कभी इस तरफ़ नहीं मुड़ता, बल्कि घास मण्डी से सीधा दायीं ओर मुड़ जाता हूँ। फिर तुम्हारे घर पहुँचने का यह कोई रास्ता भी तो नहीं है। मैं इधर चला आया और तुम यहाँ मिल गये। कैसी अजब बात है।"

"यह क्यों नहीं कहते कि यह चमत्कार है!"

"नहीं, हो सकता है यह संयोग ही हो।"

स्वीद्रीगाईलोव हँस पड़ा, "तुम सब लोगों की यही तो मुसीबत है कि अगर तुम्हें चमत्कार में मन-ही-मन विश्वास हो जाये तब भी उसे स्वीकार नहीं करोगे। तुम कहते हो कि हमारी मुलाकात सिर्फ़ एक संयोग है। रोदियोन रोमनोविच तुम नहीं जानते

कि यहाँ के लोग अपनी राय कायम करने से कितना डरते हैं। मेरा मतलब तुमसे नहीं है, क्योंकि तुम अपनी राय रखते हो और इस बात से डरते नहीं। इसीलिए तो तुम्हें देखकर मेरा कौतूहल जगा था।"

"सिर्फ़ इसी कारण से?"

"तुम जानते हो इतना ही कारण काफ़ी है।" स्वीद्रीगाईलोव सरूर में था, हालाँकि उसने शैम्पेन का सिर्फ़ आधा गिलास ही पिया था।

"मेरा ख़्याल है कि तुम यह जानने से पहले ही कि मैं अपनी राय रखता हूँ—मुझसे मिलने आये थे।" रास्कोलनिकोव ने टिप्पणी की।

"ख़ैर वह और बात थी। हर आदमी के अपने इरादे होते हैं। रही चमत्कार की बात सो मेरा ख़्याल है कि पिछले दो तीन दिनों से तुम सोते रहे हो। मैंने खुद तुम्हें इस सराय का पता बताया था, इसलिए तुम यहाँ सीधे चले आये। इसमें कौन सा चमत्कार है? मैंने तुम्हें सारा रास्ता समझाया था और यह भी बताया था कि मैं यहाँ किस वक़्त मिल सकता हूँ। याद है?"

"मुझे तो कुछ याद नहीं," रास्कोलनिकोव ने चकित भाव से उत्तर दिया।

"यह मैं मानता हूँ। मैंने तुम्हें दो बार अपना पता बताया था। मालूम होता है, तुम्हारी स्मृति में ये सारी बातें यन्त्रवत अंकित हो गयीं और तुम्हारे कदम अनजाने में ही, यन्त्रवत इधर मुड़ गये। उस वक़्त भी तुम्हारी समझ में मेरी एक बात नहीं आयीं थी। तुम अपने दिल की बात फौरन बक डालते हो, रोदियोन रोमनोविच मेरा ख़्याल है कि पीटर्सबर्ग में बहुत से ऐसे लोग हैं जो चलते-चलते अपने से बातें करते रहते हैं। यह सनकियों का शहर हैं। यहाँ वैज्ञानिकों, डॉक्टरों, वकीलों और फ़िलासफ़रों को अपने-अपने विषयों के अनुसन्धान का बड़ा अच्छा मौका मिल सकता है। पीटर्सबर्ग के अलावा शायद ही कोई ऐसी जगह होगी जहाँ इन्सान की आत्मा पर इतने विषादमय, गहरे और विलक्षण प्रभाव पड़ते हों। अकेला वातावरण ही इतना महत्त्वपूर्ण होता है। सरकारी केन्द्र होने के नाते इसके वातावरण का प्रभाव सारे देश पर पड़ता है, लेकिन बात यह नहीं है, दरअसल मैंने बहुत दफ़ा तुम्हें ग़ौर से देखा है। तुम घर से निकलते हो तो तुम्हारा सर ऊँचा रहता है—बीस कदम चलकर तुम सर झुका लेते हो और दोनों हाथ पीठ के पीछे रखकर चलते हो। उस वक़्त तुम्हें आगे-पीछे का कोई ध्यान नहीं रहता। फिर तुम्हारे ओंठ हिलने लगते हैं और तुम बड़बड़ाने लगते हो, कई बार हाथ हिलाकर भर्त्सना करते हो और सड़क के बीचों बीच खड़े हो जाते हो। ख़ैर इसमें भी कोई हर्ज़ नहीं है। लेकिन हो सकता है मेरे सिवा कोई और आदमी भी तुम्हें देख ले, जिससे तुम्हें नुकसान पहुँच सकता है। ख़ैर इस बात का मुझसे ज़्यादा ताल्लुक नहीं, न ही मैं तुम्हारी आदतें सुधार सकता हूँ। लेकिन तुम मेरा मतलब समझ गये न।"

"तुम्हें मालूम है कि कोई मेरा पीछा कर रहा है?" रास्कोलनिकोव ने उत्सुक स्वर में पूछा।

"नहीं, मैं इस बारे में कुछ नहीं जानता।" स्वीद्रीगाईलोव चकित दिखायी दे रहा था।

"अच्छी बात है। तब तो मुझे इसी तरह रहने दिया जाये।" रास्कोलनिकोव ने चिढ़कर कहा। उसके माथे पर त्योरियाँ पड़ गयी थीं।

"अच्छा ऐसा ही सही।"

"यह बताओ, अगर तुम यहाँ सिर्फ़ शराब पीने आये थे और तुमने दो बार मुझे यहाँ आने की हिदायतें दी थीं, तो फिर तुमने मुझे देखकर खिड़की के पीछे छिपने की कोशिश किसलिए की थी? मैंने तुम्हें छिपते देख लिया था।"

"ही-ही! तुमने मुझे देखकर आँखें मूँदकर सोने का बहाना क्यों किया था? मैंने दरवाज़े पर खड़े होकर देखा था कि तुम चंगे भले जाग रहे थे? मैंने भी तुम्हें आँख मूँदते देख लिया था।"

"इसका कोई...कारण हो सकता है।"

"हो सकता है कि मैंने भी किन्हीं कारणों से ही ऐसा किया हो—ये कारण तुम्हें मालूम नहीं हैं।"

रास्कोलनिकोव ने दायीं कोहनी मेज़ पर टिकाकर हाथ से ठुड्डी पकड़ ली और ग़ौर से स्वीद्रीगाईलोव की तरफ़ देखने लगा। इस चेहरे से वह पहले भी प्रभावित हुआ था। सफ़ेद और लाल लकीरों वाला चेहरा, जिस पर सुनहरी दाढ़ी और घने सुनहरे बाल थे, देखने में नकाब जैसा मालूम होता था। उसकी नीली आँखें हद से ज़्यादा नीली थीं, और उनमें भारीपन था। उम्र के मुकाबिले में स्वीद्रीगाईलोव का चेहरा बहुत तरुण था, लेकिन उसमें एक अज्ञात अप्रियता थी। उसने चुस्त, हल्के गरमी के कपड़े पहन रखे थे। उसकी बनियान और रूमाल विशेष साफ़-सुथरे थे। हाथ में एक अँगूठी थी जिसमें कीमती पत्थर जड़ा था।

रास्कोलनिकोव ने अधीरतापूर्वक असली बात छेड़ी, "क्या अब मुझे तुम्हारे कारण भी परेशानी झेलनी पड़ेगी? हालाँकि अगर तुम चाहो तो सबसे अधिक नुकसान पहुँचा सकते हो। लेकिन अब मैं अपना बचाव नहीं करना चाहता। मैं साबित कर सकता हूँ कि मुझे अपने से विशेष मोह नहीं है जैसा कि शायद तुम समझते हो। मैं तुम्हें बताने आया हूँ कि मेरी बहन के बारे में अगर तुम्हारी नीयत पहले जैसी ही है और तुम हाल की घटनाओं से फायदा उठाना चाहते हो तो इससे पहले कि तुम मुझे जेल भिजवा सको मैं तुम्हें मार डालूँगा। तुम जानते हो कि मैं अपने निश्चय का कितना पक्का हूँ। अगर तुम मुझे कोई बात बताना चाहते हो...मुझे हर समय लगता है कि तुम मुझसे कुछ कहना चाहते हो—तो जल्दी से कह डालो, क्योंकि वक़्त बड़ा क़ीमती है। हो सकता है कि यह वक़्त फिर न मिले।"

"जल्दी किस बात की है।" स्वीद्रीगाईलोव ने कौतूहल भरी दृष्टि से देखा।

"हर आदमी की अपनी स्कीमें होती है।" रास्कोलनिकोव ने निराश और अधीर स्वर में उत्तर दिया।

स्वीद्रीगाईलोव मुस्कराया, "तुमने ख़ुद ही तो मुझसे खुलकर बात कहने का आग्रह किया था, और अब तुम ख़ुद मेरे पहले सवाल का जवाब तक नहीं देना चाहते। तुम्हारा ख़्याल है कि इसमें मेरा अपना कोई स्वार्थ है, इसीलिए तुम्हें मुझ पर शक है। ख़ैर तुम्हारी स्थिति में यह सब कुछ स्वाभाविक ही है। मैं तुमसे दोस्ती ज़रूर करना चाहता हूँ, लेकिन बहस करके तुम्हें क़ायल नहीं करना चाहता, क्योंकि यह मगजपच्ची बेकार होगी। इसके अलावा तुमसे मुझे कोई ख़ास बात नहीं कहनी है।"

"फिर तुमने मुझे क्यों बुलाया था? किस लिए तुम भागे-भागे मेरे यहाँ आये थे?"

"मैं तुम्हें अध्ययन की दिलचस्प सामग्री समझता हूँ, इसलिए आया था। तुम्हारी स्थिति की विलक्षणता मुझे पसन्द आयी—बस यही कारण है। फिर तुम ऐसी लड़की के भाई हो, जिसमें मुझे बड़ी दिलचस्पी रही है और जिसके मुँह से मैंने तुम्हारे बारे में बड़ी-बड़ी बातें सुनी थीं। मुझे यह भी मालूम था कि तुम्हारी बहन पर तुम्हारा बड़ा असर था—क्या इतना कारण ही काफ़ी नहीं है, हा, हा, हा! फिर मैं मानता हूँ कि तुम्हारा सवाल बहुत पेचीदा है, मेरे लिए इसका जवाब देना मुश्किल है। मिसाल के लिए तुम न सिर्फ़ एक ख़ास इरादे से ही बल्कि कोई नयी बात सुनने के लिए भी आये हो। क्यों ठीक है न?" स्वीद्रीगाईलोव चालाकी से मुस्कराया। "लेकिन तुमने यह क्यों नहीं सोचा कि मैं पीटर्सबर्ग आते हुए ट्रेन में बिलकुल यही सोच रहा था। मुझे उम्मीद थी कि तुम कोई नयी बात सुनाओगे और मैं तुमसे कोई न कोई फ़ायदा उठा सकूँगा। तुम देख ही रहे हो, हम दोनों कितने धनी हैं।"

"तुम मुझसे भला क्या फायदा उठा सकते थे?"

"यह मैं कैसे बता सकता हूँ, मुझे क्या मालूम? तुम देख तो रहे हो, मैं कैसी रद्दी सराय में ठहरा हूँ। तुमने कात्या को देखा...काश मैं भी पेटू होता, क्लब के भुक्खड़ों की तरह। लेकिन यह सब खाना मेरे बस की बात नहीं है।"

उसने कोने में रखी तिपाई की ओर इशारा किया जिस पर टीन की तश्तरी में गोश्त और आलू के बचे-खुचे टुकड़े पड़े थे।

"और सुनो तुमने खाना खा लिया है क्या?"

"हाँ, मैं खा चुका हूँ। मेरा पेट भरा है।"

"मैं शराब बिलकुल नहीं पीता, शैम्पेन के सिवा, और वह भी शाम भर में सिर्फ़ एक गिलास। इतनी मेरे सिर में दर्द पैदा करने के लिए काफ़ी है। मैंने अपने को गर्माने के लिए शैम्पेन मँगवायी थी। मैं कहीं बाहर जा रहा हूँ, इसीलिए इस हालत में हूँ। मेरा ख़्याल था कि तुम मेरे जाने में बाधा डालोगे, इसीलिए मैं स्कूल के विद्यार्थी

की तरह छिप गया था। लेकिन मेरा ख़्याल है..." उसने ज़ेब से घड़ी निकाली, "मैं एक घण्टा और ठहर सकता हूँ। साढ़े चार बजे हैं। काश मैं कोई जमींदार या पादरी, घुड़सवार फौज का अफ़सर, फ़ोटोग्राफ़र या पत्रकार होता...मैं एक नाचीज़ हूँ। मुझ में कोई विशेषता नहीं है। कई बार मैं ज़िन्दगी से ऊब जाता हूँ। मेरा ख़्याल था कि तुमसे कोई नयी बात सुनने को मिलेगी।"

"लेकिन तुम काम क्या करते हो और यहाँ किस लिए आये हो?"

"क्या करता हूँ? जानते हो कि मैं एक शरीफ़ आदमी हूँ। दो साल मैंने घुड़सवार फ़ौज में नौकरी की, फिर पीटर्सबर्ग में आवारागर्दी की। उसके बाद मैंने मार्फ़ा पैत्रोव्ना से शादी कर ली और दिहात में रहने लगा, यही मेरे जीवन का इतिहास है।"

"मेरे ख़्याल में तुम जुआरी हो, क्यों?"

"ऐसा-वैसा मामूली जुआरी नहीं, बल्कि पक्का पत्तेबाज़ हूँ।"

"तुम पत्तेबाज़ भी करते रहे हो?"

"हाँ, पत्तेबाज़ी भी करता रहा हूँ।"

"कभी तुम्हारी पिटाई नहीं हुई?"

"हुई थी क्यों?"

"तुमने शायद दूसरों को ललकारा होगा....सचमुच बड़ा लुत्फ़ आया होगा।"

"मैं इस बात से इनकार नहीं करता, न ही मैं फ़िलासफ़र हूँ सच कहूँ तो मैं औरतों की ख़ातिर भी यहाँ आया हूँ।"

"मार्फ़ा पैत्रोव्ना को दफ़नाने के बाद इतनी जल्दी?"

"और नहीं तो क्या?" स्वीद्रीगाईलोव गर्व से मुस्कराया। "इसमें हर्ज़ क्या है? क्यों, तुम्हें औरतों के बारे में मेरा इस तरह बात करना बुरा मालूम होता है?"

"तुम पूछ रहे हो कि मुझे पाप में क्या बुराई नज़र आती है?"

"पाप! तो तुम्हारे दिमाग़ में यह फ़ितूर समाया है। लेकिन मैं बारी-बारी से तुम्हारे एतराजों का जवाब दूँगा। पहले औरतों की बात सुनो। तुम जानते हो कि मैं कितना बातूनी हूँ। यह बताओ कि मैं किसलिए संयम करूँ? मैं औरतों का दीवाना हूँ फिर उनका पीछा क्यों छोड़ दूँ? जो भी हो, यह भी एक पेशा है।"

"तो फिर सिर्फ़ पाप के लिए यहाँ आये हो?"

"हाँ ऐसा ही समझ लो। तुम मेरे व्यसनों को पाप कहने पर तुले हुए हो। लेकिन मुझे सीधे सवाल पसन्द हैं। इस पाप में कोई न कोई स्थायीपन तो है। इसका आधार प्राकृतिक है, जो कि जलते हुए अंगारों की तरह इन्सान के ख़ून में मिला रहता है, यह आग बुढ़ापे में भी नहीं बुझती, इसका आधार कोरी कल्पना नहीं है। तुम्हें मानना पड़ेगा कि यह एक क़िस्म का पेशा है।"

"यह ख़ुशी की बात नहीं यह एक बीमारी है, खौफ़नाक बीमारी।"

"अच्छा तो तुम्हारा यह ख़्याल है? माना, यह बीमारी है। जो चीज़ औचित्य की सीमा को पार कर जाती है, वही बीमारी बन जाती है। इस मामले में तो सीमा को लाँघना स्वाभाविक ही है। अव्वल तो हर आदमी किसी न किसी ढंग से यह काम ज़रूर करता है, फिर इन्सान को संयम और अक़्लमन्दी तो हर हालत में बरतनी ही चाहिए, चाहे वह क्षुद्रतापूर्ण ही क्यों न हो, लेकिन मैं क्या करूँ? अगर मेरे पास यह शुग़ल न हो तो मैं अपने को गोली मार लूँगा। माना कि एक सभ्य आदमी को ज़िन्दगी में ऊबना नहीं चाहिए, लेकिन..."

"तुम अपने को गोली मार सकोगे?"

स्वीद्रीगाईलोव ने वितृष्णापूर्वक कहा, "बस बस, यह चर्चा बन्द करो।" उसके चेहरे का भाव बदल गया था और पहले वाली डींग गायब हो गयी थीं। "मैं मानता हूँ कि यह एक अक्षम्य कमज़ोरी है, लेकिन मैं बेबस हूँ। मुझे मौत से सख़्त नफ़रत है, और मौत का ज़िक्र भी मुझे नापसन्द है, जानते हो, मैं भी एक तरह का अध्यात्मवादी हूँ?"

"आह, मार्फ़ा पैत्रोवना का भूत अभी तक तुम्हारा पीछा कर रहा है?"

"इसका ज़िक्र मत छेड़ो। पीटर्सबर्ग आने के बाद वे भूत नहीं दिखायी दिये।" स्वीद्रीगाईलोव ने चिढ़कर कहा, "बेहतर हो कि हम कोई और चर्चा शुरू करें... हालाँकि...हूँ! मेरे पास वक़्त ज़्यादा नहीं है, मुझे अफ़सोस है कि मैं ज़्यादा देर तक तुम्हारे पास नहीं रुक सकता। वरना तुम्हें बताने के लिए मेरे पास काफ़ी बातें थीं।"

"किसी औरत से मिलने जा रहे हो?"

"हाँ एक औरत से। चलते फिरते उससे जान-पहचान हो गयी...नहीं मैं इस बारे में कुछ नहीं कहना चाहता।"

"तुम्हारे आस-पास का वातावरण कितना गन्दा और कुत्सित है, इसका असर तुम पर नहीं पड़ता? तुममें अपने ऊपर संयम रखने की ताकत नहीं रही?"

"अच्छा तुम भी ताकत का दावा करने लगे? ही-ही-ही! मुझे तुम्हारी बातें सुनकर ताज्जुब हो रहा है रोदियोन रोमनोविच, हालाँकि मैं पहले से तुम्हारे स्वभाव को जानता था। तुम मुझे पाप-पुण्य और सौन्दर्यशास्त्र पर भाषण देने चले हो! तुम—एक आदर्शवादी—शिलर जैसे भावुक आदमी! ख़ैर तुम्हारे जैसे लोगों से और उम्मीद ही क्या की जा सकती है...हालाँकि ये बातें बड़ी विलक्षण हैं...काश मेरे पास फालतू वक्त होता, तुम बड़े—दिलचस्प क़िस्म के आदमी हो! और सुनों तुम्हें शिलर पसन्द है? मैं तो शिलर का दीवाना हूँ।"

"लेकिन तुम कितनी डींग हाँकते हो!" रास्कोलनिकोव ने ग्लानि-भरे स्वर में कहा।

स्वीद्रीगाईलोव हँस पड़ा, "अपनी क़सम, मैं डींग नहीं हाँकता। ख़ैर ऐसा ही सही, डींग मारने में क्या हर्ज़ है? उससे किसी को नुक्सान तो नहीं पहुँचता!

मैंने मार्फ़ा पैत्रोव्ना के साथ सात बरस देहात में गुज़ारे हैं, इसलिए तुम्हारे जैसे प्रतिभाशाली और दिलचस्प लोगों से बातें करने में मुझे बड़ी ख़ुशी मिलती है। फिर मैंने आधा ग्लिास शैम्पेन भी पी है, इसलिए मैं कुछ नशे में भी हूँ। इसके अलावा एक ख़ास बात ने मुझे बहुत उत्तेजित कर दिया है...उसके बारे में मैं चुप...ही रहूँगा। तुम किधर जा रहे हो?" उसने चौंककर पूछा।

रास्कोलनिकोव उठ खड़ा हुआ था। इस वातावरण में उसका दम घुटा जा रहा था। उसे विश्वास हो गया कि स्वीद्रीगाईलोव से बड़ा लम्पट और निकम्मा आदमी संसार भर में नहीं मिलेगा।

स्वीद्रीगाईलोव ने मिन्नत की, "ओफ़्फ़ो! थोड़ी देर तो रुको! अभी मैं तुम्हारे लिए चाय मँगवाता हूँ। चलो अपने बारे में मैं अब ज़्यादा बकवास नहीं करूँगा। अगर तुम सुनना चाहते हो तो मैं तुम्हें बताऊँ कि किस तरह एक लड़की ने तुम्हारे शब्दों में मेरा 'उद्धार' करने की कोशिश की। इससे तुम्हें अपने पहले सवाल का जवाब मिल जायेगा क्योंकि वह लड़की तुम्हारी बहन थी। सुनो? बातों में वक़्त कट जायेगा।"

"सुनाओ लेकिन मुझे यक़ीन है कि तुम..."

"घबराओ नहीं। मुझ जैसे नीच निकम्मे आदमी में भी अवदोत्या रोमानोव्ना के प्रति सिर्फ़ आदरभाव ही पैदा हो सकता है।"

4

"तुम शायद जानते हो, हाँ मैंने तुम्हें ख़ुद बताया था कि मुझे यहाँ कर्ज़ न अदा कर सकने की वजह से जेल की हवा खानी पड़ी थी। कर्ज़ की रकम इतनी ज़्यादा थी कि उसे अदा करना मेरे बूते से बाहर था। मार्फ़ा पैत्रोवना ने मुझे किस तरह पैसे से खरीदा, इसका ब्यौरा बताने की यहाँ ज़रूरत नहीं। जानते हो औरत प्रेम में कितनी पागल हो जाती है? मार्फ़ा पैत्रोवना अनपढ़ होते हुए भी अक़्लमन्द और ईमानदार थी। क्या तुम विश्वास कर सकते हो कि यह ईमानदार और ईर्ष्यालु औरत, जो मुझे अकसर डाँटती फटकारती थी, जिसे ईर्ष्या से हिस्टीरिया के दौरे पड़ जाते थे, मेरे साथ एक समझौता करने पर राजी हो गयी थी, जो वह आख़िरी दम तक निभाती रही। वह उम्र में मुझ से काफ़ी बड़ी थी और हर वक़्त मुँह में लौंग या कोई और चीज़ रखा करती थी। मेरी आत्मा में इतनी ईमानदारी और सुअरपन था कि मैंने उसे साफ़-साफ़ कह दिया कि मेरे लिए उसके साथ पूरी वफ़ादारी बरतना मुमकिन नहीं होगा। इस बात से उसकी विक्षिप्ति और भी बढ़ गयी। लेकिन उसे मेरी यह वहशियाना खुली बात एक तरह से पसन्द भी आयी। उसका ख़्याल था कि मैं उसे धोखा नहीं देना चाहता इसीलिए पहले से चेतावनी दे रहा हूँ। तुम जानते ही हो कि ईर्ष्यालु औरतों के लिए यह बात कितनी ज़रूरी होती है। वह बहुत रोयी-धोयी। उसके बाद हम दोनों ने एक अलिखित सन्धिपत्र पर दस्तख़त किये, जिसकी पहली शर्त यह थी कि मैं हमेशा मार्फ़ा पैत्रोवना का पति रहूँगा और उसे छोड़ूँगा नहीं। दूसरी यह कि मैं उसकी इजाज़त लिए बगैर कभी बाहर नहीं जाऊँगा। तीसरी यह कि मैं स्थायी रूप से कभी कोई रखैल नहीं रखूँगा। इसके बदले में मार्फ़ा पैत्रोवना ने मुझे घर की नौकरानियों से मनमानी करने की छूट दे दी थीं। पाँचवीं शर्त यह थी कि मैं अपने वर्ग की किसी औरत से प्रेम न करूँ। ख़ुदा-न-ख़ास्ता अगर कभी मेरे सर पर इश्क़ का भूत सवार हो भी जाये तो मुझे मार्फ़ा पैत्रोवना को सब कुछ बताना पड़ेगा। इस अन्तिम शर्त की वजह से मार्फ़ा पैत्रोवना का मन निश्चिन्त रहता था।

वह अक्लमन्द औरत थी, इसलिए मुझे आवारा और दुराचारी समझती थी जिसका किसी से सच्चा प्रेम नहीं हो सकता। लेकिन अक्लमन्द होना और ईर्ष्यालु होना अलग-अलग बातें होती हैं, इसी से सारा झगड़ा शुरू हुआ। कुछ लोगों को निष्पक्ष भाव से परखने के लिए हमें साधारण लोगों के बारे में बनायी गयी अपनी पूर्व-निश्चित धारणाओं को तिलांजलि देनी पड़ती है। मुझे तुम्हारी बुद्धि पर सबसे ज्यादा भरोसा है। शायद तुमने मार्फ़ा पैत्रोवना के बारे में बहुत-सी बेहूदा और हास्यास्पद बातें सुन रखी होंगी। सचमुच उसकी कई आदतें बड़ी हास्यास्पद थीं, लेकिन मुझे अफ़सोस है कि मेरी वजह से उसे असंख्य बार दुःख झेलना पड़ा। ख़ैर स्नेहशील दम्पत्ती के बीच यह सब स्वाभाविक ही है। जब हम दोनों में झगड़ा होता था तो मैं अकसर चुप रहता था। इस सौजन्यपूर्ण व्यवहार से उसकी खीज फौरन दूर हो जाती थी और उसे बड़ी खुशी होती थी। कई बार तो उसे मुझ पर बड़ा गर्व होता था, लेकिन तुम्हारी बहन से उसकी बिलकुल नहीं पटती थी। फिर भी उसने इतनी सुन्दर लड़की को अपने घर में गवर्नेस रखने का ख़तरा मोल ले ही लिया। मार्फ़ा पैत्रोवना भावुक थी और जल्द ही दूसरों के व्यक्तित्व से प्रभावित हो जाती थी। मेरा ख़्याल है कि उसे ख़ुद तुम्हारी बहन से प्रेम हो गया था। कोई ताज्जुब नहीं कि लोग अवदोत्या रोमानोवना को देखते ही उसे चाहने लगें! मैं फौरन इस ख़तरे को भाँप गया था, इसलिए मैंने फ़ैसला किया कि मैं अवदोत्या रोमानोवना की तरफ़ देखूँगा भी नहीं! लेकिन तुम यक़ीन करोगे, कि पहले उसी की तरफ़ से हुई? तुम्हें यक़ीन होगा कि मार्फ़ा पैत्रोवना के मुँह से अवदोत्या रोमानोवना की तारीफ़ सुनकर भी जब मैंने ख़ामोशी और उदासीनता दिखायी तो वह मुझसे बड़ी नाराज़ हुई! मालूम नहीं आख़िर वह चाहती क्या थी! और तो और मार्फ़ा पैत्रोवना ने मेरी हर बात अवदोत्या रोमानोवना को बता दी थी। यह उसकी बड़ी बुरी आदत थी कि वह हमारे परिवार के सारे भेद अक्षरशः लोगों को बता देती थी और हर वक़्त दूसरों से मेरी शिकायतें करती रहती थी। भला वह अपनी नयी मधुर सहेली को सारी बातें बताने से कैसे चूकती? मेरा ख़्याल है कि दोनों में हर वक़्त मेरी चर्चा होती रहती थी। ज़रूर अवदोत्या रोमानोवना ने मेरे बारे में फैली हुई भयंकर, रहस्यमयी अफ़वाह सुन ली होंगी...मैं शर्त लगाकर कह सकता हूँ तुम भी ऐसी कोई न कोई अफ़वाह सुन चुके हो।"

"हाँ सुन चुका हूँ। लूज़िन ने तुम पर एक बच्चे की हत्या का इल्ज़ाम लगाया है। क्या यह सच है?"

स्वीद्रीगाईलोव चिढ़ गया, उसने ग्लानि से नाक-भौं सिकोड़कर कहा "मेहरबानी करके ऐसी बेहूदी कहानियों का ज़िक्र न करो। अगर तुम इस मूर्खतापूर्ण क़िस्से के बारे में जानना ही चाहते हो तो मैं किसी दिन तुम्हें सब बता दूँगा लेकिन इस वक़्त..."

"मैंने यह भी सुना है कि तुमने अपने एक देहाती अर्दली के साथ बहुत बुरा सलूक़ किया था।"

"मेहरबानी करके यह चर्चा भी बन्द करों।" स्वीद्रीगाईलोव ने अधीरतापूर्वक कहा।

"क्या मरने के बाद उसी अर्दली ने आकर तुम्हारे पाइप में तम्बाकू भरा था?... तुमने ख़ुद यह बात मुझे बतायी थी।" रास्कोलनिकोव की खीज बढ़ती जा रही थी।

स्वीद्रीगाईलोव ने ग़ौर से रास्कोलनिकोव के चेहरे की तरफ़ देखा। रास्कोलनिकोव को उस दृष्टि में व्यंग्य भरी दुर्भावना नज़र आयीं। लेकिन स्वीद्रीगाईलोव ने संयत और शिष्ट स्वर में जवाब दिया,

"हाँ ऐसी बात हुई थी। देखता हूँ तुम्हें भी कौतूहल हो रहा है। मैं अभी तुम्हारा कौतूहल शान्त किये देता हूँ। अपनी कसम! कुछ लोग तो मुझे सचमुच रोमांटिक समझ बैठते हैं। तुम्हीं सोचो मार्फ़ा पैत्रोवना का मैं कितना कृतज्ञ हूँ जिसने अवदोत्या रोमानोवना को मेरे बारे में इतनी रहस्यमयी और दिलचस्प अफ़वाहें सुनायी पता नहीं अवदोत्या रोमानोवना पर इन बातों का क्या असर पड़ा लेकिन जो भी हो, इससे फ़ायदा मुझे ही पहुँचा। मेरी मनहूस घृणित सूरत और अवदोत्या रोमानोवना की मेरे प्रति स्वाभाविक ग्लानि के बावजूद भी उसे मेरी पतित आत्मा पर तरस आ गया। एक बार किसी लड़की के दिल में तरस आ जाये, तो उससे ज़्यादा ख़तरनाक बात कोई नहीं हो सकती। वह उस आदमी के 'उद्धार' और उसकी अक्ल 'ठिकाने लगाने के लिए' उसे नेक ज़िन्दगी के ऊँचे शिखरों तक पहुँचाने के लिए और उसे समाज का उपयोगी प्राणी बनाने के लिए तत्पर हो जाती है। हम सब जानते हैं कि ऐसे सपनों की उड़ान कहाँ तक होती है। मैं फौरन भाँप गया कि चिड़िया ख़ुद-ब-ख़ुद उड़कर पिंजरे में आना चाहती है। मुझे भी तैयारी करने का मौक़ा मिल गया। तुम नाक-भौं किसलिए सिकोड़ रहे हो? यह सब फ़िज़ूल है, तुम जानते ही हो यह मामला चौपट हो गया (गोली मारो! मैं आजकल कितनी पी रहा हूँ।) जानते हो, शुरू से ही मुझे इस बात का अफ़सोस था कि तुम्हारी बहन का जन्म दूसरी या तीसरी शताब्दी में एशिया माईनर के किसी शाहज़ादे, गवर्नर या राजदूत को यहाँ क्यों नहीं हुआ? वह उन लोगों में से है जो हँसते-हँसते शहीद होते हैं। अगर उसके सीने को गरम सलाखों से दागा जाता, तो वह उस वक़्त भी मुस्कराती। वह ख़ुद शहादत को निमन्त्रण देती। अगर चौथी या पाँचवीं शताब्दी में पैदा हुई होती तो मिस्र के मरुस्थल में जाकर तीस बरस तक जड़ी बूटियाँ खाकर हर्षोन्मद से कल्पना लोक में विचरण करती। उसकी आत्मा किसी की ख़ातिर यन्त्रणा सहने के लिए तड़प रही है, अगर उसे यन्त्रणा न मिली तो वह खिड़की से कूद पड़ेगी। मैंने मिस्टर राज़ुमिहीन के बारे में सुना है कि वह अक्लमन्द आदमी हैं। यह तो उसके नाम से ही ज़ाहिर होता है। शायद वह धर्म शास्त्र का विद्यार्थी है।

अच्छा हो अगर वही तुम्हारी बहन की देखभाल करे। मुझे गर्व है कि मैं अवदोत्या रोमानोवना को अच्छी तरह समझता हूँ। तुम जानते ही हो कि नये-नये परिचय में इन्सान अकसर बेवक़ूफ़ियाँ और लापरवाहियाँ कर बैठता है, क्योंकि उस वक़्त उसे ठीक से दिखायी नहीं देता। गोली मारो इन बातों को। मैं पूछता हूँ वह इतनी ख़ूबसूरत क्यों है? इसमें मेरा कोई दोष नहीं। दरअसल उसे देखते ही मेरे मन में एक दुर्दमनीय वासना जागृत हुई थी। वह बड़ी पवित्र लड़की है। याद रखो मैं तुम्हारी बहन के बारे में सच्ची बात कह रहा हूँ। प्रतिभाशाली होने के बावजूद भी उसकी पवित्रता रुग्णता की सीमा तक पहुँच गयी है। यही प्रवृत्ति ज़िन्दगी में उसकी बाधक बनेगी, उन दिनों घर में पराशा नाम की काली आँखों वाली एक छोकरी आयी थी, जिसे मैंने पहले कभी नहीं देखा था। वह हाल ही में किसी दूसरे गाँव से आयी थी—थी तो बला की ख़ूबसूरत मगर एकदम बेवक़ूफ़। वह इतनी ज़ोर से रोती-चिल्लाती थी कि सारे गाँव वाले सुन सके। इस बात से बड़ी बदनामी हुई। एक दिन रात के खाने के बाद अवदोत्या रोमानोवना मेरे पीछे-पीछे बाग में आयीं और उसने मुझसे आग्रह किया कि मैं बेचारी पराशा को न बताऊँ। तुम्हारी बहन से एकान्त में यह मेरी पहली बातचीत थी। मैंने सहर्ष उसकी आज्ञा का पालन किया और बड़ी चतुराई से निराशा और घबराहट का अभिनय किया। इसके बाद मुलाकातों, गुप्त वार्तालापों, मिन्नतों, मनौतियों का सिलसिला शुरू हुआ, यहाँ तक कि आँसू बहाने की भी नौबत आ गयी। प्रचार के आवेश में औरतें क्या कर डालती हैं। मैंने सारा दोष भाग्य के मत्थे मढ़ दिया और एक ऐसे पतित आदमी का अभिनय किया जो दैवी प्रकाश के लिए भटक रहा है। अन्त में मैंने सबसे शक्तिशाली हथियार—चापलूसी इस्तेमाल किया जिससे औरत का दिल सहज ही वश में किया जा सकता है। यह हथियार कभी खाली नहीं जाता। संसार में सच बोलने से ज़्यादा कठिन कोई काम नहीं, और चापलूसी से बढ़कर आसान बात नहीं। सच्चाई में अगर एक प्रतिशत झूठ भी होगा तो उससे असामंजस्य और उपद्रव पैदा होगा, लेकिन चापलूसी में अगर झूठ ही झूठ होगा तो सुनने वाले को प्रिय लगेगा। चापलूसी में भी एक स्थूल सन्तोष है। लेकिन है तो वह सन्तोष ही। स्थूल से स्थूल चापलूसी में आधी सच्चाई तो ज़रूर नज़र आयेगी। यह सामाजिक विकास की सब अवस्थाओं और सब श्रेणियों के लोगों पर लागू होती है। एक असूर्यपश्या कुमारी को भी चापलूसी द्वारा भ्रष्ट किया जा सकता है। एक बार मैंने एक ऐसी औरत को फुसलाया था जिसे अपने पति, बच्चों और सिद्धान्तों से बड़ा मोह था। मुझे आज भी उस क़िस्से को याद करके हँसी आती है। बिना किसी कठिनाई के कैसा बढ़िया शगल मिल गया था। उस महिला के सचमुच अपने सिद्धान्त थे। मेरी चाल तो सिर्फ़ यही थी कि मैंने उसकी पवित्रता के आगे आत्मसमर्पण कर दिया था। मैंने बड़ी बेहयाई से उसकी चापलूसी की, और जब मैं

उसका हाथ छूने में, और उसे अपनी ओर आकर्षित करने में सफल हो गया तो मैंने उसके सामने अपनी चरित्रहीनता की निन्दा की ओर अफ़सोस के साथ ज़ाहिर किया कि मैंने उसके साथ ज़बरदस्ती की है। मैंने कहा कि वह बड़ी भोली-भाली है, इसलिए वह मेरी चालाकी नहीं भाँप सकी, और अनजाने में ही मेरे नज़दीक चली आयी है। जीत मेरी ही हुई, लेकिन उस महिला को विश्वास हो गया कि वह भोली और पवित्र है और उसका समर्पण एक दुर्घटना मात्र है, इससे उसके नैतिक सिद्धान्तों और दायित्वों में कोई फर्क़ नहीं आया था। अन्त में जब मैंने उसे बताया कि मेरे ख़्याल में वह भी उतनी ही प्रेमातुर थी जितना मैं था, तो वह मुझसे कितनी नाराज़ हुई। बेचारी मार्फ़ा पैत्रोवना में भी यही कमज़ोरी थी। अगर मैं चाहता तो उसके जीते जी उसकी सारी जायदाद अपने नाम करवा लेता (आजकल मैं शराब पीकर बहुत बकझक करने लगा हूँ)। मुझे उम्मीद है कि तुम्हें यह जानकर नाराज़गी नहीं होगी कि मैंने अवदोत्या रोमानोवना पर भी यह असर डालना शुरू किया था। लेकिन अपनी बेसब्री और बेवकूफ़ी से मैंने सारा मामला चौपट कर दिया। अवदोत्या रोमानोवना ने कई बार—एक बार तो विशेष रूप से मेरी आँखों के भाव को नापसन्द किया था। उसका कहना था कि मेरी आँखों में कभी-कभी एक ख़ौफ़नाक चमक आ जाती है जिसे देखकर उसे डर लगता है। उसकी यह घृणा दिन—प्रतिदिन बढ़ती गयी। ब्यौरे में जाने की ज़रूरत नहीं है। इसके बाद हमारा रिश्ता टूट गया। यहाँ मैं फिर एक बेवकूफ़ी कर बैठा। मैंने बड़े बेहूदे ढंग से मेरे 'उद्धार' के लिए किये गये प्रचार और कोशिशों का मज़ाक उड़ाना शुरू कर दिए। इसके बाद पराशा का क़िस्सा फिर से शुरू हुआ और बड़ी बमचख़ मची। आह रोदियोन रोमनोविच, काश तुमने अपनी बहन की आँखों की चमक देखी होती? इस वक़्त मैं नशे में हूँ लेकिन सच बोल रहा हूँ। उसकी आँखों की इस चमक ने सपनों में भी मेरा पीछा किया। बाद में तो हालत यहाँ तक पहुँच गयी कि उसकी पोशाक की ज़रा-सी सरसराहट भी मेरा मन डांवाडोल करने लगी। मुझे लगा कि कहीं सचमुच मुझे मिर्गी के दौरे न आने लगें। मैं इतना विक्षिप्त हो जाऊँगा, इसकी मैंने कल्पना भी नहीं की थी। हम दोनों में फौरन सुलह होनी चाहिए थी, लेकिन सुलह का वक़्त कभी का बीत चुका था। विक्षिप्ति में आदमी कैसी-कैसी बेवकूफ़ियाँ कर बैठता है। जनून में कभी कोई काम नहीं करना चाहिए रोदियोन रोमनोविच। मेरा ख़्याल था कि जो भी हो आख़िर अवदोत्या रोमानोवना है तो भिखारी ही, (ओह क्षमा करना....लेकिन अगर यह शब्द मेरे मतलब को व्यक्त करता है तो इसमें क्या हर्ज़ है?) वह नौकरी करके अपना, अपनी माँ का और तुम्हारा पेट पालती है (छिः तुमने फिर त्यौरियाँ चढ़ा लीं) मैंने उसे अपनी सारी जायदाद देने का फ़ैसला किया। उस वक़्त मैं सिर्फ़ तीस हज़ार रूबल इकट्ठे कर सकता था—बशर्ते वह मेरे साथ भागकर पीटर्सबर्ग चली आती।

लेकिन मुझे शाश्वत प्रेम, और उन्माद की बातें करनी चाहिए थीं। जानते हो, उस वक़्त मैं उसके पीछे इतना दीवाना था, कि अगर वह मुझे मार्फ़ा पैत्रोवना का गला काटने या उसे ज़हर देने के लिए उकसाती तो मैं फौरन वैसा ही करता और उसी क्षण शादी कर लेता। लेकिन तुम जानते ही हो कि इस प्रसंग को लेकर कितनी आफत मची थी। अब तुम सोच सकते हो कि जब मुझे पता चला कि मार्फ़ा पैत्रोवना ने उस बदमाश वकील लूज़िन के साथ अवदोत्या रोमानोवूना की शादी पक्की की है, तो मुझे कितना क्षोभ हुआ होगा—तुम्हारी बहन की स्थिति लूज़िन के साथ रहने में भी वही होती जो मेरे साथ रहने में होती। क्यों? मैं ग़लत कह रहा हूँ? देखता हूँ तुम बड़े ग़ौर से सुन रहे हो...दिलचस्प नौजवान...."

स्वीद्रीगाईलोव ने अधीर होकर मेज़ पर मुक्का मारा। उसका चेहरा लाल हो गया था। रास्कोलनिकोव समझ गया कि यह शैम्पेन का असर है। उसने इस मौक़े से फ़ायदा उठाने का फ़ैसला किया। उसे स्वीद्रीगाईलोव सन्दिग्ध आदमी मालूम होता था।

उसने स्वीद्रीगाईलोव को चिढ़ाने के इरादे से कहा, "तुम्हारी बातें सुनकर मुझे पक्का यक़ीन हो गया है कि तुम मेरी बहन पर डोरे डालने के लिए पीटर्सबर्ग आये हो।"

"यह निरी बकवास है। मैंने तुम्हें अभी बताया था...इसके अलावा तुम्हारी बहन मुझे बर्दाश्त नहीं करेगी।" स्वीद्रीगाईलोव ने उत्तेजित स्वर में कहा।

"हाँ मैं जानता हूँ कि वह तुम्हें बर्दाश्त नहीं करेगी, लेकिन समस्या और ही है।"

"तुम कैसे जानते हो कि नहीं करेगी?" स्वीद्रीगाईलोव ने आँखें मिचकाकर फबती कसी। "यह सच है कि वह मुझसे प्रेम नहीं करती, लेकिन पति-पत्नी, प्रेमी-प्रेमिका के बीच क्या गुजरी, यह कौन बता सकता है? इसका रहस्य मर्द-औरत के सिवा किसी को नहीं मालूम रहता। क्या तुम दावा कर सकते हो कि अवदोत्या रोमानोवना को मुझसे नफ़रत थी?"

"तुम्हारी बातों से मुझे यह इशारा मिला कि दुनिया के बारे में तुम्हारी नीयत अच्छी नहीं है और तुम जल्द ही अपने इरादों को अमल में लाना चाहते हो।"

"क्या सचमुच मैंने ऐसा इशारा किया था।" स्वीद्रीगाईलोव ने आशंकित स्वर में पूछा।

"इशारा तो तुम इस वक़्त भी दे रहे हो। तुम डर क्यों रहे हो? अब किस बात का डर है?"

"मैं डर रहा हूँ? और तुमसे? बल्कि तुम्हें मुझसे डरना चाहिए, मेरे प्यारे! हटाओ क्या ख़ुराफ़ात है...देखता हूँ मैंने कुछ ज़्यादा पी ली है! मैं फिर अपने इरादे बक रहा था। लानत है शराब पर। अरे कोई है? पानी लाओ।"

उसने शैम्पेन की बोतल उठाकर खिड़की से बाहर फेंक दी। फ़िलिप पानी ले आया।

स्वीद्रीगाईलोव ने एक तौलिया पानी में गीला किया और सर पर रखते हुए बोला, "मेरे एक शब्द से ही तुम्हारे सब सन्देह दूर हो सकते हैं, जानते हो मेरी शादी होने वाली है?"

"तुमने मुझे पहले भी बताया था।"

"सच? मुझे याद नहीं। लेकिन तुम्हें कैसे बताया होगा? तब तक तो मैंने अपनी मंगेतर को देखा तक नहीं था। देखने का इरादा ज़रूर किया था। लेकिन अब मेरी सगाई पक्की हो गयी है। अगर मुझे एक ज़रूरी काम न होता तो मैं फौरन तुम्हें उन लोगों से मुलाकात कराने ले जाता। इस मामले में मैं तुम्हारी सलाह लेना चाहूँगा। उफ़, ज़रा घड़ी देखो। सिर्फ़ दस मिनट बाक़ी हैं। लेकिन मेरी इस मंगनी का क़िस्सा बड़ा दिलचस्प है। तुम फिर चल दिये? किधर?"

"मैं अब कहीं नहीं जाऊँगा।"

"बिलकुल नहीं? अच्छा देखा जायेगा। मैं तुम्हें अपनी मंगेतर दिखाऊँगा लेकिन इस वक़्त नहीं। तुम्हें जल्दी ही मुझसे रुख़सत लेनी पड़ेगी। तुम्हारा रास्ता दायीं ओर है, मैं बायीं दिशा में जाऊँगा। तुम मैडम रैशलिश को जानते हो, जिसके मकान में मैं आजकल ठहरा हूँ? क्यों? मुझे मालूम है, तुम सोच रहे हो कि यह वही औरत है जिसकी लड़की के बारे में लोगों का कहना है कि उसने पिछले जाड़े में नदी में कूदकर आत्महत्या की थी। सुन रहे हो? इसी औरत की तो यह सारी कारिस्तानी है। वह कहने लगी, "तुम ज़िन्दगी से ऊबे हुए हो, तुम्हें वक़्त काटने के लिए कोई न कोई शगल चाहिए।" जानते हो मैं मनहूस, उदास रहता हूँ। तुम सोचते हो मैं ऐय्याश हूँ? नहीं, मैं उदास रहता हूँ किसी को नुकसान पहुँचाये बग़ैर तीन तीन तीन दिन तक कोने में ख़ामोश बैठा रहता हूँ। मैं सच कहता हूँ, यह मैडम रैशलिश बड़ी छिनाल है। मैं उसकी नीयत को जानता हूँ। उसका ख़्याल है कि मैं जल्दी ही इस शादी से उकता जाऊँगा और अपनी बीवी को छोड़कर चला जाऊँगा, और वह उस लड़की के ज़रिये पैसे कमायेगी। हमारे वर्ग या हमसे ऊँचे वर्ग के लोग उसके ग्राहक बन जायेंगे। उसने मुझे बताया कि लड़की का पिता बीमार रिटायर्ड अफ़सर है, जिसकी टाँगों को लकवा मार गया है। माँ अक्लमन्द औरत है। एक लड़का दूर किसी प्रान्त में नौकरी करता है लेकिन उससे परिवार को कोई मदद नहीं मिलती। एक ब्याही हुई लड़की है जो कभी उनसे मिलने नहीं आती। इसके अलावा उनके दो नन्हें भतीजे उनके पास रहते हैं–भला अपने बच्चों से जी नहीं भरा था जो भतीजों का भार भी उठा लिया। मेरी मंगेतर अगले महीने सोलह बरस की होगी। उसे स्कूल से हटा लिया गया है ताकि उसकी शादी हो जाये। मैडम रैशलिश मुझे लेकर उनके घर गयी।

कैसा विचित्र दृश्य था—एक धनी, प्रसिद्ध विधुर ज़मींदार उनके आगे पेश हो। क्या हुआ अगर मैं पचास बरस का हूँ और वह अभी सोलह की भी नहीं हुई? इसकी चिन्ता किसे है? लेकिन यह मज़ेदार बात है न! हा-हा! तुम ज़रा देखते कि मैं उसके मम्मी, पापा से कैसी बातें कर रहा था। लड़की एक ऊँचा फ्रॉक पहने आयीं और उसने मुझे सादर अभिवादन किया। वह अनखिली कली है। उसका चेहरा सूर्यास्त की बेला की तरह सुर्ख़ हो गया था। ज़रूर उसे भी सब कुछ बता दिया गया था। मैं नहीं जानता, औरतों के चेहरों के बारे में तुम्हारी क्या राय है, लेकिन मुझे तो ख़ूबसूरत चेहरों की बजाय सोलह बरस का सिन, बच्चों जैसी आँखें, शरमाना, घबराहट के आँसू ज़्यादा पसन्द आते हैं। वह है भी निरी गुड़िया। सुनहरी घुँघराले बाल, बिलकुल मेमने की तरह, गुलाबी भरपूर ओंठ—नन्हें पैर—बड़ी प्यारी है...ख़ैर हम दोनों में दोस्ती हो गयी। मैंने उन्हें बताया कि कई घरेलू परिस्थितियों की वजह से मैं जल्दी शादी करना चाहता हूँ। अगले ही दिन यानी परसों हमारी सगाई हो गयी। जब मैं उनके यहाँ जाता हूँ तो फौरन उसे अपनी गोद में बिठा लेता हूँ...उसका मुँह फिर लाल सुर्ख़ हो जाता है और मैं प्रति क्षण उसे चूमता रहता हूँ। बड़ा लुत्फ़ आजा है। शादी से ज़्यादा मँगनी की स्थिति सुखकर है। जिसे फ्रेंच में La nature et la verite (प्रकृति और सत्य) कहते हैं, उसका मज़ा इस स्थिति में मिलता है। हा! हा! मैंने दो बार उससे बातचीत भी की है। बेवकूफ़ी तो उसे छू नहीं गयी। कई बार वह कनखियों से इस तरह मुझे देखती है कि मेरा रोम-रोम जल उठता है। उसका चेहरा रफ़ियल के चित्र की मेडोना जैसा है। तुम जानते हो कि सिस्टीन मेडोना के चेहरे में विलक्षण अवसाद भरा धार्मिक-उन्माद है। तुमने कभी ग़ौर किया है? ख़ैर वह लड़की भी कुछ उसी क़िस्म की है। सगाई के दूसरे दिन मैं उसके लिए पन्द्रह सौ रूबल के तोहफ़े ख़रीदकर लाया, जिनमें एक सैट हीरे के गहनों का, एक मोतियों का और एक इतनी बड़ी चाँदी की सन्दूकची, जिसमें और छोटी-मोटी चीज़ें थीं। इन्हें देखकर मेरी मैडोना का चेहरा ख़ुशी से दमकने लगा। कल मैंने उसे ज़रा बेतक्लुफ़ी से अपनी गोद में लिया—उसका चेहरा लाल सुर्ख़ हो गया और आँखों में आँसू आ गये, लेकिन उसने अपना चेहरा दूसरी तरफ़ फेर लिया। कमरे में हम दोनों अकेले थे। सहसा उसने मेरी गर्दन में अपनी नाजुक बाँहें डाल दीं (उसने पहली बार ऐसा किया था) मुझे चूमा और आज्ञाकारी, वफ़ादार, और नेक पत्नी बनने की क़सम खायी। उसने कहा कि "वह मेरी ख़ुशी के लिए अपनी सारी ज़िन्दगी, सर्वस्व, अर्पण करेगी और बदले में उसे इज्ज़त के सिवा कुछ नहीं चाहिए, उसे तोहफों की इच्छा नहीं है।" मलमल का फ्रॉक पहने घुँघराले बालों वाली, गीली आँखों वाली, सोलह बरस की अप्सरा के मुँह से ये शब्द कितने आकर्षक लगते हैं। क्यों सच है न! इसी अदा पर जितना पैसा लुटाया जाये, कम है, क्यों? अच्छा सुनो...मैं तुम्हें अपनी मंगेतर दिखाऊँगा लेकिन इस वक़्त नहीं।"

"दरअसल तुम दोनों की उम्र और मानसिक विकास में जो राक्षसी अन्तर है उसने तुम्हारी वासना को भड़का दिया है। सचमुच तुम ऐसी शादी करोगे?"

"क्यों नहीं, हर आदमी अपना फ़ायदा सोचता है, और जो अपने को धोखा देना चाहता है वही ज़िन्दगी का मज़ा लूटता है। हा-हा! लेकिन तुम्हें शराफ़त से इतना मोह क्यों है? मुझ पर रहम करो मेरे शरीफ़ दोस्त! मैं गुनहगार आदमी हूँ। हा! हा! हा!"

"लेकिन तुमने कैटेरीना इवानोव्ना के बच्चों की मदद की है...हालाँकि इसमें तुम्हारे अपने स्वार्थ भी थे...अब मैं समझ गया कि माजरा क्या है।"

स्वीद्रीगाईलोव ने हँस कर कहा, "मुझे हमेशा से बच्चे बहुत प्यारे लगते हैं। मैं तुम्हें एक दिलचस्प बात सुनाऊँगा। मैं सात बरस बाद पीटर्सबर्ग आया था। आते ही मैंने सारे अड्डों के चक्कर काटने शुरू कर दिये। तुमने देखा ही होगा कि मैंने अपने पुराने दोस्तों के साथ फिर से दोस्ती करने के लिए बेचैनी नहीं दिखायी। जब तक सम्भव होगा मैं उनसे मिले बग़ैर ही काम चलाऊँगा। जानते हो जब मैं मार्फ़ा पैत्रोवना के साथ देहात में रहता था तो मुझे इन अड्डों की बड़ी याद आती थी, जहाँ जानकार आदमी मनमानी चीज़ पा लेता है। अपनी क़सम! किसानों को बोदका का चस्का होता है, जीवन की क्रियाशीलता से दूर रहने वाले पढ़े-लिखे नौजवान विलक्षण सपनों में अपने को बर्बाद करते हैं और सिद्धान्त उन्हें अपाहिज़ बना देते हैं। यहूदी लोग धड़ाधड़ धन इकट्ठा करते हैं और बाक़ी लोग वासना-तृप्ति में लगे रहते हैं। यहाँ आते ही मेरे नथुनों में इस शहर की चिरपरिचित गन्ध समा गयी। संयोगवश मैं एक गन्दे अड्डे में गया था। मुझे गन्दे अड्डे ही पसन्द हैं—वहाँ मैंने एक अपूर्व नाच देखा। वैसी ज़िन्दादिली कभी देखने में नहीं आयी। प्रगति इसी को कहते हैं। सहसा मैंने देखा कि एक तेरह बरस की लड़की, जिसने बढ़िया कपड़े पहन रखे थे एक कुशल डांसर के साथ नाच रही थी, उसके सामने एक दूसरी लड़की भी इसी तरह नाच रही थी। उनकी माँ सामने कुर्सी पर बैठी थी। तुम नहीं जानते वह कितना उद्धत था। लड़की ने अपने को अपमानित महसूस किया, उसका चेहरा लाल हो गया और वह रोने लगी। उसके साथी ने उसे पकड़कर अपने चारों तरफ़ घुमाया और उसके सामने नाचने लगा। सब लोग हँस पड़े। मुझे तुम्हारे पीटर्सबर्ग की जनता बड़ी पसन्द है चाहे वह उद्धत ही क्यों न हो! लोग चिल्लाये "ख़ूब मज़ा आया! ख़ूब मज़ा आया! छोटी बच्चियों को यहाँ क्यों लायी।" ख़ैर उस सान्त्वना में कोई युक्ति थी या नहीं, इससे मुझे कोई सरोकार नहीं। मैंने फौरन अपनी स्कीम बनायी और उस लड़की की माँ के पास जाकर बैठ गया। मैंने कहा कि मैं भी पीटर्सबर्ग में नया नया आया हूँ, यहाँ के लोग बड़े बदतमीज़ हैं,

उन्हें शरीफ़ लोगों की कोई पहचान नहीं, इसलिए वे उनकी इज़्ज़त नहीं करते। मैंने उसके सामने अपने को बड़ा अमीर जतलाया और एक घोड़ा गाड़ी में बैठाकर अपने घर ले आया। मालूम हुआ कि माँ-बेटी हाल ही में देहात से आयी थीं और एक सड़ी-सी कोठरी में रह रही थीं। उस औरत का कहना था कि मेरा परिचय पाकर वे अपने को सौभाग्यशाली समझती हैं। मुझे पता चल गया कि उनके पास पैसा बिलकुल नहीं था और वे किसी क़ानूनी कार्रवाई के सिलसिले में पीटर्सबर्ग आयी थीं। मैंने उन्हें अपने रसूख़ और पैसे से मदद देने का वायदा किया। उन्होंने बताया कि वे उस अड्डे को डांस सीखने की संस्था समझ कर वहाँ चली गयी थी। मैंने उस लड़की की फ्रेंच भाषा और डांस की शिक्षा का ख़र्च अपने ज़िम्मे ले लिया। यह प्रस्ताव उन्होंने बड़े उत्साह और गर्व के साथ मंजूर कर लिया—हमारी दोस्ती अभी तक क़ायम है...अगर चाहो तो हम उनसे मिलने जा सकते हैं, लेकिन इस वक़्त नहीं।"

"बस! तुम्हारे नीचतापूर्ण, बेहूद क़िस्से बहुत सुन लिए। तुम पतित और लम्पट आदमी हो।"

"और तुम हो निरे शिलर! जानते हो, सिर्फ़ तुम्हारी तिलमिलाहट देखने के लिए ही ये बातें तुम्हें जान-बूझकर बता रहा हूँ।"

रास्कोलनिकोव गुस्से में बड़बड़ाया, "मैं देख रहा हूँ कि मैं खुद हास्यास्पद स्थिति में हूँ।"

स्वीद्रीगाईलोव दिल खोलकर हँसा। फिर उसने फ़िलिप को बुलाकर बिल चुकाया और उठ खड़ा हुआ।

"मैं नशे में हूँ। बहुत हो गया!"

तुमसे मिलकर बड़ी ख़ुशी हुई।

रास्कोलनिकोव ने उठते हुए कहा, "ख़ुशी तो ज़रूर हुई होगी। एक खूसट लंपट आदमी को ऐसे क़िस्से सुनाकर ख़ुशी होती है, जबकि उसके मन में ऐसी ही पैशाचिक स्कीमें और भी हों।—ख़ास तौर पर ऐसी परिस्थितियों में मुझ जैसे आदमी को यह सब सुनाने में...सरूर आता है।"

स्वीद्रीगाईलोव ने ग़ौर से रास्कोलनिकोव के चेहरे को पढ़ने की कोशिश की, "अगर यही बात है तो तुम मुझसे भी ज़्यादा अनास्थाशील हो। तुम्हारे अन्दर अनास्था पैदा करने के लिए कारणों की कमी नहीं। तुम बहुत कुछ समझते हो...और बहुत कुछ कर भी सकते हो। बस अब चलना चाहिए। मुझे अफ़सोस है कि मुझे तुम से ज़्यादा बातें करने का मौका नहीं मिला। लेकिन मैं तुम्हें आँख से ओझल नहीं होने दूँगा। कुछ दिन और इन्तज़ार करो।"

स्वीद्रीगाईलोव के पीछे-पीछे रास्कोलनिकोव सराय से बाहर निकल आया। स्वीद्रीगाईलोव का नशा उतर रहा था। वह किसी गहरी सोच में डूबा था, उसके माथे पर त्योरियाँ पड़ रही थीं। उसकी उत्तेजना से साफ़ ज़ाहिर था कि वह बेचैनी से किसी घटना का इन्तज़ार कर रहा है। रास्कोलनिकोव के प्रति भी उसका व्यवहार अधिक तिरस्कारपूर्ण हो उठा था। रास्कोलनिकोव ने यह सब देखा और उसका मन सन्देह से आशंकित हो उठा। उसने स्वीद्रीगाईलोव का पीछा करने का निश्चय किया।

दोनों बाहर निकलकर फुटपाथ पर आ गये।

"तुम दायीं तरफ़ जाओ और मैं बायीं तरफ़। अगर चाहो तो हम दिशा की अदला-बदली कर सकते हैं। अच्छा अलविदा। खुदो करे हम फिर मिलें।" स्वीद्रीगाईलोव ने कहा और वह सीधा घासमण्डी की ओर चल पड़ा।

5

रास्कोलनिकोव ने उसका पीछा किया।

सहसा स्वीद्रीगाईलोव ने पीछे मुड़कर कहा, "इसका क्या मतलब है? मैंने तो कहा था..."

"इसका मतलब यह है कि मैं तुम्हें आँखों से ओझल नहीं होने दूँगा।"

"क्या कहा?"

दोनों वहीं ठिठक गये और एक-दूसरे को घूरने लगे—जैसे दोनों अपनी ताकत आज़मा रहे हों।

रास्कोलनिकोव ने कठोर आवाज़ में कहा, "नशे की झोंक में कही गयी तुम्हारी बातों से मुझे यक़ीन हो गया है कि तुमने मेरी बहन का पीछा अभी तक नहीं छोड़ा बल्कि तुम इस मामले में पहले से भी ज़्यादा उत्साह दिखा रहे हो। मैंने सुना है कि आज सुबह मेरी बहन को एक ख़त मिला है। इस बीच तुम क्षण भर के लिए भी आराम से नहीं बैठे...तुमने एक बीवी का आविष्कार भले ही कर लिया हो, लेकिन जब तक मैं सबूत न पा लूँ, निश्चिन्त नहीं हो सकता।"

रास्कोलनिकोव को ख़ुद नहीं मालूम था कि वह कौन सा सबूत पाना चाहता है।

"अपनी कसम! मैं अभी पुलिस बुलाता हूँ।"

"जाओ बुला लाओ!"

दोनों फिर आपने-सामने खड़े थे। जब स्वीद्रीगाईलोव को यक़ीन हो गया कि रास्कोलनिकोव पुलिस से बिलकुल नहीं डरता, उसके चेहरे का भाव बदल गया और उसने हँसमुख, दोस्ती भरे ढंग से कहा,

"तुम भी ख़ूब आदमी हो! मैंने तो जान-बूझकर तुम्हारा क़िस्सा नहीं छेड़ा, हालाँकि उत्सुकता के मारे मेरा बुरा हाल है। यह क़िस्सा है भी तो विलक्षण। मैं इसकी चर्चा टालना चाहता था, लेकिन तुम्हारी बातों के लिए तो मुर्दे भी जाग उठेंगे।...आओ चलें, मैं तुम्हें पहले से चेतावनी देता हूँ कि मैं पैसे लेने के लिए घर जा रहा हूँ।

फिर फ़्लैट में ताला लगाने के बाद मैं एक घोड़ा गाड़ी में बैठकर 'द्वीपों' में जाऊँगा और शाम भर वहीं रहूँगा। अब तो तुम मेरा पीछा नहीं करोगे?"

"मैं तुमसे मिलने नहीं, बल्कि सोफ़िया सेम्योनोवना से मिलने तुम्हारे घर जा रहा हूँ। मैं जनाज़े में शामिल नहीं हो सका, इस बात की माफ़ी माँगूँगा।"

"सो तो जो जी में आये करो, लेकिन सोफ़िया सेम्योनोवना घर पर नहीं है। वह तीनों बच्चों को लेकर यतीमखानों की संचालिका से मिलने गयी है। वह प्रतिष्ठित महिला है। कई बरस पहले से मेरी परिचित है। मैंने कैटेरीना इवानोव्ना के बच्चों की परवरिश के लिए उस महिला के पास रकम जमा करवा दी है, संस्था के लिए भी चन्दा दिया है, जिससे बुढ़िया बड़ी प्रसन्न है। मैंने उसे सोफ़िया सेम्योनोवना की स्थिति भी पूरी तरह समझा दी है, जिससे वह अत्यन्त प्रभावित हुई है। इसीलिए उस महिला ने सोफ़िया सेम्योनोवना को क—होटल में बुलाया है, जहाँ वे ठहरी हुई हैं।"

"कोई हर्ज़ नहीं, मैं फिर भी वहाँ जाऊँगा।"

"जैसी तुम्हारी मर्ज़ी। मुझे इसमें कोई ऐतराज नहीं, लेकिन मैं तुम्हारे साथ नहीं आऊँगा। लो, घर आ गया। मुझे यक़ीन हो गया है कि तुम मुझे शक की नज़र से देखते हे, सिर्फ़ इसलिए कि मैंने तुम्हारे साथ भलमनसी का सलूक किया है और तुमसे टेढ़े सवाल नहीं पूछे...क्यों? मेरी यह बात तुम्हें विलक्षण लगी। ख़ैर इससे भलमनसाहत की शिक्षा तो मिलती है।"

"और दरवाज़ों के पीछे से छिपकर बातें सुनने की भी।"

"अच्छा यह बात है।" स्वीद्रीगाईलोव हँस पड़ा। "हाँ इतना सब होने के बाद भी अगर तुम इस घटना का ज़िक्र भूल जाते तो मुझे हैरानी होती। हा-हा तुम्हारी हरकतों का और सोफ़िया सेम्योनोवना से तुमने जो बातें कही हैं, उनका कुछ-कुछ मतलब तो मेरी समझ में आता है लेकिन आख़िर इसका असली अर्थ क्या है? शायद मैं इस ज़माने के लिहाज़ से बहुत पिछड़ा हुआ आदमी हूँ, इसलिए ये बातें मेरी समझ से बाहर हैं। प्यारे बेटे ज़रा इन आधुनिक सिद्धान्तों की व्याख्या तो करो।"

"तुमने हमारी बातचीत नहीं सुनी। यूँ ही झूठ-मूठ कह रहे हो।"

"मैं उस बात की चर्चा नहीं कर रहा (हालाँकि बातों की भनक मेरे कानों में भी पड़ी थी) नहीं, आजकल तुम जिस तरह ठंडी आहें भरते और कराहते रहते हो, मैं उसकी बात कह रहा हूँ। तुम्हारे भीतर का शिलर सदा विद्रोहशील रहता है, और अब तुम मुझे उपदेश दे रहे हो कि दरवाज़ों के पीछे छिपकर बातें न सुनूँ। अगर ऐसी ही बात है तो जाकर पुलिस को इस दुर्योग बात की ख़बर दे आओ। तुम अपने सिद्धान्त में ज़रा-सी ग़लती कर बैठे हो, लेकिन अगर तुम्हारा विश्वास है कि दरवाज़ों के पीछे छिपकर बातें सुनना अनुचित है और ख़ुशी-ख़ुशी बूढ़ी औरतों

की हत्या करने में कोई हर्ज़ नहीं तो तुम फौरन भागकर अमेरिका चले जाओ। नौजवान अभी वक़्त है भाग जाओ। मैं सच्चे दिल से कह रहा हूँ। तुम्हारे पास पैसे नहीं है? किराया मैं दूँगा।"

"मैं यह बात नहीं सोच रहा।" रास्कोलनिकोव खीज भरे स्वर में बोला।

"मैं समझ गया (निराश मत होओ, अगर तुम इस प्रसंग को नहीं छेड़ना चाहते तो मैं चुप रहूँगा)। मेरा ख़्याल है कि तुम जिन सवालों की वजह से परेशान हो वे नैतिक सवाल हैं, क्यों? नागरिकों और इन्सानों के अधिकार? इन सब सवालों को उठाकर एक तरफ़ रख दो, वे अब तुम्हारे काम की चीज़ें नहीं रहीं। हा-हा तुम कहोगे कि तुम अभी भी इन्सान हो और एक नागरिक भी हो, फिर तुम्हें इस झमेले में नहीं पड़ना चाहिए था। जो काम तुम्हारे बस का नहीं, उसमें क्यों हाथ डालो! अच्छा हो अगर तुम अपने को गोली मार लो या तुम ऐसा नहीं करना चाहते?"

"मालूम होता है तुम मुझे उत्तेजित करके मुझसे पीछा छुड़ाना चाहते हो।"

"तुम भी अजब आदमी हो। लो यह ज़ीना आ पहुँचा। वह देखो सोफ़िया सेम्योवना के घर का रास्ता, कमरे में कोई नहीं है। तुम्हें यक़ीन नहीं आता? जाकर कापर्नोमोव से पूछ लो, वह अपनी चाबी उसी के पास छोड़ जाती है। लो श्रीमती कापर्नोमोव ख़ुद आ पहुँची। क्या कहा? वे ज़रा बहरी हैं? क्या सोफ़िया सेम्योनोवना कहीं बाहर गयी हैं? कहाँ? सुना तुमने? वह घर पर नहीं है और शायद रात को देर से लौटेगी। अच्छा मेरे कमरे में आओ। तुम मुझसे मिलना चाहते थे न! लो हम कमरे में आ गये। मैडम रैशलिश भी यहाँ नहीं है, वह हर वक़्त काम में लगी रहने वाली औरत है, और बड़ी अक्लमन्द भी...तुम ज़रा अक्ल से काम लेते तो उससे फ़ायदा उठा सकते थे। यह देखो मैं अलमारी में से पाँच प्रतिशत वाला बौंड निकाल रहा हूँ। देखा अलमारी मैं ढेर-के-ढेर और बौंड भी रखे हैं। इस बौंड को आज मैं भुना लूँगा। मुझे ज़्यादा वक़्त नहीं बर्बाद करना चाहिए। अलमारी भी बन्द है और फ़्लैट में भी ताला लगा दिया, लो हम फिर ज़ीने में पहुँच गये। गाड़ी मँगवाऊँ? मैं 'द्वीपों की तरफ़ जा रहा हूँ। तुम भी चलोगे। लो यह गाड़ी आ गयी। अरे तुम इनकार कर रहे हो। मन ऊब गया? आओ गाड़ी में सैर कर आओ। शायद बारिश होगी। कोई हर्ज़ नहीं हम छत का कपड़ा नीचे गिरा लेंगे।..."

स्वीद्रीगाईलोव जाकर गाड़ी में बैठ गया। रास्कोलनिकोव को लगा कि उसके शक बेबुनियाद हैं, वह बिना उत्तर दिये चुपचाप घासमण्डी की तरफ़ वापिस चला गया। रास्ते में अगर उसने मुड़कर देखा होता तो वह देखता कि सौ कदम जाने के बाद ही स्वीद्रीगाईलोव गाड़ी वाले का भाड़ा चुकाकर वापिस आ रहा था। लेकिन रास्कोलनिकोव मोड़ से आगे निकल गया था, इसलिए यह सब उसे दिखायी नहीं दिया। अतिशय ग्लानि के कारण वह स्वीद्रगाईलोव को छोड़कर चला आया था।

...ज़रा सोचो तो सही, मैंने तो उस जंगली राक्षस और लम्पट आदमी से मदद लेनी चाही थी। रास्कोलनिकोव ने ऊँची आवाज़ में कहा।

स्वीद्रीगाईलोव के चरित्र में कुछ ऐसी चीज़ थी जो उसे रहस्यमय और मौलिक मालूम हुई थी। उसे विश्वास हो गया था कि जहाँ तक उसकी बहन का सवाल है, स्वीद्रीगाईलोव उसे शान्ति से नहीं रहने देगा। लेकिन इस विषय में अधिक सोचने से उसे मानसिक थकान अनुभव हो रही थी।

एकान्त में बीस कदम चलने के बाद ही सदा की तरह आज भी वह गहरी सोच में डूब गया। पुल की रेलिंग का सहारा लेकर वह नदी के पानी की तरफ़ देखने लगा। उसकी बहन भी पास ही में खड़ी थी।

पुल के दरवाज़े पर भी उसे दुनिया मिली थी, लेकिन दुनिया की तरफ़ देखे बग़ैर ही आगे चला गया था। दुनिया ने भी पहले अपने भाई को इस तरह सड़क पर नहीं देखा था, वह इस दुविधा में पड़ गयी कि वह भाई को बुलाये या नहीं। सहसा उसने घासमण्डी की ओर से स्वीद्रीगाईलोव को तेज़ कदमों से अपनी तरफ़ आते देखा।

स्वीद्रीगाईलोव बड़ी सतर्क नज़रों से चारों तरफ़ देख रहा था। सीधा पुल पर न आकर वह फुटपाथ पर रुक गया, क्योंकि वह रास्कोलनिकोव की नज़रों से बचना चाहता था। कुछ देर तक वह दुनिया को देखता रहा और इशारों से कुछ समझाता रहा। दुनिया समझी कि वह उसे भाई से बोलने के लिए मना कर रहा है और अपने पास बुला रहा है।

दुनिया ने ऐसा ही किया। वह भाई की नज़रें बचाकर स्वीद्रीगाईलोव के पास चली गयी।

स्वीद्रीगाईलोव फुसफुसाया, "आओ जल्दी से दूर निकल जायें, मैं नहीं चाहता कि रोदियोन रोमनोविच को हमारी इस मुलाकात का पता चले। मैं नज़दीक के एक रेस्त्राँ में बैठा था, उसने सर ऊपर उठाकर देखा, बड़ी मुश्किल से मैंने उससे पीछा छुड़ाया है। मैंने तुम्हें जो ख़त लिखा था, उसका पता उसे चल गया है, उसे मुझ पर शक हो गया है। तुमने उसे नहीं बताया, फिर किससे उसे पता चला?"

दुनिया ने बीच में टोककर कहा, "लो हम मोड़ पार करके आ गये। अब मेरा भाई हमें नहीं देख सकता। तुम्हें जो कहना है, सब यहीं कह डालो, मैं तुम्हारे साथ कहीं नहीं जाऊँगी।"

"अव्वल तो मैं सड़क पर सारी बातें नहीं बता सकता, दूसरे यह कि तुम्हें सोफ़िया सेम्योनोवना की बातें भी सुननी चाहिए। इसके अलावा में तुम्हें कुछ काग़ज़ात भी दिखाना चाहता हूँ...अच्छी बात है, अगर तुम मेरे साथ नहीं आओगी, तो मैं बिना कुछ बताये फौरन यहाँ से चला जाऊँगा। मेहरबानी करके यह मत भूल जाओ कि तुम्हारे प्यारे भाई का एक भेद पूरी तरह मेरे हाथों में है।"

दुनिया वहीं ठिठक गयी और स्वीद्रीगाईलोव के चेहरे के भावों को पढ़ने की कोशिश करने लगी।

"तुम्हें आख़िर डर किस बात का है? शहर और देहात में बड़ा फ़र्क़ होता है। फिर देहात में भी मैंने तुम्हें उतना नुकसान नहीं पहुँचाया जितना तुमने मुझे पहुँचाया था।"

"क्या आपने सोफ़िया सेम्योनोवना को राजी कर लिया है?"

"नहीं, अभी तक मैंने उससे कोई बात नहीं की। यह भी निश्चित नहीं कि वह इस वक़्त घर में ही होगी, लेकिन ज़रूर होगी, क्योंकि आज ही उसने अपनी माँ को दफ़नाया है, आज के दिन वह बाहर नहीं जायेगी। अभी तक मैंने किसी से यह ज़िक्र नहीं छेड़ा, मुझे मन-ही-मन अफ़सोस है कि मैंने तुमसे भी यह बात क्यों कही। ऐसे मामलों में ज़रा-सी असावधानी भी विश्वासघात के बराबर होती है। मैं उस सामने वाले मकान में रहता हूँ। वह रहा हमारे मकान का चौकीदार जो मुझे अच्छी तरह जानता है और सर झुकाकर सलाम कर रहा है। उसने देख लिया है कि मैं एक भद्र महिला के साथ आ रहा हूँ। निश्चित रूप से उसने तुम्हें भी देख लिया है, इसलिए तुम्हारा मुझसे डरना और मुझ पर शक करना व्यर्थ है। मेरी बात के फूहड़ ढंग पर बुरा न मानना। मेरे पास अलग से कोई फ़्लैट नहीं है। सोफ़िया सेम्योनोवना मेरे बगल वाले कमरे में रहती है। सारी मंज़िल किराये पर उठी हुई है। तुम बच्चों की तरह भयभीत क्यों हो रही हो? क्या सचमुच मैं इतना खौफ़नाक आदमी हूँ?"

स्वीद्रीगाईलोव ने मुस्कराने की कोशिश की लेकिन वह मुस्कराने की 'मूड' में नहीं था। आवेश से उसका कलेजा धड़क रहा था और साँस बन्द हुई जा रही थी। आवेश को छिपाने के लिए वह ऊँची आवाज़ में बोल रहा था। लेकिन दुनिया ने इस ओर ध्यान नहीं दिया। वह स्वीद्रीगाईलोव की इस टिप्पणी से बहुत चिढ़ गयी थी कि वह उसे ख़ौफ़नाक आदमी समझकर उससे डर रही है।

"मैं जानती हूँ कि आप...शरीफ़ नहीं हैं फिर भी मैं आपसे डरती नहीं। चलिये।" दुनिया ने आत्मविश्वास जतलाते हुए कहा, लेकिन उसका चेहरा पीला पड़ गया था।

स्वीद्रीगाईलोव सोनिया के कमरे के आगे रुक गया।

"ज़रा पूछकर देखूँ वह घर पर है या नहीं,....नहीं कमरा बन्द है। कैसी बदक़िस्मती है! लेकिन मुझे मालूम है, वह जल्दी ही लौट आयेगी। वह ज़रूर अपने अनाथ भाई-बहनों के सिलसिले में एक भद्र महिला से मिलने गयी होगी। उनकी माँ मर गयी है...मैं इस बीच उनके लिए मदद का इन्तज़ाम करता रहा हूँ। अगर सोफ़िया सेम्योनोवना दस मिनट तक न लौटी, तो उसे अगर तुम चाहो तो आज ही तुम्हारे पास भेज दूँगा। यह रहा मेरा फ़्लैट, इसमें सिर्फ़ दो कमरे हैं। मकान-मालकिन मैडम रैसलिश पास वाले कमरे में रहती हैं। ज़रा इधर देखो, मैं तुम्हें सबसे बड़ा सबूत देना चाहता हूँ। मेरे सोने वाले कमरे का दरवाज़ा जहाँ खुलता है उसके आगे के दो कमरे किराये के लिए खाली पड़े हैं। इधर...ज़रा ग़ौर से इन कमरों को देखो।"

स्वीद्रीगाईलोव के पास मय फ़र्नीचर के दो बड़े कमरे थे। दुनिया ने सन्दिग्ध दृष्टि से चारों तरफ़ देखा, लेकिन उसे फ़र्नीचर या कमरों की स्थिति में कोई विशेषता नहीं दिखायी दी। लेकिन एक बात ग़ौर के क़ाबिल थी, वह यह कि स्वीद्रीगाईलोव का फ़्लैट दो खाली फ़्लैटों के बीच था, बरामदे से उसके कमरे में आने का कोई सीधा रास्ता नहीं था, बल्कि उसका दरवाज़ा मकान-मालकिन के कमरे में खुलता था। सोने के कमरे का दरवाज़ा खोलकर स्वीद्रीगाईलोव ने दुनिया को वे दोनों कमरे दिखाये जो किराये के लिए खाली पड़े थे। दुनिया हिचकिचाकर दरवाज़े के बीच खड़ी रही। इन कमरों में आख़िर कौन-सी दर्शनीय चीज़ थी, यह उसकी समझ में न आ सका। स्वीद्रीगाईलोव ने बताया,

"उधर दूसरे बड़े वाले कमरे की तरफ़ देखो। दरवाज़े पर ताला लगा है। पास ही एक कुर्सी रखी है। यह कुर्सी मैं अपने कमरे से लाया था, ताकि आराम से उन लोगों की बातें सुन सकूँ। पास वाले कमरे में सोफ़िया सेम्योनोवना की मेज़ रखी है, जिस पर बैठकर वह रोदियोन रोमनोविच से बातें कर रही थी। मैंने दोनों दिन दो-दो घण्टे तक यहाँ बैठकर उनकी बातें सुनीं—मुझे बहुत कुछ मालूम हो गया है। तुम्हारा क्या ख़्याल है?"

"क्या आप सचमुच सुनते रहे थे?"

"हाँ, यहाँ बैठने की जगह नहीं है, मेरे कमरे में आ जाओ।"

वह अवदोत्या रोमानोवना को अपनी बैठक में ले आया और उसे बैठने के लिए कुर्सी दी। वह मेज़ के दूसरी तरफ़ बैठा था। दोनों में कम से कम सात फ़ीट की दूरी थी, लेकिन स्वीद्रीगाईलोव की आँखों में वहीं ख़ौफ़नाक चमक देखकर दुनिया सहम गयी। काँपते हुए उसने फिर शंकित दृष्टि से अपने चारों तरफ़ देखा, उसकी यह घबराहट अनायास ही प्रकट हो रही थी—हालाँकि वह उसे दबाने की पूरी कोशिश कर रही थी। स्वीद्रीगाईलोव के फ़्लैट की एकान्त स्थिति से वह चौंक उठी थी। वह अपने स्वाभिमान की ख़ातिर इतना भी न पूछ सकी कि मकान-मालकिन घर में है या नहीं। इसके अलावा उस वक़्त उसके दिल में आत्मरक्षा से बड़ी चिन्तायें भी व्याप रही थीं। उसका मन व्यथित था।

उसने ख़त मेज़ पर रखते हुए कहा, "यह रहा आपका खत। आपने जो लिखा है क्या वह सच हो सकता है? आपने मेरे भाई द्वारा किये गये किसी जुर्म की तरफ़ इशारा किया है। आपने साफ़ शब्दों में यह बात लिखी है, इसलिए अब आप मुकर नहीं सकते। लेकिन मैं आपको बता दूँ कि मैं पहले भी यह बेसिर-पैर की अफ़वाह सुन चुकी हूँ और मुझे इस अफ़वाह पर रत्ती भर यक़ीन नहीं है। इस शक में हास्यास्पद नीचता छिपी हुई है। मैं जानती हूँ यह कहानी क्यों और कैसे गढ़ी गयी। आपके पास भला क्या सबूत है? आपने इस बात को साबित करने का वादा किया था, बोलिये।

लेकिन मैं पहले से ही चेतावनी दिये देती हूँ कि मुझे आपकी बात पर रत्ती भर यक़ीन नहीं। बिलकुल नहीं।"

क्षण भर के लिए दुनिया का मुँह लाल हो गया।

"यक़ीन नहीं है तो तुमने अकेले यहाँ आने का जोखिम कैसे उठाया? क्यों आयी? सिर्फ़ कौतूहल के लिए?"

"मुझे सताओ मत। बोलो! बोलो!"

"इस बात से इनकार नहीं किया जा सकता कि तुम एक बहादुर लड़की हो। अपनी कसम, मेरा ख़्याल था कि तुम मिस्टर राज़ुमिहीन को अपने साथ लेकर यहाँ आओगी। लेकिन वह तुम्हारे साथ या कहीं आस-पास भी नहीं था, मैं छिपकर सब कुछ देख रहा था। तुम साहसी हो और तुमने यह साबित कर दिया है कि तुम रोदियोन रोमनोविच को बचाना चाहती हो। वैसे भी तुम्हारी हर चीज़ में अलौकिकता है...तुम्हारे भाई के बारे में मैं तुमसे क्या कहूँ? तुमने अभी उसकी हालत देखी है। उसके बारे में तुम्हारी क्या राय है?"

क्या इतनी-सी बात पर आपके मन में शक पैदा हो गया है?

"नहीं, इस बात से नहीं, बल्कि उसके अपने शब्दों को सुनकर। वह दो दिन तक लगातार शाम को यहाँ आता रहा है। मैंने तुम्हें अभी वह जगह दिखायी है जहाँ दोनों बैठते थे। उसने सोफ़िया सेम्योनोवना के सामने स्वीकार किया है कि वह हत्यारा है। उसने एक सूदख़ोर बुढ़िया की हत्या की है जिसके यहाँ वह चीज़ें गिरवी रखा करता था। बुढ़िया की बहन लिजावेता जो फेरी लगाती थी, ऐन मौक़े पर पहुँच गयी, तुम्हारे भाई ने कुल्हाड़ी से उसकी भी हत्या कर डाली। उन्हें लूटने की ख़ातिर ही उसने उनकी हत्या की थी। वहाँ से नकदी और बहुत-सी चीज़ें वह ले गया...यह सारी बात अक्षरशः उसने सोफ़िया सेम्योनोव्ना को बतायी थी, सिर्फ़ वही इस भेद को जानती है। लेकिन उसका इस हत्या में कोई हाथ नहीं था। तुम्हारी तरह उसे भी यह कहानी सुनकर ग्लानि महसूस हुई थी। चिन्ता न करो। वह धोखा नहीं देगी।"

दुनिया के ओंठ सफ़ेद पड़ गये। उसने रुँधे कंठ से कहा, "ऐसा नहीं हो सकता, हत्या का कोई कारण नहीं हो सकता...यह झूठ है! झूठ है!"

"उसने बुढ़िया का माल लूटा—यही असली कारण है। उसका यह कहना सच है कि उसने नकदी को या चीज़ों को इस्तेमाल नहीं किया, बल्कि एक पत्थर के नीचे छिपा दिया, जहाँ वे अब भी पड़ी हैं। शायद उन चीज़ों से फ़ायदा उठाने का साहस उसमें नहीं था।"

"लेकिन उसने चोरी, लूटमार कैसे की? यह ख़्याल कैसे उसके दिमाग़ में आ सकता है? आप भी तो उसे जानते हैं। आपने उसे देखा है, क्या वह चोर हो सकता है?" दुनिया उछलकर कुर्सी से खड़ी हो गयी।

मालूम होता था कि वह स्वीद्रीगाईलोव से मिन्नत-चिरौरी कर रही हो। उसका डर न जाने कैसे ग़ायब हो गया था।

"ज़िन्दगी में हज़ारों लाखों संयोग और सम्भावनायें होती हैं, अवदोत्या रोमानोवना। कुछ चोर ऐसे होते हैं, जो यह जानते हुए चोरी करते हैं कि वे बदमाश हैं। लेकिन मैंने एक ऐसे भद्र आदमी का क़िस्सा सुना है जिसने डाक गाड़ी को तोड़ा था। शायद उसका ख़्याल हो कि वह सज्जनोचित काम कर रहा है। सुनी-सुनाई बात पर यो मुझे भी यक़ीन न होता, लेकिन अपने कानों से जो सुना है, उन पर मुझे पूरा यक़ीन है। उसने सोफ़िया सेम्योनोवना को हत्या के सारे कारण बताये थे, पहले उसे भी अपने कानों पर यक़ीन नहीं हुआ लेकिन बाद में उसने जो देखा, उससे यक़ीन हो गया।"

"वे कारण...कौन से थे?"

"यह बहुत लम्बी कहानी है, अवदोत्या रोमानोवना, लो...मैं तुम्हें कैसे बताऊँ? इसके पीछे वही सिद्धान्त काम कर रहा है, जिसकी वजह से मैं सोचता हूँ कि अगर इन्सान का मुख्य उद्देश्य अच्छा हो तो एकाध बुराई करने में कोई हर्ज़ नहीं हो सकता। सैकड़ों नेकियों के सामने एक बदी की क्या हैसियत है? फिर एक प्रतिभाशाली और स्वाभिमानी नौजवान को यह सोचकर असह्य वेदना होती है कि अगर उसके पास सिर्फ़ तीन हज़ार रूबल होते तो उसका भविष्य कुछ और भी होता। इस क्षुद्र रकम का अभाव उसे कितना खटकेगा? इसके अलावा भुखमरी, गली-सड़ी कोठरी में रहने से, फटे-चीथड़े पहनने से, अपनी सामाजिक स्थिति से और माँ-बहन की दशा के कारण पैदा हुआ चिड़चिड़ापन भी इसका कारण हो सकता है। सबसे बड़ा कारण अहंकार है...हो सकता है उसमें अच्छे गुण भी हों। यह तो ईश्वर ही जानता है। कहीं यह न सोच बैठना कि मैं उसे दोष दे रहा हूँ, मैं दोष देने वाला कौन होता हूँ? इस हत्या के पीछे एक विशेष सिद्धान्त था–मानवजाति दो श्रेणियों में बँटी है, श्रेष्ठ श्रेणी के लोगों पर साधारण क़ानून लागू नहीं होते क्योंकि वे ही साधारण श्रेणी के लोगों के लिए क़ायदे क़ानून बनाते हैं। यह विचार केवल सिद्धान्त बना रहे तो इसमें कोई बुराई नहीं। तुम्हारे भाई को नेपोलियन के व्यक्तित्व के प्रति बड़ा आकर्षण था। उसने देखा कि संसार के कई प्रतिभाशाली व्यक्तियों ने निसंकोच रूप से पाप किया है और वे क़ानून की सीमाओं को बिना किसी हिचकिचाहट के लाँघ गये हैं। शायद उसने सोचा होगा कि वह भी 'जीनियस' है–कुछ क्षणों के लिए उसे यक़ीन हो गया होगा। उसे यह ग़लतफ़हमी हो गयी थी, और अब भी है कि वह भी नये सिद्धान्तों को जन्म दे सकता है, लेकिन वह क़ानून की सीमाओं को लाँघने का दुःसाहस करने में असफल रहा है इसलिए यह साबित हो गया है कि वह जीनियस नहीं है। एक अहंकारी युवक के लिए यह बड़ी अपमानजनक स्थिति है, विशेषकर आज के ज़माने में..."

"लेकिन क्या उसे आत्मग्लानि नहीं हुई होगी? तुम्हारा ख़्याल है कि उसमें नैतिकता बिलकुल नहीं है? क्या वह ऐसा आदमी है?"

"ओह अवदोत्या रोमानोवना। आजकल सब जगह अराजकता फैली है। देश में यह स्थिति शुरू से ही है। रूसवासियों के विचार उदार हैं अवदोत्या रोमानोवना, उनकी धरती की तरह विशाल, विलक्षण और अराजकतापूर्ण। लेकिन बिना किसी विशेष प्रतिभा के विशाल हृदय होना एक दुर्भाग्य है। तुम्हें याद है, रात के ख़ाने के बाद हम इस विषय पर कितनी बातें किया करते थे? तुम भी तो खुले दिल से मुझे कोसा करती थीं! क्या पता जब हम ये बातें कर रहे थे उसी वक़्त तुम्हारा भाई यहाँ यह स्कीम बना रहा हो। हम रूसी खासकर पढ़े लिखे लोग किसी भी परम्परा को पवित्र नहीं मानते। बहुत हुआ तो किताबें पढ़कर या पुराने विवरणों में से अपने लिए सिद्धान्त गढ़ लेते हैं, लेकिन ये सिद्धान्त विद्वानों और तमाम बूढ़े-खूसट लोगों के लिए होते हैं, भद्र समाज में इन्हें टटपूँजिया समझा जाता है। तुम्हें मेरे विचारों का तो पता ही है। मैं किसी को दोष नहीं देता, और धीरज रखने के सिवा और कुछ नहीं करता। लेकिन हम इस समस्या पर कई बार बातचीत कर चुके हैं, तुम्हें मेरे विचारों में दिलचस्पी है, यह देखकर मैं कितना ख़ुश हुआ था....तुम्हारा मुँह पीला क्यों पड़ गया है, अवदोत्या रोमानोवना?"

"मुझे, रोद्या के उस सिद्धान्त का मुझे अच्छी तरह पता है, राजुमिहीन ने मुझे वह लेख भी लाकर दिया था जिसमें असाधारण लोगों के असीम अधिकारों की चर्चा की गयी थी।"

"राजुमिहीन? लेख? क्या तुम्हारे भाई का ऐसा कोई लेख किसी पत्रिका में छपा था? मुझे नहीं पता था। ज़रूर वह लेख बड़ा दिलचस्प रहा होगा। अरे, तुम किधर जा रही हो अवदोत्या रोमानोवना?"

दुनिया ने क्षीण मूर्छित स्वर में कहा, "सोफ़िया सेम्योनोवना से मिलने। उसके कमरे का रास्ता किधर से है? शायद वह लौट आयी है। मैं फौरन उससे मिलना चाहती हूँ। शायद..."

वह अपना वाक्य भी पूरा न कर पायी। उसकी साँस बन्द हुई जा रही थी।

"मेरा ख़्याल है कि सोफ़िया सेम्योनोवना रात को देर से आयेगी। वह जल्द ही लौटने वाली थी, लेकिन अगर वह अभी तक नहीं आयीं तो अब देर से ही आयेगी।"

"आह! तो आपने झूठ बोला! मैं समझ गयी...आप...सारा वक़्त झूठ बोल रहे थे...मुझे आपकी बात पर यक़ीन नहीं है। नहीं है।" दुनिया एकदम विक्षिप्त होकर चिल्लाई।

बेहोश होकर वह गिरने ही वाली थी कि स्वीद्रीगाईलोव ने उसे सहारा देकर कुर्सी पर बिठाया और कहा,

'अवदोत्या रोमानोवना! यह क्या कर रही हो। होश में आओ। यह लो पानी पिओ...''

उसने दुनिया के चेहरे पर पानी के छींटे दिये। दुनिया को कँपकँपी आयी और वह सचेत हो गयी।

"देखता हूँ मेरी बात का तीखा असर हुआ है।" स्वीद्रीगाईलोव खीजकर अपने से बुड़बुड़ाया। "अवदोत्या रोमानोवना। शान्ति से काम लो। तुम्हारे भाई के भी दोस्त हैं। यक़ीन करो हम उसे बचा लेंगे। तुम चाहो तो मैं उसे विदेश ले जाऊँ! मेरे पास पैसा है। मैं तीन दिन के भीतर उसके जाने का इन्तज़ाम कर सकता हूँ। रही हत्या की बात, उसका प्रायश्चित करने के लिए अभी वह बहुत से नेक काम भी करेगा। सब्र करो, यह अभी भी महान व्यक्ति बन सकता है। तुम्हारी तबियत अब कैसी है?"

"ज़ालिम! इस बात का मज़ाक उड़ा रहे हो। मुझे यहाँ से जाने दो..."

"कहाँ जाओगी?"

"रोद्या के पास। जानते हो वह कहाँ है? अरे! इस दरवाज़े पर ताला कैसे लग गया? अभी इसी दरवाज़े से तो हम भीतर आये थे। आपने ताला किस वक़्त लगाया।"

"सारे फ़्लैट में ऊँचा चिल्लाने से क्या फ़ायदा था। मैं मज़ाक नहीं कर रहा। दरअसल मैं ऐसी बातें करते-करते तंग आ गया हूँ। लेकिन तुम इस हालत में कहाँ जाओगी? तुम उसके साथ विश्वासघात करना चाहती हो? तुम्हें देखकर वह क्रोध से पागल हो जायेगा और पुलिस के आगे आत्मसर्पण कर देगा। मैं तुम्हें यह भी बता दूँ कि पुलिस पहले से ही उसकी निगरानी कर रही है। ज़रा ठहरो। अभी कुछ देर पहले मेरी उससे बातचीत हुई थी। अभी भी यह बचाया जा सकता है। बैठ जाओ। आओ हम दोनों इस समस्या पर ग़ौर करें। इसीलिए मैंने तुम्हें अकेले बुलाया था। लेकिन बैठो तो सही!"

"आप कैसे उसे बचायेंगे? क्या अभी भी वह बच सकता है?"

दुनिया कुर्सी पर बैठ गयी। स्वीद्रीगाईलोव भी आकर उसके पास बैठ गया।

"यह सब तुम्हीं पर निर्भर करता है।" स्वीद्रीगाईलोव की आँखों में वही पुरानी चमक आ गयी थी और वह भावावेश में ठीक से बोल भी नहीं पा रहा था।

दुनिया चौंककर पीछे हठ गयी। स्वीद्रीगाईलोव का सारा शरीर काँप रहा था।

"तुम....तुम्हारे मुँह से सिर्फ़ एक शब्द निकलने की देर है और वह बच जायेगा... मैं उसे बचाऊँगा...पैसों और दोस्तों की मदद से मैं फौरन उसके लिए एक नहीं दो पासपोर्ट बनवा लूँगा। एक उसके लिए, एक अपने लिए...मेरे दोस्तों में इतनी सामर्थ्य है...अगर चाहो तो मैं तुम्हारा और तुम्हारी माँ का पासपोर्ट भी बनवा सकता हूँ...राजुमिहीन से तुम्हें क्या मिलेगा? मैं भी तो तुमसे प्यार करता हूँ...मैं तुम्हें हद से ज़्यादा प्यार करता हूँ....मुझे अपनी पोशाक का छोर चूम लेने दो...लाओ, लाओ...

तुम्हारी पोशाक की सरसराहट से ही मुझे रोमांच हो जाता है। तुम मुझे जो हुक्म दोगी, वही करूँगा। मैं तुम्हारे लिए कठिन से कठिन काम करने के लिए तैयार हूँ। तुम्हें जिन बातों में आस्था होगी, मैं भी उन्हीं में आस्था रखूँगा। जो कहोगी, वही करूँगा। मेरी तरफ़ इस तरह से मत देखो। तुम्हारी नज़रें बड़ी कातिल हैं..."

न जाने वह किस आवेश में प्रलाप किये जा रहा था। दुनिया भागकर दरवाज़े के पास चली गयी।

खोलो! खोलो! क्या यहाँ कोई नहीं है।

स्वीद्रीगाईलोव का दिमाग़ सुस्थिर हो गया। उसके काँपते ओंठों पर क्षोभ और तिरस्कार भरी मुस्कराहट आ गयी।

"घर में कोई नहीं है। मकान-मालकिन भी बाहर गयी है। इस तरह गला फाड़ने से कोई फ़ायदा नहीं, बेकार ही अपने को उत्तेजित कर रही हो।"

"चाबी किधर है? फौरन दरवाज़ा खोलो! कमीने आदमी!"

चाबी कहीं गुम गयी है, मिल नहीं रही।

"दुनिया का चेहरा मौत की तरह पीला पड़ गया। वह ज़ोर से चिल्लायी, "यह कैसी बेहूदगी है!" वह भागकर एक कोने में गयी जहाँ उसने एक मेज़ की आड़ खड़ी कर ली।

बिना चीख़े-चिल्लाये वह अपने उत्पीड़क के चेहरे की प्रत्येक गति को ग़ौर से देखने लगी।"

स्वीद्रीगाईलोव दूसरे कोने में खड़ा था। कम से कम उसके चेहरे से तो घबराहट बिलकुल ज़ाहिर नहीं हो रही थी, लेकिन उसका रंग अभी भी पीला था। उसकी व्यंग्य भरी मुस्कान भी ज्यों की त्यों बनी थी।

"तुमने अभी बेहूदगी का ज़िक्र किया अवदोत्या रोमानोवना। यह निश्चित रूप से जान लो कि मैंने सब इन्तज़ाम पहले से ही कर रखे हैं। सोफ़िया सेम्योनोवना घर पर नहीं है। कापर्नोमोव का फ़्लैट यहाँ से दूर है, बीच में पाँच बन्द कमरे हैं। मुझमें तुमसे दुगनी ताक़त है, फिर मुझे डर भी किसका है? बाद में तुम शिकायत भी नहीं कर सकोगी, तुम अपने भाई के साथ विश्वासघात तो नहीं कर सकोगी न! इसके अलावा तुम्हारी बात पर कोई विश्वास नहीं करेगा। भला कोई लड़की अकेले आदमी को उसके फ़्लैट में कैसे मिलने आ सकती है? अपने भाई की क़ुर्बानी देकर भी तुम कुछ साबित नहीं कर सकोगी। बलात्कार साबित करना बड़ा मुश्किल होता है, अवदोत्या रोमानोवना।"

"बदमाश कहीं का!" दुनिया क्रोधावेश में फुसफुसाई।

"बदमाश ही सही, लेकिन याद रखो मैंने तो एक साधारण प्रस्ताव मात्र तुम्हारे आगे रखा था। मुझे यक़ीन है कि तुम्हारा कहना ठीक है...ज़बरदस्ती करना ग्लानिपूर्ण है।

मैंने तो सिर्फ़ यह साबित करना चाहा था कि अगर तुम अपनी इच्छा से...अपने भाई को बचाना चाहो तो बाद में तुम्हें पछताना नहीं पड़ेगा। मेरा यही सुझाव है। दुनिया की नज़रों में भी यही साबित होगा कि तुमने परिस्थितियों से मजबूर होकर या अगर कहना चाहें, तो ज़बरदस्ती के आगे आत्मसर्पण किया। ज़रा सोचकर देख लो। तुम्हारी माँ का और तुम्हारे भाई का भविष्य तुम्हारे हाथों में है। मैं तुम्हारा गुलाम रहूँगा...ज़िन्दगी भर...मुझे सोचकर जवाब दो। मैं यहीं बैठा हूँ।"

स्वीद्रीगाईलोव दुनिया से आठ कदम दूर एक सोफ़े पर बैठ गया। दुनिया उसके चरित्र से अच्छी तरह परिचित थी। वह समझ गयी थी कि उसका इरादा पक्का है और वह टस से मस नहीं हो सकता। दुनिया ने अपनी ज़ेब से एक पिस्तौल निकाला। स्वीद्रीगाईलोव उछलकर खड़ा हो गया।

"अच्छा! यह बात है!" स्वीद्रीगाईलोव ने चकित स्वर में कहा। लेकिन उसके चेहरे पर दुर्भावना भरी मुस्कान छा गयी। "अब सारी स्थिति एकदम बदल गयी है। तुमने मेरा रास्ता बड़ा आसान बना दिया है अवदोत्या रोमनोवना। लेकिन यह रिवाल्वर तुम्हें कहाँ से मिला?" राज़ुमिहीन से? अरे! यह तो मेरा पुराना रिवाल्वर है! मैंने इसकी कितनी तलाश की थी! देखता हूँ देहात में तुम्हें मैंने चाँद मारी की जो शिक्षा दी थी, वह बेकार नहीं गयी।"

"यह रिवाल्वर तुम्हारा नहीं, मार्फ़ा पेत्रोवना का है, कमीने आदमी, जिसकी तुमने हत्या कर दी थी! उस घर में तुम्हारी अपनी कोई चीज़ नहीं थी। जब मुझे तुम्हारी नीयत पर शक हुआ तो मैंने यह रिवाल्वर उठा लिया था। अगर एक कदम आगे बढ़ने की कोशिश की तो मैं गोली से उड़ा दूँगी।" दुनिया गुस्से में पागल हो गयी थी।

"लेकिन तुम्हारे भाई का क्या होगा? मैं सिर्फ़ कौतूहलवश पूछ रहा हूँ।"

"जाओ जाकर पुलिस में ख़बर दे दो! खबर जो हिले-डुले या नज़दीक आने की कोशिश की! मैं गोली चलाऊँगी! मैं जानती हूँ, तुमने अपनी बीवी को ज़हर देकर मार डाला था। तुम ख़ुद हत्यारे हो!'' दुनिया ने रिवाल्वर का निशाना साध लिया।

"तुम्हें पक्का यक़ीन है कि मैंने मार्फ़ा पेत्रोवना को ज़हर दिया था?"

"हाँ! तुमने ख़ुद इस बात का इशारा किया था! तुमने मुझसे ज़हर की चर्चा की थी...मुझे पता है तुम किस वक़्त ज़हर लेने गये थे...सारी तैयारी तुमने पहले से ही कर रखी थी...यह तुम्हारी करतूत थी...सिर्फ़ तुम्हारी...बदमाश!"

"मान लो यह सच है, तो तुम्हारी ख़ातिर ही मैंने यह सब किया होगा...तुम्हीं आफत की जड़ हो।"

"तुम झूठ बक रहे हो, मुझे हमेशा से तुमसे नफ़रत थी!"

"ओहो, अवदोत्या रोमानोवना शायद तुम भूल गयी हो कि मुझे सुधारने के जोश में तुम्हारा दिल मेरे प्रति कितना नर्म हो गया था। मैंने तुम्हारी आँखों में यह भाव पढ़ लिया था। याद है वह चाँदनी रात जब बुलबुल गीत गा रही थी!"

"यह झूठ है! झूठ, तुम झूठा इल्ज़ाम लगाकर मुझे बदनाम करना चाहते हो!" दुनिया की आँखें अंगारे की तरह चमक रही थीं।

"झूठ है। अच्छा झूठ ही सही। मान लिया कि यह मेरी मनगढ़न्त बात है। औरतों को ऐसे प्रसंगों की याद नहीं दिलानी चाहिए। मैं जानता हूँ तुम गोली चलाओगी। ऐ ख़ूबसूरत बला चलाओ!" वह मुस्करा दिया।

दुनिया ने रिवाल्वर उठाया, उसका चेहरा एकदम पीला पड़ गया था। वह स्वीद्रीगाईलोव के हिलने-डुलने की इन्तज़ार कर रही थी और फ़ासले का अन्दाज़ा लगा रही थी। उसका निचला ओंठ सफ़ेद पड़ गया था और लगातार काँप रहा था। उसकी बड़ी काली आँखों में आग की-सी चमक थी। स्वीद्रीगाईलोव की दुनिया इतनी सुन्दर कभी नहीं दिखायी दी थी। उससे आँखें चार होते ही स्वीद्रीगाईलोव के मन में एक कसक उठी। उसने एक कदम आगे बढ़ाया। गाँव में गोली की आवाज़ आयी। गोली उसके बालों को छूती हुई दीवार में चली गयी। वह खड़ा होकर हँसने लगा।

"लगता है बर्र ने मुझे काट खाया। उसने सीधा मेरे सर पर निशाना लगाया था। यह क्या? ख़ून?" उसने ज़ेब में से रूमाल निकाला और अपनी दायीं कनपटी से बहती हुई ख़ून की पतली धार को पोंछ लिया। गोली से ज़रा-सी चमड़ी छिल गयी थी।

दुनिया ने रिवाल्वर नीचा कर लिया और आश्चर्य भरी दृष्टि से स्वीद्रीगाईलोव की तरफ़ देखने लगी। उस दृष्टि में आतंक की बजायी विमूढ़ता अधिक थी।

"लो तुम्हारा निशाना चूक गया! अब मैं दूसरी गोली का इन्तज़ार करूँगा।" स्वीद्रागाईलोव ने मुस्कराते हुए, धीमी उदास आवाज़ में कहा, "अगर तुम्हारी यही हालत रही तो तुम्हारे गोली चलाने से पहले ही मैं आकर तुम्हें पकड़ लूँगा।"

दुनिया ने चौंककर फिर रिवाल्वर ऊपर उठाया।

"मुझे अकेला छोड़ दो। वरना मैं कसम खाकर कहती हूँ कि मैं गोली चलाऊँगी... मैं...तुम्हें जान से मार डालूँगी।"

"तीन कदमों के फासले से तो तुम निश्चय ही मुझे मार सकती हो। लेकिन अगर ऐसा न हो सका तब...?" स्वीद्रीगाईलोव की आँखें चमक उठीं, वह दो कदम आगे बढ़ा। दुनिया ने फिर रिवाल्वर का घोड़ा दबाया, लेकिन गोली न चल सकी।

"तुमने कारतूस ठीक से नहीं भरे! ख़ैर कोई बात नहीं। अभी एक गोली और बाक़ी है। मैं इन्तज़ार कर रहा हूँ।"

वह दुनिया से दो कदम दूर खड़ा उसकी ओर पाशविक निश्चय, आवेश भरी ढीठ आँखों से देख रहा था। दुनिया समझ गयी कि वह अब उसे हाथ से जाने देने की बजाय मरना ज़्यादा पसद करेगा। उसे ख़्याल आया कि अब इतनी नज़दीक से तो वह उसे ज़रूर मार डालेगी। सहसा उसने रिवाल्वर दूर फेंक दिया।

"अरे! रिवाल्वर फेंक दिया!" स्वीद्रीगाईलोव ने चकित स्वर में कहा और गहरी साँस ली। उसके दिल पर से एक भारी बोझ उतर गया—वह बोझ मौत का डर नहीं था,

यह उससे भी ज़्यादा ख़ौफ़नाक और कड़वी अनुभूति से मुक्ति पाना था। वह अनुभूति क्या थी, वह ख़ुद भी ठीक से नहीं बता सकता था।

उसने दुनिया के पास जाकर उसकी कमर में अपनी बाँह डाल दी। दुनिया ने विरोध नहीं किया, लेकिन पत्ते की तरह काँपती हुई उसकी तरफ़ याचना भरी दृष्टि से देखने लगी। स्वीद्रीगाईलोव ने कुछ कहना चाहा लेकिन उसके हिलते हुए ओठों में से कोई आवाज़ नहीं निकली।"

"मुझे जाने दो।" दुनिया ने मिन्नत की।

स्वीद्रीगाईलोव काँप उठा, दुनिया की आवाज़ अब बिलकुल बदल गयी थी।

"इसका मतलब कि तुम मुझे प्यार नहीं करतीं?" स्वीद्रीगाईलोव ने मृदु स्वर में पूछा। दुनिया ने सर हिलाकर इनकार कर दिया।

"और...तुम कभी नहीं प्यार कर सकोगी?" स्वीद्रीगाईलोव की आवाज़ में निराशा थी।

"कभी नहीं।"

स्वीद्रीगाईलोव के मन में क्षण भर के लिए मौन, भयंकर संघर्ष छिड़ गये। उसने अवर्णनीय दृष्टि से दुनिया की तरफ़ देखा। सहसा उसने अपनी बाँह हटा ली और चुपचाप जाकर खिड़की के आगे खड़ा हो गया, एक क्षण और बीत गया।

"यह लो चाबी।" उसने दुनिया की तरफ़ देखे बगैर ही कोट की बायीं ज़ेब में से चाबी निकलकर मेज़ पर रख दी।

"चाबी ले लो! जल्दी करो!" वह अब भी दृढ़भाव से खिड़की के बाहर देख रहा था। दुनिया चाबी लेने के लिए आगे बढ़ी।

"जल्दी करो! जल्दी करो!" स्वीद्रगाईलोव ने बिना हिले-डुले कहा, लेकिन इन शब्दों में खौफ़नाक रहस्य था।

दुनिया इस रहस्य को ताड़ गयी। उसने चाबी उठाकर ताला खोला और बदहवास होकर भागने लगी। अगले क्षण उसने अपने आपको नहर के पुल की तरफ़ जाते देखा।

स्वीद्रीगाईलोव तीन मिनट तक खिड़की के पास खड़ा रहा फिर उसने आहिस्ता से सर घुमाकर अपने चारों ओर देखा और अपने माथे पर हाथ फेरा। उसका चेहरा एक विचित्र, उदास, क्षीण, दयनीय और नैराश्यपूर्ण मुस्कान से विकृत हो उठा। हाथ माथे के ख़ून से सन गया। उसने क्षोभभरी नज़रों से अपने हाथ को देखा, फिर एक तौलिया गीला करके कनपटी पोंछ ली। सहसा उसकी नज़र उस रिवाल्वर पर पड़ी जो दुनिया फेंक गयी थी। उसने रिवाल्वर उठाकर देखा, यह पुराने ढंग का तीन नालियों वाला रिवाल्वर था। अब भी उसमें एक गोली बच रही थी, जिसका इस्तेमाल हो सकता था। उसने कुछ देर सोचने के बाद रिवाल्वर ज़ेब में रख लिया और अपना हैट उठाकर वहाँ से बाहर चला आया।

2

स्वीद्रीगाईलोव रात के दस बजे तक एक अड्डे से दूसरे अड्डे में चक्कर लगाता रहा। कात्या भी वहाँ पहुँच गयी और उसने एक बाज़ारू गीत गाया, जिसमें बताया गया था, कि किस तरह एक बदमाश और ज़ालिम आदमी ने कात्या को चूमा था।

स्वीद्रीगाईलोव ने कात्या, बाजा बजाने वाले लड़के की, कुछ गाने वालों की, वेटरों की और दो क्लर्कों की ख़ातिरदारी की। उसे वे क्लर्क इसलिए पसन्द आये थे क्योंकि दोनों की नाक टेढ़ी थी, एक की नाक बायीं तरफ़ मुड़ी हुई थी, और दूसरे की दायीं तरफ़। वे लोग उसे एक आमोद उद्यान में ले गये जहाँ उसने सबके लिए टिकट ख़रीदे। बाग में देवदार का एक वृक्ष और तीन झाड़ियाँ थीं, जिनके पास एक शराबघर था, जहाँ चाय भी मिलती थी। आस-पास हरे रंग की मेज़ें और कुर्सियाँ पड़ी थीं। लोगों के मनोरंजन के लिए एक रद्दी-सी गानेवालों की मण्डली और नशे में धुत, लेकिन उदास, म्यूनिख का एक जोकर मौजूद था जिसकी नाक बेहद लाल थी। दोनों क्लर्कों की और क्लर्कों से तू-तू मैं-मैं हो गयी जिससे एक फसाद खड़ा हो गया। स्वीद्रीगाईलोव को निपटाने के लिए चुना गया। उसने पन्द्रह मिनट तक दोनों पक्षों की बातें सुनने की कोशिश की लेकिन वे इतनी ज़ोर से चिल्ला रहे थे कि उनकी कोई बात समझ में ही नहीं आती थी। सिर्फ़ एक तथ्य साफ़ ज़ाहिर था। वह यह कि उसमें से एक ने चोरी का माल किसी यहूदी के हाथ बेचा था और उसने अपने साथी के हिस्से की रकम मार ली थी। अन्त में मालूम हुआ कि वह चोरी का माल शराबख़ाने का चम्मच था इसी पर इतना फसाद उठा था। स्वीद्रीगाईलोव ने चम्मच की क़ीमत अपनी ज़ेब से अदा कर दी और उठकर बाग से बाहर चला आया। छः बजने वाले थे। अभी तक उसने शराब का एक घूँट तक नहीं पिया था, सिर्फ़ दिखावे के लिए उसने चाय लाने का आर्डर दिया था।

शाम को अँधेरा छा गया था और वातावरण में घुटन थी। दस बजे के क़रीब आकाश में घने तूफ़ानी बादल गरजने लगे और मूसलाधार बारिश होने लगी। रह-रह कर आकाश में बिजली कौंधने लगी।

स्वीद्रीगाईलोव के कपड़े एकदम पानी में भीग गये। वह सीधा घर लौट आया और भीतर से दरवाज़ा बन्द कर लिया। उसने दराज़ में से सारी नकदी निकालकर ज़ेब में डाली और एक दो काग़ज़ात फाड़ दिये। वह कपड़े बदलने जा रहा था सहसा खिड़की में से बिजली और बारिश को देखकर उसने अपना विचार बदल दिया और हैट उठाकर दरवाज़े में ताला लगाये बग़ैर ही सोनिया के कमरे में चला गया। वह घर में ही थी।

लेकिन वह अकेली नहीं थी। कापर्नोमोव के चारों बच्चे वहीं बैठे थे, वह उन्हें चाय पिला रही थी। उसने आदरपूर्ण ख़ामोशी से स्वीद्रीगाईलोव का स्वागत किया और चकित दृष्टि से उसके गीले कपड़ों की तरफ़ देखने लगी। बच्चे भयभीत होकर वहाँ से भाग गये।

स्वीद्रीगाईलोव मेज़ के पास आकर बैठ गया और उसने सोनिया को भी अपने नज़दीक बैठाया। सोनिया भीरु भाव से उसकी बातें सुनने के लिए तैयार हो गयी।

"मुझे शायद अमेरिका जाना पड़े। सोफ़िया सेम्योनोवना, शायद यह हमारी आख़िरी मुलाकात है। मैं तुम्हारे इन्तज़ाम के सिलसिले में आया हूँ। तुम उस महिला से आज मिली थीं? मैं जानता हूँ उसने तुम्हें क्या कहा है, मुझे बताने की ज़रूरत नहीं।" (सोनिया कुछ हिली डुली और उसका चेहरा शर्म से लाल हो गया)। इन लोगों को काम करने का अपना ढंग होता है। रही तुम्हारी बहनों और भाई की बात, उनके लिए मैंने सारा इन्तज़ाम कर दिया है और उनके नाम सुरक्षित स्थान पर रकम जमा कराकर रसीदें ले ली हैं। यह लो रसीदें उन्हें सम्भाल कर रखना। लो यह मामला तय हो गया। यह पाँच प्रतिशत सूद वाले तीन हज़ार रूबल के बौंड्स तुम्हारे लिए हैं, सिर्फ़ तुम्हारे लिए। किसी को इसकी ख़बर नहीं मिलनी चाहिए। तुम्हें पैसों की ज़रूरत पड़ेगी। तुम्हें ज़िन्दगी के पुराने तौर-तरीक़े छोड़ देने चाहिए, अब उनकी कोई ज़रूरत नहीं।

"मैं, मेरी सौतेली माँ और बच्चे आपके बड़े कृतज्ञ हैं...मैं अपनी कृतज्ञता को ठीक से प्रकट नहीं कर सकी...माफ़ कीजिएगा।"

"बस! बस! इतना ही काफ़ी है!"

"मैं इस रकम के लिए आपकी कृतज्ञ हूँ आरकेदी इवानोविच, लेकिन अब मुझे इसकी ज़रूरत नहीं। मैं अपनी रोज़ी चाहे जब कमा सकती हूँ। मैं कृतघ्न नहीं हूँ। अगर आप इतने दानशील हैं तो यह रकम...।"

"यह रकम तुम्हारे लिए है, सोफ़िया सेम्योनोवना। फिज़ूल की बातों में समय न बर्बाद करो। मुझे फ़ुर्सत नहीं है। तुम्हें इस रकम की ज़रूरत पड़ेगी। रोदियोन रोमनोविच के सामने सिर्फ़ दो रास्ते हैं। सर में गोली मारकर आत्महत्या करना या साइबेरिया जाना (सोनिया चौंक उठी और रोष भरी दृष्टि से उसकी तरफ़ देखने लगी) घबराओ नहीं।

मुझे ये सारी बातें ख़ुद उसी ने बतायी हैं। मैं बकवासी आदमी नहीं हूँ, यह भेद मुझ तक ही रहेगा। तुमने उसे पुलिस के आगे आत्मसमर्पण करने की और अपना जुर्म क़बूल करने की नेक सलाह दी थी, अच्छा हो अगर वह इस पर अमल करे। अगर उसके भाग्य में साइबेरिया जाना बदा हुआ है, तो तुम भी उसके साथ जाओगी। क्यों? उस वक़्त यह रकम तुम्हारे काम आयेगी, उसकी ख़ातिर, समझीं। मेरे लिए तुम्हें रकम देना या रोदियोन रोमनोविच को देना एक बराबर है। इसके अलावा तुमने अमेलिया इवानोव्ना से वादा किया था कि तुम उसका सारा कर्ज़ चुका दोगी। इतनी लापरवाही में तुमने यह ज़िम्मेदारी अपने सर क्यों ले ली? कर्ज़ कैटेरीना इवानोव्ना ने लिया था। तुम्हें उस जर्मन औरत की बातों पर हरगिज़ ध्यान नहीं देना चाहिए था। दुनिया में इस तरह तुम्हारा कैसे गुज़ारा चलेगा। अगर कल या परसों तुमसे मेरे बारे में पूछा जाये तो यह मत बताना कि मैं तुमसे मिलने आया था, न ही किसी को यह रकम दिखाना या इसकी चर्चा करना। अच्छा गुडबाई" (वह उठ खड़ा हुआ)। "रोदियोन रोमनोविच से मेरा नमस्कार कहना। और देखो, फिलहाल यह रकम मिस्टर राजुमिहीन के पास जमा करवाना ठीक रहेगा। तुम राजुमिहीन को जानती हो न! ज़रूर जानती होगी, वह बुरा आदमी नहीं है। कल यह रकम उसके पास...या जब ठीक समझो तो ले जाना। तब तक इसे सावधानी से कहीं छिपा दो।"

सोनिया भी कुर्सी से उछलकर खड़ी हो गयी और आश्चर्य से स्वीद्रीगाईलोव का मुँह ताकने लगी। वह कुछ कहना चाहती थी, एक सवाल पूछना चाहती थी, लेकिन उसकी हिम्मत न पड़ी बात कैसे शुरू की जाये, यही उसकी समझ में न आया।

"आप कैसे...इस बारिश में आप कैसे जा सकेंगे।"

"अमेरिका जाने वाला आदमी बारिश से रुक जायेगा! हा! हा! गुडबाई प्यारी सोफ़िया सेम्योनोवना! ईश्वर करे तुम्हारी लम्बी उम्र हो। तुम औरों की सेवा कर सको। और सुनो मिस्टर राजुमिहीन से कहना कि आरकेदी इवानोविच ने उसे नमस्कार कहा है। देखना भूलना नहीं।"

वह बाहर चला गया। सोनिया आश्चर्य, कौतूहल और मन में अज्ञात शंकायें लिए वहीं खड़ी रही।

बाद में मालूम हुआ कि उसी रात को ग्यारह बज के बीस मिनट पर स्वीद्रगाईलोव ने फिर ऐसी ही विलक्षणता दिखायी थी। इस वक़्त भी मूसलाधार बारिश हो रही थी। गीले कपड़ों में ही वह वैसोलेव्स्की द्वीप की तीसरी गली में पहुँचा, जहाँ उसकी मंगेतर के माँ बाप रहते थे। वह बड़ी देर तक दरवाज़ा खटकाता रहा था। उसे इस हालत में देखकर पहले लोग बड़े ही चिन्तित हुए, लेकिन स्वीद्रीगाईलोव इच्छानुसार अपने व्यक्तित्व में आकर्षण पैदा कर लेता था। उसकी मंगेतर के माँ-बाप का यह अनुमान कि वह शराब के नशे में धुत है, जल्द ही दूर हो गया।

चालाक माँ अपाहिज़ पिता को पहियों वाली कुर्सी पर बिठाकर स्वीद्रीगाईलोव से मिलाने ले आयीं, और सदा की तरह उसने इधर-उधर के प्रसंगों से बातचीत शुरू की। उसने एक भी सीधा सवाल नहीं पूछा बल्कि मुस्कराती हुई हाथ मलने लगी, और असंगत सवाल करने लगी। फिर उसने तहकीकात शुरू की मिसाल के लिए यह कि स्वीद्रीगाईलोव शादी कब करना चाहता है, इसके बाद उसने पैरिस और राजदरबार के जीवन के प्रति बड़ी दिलचस्पी दिखायी और फिर धीरे-धीरे घुमा-फिराकर तीसरी गली की चर्चा छेड़ दी। और मौक़ों पर तो आरकेदी इवानोविच इस चर्चा से बड़ा प्रभावित होता था,लेकिन इस बार उसने बड़ी बेसब्री दिखायी और अपनी मंगेतर से फौरन मिलने की इच्छा प्रकट की, हालाँकि उसे शुरू में ही बता दिया गया था कि वह सो रही है। लेकिन कहना न होगा कि मंगेतर भी फौरन वहाँ पहुँची।

स्वीद्रीगाईलोव ने उसे बताया कि वह किसी ज़रूरी काम से कुछ दिनों के लिए पीटर्सबर्ग से बाहर जा रहा है, और उसे उपहार में देने के लिए पन्द्रह हज़ार रूबल लाया है, बहुत दिनों से वह शादी से पहले यह तुच्छ उपहार देना चाहता था। इस उपहार में और मूसलाधार बारिश में विदा लेने के लिए आने में क्या रहस्य था, यह उसने स्पष्ट नहीं किया। लेकिन मामला बिगड़ा नहीं, यहाँ तक कि आश्चर्य अफ़सोस का प्रदर्शन भी बड़ा संयत रहा, बहुत कम सवाल पूछे गये। दूसरी तरफ़ कृतज्ञता के प्रदर्शन में बड़ी उदारता दिखायी गयी और सबसे ज़्यादा मक्कार माँ की आँखों से भी आँसुओं की धार बहने लगी। स्वीद्रीगाईलोव उठकर जाने लगा। हँसकर उसने अपनी मंगेतर को चूमा, उसके गाल सहलाये और जल्द ही लौट आने का आश्वासन दिया। उसकी अपनी मंगेतर की आँखों में शैशव भरी उत्सुकता के साथ मौन प्रश्न भी था, स्वीद्रागयीलोव ने कुछ सोचा और फिर उसे चूम लिया। लेकिन मन-ही-मन यह सोचकर उसका जी जल रहा था कि उसकी मंगेतर की चालाक माँ फौरन उसके दिये हुए उपहार को हथिया लेगी। उसके जाने के बाद स्नेहशील माँ ने सबका कौतूहल और सन्देह शान्त करने के लिए फुसफुसाकर बताया कि स्वीद्रीगाईलोव की आर्थिक और सामाजिक स्थिति बहुत ऊँची है, वह बड़ा आदमी है, उसके दिल में कब क्या बात समा जायेगी, यह कौन बता सकता है? जब मन में आता है, सफर की तैयारी कर लेता है और धन बाँटता फिरता है। इसलिए इस घटना के पीछे कोई रहस्य नहीं है। उसके कपड़े एकदम गीले थे, लेकिन अंग्रेज लोग तो और भी ज़्यादा सनकी होते हैं। फिर बड़े लोग किसी की परवाह नहीं करते, उन्हें तकल्लुफ़ करने की भी कोई ज़रूरत नहीं। शायद वह जान-बूझकर यह दिखाने के लिए इस हालत में आया था कि उसे किसी की परवाह नहीं। इस बात को किसी को कानों-कान ख़बर नहीं होनी चाहिए। रकम फौरन सन्दूक में रख देनी चाहिए। यह ख़ुशक़िस्मती है कि बाबर्चिन फेदोस्या रसोई से बाहर नहीं निकली। और देखो उस बूढ़ी बिल्ली

मैडम रैशलिश तक यह ख़बर बिलकुल नहीं पहुँचनी चाहिए, इत्यादि, इत्यादि। रात के दो बजे तक फुसफुसाहट होती रही, लड़की पहले से ही जाकर सो गयी थी, उसे बड़ी हैरानी और दुःख हो रहा था।

उधर ऐन आधी रात के वक़्त स्वीद्रीगाईलोव पुल पार करके शहर में आ गया। बारिश ख़त्म हो गयी थी और साँय-साँय करती हवा चल रही थी। उसे कँपकँपी आने लगी और क्षण भर के लिए अन्धेरे में उसने ग़ौर से नन्ही नेवा नदी के पानी तरफ़ देखा। फिर मुड़कर वह बायीं–दृश्य की तरफ़ आ गया। आधे घण्टे तक वह लम्बी सड़क पर ठोकरें खाता हुआ चलता गया, उसकी आँखें लगातार सड़क की दायीं तरफ़ किसी चीज़ को खोज रही थीं। पिछले कई दिनों से इधर से गुज़रते वक़्त उसने देखा था कि सड़क के छोर पर लकड़ी का बना एक होटल है जिसका नाम शायद एड्रियानोपल था। उसका अनुमान सही निकला। उस उजड़े मनहूस इलाक़े में अँधेरे में भी होटल की इमारत साफ़ दिखायी दे रही थी। रात काफ़ी बीत चुकी थी फिर भी खिड़कियों में बत्तियाँ जल रही थीं, और चहल-पहल के लक्षण दिखायी दे रहे थे। बरामदे में स्वीद्रीगाईलोव को एक फटेहाल नौकर मिला, जिससे उसने एक कमरा माँगा। नौकर ने ग़ौर से स्वीद्रीगाईलोव का निरीक्षण किया और उसे बरामदा पार करके दूर एक छोटे-से कमरे में ले गया। उसने बताया कि होटल में सिर्फ़ यही कमरा खाली है, और वह प्रश्नसूचक दृष्टि से देखने लगा।

"चाय मिलेगी?" स्वीद्रीगाईलोव ने पूछा।

"जी हाँ।"

"ख़ाने के लिए क्या है?"

"बछड़े का गोश्त, बोदका, मिठाइयाँ।"

"मेरे लिए चाय और गोश्त ले आओ।"

"और कुछ नहीं चाहिए?" उस आदमी ने चकित स्वर में पूछा।

"नहीं, कुछ नहीं।"

फटेहाल आदमी निराश होकर चला गया। स्वीद्रीगाईलोव सोचने लगा, "यह अच्छी जगह मालूम होती है। मुझे पहले इसका पता क्यों नहीं चला? लगता है कि शायद मेरी आकृति से लग रहा है कि मैं किसी सस्ते भटियारखाने से चला आ रहा हूँ और रास्ते में कोई दुर्घटना हो गयी है। यह जानना चाहिए कि इस कमरे में पहले कौन ठहरा था।"

उसने मोमबत्ती जलायी और ग़ौर से कमरे का निरीक्षण किया। छत इतनी नीची थी कि वह मुश्किल से तनकर खड़ा हो सकता था। कमरे में सिर्फ़ एक ही खिड़की थी। एक गन्दे पलँग और गन्दी मेज़ कुर्सी से सारा कमरा भर गया था। लगता था दीवारें लकड़ी के तख़्ते जोड़कर बनायी गयी थीं, जिन पर फटा और मटमैला काग़ज़ चिपका था।

उस पर छपे फूल तो नहीं दिखायी दे रहे थे, लेकिन उसका रंग पीला रहा होगा। ज़ीने के नीचे का कमरा होने के कारण उसकी छत ढलवाँ थी।

उसने बत्ती एक ओर रख दी और पलँग पर बैठकर कुछ सोचने लगा। लेकिन साथ वाले कमरे में से लगातार किसी को फुसफुसाहट सुनायी दे रही थी, बीच-बीच में कोई चिल्लाता भी था। उससे कान लगाकर सुना। कोई आदमी दूसरे आदमी को डाँट रहा था।

स्वीद्रीगाईलोव उठ खड़ा हुआ। उसने मोमबत्ती को हथेली से ढककर दीवार की दरार में से आती हुई रोशनी में झाँककर देखा। पास वाले कमरे में दो आदमी थे। एक घुँघराले बालों वाला आदमी, जिसका चेहरा आवेश से लाल हो रहा था, वक्ता की मुद्रा में खड़ा था। उसके शरीर पर कोट नहीं था और वह अपना सन्तुलन रखने के लिए टाँगें फैलाकर खड़ा था और बार-बार अपनी छाती में मुक्के मार रहा था। वह दूसरे आदमी पर इल्ज़ाम लगा रहा था कि वह भिखारी है और उसे कोई नहीं पूछता। उसने उस आदमी को नाबदान में से निकाला था और जब चाहे उसे निकाल बाहर करेगा, ईश्वर सब कुछ देखता है। उसके क्रोध का पात्र कुर्सी पर बैठा झिड़कियाँ सुन रहा था। लगता था वह छींकना चाहता है, मगर छींक नहीं आ रही। बीच-बीच में वह कातर और धुँधली नज़रों से वक्ता की तरफ़ देखता जा रहा था, उसे इस भाषण में कोई दिलचस्पी न थी और वह हर बात के प्रति उदासीनता दिखा रहा था। मेज़ पर एक मोमबत्ती जल रही थी, जिसके आस पास शराब के गिलास, वोदका की क़रीब-क़रीब ख़ाली बोतलें, डबलरोटी, खीरे और बासी चाय रखी थी। दृश्य को देखने के बाद स्वीद्रीगाईलोव ने उदासीनता से मुँह फेर लिया और आकर पलँग पर बैठ गया।

फटेहाल नौकर जब चाय लेकर आया तो उसने फिर स्वीद्रीगाईलोव से पूछा, “आपको किसी चीज़ की ज़रूरत तो नहीं है?” इनकार सुनकर वह लौट गया। स्वीद्रीगाईलोव ने सर्दी दूर करने के लिए जल्दी से चाय का एक गिलास पी लिया लेकिन उससे कुछ खाया न गया। उसे बुखार-सा महसूस हो रहा था, उसने कोट उतार दिया और कम्बल ओढ़कर लेट गया। उसे खीज आ रही थी, “इस मौक़े पर अगर मैं स्वस्थ होता तो अच्छा रहता।” उसने मुस्कराकर सोचा। कमरा बन्द था, मोमबत्ती का प्रकाश मन्द पड़ गया था। बाहर सनसनाती हुई हवा चल रही थी, कोने में एक चूहा कुछ कुतर रहा था—कमरे में चूहों की ओर चमड़े की बदबू आ रही थी। वह किसी गहरी सोच में डूबा था, एक के बाद दूसरा ख़्याल उसके दिमाग़ में आ रहा था। वह अपनी कल्पना को किसी विचार पर केन्द्रित करने के लिए आतुर हो रहा था। “ज़रूर खिड़की के नीचे बाग है, पत्तों की खड़खड़ सुनायी दे रही है। तूफ़ानी रात में पत्तों की खड़खड़ सुनकर इन्सान को कैसा भयानक अनुभव होता है।

उसे याद आया कि अभी कुछ देर पहले पेत्रोवस्की पार्क से गुज़रते वक़्त भी उसे ऐसा ही लगा था। इस घटना से उसे नेवा नदी के पुल की याद आ गयी और वह ठंड से काँपने लगा। पुल पर खड़े होकर भी उसे इसी तरह डर लगा था। उसने सोचा, "मुझे पानी कभी भी अच्छा नहीं लगा। तस्वीर में भी नहीं।" सहसा उसके दिमाग़ में एक विचित्र बात आयी और वह मुस्करा पड़ा, "अब रुचि और आराम का मेरे लिए कोई महत्त्व नहीं होना चाहिए, लेकिन मैं तो पहले से भी ज़्यादा इस बात का ध्यान रखने लगा हूँ, ठीक उस जानवर की तरह जो अपने लिए ख़ास जगह तलाश करता है....ऐसे मौक़े के लिए। मुझे पेत्रोवस्की पार्क में चले जाना चाहिए था। मेरा ख़्याल है वहाँ अँधेरा था, हा हा! जैसे मैं सुखद संवेदनाओं की तलाश में था। ...मैं पूछता हूँ मैंने मोमबत्ती क्यों नहीं बुझायी?" उसने फूँक मारकर मोमबत्ती बुझा दी। "शायद साथ वाले कमरे के लोग सो गये हैं।" उसने साथ वाले कमरे में अँधेरा देख कर सोचा। "लो मार्फ़ा पेत्रोवना, अब तुम्हारे प्रकट होने का अच्छा वक़्त और मौक़ा है, लेकिन तुम आओगी नहीं।"

सहसा उसे याद आया कि एक घण्टा पहले चाल खेलने से पहले उसने रास्कोलनिकोव से कहा था कि वह दुनिया को राजुमिहीन के सुपुर्द कर दे। मैंने सचमुच ये शब्द कहे थे। रास्कोलनिकोव समझ गया होगा कि मैं ऐसा क्यों कह रहा हूँ लेकिन वह भी पक्का बदमाश है। उसने बहुत घाटों का पानी पिया है। वक़्त आने पर वह कामयाब बदमाश होगा, लेकिन अब वह ज़िन्दगी के लिए बड़ा उत्सुक है। इन नौजवानों में यही तो बुराई है। गोली मारो साले को। वह जो चाहे करे, मुझसे क्या मतलब।

उसे नींद नहीं आयी। धीरे-धीरे दुनिया की तस्वीर उसकी आँखों के आगे उभरने लगी और वह बेचैन हो उठा। उसने अपने को झकझोर कर कहा "मुझे इन सारी बातों का ख़्याल भुला देना चाहिए। अजब बात है। मैंने कभी किसी से सख़्त नफ़रत नहीं की, यहाँ तक कि किसी से बदला लेने की इच्छा भी मेरे मन में नहीं उठी। यह बहुत बुरा लक्षण है, बहुत बुरा। मुझे लड़ने-झगड़ने में भी दिलचस्पी नहीं रही, न ही कभी मुझे गुस्सा आया है। यह भी बुरी बात है। और अभी मैंने उस लड़की से जो बादे किये।–लानत है मुझे! लेकिन–कौन जानता है? शायद वह मुझे नया आदमी बना देती..."

वह दाँत पीसकर फिर बैठ गया। फिर दुनिया की शक्ल उसकी आँखों के आगे आयी, जब पहली गोली चलाने के बाद उसने आतंकित होकर रिवाल्वर नीचा कर लिया था, और शून्य दृष्टि से उसकी तरफ़ ताकने लगी थी, तब वह अगर चाहता तो फौरन उसे काबू कर लेता और वह आत्म-रक्षा के लिए उँगली तक न उठाती। उसी ने दुनिया को दूसरी गोली चलाने की सलाह दी थी। उसे याद आया कि उसे दुनिया पर कितना तरस आया था, उसके दिल में टीस-सी उठी थी...

"उफ़! लानत! फिर वही ख़्याल आ रहे हैं! मुझे ऐसे ख़्यालों को दिमाग़ से निकाल देना चाहिए।"

उसे झपकी आ रही थी। बुखार की कँपकँपी दूर हो गयी थी, सहसा उसे लगा जैसे बिस्तर की चादर के नीचे कोई चीज़ रेंग रही है। वह चौंक उठा। "ओफ़! जाने दो! शायद कोई चूहा होगा! उसने सोचा। "सामने मेज़ पर गोश्त पड़ा है" कम्बल उतार कर खड़े होना और सर्दी में ठिठुरना उसे अच्छा न लगा, लेकिन फिर उसकी टाँग पर कोई गन्दी चीज़ रेंगने लगी। वह कम्बल उतारकर उठ खड़ा हुआ और उसने मोमबत्ती जलायी। बुख़ार की हरारत से काँपते हुए वह बिस्तर के कपड़ों की छानबीन करने लगा। वहाँ कुछ न था। उसने कम्बल झाड़ा, सहसा एक चूहा निकलकर बिस्तर पर चक्कर काटने लगा। चूहा बार-बार उसकी पकड़ में आकर फिर फिसल जाता था, उसके हाथ पर रेंगता था और तकिये के नीचे छिप जाता था। उसने तकिया फेंक दिया लेकिन उसे लगा जैसे कोई चीज़ कूदकर उसके सीने पर चढ़ गयी है और कमीज़ के नीचे पीठ पर फुदक रही है। घबराहट से उसे कँपकँपी आ गयी और वह जाग उठा।

कमरे में अँधेरा था। वह कम्बल ओढ़े बिसतर में लेटा रहा। बाहर सनसनाती हुई हवा चल रही थी। उसने खीजकर सोचा, ''केसी बेहूदगी है?''

उठकर वह खिड़की की तरफ़ पीठ करके बैठ गया। उसने फ़ैसला किया, ''न सोना ही अच्छा है।'' खिड़की में से सर्द सीली हवा भीतर आ रही थी। उसने कम्बल ओढ़ लिया, इस वक़्त वह कुछ नहीं सोच रहा था, न सोचना ही चाहता था। लेकिन एक के बाद दूसरी असम्बद्ध तस्वीरों के उलझे धागे उसकी कल्पना के आगे से गुज़र रहे थे। वह फिर दिवास्वप्न देखने लगा। पता नहीं ठण्ड, सीलन और अँधेरे ने या हवा के झोकों ने उसके मन में विलक्षण के लिए आकांक्षा पैदा कर दी। रह-रह कर उसकी आँखों के आगे फूलों की तस्वीरें आने लगीं। उसने एक फुलवारी की कल्पना की जिसमें धूप खिली हुई है। छुट्टी का दिन है—शायद ट्रिनिटी दिवस है। फुलवारी में अँग्रेज़ी ढंग का एक विशाल काटेज है जिसमें चारों तरफ़ सुवासित फूलों की क्यारियाँ हैं। लताओं से ढँके पोर्च के आसपास गुलाब के फूलों की क्यारियाँ हैं। ठण्डे ज़ीने में कीमती कालीन बिछे हैं। चीनी के गमलों में दुर्बल पौधे लगे हैं। खिड़कियों के भीतर अलौकिक सुवास वाले नर्गिस के फूल सुन्दर गुलदस्तों में सजे हैं। वह वहीं खड़ा रहना चाहता था। लेकिन ज़ीना पार करके वह एक विशाल ड्राइंग रूम में पहुँचा। वहाँ भी खिड़कियों और बाल्कनी में फूल सजे थे। नीचे लान में ताज़ी कटी हरी सुगन्धित घास उगी हुई थी। खुली खिड़कियों में से ठण्डी हवा भीतर आ रही थी। खिड़की के नीचे पक्षी चहचहा रहे थे। कमरे के बीचोंबीच सफ़ेद साटन से ढँकी एक मेज़ पर ताबूत रखा था, जिस पर सफ़ेद झालरदार रेशमी कपड़ा पड़ा था।

उसके चारों ओर फूलों के हार बिछे थे। फूलों के ढेर में सफ़ेद मलमल की पोशाक पहने एक लड़की लेटी थी। उसकी दोनों बाँहें वक्ष से इस तरह सटी हुई थीं जैसे संगमरमर को तराश कर बनायी गयी हों। उसके खुले बाल पानी में भीगे हुए थे। उसके बालों में गुलाब के फूल लगे थे। उसका कठोर और स्पन्दनहीन चेहरा भी जैसे संगमरमर तराश कर बनाया गया हो। उसके पीले ओंठों पर याचना और अवसाद से भरी मुस्कान थी, जिसमें शैशव की अबोधता नहीं थी। स्वीद्रीगाईलोव ने उस लड़की को पहचान लिया। उसके सिरहाने न कोई धार्मिक मूर्ति थी न कोई मोमबत्ती जल रही थी, और न ही प्रार्थना का स्वर सुनायी दे रहा था। उस लड़की ने पानी में कूदकर प्राण दे दिये थे। उसकी उम्र सिर्फ़ चौदह बरस की थी और उसका दिल टूट गया था। जाड़ों की एक तूफ़ानी रात में जब बारिश हो रही थी, उसकी दैवी पवित्रता पर धब्बा लगा दिया गया था और उसकी किशोर आत्मा इस अपमान की यन्त्रणा से कुचली गयी थी। उसके मुँह से आख़िरी समय जो चीख़ निकली थी, उसके प्रति पाशविक निष्ठुरता दिखायी गयी थी।...

स्वीद्रीगाईलोव होश में आ गया और उठकर खिड़की के पास चला गया। अँधेरे में उसने सिटकनी टटोली और खिड़की खोल दी। ठंडी हवा के झोंके क्रुद्ध कोड़ों की तरह उसके चेहरे और सीने पर बरसने लगे। उसके बदन पर सिर्फ़ एक ही कमीज़ थीं। खिड़की के बाहर ज़रूर मनोरंजन के लिए कोई बाग था। शायद वहाँ चाय की मेज़ें थी और दिन में गाना-बजाना होता था। वृक्षों और झाड़ियों में से वर्षा की बूँदें खिड़की में आ रही थीं। कमरे में तहख़ाने जैसा अँधेरा छाया था, इसलिए उसे मुश्किल से बाहर की चीज़ों की रूपरेखा दिखायी दे रही थी। वह खिड़की पर कुहनियाँ टेक कर पाँच मिनट तक अँधेरे को देखता रहा। सहसा दो बार तोप दाग़ने की आवाज़ गूँज उठी। उसने सोचा "नदी में पानी ऊपर चढ़ रहा है इसी की सूचना दी गयी है।" सुबह तक नीची सतह वाली गलियों में पानी भर जायेगा और मकानों को निचली मंज़िलें और तहख़ाने सब डूब जायेंगे। तहखानों में बहने वाले चूहे तैरकर बाहर निकल आयेंगे और लोग अपने कूड़े-कर्कट को ऊपर की मंज़िलों में ढोते हुए बारिश और आँधी को कोसेंगे। अब वक़्त क्या होगा! इसी वक़्त पड़ोस की एक घड़ी ने तीन बजाये।

"अहा! एक घण्टे बाद ही दिन निकल आयेगा। और किसलिए रुकना चाहिए! मैं फौरन पार्क में जाकर बारिश से भीगी किसी झाड़ी की तलाश करूँगा जिसे छूते ही करोड़ों पानी की बूँदें इन्सान के सर पर चू पड़ती हैं।"

उसने खिड़की बन्द कर दी, मोमबत्ती जलायी, और अपनी वास्कट, ओवर कोट और हैट पहनकर बाहर चला आया। आते वक़्त वह मोमबत्ती साथ लेता आया ताकि बरामदे में उसे कूड़े-कर्कट में सोया हुआ फटेहाल नौकर नज़र आया तो वह

उसे होटल के कमरे का किराया चुका देगा। "यह सबसे अच्छा मौक़ा है, इससे अच्छा वक़्त फिर नहीं मिलेगा।"

वह कुछ देर तक लम्बे तंग बरामदे में चलता रहा लेकिन उसे कोई आदमी नज़र न आया। वह आवाज़ देने ही वाला था कि सहसा एक पुरानी अलमारी और दरवाज़े के बीच उसे कोई चीज़ नज़र आयी जो जिन्दा मालूम होती थी। उसने झुककर मोमबत्ती के प्रकाश में देखा, पाँच बरस की एक बच्ची जाड़े में ठिठुर रही थी और रो रही थी। उसके कपड़े पानी में गीले थे। स्वीद्रीगाईलोव को देखकर वह ज़रा भी नहीं घबराई, बल्कि अपनी बड़ी-बड़ी काली आँखों से उसे विस्मयपूर्वक देखने लगी। बीच-बीच में वह सिसकती जाती थी, जैसे बहुत देर रोने के बाद बच्चे सिसकते हैं। उसके चेहरे पर थकान और पीलापन था। ठंड से वह ऐंठ गयी थी। "यह यहाँ कैसे आयीं? इसने यहाँ आकर आश्रय लिया होगा और रात भर इसी तरह जागती रही होगी।" उसने बच्ची से पूछताछ की। बच्ची में ज़िन्दादिली आ गयी और वह अपनी तोतली भाषा में बोली, "माँ मुझे मारेगी—मुझसे प्याला टूट गया था" वह बड़ी बातूनी थी। स्वीद्रीगाईलोव ने अनुमान लगाया कि उस बच्ची की माँ होटल में बावर्चिन है, और शराब के नशे में चूर रहने के कारण बच्ची के प्रति लापरवाह है, और उसने बच्ची को मारा है जिससे वह भयभीत हो गयी है। बच्ची ने कल शाम कोई प्याला तोड़ा था, और डर के मारे वह घर से भाग गयी थी। बारिश आने पर वह होटल के बरामदे में लौट आयी और अलमारी के पीछे छिपी जाड़े में ठिठुरती रही और रोती रही। उसे डर था कि माँ उसे बहुत पीटेगी। स्वीद्रीगाईलोव बच्ची को गोद में उठाकर अपने कमरे में ले आया और बिस्तर पर बिठाकर उसने उसके कपड़े उतारने शुरू किये। उसके फटे हुए जूते इतने ज़्यादा गीले थे, जैसे वह रात भर पानी में खड़ी रही हो। कपड़े उतारकर उसने बच्ची को कम्बल ओढ़ाकर लिटा दिया। वह फौरन सो गयी। इसके बाद स्वीद्रागाईलोव फिर नैराश्य भरे विचारों में खो गया।

सहसा उसे अपने आप पर गुस्सा आया, "मैं भी कितना बेवकूफ़ हूँ जो इतनी मुसीबत उठा रहा हूँ। कैसा गधापन है!" वह फिर मोमबत्ती उठाकर नौकर की तलाश में जाने लगा। दरवाज़ा खोलते वक़्त उसने सोचा, "जहन्नुम में जाये यह बच्ची।" लेकिन बच्ची सो रही है या नहीं, यह देखने के लिए उसने सावधानी से कम्बल उठाया। बच्ची गर्मी पाकर आराम से सो रही थी और उसके पीले गालों पर सुर्ख़ी आ गयी थी। लेकिन उस सुर्ख़ी में शिशु सुलभ गुलाबीपन नहीं था। "शायद इसे बुखार है।" स्वीद्रीगाईलोव ने सोचा। लगता था जैसे किसी ने बच्ची को शराब का एक पूरा गिलास पिला दिया हो। उसके लाल ओंठ भी जल रहे थे। लेकिन यह क्या? स्वीद्रीगाईलोव को सहसा आभास हुआ कि बच्ची की काली पलकें काँप रही हैं और वह लम्पट ढंग से उसे आँख मार रही है। मालूम होता था कि उसने नींद

का बहाना किया था, हाँ, उसके ओंठ खुल गये थे और वह मुस्करा रही थी। उसका चेहरा रह-रह कर काँप रहा था, लगता था वह कम्पन पर काबू पाने की कोशिश कर रही है। थोड़ी देर बाद वह खुल कर मुस्कराई। उस बच्ची के चेहरे में, बचपन के भोलेपन के स्थान पर एक अजब बेइयाई और लम्पटता थी—वह एक पतित वेश्या का चेहरा था, फ्रांसीसी वेश्या का। उसने दोनों आँखें खोलकर हँसती वेहया आँखों से स्वीद्रीगाईलोव की तरफ़ देखा। उन आँखों में निमन्त्रण था...उस हँसी में, उन निगाहों और अदाओं में एक अजब अपवित्रता थी। स्वीद्रीगाईलोव ने ग्लानिपूर्वक सोचा, "पाँच बरस की उम्र में ही लच्छन! आख़िर इसका मतलब क्या है?" अब उस लड़की ने उसकी तरफ़ देखकर अपनी बाँहें फैला दीं..."कम्बख़्त लड़की।" स्वीद्रीगाईलोव चिल्लाया। उसने बच्ची को मारने के लिए हाथ ऊपर उठाया। उसी वक़्त उसकी नींद खुल गयी।

उसने अपने को बिस्तर पर लेटा पाया। अभी तक वह कम्बले ओढ़े था। मोमबत्ती बिलकुल नहीं जलायी गयी थी और खिड़कियों में से छनकर दिन का प्रकाश भीतर आ रहा था।

"मैं रात भर दुःस्वप्न देखता रहा हूँ।" कहकर वह गुस्से से उठ खड़ा हुआ। थकान से उसकी हड्डियाँ दुख रही थीं। घने कुहरे के कारण उसे कुछ दिखायी नहीं दे रहा था। पाँच बजने वाले थे। वह बहुत लम्बी नींद ले चुका था। वह उठा और उसने अपनी सीली जाकेट और ओवरकोट पहना। जेब टटोलकर उसने रिवाल्वर बाहर निकाला, और एक नोटबुक निकालकर उसमें बड़े-बड़े अक्षरों में कुछ लिखने लगा। फिर अपनी कुहनियाँ मेज़ पर टिकाकर वह किसी गहरी सोच में डूब गया। रिवाल्वर और नोट बुक अभी भी मेज़ पर पड़े थे। कुछ मक्खियाँ आकर गोश्त के टुकड़े पर बैठ गयीं, जो अभी तक ज्यों का त्यों मेज़ पर रखा था। वह मक्खियों की तरफ़ शून्य दृष्टि से देखता रहा, फिर उसने दायाँ हाथ उठाकर एक मक्खी को पकड़ने की कोशिश की। कोशिश करते-करते वह थक गया, लेकिन मक्खी पकड़ में न आयी। आखिर उसे ख़्याल आया कि वह इस दिलचस्प मनबहलाव में अपना समय नष्ट कर रहा है। वह चौंककर उठ खड़ा हुआ और पक्का निश्चय करके कमरे से बाहर चला आया। एक मिनट बाद वह सड़क पर पहुँच गया।

शहर पर घना सफ़ेद कुहरा छाया था। स्वीद्रीगाईलोव गन्दे, फिसलने वाले फ़ुटपाथ पर नन्ही नेवा नदी की ओर चल पड़ा। उसने कल्पना की, कि नेवा नदी में पानी चढ़ रहा है, पेत्रोवस्की द्वीप, सड़कें, घास, वृक्ष, झाड़ियाँ सब वर्षा से गीली हैं...वह मकानों की तरफ़ चिढ़कर देख रहा था और मन में दूसरे विचार लाने की कोशिश कर रहा था। सड़क पर एक भी आदमी या कोचवान नहीं था। लकड़ी के बने पीले मकानों के दरवाज़े बन्द थे और वे बड़े गन्दे और उदास दिखायी दे रहे थे।

स्वीद्रीगाईकोव ठण्ड से काँपने लगा। वह ग़ौर से हर दुकान के साइनबोर्ड को पढ़ता जा रहा था। लकड़ी का फ़ुटपाथ पार करके वह पत्थर के बने एक मकान के पास पहुँचा। एक गन्दे, जाड़े से ठिठुरते हुए कुत्ते ने जो दुम दुबकाकर भाग रहा था, उसका रास्ता काटा। फ़ुटपाथ के पार ओवरकोट पहने एक आदमी औंधे मुँह लेटा था। वह नशे में धुत्त था। स्वीद्रीगाईलोव ने उसकी तरफ़ देखा और आगे चल दिया। बायी तरफ़ एक ऊँची मीनार थी। "लो! माकूल जगह आ गयी। पेत्रोवस्की द्वीप जाने से क्या फ़ायदा? यहाँ पर कम से कम एक सरकारी अफ़सर तो साक्षी रहेगा..."

वह मुस्कराकर उस गली में मुड़ गया जिसमें ऊँची मीनार वाला मकान था। मकान के फाटक बन्द थे। भूरे रंग के फ़ौजी लबादे में एक नाटा आदमी फाटक के सहारे खड़ा था। उसके सर पर ताँबे का कवचनुमा टोप था, उस आदमी ने नींद से अलसाई, उदासीन आँखों से स्वीद्रीगाईलोव की तरफ़ देखा। उसके चेहरे पर चिड़चिड़ापन और मनहूसियत छायी थी, जो हर यहूदी के चेहरे पर छायी रहती है। दोनों आदमी एक-दूसरे को ख़ामोशी से देखते रहे। अब शायद उस आदमी को स्वीद्रीगाईलोव का, जो नशे में नहीं था इतनी नज़दीक आकर ख़ामोशी से खड़े रहना अजब लगा। उसने वहीं खड़े-खड़े पूछा, "यहाँ तुम्हारा क्या काम है?"

"कुछ नहीं भाई, गुड मौर्निंग।" स्वीद्रीगाईलोव बोला।

"यह माकूल जगह नहीं है।"

"मैं विदेश जा रहा हूँ भाई।"

"विदेश?"

"अमरीका।"

"अमरीका?"

स्वीद्रीगाईलोव ने रिवाल्वर निकालकर ठीक किया, सन्तरी के चेहरे पर त्यौरियाँ पड़ गयीं।

"मैं कहता हूँ, ऐसी दिल्लग़ी कहीं और जाकर करो।"

"क्यों? यहाँ करने में क्या बुराई है?"

"मैं जो तुमसे कह रहा हूँ।"

"ख़ैर कोई हर्ज़ नहीं, मेरे भाई, यह अच्छी जगह है। जब तुमसे सवाल पूछे जाये, तो तुम कह देना कि मैंने तुम्हें कहा था मैं अमेरिका जा रहा हूँ।"

उसने रिवाल्वर दाहिनी कनपटी से सटा दिया।

"यह सब तुम यहाँ नहीं कर सकते। ऐसे कामों के लिए यह स्थान नहीं है!" सन्तरी चिल्लाया! आश्चर्य से उसकी आँखें फटी जा रही थीं।

स्वीद्रीगाईलोव ने घोड़ा दबा दिया।

7

उसी दिन शाम के क़रीब सात बजे, रास्कोलनिकोव बैकालेव के घर की तरफ़ जा रहा था, जहाँ राज़ुमिहीन ने उसकी माँ और बहन के ठहरने का इन्तज़ाम किया था। हिचकिचाते कदमों से रास्कोलनिकोव ज़ीना चढ़ने लगा। लेकिन अब दुनिया की कोई ताक़त उसे पीछे नहीं हटा सकती थी। वह अपनी क़िस्मत का फ़ैसला कर चुका था।

"उन दोनों को अभी तक कुछ नहीं मालूम, वे मुझे सनकी समझती हैं, इसलिए उनके पास जाने में हर्ज़ नहीं।"

उसका हुलिया बिगड़ा हुआ था। कपड़े फटे हुए और गन्दे थे। रात की बारिश में भीग गये थे। थकान, ठंड और पिछले चौबीस घण्टों के आन्तरिक-संघर्ष से उसका चेहरा विकृत हो गया था। कल रात उसने एकान्त में, न जाने कहाँ गुज़ारी थी। ख़ैर उसने फ़ैसला कर लिया था।

उसके खटखटाने पर, माँ ने आकर दरवाज़ा खोला। दुनिया घर में नहीं थी। यहाँ तक कि नौकर भी कहीं बाहर गया था। पहले तो वृद्धा माँ हर्ष और आश्चर्य से सन्न रह गयी। फिर वह रास्कोलनिकोव का हाथ पकड़कर भीतर ले गयी।

"आख़िर तुम आ ही गये! नाराज़ न होना रोद्या, मैं मूर्ख़ों की तरह आँसू बहा रही हूँ, अरे मैं तो हँस रही हूँ! तुम सोचते हो मैं रो रही हूँ। नहीं, मुझे बड़ी ख़ुशी है, लेकिन इन दिनों मुझे आँसू बहाने की आदत-सी पड़ गयी है। तुम्हारे पिता के मरने के बाद हर छोटी-सी बात पर मुझे रोना आ जाता है। बैठ जाओ प्यारे बेटे, देखती हूँ तुम थक गये हो। और तुम्हारे कपड़े कीचड़ में सने हैं..."

"कल बारिश में भीग गये थे माँ..." रास्कोलनिकोव ने बात शुरू की।

वृद्धा ने बीच में टोककर कहा, "नहीं, नहीं, तुम्हारा ख़्याल था कि मैं पहले की तरह तुम्हारी तहकीकात करूँगी। चिन्ता न करो, मैं सब समझती हूँ। अब मैं यहाँ के तौर-तरीक़ों को समझ गयी हूँ। और उनमें मुझे बेहतरी नज़र आती है। मैंने हमेशा के लिए मन में फ़ैसला कर लिया है। भला मुझे तुम्हारे इरादों का क्या पता!

जो तुमसे उम्मीद करूँ कि तुम उनका ब्यौरा मुझे बताओगे। तुम्हारे दिमाग़ में कौन-सी स्कीमें हैं, या पैदा हो रही हैं, यह तो ईश्वर ही जानता है। इसलिए तुम्हें कचोट कर यह पूछना कि तुम क्या सोच रहे हो, मेरा फर्ज़ नहीं है। हे ईश्वर! मैं पागलों की तरह इधर-उधर भाग क्यों रही हूँ?...रोद्या, पत्रिका में छपा तुम्हारा लेख मैं तीसरी बार पढ़ रही हूँ। दिमित्री प्रोकोफ़िच ने वह लेख मुझे लाकर दिया था। उसे देखते ही मैंने सोचा, बेवकूफ़ लड़का आजकल इन्हीं विचारों में उलझा रहता है। अब मुझे सारा रहस्य समझ में आ गया। पढ़े लिखे विद्वान लोग ऐसे ही सनकी होते हैं। मैंने सोचा कि तुम्हारे दिमाग़ में नये विचार आये हैं, तुम उन पर गम्भीरता से सोच रहे हो। मैं क्यों तुम्हें नाहक परेशान करूँ। बेटा तुम्हारा लेख मैंने पढ़ा है, कई बातें मेरी समझ में नहीं आयीं। आ भी कैसे सकती थीं—यह सब तो स्वाभाविक ही है।"

"माँ, मुझे वह लेख दिखाओ।"

उसने अपने लेख पर एक नज़र डाली। परिस्थितियों और 'मूड' से लेख का सामंजस्य न होने के कारण, उसे एक अजब खट्टी-मिट्ठी-सी अनुभूति हुई, जो हर लेखक को पहली बार अपनी कृति छपी देखकर होती है। फिर वह भी तो केवल तेईस ही बरस का। क्षण भर बाद लेख की कुछ पंक्तियाँ पढ़कर वह खीज उठा और उसके हृदय में टीस-सी उठी। उसे अपना वह मानसिक अन्तर्द्वन्द्व याद हो आया जब उसने यह लेख लिखा था। उसने गुस्से और ग्लानि से पत्रिका मेज़ पर पटक दी।

"रोद्या मुझ जैसी बेवकूफ़ औरत भी समझ गयी है कि जल्द ही रूसी विचारधारा की दुनिया में तुम्हें प्रमुख स्थान मिलने वाला है, और लोगों की इतनी हिम्मत कि वे तुम्हें पागल समझ बैठे! तुम नहीं जानते उन्होंने सचमुच यही समझ लिया था। आह! ये नीच लोग प्रतिभा की कद्र करना क्या जानें? और दुनिया को तो विश्वास ही नहीं हुआ। कहो क्या कहते हो? तुम्हारे पिता ने दो बार पत्रिकाओं में छपने के लिए अपनी रचनाएँ भेजी थीं। पहली बार कुछ कवितायें, (मेरे पास उनकी पाण्डुलिपि पड़ी है, मैं तुम्हें दिखाऊँगी) दूसरी बार एक पूरा उपन्यास, (मैंने तुम्हारे पिता से मिन्नत की थी कि वे मुझे उसकी एक नक़ल कर लेने दें) और हम दोनों उन रचनाओं को छपा हुआ देखने के लिए कितने उत्सुक थे—लेकिन सम्पादकों और प्रकाशकों ने उन्हें अस्वीकृत कर दिया। हाय रोद्या! छै या सात दिन पहले तुम्हारे ख़ाने और रहने के ढंग को देखकर मुझे कितनी चिन्ता हुई थी। लेकिन अब मैं जान गयी हूँ कि वह मेरी बेवकूफ़ी थी, क्योंकि अपनी प्रतिभा और योग्यता से तुम किसी भी ओहदे पर पहुँच सकते हो। इसमें कोई शक नहीं कि फिलहाल तुम खाने-पहनने के प्रति उदासीन हो, क्योंकि तुम बड़ी-बड़ी समस्याओं पर सोचने में व्यस्त रहते हो।"

"दुनिया घर में नहीं है, माँ!"

"नहीं रोद्या, आजकल हम दोनों में कम ही मुलाकात होती है। वह मेरे एकान्त में दख़ल नहीं देती। राज़ुमिहीन मुझसे मिलने आता है और हमेशा वह तुम्हारे बारे में बातें करता है। बेटा, वह तुम्हें चाहता है और वह तुम्हारी इज़्ज़त करता है। मैं यह नहीं कह रही कि दुनिया मेरा ख़्याल नहीं रखती–मैं उसकी शिकायत नहीं कर रही–हम दोनों की अपनी अपनी आदतें हैं। इस बीच वह मुझसे कुछ छिपाने लगी है। मैंने तुम दोनों से कभी कुछ नहीं छिपाया। मुझे दुनिया की समझदारी पर विश्वास है, और वह तुम्हें और मुझे बहुत चाहती है...लेकिन पता नहीं, इन सब बातों का क्या परिणाम होगा? मैं ख़ुश हूँ कि तुम आ गये। लेकिन दुनिया तुमसे नहीं मिल सकी। जब वह आयेगी तब मैं उसे तुम्हारे आने की ख़बर दूँगी। तुम इतने दिनों से कहाँ थे? मेरी आदतें मत बिगाड़ो, रोद्या। जब आना चाहो तभी आओ, न आना चाहोगे तो मैं बुरा नहीं मनाऊँगी, तुम्हारी इन्तज़ार करती रहूँगी, बस इतना जानना ही मेरे लिए काफ़ी है कि तुम मुझे चाहते हो। मैं तुम्हारी रचनाओं को पढ़ती रहूँगी और लोगों से तुम्हारा हालचाल मालूम करती रहूँगी। कभी-कभी तुम खुद मुझसे मिलने आया करोगे, इस से ज़्यादा मुझे क्या चाहिए। आज भी तुम अपनी माँ को तसल्ली देने के लिए आये हो, यह मैं देख रही हूँ।"

यह कहकर वृद्धा रो पड़ी।

"लो, मैंने फिर रोना-धोना शुरू कर दिया। मेरी बेवकूफ़ी पर बुरा मत मनाना। अरे! मैं यहाँ बैठी क्या कर रही हूँ? घर में काफ़ी मौजूद हैं, मैंने तुम्हें बनाकर नहीं पिलाई। आह! बुढ़ापे में इन्सान इतना स्वार्थी हो जाता है। मैं अभी काफ़ी बनाकर लाती हूँ।"

"तकलीफ़ न उठाओ माँ, मैं अभी वापिस जा रहा हूँ। मेरी बात तो सुनो।"

वृद्धा भयभीत होकर बेटे के पास आयीं।

"माँ, चाहे कुछ भी हो जाये, तुम्हें लोग मेरे बारे में चाहे कैसी भी ख़बर सुनायें, क्या फिर भी तुम मुझे इसी तरह प्यार कर सकोगी, जैसे अब करती हो?" रास्कोलनिकोव ने हार्दिकता से पूछा।

रोद्या, रोद्या, क्या माजरा है? तुम मुझसे ऐसा सवाल क्यों पूछ रहे हो? तुम्हारे बारे में मुझे कौन बताने वाला है? फिर मैं ऐसी बात सुनूँगी ही नहीं, न ही मुझे कभी विश्वास होगा।

"मैं तुम्हें विश्वास दिलाने आया हूँ कि मैंने सदा तुम्हें चाहा है, दुनिया घर में नहीं है, यह अच्छा ही है। मैं तुम्हें बताने आया हूँ कि तुम्हें मेरी वजह से दुःख उठाना पड़ेगा, फिर भी यह विश्वास करना कि तुम्हारा बेटा तुम्हें अपनी जान से भी अधिक चाहता है और तुम्हारा यह सोचना गलत था कि मैं निष्ठुर हूँ। मैं हमेशा तुमसे प्यार करता रहूँगा...बस इतना ही कहना था,.. तुम्हें यह बताना मेरा फर्ज़ था...।"

वृद्धा ने बेटे को छाती से लगा लिया और रोने लगी।

''रोद्या, मालूम नहीं, तुम्हें क्या हो गया है। इस बीच मैं सोचती थी कि हमारी बातों से तुम ऊब जाते हो, लेकिन अब देखती हूँ कि तुम्हारी ज़िन्दगी अवसादमय होगी, इसलिए तुम इतने बेचैन रहते हो। माफ़ करना रोद्या, यह बात तो मैंने बहुत पहले से ही देख ली थी, मैं इसी सोच में रात भर जागती रहती हूँ। कल रात तुम्हारी बहन नींद में तुम्हारी बातें ही करती रही। पूरी बात मेरी समझ में नहीं आयी, आज सुबह मुझे ऐसा लगा जैसे कोई बुरी घटना होने वाली है, जैसे मुझे फाँसी मिलने वाली है। रोद्या, रोद्या, तुम कहीं जा रहे हो?''

"हाँ।"

"मेरा भी यही ख़्याल था। अगर तुम्हें मेरी ज़रूरत हो तो मैं तुम्हारे साथ चल सकती हूँ। दुनिया भी चल सकती है, वह तुम्हें बहुत चाहती है। बेशक सोफ़िया सेम्योनोवना भी हमारे साथ चले। उसे अपनी बेटी बनाने में मुझे कोई एतराज़ नहीं हालाँकि...दिमित्री राजुमिहीन भी हमारी मदद करेगा...लेकिन तुम जा कहाँ रहे हो?"

''गुडबाई, माँ।''

"क्या आज ही जा रहे हो?" माँ इस तरह चिल्लाई जैसे वह सदा के लिए बेटे को खो रही हो।

"मैं रुक नहीं सकता, मुझे अब जाना चाहिए।"

"क्या मैं तुम्हारे साथ नहीं आ सकती?"

"नहीं, तुम घुटने टेककर अभी मेरे लिए प्रार्थना करो। शायद तुम्हारी प्रार्थना ईश्वर तक पहुँच सकेगी।"

"आओ तुम्हारे शरीर पर सलीब का चिह्न बनाकर तुम्हें आशीर्वाद दे दूँ। ठीक है, ठीक है, हे ईश्वर हम क्या कर रहे हैं।"

रास्कोलनिकोव ख़ुश था कि घर में वह माँ के साथ अकेला था। इतने महीनों के बाद पहली बार उसका हृदय द्रवित हुआ था। उसने माँ के पैरों में गिरकर पैर चूमे और दोनों एक-दूसरे की बाँहों में लिपटकर रोने लगे। इस बार वृद्धा माँ न चकित हुई, न ही उसने कोई सवाल पूछा। कई दिन से उसे आभास हो रहा था कि उसके बेटे पर कोई मुसीबत आ गयी है और वह भयंकर घड़ी आ पहुँची है।

वृद्धा सिसककर बोली, "रोद्या, मेरे बेटे, मेरी कोख के पहले बच्चे, इस वक़्त तुम बिलकुल वैसे ही हो जैसे तुम बचपन में थे, जब तुम भागकर मुझसे लिपट जाते थे और मुझे चूम लेते थे। जब तुम्हारे पिता जिन्दा थे, ग़रीबी में भी तुम्हें देखकर हम किसी तरह दिन काट लेते थे। तुम्हारे पिता को दफ़नाने के बाद अकसर हम उनकी क़ब्र पर जाकर रोते थे, तब भी तुम मुझसे इसी तरह लिपट जाते थे। पिछले कई दिनों से मैं अमंगल की कल्पना करके रो रही हूँ, आख़िर माँ का दिल जो ठहरा।

उस दिन शाम को जब हम पीटर्सबर्ग आये थे, तुम्हें देखते ही, तुम्हारी आँखों से मैं भाँप गयी थी कि दाल में कुछ काला है। मेरा दिल डूबने लगा और आज जब मैंने दरवाज़ा खोला, तो तुम्हें देखकर मुझे लगा कि ख़तरे की घड़ी आ पहुँची है। रोद्या, रोद्या, तुम आज ही तो नहीं चले जाओगे?"

"नहीं।"

"फिर आओगे?"

"हाँ...आऊँगा।"

"रोद्या, नाराज़ मत होना, तुमसे सवाल पूछने का साहस मुझमें नहीं है, न ही मुझे सवाल पूछने चाहिए, यह भी जानती हूँ—लेकिन सिर्फ़ इतना बताओ—क्या तुम कहीं दूर जा रहे हो?"

"हाँ, बहुत दूर।"

"वहाँ तुम्हें कोई नौकरी मिलने वाली है?"

"जो ईश्वर भेजेगा...तुम मेरे लिए प्रार्थना करती रहना।" रास्कोलनिकोव दरवाज़े की तरफ़ जाने लगा। वृद्धा ने उसे पकड़ लिया और निराश भाव से उसकी आँखों में झाँकने लगी। वृद्धा के चेहरे पर आतंक छा गया।

"बस, माँ बस करा।" रास्कोलनिकोव ने कहा। उसे अफ़सोस हुआ कि वह माँ से मिलने क्यों आया।

"तुम हमेशा के लिए तो नहीं जा रहे हो न! कल आओगे न!"

"आऊँगा, आऊँगा, गुडबाई।" आख़िरकार उसने विदा ली।

सुबह बादल हट गये थे, इसलिए शाम बड़ी सुहावनी थी। रास्कोलनिकोव, अपनी कोठरी में गया। सूरज डूबने से पहले वह सारे काम ख़त्म करना चाहता था। तब तक वह किसी से भी नहीं मिलना चाहता था। ज़ीने में चढ़ते वक़्त उसने देखा कि नस्तास्या समावार* छोड़कर उसे देखने भागी आयी थी। वह सोचने लगा, "कहीं कोई मुझसे मिलने तो नहीं आया?" उसके सामने पोरफेरी की तस्वीर आ गयी। लेकिन दरवाज़ा खोलते ही उसकी नज़र दुनिया पर गयी। वह अकेली बैठी, किसी गहरी सोच में मग्न थी। मालूम होता था, वह बहुत देर से इन्तज़ार कर रही थी। रास्कोलनिकोव दहलीज़ में ठिठक गया। दुनिया सोफ़े से उठकर उसके सामने आ खड़ी हुई। दुनिया की आँखों में असीम आतंक और अवसाद था। उन आँखों से वह फौरन समझ गया कि दुनिया को सब मालूम हो गया है।

"मैं भीतर आऊँ या यहाँ से चला जाऊँ?" रास्कोलनिकोव ने झिझकते हुए पूछा।

"मैं दिन भर सोफ़िया सेम्योनोवना के यहाँ थी। हम दोनों तुम्हारा इन्तज़ार कर रही थीं। हमारा ख़्याल था कि तुम वहाँ ज़रूर आओगे।"

---

* समावार—चाय बनाने का बर्तन।

रास्कोलनिकोव कमरे में आते ही कुर्सी पर लुढ़क गया।

"मैं थक गया हूँ दुनिया, मुझे कमज़ोरी महसूस हो रही है। मैं ऐसे क्षण में अपने मन पर काबू पाना चाहता था।" उसने फिर सन्देह भरी दृष्टि से दुनिया की तरफ़ देखा।

"रात भर तुम कहाँ रहे?"

"मुझे ठीक से याद नहीं बहन। मैं आख़िरी बार फ़ैसला करना चाहता था, इसलिए कई बार मैं नेवा नदी की तरफ़ गया, मैं वहीं इस सारे मामले को ख़त्म करना चाहता था, लेकिन...मैं अपना मन पक्का न कर सका।" उसने फिर सन्देह भरी दृष्टि से दुनिया को देखा।

"ईश्वर को लाख-लाख धन्यवाद है! मुझे और सोफ़िया सेम्योनोवना को भी यही डर था। लेकिन देखती हूँ अब भी तुम्हें जीवन में आस्था है। ईश्वर को लाख-लाख धन्यवाद।"

रास्कोलनिकोव के चेहरे पर एक कटु मुस्कान आ गयी।

"मुझमें आस्था नहीं है, लेकिन अभी कुछ देर पहले मैं माँ की गोद में रो रहा था। मुझ में आस्था नहीं है, फिर भी मैंने माँ से कहा था कि वह मेरे लिए प्रार्थना करे। समझ में नहीं आता दुनिया, कुछ समझ में नहीं आता।"

"तुम माँ के पास गये थे? कहीं तुमने माँ को सब कुछ बता तो नहीं दिया।" दुनिया भय से चिल्लाई।

"नहीं मैंने अपनी ज़बान से कुछ नहीं कहा...लेकिन वह बहुत कुछ जान गयी हैं। माँ ने तुम्हें नींद में बड़बड़ाते हुए सुना था। मुझे विश्वास है कि आधी बात उन्हें मालूम हो गयी है। शायद मुझे माँ से मिलने नहीं जाना चाहिए था। न जाने क्यों मैं वहाँ चला गया। मैं घृणित जीव हूँ, दुनिया।"

"तुम घृणित हो! लेकिन तुम तो पीड़ा का आह्वान करने के लिए तैयार हो। क्यों ठीक है न!"

"हाँ, मैं जा रहा हूँ। फौरन इसी वक़्त। अपमान से बचने के लिए मैंने नदी में कूदकर प्राण देने की बात सोची थी दुनिया, लेकिन जब मैंने पानी में झाँककर देखा तो मुझे ख़्याल आया, अगर अब तक मेरी आत्मा सबल रही है तो मुझे अपमान से नहीं डरना चाहिए। शायद यह मेरा अहंकार हो दुनिया।"

"यह अहंकार है, रोद्या।"

रोस्कोलनिकोव की बुझी हुई आँखों में चमक आ गयी। उसे यह सोचकर ख़ुशी हो रही थी कि उसका अहंकार अभी तक ज्यों का त्यों है।

"बहन, कहीं तुम यह तो नहीं सोचतीं कि मैं पानी से डर गया था?" उसके चेहरे पर कुटिल मुस्कान थी।

"चुप, रोद्या!" दुनिया ने कटु स्वर में डाँटा। दो मिनिट तक ख़ामोशी छायी रही। रास्कोलनिकोव नीची नज़रों से फ़र्श की तरफ़ ताक रहा था। दुनिया मेज़ के दूसरी तरफ़ खड़ी शोक भरी आँखों से भाई को देख रही थी। सहसा रास्कोलनिकोव उठ खड़ा हुआ।

"देर हो गयी है, अब मुझे फौरन चल देना चाहिए। मैं फौरन जाकर आत्मसमर्पण करूँगा। लेकिन मैं किसलिए ऐसा कर रहा हूँ, यह मैं ख़ुद भी नहीं जानता।"

दुनिया की आँखों से बड़े-बड़े आँसू ढुलक पड़े।

"तुम रो रही हो बहन, लेकिन क्या तुम मुझ से हाथ मिलाने को तैयार हो?"

दुनिया ने भाई के गले में बाँहें डालकर कहा, "तुम्हें इसमें शक था! क्या पीड़ा का आवाहन करके तुम अपने अपराध का प्रायश्चित नहीं कर रहे?" दुनिया ने उसका माथा चूम लिया।

"अपराध! कैसा अपराध?" रास्कोलनिकोव गुस्से में फुफकार कर बोला, "क्या एक नीच, कीड़े के समान एक सूदख़ोर बुढ़िया की हत्या करना अपराध है? उसकी ज़िन्दगी किस काम की थी!...उसे मारना तो एक तरह से चालीस पापों का प्रायश्चित करना था। वह ग़रीबों का ख़ून चूसती थी। मैंने अपराध कब किया है? यह विचार न मेरे दिमाग़ में कभी आया है, न ही मैं उसका प्रायश्चित करना चाहता हूँ। तुम लोग बार-बार क्यों "जुर्म! जुर्म!" चिल्ला रहे हो? अब मेरी समझ में आ गया कि इस अनावश्यक अपमान को सहने का फ़ैसला करके मैंने कितनी भीरुता और बुद्धूपन दिखाया है। यह मैंने इसलिए किया क्योंकि मैं घृणित जीव हूँ, भीतर से मैं खोखला हूँ, शायद अपने फ़ायदे के लिए भी...जैसा कि पोरफेरी ने....कहा था।"

"भाई, भाई यह तुम क्या कह रहे हो? क्या तुमने ख़ून नहीं बहाया?"

"सब आदमी ख़ून बहाते हैं, ख़ून की नदियाँ आदिकाल से बहती आयी हैं। शेम्पेन की तरह ख़ून बहाने के पुरस्कारस्वरूप लोगों के सर पर ताज़ पहनाये जाते हैं। और उन्हें मानवता का हितैषी कहा जाता है। ज़रा ग़ौर से इस प्रश्न पर सोचो, तुम्हारी समझ में सब आ जायेगा। मैं भी मानवता की भलाई करना चाहता था, और उस एक बेवकूफ़ी के बदले में सैकड़ों हज़ारों नेक काम कर सकता था। ख़ैर मैं उस बात को बेवकूफ़ी भी मानने को तैयार नहीं, वह सिर्फ़ फूहड़पन था। मेरी स्कीम सफल नहीं हुई इसीलिए उसमें बेवकूफ़ी नज़र आती है (नाकामयाब होने पर हर चीज़ में बेवकूफ़ी दिखायी देती है) उस बेवकूफ़ी से मैं स्वावलम्बी बनना चाहता था। वह तो सिर्फ़ पहला कदम था, साधन-मात्र था, उसके मुकाबिले में असंख्य फ़ायदे होते...लेकिन मैं...मैं तो पहला कदम भी नहीं उठा सका, क्योंकि मैं घृणित जीव हूँ। बस असली बात यही है। फिर भी मेरा दृष्टिकोण तुम लोगों से अलग है। अगर मैं कामयाब हो जाता तो मुझे शोहरत मिलती। लेकिन अब मैं फन्दे में फँस गया हूँ।"

"ऐसी बात नहीं है भाई, यह तुम क्या कह रहे हो?"

"आह! इसमें लालित्य और सौन्दर्य का आकर्षण नहीं है, मेरी समझ में नहीं आता कि दूसरों पर बाक़ायदा घेरा डालकर बमबारी करना क्यों सम्मानजनक समझा जाता है? बाहरी औपचारिकता का भय नपुंसकता का पहला लक्षण है। मैंने जो किया वह जुर्म था, यह मानने के लिए मैं हरगिज़ तैयार नहीं हूँ। मुझ में जितनी सबलता और आत्मविश्वास अब है, वैसा कभी नहीं था।"

उसके पीले क्लान्त चेहरे पर आवेश की लालिमा छा गयी थी, सहसा उसकी आँखें दुनिया की शोकाकुल आँखों से मिलीं और उसका आवेश वहीं थम गया। उसे लगा कि उसकी वजह से उसकी माँ और बहन को बहुत दुःख पहुँचा है।

"दुनिया, प्यारी बहन, अगर मेरा क़सूर है तो मुझे माफ़ कर दो (वैसे क़सूरवार को माफ़ी कैसे मिल सकती है!) गुडबाई! हम बहस नहीं करेंगे, मेरे जाने का वक़्त हो गया है, मेहरबानी करके मेरा पीछा न करना...मुझे किसी दूसरी जगह जाना है...तुम माँ के पास जाकर बैठो। यह मेरी आख़िरी मिन्नत है। माँ को बिलकुल अकेला मत छोड़ना; मैं उसे चिन्ता ही हालत में छोड़कर आया था। उसे यह सदमा बर्दाश्त नहीं होगा वह या तो मर जायेगी या पागल हो जायेगी। उसके पास रहना, राजुमिहीन भी तुम लोगों के साथ रहेगा। मैंने उससे बातचीत की थी...मेरी याद में आँसू मत बहाना। मैं चाहे हत्यारा ही होऊँ, लेकिन ज़िन्दगी भर ईमानदारी और पौरुष दिखाने की कोशिश करूँगा। शायद किसी दिन दुनिया में मेरा नाम हो। देख लेना मेरी वजह से तुम्हें अपमान नहीं सहना पड़ेगा। मैं अभी दिखा दूँगा...अच्छा, गुडबाई, फिर मिलेंगे।" उसने फिर दुनिया की आँखों में एक विचित्र भाव देखा और कहा, "तुम, किसलिए रो रही हो? रोओ मत। हम सदा के लिए जुदा नहीं हो रहे। अरे हाँ, मैं भूल गया था, एक मिनिट ठहरो।"

उसने मेज़ पर से एक मोटी, धूल से सनी पुस्तक उठायी, उसमें से हाथी दाँत पर बनी एक तस्वीर निकाली, यह मकान-मालकिन की लड़की की तस्वीर थी जो बुखार से मरी थी। बड़ी अजब लड़की थी, वह संन्यासिनी बनना चाहती थी। एक मिनट तक रास्कोलनिकोव तस्वीर में अपनी मंगेतर के नाजुक चेहरे की तरफ़ देखता रहा, फिर उसने तस्वीर चूमकर दुनिया के हाथों में दे दी।

"मैं इस बात की चर्चा अकसर उससे किया करता था। सिर्फ़ उसी से। मैंने अपने सारे राज़ उसे बताये थे। यह ख़ौफ़नाक स्कीम उस वक़्त भी मेरे दिमाग़ में थी। तुम्हारी तरह वह भी इसका विरोध करती थी। घबराओं नहीं। मुझे ख़ुशी है कि वह अब इस दुनिया में नहीं है। दरअसल अब सब कुछ बदलने वाला है, हर चीज़ के दो टुकड़े होने वाले हैं।" सहसा उसे अवसाद ने आ घेरा और वह क्षोभ से चिल्लाया, "हर चीज़ टूटने वाली है। क्या मैं इस परिवर्तन के लिए तैयार हूँ!

क्या मैंने इसकी कामना की है? लोग कहते हैं कि मेरे लिए पीड़ा झेलना आवश्यक है। इन निरर्थक पीड़ाओं को झेलने से क्या होगा? जब मैं बीस साल के कालेपानी के बाद बूढ़ा, अशक्त हो जाऊँगा, जब मुसीबतें सहकर मेरी मति भ्रष्ट हो जायेगी, तब क्या मैं पीड़ा के फ़ायदे को समझ सकूँगा? तब मैं भला किसलिए जीना चाहूँगा? फिर मैं ऐसी ज़िन्दगी झेलने के लिए क्यों राजी हो गया हूँ। ओह, मैं जानता हूँ कि आज सुबह नेवा नदी के किनारे खड़ा होकर भी मैं क्यों कोई फ़ैसला नहीं कर पाया था, मैं घृणित जीव जो ठहरा।"

दोनों बाहर आ गये। भाई से बिछुड़ना दुनिया के लिए कष्टदायक था, लेकिन वह भाई से प्यार करती थी, इसलिए मन मसोसकर रह गयी। पचास कदम चलने के बाद उसने फिर पीछे की तरफ़ मुड़कर देखा, रास्कोलनिकोव अभी नज़रों से ओझल नहीं हुआ था। रास्कोलनिकोव अगले मोड़ पर मुड़ने लगा। आख़िरी बार दोनों की नज़रें मिलीं, दुनिया को अपनी तरफ़ ताकते देखकर वह खीज उठा और दुनिया को हाथ से चले जाने का इशारा करके वह जल्दी से दूसरी गली में मुड़ गया।

बाद में उसे अपने गुस्से पर मन-ही-मन अफ़सोस हुआ, और वह सोचने लगा, "माना कि मैं नीच हूँ, लेकिन ये लोग मुझे इतना क्यों चाहती हैं, जबकि मैं इनके प्यार के क़ाबिल नहीं हूँ। काश मैं संसार में अकेला होता। न मैं किसी से प्रेम करता, न ही मुझे कोई चाहता। फिर ये सारी घटनायें हरगिज़ न होती। क्या आने वाले पन्द्रह बीस बरस में मैं इतना भीरू हो जाऊँगा कि लोगों के सामने रिरियाकर कहता फिरूँगा 'मैं हत्यारा हूँ।' हरगिज़ नहीं। अब समझ में आया, इसीलिए ये लोग मुझे साइबेरिया भेज रहे हैं। ज़रा सड़क पर चलते इन लोगों को तो देखो! इनमें से हर आदमी लुच्चा, बदमाश और अहमक है, सबके सब मुज़रिम हैं, लेकिन अगर किसी ने मुझे छुड़ाने की कोशिश की तो ये सबके सब नैतिक आक्रोश से आग-बबूला हो उठेंगे। इन लोगों से मुझे कितनी नफ़रत है।

इसके बाद वह कल्पना करने लगा कि कैसे वह सबके प्रति विनम्र हो जायेगा। क्या ऐसा नहीं हो सकता? यह तो स्वाभविक ही है। क्या बीस बरस का कारावास उसे कुचल नहीं देगा? पानी की धार से पत्थर तक घिस जाते हैं। इसके बाद फिर जीने का आख़िर क्या प्रयोजन रह जायेगा? यह सब जानते हुए भी वह किसलिए आत्मसमर्पण कर रहा है? कल शाम से सैकड़ों बार यह सवाल वह अपने से पूछ चुका था। फिर भी वह आगे बढ़ा।

8

जब वह सोनिया के यहाँ पहुँचा तो क़रीब-क़रीब अँधेरा हो गया था। दिन भर सोनिया और दुनिया बेचैनी से उसका इन्तज़ार करती रही थीं। दुनिया को स्वीद्रीगाईलोव की यह बात याद थी कि सोनिया को सब कुछ मालूम है। दोनों लड़कियों में क्या बातचीत हुई, दोनों एक साथ मिलकर कैसे रोईं, इसका ज़िक्र हम यहाँ नहीं करेंगे। दुनिया को कम से कम यह तसल्ली हो गयी कि उसका भाई अकेला नहीं रहेगा। इन्सानी हमदर्दी पाने के लिए वह सबसे पहले सोनिया के पास ही गया था, उसी के सामने उसने अपना जुर्म क़बूल किया था, जहाँ उसे क़िस्मत ले जायेगी, सोनिया उसके साथ जायेगी। यह बात सोनिया से पूछे बगैर ही दुनिया ने जान ली थी। उसका आदरपूर्ण व्यवहार देखकर सोनिया झेंप गयी थी। उसकी आँखों में आँसू छलक आये थे। सोनिया अपने को इस क़ाबिल भी नहीं समझती थी कि वह दुनिया से आँखें मिला सके। पहली बार रास्कोलनिकोव के यहाँ दुनिया ने जब शालीनतापूर्वक आदरभाव से सोनिया का अभिवादन किया था, तभी से दुनिया की मनोहर छवि उसके दिल में बस गयी थी।

इन्तज़ार करते-करते दुनिया अधीर हो उठी और सोनिया को छोड़कर अपने भाई के यहाँ चली गयी। उसका ख़्याल था कि उसका भाई पहले वहीं जायेगा। दुनिया के जाते ही सोनिया को डर लगने लगा कि कहीं रास्कोलनिकोव आत्महत्या न कर बैठे। दुनिया को भी यही डर था। दिन भर दोनों एक-दूसरे को सान्त्वना देती रही थीं, कि ऐसा नहीं हो सकता। लेकिन एकान्त पाकर दोनों के मन पर यही भय छा गया था। सोनिया को याद आया, स्वीद्रीगाईलोव ने कहा था कि रास्कोलनिकोव के सामने दो रास्ते हैं, साइबेरिया...या...इसके अलावा वह रास्कोलनिकोव के अहंकार और अवस्था से भी परिचित थी।

"क्या यह सम्भव है कि सिर्फ़ भीरुता और मौत के डर से ही वह ज़िन्दा है?" सोनिया ने हताश होकर सोचा।

सूरज अस्त हो रहा था। सोनिया उदास नज़रों से खिड़की के बाहर झाँक रही थी, जहाँ सिर्फ़ बगल वाले मकान की कोरी दीवार नज़र आती थी। आख़िरकार जब उसे विश्वास हो गया कि हो न हो रास्कोलनिकोव ने ज़रूर आत्महत्या कर ली है, उसी समय रास्कोलनिकोव कमरे में दाख़िल हुआ।

सोनिया उसे देखकर ख़ुशी से चिल्लाई लेकिन अगले क्षण ही उसका चेहरा पीला पड़ गया।

रास्कोलनिकोव मुस्कराया, "मैं तुमसे सलीब माँगने आया हूँ सोनिया। तुम्हीं ने मुझे कहा था कि मुझे चौराहे पर जाकर अपना जुर्म क़बूल कर लेना चाहिए। अब वह क्षण आ पहुँचा है, तो तुम डरती क्यों हो?"

सोनिया चकित होकर रास्कोलनिकोव के चेहरे की तरफ़ देखने लगी। उसे रास्कोलनिकोव की आवाज़ विचित्र-सी लगी। उसके शरीर में सर्द कँपकँपी दौड़ गयी। क्षण भर में उसने जान लिया कि उन शब्दों और आवाज़ में बनावट है। रास्कोलनिकोव सोनिया से नज़रें चुरा रहा था।

"देखो सोनिया मैंने फ़ैसला कर लिया है...लेकिन एक बात है...जाने दो यह बहुत लम्बी कहानी है। जानती हो मुझे गुस्सा किस बात पर आ रहा है? सारे वहशी और अहमक लोग मेरी तरफ़ आँखें फाड़कर देखेंगे, बेवकूफ़ी भरे सवाल पूछेंगे, मुझे उन सवालों का जवाब देना पड़ेगा—वे मेरी तरफ़ उँगलियाँ उठायेंगे...छिः जानती हो, मैं पोरफेरी के पास नहीं जाऊँगा। मैं उससे तंग आ गया हूँ। इससे अच्छा तो है कि अपने दोस्त लेफ़्टिनेंट के पास चला जाऊँ। उसे कितनी हैरानी होगी। मेरी वजह से कितनी सनसनी फैलेगी। लेकिन कुछ दिनों से मेरा मिज़ाज चिड़चिड़ा हो गया है। मुझे ठंडे दिमाग़ से काम लेना चाहिए। जानती हो, अभी-अभी मैं अपनी बहन की तरफ़ घूँसा तान रहा था, क्योंकि वह आखिरी बार मुझे देखने के लिए ठिठक गयी थी। कैसी वहशत है। ओह! मेरी अब यह हालत हो रही है। अच्छा सलीव कहाँ है।"

वह क्या कर रहा है इसका उसे खुद भी ज्ञान नहीं था। वह किसी चीज़ पर ध्यान को केन्द्रित नहीं कर पा रहा था। उसके विचार सरपट चाल से भागे जा रहे थे। वह असंगत बातें कर रहा था और उसके हाथ काँप रहे थे।

सोनिया ने चुपचाप दराज़ में से दो सलीब निकाले। एक लकड़ी का, दूसरा ताँबे का। उसने अपने और रास्कोलनिकोव के शरीर पर सलीब का चिह्न बनाया और लकड़ी का सलीब रास्कोलनिकोव के गले में पहना दिया।

"यह मेरे सूली पर चढ़ने का प्रतीक है।" रास्कोलनिकोव हँसा, "अभी तक मैंने जो पीड़ा सही है वह काफ़ी नहीं है। यह लकड़ी का सलीब बिलकुल गँवारू है। ताँबे वाला सलीब लिजावेता का है, तुम्हीं उसको पहनाना, ज़रा दिखाओ। अच्छा तो उस वक़्त भी यह सलीब उसके गले में था। मुझे याद है, एक चाँदी का सलीब और एक

छोटी मूर्ति तो मैंने देखी थी, जिन्हें मैंने बुढ़िया की गर्दन पर फेंक दिया था। इस मौक़े पर दरअसल मुझे वही चीज़ें पहननी चाहिए...लेकिन मैं फ़िजूल की बकवास में अपना वक़्त बरबाद कर रहा हूँ। न जाने मैं इतना भुलक्कड़ क्यों हूँ?...सोनिया मैं तुम्हें चेतावनी देने आया हूँ ताकि तुम जान जाओ...बस इसीलिए आया था। लेकिन मेरा ख़्याल था कि मुझे तुमसे कुछ और भी कहना है। तुम्हीं ने मुझे आत्मसमर्पण करने की सलाह दी थी। लो अब मैं जेल जा रहा हूँ, तुम्हारी इच्छा पूरी हो जायेगी। अरे! तुम रो किसलिए रही हो? तुम भी रोती हो? रोना बन्द करो, मुझे रोने-धोने से बड़ी नफ़रत है।"

लेकिन रास्कोलनिकोव की भावुकता जाग उठी थी। सोनिया को देखकर उसका दिल दुखने लगा था। वह मन-ही-मन सोच रहा था, "सोनिया को किसलिए दुःख हो रहा है? मैं उसका क्या लगता हूँ? वह किसलिए रो रही है? वह माँ और दुनिया की तरह मेरी देखभाल क्यों करती है? यही मेरी परिचर्या करेगी?"

"कम से कम एक बार तो अपने शरीर पर सलीब का चिह्न बनाकर प्रार्थना करो।" सोनिया ने भीरु, शोकाकुल आवाज़ में कहा।

"ज़रूर! ज़रूर! जितनी बार कहो सोनिया! सच्चे दिल से..."

लेकिन वह कहना कुछ और ही चाहता था।

उसने कई बार अपने शरीर पर सलीब का चिह्न बनाया। सोनिया ने शाल से अपना सर ढँक लिया। यह वही हरा 'ख़ानदानी' शाल था जिसका ज़िक्र मारमेलेदोव ने किया था। रास्कोलनिकोव के जी में आया कि शाल को अच्छी तरह देखे, लेकिन वह चुप रहा। उसे अपने भुलक्कड़पन पर गुस्सा आ रहा था। वह अपनी उत्तेजना से डरता भी था। सहसा उसे आभास हुआ कि सोनिया का इरादा उसके साथ जाने का है।

"यह क्या कर रही हो? किधर जा रही हो? यहीं रुको!" उसने भीरुता भरे क्षोभ से कहा और दरवाज़े की तरफ़ बढ़ा। "जलूस बना कर चलने से क्या फ़ायदा है?"

सोनिया कमरे के बीचों बीच खड़ी रही। रास्कोलनिकोव ने उसे गुडबाई तक नहीं कहा था। वह उसे भूल गया था।

सीढ़ियाँ उतरते वक़्त उसने सोचा, "क्या मैंने यह सब ठीक किया! क्या यह फ़ैसला वापिस नहीं हो सकता! क्या मैं रुक नहीं सकता?"

फिर भी वह चला गया। सहसा उसने निश्चय कर लिया कि अब वह अपने आप से सवाल नहीं पूछेगा। सड़क पर पहुँचकर उसे याद आया कि उसने सोनिया से विदाई नहीं ली। वह हरा शाल लपेटे उसके आदेश पर चुपचाप कमरे में खड़ी रही थी, और उसे हिलने-डुलने तक का साहस नहीं हुआ था। इसी क्षण उसके दिमाग़ में एक-दूसरा विचार आया, जो शायद इसी क्षण का इन्तज़ार कर रहा था।

"मैं अभी सोनिया के पास किसलिए गया था? काम से...किस काम से? मुझे उससे कोई काम नहीं था। उसे यह बताने कि मैं जा रहा हूँ। इसकी क्या ज़रूरत थी? क्या मैं उससे प्यार करता हूँ? नहीं, नहीं, अभी-अभी तो मैंने उसे कुत्ते की तरह दुत्कार दिया था। क्या मैं उसका सलीब चाहता था, ओह, मैं कितना पतित हो गया हूँ। नहीं मैं उसके आँसू चाहता था, मैं देखना चाहता था, शोक से उसका दिल कैसे दुखता है। मुझे कोई सहारा चाहिए था, जो कुछ देर के लिए मुझे रोक ले। हमदर्दी भरा किसी का चेहरा! और मुझमें कल्पना करने का दुःसाहस पैदा हो गया था। मैं सचमुच घृणित मनहूस जीव हूँ। घृणा के योग्य।"

वह नहर के किनारे-किनारे चलने लगा। उसे बहुत दूर नहीं जाना था। लेकिन पुल पर पहुँचकर वह रुक गया और बेमतल ही घासमण्डी की तरफ़ चला गया।

वह बड़े ग़ौर से अपने चारों ओर की हर चीज़ को देख रहा था और अपना ध्यान किसी एक विचार पर केन्द्रित नहीं कर पा रहा था। हर चीज़ दिमाग़ में फिसलती चली जा रही थी। वह सोचने लगा, "शायद एक हफ़्ते या एक महीने में मैं पुलिस की बन्द गाड़ी में इसी पुल से गुजरूँगा। तब मैं पानी की तरफ़ कैसे देखूँगा। इस बात का मुझे ख़ास ध्यान रखना चाहिए। और सामने वाले साइनबोर्ड पर लिखे अक्षरों को कैसे पढ़ूँगा? वहाँ लिखा हुआ है 'कम्पनी'। एक महीने बाद जब मैं इन अक्षरों को देखूँगा तो मेरे मन में कैसे विचार उठेंगे?...कैसी क्षुद्र बातों पर इस वक़्त मैं चिढ़ रहा हूँ?...निश्चय ही सारी बातें बड़ी दिलचस्प रहेंगी (हा-हा मैं क्या सोच रहा हूँ?) मैं निरा बच्चा बन गया हूँ और अपने ही आगे शान दिखा रहा हूँ? मैं शर्मिन्दा किसलिए हूँ? उफ़! लोग कितनी धक्का-मुक्की कर रहे हैं। यह मोटा आदमी—ज़रूर जर्मन है, क्या मालूम है कि मैं कौन हूँ! बच्चे को गोद में लिए एक देहातिन बार-बार मुझसे एक ओर हटने की मिन्नत कर रही है। उसका ख़्याल है कि मैं उससे ज़्यादा सुखी हूँ। कितनी अजब बात है, क्यों न इसी विलक्षणता के लिए उसे कुछ दे डालूँ। मेरी ज़ेब में सिर्फ़ पाँच कोपेक का एक सिक्का बच रहा है, यह कहाँ से मिला? यह लो, यह लो भलीमानस।"

"ईश्वर तुम पर रहम करे।" भिखारिन ने रूँआसी आवाज़ में कहा।

रास्कोलनिकोव घासमण्डी पहुँच गया। उसे भीड़ में जाना बहुत बुरा लग रहा था, फिर भी जहाँ उसे सबसे ज़्यादा भीड़ नज़र आती, वहीं जा पहुँचता। वह किसी भी क़ीमत पर एकान्त चाहता था, लेकिन उसे यह भी मालूम था कि वह क्षण भर के लिए भी अकेला नहीं रह सकता था। भीड़ में एक हुल्लड़बाज़ शराबी भी था। वह बार-बार नाचने की कोशिश करता और गिर जाता। उसके इर्द-गिर्द भीड़ इकट्ठी हो गयी थी। रास्कोलनिकोव भीड़ को धकेलता हुआ वहाँ पहुँच गया और शराबी को देखकर हँस पड़ा। एक मिनिट बाद उसका ध्यान उधर से हटकर कहीं और चला

गया और वहाँ से चलकर चौक में पहुँच गया। अचानक एक अज्ञात भावना आकर उसके मन और शरीर पर छा गयी।

उसे सोनिया के शब्द याद आये, "चौराहे पर जाकर लोगों के आगे सर झुकाओ, ज़मीन को चूमो, क्योंकि तुमने ज़मीन के विरुद्ध भी पाप किया है। फिर ऊँचे स्वर में दुनिया को बताओ "मैं हत्यारा हूँ।" रास्कोलनिकोव काँप उठा और अपनी बेचैनी और अवसाद से मुक्ति पाने की ख़ातिर इस नये, सम्पूर्ण संवेदन के लिए उसकी आत्मा तड़प उठी। उसके सर पर एक जनून-सा चढ़ गया, जैसे उसकी आत्मा में किसी चिन्गारी ने आकर आग सुलगा दी हो। उसका सम्पूर्ण व्यक्तित्व द्रवित हो उठा और आँखों में आँसू आ गये। वह वहीं घुटने टेककर बैठ गया।..."

चौराहे के बीचों बीच उसने गन्दी मिट्टी को पुलकित होकर चूमा। वहउठ कर खड़ा हो गया, फिर दोबारा घुटने टेककर बैठ गया।

"नशे में धुत्त है।" पास खड़े एक युवक ने कहा।

इस पर लोग ठहाका मारकर हँस पड़े।

"भाइयो! यह आदमी जेरुसलम जा रहा है और अपने बच्चों और देश से विदाई ले रहा है। वह धरती के सारे वासियों का और पीटर्सबर्ग के महान् नगर का अभिवादन कर रहा हैं। एक मज़दूर जिसने शराब पी रखी थी, बोला।"

"देखने में नौजवान मालूम होता है।"

"शरीफ़ भी।"

"आजकल कौन शरीफ़ है, कौन बदमाश है, यह जानना मुश्किल है।"

"मैं हत्यारा हूँ!" रास्कोलनिकोव के ओठों पर ये शब्द आते आते ख़त्म हो गये। उसने चुपचाप लोगों की टिप्पणियाँ सुन लीं और बिना इधर-उधर देखे सीधा पुलिस के दफ़्तर की ओंर चल पड़ा। दूसरी बार जब उसने घासमण्डी के आगे सर नवाया, तो उसे पचास गज़ की दूरी पर सोनिया खड़ी दिखायी दी। सोनिया एक दुकान के पीछे छिपने की कोशिश कर रही थी। उसे देखकर रास्कोलनिकोव को ज़रा भी ताज्जुव नहीं हुआ। वह जानता था कि सोनिया ऐसा करेगी। उसे विश्वास हो गया कि जहाँ भी क़िस्मत ले जायेगी, सोनिया सदा उसका साथ देगी। उसके दिल में टीस उठी...लेकिन वह यमपुरी में पहुँच गया था।

दिल मज़बूत करके वह दालान में घुसा। उसे तीसरी मंज़िल पर पहुँचना था। "ऊपर पहुँचने में मुझे कुछ वक़्त लगेगा," उसने सोचा उसे लगा जैसे कयामत अभी दूर है और उसके पास सोचने के लिए काफ़ी वक़्त है।

फिर वही कूड़े के ढेर, ज़ीने में बिखरे हुए अण्डों के छिलके, फ़्लैटों के खुले हुए दरवाज़े, रसोइयों में से आती हुई गन्ध। उस दिन के बाद रास्कोलनिकोव इस ओर नहीं आया था। उस की टाँगें सुन्न हो गयी थीं, फिर भी वह सीढ़ियाँ चढ़ता गया।

क्षण भर वह साँस लेने के लिए रुका ताकि वह 'मर्दानगी' से पुलिस दफ़्तर में दाख़िल हो सके। 'लेकिन इसकी क्या ज़रूरत है? अगर ज़हर का प्याला पीना ही है तो, क्या फ़र्क पड़ता है? मन में जितनी ग्लानि पैदा हो, उतना ही अच्छा है।" उसने 'विस्फ़ोटक लेफ़्टिनेंट' इल्या पैत्रोविच की कल्पना की। क्या वह उसी के पास जा रहा है! किसी और के पास नहीं जा सकता? क्या वह लौटकर सीधा निकोदिम फ़ोमिच के घर नहीं जा सकता? कम से कम वहाँ सारा मामला प्राइवेट रहेगा...नहीं, नहीं 'विस्फ़ोटक लेफ़्टिनेंट' के पास ही सही! अगर ज़हर पीना ही है तो क्यों न फौरन ही पी लिया जाये!"

उसका शरीर सर्द हो गया और उसने बिना सोचे दफ़्तर का दरवाज़ा खोल दिया। उस वक़्त चौकीदार और एक देहाती के सिवा वहाँ कोई न था। चौकीदार ने पर्दे के पीछे से उसे झाँककर भी नहीं देखा। रास्कोलनिकोव अगले कमरे में चला गया, "शायद मुझे अभी भी जुर्म क़बूल नहीं करना चाहिए," उसके मन में आया। एक आदमी जो देखने में क्लर्क मालूम होता था, मेज़ पर बैठा कुछ लिख रहा था। कोने में एक-दूसरा क्लर्क बैठा था। ज़ेमेतोफ़ और निकोदिम फ़ोमिच वहाँ नहीं थे।

"दफ़्तर में कोई नहीं है?" रास्कोलनिकोव ने मेज़ के आगे बैठे क्लर्क से पूछा।

"तुम किसे चाहते हो?"

"अहा! न किसी की आवाज़ सुनायी दी, न कोई नज़र आया लेकिन मैंने रूसी ...को पहचान लिया। परियों की वह कहानी मुझे याद नहीं रही जिसमें यह वाक्य आता है। हुक़्म करो!" सहसा एक परिचित आवाज़ सुनाई दी।

रास्कोलनिकोव काँप उठा। 'विस्फोटक लेफ़्टिनेंट' उसके सामने खड़ा था। वह अभी साथ वाले कमरे से निकलकर आया था। रास्कोलनिकोव ने सोचा, "ज़रूर इसमें भाग्य का हाथ है, वरना यह आदमी यहाँ क्यों होता?"

इल्या पैत्रोविच ख़ुशमिज़ाज और उत्साहपूर्ण नज़र आता था। उसने पूछा, "तुम हमें मिलने आये हो? किस सिलसिले में? अगर काम के सिलसिले में आये हो, तो अभी जल्दी है। मेरा इस वक़्त यहाँ होना तो सिर्फ़ संयोग है...ख़ैर मैं तुम्हारा कोई काम कर सका तो ज़रूर करूँगा...माफ़ करना मुझे तुम्हारा नाम भूल गया है।"

"रास्कोलनिकोव।"

"अरे हाँ रास्कोलनिकोव। तुम्हारा ख़्याल है, मैं तुम्हारा नाम भूल गया हूँ...मैं ऐसा आदमी नहीं हूँ...रोमियोन...रो...रोदियोनोविच...यही नाम है न?"

"रोदियोन रोमनोविच।"

"हाँ, हाँ, रोदियोन रोमनोविच! मैं अभी यही कहने वाला था। मैंने तुम्हारे बारे में काफ़ी पूछताछ की है। यक़ीन करो, मुझे अपने दुर्व्यवहार पर सख़्त अफ़सोस है...बाद में मुझे बताया गया कि तुम साहित्यकार और विद्वान आदमी हो...और

पहले कदम...ईश्वर हम पर रहम करे! किस साहित्यिक या वैज्ञानिक के व्यवहार में मौलिकता नहीं होती! मेरी पत्नी और मैं दोनों साहित्य के पुजारी हैं! मेरी पत्नी तो साहित्य के पीछे पागल है! कला और साहित्य! बस अगर इन्सान शरीफ़ हो तो प्रतिभा, योग्यता, अक्लमन्दी और जीनियस से बाक़ी सारी उपलब्धियाँ मिल सकती हैं। रही हैट की बात? उससे क्या फ़र्क़ पड़ता है? मिठाई की तरह हैट भी बाज़ार से ख़रीदा जा सकता है। लेकिन हैट के नीचे इन्सान का जो दिमाग़ है, वह नहीं ख़रीदा जा सकता। मैं तो यहाँ तक सोच रहा था कि तुम्हारे पास आकर तुमसे माफ़ी माँगू। फिर सोचा कि शायद तुम...लेकिन मैं यह पूछना तो भूल ही गया कि तुम्हें काम क्या है? मैंने सुना है कि तुम्हारे घर के लोग भी आ गये हैं। क्यों?"

"हाँ, मेरी माँ और बहिन आ गयी हैं।"

"मुझे तुम्हारी बहन से मिलने का सौभाग्य प्राप्त हुआ है—बड़ा सुसंस्कृत और आकर्षक व्यक्तित्व है उनका। मुझे अफ़सोस है कि मैंने तुम्हारे साथ बदतमीजी की। जहाँ तक तुम्हारी बेहोशी का सवाल है, मेरा शक, बिलकुल रफ़ा-दफ़ा हो चुका है। अन्ध विश्वास और विचारों की संकीर्णता के कारण ही ऐसा हुआ था। मैं तुम्हारे क्षोभ को समझ सकता हूँ। शायद तुम्हारे परिवार के लोग आ गये हैं, इसलिए तुम मकान बदल रहे हो?"

"नहीं, मैं तो यूँ ही चला आया था...मैं पूछना चाहता था...मेरा ख़्याल था कि मिस्टर ज़ेमेतोफ़ यहीं होंगे।"

"अरे हाँ, मैंने सुना है कि तुम्हारी ज़ेमेतोफ़ से दोस्ती हो गयी है। ज़ेमेतोफ़ यहाँ नहीं है, कल से ही न जाने वह कहाँ गया है...जाने से पहले उसने सब लोगों से झगड़ा किया था। वह बद्‌दिमाग़ नौजवान है। हमें उससे बड़ी उम्मीदें थीं, लेकिन आजकल के प्रतिभाशाली नौजवान कैसे होते हैं, यह तो तुम जानते ही हो। उसका कहना था कि वह किसी इम्तहान में बैठने जा रहा है, लेकिन यह कोरी गप्प थी। तुम्हारी और तुम्हारे दोस्त राज़ुमिहीन की बात दूसरी है। तुम पेशे से बुद्धिजीवी हो। इसलिए असफलताएँ तुम्हारे रास्ते में रोड़ा नहीं अटका सकतीं। तुम्हारे लिए ज़िन्दगी के आकर्षण बेमानी हैं—तुम एकान्तवासी, त्यागी, संन्यासी हो!...तुम्हारी आत्मा पुस्तकों, लेखन और विद्वतापूर्ण खोजों की ऊँचाइयों पर उड़ती है। मेरा भी यही हाल है...तुमने 'लिविंगस्टन की यात्रायें' पुस्तक पढ़ी है?"

"नहीं।"

"मैंने पढ़ी है। आज कल निहिलिस्टों की संख्या बहुत बढ़ गयी है, इसे देखकर ताज्जुब नहीं होता। मैं पूछता हूँ यह ज़माना कैसा है? लेकिन हमारा ख़्याल था...तुम निहिलिस्ट तो नहीं हो न! मुझे खुलकर जवाब दो।"

"नहीं..."

"सच मानो, तुम खुले ढंग से बात कर सकते हो, सरकारी ड्यूटी अलग बात है लेकिन...दोस्ती दूसरी बात है, तुम यही सोच रहे हो न! नहीं तुम्हारा ख़्याल ग़लत है। दोस्ती नहीं, बल्कि मानवता, नागरिकता की भावना और ईश्वर प्रेम असली महत्त्व की चीज़ें हैं। मैं सरकारी अफ़सर तो ज़रूर हूँ लेकिन उससे पहले एक इन्सान और एक नागरिक हूँ...तुम ज़ेमेतोफ़ के बारे में पूछ रहे थे। ज़ेमेतोफ़ किसी भी बदनाम अड्डे में शेम्पेन पीकर फ्रांसीसी ढंग से अपने को बदनाम कर सकता है।...तुम्हारे ज़ेमेतोफ़ को बस यही आता है। मेरे दिल में शायद सेवा की भावना है, मेरा ओहदा भी उससे ऊँचा है। मैं बीवी-बच्चेदार आदमी हूँ, इन्सानी और नागरिक कर्तव्यों का पालन करता हूँ, लेकिन ज़ेमेतोफ़ क्या है मैं पूछता हूँ? एक सुशिक्षित आदमी के नाते मैं तुमसे अपील कर रहा हूँ...फिर इन मिडवाइफ़ों की तादाद भी हद से ज़्यादा बढ़ गयी है।"

रास्कोलनिकोव ने प्रश्नसूचक दृष्टि से इल्या पैत्रोविच की तरफ़ देखा। उसके शब्द रास्कोलनिकोव के लिए बिलकुल कोरे और निरर्थक थे। लेकिन कुछ शब्द उसकी समझ में आ गये थे। बातचीत का अन्त कहाँ होगा—यह वह नहीं जानता था।

बातूनी इल्या पैत्रोविच ने कहा, "मेरा मतलब कटे बालों वाली औरतों से है। मैं उन्हें मिडवाईफे कहता हूँ। कैसा माकूल नाम है हा-हा! वे अकेडमी में जाकर शरीर रचना का अध्ययन करती हैं। मान लो अगर मैं कभी बीमार हो जाऊँ, तो क्या एक जवान छोकरी को बुलाकर इलाज करवाऊँगा? कहो तुम्हारी क्या राय है? हा-हा!" इल्या पैत्रोविच अपने मज़ाक से बड़ा ख़ुश हुआ। "यह भी शिक्षा का अतिवाद है, एक बार पढ़ लिख लिया—बस काफ़ी हो गया। शिक्षा का दुरुपयोग क्यों करो? शरीफ़ लोगों की बेइज़्ज़ती क्यों करो? जैसी कि बदमाश ज़ेमेतोफ़ करता है? मैं पूछता हूँ उसने मुझे किसलिए बेइज़्ज़त किया? तुमने कभी सोचा है कि आजकल आत्महत्या करना कितनी साधारण बात हो गयी है? लोग अपनी सारी कमाई लुटा कर आत्महत्या कर लेते हैं। लड़के लड़कियाँ बूढ़े आदमी सभी को यह मर्ज़ है। आज सुबह ही हमें ख़बर मिली कि एक आदमी ने, जो हाल में पीटर्सबर्ग आया था, अपने को गोली मार ली। निल पैवलिच, ज़रा बताना उस आदमी का नाम क्या था?"

"स्वीद्रीगाईलोव" पास वाले कमरे में किसी ने नींद भरी आवाज़ में जवाब दिया।

रास्कोलनिकोव चौंककर चिल्लाया, "स्वीद्रीगाईलोव! स्वीद्रीगाईलोव ने अपने को गोली मार ली?"

"तुम स्वीद्रीगाईलोव को जानते हो?"

"हाँ...जानता था...उसे यहाँ आये कुछ ही दिन हुए थे।"

"हाँ, वही आदमी है। उसकी बीवी मर गयी थी। वह बड़ा विक्षिप्त आदमी था—अचानक ही उसने अपने को गोली मार ली...अपनी नोटबुक में वह लिखकर छोड़

गया है कि वह होश-हवाश में मर रहा है। अपनी मौत के लिए वह ख़ुद ज़िम्मेदार है। सुनते हैं वह पैसे वाला आदमी था। उससे तुम्हारा परिचय कैसे हुआ?"

"मैं उसे जानता था...मेरी बहन कभी उसके यहाँ गवर्नेस थी।"

"वाह! तब तो तुम उसके बारे में बहुत-सी बातें बता सकते हो। तुम्हें शक नहीं हुआ?"

"मैंने उसे कल देखा था...वह...शराब पी रहा था। मुझे कुछ मालूम नहीं था।"

रास्कोलनिकोव को लगा जैसे कोई भारी चीज़ उसके ऊपर आकर गिरी है और उसका दम घुटा जा रहा है।

"तुम्हारा चेहरा फिर पीला पड़ गया है। यहाँ बड़ी गर्मी है..."

"हाँ, मुझे चलना चाहिए। माफ़ कीजिएगा मैंने आपको तकलीफ़ दी।" रास्कोलनिकोव बड़बड़ाया।

"तकलीफ़ की कोई बात नहीं, तुम शौक़ से यहाँ आओ। तुमसे मिलकर बड़ी ख़ुशी हुई।"

इल्या पैत्रोविच ने अपना हाथ आगे बढ़ाया।

"मैं सिर्फ़...ज़मेतोफ़ से मिलने आया था।"

"मैं समझ गया, समझ गया। तुमसे मिलकर बड़ी ख़ुशी हुई।"

"मैं....मुझे भी बड़ी ख़ुशी हुई...गुड बाई।"

रास्कोलनिकोव मुस्कराया।

जब वह बाहर निकला तो उसका सर बुरी तरह चकरा रहा था। वह क्या कर रहा है, इसका उसे कोई ध्यान नहीं था। दायें हाथ से दीवार का सहारा लेकर वह सीढ़ियों से नीचे उतरने लगा। उसे लगा कि चौकीदार उसे धकेल कर ऊपर दफ़्तर की तरफ़ गया है, निचली मंज़िल में एक कुत्ता ज़ोर से भूँक रहा था और एक औरत ने चिल्लाकर कुत्ते की तरफ़ बेलन फैंका। वह सीढ़ियाँ उतरकर दालान में पहुँचा। सामने फाटक के पास सोनिया खड़ी थी। भय और आतंक से उसका चेहरा पीला पड़ गया था। वह शोकाकुल दृष्टि से रास्कोलनिकोव को ताक रही थी। रास्कोलनिकोव ख़ामोश खड़ा रहा। सोनिया के चेहरे पर गहरी मानसिक व्यथा छायी थी। उसने अपने दोनों हाथ कसकर भींच लिए। रास्कोलनिकोव के ओंठ कुरूप, निरर्थक मुस्कान से फड़कने लगे। क्षण भर ख़ामोश रहने के बाद वह मुस्कराया और वापिस पुलिस दफ़्तर में चला गया।

इल्या पैत्रोविच बैठा काग़ज़ात के ढेर में कुछ तलाश कर रहा था। उसके सामने वही देहाती बैठा था जो उससे सीढ़ियों में टकराया था।

"कहो! लौट आये? कोई चीज़ भूल गये हो? क्या मामला है?"

रास्कोलनिकोव के ओंठ सफ़ेद पड़ गये थे, वह धीरे-धीरे इल्या पैत्रोविच के नज़दीक आया। मेज़ पर कुहनियाँ टेककर उसने कुछ कहने की कोशिश की, लेकिन उसके गले सें अस्पष्ट आवाज़ें निकलीं।

"तुम्हारी तबियत ख़राब है? लो इस कुर्सी पर बैठ जाओ! अरे कोई पानी लाना!"

रास्कोलनिकोव धम्म से कुर्सी पर बैठ गया, लेकिन उसकी नज़रें इल्या पैत्रोविच के क्षुब्ध और विस्मित चेहरे पर टिकी थीं। दोनों ने क्षण भर के लिए एक-दूसरे की तरफ़ देखा और ख़ामोश हो गये। रास्कोलनिकोव को पीने के लिए पानी दिया गया।

"मैंने ही..." रास्कोलनिकोव ने कहना शुरू कर दिया।

"पहले पानी पी लो।"

रास्कोलनिकोव ने हाथ के इशारे से पानी पीने से इनकार कर दिया और धीमी, टूटी फूटी, लेकिन स्पष्ट आवाज़ में कहा,

"मैंने ही सूदख़ोर बुढ़िया और उसकी बहन लिजावेता की कुल्हाड़ी से हत्या की थी और उन्हें लूटा था।"

इल्या पैत्रोविच अवाक् रह गया। लोग चारों तरफ़ भागने लगे।

रास्कोलनिकोव ने फिर वही बात दुहराई।

उपसंहार

1

साइबेरिया। एक विशाल, सुदूर प्रदेश में नदी के किनारे स्थित एक शहर है जो रूसी सरकार के शासन के केन्द्रों में से है। शहर में एक किला है, किले के भीतर एक कारागृह है। कारागृह में रोदियोन रोमनोविच नाम का वी-क्लास का क़ैदी नौ महीने से बन्द है, उसके जुर्म को डेढ़ साल हो गया।

उसके मुकदमे में कोई दिक्क़त नहीं हुई। मुज़रिम अपने बयान पर क़ायम रहा। उसने न तो तथ्यों को ग़लत ढंग से पेश किया, न ही अपने स्वार्थ के रंग में रँगा। उसने जुर्म का पूरा ब्यौरा, गिरवी के लिए ले जाये गये लकड़ी के बनावटी पुलिन्दे का रहस्य भी बताया जो बुढ़िया के हाथ में पाया गया था। उसने यह भी बताया कि कैसे उसने बुढ़िया की चाबियों का गुच्छा उठाया था और सन्दूक में कौन-कौन-सी चीज़ें थीं। कैसे कौश और उसके एक-दूसरे विद्यार्थी ने बुढ़िया के फ़्लैट का दरवाज़ा खटखटाया था, दोनों दोस्तों की आपस में क्या बातचीत हुई थी, कैसे वह सीढ़ियाँ उतरकर नीचे आया था, और खाली फ़्लैट में छिप गया था। उसने निकोलाई और दिमित्री की चिल्लाहट भी सुनी थी। अन्त में उसने वोज़नेसेन्स्की के पत्थर की निशानी भी बताई, जिसके नीचे से पुलिस ने बटुआ और ज़ेवर बरामद किये। सारा मामला एकदम साफ़ हो गया था। वकीलों और जजों को इस बात पर बड़ा ताज्जुब हुआ था कि उसने बटुए और ज़ेवरों को ज्यों का त्यों पत्थर के नीचे छिपा दिया था, और उसे ज़ेवरों की शक्ल और संख्या के बारे में कुछ पता न था। उसने बटुए को खोला तक नहीं था, और उसके भीतर कितनी रकम है, यह भी उसे मालूम नहीं था। इस बात पर लोगों को विश्वास ही नहीं होता था। बटुए में से तीन सौ सत्रह रूबल और साठ कोपेक निकले। इतने दिनों तक पत्थर के नीचे दबे रहने के कारण कुछ नोट सीलन से ख़राब हो गये थे। पुलिस बहुत दिनों तक तो यह मालूम करने की कोशिश करती रही कि जब मुज़रिम ने बाक़ी बातें क़बूल

कर ली हैं तो इस मामले में वह झूठ क्यों बोल रहा है। अन्त में कुछ वकीलों ने, जिन्हें मनोविज्ञान का अधिक ज्ञान था, मान लिया कि सम्भव है, रास्कोलनिकोव ने सचमुच ही बटुआ खोलकर न देखा हो। वकीलों ने फौरन यह नतीज़ा निकाला कि मुज़रिम ने अस्थाई पागलपन के आवेश में आकर हत्या की है। इस हत्या के पीछे कोई विशेष प्रयोजन नहीं था। उन दिनों अस्थाई पागलपन के सिद्धान्त का बड़ा प्रचार था। आजकल भी हत्या के मुकदमों में यह सिद्धान्त लागू किया जाता है। इसके अलावा बहुत से लोगों ने, जिनमें डॉक्टर ज़ोसीमोव, रास्कोलनिकोव के विद्यार्थी मित्र, मकान-मालकिन और नौकरानी भी थी, आकर गवाही दी कि वह पागलपन की हालत में था। इससे यह नतीज़ा निकाला गया कि रास्कोलनिकोव साधारण हत्यारों और डाकुओं की श्रेणी का व्यक्ति नहीं है। इस मामले में कुछ और तथ्य भी हैं। मुज़रिम को आत्मरक्षा के लिए तत्पर न देखकर इस सिद्धान्त के हामी बहुत खफ़ा हुए। जब उससे हत्या का कारण पूछा गया तो उसने बड़े भोंडेपन से साफ़-साफ़ कहा कि इसका कारण उसकी ग़रीबी और फटेहाली थी। हत्या के ज़रिये उसे तीन हज़ार रूबल मिलने की उम्मीद थी, जिससे वह अपना भविष्य सुरक्षित बनाना चाहता था। हत्या का कारण भुखमरी के अलावा उसकी प्रकृति का ओछापन और कायरता भी थी। जब उससे पूछा गया कि उसने जुर्म कैसे क़बूल किया तो उसने जवाब दिया कि वह सच्चे दिल से अपने पाप का प्रायश्चित करना चाहता था। ये सब निरा भोंडापन था...”

जजों ने उम्मीद से ज़्यादा दयालुता दिखायी। एक तो इसलिए कि मुज़रिम ने अपने जुर्म को सही ठहराने की कोशिश नहीं की, और इसलिए भी कि उसने अपने जुर्म को बढ़ा-चढ़ाकर पेश किया था। इसके अलावा मुज़रिम की ग़रीबी और दुर्दशा का भी लिहाज़ किया गया। उसने चोरी की चीज़ों को इस्तेमाल नहीं किया, इसका कारण उसकी मानसिक-विक्षिप्ति थी। उसे अपने पाप पर ग्लानि भी हुई थी। लिजावेता की हत्या से इस सिद्धान्त की और भी पुष्टि हो गयी। एक आदमी दो हत्याएँ करता है, फिर भी उसे याद नहीं रहता कि फ़्लैट का दरवाज़ा खुला है। फिर जब निकोलाई ने उन्माद और मानसिक अवसाद की अवस्था में झूठा बयान देकर केस को गड़बड़ा दिया था, खासतौर पर जब असली मुज़रिम के ख़िलाफ़ कोई सबूत नहीं थे, यहाँ तक कि पुलिस को उस पर शक तक न था (पोरफेरी पैत्रोविच ने अपना वायदा निभाया था) ऐसे क्षण में मुज़रिम ने आकर अपना जुर्म क़बूल कर लिया, इसलिए उसे कम सज़ा दी गयी। मुज़रिम के पक्ष में और भी कई अप्रत्याशित परिस्थितियों ने योग दिया। राजुमिहीन ने इस बात के सबूत दिये कि जब रास्कोलनिकोव यूनिवर्सिटी में पढ़ता था तो उसने छः महीने तक एक यक्ष्माग्रस्त ग़रीब विद्यार्थी की मदद की थी। जब वह विद्यार्थी चल बसा तो रास्कोलनिकोव ने

उसके बूढ़े पिता को हस्पताल में भरती करवाया था, और बूढ़े के मरने पर उसके जनाज़े का ख़र्च भी दिया था। रास्कोलनिकोव की मकान-मालकिन ने अपनी गवाही में कहा कि जब वह फ़ाइव कौर्नर्ज़ के एक-दूसरे मकान में रहती थी तो दो बच्चों को जलते हुए मकान की लपटों में से निकालने के प्रयास में रास्कोलनिकोव का शरीर जल गया था। इस घटना की तहकीकात की गयी और बहुत से लोगों ने गवाही दी। इन बातों से जज बड़े प्रभावित हुए।

मुज़रिम को सिर्फ़ आठ साल की सख़्त सज़ा मिली और उसे बी क्लास दी गयी।

मुकदमे के शुरू में ही रास्कोलनिकोव की वृद्धा माँ बीमार पड़ गयी थी। राज़ुमिहीन उसे नज़दीक के ही एक शहर में छोड़ आया था, ताकि वह वहाँ से आकर मुकदमे की कार्रवाई में पूरा हिस्सा ले सके और अवदोत्या रोमनोवना से भी मिल सके। वृद्धा का रोग स्नायुविक था और उसका दिमाग़ आधा पागल हो गया था।

जब दुनिया अपने भाई से आख़िरी बार मिलकर आयी तो उसने माँ को बीमारी की हालत में प्रलाप करते हुए पाया। उसने राज़ुमिहीन के साथ मिलकर माँ को बताने के लिए यह कहानी गढ़ ली कि रास्कोलनिकोव कारोबार के सिलसिले में किसी दूर प्रदेश में गया है, जिससे उसे धन और शोहरत मिलने वाली है।

लेकिन ताज्जुब तो यह था कि वृद्धा ने इस बारे में कभी कुछ नहीं पूछा। न अब, न बाद में ही। बल्कि उसका कहना था कि रोद्या उससे विदा लेने आया था, दुश्मनों से बचने के लिए उसका कहीं छिपना ज़रूरी है। रोद्या के कई रहस्यों का सिर्फ़ उसी को पता है। उसे विश्वास था कि उसके बेटे के मुसीबत के दिन कभी ज़रूर दूर होंगे और उसका भविष्य बड़ा उज्ज्वल होगा। वृद्धा ने राज़ुमिहीन को बताया कि उसका बेटा एक दिन महान राजनीतिज्ञ बनेगा। यह उसकी साहित्यिक प्रतिभा और उसके लेख से ही स्पष्ट है। वृद्धा हर वक़्त ऊँची आवाज़ में वह लेख पढ़ती रहती थी और रात को लेख को तकिये के नीचे रखकर सोती थी। लेकिन उसने एक बार भी यह नहीं पूछा कि रोद्या कहाँ हैं? दुनिया और राज़ुमिहीन ने कभी रोद्या की चर्चा नहीं की थी, इस पर भी वृद्धा के मन में किसी प्रकार का सन्देह नहीं उठा था।

वृद्धा ने कभी रास्कोलनिकोव का ख़त न आने की शिकायत नहीं की थी, हालाँकि उसने अपनी सारी ज़िन्दगी अपने लाड़ले बेटे के ख़तों के सहारे ही काट दी थी। इस बात से दुनिया बड़ी चिन्तित हुई। उसे आभास हुआ कि शायद माँ को रोद्या के अमंगल की आशंका है, इसीलिए वह उसके बारे में कोई सवाल नहीं पूछती। उसे डर है कि कहीं रोद्या के बारे में इससे भी ज़्यादा बुरी कोई ख़बर न सुनने को मिले। दुनिया देख रही थी कि उसकी माँ का दिमाग़ विक्षिप्त हो गया है।

एक दो बार तो ऐसा हुआ कि वृद्धा ने जान-बूझकर ऐसा प्रसंग छेड़ दिया जिसमें रोद्या कहाँ है, यह बताना आवश्यक हो गया। असन्तोषजनक और संदिग्ध उत्तर सुनकर वृद्धा फौरन ख़ामोश और उदास हो गयी। उसकी यह हालत बहुत दिनों तक रही। दुनिया समझ गयी कि माँ को धोखा देना बड़ी निष्ठुरता होगी इसलिए कई सवालों के जवाब में ख़ामोश रहना ही ठीक है। लेकिन दिन-प्रतिदिन यह साफ़ ज़ाहिर होता गया कि माँ के मन में ज़रूर किसी अमंगल की आशंका है। दुनिया को उसके भाई ने बताया था कि माँ ने दुनिया को नींद में बड़बड़ाते सुन लिया था। क्या माँ को शक नहीं हुआ होगा? कई बार तो हफ़्तों तक ख़ामोश रहने और आँसू बहाने के बाद माँ में असाधारण ज़िन्दादिली आ जाती थी, और वह भावावेश में अपने बेटे के आशामय भविष्य की बातें करते थकती ही न थी...कई बार तो उसकी बातें बहुत ही विलक्षण होती थीं। दुनिया और राजुमिहीन वृद्धा का मन बहलाने की कोशिश करते, उसकी हर बात का समर्थन करते (शायद वृद्धा समझ गयी थी कि उसके साथ नाटक रचा जा रहा है) फिर भी वह बातें करती रहती।

पाँच महीने तक मुकदमा चलता रहा था। इस बीच सोनिया और राजुमिहीन अकसर रास्कोलनिकोव से मिलने से लिए जेल में जाते थे। आख़िर जुदाई की घड़ी आ पहुँची। दुनिया और राजुमिहीन ने उसे वचन दिया कि उनकी जुदाई बहुत लम्बी नहीं होगी। जवानी के जोश में राजुमिहीन ने फ़ैसला कर लिया था कि वह अगले तीन या चार वर्षों में कमाई के साधन जुटायेगा और साइबेरिया जाने के लिए काफ़ी रकम जमा कर लेगा। साइबेरिया में प्राकृतिक साधनों की कमी नहीं है और वहाँ मेहनती आदमियों और पूँजी की ज़रूरत है। जहाँ रोद्या रहेगा, वहीं जाकर वे भी बस जायेंगे और सब एक साथ मिलकर नयी ज़िन्दगी का निर्माण करेंगे। विदाई के वक़्त सब रो पड़े।

साइबेरिया जाने से कुछ दिन पहले रास्कोलनिकोव स्वप्निल हो गया था। वह बार-बार माँ के कुशल-समाचार पूछता था। उसकी चिन्ता देखकर दुनिया आशंकित हो उठी। माँ की बीमारी का समाचार पाकर वह बड़ा उदास हो गया। सोनिया से वह खुलकर कोई बात नहीं कहता था। लेकिन सोनिया ने पहले से ही फ़ैसला कर लिया था कि वह स्वीद्रीगाईलोव की दी हुई रकम की मदद से क़ैदियों की टोली के पीछे-पीछे साइग्बेरिया जायेगी। रास्कोलनिकोव से कभी इस विषय में उसकी कोई चर्चा नहीं हुई थी, लेकिन दोनों इस बात को जानते थे। विदाई के वक़्त जब दुनिया और राजुमिहीन ने रास्कोलनिकोव के जेल से छूट आने के बाद सुखमय भविष्य की कामना की तो रास्कोलनिकोव मुस्करा दिया। उसने भविष्यवाणी की कि माँ अब कुछ ही दिनों की मेहमान है। इसके बाद वह साइबेरिया चला गया। सोनिया भी उसके साथ गयी।

दो महीने के बाद दुनिया की शादी राज़ुमिहीन से हो गयी। शादी का वातावरण बड़ा ख़ामोश और उदास था। पोरफ़ेरी पैत्रोविच और ज़ोसीमोव को निमन्त्रित किया गया था। इन दिनों राज़ुमिहीन के चेहरे पर दृढ़ निश्चय की छाप थी। दुनिया को उसकी योजनाओं में पूरी आस्था थी, जो कि स्वाभाविक ही थी। राज़ुमिहीन ने अपनी प्रबल-इच्छाशक्ति का सबूत दिया और कामों के साथ साथ उसने डिग्री लेने के लिए यूनिवर्सिटी में नाम लिखवा लिया। दोनों जने हर समय भविष्य की योजनायें बनाते रहते थे। उनका विश्वास था कि पाँच साल बाद वे ज़रूर साइबेरिया जाकर बस सकेंगे, तब तक सोनिया उनकी आशाओं का सहारा थीं।

वृद्धा माँ ने दुनिया और राज़ुमिहीन की शादी के लिए अपना आशीर्वाद दिया था, लेकिन उनकी शादी के बाद वह पहले से भी ज़्यादा उदास और बेचैन रहने लगी। उसका मन बहलाने के लिए राज़ुमिहीन बताता कि रास्कोलनिकोव ने कैसे एक ग़रीब विद्यार्थी और उसके असहाय पिता की देखभाल की थी, कैसे दो नन्हें बच्चों को आग से बचाने में उसका शरीर झुलस गया था। वृद्धा की असन्तुलित कल्पनाशक्ति इन ख़बरों को सुनकर आनन्द से विह्वल हो जातीं, वह हमेशा सड़क पर आने-जाने वाले लोगों से दुनिया और राज़ुमिहीन की चर्चा करती रहती थी, हालाँकि दुनिया भी उसके साथ ही रहती थी। घोड़ा गाड़ियों और दुकानों में, जहाँ भी उसे कोई श्रोता मिल सकता, वह अपने बेटे के बारे में, उसके लेख के बारे में और उसकी परोपकारिकता के बारे में भाषण शुरू कर देती। दुनिया की समझ में नहीं आता था कि माँ पर कैसे नियन्त्रण रखे। उसे डर था कि माँ फिर उत्तेजना से विक्षिप्त न हो उठे, या रास्कोलनिकोव का नाम सुनकर कोई आदमी मुकदमे का ज़िक्र न कर बैठे। वृद्धा ने उन दोनों बच्चों की माँ का पता मालूम कर लिया, जिन्हें रास्कोलनिकोव ने बचाया था और वह उससे मिलने की ज़िद करने लगी।

आख़िर उसकी बेचैनी हद को पार कर गयी। कई बार अचानक बैठे-बैठे वह रोने लगती, और अकसर बीमारी की हालत में प्रलाप किया करती थी। एक दिन सुबह उसने घोषित किया कि उसके हिसाब से रोद्या जल्द ही घर लौटने वाला है। उसे अच्छी तरह याद है, रोद्या ने कहा था कि वह नौ महीने बाद लौटेगा। उसने रोद्या के स्वागत की तैयारियाँ शुरू कर दीं। कमरे और फ़र्नीचर की सफ़ाई की, पर्दे धोकर टाँगे। दुनिया यह देखकर चिन्तित हो उठी, लेकिन उसने माँ से कुछ नहीं कहा, बल्कि कमरा सजाने में मदद देने लगी। दिन भर की मेहनत थकान, कल्पनाओं, आनन्ददायक दिवास्वप्नों और आँसू बहाने के बाद रात को वृद्धा बीमार पड़ गयी और सुबह उसे सरसाम हो गया। वह दिमाग़ी बुखार था। पन्द्रह दिन के भीतर ही वह चल बसी। बेहोशी की हालत में उसने प्रलाप में जो बातें कहीं, उनसे ज़ाहिर होता था कि वृद्धा को अपने बेटे के दुर्भाग्य के बारे में काफ़ी कुछ पता था।

बहुत दिनों तक रास्कोलनिकोव को माँ की मृत्यु की ख़बर नहीं मिली, हालाँकि जब से वह साइबेरिया पहुँचा था, उसका पत्र व्यवहार अपने बहन और बहनोई से होता रहा था। सोनिया हर महीने दुनिया और राजुमिहीन को ख़त लिखती थी, और उसका उसे अविलम्ब जवाब भी मिलता था। शुरू-शुरू में तो दुनिया और राजुमिहीन को सोनिया के ख़त खुश्क और असन्तोषजनक मालूम हुए। बाद में वे इस नतीज़े पर पहुँचे कि जिन ख़तों में दुर्भाग्य का वर्णन हो वे सरस कैसे हो सकते हैं। सोनिया के ख़तों में रास्कोलनिकोव के बन्दी जीवन का ब्यौरेवार ज़िक्र रहता था। ख़तों में सोनिया ने कभी अपनी आशाओं, भविष्य की योजनाओं, अपनी भावनाओं के बारे में नहीं लिखा। रारस्कोलनिकोव की मानसिक स्थिति पर टिप्पणी करने की बजाय वह उसकी सेहत का हाल, मुलाकात के दौरान में वह सोनिया से क्या कहता, क्या काम बताता, ये सब बातें ही विस्तारपूर्वक लिखती थी, जिससे दुनिया के सामने अपने दुखी भाई की सही तस्वीर आ जाती थी। सोनिया के ख़तों में तथ्यों के सिवा और कुछ नहीं रहता था इसलिए ग़लतफ़हमी की कोई गुन्जाइश नहीं थी।

लेकिन दुनिया और राजुमिहीन को इन ख़तों से तसल्ली नहीं होती थी। सोनिया ने लिखा था कि रास्कोलनिकोव हमेशा चिढ़ा-चिढ़ा और ख़ामोश रहता है, सोनिया जब उसे दुनिया की ख़बरें सुनाती है तो वह उदासीनता दिखाता है। कई बार वह माँ के बारे में पूछता है। सोनिया ने जब उसे माँ की मौत की ख़बर सुनायी तो वह ज़रा भी विचलित नहीं हुआ। कम से कम उसने अपना शोक ज़ाहिर नहीं होने दिया। शायद उसे पहले से ही यह बात मालूम थी। संसार से दूर वह अपने विचारों की दुनिया में खोया रहता है। लेकिन स्थिति का उसे पूरा अहसास है। उसे न कोई शिकवा-शिकायत है, न ही झूठी आशाओं का सहारा है (उसकी स्थिति में लोग अकसर झूठी आशाओं का सहारा लेते हैं) वह पहले से बहुत बदल गया है। सोनिया ने लिखा कि रास्कोलनिकोव की सेहत बिलकुल ठीक है, वह काम से जी नहीं चुराता न ज़रूरत से ज़्यादा मेहनत ही करता है। खाने-पीने में उसे कोई दिलचस्पी नहीं, लेकिन सिवा इतवार और छुट्टी के दिन, क़ैदियों को बड़ा बुरा खाना मिलता है। इसलिए उसने चाय के लिए सोनिया से कुछ रकम लेना मंजूर कर लिया है। उसका कहना है कि उसे और किसी चीज़ की ज़रूरत नहीं और कोई उसके आराम का ख़्याल रखे, यह उसे सख़्त नापसन्द है। वह बैरक में अन्य सब क़ैदियों के साथ रहता है। सोनिया ने भीतर जाकर बैरक तो नहीं देखी, लेकिन उसका अनुमान है कि बैरक में बड़ी भीड़ है और वहाँ का वातावरण मनहूस और अस्वास्थ्यजनक है। रास्कोलनिकोव लकड़ी के तख़्ते पर कम्बल बिछाकर सोता है, सोने का दूसरा कोई इन्तज़ाम करने के लिए वह राज़ी नहीं। यह सोचना ग़लत ही होगा कि वह जान-बूझ कर इतनी कठोर ज़िन्दगी बसर कर रहा है, दरअसल उसने कभी इस ओर ध्यान ही नहीं दिया।

सोनिया ने यह भी लिखा कि शुरू-शुरू में जब वह जेल में रास्कोलनिकोव से मिलने गयी तो रास्कोलनिकोव ने सख़्त नाराज़गी दिखायी और उससे बदतमीज़ी से पेश आया। लेकिन धीरे-धीरे वह इन मुलाकातों का आदी हो गया है। एक बार जब बीमारी के कारण सोनिया उससे मिलने नहीं गयी तो वह बड़ा परेशान हुआ। छुट्टी के दिनों में वह उसे जेल के फाटक पर या गारद के कमरे में मिलती है, जहाँ रास्कोलनिकोव को सिर्फ़ चन्द मिनिटों के लिए लाया जाता है। बाक़ी दिन रास्कोलनिकोव वर्कशापों में, ईंटों के भट्टों में या नदी किनारे बने शैडों में काम करता है और वह उसे वहाँ जाकर मिलती है।

सोनिया ने लिखा कि उसने शहर में काफ़ी वाकफ़ियत पैदा कर ली है, वह कपड़े सीने का काम करती है। शहर में कोई अच्छा दर्जी नहीं है, इसलिए बहुत से परिवार सिलाई के लिए उस पर निर्भर करने लगे हैं। लेकिन उसने यह नहीं लिखा कि जेल के अधिकारी उसके जरिए रास्कोलनिकोव की गति विधि का पता रखते हैं, और रास्कोलनिकोव के काम का बोझ हल्का हो गया है, आदि आदि।

आख़िरकार दुनिया को ख़बर मिली (वह पहले से ही आशंकित थी) कि उसका भाई सब क़ैदियों से अलग रहने लगा है। उसके साथी उसे नापसन्द करते हैं और वह कई-कई दिन तक ख़ामोश रहता है। उसका चेहरा पीला पड़ गया है। अब की बार ख़त में सोनिया ने लिखा कि रास्कोलनिकोव सख़्त बीमार हो गया है और उसे जेल के हस्पताल में भेज दिया गया है।

2

रास्कोलनिकोव बहुत दिनों तक बीमार रहा। लेकिन जेल के आतंकपूर्ण जीवन, कठोर परिश्रम, रद्दी खुराक, मुँडे हुए सर और पैबन्द लगे कपड़ों ने उसकी आत्मा को नहीं कुचला था। फिर उसे इन तकलीफ़ों और परीक्षाओं की क्या परवाह थी? बल्कि कठोर परिश्रम करने में तो उसे ख़ुशी ही होती थी। दिन भर की थकान के बाद कम से कम रात को तो वह आराम की नींद सो सकता था। और पतले करमकल्ले के शोरबे से, जिसमें कीड़े तैरते थे, उसे क्या ऐतराज़ होता? विद्यार्थी काल में तो उसे ऐसा शोरबा भी अकसर नसीब नहीं होता था। उसके कपड़े ऊनी और आरामदेह थे। उसे हथकड़ी-बेड़ी तो महसूस भी नहीं होती थी। क्या उसे अपने मुँडे हुए सर और पैबन्द लगे कोट की वजह से शर्म आती थी? किसके सामने? सोनिया के सामने? सोनिया तो उससे डरती थी, फिर वह शर्मिन्दा क्यों होता? फिर भी, उसे सोनिया के सामने शर्म आती थी, इसलिए वह उसकी बेइज़्ज़ती करता था और यन्त्रणा देता था लेकिन उसे अपनी बेड़ियों या मुँडे हुए सर की वजह से शर्म नहीं आती थी। उसकी बीमारी की वजह उसका आहत स्वाभिमान था। काश वह अपने आप को दोष दे सकता! तब वह ख़ुशी-ख़ुशी अपमान और जलालत भी बर्दाश्त कर लेता! लेकिन अपने को सख़्ती से जाँचने पर भी उसकी अन्तर्रात्मा को अपने अतीत में सिवा एक ग़लती के कुछ नज़र न आता। यह ग़लती किसी से भी हो सकती थी। उसे अन्धे भाग्य-चक्र की वजह से सबके आगे झुकना पड़ रहा है। और 'मूर्खता भरी' सज़ा भुगतनी पड़ रही है, इसलिए वह शर्मिन्दा था।

वर्तमान में निरुद्देश्य पीड़ा, बेचैनी और भविष्य में निरर्थक क़ुर्बानी, इसके सिवा उसके सामने और कुछ नहीं था। आठ बरस के बाद वह सिर्फ़ बत्तीस बरस का होगा और नये सिरे से अपनी ज़िन्दगी शुरू कर सकेगा, इस विचार से उसे कोई सान्त्वना नहीं मिलती थी। वह आख़िर किस उम्मीद के लिए ज़िन्दा रहे? किसलिए जीने की कोशिश करे? पहले तो वह सिर्फ़ एक विचार, एक आशा या कल्पना के लिए सैकड़ों बार अपनी ज़िन्दगी न्योछावर करने के लिए तैयार रहता था।

जीने की ख़ातिर जीने में उसे कभी दिलचस्पी नहीं रही थी। वह ज़िन्दगी से बहुत कुछ चाहता था। शायद इन प्रबल आकांक्षाओं की वजह से ही वह सोचता था कि उसे औरों से ज़्यादा पाने का हक़ है।

काश! उसके भाग्य में पश्चाताप ही लिखा होता, जिसकी जलन से उसका हृदय फट जाता और आँखों की नींद उड़ जाती; जिसकी यन्त्रणा से लोग फाँसी और डूबने की कल्पना करते हैं। पश्चात्ताप के आँसुओं और यन्त्रणाओं से कम से कम सान्त्वना तो मिलती, लेकिन उसके मन में अपने जुर्म के लिए क़तई अफ़सोस नहीं था।

उसे अपनी बेवकूफ़ी पर अगर गुस्सा आता तो कम से कम उसका दिल तो हल्का हो जाता! जेल में आने से पहले वह अपनी ग़लतियों पर मन-ही-मन कुढ़ा करता था। लेकिन जेल के आजाद वातावरण में जब वह अपने कामों की नुक़्ताचीनी करता तो उसे उनमें कोई ग़लती या हास्यास्पद बात न नज़र आती।

"आदिकाल से दुनिया में जिन सिद्धान्तों का बोलबाला रहा है, उनसे मेरा सिद्धान्त किस मानी में मूर्खतापूर्ण था? अगर कोई स्वतन्त्र, उदार और क्षुद्रता के स्तर से ऊँचे दृष्टिकोण से देखे तो मेरे सिद्धान्त में कोई विलक्षणता नहीं दिखायी देगी। ओह! अनास्थावादियों और तीन कौड़ी के दार्शनिकों तुम आधे रास्ते में ही क्यों रुक जाते हो?"

"मेरा दुनिया को ग्लानिपूर्ण क्यों लगता है? इसलिए कि वह जुर्म था? जुर्म किसे कहते हैं? मेरी अन्तर्रात्मा शान्त है। माना कि क़ानून की नज़रों में यह जुर्म था, क्योंकि क़ानून की धाराओं का उल्लंघन करके मैंने ख़ून बहाया था। अच्छी बात है, क़ानून के नाम पर मुझे सज़ा दो...लेकिन तब तो मानवता के बहुत से ज्ञाताओं को, जिन्होंने विरासत में पाने की बजाय सत्ता हथियाई, सज़ा मिलनी चाहिए। लेकिन ये लोग अपने उद्देश्य में क़ामयाब हो गये, इसीलिए वे सही हैं, मैं क़ामयाब नहीं हो सका इसलिए मुझे वैसा कदम उठाने का अधिकार नहीं था।"

रास्कोलनिकोव सिर्फ़ इसी अर्थ में अपने को मुज़रिम समझता था, कि वह अपने उद्देश्य में क़ामयाब नहीं हुआ और उसने अपना जुर्म क़बूल कर लिया है।

एक और सवाल उसे परेशान करता था : उसने आत्महत्या क्यों नहीं की? नदी के किनारे खड़ा होकर वह क्यों पानी की तरफ़ ताकता रहा, और बाद में उसने जुर्म क्यों क़बूल कर लिया? क्या ज़िन्दगी के मोह पर क़ाबू पाना इतना कठिन था? स्वीद्रीगाईलोव भी तो मौत से डरता था? उसने क्या मौत के डर को नहीं जीता?

बेचैनी की हालत में बार-बार अपना मन टटोलने पर भी उसे यह आभास नहीं हुआ कि जब वह नदी किनारे खड़ा पानी की धारा को देख रहा था तो मन-ही-मन उसे अपने में और अपने सिद्धान्तों में अनास्था होने लगी थी। वह यह भी नहीं समझ सका कि ऐसी चेतना नये जीवन और पुनरुत्थान की प्रतीक हो सकती है।

लेकिन रास्कोलनिकोव ने उस चेतना को अपनी कमज़ोरी और क्षुद्रता समझा। उसका ख़्याल था कि वह जन्मजात भीरुता के कारण इस बाधा को पार नहीं कर सकता। उसे यह देखकर हैरानी होती कि दूसरे क़ैदी ज़िन्दगी की कितनी कद्र करते हैं और उन्हें ज़िन्दगी से कितना प्रेम है। उसे लगा कि वे लोग जेल में आकर ज़िन्दगी की क़ीमत समझने लगे हैं। उनमें से कुछ लोगों ने मिसाल के लिए खानाबदोशों ने, ज़िन्दगी में कितने अभाव और यन्त्रणायें झेली थीं! क्या उन्हें सूरज की किरणों की, घने जंगल की, दूर अज्ञात स्थान में छिपे झरने को देखने की चाह थी, क्या उनमें अपनी प्रेमिका को देखने की, हरी घास और झाड़ी में चहचहाते पक्षी की कल्पना की चाह थी? रास्कोलनिकोव ने अपने बन्दी जीवन में ऐसी बहुत-सी मिसालें देखीं।

लेकिन जेल में बहुत कुछ ऐसा भी था जो उसने नहीं देखा, न जिसे वह देखना ही चाहता था। वह एक तरह से आँख मूँदकर वहाँ रहता था। अपने आसपास की ज़िन्दगी को देखने में उसे असह्य ग्लानि होती थी। लेकिन धीरे-धीरे उसका कौतूहल बढ़ता गया और उसने कई चीज़ें देखीं। सबसे ज़्यादा हैरानी उसे यह देखकर हुई कि उसके और दूसरे क़ैदियों के बीच कितनी चौड़ी खाई है। वह उन्हें भिन्न जाति के जीव समझता था और वे भी उसे अविश्वास और द्वेष की नज़रों से देखते थे। वह इस दूरी का कारण समझता था, लेकिन उसने अपने आगे कभी इस बात को स्वीकार नहीं किया था। जेल में कई पोलिश राजनैतिक क़ैदी भी थे जिन्हें देश निकाला मिला था। वे बाक़ी सब क़ैदियों को मूर्ख और गँवार समझ कर नफ़रत करते थे। लेकिन रास्कोलनिकोव ने देखा कि वे मूर्ख और गँवार क़ैदी पोलिश क़ैदियों से कई बातों में कहीं ज़्यादा अक्लमन्द थे। क़ैदियों में एक भूतपूर्व रूसी अफ़सर और दो धर्मोपदेशक भी थे, वे सब भी रास्कोलनिकोव से नफ़रत करते थे और दूर-दूर रहते थे—क्यों, इसका कारण रास्कोलनिकोव नहीं जानता था। जिन लोगों ने उससे ज़्यादा संगीन जुर्म किये थे, वे उसका मज़ाक उड़ाते थे और उसे क्षुद्र समझते थे।

"तुम तो शरीफ़ आदमी हो। तुम्हें कुल्हाड़ी से मार-काट नहीं करनी चाहिए, यह शरीफ़ों का काम नहीं।" वे कहा करते थे।

एक बार गिर्ज़ाघर जाने के लिए रास्कोलनिकोव की टोली की बारी आयीं। रास्कोलनिकोव ने भी सब लोगों के साथ प्रार्थना की। एक दिन न जाने किस बात पर झगड़ा हो गया तो सबके सब क्रुद्ध होकर उस पर टूट पड़े।

"तुम नास्तिक हो! तुम्हें ईश्वर में आस्था नहीं! तुम्हारे जैसे आदमी को जान से ख़त्म कर देना चाहिए!"

रास्कोलनिकोव ने कभी अपने साथियों से ईश्वर के बारे में बातचीत नहीं की थी। फिर भी वे उसे नास्तिक कहकर मार डालना चाहते थे। वह ख़ामोश रहा। एक क़ैदी गुस्से में पागल होकर उस पर झपटा। रास्कोलनिकोव शान्तिपूर्वक खड़ा रहा। उसने नज़रें ऊपर तक नहीं उठाईं। उसके चेहरे पर एक भी शिकन नहीं आयी। सन्तरी ने आकर बीच बचाव कर दिया वरना रक्तपात ज़रूर होकर रहता।

एक और सवाल से वह परेशान था। सब लोग सोनिया को इतना पसन्द क्यों करते थे? सोनिया किसी से नहीं मिलती-जुलती थी, न ही किसी को ख़ुश करने की कोशिश करती थी। जब वह काम पर जाता तो सोनिया सिर्फ़ थोड़ी देर के लिए उससे मिलने के लिए आ जाती थी। लेकिन सब लोग जान गये थे कि वह उसी की ख़ातिर साइबेरिया आयी है। वह कहाँ रहती है, कैसे अपना गुज़ारा करती है यह सबको पता था। सोनिया ने किसी को पैसे की मदद नहीं की, सिर्फ़ एक बार बड़े दिन के त्यौहार पर उसने सब लोगों की मिठाइयाँ भेजी थीं। धीरे धीरे सोनिया और सब क़ैदियों के बीच गहरी सद्भावना पैदा हो गयी। सोनिया उनके रिश्तेदारों के नाम ख़त लिखती और डाक में छोड़ आती। क़ैदियों के रिश्तेदार सोनिया के जरिये पैसे और तोहफे भीतर पहुँचाते। क़ैदियों की पत्नियाँ और प्रेमिकाएँ भी सोनिया से मिलने आतीं। जब सोनिया रास्कोलनिकोव से मिलने आती, या कभी सड़क पर दिखायी दे जाती तो सारे क़ैदी आदर से अपनी टोपियाँ उतार लेते, "नन्ही सोफ़िया सेम्योनोवना, तुम हमारी प्यारी दयालु माँ हो!" बदमाश से बदमाश अपराधी उस नन्ही दुबली लड़की से कहता। वह मुस्कराकर सबको अभिवादन करती। उसे मुस्कराता देखकर सबके चेहरे ख़ुशी से खिल उठते। उन्हें सोनिया की चाल बड़ी पसन्द थी। वह चलते-चलते उसकी चाल देखने के लिए रुक जाते थे। वह इतनी नन्ही और नाजुक़ थी, इसलिए भी वह सबको बड़ी अच्छी लगती थी। वे उसकी तारीफ़ें करते थकते न थे। अगर कोई क़ैदी बीमार हो जाता तो सोनिया से मदद माँगता।

ईस्टर तक रास्कोलनिकोव हस्पताल में रहा। जब उसकी हालत सुधरी तो उसे वे सपने याद हो आये जो उसने बुखार की हालत में देखे थे। उसने देखा कि एशिया से आयी एक नयी महामारी सारी दुनिया में फैल गयी है, जिसके परिणामस्वरूप कुछ इने-गिने व्यक्तियों के सिवा संसार के सब लोग तबाह होने वाले हैं। इस बीमारी के कीटाणु लोगों के शरीरों में व्याप गये हैं, ये कीटाणु चेतनाशील और प्रतिभा सम्पन्न है। इनसे पीड़ित आदमी एकदम गुस्से से विक्षिप्त हो जाता है। ऐसे मरीज़ समझते हैं कि उनका बौद्धिक स्तर सबसे ऊँचा है, उन्हें सत्य की उपलब्धि हो गयी है, उनके फ़ैसले, वैज्ञानिक और नैतिक सिद्धान्त कभी ग़लत साबित नहीं हो सकते। इस छूत से सैकड़ों गाँव, शहर और कौमें पागल हो गयी हैं। हर आदमी समझने लगा है कि सिर्फ़ वही सत्य को जानता है—बाक़ी सब लोगों को अज्ञान के अन्धकार में देखकर हर आदमी अपनी छाती कूट-कूट कर रोता और चिल्लाता है। अच्छाई और बुराई का फ़ैसला वे नहीं कर पाते, किसको दोषी ठहरायें, किसको सच्चा, यह उनकी समझ में नहीं आता। लोग एक निरुद्देश्य द्वेष से एक-दूसरे को मारने लगे। एक-दूसरे के खिलाफ़ सेनाओं का संगठन करने लगे। वे सेनायें एक-दूसरे पर टूट पड़ीं और मार-काट शुरू हो गयी। दिन भर शहरों में ख़तरे की घण्टी बजती रही। लोग झुण्ड बनाकर घरों से बाहर निकल आये। उन्हें किसने बुलाया और किसलिए बुलाया,

यह उन्हें मालूम न था। लोगों ने साधारण पेशे त्याग दिये, क्योंकि हर आदमी नयी स्कीमें, नये सुधार पेश करता था और किसी भी बात पर लोग सहमत नहीं हो पाते थे। ज़मीनें भी उजड़ गयीं। लोग दल बनाकर किसी एक सिद्धान्त पर अमल करने की शपथ खाते, लेकिन फौरन ही कोई नया सिद्धान्त सामने आकर खड़ा हो जाता। सब एक-दूसरे को दोषी ठहराते, और मार-काट शुरू हो जाती। आग की लपटों में शहर और गाँव जलने लगे और अकाल पड़ने लगे। चारों तरफ़ विनाश का तांडव हो रहा था। सिर्फ़ कुछ इने-गिने पवित्र लोगों की क़िस्मत में नयी मानव जाति का निर्माण करना, और धरती को पवित्र करना लिखा था। लेकिन वे आदमी कहाँ हैं और कैसे हैं, यह किसी ने नहीं देखा था। किसी ने उनके शब्द या आवाज़ें नहीं सुनी थीं।

यह सपना बहुत दिनों तक रास्कोलनिकोव की स्मृति में मँडराता रहा, इससे उसकी चिन्ता बढ़ गयी। ईस्टर के बाद पन्द्रह दिन और बीत गये थे। बसन्त के सुखद दिन थे। जेल के बार्ड की सीखचों वाली खिड़कियाँ, जिनके नीचे पहरेदार चहलकदमी करते थे, खोल दी गयी थीं। बीमारी के दिनों में सोनिया को सिर्फ़ दो बार उससे मिलने की इज़ाज़त मिल सकी थी। लेकिन यह अकसर शाम के वक़्त हस्पताल के अहाते में आकर खड़ी हो जाती थी। क्षण भर के लिए सिर्फ़ वार्ड की खिड़कियों की तरफ़ देखने के लिए।

एक दिन शाम को जब रास्कोलनिकोव सोकर उठा तो उसकी नज़र खिड़की की तरफ़ गयी। सोनिया हस्पताल के फाटक के पास खड़ी थी, शायद वह किसी का इन्तज़ार कर रही थी। रास्कोलनिकोव के दिल में जैसे किसी ने छुरी भोंक दी। वह काँप उठा और खिड़की से दूर चला गया। अगले दो दिनों तक सोनिया नहीं आयी। वह बेचैनी से उसका इन्तज़ार कर रहा था। हस्पताल से छुट्टी पाकर जब वह बैरक में आया तो उसे क़ैदियों से मालूम हुआ कि सोनिया बीमार है, इसलिए घर से बाहर निकलने में असमर्थ है।

यह सुनकर वह बड़ा घबराया और उसने सोनिया की हालत का पता मँगवाया। मालूम हुआ कि बीमारी ख़तरनाक नहीं थी। सोनिया ने रास्कोलनिकोव की घबराहट का हाल सुनकर, उसे काग़ज़ के एक पुर्ज़े पर लिखकर भेजा कि उसे मामूली जुकाम हो गया था, अब उसकी हालत पहले से अच्छी है और वह जल्द ही रास्कोलनिकोव से मिलेगी। रास्कोलनिकोव के दिल में टीस-सी उठी।

अगले दिन सुबह छः बजे रास्कोलनिकोव काम करने नदी किनारे गया, जहाँ वे लोग सफ़ेद पत्थरों को कूटते थे, फिर शेड में बने भट्ठे में ईंटें पकाई जाती थीं। उस दिन बड़ी सुहानी धूप खिली हुई थी। उस दिन सिर्फ़ तीन क़ैदियों को काम पर भेजा गया था। एक क़ैदी सन्तरी के साथ कोई औज़ार लेने चला गया। दूसरे ने भट्टे में ईधन सुलगाना शुरू किया। रास्कोलनिकोव शेड से निकलकर लकड़ी की शहतीरों के ढेर पर बैठ गया और चौड़ी सुनसान नदी की तरफ़ देखने लगा।

नदी के पार का दृश्य उसे दिखायी दे रहा था। दूर कहीं से गाने की आवाज़ आ रही थी। नदी के उस पार धूप में नहाया हुआ विशाल स्टेपिज़ का मैदान था, जहाँ ख़ानाबदोशों के तम्बू गड़े हुए थे। वहाँ आज़ादी थी, ज़िन्दगी थी। समय की गति भी जैसे रुक गयी थी। रास्कोलनिकोव को लगा जैसे अब्राहम और उसकी भेड़ों का ज़माना ज्यों का त्यों क़ायम है। वह दिवास्वप्न देख रहा था। एक धुँधली उत्तेजना और बेचैनी उसके मन में छायी थी। सहसा उसने देखा, सोनिया उसके पास खड़ी है। वह चुपचाप आकर उसकी बगल में बैठ गयी थी। अभी दिन पूरी तरह नहीं निकला था। सुबह की सर्दी बाक़ी थी। सोनिया पुराने कपड़े पहने थी और उसने वही हरा शाल ओढ़ रखा था। बीमारी से उसका चेहरा पीला और दुबला पड़ गया था। वह ख़ुशी से मुस्कराई और भीरूता से उसने अपना हाथ आगे बढ़ा दिया। उसे रास्कोलनिकोव के आगे हाथ बढ़ाने में हमेशा डर लगता था, रास्कोलनिकोव भी हमेशा ग्लानिपूर्वक उसके हाथों को अपने हाथ में लेता था और उसकी मौजूदगी में चिढ़ा-चिढ़ा और ख़ामोश रहता था। कई बार सोनिया उसके आगे काँप उठती और शोक में विह्वल होकर वहाँ से चली जाती। लेकिन आज उनके हाथ अलग नहीं हुए। रास्कोलनिकोव ने एक नज़र सोनिया पर डाली और ख़ामोशी से ज़मीन की तरफ़ ताकने लगा। दोनों अकेले थे, किसी ने उन्हें नहीं देखा था। सन्तरी कहीं चला गया था।

यह कैसे हुआ, वह नहीं जानता था। लेकिन सहसा उस पर कोई जनून-सा सवार हो गया और वह सोनिया के घुटनों से लिपटकर रोने लगा। पहले तो सोनिया डर से पीली पड़ गयी। वह चौंककर खड़ी हो गयी और पत्ते की तरह काँपने लगी। लेकिन उसी क्षण वह सब कुछ समझ गयी और उसकी आँखें असीम आनन्द से आलोकित हो उठीं। वह जान गयी कि रास्कोलनिकोव उसे प्यार करता है और वह क्षण आ पहुँचा है...

दोनों कुछ कहना चाहते थे, लेकिन ख़ामोश थे। दोनों की आँखों में आँसू छलछला आये थे। दोनों के शरीर दुबले पड़ गये थे और चेहरों पर पीलापन छाया था, लेकिन वे रुग्ण पीले चेहरे भविष्य के सुनहरी प्रभात के आलोक से आलोकित हो उठे थे—उन्हें नयी ज़िन्दगी मिलने वाली थी—प्रेम ने आकर उन्हें फिर से ज़िन्दा कर दिया था। दोनों के दिल एक-दूसरे के लिए ज़िन्दगी और आशा से ओत-प्रोत थे।

उन्होंने धैर्य से भविष्य का इन्तज़ार करने का फ़ैसला किया—इन्तज़ार के अभी सात साल बाक़ी थे—उनके आगे भयंकर यातनाएँ और अनन्त सुख था। रास्कोलनिकोव को मालूम था कि उसका नया जन्म हुआ है, उसके रोम रोम में इसकी अनुभूति समा गयी थी, और सोनिया—वह उसकी ज़िन्दगी से ज़िन्दा थी।

उसी दिन शाम को बैरक बन्द होने के बाद रास्कोलनिकेव बिस्तर पर लेटा सोनिया के बारे में सोचने लगा। उसे ऐसा महसूस हो रहा था कि वे सब क़ैदी जो उसे अपना दुश्मन समझते थे, अब उसे दूसरी नज़रों से देखने लगे थे। अब वे उससे दोस्ताना अन्दाज़ में बातें करते थे। उसने सोचा, यह सब तो होना ही था, आख़िर अब उसकी ज़िन्दगी में सब चीज़ें क्या बदलने वाली नहीं थीं?

सोनिया का ध्यान आते ही उसे याद आया कि उसने सोनिया को कितनी यन्त्रणाएँ दी है। सोनिया का जर्द, दुबला चेहरा रह रह कर उसकी आँखों के आगे आ रहा था। लेकिन इन स्मृतियों से उसका मन विचलित नहीं हुआ।

वह जानता था कि वह अपने अनन्त प्रेम से सोनिया के दुखों की क़ीमत चुकायेगा। फिर अतीत की सारी यन्त्रणाओं की क्या हैसियत थी? उसे सब कुछ यहाँ तक कि अपना जुर्म, सज़ा और क़ैद भी बाहरी चीज़ें मालूम होने लगीं, जिनसे उसका कोई सरोकार नहीं था। लेकिन उस दिन शाम को वह ज़्यादा देर तक नहीं सोच सका, न ही उसने सचेत रूप से इन बातों का विश्लेषण किया होगा। वह तो सिर्फ़ महसूस कर रहा था। सिद्धान्तों की जगह ज़िन्दगी ने ले ली थी और उसके दिमाग़ में कोई नयी ही चीज़ जन्म लेने वाली थी।

उसके तकिये के नीचे बाइबल पड़ी थीं। उसने यन्त्रवत बाइबल उठा ली। यह सोनिया की पुस्तक थी, इसी में से सोनिया ने उसे लज़ारस के पुनर्जन्म का परिच्छेद पढ़कर सुनाया था। साइबेरिया में आकर रास्कोलनिकोव को डर लगा था, कहीं सोनिया उससे धार्मिक चर्चा, बाइबल के बारे में बहस न करने लगे और कहीं उसे किताबें पढ़ने के लिए परेशान न करे। लेकिन उसे यह देखकर ताज़्जुब हुआ कि सोनिया ने एक बार भी यह प्रसंग नहीं उठाया, यहाँ तक कि उसे बाइबल की प्रति भी भेंट नहीं की। उसने अपनी बीमारी से कुछ दिन पहले ख़ुद ही सोनिया से बाईबल माँगी थी, जो सोनिया ने चुपचाप लाकर दे दी थी। आज तक उसने पुस्तक को खोला भी नहीं था।

इस वक़्त भी उसने बाइबल को नहीं खोला, लेकिन उसके दिमाग़ में एक विचार कौंध गया, "क्या मैं सोनिया की आस्था को नहीं अपना सकता। कम-से-कम उसकी भावनाओं और आकांक्षाओं को..."

उस दिन सोनिया का मन भी बड़ा आन्दोलित हो उठा और रात को ही वह फिर बीमार पड़ गयी। लेकिन वह सुखी थी—अपने इस प्रत्याशित सुख से उसे भय लगने लगा था। सात वर्ष, सिर्फ़ सात वर्ष! अपने सुख के उषा काल में दोनों सात वर्षों को सात दिन...समझने के लिए तैयार थे। रास्कोलनिकोव यह नहीं जानता था कि उसे नयी ज़िन्दगी की महँगी क़ीमत चुकानी पड़ेगी, उसकी ख़ातिर महान प्रयास करने होंगे, अपार यन्त्रणायें झेलनी होंगी—नयी ज़िन्दगी इतनी आसानी से उसे नहीं मिलेगी।

लेकिन इसके बाद से एक नयी कहानी शुरू होती है। वह एक इन्सान के पुनर्जन्म की, पुनरुत्थान की, उसके बाद एक संसार से दूसरे संसार में प्रवेश करने की और नये जीवन में दीक्षित होने की कहानी है—यह एक नयी कहानी का विषय है, लेकिन हमारी पहली कहानी यहीं ख़त्म होती है।

❐❐